修正

The Corrections

Jonathan Franzen

強納森・法蘭岑——著

宋瑛堂——譯

在當前美國小說家中，法蘭岑不是最富有，也不是最有名的，
但我們絕對可以說：他是最有抱負，也是美國最好的小說家。

2001 年法蘭岑出版了這本小說《修正》。

就在 911 事件前一週，該書的出版意外轟動美國，
成了十年不遇的文學奇蹟。

——列夫．克羅斯曼，《時代》雜誌

推薦序

因此我們會震驚，法蘭岑是多麼不尋常的一位作家

鍾曉陽

法蘭岑在寫《修正》時已藝成，能寫實能魔幻十項全能，寫e世代百態令人絕倒。道盡滄桑揭盡瘡疤，憂世警世態度從來一致，也從不介意說個好故事。大崩潰裡的小崩潰，物質文明的沉重代價，是讀法蘭岑最能直接感應的旨之所在。不論是先讀《自由》還是先讀《修正》，不免都會下意識以911和金融海嘯這兩個改變了美國的大災難作為進入小說虛擬世界的某種座標，因此我們會震驚，法蘭岑是多麼不尋常的一位作家。

《修正》裡的多災多難五口之家會讓我們覺得熟口熟面就像身邊的親人朋友。多少瑣事恨事狼狽事，鬧哄哄嘰呱呱，倒跟中國人的家庭沒兩樣。純粹當作消閒閱讀都絕不落空。鄉下老人進大城、性醜聞、復仇大計、歇斯底里的吵架、瘋狂搞笑的異性同性三角戀，中間還加插一段北歐小國的亡國危機。但是連場爆笑背後的大關懷，是我們這世代亟需正視的種種其實不堪忍受的生存狀態，包括書裡有提到沒

提到的各種疾病各種精神情緒問題，常被我們貪圖省事用酒精藥物或醫生處方解決的、常被我們忽略漠視、被患者掩飾隱瞞的種種痛苦內情，在這裡一一得到大特寫處理，不惜犯冗長大忌抽絲剝繭切割解剖，像呈堂證物樁樁件件攤開，因此成爲可辨別，可量度，可同情。也因此可修正。如果說藝術的功能之一是喚醒感知，至少在閱讀這六百頁的時間裡我們變得耳聰目明一點。

但是這位文壇天之驕子的心事底蘊豈是一讀二讀看得透？將核心場景設在以絕境守護神聖猶達命名的鄉下小鎮，會有個祕密意圖嗎？見煙知火，見鵠知池，見禿鷲而知有腐屍。試試看換個角度把鏡頭拉遠，時間回推到古代，罡風吹襲狼藉滿地，國王病危帝國將傾頹，皇后召集最後一次聖誕聚餐，但是回家的路途遙又遙，艱險重重且有敵國的人來阻道。試試看在文學先聖莎士比亞四百年前寫成的《王子復仇記》或《李爾王》裡尋找通關鑰匙，可見絲絲脈絡一旦接駁起來頓成有機一體，如火車軌如點點燈火，橫越上下數百年的龐大西方文學版圖。但是e帝國崛起，古帝國危矣，還有幾個人會回家？那條載著滿船閱讀愛好者的北歐郵輪是到哪裡去？這時候我們知道，閱讀法蘭岑是趟遠遊，是迷路，時空邊界變得若有若無。今古悠悠，《修正》毋寧是法蘭岑個人的一次小小的復仇，一次絕境反擊，在網路稱霸影像稱雄的虛擬世界領土上，爲文學爲書寫扳回了一城。

目錄

聖猶達

秋季冷鋒橫掃大草原，暴斂猖狂。你感覺得到：壞事即將降臨。太陽斜掛空中，是一盞輔助燈、一顆冷卻中的恆星。一陣接一陣的騷亂，樹木躁動不息，氣溫直直落，北國萬物近尾聲的常態。在這兒，院子裡不見孩童。落在枯黃草坪上的影子愈拖愈長。紅櫟樹、針櫟樹、雙色櫟的果實如雨，打在已經付清房貸的民宅上。空臥房的防風窗在打顫，烘衣機打嗝似時斷時續地嗡嗡作響，吹葉機發出鼻子噴氣般的聲音，在地採收的蘋果存放在紙袋裡等待熟成，早上艾爾佛瑞・藍博特油漆情侶籐椅後用汽油清潔油漆刷，汽油的味道瀰漫在空氣裡。

在聖猶達郊區的老人國，下午三點是個充滿威脅的時刻。艾爾佛瑞在藍色的超大椅子上醒來，他吃過午餐就沉沉睡去，這時睡飽了，五點之前卻沒有地方新聞可看。無事可做的兩個小時是危機隱伏的死角。他使勁起身，站在乒乓球桌旁，豎起耳朵想聽依妮德的動靜，卻聽不到。

響徹整棟房子的，是一種只有艾爾佛瑞與依妮德才聽得見的警鈴聲；是焦慮的警鈴，就像小學消防演習時電動桿急急敲打大鐵盤，讓學童們奪校門而出。警鈴已經響了太久，久到藍博特夫婦的聽覺麻痺得聽不出「鈴響」傳達的警示訊號；任何一種聲音只要持續得夠久，你就能好整以暇地搞懂它的組成元素（就像只要瞪著隨便一個英文單字夠久，它就會自動分離爲一串無生命的字母）。你只會聽見鈴舌急速擊打金屬共振器的聲音，不是純音而是連續的粗糙敲擊聲，被哀悽的泛音覆蓋過去。鈴響綿綿數日，最後融爲背景，只有在老夫或老妻凌晨滿身大汗醒來時，才警覺到腦中有個鈴響不停，何時開始已經記不起。鈴聲持續幾個月後，幻化爲聲外之聲，音波的起落已非壓縮波的線條，而是他倆對這種聲音一種緩之又緩、盈缺復始的意識。這樣的意識，在天氣本身帶有焦慮色彩時特別亢進。那時依妮德與艾爾佛瑞——她正跪在用餐室地板上，打開抽屜；他在地下室審視有如災難現場般的乒乓球桌——才察覺到焦慮高漲，瀕臨爆發。

引發焦慮的折價券，跟精心製作的秋色系蠟燭一起放在抽屜裡。折價券以橡皮筋攏成一堆，依妮德發現有效期限（廠商常以火紅色畫圈註明）已過數個月、甚至好幾年：這堆已全數失效的折價券總計一百多張，面額超過六十美元（若在折價額加倍的丘茨維爾超市，可抵用金額可能高達一百二十元），大力士除霉清潔劑抵六角，埃克塞德林止痛藥抵一元。失效太久了，這些日期形同古史；警鈴已響了多年。

她把折價券推回蠟燭堆中，關上抽屜。她找的是一封幾天前寄來的掛號信。那天，艾爾佛瑞聽見郵差敲門後喊：「依妮德！依妮德！」喊聲大得淹沒她扯開嗓子的回應：「艾爾，我正要去開門！」他繼續喊依妮德，愈走愈近。由於寄件人是埃克桑企業，地址是賓州軒克斯維爾鎮工曲東路二十四號，也由於依妮德略知埃克桑的來意，想瞞著艾爾佛瑞，因此趕緊在前門四、五公尺處找個地方把信藏起來。艾爾佛瑞從地下室走出來，吼聲像推土機似的：「有人在敲門！」她也回嚷著：「是郵差！是郵差！」艾爾佛瑞搞不懂這複雜的一切，搖了搖頭。

依妮德總覺得，若非每隔五分鐘就要煩惱一次艾爾佛瑞的狀況，她自己的腦袋必能清楚起來。但她再怎麼努力，也喚不起艾爾佛瑞對生活的興趣。她鼓勵他重拾冶金嗜好時，他望著她，彷彿她瘋了。她問他要不要去院子裡找點事做，他推說腿痛。她提醒他，她每位朋友的先生都有個人嗜好（大衛．順普喜歡研製彩色玻璃，科比．魯特喜歡爲築巢中的紫紅朱雀建造精巧的瑞士小屋，恰克．麥斯納喜歡每小時查看投資組合的損益），艾爾佛瑞聽了一臉不高興，彷彿他正忙著什麼大事業，她卻試圖害他分心。而他在忙什麼大事業？爲門廊傢具補漆？他從九月初勞動節那天開始重新粉刷情侶椅。她隱約記得，上次爲傢具補漆，情侶椅只耗了他兩個鐘頭，現在他每天早上都進工作室，但一個月後她大膽進去瞧瞧進度，發現他只漆好情侶椅的四隻腳。

他似乎希望她少來煩他。他說，油漆刷乾掉了才會這麼費時；他說，籐椅表層很難刮乾淨，像剝藍莓的皮一樣麻煩；他說，工作室裡有蟋蟀。聽到這裡，依妮德覺得喘不過氣，或許只是被汽油味嗆到，加上工作室的濕氣聞起來有尿騷味（但絕對不可能是尿）。她逃上樓，去找埃克桑寄來的信。

每週六天，幾斤重郵件從正門的郵箱口塞進來，由於樓下不准堆放雜物——彷彿住戶得營造出這屋子沒人住的假象——依妮德面對著一項艱鉅的攻防難題。她不以游擊隊員自居，但她的行爲正是個不折不扣的游擊兵。白天，她把軍品從後勤倉房渡運到另一個倉房，而且往往趕在統治軍抵達前一步才完成。晚上，雖然令人不悅，但她只能縮在早餐區一張很小的桌邊，就著牆上突出的燭臺發出的微弱光線，進行幾項行動：繳費、計算開出的支票總額、試著弄懂醫療保險的共同負擔額、費力搞清楚爲什麼會收到一間醫療檢驗所寄來第三次催繳通知。通知書要求立即繳交〇．二二美元，同一封信裡又顯示該戶的積欠總額是零，意思是她一毛也不欠；就算她想繳款，信上也沒有任何匯款帳號資料。第一次與第二次通知應該在某個祕密角落，加上依妮德行動所受到的局限，她對那兩份通知可能擺在她夜晚行動地點的哪裡只有隱約的印象。她猜，有可能放在起居室的櫃子裡，然而統治軍，亦即艾爾佛瑞，看電視網的新聞雜誌節目時總是把音量調到最大，以防看著看著打起瞌睡，並把起居室裡的每一盞燈開到最亮；一個忽視不得的可能是，一旦她打開櫃子的門，裡面的型錄、《美哉居家》雜誌、各種美林證券的對帳單恐怕會傾瀉而出，引爆艾爾佛瑞的怒火。另外一種可能是，那兩份通知不在櫃子裡，因為統治軍不定期突襲她的後勤倉房，揚言她若疏於整理便要「扔」掉所有物品，她被迫連番遷徙、強制出境而秩序大亂，隨手拿一個諾茲崇百貨公司的購物袋來存放流亡物件。購物袋暫居床裙底下，一邊的塑膠提把脫落了一半，裡面裝著缺了幾期的《好管家》雜誌、依妮德一九四〇年代拍的黑白快照、以萎軟萵苣為食材的褐色食譜（印在高酸紙上）、本月電話費與瓦斯費通知書、醫療檢驗所的第一次通知，詳述保險人今後不需理會金額少於五角的帳單、戴著花環的依妮德與艾爾佛瑞在啜飲整顆椰子水的遊輪之旅免費照、僅存的兩份子女出生證明。

儘管表面上依妮德的敵人是艾爾佛瑞，但真正逼她打起游擊戰的是同時佔據他們夫妻的這棟房子。這房子的裝潢風格容不下雜亂的擺飾，桌椅是伊莎艾倫的牌子；中間凸出的大型書櫃裡展示著斯波德瓷器與沃特福水晶；必備的榕樹盆景與不可或缺的小葉南洋杉；在玻璃面咖啡桌上攤成扇形的《建築文摘》；還有旅遊時搜刮回家的物件——中國大陸的琺瑯器皿，以及依妮德會本著責任和善意，常常上緊發條、打開盒蓋的維也納音樂盒。它播放的旋律是《深夜陌生人》。

可惜的是，依妮德缺乏治理這種屋子的個性，而艾爾佛瑞缺乏的是持家的頭腦。艾爾佛瑞一查獲游擊軍行動的物證（例如大白天地下室樓梯上冷不防出現一個諾茲崇百貨的購物袋，害他險些絆倒），便會勃然怒吼，但聲音裡透露出的卻是一個再也無能治國的政權。他最近練就一項新本領，能讓印表計算機吐出一連串無意義的八位數。有一天，為了計算清潔女工的社會安全保險費，他耗上大半個下午，前後加減乘除了五遍，歸納出四種不同的結果，最後只好接受出現兩次的數目：六三五・七八（正確金額是七十元整）。記取這次教訓，依妮德趁夜突襲他的檔案櫃，將裡面的繳稅文件搜刮殆盡，這種或許有助於促進持家成效的做法卻讓文件進了一個諾茲崇百貨提袋，壓在幾本古物似的《好管家》下面，讓人以爲那袋子裡全是舊東西。這場地盤大戰最後害得清潔女工只好自己重填所有表格，再由依妮德開立支票，艾爾佛瑞則搖頭暗嘆：太複雜了。

大部份擺放在地下室的乒乓球桌，都逃不了被挪作他用的命運，甚至成爲激烈的攻防陣地。艾爾佛瑞退休後徵收了球桌東端，堆放他的銀行文件與書信。球桌西端擱著一臺手提式彩色電視機，他本來想坐在大藍椅上收看地方新聞，而今整臺電視卻被《好管家》雜誌、佳節糖果錫盒、裝飾華麗但廉價的燭臺等雜物淹沒；而依妮德一直找不出時間把這些燭臺送進「近新品」店託售。乒乓球桌是雙方大打內戰的戰場。在戰場東端，艾爾佛瑞的計算機遭印花防燙布墊等物品偷襲，隨行軍包括迪士尼明日世界的紀念杯墊，與依妮德買了三十年卻從沒用過的櫻桃去籽器。艾爾佛瑞的反制措施是，用依妮德百思不得其解的方式在西端作怪：拆散一個松果花環，在榛果和巴西堅果上噴漆。

乒乓球桌以東是艾爾佛瑞的工作室，是他的冶金實驗區。現在工作室成了蟋蟀的移民地，這群塵土色的啞巴蟋蟀受驚時，會如一把落地的彈珠般滿地四竄，有些以奇怪的角度亂衝，有些則被自己肥滿的細胞質壓得倒地翻身，一踩就爆，只用一張面紙擦不乾淨。依妮德和艾爾佛瑞有很多他們認爲非比尋常、超級——丟臉的煩惱，蟋蟀就是其中之一。

邪咒暗塵和妖魔蜘蛛網厚厚地覆蓋在陳舊的電弧式暖爐上。一罐罐廣口瓶裝著古怪的銠、猙獰的鎘、堅實的鉍。旁邊有一瓶上有玻璃瓶塞的王水，瓶內散發出的蒸氣把手寫的廣口瓶標籤熏成棕色。艾爾佛瑞最近一次落筆在方格紙筆記本上的日期是十五年前，早在眾叛親離開始之前。像鉛筆般平凡、友善的物品仍隨意佔據著工作檯，艾爾佛瑞十幾年來不曾動過，經年累月讓鉛筆醞釀出一股敵意。石棉手套掛在釘子上，上方掛著兩份美國專利證書，裱框受濕氣侵襲而扭曲鬆脫。一架雙眼顯微鏡套著蒙布，布面上有幾大片自天花板脫落的油漆。整個屋裡不蒙塵的東西只有情侶籐椅、一罐歐立恩防鏽塗料、幾把刷子、兩個裕邦咖啡罐。即使嗅覺證據愈來愈濃烈，依妮德仍拒絕相信咖啡罐正囤積著老公的尿，因爲好好的廁所明明近在五、六公尺內，豈有對著咖啡罐撒尿的道理？

乒乓球桌以西是艾爾佛瑞的大藍椅。這張椅子的塡塞物過於飽和，隱約有地方官寶座的風格，以眞皮製成，卻散發著凌志車內的氣息。就像那些現代醫療用的、不透水的物件，用濕布就可以輕易地把死亡氣味抹淨；在下一位坐者死在椅子裡之前。

艾爾佛瑞買東西前一定會先問過依妮德，這椅子是唯一例外。他出差至中國大陸與鐵道工程師開會時，依妮德同行，兩人逛到一間地毯工廠，打算買一張放在起居室的地毯。他們不習慣在自己身上花錢，因而從最便宜的選起，這張純米黃色底的地毯上印有簡單的《易經》花紋。幾年後，艾爾佛瑞從密德蘭太平洋鐵道公司退休，打算換掉平常看電視、小睡用的那張有牛羶味的黑皮舊扶手椅。他當然想要一張眞正舒服的椅子，但在爲別人奉獻了一輩子後，他要的遠不只是舒適而已；他要一張有紀念意義的椅子來成就自己。因此他去了一家不打折的傢具店，單獨去，去挑選一張恆久之椅，一張屬於工程師的椅子，一張大椅子，大到彪形巨漢坐下也顯得渺小，再沉重的壓力也能承擔。因爲這張皮椅的藍勉強能呼應那張中國地毯裡的藍，依妮德嚥下苦水，任由艾爾佛瑞把它擺在起居室裡。

但沒多久，艾爾佛瑞的手端不住低咖啡因咖啡，玷污了地毯的米黃色底，玩瘋了的孫子也在地毯上踩破莓子、踏碎蠟筆，依妮德開始覺得這張地毯擺錯了位置。她自忖，為了節省生活開支，她犯了許多這類錯誤，想到最後她認為與其買這張地毯，不如乾脆不買地毯。終於，隨著艾爾佛瑞的小睡愈來愈沉得像被法術迷昏，她也愈來愈大膽。幾年前她繼承了母親留下的一小筆遺產，用來投資，有幾支股票的績效相當不錯，因此現在她有自己的收入。她以綠色系和黃色系重新規畫起居室，安排整修。一名壁紙工進門時，暫時在用餐室小睡的艾爾佛瑞驚醒，作惡夢似地跳起來。

「妳又想重新裝潢？」

「用的是我自己的錢，」依妮德說：「想怎麼花是我的事。」

「那我賺的錢呢？我做過的事呢？」

以往，這套論點擲地有聲（可說是暴政合法的憲法依據），現在卻不管用了。「那張地毯鋪了快十年，而且咖啡漬怎麼洗也洗不掉。」依妮德回答。

艾爾佛瑞指向他的藍椅子。壁紙工人用塑膠罩布覆蓋椅子，讓它看起來很像某個以平臺卡車載運到發電廠的東西。他氣得發抖，無法置信。他要以這張椅子來擊垮她的論點，以這張椅子來阻絕她的計畫，不敢相信她竟然把這張椅子忘掉。這張坐了六年仍近乎嶄新的椅子，象徵著他七十載幾乎毫無自由的人生。他齜牙笑了，因這個極其完美的邏輯而容光煥發。

「椅子怎麼辦？」他說：「椅子怎麼辦？」

依妮德看著椅子，神情裡除了痛苦外沒有其他。「我從來沒喜歡過那張椅子。」

這或許是她所能對艾爾佛瑞說的話當中，最殘酷的一句。這張椅子是他展望未來的唯一具體象徵。依妮德這句話令他的內心滿是沉痛——他多麼同情椅子，感到人椅同心，對它從捍衛自己轉而傷害自己既慟又驚——於是他扯掉塑膠罩，倒進它的懷抱，沉沉睡去。

（人類體認魔法之境的一種方式，就是像這樣沉眠。）

到了地毯與艾爾佛瑞的椅子都非走不可的時候，地毯很容易就脫手了。依妮德在免費的地方報紙上刊登廣告，網住一位緊張如小鳥的女人。這位女人仍在犯錯的年紀，五十元大鈔胡亂捲成一團，從包包掏出後，她以顫悠悠的手指抽出幾張壓平。

椅子呢？椅子是紀念碑，是象徵，不能與艾爾佛瑞分開，只能搬移，因此它進了地下室，艾爾佛瑞跟進。於是在藍博特家，如同整個聖猶達，如同全美上下，日子開始在地表以下度過。

依妮德現在聽得見艾爾佛瑞在樓上的聲音，抽屜開開關關。接近與子女相會的日子，他會變得亢奮；和孩子們會面似乎是唯一一件他至今仍在意的事。

在用餐室乾淨得毫無髒痕的窗內，東西亂成一團，狂風肆虐，光影交錯。依妮德尋遍了所有地方，就是找不到埃克桑企業寄來的那封信。

艾爾佛瑞站在主臥室裡，納悶他的抽屜櫃爲什麼開著、誰開的、開抽屜的人是不是他。他忍不住因自己的混亂而怪罪依妮德。怪她見證了自己的混亂，混亂才變成活生生的眞實情況。責怪打開這些抽屜的人，是活生生的她。

「艾爾？你在做什麼？」

他轉向她現身的門口，開始說：「我在——」但他受到驚嚇時，嘴裡吐出的每一句話都變成一場森林歷險記：當他發現森林入口處的光線消失時，才明白他沿途撒的麵包屑已被鳥兒叼走，一群無聲、敏捷如梭的生物躲在黑暗中，他看不太清楚，但這群生物爲數眾多，餓得簇擁爭食，一時令人覺得彷彿牠們就是黑暗，彷彿這片黑不均勻，不是因爲缺乏光線才顯得黑，而是因爲構成物是一群緊密排列的微粒物質。青少年時期的他求學認眞，在《麥凱英語詞彙寶典》中查到「昏暗」（crepuscular）這個字時，生物學名詞「微粒」（corpuscle）滲入他對「昏暗」這個字的認知，因此成年後，他始終將微光視爲一種微粒物質，宛如以高感度底片捕捉低光度影像時追求的顆粒質感，宛如不祥的衰敗徵兆。正因如此，置身森林深處的他被引入歧途，心生恐慌，周邊的黑暗是群飛的椋鳥遮蔽夕陽所造成的黑暗，或是黑蟻圍攻負鼠屍體所形成的黑暗，這種黑暗不只存在，而且積極侵蝕他刻意建立的方向感；但當他發現自己迷路，時光立即變得出奇遲緩，他發現迄今無法悟透的永恆出現在一個字和下個字之間的空位——更貼切的說法是，他受困於兩個字之中的空間，只能站在那裡望著時光將他排除在外，逕行流逝，而輕率的稚氣帶領他穿越林間，盲目地直闖視線範圍之外；與此同時，受困的他、成年的艾爾，在一旁用事不關己的詭異心態，看著驚慌的男童能否在迷失方向、或找不到這座句子森林的起點時，仍設法跌跌撞撞地尋得那片林間空地，依妮德正在那裡等他，渾然不知森林的存在——「收拾我的行李箱。」他聽見自己說。這句子聽來正確：動詞、所有格、名詞。一口行李箱擺在他面前，形同鐵證；沒有任何扯他後腿的蛛絲馬跡。

但依妮德又開口了。聽力師診斷他有輕度失聰，他對著依妮德皺眉，不太知道她在說什麼。

「今天是禮拜四，」她放大音量說：「我們禮拜六才出發。」

「禮拜六！」他應和。

她扯了他後腿。一時之間，昏暗的鳥群撤退了，但屋外的風已將太陽吹跑，天氣變得好冷好冷。

失敗

老夫妻沿著漫長的機場大廳走來，步伐欠穩，依妮德護著有毛病的一條腿，艾爾佛瑞脫鉤似的雙手划著空氣，控制無方的雙腳拍擊著機場地毯，兩人肩挑北歐悠航遊輪的袋子，專心看著前方地板，揣度著接下來危機重重的三步。幾位黑髮紐約人飛奔而過，老夫妻不肯正眼看他們；艾爾佛瑞的草帽有如勞動節前後愛荷華州玉米田的高度、穿黃色羊毛褲的依妮德歪著臀行走。這些畫面看在任何人的眼裡，都會認定這一對是來自中西部、飽經風霜的人。齊普．藍博特正在安檢關卡旁等著接機，在他眼裡，這兩個人卻是殺手。

等候過程中，齊普防禦似地把雙臂交叉在胸前，同時抬高一隻手去拉耳垂上的鍛鐵鉚釘。他擔心再拉的話會連釘帶耳垂整個扯下來——但耳神經再痛，也比不上此刻要穩住自己腳跟的苦。他站在金屬探測器旁，看著一位頭髮染成天藍色的女孩超前他父母。藍髮女孩是讀大學的年紀，嘴唇與眉毛都打了洞，是個非常令人垂涎的陌生人。他突然想，假如能和這女孩做愛一秒，他就能鼓足自信去面對父母；要是他在父母停留紐約期間，能和這女孩持續每分鐘做一次愛，他就能夠撐過父母來訪的這件事。齊普的身材高挺，一副健身房鍛鍊出來的體格，眼角有魚尾紋，奶油黃的頭髮稀疏。如果藍髮女孩注意到他，可能會嫌他這年紀穿一身皮衣有點超齡。女孩匆匆走過時，他更用力拉扯鉚釘，以抵銷今生再也見不到她的心痛，並將心思轉向他的父親。在陌生人海中，父親認出兒子，臉色大亮。艾爾佛瑞舉足困難，宛如逆水前進，最後撲向齊普，抓住兒子的手與腕，把他當成旁人扔來的救生繩索。「噢！」他說：「噢！」

依妮德跛足跟上。「齊普，」她大叫：「怎麼把耳朵搞成這樣？」

「爸，媽。」齊普喃喃的話語在齒縫間打轉，希望藍髮女孩聽不見。「見到你們眞好。」

他看見父母的北歐悠航肩袋，腦海閃過一個充滿破壞力的念頭。北歐悠航送每位旅客這種肩袋，若不是打算看好戲、讓旅客成爲廉價的行動活廣告，就是基於現實考量，方便工作人員在登船期間辨識旅客，也可能只是好意，希望建立團隊精神。或者，是依妮德和艾爾佛瑞刻意把上次北歐悠航送的肩包留著，再搭遊輪時帶出來用，誤以爲這樣能表現品牌忠誠度。無論原因是哪一種，他驚訝地發現父母竟肯屈身成爲企業廣告大軍裡的小卒。他接過兩人的肩袋揹著，也連帶承接了雙親以失望的眼神，將拉瓜地亞機場、紐約市、他的人生、他的服飾與身體盡收眼底的沉重。

他彷彿首度注意到骯髒的耐磨油地毯、樣子像殺手的禮車司機。司機舉著牌子，上面寫著別人的姓名。他也看到天花板上有個破洞，打結的電線從洞口垂懸而下；他清楚聽見有人罵「操你娘」。在提領行李區，大窗外有兩個孟加拉男人，正冒雨推著一輛拋錨的計程車，憤怒的喇叭聲四起。

「我們要在四點之前去碼頭報到，」依妮德對齊普說：「另外我認爲，你爸希望去《華爾街日報》看看你的辦公環境。」她提高嗓門：「艾爾？艾爾？」

雖然艾爾佛瑞的頸子已有佝僂現象，但體態依然威武，白髮濃密而絲亮如北極熊，肩膀上的長肌肉群孔武有力，齊普記得這些肌肉在打小孩屁股時的繃緊樣態，挨打的人常常是齊普。這些肌肉裹在灰色粗呢布休閒西裝裡，仍能讓肩膀顯得挺拔。

「艾爾，你不是說你想看看齊普上班的地方嗎？」依妮德大聲問。

艾爾佛瑞搖頭：「沒時間。」

行李運輸帶空轉著，上面一件行李也沒有。

「你的藥吃了沒？」依妮德說。

「吃了，」艾爾佛瑞說。他閉上眼睛，慢慢反覆說著：「我吃過藥了。我吃過藥了。我吃過藥了。」

「黑吉培斯醫生開了新的藥給他。」依妮德對齊普解釋。齊普相當確定，父親其實對參觀他辦公室一事不感興趣。其實齊普與《華爾街日報》毫無關聯——他免費供稿的刊物是《華倫街日報——逾矩藝術月刊》，且這幾天剛完成一份劇本，還從他丟掉助理教授的工作起，在布努斯培律師事務所擔任法律文件兼職校對將近兩年。他原本在康乃迪克州的D學院文本文物系擔任助理教授，因故離職，事件關係人是大學部的女生，剛剛過了法律追究的年齡。雖然他父母始終蒙在鼓裡，但仍讓母親沒法子繼續在老家吹噓兒子的一連串成就；他給父母的說法是，他是為了專心寫作才放棄教職。最近母親追問他到底在創作什麼，他才提起《華倫街日報》，不料母親聽錯了，立刻開始對親友大吹大擂，愛莎．魯特、碧．麥斯納、瑪莉貝絲．順普都知道了。齊普每月打電話回家一次，儘管有很多機會可以勾銷母親的幻想，但他反而積極加深這份誤解；事情變得相當複雜，不僅因為聖猶達買得到《華爾街日報》，母親卻從未提起她找不到兒子的文章（換句話說，她隱約知道兒子不是《華爾街日報》的記者），還因為寫出〈別出心裁偷情法〉和〈讓我們從現在開始讚美髒兮兮的汽車旅館吧〉等文章的這個人，極力維護母親心中那道幻影，與《華倫街日報》致力破除塵世假象的宗旨大相逕庭。現年三十九的他怪父母害他變成現在這樣的人——所幸，母親終於不再追問報社的事了。

「他發抖的現象已經改善很多了，」依妮德以艾爾佛瑞聽不見的音量補上這句：「唯一的副作用是，他可能會產生幻覺。」

「這種副作用不太好。」齊普說。

「黑吉培斯醫生說，他的病情很輕微，定期吃藥，差不多能完全控制。」

艾爾佛瑞盯著行李出口的黑洞，臉色蒼白的其他旅客則在運輸帶周圍搶位子。耐磨合成地板上有凌亂的輪痕，因附著在雨水上的髒污而顯得灰灰的，燈光是暈車嘔吐物的顏色。「紐約市！」艾爾佛瑞說。

依妮德對著齊普的長褲皺眉。「不是皮做的吧？」

「是。」

「你怎麼洗？」

「是皮，就像第二層皮膚一樣。」

「我們最晚四點要到碼頭。」依妮德說。

運輸帶咳出幾個行李箱。

「齊普，來幫我。」父親說。

不久後，齊普蹣跚走進風雨，帶著父母的四件行李。艾爾佛瑞拖著步伐前進，抽腳的動作不自然，透露出他心知一旦停下，想再舉步就麻煩了。依妮德落後，防著髖關節造反。自從上次見到她，齊普發現她多了一些肥肉，或許也矮了一點。她一向是美女，但在齊普眼裡，她的個性佔比超大，其他方面小之又小，乃至於正眼凝視她時，齊普仍看不清她眞正的長相。

「那東西是什麼做的——鍛鐵嗎？」艾爾佛瑞問。他們在排隊等計程車，慢慢前進。

「對。」齊普說著摸摸耳朵。

「看起來是一顆〇．六公分的舊鉚釘。」

「對。」

「怎麼——戴？夾的嗎？還是敲進去？」

「用敲的。」齊普說。

艾爾佛瑞蹙眉，發出低低的吸氣聲。

「我們這趟是賞楓豪華遊輪的行程。」依妮德說。三人此時已坐進黃色計程車，正在皇后區奔馳。「船先北上魁北克，然後向南航行，一路享受變色中的秋葉。上次的遊輪你爸坐得好開心，對不對呀，艾爾？你上次搭遊輪，是不是玩得很開心？」

東河沿岸的磚柵遭風雨無情打擊。齊普希望今天豔陽普照，但願能一眼看見知名建築物和湛藍河水，所有景觀盡收眼底，但今早路上唯一的色彩是被雨水澆糊的紅色剎車燈。

「這是世界大城之一。」艾爾佛瑞感嘆。

「爸，你最近身體怎樣？」齊普勉強問候。

「好也好不過上天堂，壞也壞不過下地獄。」

「聽說你換了新工作，我們好高興呀！」依妮德說。

「全國大報之一，」艾爾佛瑞說：「《華爾街日報》。」

「咦，你們有聞到魚腥味嗎？」

「海就在附近。」齊普說。

「不對，是你啦！」依妮德靠過去，把臉埋進齊普的皮袖子：「你的夾克，魚腥味好濃。」

他抽手。「媽，拜託。」

齊普的問題在於他的自信心低迷。如今的他，再也沒有「震驚中產階級」的能力了。除了在曼哈頓的那間公寓和美豔女友茱麗雅．孚芮斯之外，現在的他若想說服自己是身心無障礙的男子漢，翻遍全身上下也找不到證據，拿不出能和哥哥蓋瑞、妹妹丹妮絲相提並論的成就。蓋瑞從事金融業，育有三子，而丹妮絲才三十二歲就當上執行主廚，在費城一間生意興隆的高檔新餐廳上班。齊普原本冀望這時已經順利賣掉劇本，可惜他拖到這星期二午夜之後才趕完初稿，接著在律師事務所連加三班、每班十四小時，才籌足八月的房租，並向房東（齊普是轉租房客）保證他繳得出九月和十月的租金，再趕著採買闔家午餐的食材，打掃公寓，最後在今早拂曉前吞下一顆密藏已久的贊安諾（註：Xanax，治療恐慌、焦慮的藥）。這段期間，他已經將近一星期見不到茱麗雅，電話也聯絡不上。過去四十八小時裡，他在茱麗雅的語音信箱裡留了無數通緊張留言，請她星期六中午來公寓，和他與丹妮絲見面，也認識一下他父母；如果可以，拜託不要在爸媽面前提到她已婚的事。茱麗雅對電話、電子郵件始終不接不回。面對這種冷戰，身心比齊普更穩定的男人也可能忍不住歸納出痛心的結論。

曼哈頓的雨下得好大，雨水順著門面傾瀉而下，灌得下水道口噗噗冒泡。在東九街、齊普的公寓外，齊普從依妮德手上接過鈔票，穿過隔間窗遞給司機。紮著頭巾的司機雖然收下錢，但齊普立刻意識到小費給得太少了，他從自己的皮夾取出兩張一元鈔票，垂在司機肩膀附近。

「夠了啦，夠了啦，」依妮德尖著嗓子說，伸手去拉齊普的手腕。「人家已經說謝謝你了。」

但兩元被收走了。艾爾佛瑞想開車門，拉扯著車窗搖桿。「我來，爸，拉這裡。」齊普說著靠過去，替他拉開車門。

「剛剛的小費總共給多少？」依妮德問齊普。他們站上人行道，在公寓門口的遮篷下等司機把行李從後車廂搬過來。

「差不多一成五。」齊普說。

「我敢說快要兩成了。」依妮德說。

「我們來爲這件事吵一架吧！」

「兩成太多了，齊普，」艾爾佛瑞大著嗓門宣佈：「不合理。」

「祝各位今天萬事順利！」計程車司機的口氣裡隱約帶有諷刺意味。

「小費代表的是服務態度和舉止，」依妮德說：「如果服務態度和舉止特別好，我可能會給一成五。不過，如果你想都不想就給小費——」

「我被低潮（註：depression有「憂鬱」和「經濟蕭條」雙重意思）折磨了一輩子。」艾爾佛瑞說——或者像是在說。

「你說什麼？」齊普問。

「低潮的年代改變了我，改變了一美元的意義。」

「你指的是經濟不景氣的年代。」

「服務態度要是眞的特別好或特別差，」依妮德不想改變話題：「就無法用金錢來表達了。」

「再怎麼說，一塊錢不是個小數目。」艾爾佛瑞說。

「給一成五，是因爲服務特別出色，眞的很出色。」

「奇怪，我們爲什麼要一直談這個，」齊普對母親說：「聊別的不好嗎？爲什麼非要挑這個講？」

「我們倆都等不及，」依妮德回應：「想參觀你上班的地方。」

公寓的門房佐洛斯特快步迎出門，幫忙提行李，把藍博特家人送進老驢脾氣的電梯。依妮德說：「前幾天，我在銀行碰到你的老朋友迪恩．崔博列。每次見到他，他一定會問起你的近況，他好欣賞你新換的文字工作喔！」

「迪恩．崔博列是老同學，不是朋友。」齊普說。

「他太太剛生下第四胎，他們呀，在樂園谷蓋了一棟好大的房子，我告訴過你了，有沒有？艾爾，你不是數過嗎？他們家的臥房是不是有八間？」

艾爾佛瑞瞪著她，完全不眨眼。齊普傾上身之力，猛按電梯關門鍵。

「你爸和我，今年六月去參加他們的喬遷宴會，」依妮德說：「辦得好隆重唷！他們請來外燴，準備了幾座鮮蝦金字塔，是完全用蝦子疊出來的喔！我從來沒見過這樣的。」

「鮮蝦金字塔。」齊普說。電梯門終於關上。

「話說回來，那棟房子好美喔，」依妮德說：「臥室至少有六間。而且喔，看樣子他們打算讓每個房間都有人住。迪恩的事業好成功呀！他本來從事殯葬業，後來覺得自己不適合，所以創辦那間草坪維護公司。他的繼父是戴爾．崔博列，記得吧？就是開崔博列葬儀禮拜堂的那個。現在呢，迪恩的廣告看板到處都是，他又另外創辦了一家健保組織。我在報紙上看過，記者說他那家健保組織是聖猶達成長最快的一家，名叫迪迪維護公司，沿用草坪維護公司的名字，現在也看得到廣告看板了。他很懂得創業啊，我就說嘛！」

「慢——呑——呑的電梯。」艾爾佛瑞說。

「這棟是二次大戰前的樓房，」齊普以緊繃的嗓門說明：「是很搶手的公寓。」

「對了，他母親的生日快到了，你知道他想送媽媽什麼禮物嗎？他瞞著媽媽，不過我告訴你沒關係。他要帶媽媽去巴黎玩八天。兩張頭等艙機票，在麗池大酒店訂了八晚住宿。迪恩一直是以家庭爲重，但送那麼貴重的生日禮物，你相信嗎？艾爾，你不是說他那棟房子大概值一百萬美金嗎？艾爾？」

「大歸大，風格卻俗不可耐，」艾爾佛瑞的口氣突然抖擻起來：「牆壁像紙糊的一樣。」

「所有的新房子都是這樣。」依妮德說。

「是妳自己問我欣不欣賞那房子的，我覺得那房子太炫耀了，我覺得蝦子太炫耀了，難吃。」

「可能是冷凍蝦。」依妮德說。

「大家很容易對那類東西心動，」艾爾佛瑞說：「一座鮮蝦金字塔，連續講幾個月也不累。喏，你自己看看，」他對齊普說，把兒子當成事不關己的路人：「你媽到現在還講個不停。」

剎那間，齊普覺得父親成了一位和藹的陌生老人；但他清楚艾爾佛瑞的眞面目，知道父親其實喜歡叫罵、喜歡處罰人。上次齊普回聖猶達探親是四年前的事，帶著當時的女友一起。年輕的女友茹希是英格蘭北部人，頭髮染成金色，信奉馬克思學說，屢屢踩到依妮德的神經（她在屋裡抽菸、對著依妮德最愛的白金漢宮水彩畫哈哈大笑、沒穿胸罩就來晚餐、絕口不吃依妮德做的「沙拉」——荸薺加綠豌豆搭配切達起司方塊，淋上依妮德在節慶時特製的美乃滋濃醬）；又刻意刺激艾爾佛瑞，惹他發火，逼得他高聲說「黑人」即將導致美國滅亡，「黑人」沒有和白人共存的能力、只指望政府照顧他們、不懂勤勞的眞諦、最沒紀律，最後將會橫屍街頭、橫屍街頭，至於茹希對他有何觀感，他才懶得理，對他的家、他的國家來說，她都是外人，無權批判她不懂的事。而齊普，事先警告過茹希，他父母是全美國最古板的人，艾爾佛瑞這麼一罵，他對茹希微笑不語，彷彿說著，看吧？和我說的完全一樣吧？事隔不到三星期，茹希甩掉他，留下的話是，他跟他父親其實很像，只是他沒有發覺。

「艾爾，」依妮德說，這時電梯晃了一晃，停下來：「你得承認那場宴會辦得非常、非常棒對吧？迪恩眞的非常好，特別邀請我們參加。」

艾爾佛瑞似乎沒聽見。

齊普的公寓門外插著一支透明塑膠雨傘，齊普認出是茱麗雅．孚芮斯的，如釋重負。他趕羊似地把父母的行李從電梯趕出來，這時公寓門開了，走出來的人是茱麗雅。「喔，喔！」她的口氣近似驚慌。「你們早到了！」

齊普的手錶顯示十一點三十五分。茱麗雅一襲無曲線的薰衣草色雨衣，手上拎著一個夢工廠的托特包。她的長頭髮是黑巧克力色，因濕氣和雨水的侵襲而毛躁。她以善待大型動物的口吻，先對艾爾佛瑞說「嗨」，然後對依妮德說「嗨」。艾爾佛瑞與依妮德對她吠叫般報上名字，伸手想和她握手，逼她退回公寓。入內後，依妮德開始以一連串問句轟炸她，齊普拖著行李跟在後面，聽得出母親的弦外之音和意圖。

「妳住市區嗎？」依妮德問。（妳該不會和我們的兒子同居吧？）「妳也在市區上班嗎？」（妳有自己的工作收入吧？妳家該不會是東岸那種多金、瞧不起人的移民家庭吧？）「妳是在這裡長大的嗎？」（還是中西部的熱情老實人？應該不是猶太人吧？）「喔，妳在俄亥俄州還有家人嗎？」

（妳爸媽該不會也盲從時代潮流，走上離婚這條不怎麼道德的路？）「妳有兄弟姐妹嗎？」（妳是不是被寵壞的獨生女？爸媽是不是信天主教，小孩生了一大窩？）

茱麗雅初試過關，依妮德才把注意力轉向公寓。爲了把公寓整理成能給父母看的樣子，齊普最後甚至爆發自信危機。他買回一組除漬清潔用品，將紅躺椅上的大片精液污痕清除乾淨，拿走壁爐上方壁龕裡堆積成牆的酒瓶軟木塞——累積的速率是每週增加六、七枚梅洛紅酒和灰皮諾白酒的瓶塞。他最珍視的藝術收藏品是男女生殖器的大特寫，掛在浴室牆上，也不得不拿下，換上依妮德多年前堅持替他裱框的三份畢業證書。

今早出門前，他覺得棄守自我的部份太多了，決定重新調整迎賓時的穿著，換上皮衣褲前往機場。

「這一間的面積和迪恩的浴室差不多，」依妮德說：「你不覺得嗎，艾爾？」

艾爾佛瑞的手上下抖著，他翻手過來，手背朝上，仔細查看。

「我一輩子沒看過那麼大間的浴室。」

「依妮德，妳講話沒分寸。」艾爾佛瑞說。

這話若被齊普聽到，他可能會聽出父親同樣沒分寸，因爲這意味著父親贊成母親批評他的公寓，反對的只是她口無遮攔。但齊普無心關照，只顧著看茱麗雅的夢工廠袋子，有一支吹風機從袋裡探出來，是她放在他浴室裡的那支。她的舉動看起來正要搬走。

「迪恩和翠西安裝了一座按摩浴缸、一座淋浴間，還有一個澡盆，每個東西各佔一個地方，」依妮德繼續說：「連洗手臺都分男女。」

「齊普，對不起。」茱麗雅說。

他舉起一手，要茱麗雅稍停。「午餐快要開始了，只等丹妮絲來，」他對父母親宣佈：「一頓非常簡單的午餐，你們先坐坐。」

「很高興認識兩位。」茱麗雅提高音量對依妮德和艾爾佛瑞說。對齊普，她則壓低嗓門說：「丹妮絲快來了，你不會出糗的。」

她打開公寓門。

「媽、爸，」齊普說：「等我一下下就好。」

他跟著茱麗雅走出公寓，讓門自動關上。

「時機眞的不對，」他說：「眞的、眞的太不對了。」

茱麗雅甩甩頭，把黏在太陽穴的頭髮甩回正位。「在交往過程中，我總是以對方爲重，這是我頭一次以自己爲主，感覺很好。」

「那好，恭喜妳跨出一大步。」齊普努力微笑：「不過，妳覺得我的劇本寫得怎樣？伊登開始讀了嗎？」

「她大概這個週末會讀吧！」

「妳呢？」

「我讀了，呃，」茱麗雅把視線轉開：「讀了大部份。」

「我的想法是，」齊普說：「先給電影觀眾一座『小山』，逼他們爬過去，把觀眾比較排斥的東西放在開頭，這是現代主義的一種典型策略，後面寫了很多懸疑詭譎的東西。」

茱麗雅轉向電梯，不搭腔。

「妳有讀到最後那部份吧？」齊普問。

「唉，齊普，」她哀怨地脫口而出：「你劇本的前六頁，劈哩啪拉寫了一堆都鐸戲劇裡的陽具焦慮。」

他明瞭這一點。幾星期以來，他經常在破曉前從惡夢中醒來，胃臟翻攪，牙齒緊咬，天人交戰著夢境演繹出的事實：以都鐸戲劇爲主題的獨白寫得太冗長、太學術，不適合放在商業路線劇本的第一幕。遇到這種情形時，他通常耗費數小時——起床、踱步、猛灌梅洛紅酒或灰皮諾白酒——重建信心，認定理論加持的開幕獨白不僅不是失策，還是這劇本最強的賣點；而現在，他只要望一眼茱麗雅，就知道自己的想法是錯的。

他點點頭，由衷表示贊同她的批評，打開公寓門對父母喊：「再等一下下，媽、爸，再等一下下。」但再度關上房門時，舊論點又盤踞心頭。「話說回來，」他說：「獨白含括了整個故事的伏筆。每一個主題自成一顆膠囊，埋在獨白裡，包括性別、權力、自我認同、權威，而且，重點是……等一下，等一下，茱麗雅？」

她心虛低著頭，好像暗中希望他別看出她想分手的心意。茱麗雅從電梯轉頭回來面向他。

「重點是，」他說：「那女生坐在教室最前面一排，聆聽他講課，這個畫面很關鍵，宰制整個論述的人是他——」

「可是，你反覆提到她的胸部，」茱麗雅說：「讓人覺得色色的。」

這樣說也有道理。但即使有道理，對齊普來說卻似乎既不公平又殘酷，畢竟，少了這位窈窕女主角，少了「想像女人酥胸」這個誘因，齊普一定無心寫這劇本。「妳說的或許對，」他說：「只不過，有些肉體的描述是刻意加上去的。因爲，反諷的地方正是女生被他的頭腦吸引，而他卻看中女生的——」

「可是，從女人的角度來讀，」茱麗雅毫不退讓：「有點像看見超市的雞肉區：酥胸、雙峰、胸脯、大腿、小腿。」

「這些字眼，我可以刪除一些，」齊普壓低嗓門說：「我也可以縮短開頭的長篇大論。不過，我的出發點是，希望立一座『小山』——」

「對，讓電影觀眾爬過去。這點子很別致。」

「拜託妳進來吃午餐嘛！求求妳，茱麗雅？」

她按著鈕，電梯門開著。

「我想說的是，你劇本寫得有一點侮辱人的味道。」

「但我寫的又不是妳，女主角根本不是照著妳寫的。」

「哇，眞妙。你寫的是別人的胸部。」

「天啊！拜託，等我一下。」齊普轉身打開公寓的門，這次赫然發現和他鼻對鼻的是父親。艾爾佛瑞的大手抖得劇烈。

「爸，再等我一分鐘就好。」

「齊普，」艾爾佛瑞說：「叫她留下來！告訴她，我們希望她留下！」

齊普點頭，當著老人的臉關上門；但在他轉身的幾秒之間，電梯已吞噬茱麗雅。他按電梯鈕，電梯門不應，他只好打開消防疏散通道的門，衝下維修工人走的螺旋梯。在妙語如珠的系列講座中，文本文物學教授**比爾．奎騰斯**主張以縱情享樂為策略，盡情顛覆象徵官僚的理性主義。年輕瀟灑的他有一位名叫**夢娜**的女學生，姿色動人，難掩對教授的仰慕之情，比爾難敵誘惑而動心，正要展開一段色慾噴張的師生戀，卻被比爾的分居妻子希萊兒揭穿。比爾和希萊兒對峙著，氣氛緊繃，一方代表健康的世界觀，另一方代表逾矩的世界觀，雙方展開夢娜心靈的爭奪戰。夢娜裸身躺在兩人之間，壓著凌亂的床單。希萊兒以既認同又壓抑的辭令，成功誘使夢娜公開譴責比爾。比爾砸了飯碗後，不久卻發現幾封電子郵件，證明了希萊兒付錢請夢娜來摧毀他的前途。比爾將不利於她的證據拷貝進磁碟片，驅車前去請教律師，途中車子卻衝進洶湧的D河而沒頂，磁碟片從車裡漂出來，被前仆後繼的激流送進慾浪澎湃的洶湧外海。警方判定，墜河事件是車主駕車自殺。在電影最後幾幕中，希萊兒接到聘書，取代比爾的教職，登上講壇，闡述縱情享樂的壞處，而坐在教室裡的學生正是邪惡的蕾絲邊情人夢娜。以上是劇本的大綱，是齊普參考書店買來的劇本創作指南寫的，去年冬天早上傳眞給曼哈頓的電影製作人伊登．普羅秋洛。五分鐘後，他接到一通電話，對方是年輕女子，嗓音冷淡而不帶情緒，說：「請等候伊登．普羅秋洛。」隨即收到伊登．普羅秋洛本人的驚嘆：「我喜歡、喜歡、喜歡、喜歡、喜歡這劇本！」如今事隔一年半，單頁大綱延展爲一百二十四頁的劇本，標題是《紫學院》。有著巧克力色頭髮的茱麗雅，也就是電話中講話冷淡、不帶情緒的那位個人助理，眼看著要離開他，他側腳快步下樓，三、四階併作一步去攔截她，每到歇腳處便握緊角柱，旋身轉換飛奔的方向，眼前、腦子裡浮現一百二十四頁劇本的字句，地毯式搜尋罪大惡極的段落：

3：如蜂螫過的豐唇、挺而圓的**胸**部、窄實的臀部、以及

3：穿著喀什米爾羊毛衣，緊貼著她的**胸**部

4：熱切地向前傾，完美的青春酥**胸**迫切地

8：（凝視她的**胸**部）

9：（凝視她的**胸**部）

9：（他的視線忍不住被牽向她那完美的**胸**部）

11：（凝視她的**胸**部）

12：（兩手在她完美的胸部上神遊）

13：（凝視她的**胸**部）

15：（凝視再凝視她那完美的少女酥**胸**）

23：（壓擠著，她那完美的**胸**部激凸著他的

24：壓抑的**胸**罩，以解放她那對叛逆的**胸**部。）

28：將汗光晶瑩的**胸**部舔成粉紅。）

29：乳頭從汗濕的**胸**部凸起，宛如陽具

29：我喜歡妳的**胸**部。

30：對妳醇美如蜜、豐滿的酥**胸**愛慕得五體投地。

33：（希萊兒的**胸**部宛如兩顆蓋世太保的子彈，可以被

36：帶刺的目光彷彿能戳破她的**胸**部，洩盡她的氣

44：田園風的**雙峰**裹在與情慾絕緣的嚴肅浴袍裡

45：低聲下氣、備受恥辱之餘，毛巾緊包著她的酥**胸**。）

76：她原本無邪的**胸**部，如今披上戰袍

83：我想念妳的身體，我想念妳那完美的**雙峰**，我

117：沒頂的車頭燈漸漸黯淡，如同兩個乳白色的**胸**部。

也許還不只這些！多到他記不清楚了！更慘的是，他現有的兩位關鍵讀者都是女性！齊普認為茱麗雅想分手，是因為《紫學院》出現太多「胸」字，開場白太冗長，如果他能改掉這幾項明顯的錯誤，改掉茱麗雅手上那份，更重要的是伊登．普羅秋洛的那份——他特地用雷射印表機印在二十四磅象牙紙上——如果他能拿回來修改，或許不僅能抒解財務困境，更能提高他再次解放、愛撫茱麗雅那對無邪、乳白酥胸的機會。這是他這幾個月幾乎每天近中午時都會進行、世上少數仍能讓他消解失敗之苦的活動之一。

他走出樓梯間，進入大廳，發現老驢電梯開著，等候折磨下一位乘客。正對馬路的公寓門敞開，他看見一輛計程車熄滅車頂燈，駛進車流。風雨吹進來，打濕了黑白棋盤形的大理石地板，門房佐洛斯特正在拖地。「再見，齊普先生！」口氣故作俏皮，這不是第一次了。齊普直奔門外。

豆大的雨滴敲擊著柏油路面，在飽含濕意的空氣裡再揚起一層冷霧。珠簾似的雨水從遮篷流下來，齊普看見茱麗雅的計程車停在黃燈前，馬路正對面駛來一輛計程車，乘客準備下車，齊普心生一計，他可以搭這輛，請司機載他去追茱麗雅。這個法子令他心動，但實行起來有困難。

難題之一是，如果飛車追逐茱麗雅，他恐怕觸犯D學院法務室眼中最嚴重的犯行之一。法務曾寄給他一封律師函，措辭尖銳如衛道之士，一度揚言要告他、或讓他被起訴。信中列舉他涉嫌的罪名，包括

詐欺、違約、綁架、違反教育修正案第九條的性騷擾條例、提供酒精飲品給未達法定年齡的學生、持有並販售管制藥物，但眞正嚇到齊普的一條指控、至今仍讓他心有餘悸的是騷擾——涉嫌在電話中「淫聲穢語」、「語帶威脅」、「謾罵」，而且擅闖年輕女子的住處，意圖侵犯其隱私。

更直接的難題在於，他的皮夾裡只有四元，支票帳戶結餘不到十元，他持有的各大信用卡已張張刷爆，而且在週一下午之前無校對工作可接。上次他見到茱麗雅是六天前的事了，那次她明言抱怨說，他「老是」想窩在家裡吃義大利麵，「老是」想和她接吻、做愛（她說，有時候她幾乎覺得他把性愛當成一種藥，她覺得他不用快克或海洛因來自我麻醉的原因或許是做愛不用花錢，他快變成吝嗇鬼了；她說，現在她開始照醫師指示服用處方藥，有時她覺得這些藥是替兩人吃的，加倍感到不平，因爲藥是她買的，也因爲吃藥讓她變得稍稍性冷感；她說，如果由齊普作主的話，他們大概連電影院也不會再踏進一步，只會整個週末繾綣床上，窗簾不開，肚子餓了就熱一熱隔夜的義大利麵）。有鑑於此，他懷疑再與茱麗雅交談的最低價格，起碼是一頓昂貴的午餐，菜色要有以薰衣木燒烤的秋季蔬菜、一瓶松塞爾（註：Sancerre，獲獎的白酒），而他想盡辦法也籌不出這種閒錢。

因此，他愣在遮篷下，呆呆看著街角的號誌燈轉綠，茱麗雅的計程車駛離視線。雨打在柏油路上，白色雨滴看似受過污染。馬路對面，從計程車裡走出一位長腿女郎，穿著緊身牛仔褲和俏麗的黑靴。她是齊普的妹妹丹妮絲，是全世界唯一一個他瞄不得、不願瞄、更不願性幻想的美女。漫長的今天上午，讓他怨嘆的事情很多，碰不得的美女現身，値得怨嘆的事情再添一樁。

丹妮絲撐著一支黑雨傘，捧著一束鮮花，手提一盒用細麻繩綁著的烘焙點心盒，閃避著路面的積水和激流，來到遮篷下與齊普會合。

「聽著，」齊普露出緊張的笑臉，不敢正眼看她：「我想請妳幫我一個大忙，幫我撐一下場面，等我去找伊登拿回劇本，我有幾個重要的地方要趕快修正一下。」

丹妮絲把他當成桿弟或下人，把傘遞給他拿著，撢掉褲腳上的雨水和泥沙。丹妮絲遺傳了母親的黑髮和白皙的皮膚，具有父親那份懾人的道德權威感；指示齊普今天務必邀請爸媽來紐約共進午餐的人正是丹妮絲。她指示齊普的口吻近似世界銀行對拉丁美洲債務國規定的條件，因爲不巧的是齊普欠她錢。欠多少？一萬、五千五、四千、一千加起來的總和。

「是這樣的，」他解釋：「伊登今天下午想找時間讀我的劇本，而從財務面來看，顯然，當務之急是我們——」

「你不能挑現在去。」丹妮絲說。

「一個鐘頭就好，」齊普說：「頂多一個半小時。」

「茱麗雅來了沒？」

「她走了。她來打聲招呼，然後就走了。」

「你們分手了啊？」

「我不曉得。她最近在吃藥，我根本不信——」

「等一等，等一等，你是想去伊登的辦公室，還是想去把茱麗雅追回來？」

齊普摸摸左耳的鉚釘。「九成是去找伊登。」

「噢，齊普。」

「不是啦，妳聽我說，」他說：「她把『健康』兩字掛在嘴邊，好像這兩個字帶有斬釘截鐵、亙古不變的意義。」

「你指的是茱麗雅？」

「她拿了三個月份的藥，吃得腦筋遲鈍到不像話，結果『遲鈍』被認定爲『心理健康』！就好比『盲目』被定義成『眼明』，因此瞎眼的人會說，『瞎了眼以後，我看得見這世上沒啥東西值得一看。』」

丹妮絲嘆一口氣，任手上的鮮花向人行道下垂。「你想說什麼？你想去追她，把她的藥搶走？」

「我想說的是，整個文化結構有瑕疵，」齊普說：「我想說的是，官僚霸佔了詮釋權，能夠擅自將某些心理狀態定義成『病』，能把缺乏花錢慾望解釋成一種症狀，不花大錢吃藥絕對醫不好。而這種藥進而戕害性慾，換句話說，人變得性趣缺缺，賠上人生少有的免費樂趣，這表示人不得不花更多錢，以彌補欠缺的樂趣。心理『健康』的新解變成『參與消費經濟的能力』。人一花錢投效心理醫生，就等於投效花錢的心理。而我呢？我的對手是商業化、醫藥化的極權現代社會，我正在節節敗退中。」

丹妮絲閉上一眼，把另一眼睜得圓滾滾，宛如近黑色的義大利陳年葡萄醋在白瓷碟上凝聚成珠狀。

「如果我承認你提的這些問題值得深思，」她說：「你願不願意就此打住，陪我上樓去？」

齊普搖頭。「冰箱裡有一條水煮鮭魚、酸模菜配法式酸奶、加了四季豆和榛果的沙拉。妳會看到葡萄酒、法國麵包、奶油；佛蒙特州的新鮮上等奶油。」

「你有沒有想到爸生病了？」

「一個鐘頭就好，頂多一個半小時。」

「我說，你有沒有想過，爸生病了？」

齊普的腦海浮現在門口顫抖、懇求的父親，爲了揮走這幅影像，他極力召喚性愛圖，幻想行房畫面，對象有茱麗雅、陌生藍髮女孩、茹希、任何人，無奈他再怎麼遐想，也只勾勒出一大群報復心重、復仇女神般的離身乳房。

「我愈快去找伊登修改劇本，」他說：「就能愈早趕回來；如果妳眞的想幫我的話。」

一輛空計程車駛來，他錯在看了計程車一眼，引來丹妮絲的誤解。

「我不能再給你錢了。」她說。

他的身體向後一縮，好像被她吐了口水。「天啊，丹妮絲——」

「想是想，可惜我不能。」

「我又沒有跟妳要錢。」

「因爲，給到什麼時候才能停呢？」

他原地向後轉，踽踽走進滂沱大雨，大步走向大學路，怒火在臉上燃燒出微笑。他踏進人行道形狀的湖泊，水深及踝，污水激盪。丹妮絲的雨傘握在他手中，沒有打開，彷彿他仍覺得不公平，彷彿被淋成落湯雞也不是他的錯。

齊普原本認定，人在美國不必賺大錢也能成功，這是天經地義的事，直到最近這想法才有轉變。在校期間，他一向是好學生，小小年紀就證明自己不適合參與任何形式的經濟活動（購物例外，這他還做得來），因此他的志願是追求心智的理想境界。

由於艾爾佛瑞曾輕描淡寫但令他記憶猶新地說過，他看不出文學理論有什麼用；也由於依妮德爲了節省長途電話費，每隔兩星期寄一封慷慨陳詞的信給齊普，告訴他人文博士學位「不切實際」，勸他打消攻讀博士的念頭（「我看見你以前參加科學展的獎盃，」她寫道：「所以在想，像你這樣的有為青年，如果能從醫回魄社會該有多好。說實在話，你爸和我向來希望我們拉拔大的兒女能多替別人著想，不要只顧自己」），這一切給了齊普用功念書並證明父母觀念錯誤的強大動力。他的做法是當研究所同學灌高盧啤酒，醉醺醺地睡到正午或一點才醒時，他已經比同學早幾小時起床，不斷累積獎牌、特別研究金、補助津貼這些學術界眞正值錢的東西。

成年後的頭十五年，他遇到的失敗全是間接經驗。大學時他交了一位女友，姓名是多莉·提姆曼，畢業後仍持續交往好幾年。多莉主攻女權理論，不滿學位認證式的父權體系，也痛恨丈量陰莖似的成就度量制，因此拒絕（或沒有能力）完成論文。齊普從小聽父親大談「男人的工作」與「女人的工作」之別，聽他闡述維持男女分工的大道理。為了糾正上一代的偏差觀念，他守著多莉，守了將近十年，洗衣服的工作由他一手包辦，同居小公寓裡的打掃、烹飪、養貓也多由他負責。他替多莉讀參考資料，在她盛怒到無法動筆時，幫她擬定論文的章節並修改大綱。後來，D學院給他一紙聘書，五年期滿後接受終身職審核（多莉依然拿不到學位，在德州一所農業學校找到工作，為期兩年，不得續聘），此時齊普的男性罪惡感總算耗盡，對她說了拜拜。

進入D學院時，他正值三十三歲盛年，發表過的論文豐碩，教務長吉姆·立維頓差點捧著終生職送給他。第一個學期尚未結束，齊普已和年輕的歷史學者茹希·哈米爾頓同床，在網球場上與教務長併肩作戰，讓教務長終於拿下他奢望二十年的教職員雙打錦標。

D學院素有貴族學校的風評，校產尙屬中等，收支平衡端賴付得起全額學費的家長。為了吸引這一類學生，D學院斥資三千萬美元打造一座休閒中心，另闢三座義式濃縮咖啡吧，兩棟雄偉的「住校廳」

蓋得不太像宿舍，比較近似寫實的預言，方便學生提早體驗坐擁高薪、投宿豪華大酒店的滋味。在大小房廳中，眞皮沙發隨處可見，更少不了電腦，以確保未來新生或來訪的家長有電腦可用，連餐廳和體育館也找得到正好沒人用的鍵盤。

新進教職員的居住環境就比較簡陋。齊普的運氣不錯，分配到一棟兩層樓的房子，位於堤岩巷的一處新開發區，在校園西側，是一棟濕氣重的空心磚建築。從他後院的露天陽臺可以俯瞰一條水道，校方稱之爲凱柏溪，其他人則取諧音，戲稱是汽車零件溪（註：Kuyper，荷蘭政治家，與carparts發音相近）。這條溪的對面是一片沼澤，堆積著報廢的車輛，地主是康州矯正署。D學院告上州級與聯邦法院，纏訟二十年，名目是保存這片濕地，抗拒矯正署建立排水系統，避免該地被改造成中度安全管理的監獄。

每隔一兩個月，每當齊普和茹希的關係融洽時，齊普會邀請同事、鄰居、偶爾包括一個早熟的學生來堤岩巷晚餐，端出海螯蝦或羊肋排或杜松子鹿肉等大餐來驚喜來賓，甜食是巧克力沾鍋之類的復古搞笑點心。夜深時分，加州酪酒的空瓶在桌面排出曼哈頓的摩天大樓輪廓，這時齊普夠心安，敢開自己的玩笑，敢稍微開放自我，敢將中西部童年的尷尬事跡娓娓道來。例如，在鐵道公司上班的父親不僅常加班、常讀書給兒女聽、整理院子、維修房子，居然還能抽空在自家地下室另闢冶金實驗室，熬夜到凌晨，以電流和化學物品來考驗奇異的合金。例如，齊普十三歲那年，愛上了柔軟如奶油、被父親浸泡在煤油裡保存的鹼金屬，也愛上會臉紅的鈷結晶，愛上豐滿的重汞，愛上毛玻璃活栓和冰醋酸，進而仿傚父親，自己也湊齊一間小實驗室。他對科學產生興趣，令父母大喜。在父母的鼓勵下，少年的他立下宏願，以爭取聖猶達科學展獎盃爲目標。他在聖猶達市立圖書館挖掘到一份植物生理學論文，內容夠冷僻也夠簡單，足以讓評審誤以爲出自天資聰穎的國二學生之手。他以膠合板建構一個控制變數的培育環境，種植橡樹苗，細心用相機記錄樹苗的成長情形，後來疏忽了，幾個星期沒管，等他想起來要去秤樹苗的重量時，樹苗已枯萎成黑漆漆的黏泥。這實驗原本的用意是觀察吉貝酸與不明化學因子對樹苗的作用，結果搞砸了，但他照樣寫報告，在方格紙上畫出「正確」的結果，由現在向過去推演，捏造出樹苗重量表裡的數目，還刻意隨機攙雜幾個異數，然後從頭算起，以確定造假的數據能產生「正確」結果。他在科學展勇奪首獎，獲得九十公分高的鍍銀「勝利之翼」獎盃，也贏得父親的讚賞。事隔一年，約莫在父親獲得第一項美國專利前後（儘管他對父親有諸多怨言，齊普仍對晚餐席間的客人謹慎措辭，以營造作風獨特父親的偉大印象），他常去公園佯裝研究候鳥數目，那座公園附近有大麻用品專賣店、書局、一個朋友的家。朋友家中有手足球桌和撞球桌。他在公園的小河谷發現一疊中下階級的色情刊物，受日曬雨淋而膨脹的書頁被他帶回家，拿進地下室的實驗區。不像父親，他從未做過一次眞正的實驗，對科學沒有半點好奇，黃色讀物在手，他一次又一次摩擦勃起的龜頭，渾然不知這動作不僅很痛，還會有效地壓制高潮（晚餐來賓當中，許多人鑽研男同性戀理論，聽到這段特別心喜）。然而，他的騙局、自殘、怠惰常態換來了第二座勝利之翼獎盃。

在晚餐的菸幕中，在齊普娛樂著同情他的同事時，他覺得父母對他的觀感、對他的指望大錯特錯，因而寬慰。這份心安延續了兩年半，直到他去聖猶達陪父母慶祝感恩節卻搞砸的那次之前，他在D學院都過得安安穩穩。後來，茹希要求分手，一名大一女生適時出現，正好塡補茹希留下的眞空。

齊普在D學院開設「消費敘述」課程，那年春天是第三次開班，屬於入門理論學程的一環，班上造詣最高的學生是梅莉莎·派凱特。梅莉莎是個貴氣橫溢、作風戲劇化的學生，同學不約而同避開她附近的座位，一方面是因爲不喜歡她，同時也因爲她習慣坐在第一排、齊普正對面的位子。她的脖子修長，肩膀寬，不盡然是美女，比較稱得上是衣架子。她的頭髮非常直，帶有新機油的那種櫻桃木色澤。她常穿在二手商品店買的衣服，這類服飾對她的身材只有減分——人造纖維的男士花格休閒西裝、變形蟲圖案的梯形寬鬆洋裝、左前口袋上繡著蘭迪（註：Randy，這個字小寫時有淫蕩之意）的灰色修車工連身裝。

梅莉莎．派凱特對被她認定是蠢才的人，一概沒有耐心。消費敘述課上到第二堂，有一位綁著雷鬼辮子的和氣男生（在D學院，每一堂課至少有一位綁雷鬼辮的和氣男生），名叫察德，想概述「萬勃恩」的理論，梅莉莎一聽，以「你知我知」的表情，對著齊普竊笑。她翻翻白眼，以唇語說「凡勃倫」（註：Thorstein Veblen，美國重要經濟暨社會學家，察德誤唸成Webern），握住了自己的頭髮。很快地，齊普的注意力大多轉向煩悶的梅莉莎，而不再專注於察德的言論。

「察德，抱歉，」她終於忍不住打斷同學的發言：「他的姓是凡勃倫吧？」

「凡勃恩，凡勃楞，我是這樣說的啊！」

「才不是，被你講成萬勃恩了，凡勃倫才對。」

「凡勃楞，好。感激不盡，梅莉莎。」

梅莉莎甩甩頭髮，臉又轉回齊普，任務達成。察德的好友和同情他的同學瞪著她，她假裝沒看見。察德換個位子，改坐在教室遠遠的一角，和梅莉莎保持距離，齊普則鼓勵他繼續。

那天晚上，在希拉德．若斯大樓的學生戲院外，梅莉莎從人群中推擠而來，告訴齊普說她多麼欣賞班雅明（註：Walter Benjamin，德國哲人、文學評論家）。齊普嫌她站得太近了。幾天後，在歡迎瑪喬利．賈玻爾（註：Marjorie Garber，哈佛性別學教授）的餐會中，她又站得過近。在朗訊科技草坪（從前叫做南草坪）上，她飛奔而來，把她爲消費敘述課寫的每週小報告塞進他手裡。有一天下大雪，停車場積雪達三十公分，她從他的身邊冒出來，戴著無指手套，以誇張的大動作幫他鏟雪，用腳上的皮毛飾邊靴子為他踹出一條車道。她拿著刮冰器，刮除擋風玻璃上的底層冰，齊普叫她別刮了，她不聽，齊普只好抓住她的手腕，從她手上搶走刮冰器。

為了重新界定師生互動的禮教範圍，D學院召集委員會，著手研擬嚴格的新政策，齊普是召集人之一。新政策並無禁止學生幫教授的車子除雪的條文，何況他對他的自制力很有把握，因而認爲沒什麼好怕的。但不久後，每次在校園遠遠看見梅莉莎，他就連忙蹲低躲開，不希望她再飛奔過來或站得很近。有一次，他發現自己在揣想她的頭髮是不是染過，隨即警醒過來，喝令自己停止亂想。情人節時，有人在他辦公室門外擺了一束玫瑰花，復活節週末送的則是麥可．傑克森的巧克力塑像；他始終沒問送禮的人是不是她。

上課時，他指名梅莉莎回答的次數比其他學生略略減少，對她的敵人察德則特別關照。教到馬庫色（註：Marcuse，德裔美國哲學家）或布希亞（註：Baudrillard，法國哲學家），他解說艱澀的段落時刻意不看她，卻感應得到她正點頭表達理解與認同。她通常對同學不理不睬，只有在意見相左時突然嚴辭反駁，或在同學出錯時冷言糾正，同學們則在她舉手時大打哈欠作爲反制。

接近期末的某星期五晚上，天氣和煦，齊普從超商進行每週一趟的大採購回來，發現正門遭人破壞。堤岩巷有四盞路燈，其中三盞燒壞了，校方顯然想等最後一盞也燒壞才一併換新。在昏暗的路燈下，齊普看得見有人把花草——鬱金香、長春藤——插進紗門上腐朽成的破洞。「搞什麼？」他說：「梅莉莎，妳這個小惡魔。」

或許他另外又唸了幾句，才發現門廊上也有零碎的鬱金香和長春藤，想必破壞行動仍在進行中，歹徒就在身邊。兩個嘻嘻笑的年輕人從門邊的冬青樹叢鑽出來。「對不起，對不起！」梅莉莎說：「你剛剛在自言自語！」

齊普很想相信她沒聽見，但冬青樹叢近在一公尺內。他把購物袋放進屋子，打開燈。站在梅莉莎身旁的人是雷鬼辮察德。

「藍博特教授，哈囉！」察德喊得熱切。他穿著梅莉莎的修車工連身服，梅莉莎則穿著釋放死囚牧米亞的T恤，原主有可能是察德。她伸出一隻手，勾住察德的頸子，半邊臀部貼過去。她臉色紅暈，流著汗，吃錯藥似地神采飛揚。

「我們正在裝飾你家的門。」她說。

「老實說，梅莉莎，滿難看的，」察德就著燈光仔細看。遍體鱗傷的鬱金香插得七橫八豎，長春藤的毛根黏著一團團泥巴：「講『裝飾』，有點太扯了。」

「在這下面又看不清楚，」她說：「燈在哪兒？」

「這裡沒有燈，」齊普說：「這裡是林中聚居區，這裡是老師住的地方。」

「帥哥，那棵長春藤長得好爛。」

「這些鬱金香是誰的？」齊普問。

「學校的鬱金香。」梅莉莎說。

「嘿，我們幹嘛弄這些啊？」察德轉身，梅莉莎的嘴貼上他的鼻子吸吮，察德雖然頭向後縮了一下，但似乎並不討厭。「妳應該會承認這比較是妳的鬼點子而不是我的喔？」

「養這些鬱金香的錢是我們繳的學費。」梅莉莎說著轉身，更正面地貼向察德。齊普打開戶外燈後，梅莉莎就沒有正眼看過齊普。

「結果呢，糖果屋的小兄妹找上了我的紗門。」

「我們會清理乾淨的。」察德說。

「免了，」齊普說：「禮拜二見，兩位。」說完，齊普進屋子，關門，播放大學時代的憤青音樂。

消費敘述課上到最後一堂，天氣轉熱，豔陽在花粉瀰漫的天空照耀，最近改名的維亞康（註：Viacom，媒體集團）植物園裡的被子植物盡情綻放花朵。對齊普而言，這種空氣令他膩得渾身不自在，宛如在泳池裡游過暖水灌入口。進教室後，他已經把錄影帶轉至定位，也拉上百葉窗，這時梅莉莎和察德緩步進教室，在後面角落的空位坐下。齊普提醒全班，坐姿要挺直，要有主動批判的架勢，不要自貶爲被動的消費者。學生聽了雖然沒有眞心信服，但還是坐得直挺挺來回應老師的要求。梅莉莎平日對坐姿端正這一點吹毛求疵得很，今天卻彎腰駝背得特別厲害，一條手臂橫放在察德的雙腿上。

整個學期下來，齊普解說過許多種文化批判觀點，今天他想測試同學們的熟悉度，便在課堂上播放名爲《女生加油》的電視廣告，全系列共分六集，創意出自「打擊心理」廣告公司。該公司製作過G電器的〈怒吼狂嘯〉廣告、C牛仔褲的〈我就愛打滾〉、W頻道的〈搞成無政府狀態！〉、E網路公司的〈激進迷幻地下總部〉、M製藥廠的〈愛與工作〉。《女生加油》已在去年秋季播放過一次，每週一集，在某黃金檔醫院影集播映期間放送。這系列廣告在風格上模仿紀錄片，走黑白眞實電影的路線；根據《紐約時報》與《華爾街日報》的分析，其內容「別具革命性」。

廣告劇情如下：一間小辦公室裡有四名女子，分別是甜美年輕的非裔女郎、罹患科技恐懼症的金髮熟女、堅強而幹練的美女雀兒喜，以及散發慈愛光輝的灰髮女主管，四人常湊在一起閒扯嬉鬧。第二集結尾前，雀兒喜宣佈一件驚天動地的消息：她的乳房裡長了硬塊，拖了將近一年，遲遲不敢去看醫生。從此，陰影籠罩辦公室的眾姐妹。在第三集裡，主管和非裔美眉坐在W企業的環球五．○版桌面前，搜尋抗癌的最新資訊，協助雀兒喜參加互助社群，幫她物色最優良的醫療保健機構，令害怕高科技產品的金髮熟女眼睛一亮。金髮熟女因而對科技產品的喜愛與日俱增，一面讚嘆科技的本事，一面擔心：「這麼貴，雀兒喜肯定負擔不起。」慈眉善目的主管回應：「每一分錢都由我來出。」遺憾的是，到了第五集中間，也就是本系列廣告最破天荒的啓發人心處，大家發現雀兒喜難敵乳癌病魔。接著是催淚戲，一幕幕強顏歡笑和緊緊擁抱的場面。在完結篇中，場景回歸辦公室，雀兒喜病故，主管正在掃瞄她的相片，如今金髮熟女熱情擁抱科技，以嫻熟技巧使用W企業的環球五．○版桌面，快速拼接世界各地場景：所有婦女，不分年齡層、種族，看著自己的環球桌面顯示雀兒喜的相片，邊微笑邊拭淚。在數位影片中，雀兒喜幽幽地呼籲：「協助我們向癌症宣戰」。這一集的最後一幕，沉重的字體寫著：W企業至今已捐款超過一千萬美元給美國癌症學會，協助該會對抗癌症……

「女生加油」之類的廣告製作得精緻討喜，能令新生在習得抗拒、分析的批判手法之前忍不住心動。齊普想看看學生進步多少，他的心情既好奇又怕受傷害。梅莉莎的報告寫得擲地有聲又條理明晰，但她是例外，齊普認爲其他學生只學到每週術語，放進報告裡造句作文，沒有學到精髓。齊普覺得大一學生對純理論皆心懷抗拒，每一年新生都比前一年多一分抗拒；每一年豁然開朗的時刻，也就是逼近臨界點的時刻，都愈拖愈晚。如今，期末到了，齊普仍不確定梅莉莎以外的學生是否眞懂批判大眾文化的訣竅。

天氣完全不肯幫他半點忙。他拉開百葉窗，海灘般的日光灑進教室，夏日春情從男女生裸露的手臂和小腿間蕩漾出來。

一位嬌小如吉娃娃的女生，名叫希爾頓，說這廣告拍得「勇敢」，而且「眞的很有意思」，因爲雀兒喜最後因癌症病逝，和一般電視廣告主角欣然得救的劇情背道而馳。

齊普等著其他同學發表看法，希望聽見有人批評：「替這系列廣告打響知名度的，正是這種刻意營造『別具革命性』的劇情轉折」。通常，齊普會期待坐前排的梅莉莎挺身闡述這種論點，但今天她坐在察德旁邊，臉頰貼在課桌上。平時，打瞌睡的學生會立刻被齊普點名，但今天他遲遲不願喊梅莉莎的名字，擔心自己的嗓音會顫抖。

最後，他繃著笑臉說：「去年秋天，你們該不會全飛去另一個行星了吧？是也沒關係，我們重溫一下這系列廣告有多轟動。記得吧，尼爾森市調踏出『革命性』的一步，替完結篇統計出當週收視率。調查廣告的收視率，這是有史以來頭一遭。既然有收視率，就幾乎可以斷定這系列廣告會在十一月的收視大會師期間重播。此外，大家要記得，在尼爾森調查收視率之前，雀兒喜之死震撼了平面和廣電新聞，『革命性』劇情轉折被媒體熱炒了一個禮拜，火上添油的是網路盛傳雀兒喜眞有其人，眞的已經過世。令人不敢置信的是，居然有幾十萬人信以爲眞。別忘了，捏造雀兒喜的病歷和生平、貼上網路的人正是「打擊心理」公司。所以，我想問希爾頓同學，廣告公司看準這廣告一定會轟動而精心策畫每一步，妳從哪裡看得出他們『勇敢』？」

「再怎麼說，還是有風險啊，」希爾頓說：「死亡總是負面的訊息嘛，搬上廣告有可能砸到自己的腳。」

齊普再次等學生站出來，任何一個學生都行，和他同一陣線。他沒等到。「照妳這麼說，一套徹底揶揄人性本質的策略，」他說：「只要有賠錢的風險，就值得稱讚是勇敢的藝術之舉囉？」
在教室外面的草坪上，一整隊校園除草機壓境，鋪天蓋地的噪音淹沒了課堂討論聲。烈日當空。
齊普鼓起軍人的氣概，勇往直前。一間小公司老闆見員工生病，自掏腰包去尋覓名醫，大家覺得寫實嗎？
一位學生說，她去年暑假打工，老闆確實很慷慨，是個很棒的人。
梅莉莎一手搔得察德發癢，他無言抵抗著，用他空出來的一手反擊小可愛遮不住的肌膚。
「察德？」齊普說。
令人欽佩的是，察德不必請老師再問一次，就能夠回答：「呃，她們那間公司是那樣，沒錯，」他說：「換一個老闆可能就沒那麼慷慨。不過，那個老闆真的棒呆了。我是說，沒有人會認爲所有辦公室都像那間公司一樣，對吧？」
此時，齊普拋出一個問題，想請大家討論藝術責任與普世情形之間的關係，結果同樣討論不出結果。
「所以，結論是，」他說：「大家喜歡這系列廣告。我們認爲這些廣告有益於文化，能造福國家，對不對？」
在被曬熱的教室裡，有人聳肩，有人點頭。
「梅莉莎，」齊普說：「我們還沒聽到妳的想法。」
梅莉莎的頭從桌面抬起來，注意力從察德身上移走，瞇眼看著齊普。「對。」她說。
「對什麼？」

「是，這些廣告有益於文化，能造福國家。」

齊普深吸一口氣，因爲這話刺傷他的心。「很好，好，」他說：「謝謝妳的意見。」

「講得好像你在乎我的意見似的。」梅莉莎說。

「妳說什麼？」

「除非我們的意見和你一致，否則你才不關心我們的意見。」

「重點不是意見，」齊普說：「重點是學習將批判法應用於文本上，這才是我想教你們的知識。」

「我可不覺得喔，」梅莉莎說：「我認爲你是在教我們去恨你討厭的東西。你恨這些廣告，沒錯吧？你講的每一個字，我都聽得出你的恨，你恨透它們了。」

其他學生現在聽得津津有味。梅莉莎與察德在一起，導致察德身價看貶，跌幅恐怕大於梅莉莎身價的漲幅，但她並非以學生的姿態攻擊齊普，而是近似憤怒的同輩，這讓全班看得興味盎然。

「我確實討厭這些廣告，」齊普承認：「不過這不是——」

「是就是。」梅莉莎說。

「你爲什麼討厭它們？」察德大聲問。

「告訴我們，你討厭它們的原因。」吉娃娃希爾頓吠叫。

齊普看著牆上的時鐘。距離學期結束還有六分鐘。他一手順順頭髮，眼睛掃視全班，彷彿找得到戰友，可惜學生們都知道，老師被打得無法招架了。

「W企業，」齊普說：「涉及壟斷，目前在法院有三件官司待審。W企業去年的營收超過義大利的國內生產毛額，現在鎖定了它還沒有佔領的族群，以打廣告的方式來刺激女人對乳癌的恐懼，消費女人對乳癌病患的同情心理，用這種方式來爭奪這塊版圖的大餅。什麼事，梅莉莎？」

「這稱不上揶揄群眾。」

「不是揶揄群眾是什麼？」

「這廣告是在讚頌職場粉領族，」梅莉莎說：「這廣告想為癌症研究募款，鼓勵女人自我檢查，有必要時盡早求援，有助於女人改變對科技的觀感，讓我們覺得電腦不是男生的專利。」

「嗯，好，」齊普說：「不過，問題並不在於我們關不關心乳癌，而是乳癌跟推銷辦公器材的行為有什麼關係。」

察德從梅莉莎手中接過警棍。「可是，這才是這系列廣告的用意呀！能接觸資訊，就能挽回一命。」

「照你這麼說，如果必勝客在辣椒粉罐子旁邊立一面小廣告，呼籲民眾自我檢查以預防睪丸癌，必勝客因此就能自我吹捧，把自己捧成抗癌聖戰的英勇軍囉？」

「為什麼不能？」察德反問。

「這話錯在哪裡，有誰看得出來？沒人嗎？」

沒有學生應和。梅莉莎雙手交叉胸前，駝背坐著，不悅的表情暗藏竊喜。無論齊普的想法公不公允，他覺得一整個學期的諄諄教誨全在五分鐘內被她擊垮。

「好吧，這樣想想看，」他說：「假如W企業沒有產品可推銷，『女生加油』廣告就不會開拍。假如W企業員工的目標是行使股票選擇權，讓自己在三十二歲退休，而W企業的小股東們……」（齊普的親哥哥蓋瑞和嫂嫂卡羅琳擁有不少W企業的股票）「他們的目標是蓋更大的房子，買更大的休旅車，消費更多地球上的有限資源，各位有何看法？」

「賺錢謀生有什麼錯？」梅莉莎說。「賺錢行爲的本質哪裡邪惡了？」

「布希亞可能會這樣反駁，」齊普說：「像『女生加油』這類廣告，邪惡之處在於意符與意指脫鉤。布希亞會說，哭泣的女人不再只象徵哀傷，現在也象徵『我要辦公室器材』；象徵『老闆深切關心我們。』」

壁鐘顯示二點三十分。齊普暫停動作，靜候下課鈴聲，等著學期結束。

「恕我直言，」梅莉莎說：「根本是鬼扯！」

「什麼東西是鬼扯？」齊普說。

「這整門課，」她說：「每個禮拜都在鬼扯。評論家一個接一個出來，扭擰著手，大談批判的大道理。沒有一個人能確切指出錯在哪裡，只會一直罵『邪惡』。他們全都認爲『企業』是個下流世界。如果有人玩得開心或賺了大錢——好噁心！邪惡！東一句什麼之死，西一句什麼之死，宣稱自認爲自由的人其實不是『眞正』自由，自認快樂的人不是『眞正』快樂，甚至說現在想從根批判社會已經不可能了。只不過，這社會的根到底有什麼錯、哪裡需要這麼徹底的批判，卻沒有人能說清楚講明白。你痛恨這些廣告的態度好典型，好標準！」她對齊普說，這時下課鈴聲終於響徹若斯大樓。「現代社會裡，女人、有色人種、男同志、女同志的生活愈來愈好過，社會變得愈來愈融合、開放，你偏偏只懂得去思考意符和意指之類沒營養的蠢問題。你看到一個能造福女人的廣告，只會往壞處去思考——你非這樣做不可，因爲天下萬物豈有沒錯的——你只懂得罵：賺大錢是邪惡的，在大公司上班是邪惡。喔，對，我知道下課鈴響了。」她闔上筆記簿。

「好，」齊普說：「討論到這裡，各位已經完成文化研究的必修科目了。祝大家暑期愉快。」

他無力排除語調裡的怨氣。他對著錄放影機彎腰，將注意力轉向「女生加油」，倒轉至定位，胡亂按著按鍵。他留意到幾位學生在背後徘徊，像是想感激老師費心教導，或是想讓他知道他們很喜歡這堂課，但他一直低頭看著錄放影機，等到學生走光了，他才回堤岩巷的宿舍，開始喝酒。

梅莉莎的指控，對他是刀刀見骨。父親曾訓令他，長大後應從事對社會「有用的」工作，但他從來不太瞭解自己對父親的這份期許有多麼認眞看待。批判病態文化，即使再怎麼不見成果，他也都覺得這像是一份「有用的」工作。但是，如果所謂的病態根本不是一種病——如果科技、消費慾、醫學彙聚而成的唯物階級，眞能漸漸改善原本遭壓迫的族群，如果只有齊普這種男異性戀白人對這種階級有意見——這樣的話，就算他批判得再嚴厲，卻連純理論的成效也達不到。再怎麼批判，套一句梅莉莎的用語，全是鬼扯。

齊普原本計畫利用暑假寫書，但這時已提不起精神，只好破費買機票飛去倫敦，搭便車去蘇格蘭愛丁堡，投宿朋友家直到主人下逐客令爲止。這位蘇格蘭女性友人是表演藝術工作者，於去年冬天訪問D學院並授課、表演。借住幾天後，她的男友以蘇格蘭腔說：「該上路了吧，老兄。」齊普告辭，背包裡裝著他寂寞得讀不下去的海德格（註：Heidegger，德國存在主義哲學家）和維特根斯坦（註：Wittgenstein，英國哲學家）。沒有女人就活不下去嗎？他討厭這樣認定自己，但他在被茹希甩掉之後苦無性愛機會。在D學院教女性主義理論的教授中，他是史上唯一一位男性，深知女人千萬不能在「有男伴」和「成功」之間畫上等號，更不能將「無男伴」等同於「失敗」，但他是個寂寞的異性戀男人，而寂寞的直男缺乏幫助他掙脫困境，掌握憎恨女性之鑰的男性主義理論：

■男人若感覺沒有女人就活不下去，這感覺會導致男人覺得自己軟弱；

■反過來說，男人生命中若少了女人，會失去動力和差別感，而無論是好是壞，這些都是男性本質的根基。

在蘇格蘭陰雨、蓊鬱的環境裡，早晨常令齊普振奮，自認幾乎能擺脫這種虛假的束縛，重新找回自我和決心，可惜好景不長，往往到了下午四點他就忍不住在火車站喝啤酒、沾美乃滋吃薯條，和美國大學女生搭訕。在勾引女生這件事上，他受制於矛盾心理，也欠缺那種令美國女孩聽得心花怒放的格拉斯哥口音，因此總共只達陣過一次，對方是俄勒岡州來的嬉皮女，無袖寬鬆內衣上有番茄醬的污漬，頭皮的臭味熏得他得用嘴巴呼吸，熬過大半夜。

回到康州之後，他自我挖苦，以娛樂他這群怪胎朋友，種種失意的事跡聽來比較像趣事，狼狽的意味反而不太濃。他懷疑在蘇格蘭期間情緒持續低迷，該不會是因爲飲食太油膩吧？不知名的魚切塊之後煮成油亮亮的褐色，炸彎的淡灰藍色薯條油滋滋的，頭皮的臭味和油炸物的氣息，他一回想起這些食品就反胃，甚至連看見「福斯灣」（註：蘇格蘭的北海灣）這幾個字都覺得噁心。

D學院附近有個每週一次的農人市集，他去那裡選購祖傳番茄（註：原種、未經基因改造的番茄）、白茄子、薄皮金梅。他會吃芝麻菜（老農說是「火箭菜」），氣味嗆得他淚水直流，宛若領悟梭羅的哲理。隨著有益健康的準則一條條重回腦海，他開始恢復有紀律的生活。他慢慢戒掉酒癮，改善了睡眠品質，咖啡少喝，每週兩次去學校的健身房鍛鍊身體。他閱讀可惡的海德格，每早做仰臥起坐。其他方面的自我改善工程也一一啓動，隨著涼爽的氣候降臨汽車零件溪，開始適合工作了，他感覺到一種近乎梭羅哲理的快意。在打網球的空檔，教務長立維頓告訴他，他的終身職審核快到了，應該可以輕鬆過關，不必擔心，系上另一位年輕的理論學者凡德拉・歐法倫不是他的對手。齊普的秋季課程一是「文藝復興理論」，另外則是「莎士比亞」，都不需要他重新思考批判觀點。這座終身職山，他攀登到最後階段，已做好攻頂的準備，慶幸自己的包袱不重；生命中沒有女人的他反而幾乎覺得幸福。

九月的一個星期五，他待在家裡，爲自己準備晚餐：花椰菜苗、美洲南瓜、鮮鱈魚。晚餐過後，他想改一改學生的報告，今晚不沾酒。晚餐煮著煮著，有雙腿輕輕滑過廚房窗外，他認得這種滑步。他認得梅莉莎走路的姿態。她路過籬笆必定手癢，邊走邊以指尖劃過柵欄。到了走廊，她會停下來跳舞或玩跳房子。她會倒退走、側走、跳著走、大步慢走。

她敲紗門的動作不帶歉意。透過紗門，齊普看見她端來一盤粉紅糖霜杯子蛋糕。

「什麼事？」他說。

梅莉莎捧著盤子，舉高。「杯子蛋糕，」她說：「想說現在這時候，你可能會想吃杯子蛋糕解饞。」不是演戲，齊普在低姿態的人面前姿態總高不起來。「妳爲什麼拿杯子蛋糕來給我？」他說。

梅莉莎跪下來，把盤子放在鞋墊上，四周是乾枯粉碎的長春藤和鬱金香殘骸。「我就擺這裡囉，」她說：「你想怎麼處置它們都好，再見！」她展開雙臂，以單腳軸旋轉的芭蕾舞步下門階，踮起腳尖奔向石板鋪成的步道。

齊普回廚房，繼續和鱈魚排奮戰。鱈魚排中間有一道血棕色的軟骨，他決心切除掉，無奈魚肉帶有澱粉沾水的質感，他無法抓緊。「去你的，小惡魔。」他說著把刀子扔進洗碗槽。

杯子蛋糕用了許多奶油，表面還覆蓋著一層奶油糖霜。他洗好手，打開一瓶夏多內白酒，吃掉四個，把沒煮過的鱈魚放進冰箱。南瓜烘烤過久，表皮韌如輪胎的內胎。書架上擺著一捲錄影帶，是法國片，名爲《百年情色劇精華》，頗具啓發性，在書架一擺就是幾個月，一聲也不吭，今晚卻突然要求他馬上全神灌注。他放下窗簾，喝著葡萄酒，一次又一次自我解決，再吃掉兩個杯子蛋糕，吃出薄荷的滋味，一種似有若無的奶油薄荷味，然後就寢。

隔天早上，他七點起床，做了四百個仰臥起坐。他把《百年情色劇精華》泡進洗過盤子的水裡，等於泡掉了片子的動情功用。（戒菸期間，他對許多包香菸做過同樣的事。）昨晚把刀丟進洗碗槽究竟想表達什麼，他不清楚。罵那句話的聲音也不像他。

他去若斯大樓的辦公室改報告。他在邊緣的空白處批示：豐田公司取車名的靈感的確有可能來自克萊西達這個角色；但豐田的克萊西達車是否觸發了莎士比亞的創作，仍有待你更加明確地論證。他以驚嘆號來軟化批評。有時候，當報告的論點寫得特別站不住腳時，他會無情批判卻不忘畫個笑臉。

有學生把「特洛伊羅斯」寫成「特洛羅伊斯」，八頁報告通篇是同樣的錯字，他會以檢查拼音！來督促學生。

此外還有最軟性的問號。學生寫道：「在此，莎士比亞證明傅柯的道德歷史性論擲地有聲。」齊普在句子旁下眉批：可以改寫嗎？或許改成：「在此，莎士比亞的文字幾乎像是預言到傅柯（更適切的是尼采？）……？」

報告批閱了五個星期，訂正了一萬到一萬五千個錯誤，在萬聖節過後一個風高的夜晚，他聽見辦公室門外有摸索的聲響，開門發現靠走廊的門把上掛著廉價商品店的討糖袋。留下這袋糖果的人——梅莉莎・派凱特——正倒退向走廊。

「妳在做什麼?」他說。

「只是想交個朋友。」她說。

「喔,謝了,」他說:「不過我不懂。」

梅莉莎走回來。她穿油漆工的白色連身工作服,裡面是長袖衛生衣,襪子是桃紅色。「我剛去討糖,」她說:「這是我全晚收穫的五分之一。」

她靠近齊普,齊普向後退,她順勢進辦公室,踮著腳尖在室內轉來轉去,看看他架上的書。齊普靠著辦公桌,雙臂緊緊交疊在胸前。

「我嘛,正在修凡德拉的女性主義理論。」梅莉莎說。

「既然妳摒棄了父權式批判理論的老路,那門課是很合理的下一步。」

「跟我的想法完全一樣,」梅莉莎說:「不幸的是,她的課上得超爛。你去年教的那班同學說,你教得很棒。凡德拉的想法是,大家應該坐下來聊聊各自的感受,因爲舊理論講究的是理智,眞實的新理論應該以心爲重。她指定的那堆書,搞不好她自己都沒讀完。」

辦公室的門開著,齊普看得見凡德拉・歐法倫的辦公室門。她的門上貼滿了有益身心的照片和格言:一九六五年的傅瑞丹(註:Betty Friedan,美國女權健將)、笑容滿面的瓜地馬拉村姑、立大功的女足明星、吳爾芙的貝斯淡啤酒廣告海報、**顚覆主控典範**標語。這些東西令他倦然憶起已分手的多莉・提姆曼。門裝飾成這副德性,他的感想是:還在念中學嗎?把辦公室當臥室嗎?

「基本上,照妳的說法,」他說:「雖然妳嫌我的課是鬼扯,但修了她的課之後,反而覺得我的鬼扯高她一等。」

梅莉莎臉紅了。「基本上是！只不過，你教得比她好太多了。我的意思是，我從你這裡學到很多東西。我想告訴你的就是這件事。」

「瞭解。」

「是這樣的，我爸媽在四月分了。」梅莉莎撲向校方制式的皮沙發，整個身體躺成接受心理治療的姿勢。「你開口閉口反企業，我本來聽得有點過癮，後來卻突然覺得好煩好煩。以我爸媽他們來說吧，他們的錢很多，卻不是惡人。只不過，我爸被一個叫薇琪的狐狸精煞到，剛搬去和她同居。她才比我大四歲耶！不過，他還愛著我媽，我知道他還愛她。我一搬出他們家，他們之間的關係就惡化了一點點，不過我知道，他還愛著我媽。」

「本校提供的服務很多元，」齊普雙手交叉疊在胸前說：「能輔導學生度過這種難關。」

「謝了。整體上，我調適得超好的，在課堂上對你失敬那次除外。」梅莉莎的腳跟勾住沙發扶手，藉以讓鞋子鬆脫，落在地板上。在工作服的胸兜兩側，保暖針織品的柔媚線條乍現。

「我的童年過得很美好，」她說：「從小，爸媽一直是我最知心的朋友，一直在家替我上課到國一。他們結婚前，我媽在紐海文讀醫學院，我爸組了一個名叫挪馬民族的龐克樂團，有天我爸跟著樂團去巡迴演唱，從來不去龐克演唱會的我媽正好去看，會後兩人相約出去，最後進了他的旅館房間。媽放棄醫學院，爸脫離樂團，兩人從此形影不離。超浪漫的。我爸從一個遺產信託分到一些錢，他們的腦筋好靈活，當時有好多新上市公司，我媽勤讀美國醫學協會期刊，專攻生科股，而湯姆——我爸——懂得分析數字，兩人聯手做了不少高明的投資。克萊兒——我媽——待在家裡帶我，我們整天膩在一起，我跟著她學會乘法表和其他東西，全家只有我們三個人。他們非常、非常相愛，而且每個週末狂歡。最後，他們靈光一閃，咦，我們認識這麼多人，又是具有精準眼光的投資人，不如創辦一支共同基金吧？基金開辦後績效好得不得了，現在還是很不錯。這支基金叫做「西港組合精選生科四十基金」，聽過沒？後來市場競爭漸趨激烈，我們又接連創辦幾支基金。提供全方位金融服務，是一定要的嘛；投資法人這樣告訴湯姆。所以他成立其他基金，可惜差不多每支都賠光。我認爲，他跟克萊兒之間的一大問題就是這個。因爲生科四十基金，選股的人是她，目前的績效還很棒。外遇事件爆發之後，她心都碎了，情緒很低落，成天窩在家裡不肯出門。而湯姆呢，他想把這個叫做薇琪的女人介紹給我，還說薇琪是個『好好玩』的人，會溜直排輪。問題是，我們三個都曉得，我爸和我媽是天造地設的一對，能截長補短，配合圓滿。我只是想，假如你知道開公司有多酷，錢開始滾滾流進來的感覺多棒，生活可以過得多麼浪漫，你就不會批判得那麼兇了。」

「不無可能。」齊普說。

「總之，我覺得你是我可以傾訴的對象。整體來說，我調適得很漂亮，只愁沒有朋友可傾訴。」

「爲什麼不找察德？」齊普說。

「貼心的男孩子，適用期大概三個禮拜。」梅莉莎一腿移下沙發，腳丫隔著襪子搭在齊普的腿上，接近他的私處。「很難想像有哪一對比他和我更不適合長期交往。」

隔著牛仔褲，齊普能感覺她的腳趾有意地伸縮。由於他被辦公桌擋住出路，想脫身唯有抓住她的腳踝，把她的整條腿送回沙發上。但桃紅襪子的雙腳立刻夾住他的手腕，拉他過來。這動作純粹是鬧著玩的，但辦公室的門開著，燈也亮著，窗簾拉起來，走廊上有人。「校規，」他說著掙脫：「有校規。」

梅莉莎翻身下沙發，站起來，靠近他。「如果你把對方放在心上，」她說：「管它什麼蠢校規。」齊普撤退至門口。系辦公室在同一條走廊上，附近有一位穿藍制服、瘦小的婦人，板著托爾特克人（註：Toltec，十至十二世紀統治墨西哥高原地區的民族）的臉孔，正在使用除塵器。「校規的制訂不是沒有理由。」他說。

「所以，我連抱你一下也不行囉？」

「沒錯。」

「多蠢啊！」梅莉莎穿上鞋子，走向站在門口的齊普。她在接近耳朵的臉頰上親了一下。「這樣總可以吧？」

他看著梅莉莎以滑步、單腳軸旋轉的舞姿在走廊上漸漸遠去，脫離視線。他聽見消防門關上。他逐字反省剛才說過的每一句話，為自己在正確度上打個A。但當他回到住處時，由於堤岩巷的路燈已全部故障，他陷入寂寞的泥淖。為了消弭梅莉莎臨別一吻的觸感回憶，為了忘卻她活潑、溫暖的腳，他打電話到紐約給一位大學老友，約定明天吃午餐。《百年情色劇精華》泡水後，今晚的困境不排除將來會重演，因此他把錄影帶撈起來擦乾，放進碗櫥裡保存。這支錄影帶仍未報銷，只是播放時畫面雪花片片，播到第一場火辣的旅館場面時，淫蕩女僕登場，雪花密集成暴風雪，螢幕接著藍成一片。錄放影機虛弱地乾哽一聲，好像在說，空氣，需要空氣。磁帶跑出來了，和機器裡的內骨打結。齊普抽出錄影帶，連帶扯出幾把磁帶，不料，某個零件被扯斷了，錄放影機吐出一個塑膠捲筒。好吧，這種事難免會發生，沒關係。但蘇格蘭之旅是他財務上的滑鐵盧，現在他買不起一臺新的錄放影機了。

紐約之行也不是他急需的一道點心。這天紐約市下著冷雨，曼哈頓南區的每條人行道都散佈著捲起來的防盜磁條，以全球最黏的黏膠附著在濕答答的路面上。齊普去買幾塊進口起司（每次來紐約，他都做同一件事，以確定他回康州之前有所斬獲，然而，去同一家店買相同的瑞士格魯耶爾鮮起司和法國藍紋起司這舉動，卻令他感到幾分悲哀；以消費主義來製造快樂算得上是一種失敗，每次都買同一種起司更是）。與大學老友用完午餐（教人類學的朋友最近辭掉工作，到矽谷去擔任行銷心理學顧問。他勸齊普趕快清醒吧，學他換跑道），之後他回自己車上，發現膠膜包裝的每一塊起司都有一片防盜磁條，也發現，果然，一片防盜磁條黏在左鞋底。

冰霜覆上堤岩巷，非常漆黑。齊普從信箱取出郵件，發現其中一封寄自依妮德，內容簡短，喟嘆著艾爾佛瑞的道德缺憾（「他老是坐那張椅子，天天坐，坐整天」），隨信附上一份冗長的剪報，剪自《費城》雜誌，專訪的對象是丹妮絲，對她的餐廳「黝洋」讚美得直流口水，並以滿版迷人照片介紹這位年輕主廚。照片中的丹妮絲穿著牛仔褲，上身是背心，裸露肌肉結實的香肩、柔如綢緞的胸肌（「非常年輕、非常能幹：廚房裡的藍博特」是相片的說明文字）。齊普忿恨地想，雜誌想提高銷路就搞這種物化女性的狗屁。幾年前，依妮德寄來的信裡絕對少不了一段對丹妮絲與她岌岌可危婚姻失望的怨言，常見他太老了，不適合她！之類的句子，還在「老」字下面畫兩道線，另外一段則充滿欣喜、光榮等字眼，稱讚齊普接獲D學院的聘書。儘管齊普明瞭依妮德的詭計是讓兒女相互比較、刺激成長，也明瞭她的讚美通常是雙面刃，但見到丹妮絲的剪報時仍忍不住沮喪，認爲像丹妮絲這樣聰穎、有原則的女人，怎麼會利用自己的身體打廣告。他把剪報扔進垃圾桶，再掀開週日版《紐約時報》星期六的那一落——沒錯，他言行不一；沒錯，他知道自己言行不一——瀏覽報紙附的雜誌，尋找性感內衣或泳裝廣告，以慰勞疲憊的眼睛。找不到這類廣告，他開始閱讀書評，翻到十一版，看見一本名爲《爹地的女孩》回憶錄，作者是凡德拉．歐法倫，書評人稱讚她的文筆「令人驚豔」、「勇敢」、「至爲酣暢」。凡德拉．歐法倫這種姓名相當罕見，但由於齊普完全不知凡德拉即將發表新書，也不願相信《爹地的女孩》出自她之手，因此書評讀到最後，他看見這句「在D學院教書的歐法倫……」，才恍然大悟。

他闔上書評版，打開一瓶酒。

理論上，他與凡德拉在文本文物系同爲終身職候選人，但實際上，系裡終身職已經爆滿。值得齊普欣慰的是，本系不明文的規定是教職員不應居住外地，凡德拉的家在紐約，算是藐視系規，而重大會議她常缺席，見營養學分就搶著教，也令齊普覺得心安。他的學術論文發表篇數較多，學生評鑑得分較高，更有教務長吉姆．立維頓撐腰……但是他發現，兩杯葡萄酒對他毫無作用。

他正要倒第四杯時，電話鈴響了，來電者是吉姆．立維頓的妻子賈姬。「我只是想讓你知道，」賈姬說：「吉姆不會有事的。」

「他出了什麼事？」齊普問。

「他，呃，正在休養。我們在聖瑪麗醫院。」

「發生什麼事？」

「齊普，我剛問他，你還能不能打網球？結果他怎麼回答，你知道嗎？他點頭了！我說，我想打電話通知你，他也點頭。沒錯，他點頭表示他還能打網球。他的行動機能看起來完全正常，完——全——正——常，而且他的頭腦清楚，這才最重要，這才是天大的好消息吶，齊普。他的眼睛好有神。他還是老樣子。」

「賈姬，他是不是中風了？」

「以後要復健，」賈姬說：「據說他的退休從今天生效，對我來說啊，齊普，這是他的一大福音。現在我們可以做一些調整。三年以後呢——他的復健不可能拖上三年啦——事過境遷之後呢，我們一定能戰勝現狀。他的眼睛好有神，齊普。他還是老樣子！」

齊普把額頭貼向廚房的窗戶，稍微側偏，讓其中一眼正對著濕冷的玻璃睜開。他知道接下來會發生什麼事。

「同樣是討人喜歡的老吉姆！」賈姬說。

接下來的星期四晚上，齊普爲梅莉莎下廚，在他家紅色法式躺椅上與她交歡。這張躺椅是他逛古董店時相中的，當年隨手撒八百美元，不至於自絕財務生路。躺椅的靠背呈催情曲線，豐滿的椅肩向後斜倚，脊背拱起，胸腹部交錯著布面鈕釦，椅內的塡料太飽滿，有隨時爆開的跡象。見面相擁之後，齊普告退去廚房關燈，然後進洗手間。等他重回客廳時，他發現梅莉莎在躺椅上攤開四肢，原本的格子聚酯纖維休閒西裝只剩下半身。在昏暗的光線中，她有可能是無胸毛的巨乳男人。齊普雖然推崇酷兒理論，卻完全不想親身實踐。他打從心底厭惡她這身西裝，但願她穿別款衣服來。即使在她脫掉長褲，肉體仍殘存性別混淆的餘味，人工紡織品助長的狐臭更不在話下。幸好她的底褲細緻透明——性別不容質疑——從裡面蹦出來一隻熱情洋溢的兔子，一隻活蹦亂跳、濕暖、自主的動物，他幾乎難以招架。最近這兩晚，他睡不到兩小時，現在滿腦子葡萄酒，滿肚子脹氣（他忘了晚餐爲什麼要煮法國南方菜卡蘇雷，可能沒有明確的理由），又擔心前門沒鎖好——怕窗簾某處有縫隙，怕鄰居來訪，推門一試發現沒鎖，或從窗簾縫往裡瞧，看見他公然違反校規第一、二、五條，而他自己還是這份準則的起草委員。總而言之，這一夜的溫存充滿焦慮，他強自專注，悶悶的小亢奮感偶爾興起，但至少，梅莉莎似乎覺得這一夜既興奮又浪漫。連續幾小時下來，她的臉皺成U字形的滿意微笑。

在堤岩巷的二度幽會，又讓齊普倍感壓力，於是他提議在感恩節長達一週的連續假期，兩人一起離開校園，去鱈角找一間度假小別墅，躲避閒人的眼線與非議。他們趁夜從D學院人跡罕至的東門溜出去，梅莉莎建議在密德城停一下，她想去衛斯理大學向高中朋友買點「藥」。衛斯理蓋了一棟雄偉的生態館，門面做過防風雨處理，齊普在生態館前停車等候，手指敲著日產車的方向盤，用力敲得手指發疼，因爲他不准自己思考正在做的事。待批閱的報告、考卷堆積成幾座高山，也一直沒去復健病房探視吉姆·立維頓。吉姆喪失言語能力，如今努力動著下頷與嘴唇講不出話，根據探過病的同事轉述，現在的吉姆動不動發脾氣，因此齊普更不想去。齊普想盡可能避免能牽動他情緒的場合。他敲著方向盤，直到手指僵硬、發燙，直到梅莉莎從生態館走出來。跟隨她上車的是燃燒木頭的煙味與結凍花壇的氣味，是晚秋偷情的氣息。她把一顆金色糖衣錠放進齊普的掌心，藥錠上的圖案與密德蘭鐵道公司從前的商標相似，獨缺裡面的文字。

密德蘭
太平洋
鐵道

「這顆給你吃，」她告訴他，關上車門。

「這是什麼？一種搖頭丸嗎？」

「不對，是墨西哥A。」

齊普感受到文化焦慮。不久前，世上哪種毒品他沒聽過？「有什麼效果？」

「什麼也沒有，什麼都有，」她說著自己吞一顆：「吃了就知道。」

「我應該付妳多少？」

「沒關係啦。」

藥丸入口一段時間後，藥效似乎如同梅莉莎所言，什麼作用也沒有。然而，車子行經諾威治郊外的工業區，離鱈角仍有兩三小時車程，梅莉莎正在聽音響播放的迷幻嘻哈舞曲，他伸手關掉，說：「我們應該馬上停車去嘿咻。」

她笑說：「也好。」

「停在路邊就可以吧？」他說。

她又笑了起來，說：「不要啦，我們去開房間。」

車子來到一間小旅店，原本是康福旅館的加盟店，退出後自稱康福谷別墅。櫃檯電腦當機，癡肥的夜班女職員以紙筆爲齊普登記住宿，氣喘吁吁地，一副剛遇到系統故障而求援不成的窘態。齊普一手摸著梅莉莎的下腹，正要探進她褲子裡時忽然想到，在公共場合亂摸女人不成體統，也可能惹上麻煩。基於這類純理性的理由，他強壓掏鳥獻寶的衝動，才不致露給喘聲咻咻、汗水淋漓的女職員看。不過他眞的認爲，女職員一定有賞鳥的興致。

進了二十三號房，他門也不關，就把梅莉莎壓在滿是菸蒂燒痕的地毯上。「這樣好太多了！」梅莉莎說著踹門關上，扯掉長褲，簡直是樂得哭喊：「這樣好太多了！」

一整個週末下來，他沒有穿過衣褲。披薩來了，他圍著浴巾去接，遞送小弟還來不及轉身走開，浴巾就掉了下去。「喂，親愛的，是我啦，」梅莉莎講著手機，齊普則在她背後躺著攻擊她。她空出一手拿著手機，表達著孝順支持的意見：「嗯哼……嗯哼……是啊，是啊……唉，媽，妳好委屈喔……沒有啦，妳說的對，好委屈……對……對……嗯哼……對……真的好委──去。」她說，語調裡有一絲輕盈，此時的齊普正尋找施力點，以便在他射精時再深入甜蜜的一公分。星期一和星期二，梅莉莎趕著凡德拉的期末報告。她對凡德拉太反感了，以至於對吉里根（註：Carol Gilligan，性別學家）的論點毫無靈感，寫不出來。齊普以他過人的記性，回想吉里根的論述時引經據典，運用起來得心應手，講到得意處，竟開始用勃起的陽具撥弄梅莉莎的頭髮，以龜頭在鍵盤上磨蹭，在液晶螢幕留下閃亮的抹痕。「達令，」她說：「別射在我的電腦上。」他推挪著她的臉頰與耳朵，搔著她的胳肢窩，最後他把她推向浴室門抵著，沐浴在櫻桃紅的媚笑裡。

連續四晚，每到晚餐時間前後，她會去自己的行李裡找出兩粒金色藥丸。到了星期三，齊普帶她去一間多廳院的戲院，買了早場特價劵，看完之後溜進另一廳，多看了一場半的霸王戲。回到旅社，他們以薄煎餅當晚餐，飯後梅莉莎打電話給母親，母女聊了好久，齊普一顆藥也沒吞就睡著了。

感恩節當天他一覺醒來，回歸無藥的自我，感覺天色灰暗。他再躺一會兒，聆聽二號公路上稀疏的假日車流，搞不清楚哪裡變色了。枕邊人的胴體，不知何故令他坐立難安。他考慮翻身，把臉埋進梅莉莎的背後，但他隱約覺得梅莉莎厭倦他了。連日來他不停攻擊她，不停推她、戳她、上下其手，她居然不介意，令齊普幾乎無法相信。她竟然不覺得自己被他當成一塊肉來用。

想到這裡，幾秒之間宛如恐慌的賣壓湧現，他的情緒暴跌至廉恥深淵、自卑幽谷。這房間讓他受不了，再也待不下去。他穿上短褲，抓起梅莉莎的盥洗包，把自己鎖進浴室。

他的問題來自一股灼熱的渴望：但願自己沒有做過這種事。而他的身體，他體內的化學作用，本能上確切明瞭，想澆熄這股灼熱的念頭，唯有再吞一顆墨西哥A。

他不厭其煩地搜查盥洗包。這毒品欠缺明顯的亢進效果，而在服用第五顆的那晚，也絲毫不見藥癮作祟，因此他完全不認爲有可能對這種毒品上癮。他拔開梅莉莎的唇膏，從粉紅色塑膠套子取出兩個衛生棉，拿髮夾伸進她那罐潔膚霜亂戳。找不到。

他把盥洗包放回房間，現在天色已經全亮，他低聲呼喚梅莉莎的名字，聽不見她回應，他才跪下去，亂翻她的帆布旅行袋，指頭探進空罩杯，捏捏成對捲成球狀的襪子，摸摸各處的暗袋和小隔間。以侵犯梅莉莎的行爲而言，這種舉動前所未有，也有別於對肉體的侵犯，對他來說感覺更痛苦。在羞慚的橙色光輝中，他覺得自己宛如在虐待她的五臟六腑。他覺得像外科醫師，殘暴把玩著年輕的肺葉、玷污她的腎臟、手指刺進她完美、柔軟的胰臟。見到她可愛的小襪子，他想到不久前她仍是少女，襪子必定比這幾雙更小，進而勾起的畫面是一位抱負高、資質佳、浪漫心重的大二生正在收拾衣物，準備與她尊敬的教授出遊。多愁善感的種種聯想，對著他的羞慚火上加油，每段影像都將他拖回那齣不好笑的粗糙喜劇，舞台上搬演的是他對她毛手毛腳的過程：騷臀激精吼，卵蛋狂擺跳。

演變至此，羞慚心翻騰至沸點，恐有爆破腦細胞之虞。縱使如此，他還是緊盯梅莉莎沉睡的身影，再對她的衣物伸出魔爪，又一次捏遍摸透之後，他才認定墨西哥A藏在旅行袋的大外袋裡。拉開拉鏈時，他一齒一齒地拉，自己的上下齒則緊緊咬合，以熬過拉鏈產生的噪音。他只拉開至一手能伸進去的寬度（這種戳入的舉動在他心頭產生負擔，又牽動了易燃的回憶；在二十三號房裡，他屢次對梅莉莎任意出手，好色的手指貪得無饜，這些場景令他羞愧得無以復加，但願自己不要再去煩她）這時床頭櫃上的手機鈴聲響起，她呻吟一聲醒來。

他趕快把手從禁地抽回來，奔向浴室，淋了一場久久的澡。等他走出浴室，梅莉莎已經著裝完畢，行李也整理好了。在晨光中，她從頭到尾勾不起他任何一絲慾念。她吹著輕快的口哨。

「達令，計畫變囉，」她說：「我爸其實是個滿好的男人，他今天要去西港，我想回家陪陪他們倆。」

梅莉莎感覺不到的羞恥，齊普渴望自己也感覺不到；但求她再給一顆藥就太丟臉了。「我們的晚餐呢？」他說。

「對不起，我覺得回家陪陪他們真的很重要。」

「也就是說，每天跟爸媽講兩三個鐘頭電話還不夠？」

「齊普，對不起，但他們是我最知心的朋友耶！」

湯姆．派凱特的背景讓齊普怎麼聽都討厭：一個半吊子的搖滾歌手，靠著遺產信託長大，被直排輪女釣上之後拋妻棄女。而過去幾天來，手機另一端的克萊兒絮叨訴苦給梅莉莎聽，口水源源不絕，讓齊普也對她反感。

「好吧，」他說：「我送妳去西港。」

梅莉莎撥撥頭髮，讓頭髮在背後散成扇形。「達令？不要生氣嘛！」

「妳不想去鱈角就算了，我送妳去西港。」

「好。那你是不是該穿衣服了？」

「梅莉莎，唉，我只是覺得，妳跟妳爸媽那麼親近，感覺有點病態。」

她好像沒聽見，走向鏡子刷睫毛膏，塗口紅。齊普站在房間正中央，圍著毛巾。他覺得自己長滿疣瘡罪大惡極。他覺得梅莉莎對他生厭是有道理的，但他仍想澄清。

「妳瞭解我的意思嗎？」

「達令，齊普，」她把上好彩妝的嘴唇抿一抿：「穿衣服。」

「我是說，梅莉莎，兒女不應該跟父母相處得太融洽，妳爸媽不應該是妳的知己。做子女的人多少要有一點叛逆的成份，這樣才能界定個人的主體性。」

「照你那樣去界定自我，或許也行吧，」她說：「只不過，你不盡然是快樂成年人的樣板。」

他咧嘴苦笑，承受著。

「我喜歡我自己，」她說：「你呢？卻好像不太喜歡你自己。」

「妳爸媽好像也非常喜歡他們自己，」他說：「你們這一家，好像非常喜歡你們自己。」

他從未見過梅莉莎盛怒的模樣。「我愛我自己，」她說：「這有什麼錯？」

錯在哪裡，他說不出來。他也說不出梅莉莎哪一點有錯——自戀的父母、戲劇化的舉止、自信、對資本主義的迷戀、缺乏同齡好友。他在最後那堂消費敘述課的感受，覺得他錯看了人間萬物，這世界沒有哪一點不對勁，在世上快樂走一遭也沒什麼錯，對這世界不爽是他個人的問題。這份感受襲來，轟得他不得不在床上坐下。

「藥剩多少？」

「吃完了。」梅莉莎說。

「好。」

「我買了六顆，你吃了五顆。」

「什麼？」

「顯然是天大的錯誤，早知就該六顆全給你。」

「那妳吃的是什麼藥？」

「Advil 止痛藥，達令。」暱稱裡的語氣已急轉直下，變成純然諷刺。「因為鞍瘡。」

「我從來沒叫妳去買藥。」他說。

「你只是沒有明講。」她說。

「妳這話是什麼意思？」

「唉呀，沒吃藥哪能玩得那麼開心。」

齊普不要求她解釋。他怕她的言下之意是服用墨西哥A之前，他在床第之間的表現差勁、緊張。當然，他在床上的表現確實差勁、緊張，但他縱容自己去期望她沒有注意到。這股新來的恥辱湧上心頭，而且房間裡找不到藥丸來消除羞恥感，他低下頭，以手捂臉。羞恥被往下壓，怒火卻向上燃。

「你要不要載我去西港？」梅莉莎問。

齊普點頭，但她一定沒有看見，因為他聽見她翻電話簿，聽見她告訴總機說，她想叫車載她去紐倫敦。齊普聽見她說：「康福谷別墅，二十三號房。」

「我送妳去西港吧!」他說。

她掛掉電話:「不必了,叫車就好。」

「梅莉莎,取消計程車吧,我送妳去。」

房間後面有窗戶,她撥開窗簾,揭露的窗景是鐵絲網圍牆、筆直如木桿的楓樹、一間回收廠的後面。八或十片雪花蕭瑟飄落,東邊天空雲層蒼蒼,有一部份被白日磨破。在梅莉莎背對他之際,齊普趕緊穿衣。要不是他的心莫名地被羞恥感填滿,他或許會走向窗戶,雙手環抱她,她或許會轉身原諒他。但他覺得自己的雙手蓄勢想攻擊。他想像梅莉莎畏縮,而他不完全信任自己黑暗的那一面,唯恐心一橫就對她霸王硬上弓,給她一點教訓,誰叫她那麼自戀,誰叫她用他辦不到的態度喜歡自己。他多討厭、多喜愛她輕盈的語調、雀躍的腳步、自戀的篤定!她忠於自我,他卻辦不到。他看得出自己成了廢人——儘管不喜歡她,但會死心塌地想念她。

她再打另一通電話。「喂,親愛的,」她對著手機說:「我正要去紐倫敦搭火車,我會搭最近的一班車……不是啦,我只是想去陪陪你們……是啊……對,就是嘛……好,親妳兩下。見面再聊囉……好。」

門外有車子按喇叭。

「我的計程車來了,」她告訴母親:「好的,好。親妳兩下,拜拜。」

她穿上外套,提起行李,以華爾茲步態走過房間,來到門口,用不慍不火的態度宣佈她要走了。

「以後見。」她說,幾乎不看齊普一眼。

梅莉莎究竟是極懂得調適,還是精神重度失常,他無法分辨。他聽見計程車門關上,引擎隆隆響。

他走向正面的窗戶，瞧見紅白色計程車後窗閃現櫻木色頭髮。戒菸五年的他當下決定，買香菸的時候到了。

他穿上外套，踏過冷冷的柏油路面，對路人不理不睬。在迷你超商裡，櫃檯設有防彈玻璃窗，他把錢從小窗口推進去。

現在是感恩節早晨。細雪停了，太陽已升至半天高。一隻海鷗翱翔著，翅膀拍得咯咯響。微風擾動大氣，卻似乎不太碰得到地面。齊普坐在冰冷的扶手欄杆上吸菸，在堅決平庸的美國商業裡尋求慰藉，道路兩旁是金屬、塑膠硬體，不假虛飾，映在他心裡覺得舒坦。油箱滿了，油槍「砰」的一聲嘎然停止，服務迅速又謙恭。重量杯特價99分錢旗子隨風飄颺，固定在原地，尼龍繩在電線桿上綳得唰唰咻咻響。油價以黑色無襯線字體標明，一堆9字。在交流道上，國產轎車以時速四十八公里、近乎靜止的車速行駛。橙色、黃色的塑膠三角旗掛在半空中，直打哆嗦。

「妳爸又在地下室的樓梯摔倒了。」在紐約市的依妮德說，屋外下著雨。「他捧著一箱美洲胡桃想去地下室，不握扶手，沒站穩，一頭栽下去。唉，十二磅重的箱子能裝多少胡桃，妳應該想像得出來吧，胡桃滾得到處都是。丹妮絲，我學狗爬了半天也撿不乾淨，現在還找得出來，它們的顏色和那些抓不完的蟋蟀一樣。有時候我看見胡桃，蹲下去撿，結果跳到我臉上的是蟋蟀！」

丹妮絲正在裁剪她買來的向日葵莖。「爸爲什麼要捧十二磅胡桃下地下室？」

「他想找一件他可以坐在椅子上完成的事，他想剝掉胡桃殼。」依妮德在丹妮絲背後徘徊：「要不要我幫忙什麼？」

「幫我找花瓶吧！」

依妮德打開的第一個櫃子裡只見一紙箱瓶塞，別無他物。「我搞不懂，齊普邀請我們來，卻連午餐也不肯陪我們吃。」

「可想而知的是，」丹妮絲說：「他沒有料到今天早上會被女友甩掉。」

丹妮絲每次開口，聲調和語氣總像是要讓依妮德知道自己多蠢。依妮德覺得，丹妮絲不是一個非常溫暖、慷慨的人。話說回來，丹妮絲終究是女兒，而依妮德幾星期前做了一件不得體的事，現在急需找人告解，希望丹妮絲能聽她傾訴。

「蓋瑞叫我們把房子賣掉，搬去費城，」依妮德說：「蓋瑞認爲費城很合適，因爲他住在費城，而妳和齊普住在紐約。我告訴蓋瑞，我愛我的兒女，但是我覺得最舒適的地方是聖猶達。丹妮絲，我是中西部人，搬去費城會迷路啊！蓋瑞叫我們去申請輔助安老院（註：assisted living，指生活上需要協助但不必全天照料的生活照護所）。他不明白啊，現在申請已經來不及了。如果生了妳爸那種病，輔助安老院才不收呢！」

「那就讓爸天天從樓梯上摔下去吧！」

「丹妮絲，是他不肯握樓梯的扶手啊！他不聽話，堅持要搬東西上下樓梯。」

在洗碗槽下方的收納空間裡，依妮德在一疊加框相片後面發現一只花瓶，相片裡是略帶粉紅色的東西，毛毛的，大概是某種怪誕藝術或醫學圖片。她本想不動聲色，直接伸手進去拿花瓶，可惜她打翻了聖誕節送齊普的蒸蘆筍器，引來丹妮絲的目光。丹妮絲一低頭，依妮德無法假裝沒看見相片。「什麼鬼東西啊？」她臭著臉說：「丹妮絲，這些是什麼？」

「『這些是什麼』是什麼意思？」

「我猜，大概是齊普的什麼怪誕收藏品。」

丹妮絲那副「好好笑」的表情讓依妮德看了生氣。「妳顯然知道那是什麼。」

「我才不知道。」

「妳不知道那些是什麼？」

依妮德把花瓶拿出來，關上櫃子門。「我不想知道。」她說。

「那就另當別論囉！」

客廳裡，艾爾佛瑞正鼓起勇氣，想在齊普的法式躺椅坐下。不到十分鐘前，他好好地坐下去，沒有問題。但這次，他沒有一屁股坐下去，反而停下來思考。他最近才明瞭，坐下的動作中，很重要的一部份是失控，讓自己成爲自由落體，盲目向後下墜。他在聖猶達的那張藍椅子，棒得沒話說，宛如一疊手的手套，什麼樣的身體飛過來，它一定輕柔地接下來，偏角再大、動作再粗蠻，照樣接得住。它的手臂雄壯如熊，以助人爲樂，在他表演關鍵的盲目迴轉時能支撐住他。反觀齊普的這張法式躺椅，不過是一件低矮、不中用的古董。艾爾佛瑞背對躺椅站著，遲疑著，膝蓋稍微向下，彎成飽受神經病變之苦的下肢能容忍的角度，雙手向著背後的空氣亂划亂抓。他害怕縱身坐下去。然而，他又嫌這種姿勢看起來猥瑣，半蹲站著發抖，容易令人聯想到如廁的姿勢。這麼基本的舉動都做不來令他覺得既辛酸又丟臉，只想速戰速決，因此閉上眼睛隨命運擺佈，結果臀部重重撞上椅面，繼續向後翻，滾到膝蓋出現在正上方才停住。

「艾爾，你不要緊吧？」依妮德呼喊。

「我搞不懂這種傢具，」他一面說，一面掙扎著坐起來，語氣強硬：「是用來當沙發坐的嗎？」

丹妮絲走出廚房，端著插有三朵向日葵的花瓶，放在躺椅旁的尖椎腳桌上。「它的作用像沙發，」她說：「可以把腿伸上去坐，假裝自己是法國哲學家，可以談論叔本華。」

艾爾佛瑞搖搖頭。

依妮德從廚房門口以清晰的咬字說：「黑吉培斯醫生規定，你只能坐椅背高而直的椅子。」

由於艾爾佛瑞對醫師的囑咐不感興趣，依妮德等丹妮絲回廚房後對著女兒重複：「只能坐椅背高而直的椅子，」她說：「可是妳爸不聽就是不聽，堅持要坐他的那張皮椅，站不起來的時候又嚷嚷，叫我快去扶他。要是我閃到腰，他以後叫誰去扶？我們有幾張不錯的舊梯背椅，我搬一張下去，擺在電視旁邊，叫他坐這裡，他卻寧願坐他那張皮椅。站不起來時，只好躺下去，順著椅墊滑到地板上，再爬到乒乓球桌旁邊，攀著球桌站起來。」

「滿懂得變通的嘛！」丹妮絲說著從冰箱捧出一堆食品。

「丹妮絲，他在地板上爬耶！醫生交待一定要坐直背椅，好好的一張舒服的直背椅子，他擺著不坐，寧願在地板上爬。他本來就不應該成天坐著。黑吉培斯醫生說，如果他肯出門，肯多做一點點事的話，其實病情一點也不嚴重。每個醫生都說身體是用則進，不用則廢。大衛．順普的病比妳爸嚴重十倍，人家他十五年前就在肚子上做了結腸造口，肺只剩一邊，還裝了心律調節器，結果妳看看，他跟老婆瑪莉貝絲參加了那麼多活動。他們去斐濟浮潛吶，才剛回國！而且，大衛從不抱怨，從不抱怨。妳大概不記得吉恩．葛理羅了吧？他是妳爸在赫菲司特斯的老朋友。人家他得了帕金森氏症——比妳爸嚴重不知幾百倍，他還住在韋恩堡的家裡，不過現在坐輪椅，健康情形糟透了，可是啊，丹妮絲，人家他還有做東做西的興趣。他沒辦法提筆，但照樣用卡帶錄音，寄給我們『音信』，真的好有心。他在錄音帶裡提到他的孫兒女，講得好詳細，因爲他很瞭解自己的孫兒女，願意知道他們的生活。他也提到開始自學柬埔寨文，他說是高棉文啦。他聽錄音帶、看韋恩堡的柬埔寨（還是應該叫高棉？）頻道學的，因爲他們家老么娶了柬埔寨新娘，應該稱高棉新娘吧，親家完全不會講英文，吉恩希望能跟他們講一點話。妳能相信嗎？人家吉恩完全不能走路了，坐在輪椅上，卻還懂得體貼別人吶！而妳爸，他能走路，能寫字，能自己穿衣服，卻成天無所事事，老坐在那張椅子上。」

「媽，他有憂鬱症。」丹妮絲壓低嗓門，邊說邊切著法國麵包。

「蓋瑞和妳嫂嫂卡羅琳也這樣說。他們說他有憂鬱症，應該吃藥。他們說他以前是工作狂，把工作當成藥，現在沒藥可吃，所以變得憂鬱。」

「那就塞藥給他吃，其他不管，多省事。」

「妳這樣講，對妳大哥不公平。」

「蓋瑞和卡羅琳，妳一提我就一肚子火。」

「天啊，丹妮絲，刀子這樣揮來揮去，不切斷自己的指頭才怪。」

從法國麵包的尾巴，丹妮絲切出三個以麵包殼爲底的舟車。她把奶油削成鼓滿風的船帆形狀，放進其中一個；又把芝麻菜剁成泥，堆上帕爾馬起司屑，用另一個麵包裝著；再剁碎橄欖肉，放在第三塊麵包上，淋一點橄欖油，再擺上厚厚一層紅甜椒。

丹妮絲把點心排列在盤子上。依妮德邊說：「嗯，看起來好好吃。」邊對準餐盤伸出敏捷如貓的手，但碟子逃走了。

「這些是給爸吃的。」

「吃一小角就好。」

「我幫妳另外做幾個。」

「不必了，我吃他的一小角就好。」

但丹妮絲把盤子端出廚房給艾爾佛瑞。對艾爾佛瑞而言，存在的問題在於：光陰一秒秒向前推移，動作猶如小麥苗破土而出，隨著苗尖細胞的增生而成長，一刻接一刻累積；存在的問題在於即使能抓住世上最稚嫩、最年輕的時刻，也無法保證下一次還能掌握住最新的一刻。等他建立起女兒端點心過來的事實，等他確認了這裡是齊普的客廳，下一刻的時光已朝另一方向生長，長成完全無法掌握的現實，而他無法斷然排除這種現實存在的可能；好比說，說不定這裡是妓院大廳，而妻子依妮德正端給他一盤糞便。在他重新證實來人確是丹妮絲、盤中確是點心、此地確是齊普的客廳時，時光的嫩芽已經再生一層新細胞，因此他得再次面對一個無法掌握的新世界。這種追逐遊戲會讓人筋疲力竭，所以寧願在地下愈待愈久，與不變的歷史之根爲伍。

「在我準備午餐的時間裡讓你解解饞。」丹妮絲說。

他以感激的目光瞅著點心，眼前的東西有九成時間以食物的面貌呈現，只在偶爾一剎那幻變成形狀與尺寸差不多的其他物體。

「要不要來一杯紅酒？」

「不必了。」他說。感動的心隨著謝意向外擴張的同時，他交握在大腿上的手和前臂開始隨意蹦跳。他想在客廳裡找一個不會觸動他的東西，一個讓他能安心集中目光的東西。然而，由於這裡是齊普的客廳，也由於丹妮絲站在客廳裡，每件傢具、每個表面——連暖氣機的轉鈕，連牆壁上一塊大腿高的磨痕——都能提醒他，這裡是東岸的另一個世界，是兒女生活的地方，進而提醒他的是他與兒女之間的鴻溝。想到這裡，他的手抖得更厲害了。

被女兒照顧，最能加重他的病症，受病魔折騰的他最不願讓女兒看見，這種魔鬼邏輯正能證實人的悲觀情緒。

「你自己坐一坐，」丹妮絲說：「我去準備午餐。」

他閉上眼睛，謝謝她。如同碰上一場豪雨，他躲在自己的車上，等著雨勢稍歇，以便衝進雜貨店。坐在客廳裡的他靜候抖勢緩和，以便伸出手，安安全全享用女兒端來的點心。

他的病症侵犯了他的自主感。這對抖手不屬於別人，是他自己的手，但它們拒絕聽從主人的命令。它們好比不乖的小孩、不可理喻的兩歲幼童，自私地耍著孩子氣。他下令的口吻愈嚴峻，小孩就愈不聽話，情緒更差，胡鬧得更難管教。小孩頑強叛逆、拒絕像個大人時，他向來無力應對。缺乏責任心、不守紀律是他的人生大敵，也是魔鬼邏輯的另一例：來得不是時候的這身病痛中，包含了身體對他意志的違抗。

耶穌曰，若汝之右手觸犯汝，得砍除之。

艾爾佛瑞等著戰慄消退，看著雙手急促划動著卻一事無成，彷彿他置身育嬰室裡，前後左右是哭鬧、亂來的嬰兒，他的嗓子喊啞了，仍無法讓嬰兒安靜下來。在等顫抖停止的時間裡，他作著白日夢：拿開山刀剁掉自己的手，讓犯錯的肢體明白他有多生氣，告訴它，再不守規矩的話，以後就不再疼它。他想像開山刀第一次砍下去，刀鋒砍進不聽話手腕的筋骨，這份遐想帶給他一種狂喜，但伴隨這份狂喜而來的是爲斷手落淚的衝動，從小看著它長大，他多愛這隻手，對它的期望有多高。

他又不知不覺想起齊普。

他納悶齊普去哪裡了，他怎麼又把齊普氣走。

丹妮絲和依妮德在廚房裡講話，聲音宛如一大一小的兩隻蜂，困在紗窗和玻璃之間。他等待的時機終於來臨了，手抖情形減輕。他彎腰向前，一手穩住正要做動作的另一手，握住奶油帆船，從盤面舉起，在不翻覆的前提之下讓船升空，然後在帆船飄浮、起伏的同時，他張開嘴，把船攔下來，咬住。咬到了。咬到了。麵包的硬皮刮傷了牙齦，但他把整艘帆船咬在嘴裡，仔細咀嚼，避開反應遲鈍的舌頭。甜奶油融化，襯托著發酵小麥粉烘焙出的柔軟口感。黑吉培斯醫生曾給艾爾佛瑞幾本小冊子，儘管艾爾佛瑞篤信宿命論，也重視紀律，但其中幾章他怎麼也讀不下去，主題是吞嚥困難、晚期舌頭變得遲鈍、最後信號系統崩潰……

叛變起始於信號部。

服務於密德蘭太平洋鐵道的最後十年，他主掌工程部（在位期間，部屬對他言聽計從：是的，藍博特先生，我馬上辦，部長）。在堪薩斯州西部和內布拉斯加州的西部與中部，密太鐵道服務的小城鎮多達數百座。這些城鎮是艾爾佛瑞與其他主管成長的小鎮，即使在都市裡長大，附近也不乏這一類村落。這些小鎮垂垂老矣，穿越其中的密太鐵路卻健步如飛。儘管鐵路公司的首要職責是效忠股東，但密太在堪薩斯州與密蘇里州的主管（包括法務長馬克．詹伯瑞茲）說服了董事會：在許多偏遠的小鎮，正由於鐵路是全面壟斷事業，鐵路公司必須維護支線和短支線的運作，以善盡服務民眾的義務。這些大草原上的小鎮，半數居民年逾半百，艾爾佛瑞對這些小鎮的經濟前景不抱幻想，但對鐵路事業有信心，痛恨卡車。而他從第一手經驗得知，照班發車的火車對鎮民的自尊有莫大意義，也知道火車的汽笛能在北緯四十一度、西經一〇一度的二月早晨大大提振民心。他清理過堪薩斯城火車場的廢油槽，鐵軌途經H鄉道時，某個可惡的官僚不但要求鐵道立體化，還要求密太承擔四成經費，他為了這些案子與環保署及各州交通部對抗過，因而懂得感激鄉村州的民意代表為他磋商或爭取時間。蘇線鐵道公司、大北鐵道公司、岩島鐵道公司打退堂鼓，北方平原區沿線的小鎮原本已奄奄一息，火車停擺之後更無路可走。多年之後，密太依然每週發兩班、甚或每隔兩週一班，服務艾文、毗斯迦溪、紐夏特斯、西中村等小鎮。

不幸的是，這套計畫招來商場掠食獸。一九八〇年代初，艾爾佛瑞接近退休年資時，密太雖然經營得有聲有色，長程線利潤也豐碩，營收平平卻是不爭的事實。有一家公司想談併購，被密太趕走，卻引來若斯兄弟覬覦的目光。這對兄弟是異卵雙胞胎，名字分別是希拉德和崇希，田納西州歐克里吉人，從肉品包裝的家族事業出發，壯大之後涉足金融業。他們的公司是歐爾費克集團，旗下有一家連鎖旅館、亞特蘭大一間銀行、一間石油公司以及阿肯色南方鐵路公司。若斯兄弟的臉左右不對稱，頭髮骯髒，一心想賺錢，看不出其他慾望或興趣。金融版記者稱其為歐克里吉搶錢兄弟檔。在早期試探雙方意向的階段中，密太與若斯兄弟開過幾次會，艾爾佛瑞參加過，當時崇希堅持稱呼密太執行長「老爹」：老爹，你覺得這樣做不太『公平』，我能理解……這樣吧，老爹，你現在可以去找法務商量一下……天啊，希拉德和我以為，老爹你經營的是營利公司，不是慈善事業……。這類對抗父權的說法令密太的工會成員買帳，因此在密集協商數月之後，員工表決同意在薪資與工作條款上，對若斯兄弟做出總值近兩億的讓步。若斯兄弟顧及即將省大錢，能擁有百分之二十七的股權，又能享受無盡的垃圾融資，因而提出難以抗拒的公開收購條件，希望囊括密太的所有股權。芬頓・克黎爾曾任田納西州公路局長，受聘進公司來合併密太與阿肯色南方鐵路。克黎爾關閉密太位於聖猶達的總部，讓三分之一員工離職或提前退休，把剩餘員工調至阿肯色州小岩城。

艾爾佛瑞在他六十五歲生日前兩個月退休。有天他在家裡，坐在他新買的藍椅子上，觀賞《早安美國》節目，從密太退休的法務長詹伯瑞茲來電，告訴他堪薩斯州紐夏特斯有位警長射中歐爾費克密德蘭公司的員工，已遭到收押。「警長名叫布萊斯．哈斯川姆，」詹伯瑞茲告訴艾爾佛瑞：「他說有民眾報警，幾個無賴正在破壞密太的信號線，劈爛了信號箱，把銅絲偷走。其中一個臀部挨了警長一槍，其他人才告訴警長說，他們全是密太僱來的工人，負責回收銅線，一磅六毛錢。」

「咦，那套信號系統不是好好的，不久前才完成？」艾爾佛瑞問：「整條紐夏特斯支線的更新工程還不過三年。」

「若斯兄弟只想留幹線，其他全撤掉，」詹伯瑞茲說：「葛倫多勒的截彎取直線也想廢掉！你想，位於托皮卡的艾奇遜鐵道公司難道不會投標爭取嗎？」

「喔。」艾爾佛瑞說。

「浸信會的道德觀掃地了，」詹伯瑞茲說：「除非我們奉行一味追求利潤的原則，否則若斯兄弟無法接受。我告訴你：他們討厭他們無法理解的事，現在這種做法就像在農地上撒鹽，連聖猶達的總部都收掉了，喂，我們比阿肯色南方大一倍耶。因爲聖猶達是密德蘭的大本營，所以他們拿聖猶達開刀。克黎爾還拿紐夏特斯這種小地方開刀，因爲它們是聖猶達服務的小鎮；他連沒錢可賺的農地也要撒鹽。」

「嗯，」艾爾佛瑞又說，視線被他的新藍椅吸引過去，因這張椅子具有睡床的潛能而受它誘惑。

「已經不關我的事了。」

但他爲密德蘭服務三十年，將鐵路網建築得穩固，而詹伯瑞茲持續來電，告訴他堪薩斯州傳來令人震怒的新消息，艾爾佛瑞聽得昏昏欲睡。不久後，密太西邊的所有支線或短支線幾乎全部停擺，然而，克黎爾顯然下令抽走信號線、拆除信號箱就滿意了。接管之後五年，鐵軌依然鋪在地上，路權仍未被處置掉，唯有銅絲構成的神經系統遭消滅，無異於企業自我搗毀的行為。

「而現在呢，我擔心的是我們的健康保險，」依妮德告訴丹妮絲：「歐爾費克密德蘭準備在四月之前，把所有的密太老員工轉移到管理式醫療體系。我急著找一個旗下有妳爸和我的醫生的健保組織。說明書多得數不清啊，每間公司的差別都用小字印刷，老實說，丹妮絲，我覺得我應付不來。」

丹妮絲彷彿唯恐母親求援，因此先下手為強，趕緊說：「黑吉培斯醫生屬於哪一種健保體系？」

「他嘛，除了像妳爸這種按服務收費的老病人，他現在只和迪恩．崔博列的健保組織合作，」依妮德說：「我跟妳提過迪恩舉辦的宴會吧？在他新家那棟好氣派的豪宅裡。在我認識的人裡面，迪恩和翠西差不多是待人最親切的年輕夫妻。但是天哪，丹妮絲，去年妳爸不是在推除草機時摔倒嗎？我打電話給迪恩的公司，請他們來除草。我們家的草坪那麼小一塊，妳猜他們要價多少？一個禮拜五十五元耶！我不是反對營利，迪恩的事業做得那麼成功，我認為是好事。我不是告訴過妳，他帶他母親杭妮去巴黎玩嗎？我不是在講他的壞話啦！但是，一個禮拜五十五元耶！」

丹妮絲嘗嘗齊普做的四季豆沙拉，然後伸手去拿橄欖油。「想繼續按服務收費的話，要付多少錢？」

「丹妮絲，一個月要多繳好幾百元吶。我們的好朋友沒有一個加入管理式醫療體系，大家全是按服務收費，但是我覺得我們負擔不起。妳爸的投資很保守，發生緊急事件的話，哪來應急的錢？另外呢，還有一件事讓我非常、非常、非常、非常擔心。」依妮德壓低嗓音：「妳爸的一個專利終於有收穫了，我想聽聽妳的建議。」

她走出廚房，以確定艾爾佛瑞沒有聽見。「艾爾，你還好吧？」她喊。

艾爾佛瑞正拿著第二個開胃菜，綠色的小篷車來到他的下巴下方，他彷彿捕捉到一隻小動物，擔心牠逃走，頭也不抬就搖頭。

依妮德帶著皮包回廚房。「他終於有發財的機會了，」她說：「他卻沒發財的興趣。上個月，蓋瑞在電話上勸他稍微再積極爭取一下，妳爸卻發飆。」

丹妮絲怔住了。「蓋瑞叫你們做什麼事？」

「不過是稍微積極爭取一下嘛！來，我拿那封信給妳看。」

「媽，那些專利是爸的，他想怎麼處理，應該尊重他的意見。」

皮包最底下壓著一封信，依妮德希望是埃克桑企業寄來的那封失蹤的掛號信。在她的皮包裡，如同在她的房子裡，失物有時會奇蹟似地出現。然而，她在皮包裡找到的信是第一封掛號信，是從來沒弄丟的那封。

「妳讀讀看，」她說：「看妳是不是贊同蓋瑞的建議。」

丹妮絲原本拿著辣椒罐撒著齊普的沙拉，現在放下罐子閱信。依妮德從她肩膀後面跟著再讀一次，以確定內容和記憶是否吻合。

親愛的藍博特博士：

本人謹代表位於賓州軒克斯維爾鎮工曲東路二十四號之埃克桑企業，向您收購編號四九三四四一七之美國專利（具療效之醋酸鐵膠電聚合），價格是五千美元，單筆付清，以取得完整的獨家專利權，經同意後無法變更。您是本專利原始的單一擁有者。

埃克桑管理團隊無法提供更高的費用，在此對您表達歉意，因該公司的產品仍處於初步測試階段，無法保證此一投資能否有成果。

請參閱隨信附上之一式三份授權協議書，若您接受條款，請逐一簽名後公證，於九月三十日前寄回。

謹此

喬瑟夫．K．普瑞格

資深律師合夥人

布努斯培律師事務所

這封信於八月寄抵聖猶達家中後，依妮德去地下室喚醒艾爾佛瑞。他看了信之後聳聳肩說：「五千元又改善不了我們現在的生活。」依妮德當時建議，不妨寫信給埃克桑企業，要求提高授權金，但艾爾佛瑞搖搖頭。「五千元，繳律師費都不夠，」他說：「有什麼好爭的？」依妮德說，要求一下又不會少一塊肉。「我不要。」艾爾佛瑞說。依妮德接著說，如果他寫封信把價碼提高到一萬……說到這裡，依妮德沉默下來，因爲艾爾佛瑞瞪著他，表情像她剛提議兩人去行房。

丹妮絲從冰箱取出一瓶葡萄酒，彷彿想強調她不關心母親認爲後果嚴重的大事。有時候，依妮德相信女兒對她在意的事一概不屑一顧。丹妮絲的藍色牛仔褲緊身性感，關抽屜時以臀部代勞，傳達的就是她鄙夷母親的意念。丹妮絲把拔塞鑽戳進軟木塞，動作充滿自信，也傳達著同樣的訊息。「要不要來杯葡萄酒？」

依妮德哆嗦一下。「現在喝，太早了吧！」

丹妮絲像喝白開水一樣灌。「我曉得蓋瑞的個性，」她說：「我猜他勸你們大敲埃克桑一筆。」

「不行啦，唉——」依妮德伸出雙手去搶酒瓶。「一點點就好，說眞的，幫我倒一小口就可以了。大白天的，我從來沒有這麼早就喝酒，從來沒有——是這樣的，蓋瑞懷疑這家公司自稱產品還在開發初期，那他們何必管專利的事？我猜一般的做法是，先侵權再說——倒太多了啦！丹妮絲，我不喜歡那麼多酒啦！因爲呀，妳爸的專利只剩六年就過期了，所以蓋瑞認爲那家公司一定有機會在最近賺大錢。」

「爸有沒有簽那份同意書？」

「喔，有，他去順普家找大衛公證了。」

「這樣的話，妳應該尊重他的決定。」

「丹妮絲，他對這事太固執，太不理智了，我不能——」

「妳該不會想說，他已經喪失判斷能力？」

「不是，不是，這完全合乎他的作風，我只是不能——」

「既然他已經在同意書上面簽名，」丹妮絲說：「蓋瑞又能替妳出什麼餿主意？」

「沒辦法了吧，我猜。」

「既然這樣，又有什麼好討論的？」

「沒有。妳說的對，」依妮德說：「我們無法可想了。」不過，其實她另有對策。倘使丹妮絲在支持父親時，稍微少一點勢不兩立的味道，依妮德或許會坦承，艾爾佛瑞把公證過的同意書交給她，請她去銀行時順便交寄，她卻把同意書藏進車子的置物箱裡，讓那封信閒置幾天，散發出罪惡感，然後趁艾爾佛瑞睡午覺時，把同意書改藏進洗衣間的雜物櫃深處，以策安全。那個櫃子裡堆放著沒人想吃的果醬和塗抹醬，年久變得顏色暗沉（金橘加葡萄乾、白蘭地泡南瓜、韓國噁心莓）。櫃子裡也有花瓶、籃子、插花用的海棉，全是丟掉太可惜、卻沒好到可以拿出來用的東西。因為簽署過的同意書被她藏起來，她和艾爾佛瑞仍有機會向埃克桑爭取大筆授權金，也正因如此，她非找出埃克桑接著寄來的掛號信不可，以免被艾爾佛瑞發現妻子違背他的意思，欺瞞了他。「對了，講到這裡，我想到另外一件事，」她說著喝乾杯子裡的酒：「我真的需要妳幫忙。」

丹妮絲先是遲疑，然後才以禮貌、誠心的口吻回應：「什麼事？」長年以來，依妮德認定，在教養丹妮絲的歲月裡，她和艾爾佛瑞一定是哪裡教錯了，沒有為老么好好灌輸慷慨助人的精神，如今見女兒遲疑，她證實了自己的想法。

「妳不是不曉得，」依妮德說：「過去這八年來，我們每年去費城過聖誕，現在蓋瑞的三個兒子長大了，也許想到爺爺奶奶家過聖誕節留念，所以我在想——」

「該死！」客廳傳來咒罵聲。

依妮德放下酒杯，匆忙走出廚房。艾爾佛瑞坐在躺椅的邊緣，姿勢近似正在接受酷刑，膝蓋抬起來，略為駝背，檢視著第三份開胃菜墜毀的地點。墜毀前，麵包做的纜車點心被他的手指夾著，朝嘴巴接近，不料卻掉在他的膝蓋上，殘骸四散，滾落地板，最後掉進躺椅下面。一片烤紅椒濕濕附著在躺椅的側邊。椅面布料上的每一塊橄欖碎片下泛現油漬，空心的纜車側翻著，黃水飽滿、褐漬片片的白色內臟暴露在外。

丹妮絲拿著沾水的海棉，推開依妮德，來到艾爾佛瑞身邊跪下。「噢，爸，」她說：「點心做得這麼難拿，都怪我想得不周到。」

「幫我拿抹布過來，我來清理就好。」

「不用了，」丹妮絲說。她的手掌彎成杯狀，另一手把膝蓋和大腿上的橄欖屑掃進去。艾爾佛瑞的雙手逗留在女兒的頭頂上空，顫巍巍，彷彿想把她趕走，但她的動作快，不久便以海棉把地板上的橄欖屑沾走，把髒掉的點心捧回廚房。丹妮絲在客廳忙著的當兒，依妮德轉回廚房，想不被發現地再多喝一小口葡萄酒，倒酒時太匆忙，倒出相當可觀的一小口，趕緊一口氣全灌下肚。

「所以呀，」她說：「我在想，如果妳和齊普有興趣的話，我們全家人可以在聖猶達慶祝最後一個聖誕節，妳覺得怎麼樣？」

「妳和爸想在哪裡慶祝聖誕，我都可以去。」丹妮絲說。

「我是在詢問妳的意願呀！我想知道，妳是不是很想回聖猶達，很想在童年的老家裡慶祝最後一次聖誕節。妳覺得呢？」

「我可以跟妳保證的是，」丹妮絲說：「卡羅琳鐵定不肯離開費城。要她去聖猶達，無異於作夢。所以，如果想和孫子們過節，你們得飛來東岸。」

「丹妮絲，我問的是妳的意願呀！蓋瑞說，他和卡羅琳不排除這個想法能實現。我想知道的是，在聖猶達過聖誕，是不是妳自己眞的、眞的想要的事。因爲，如果其他人的共識是全家一定要在老家大團圓最後一次——」

「媽，如果妳認爲妳應付得來，我無所謂。」

「我只需要妳在廚房裡幫一點忙。」

「我可以進廚房幫妳。不過，我只能待幾天。」

「不能待一整個禮拜嗎？」

「不能。」

「爲什麼不能？」

「媽。」

「該死！」艾爾佛瑞又在客廳裡咒罵。某種玻璃器皿，也許是插著向日葵的花瓶，掉在地板上，摔破出聲，咕嚕嚕的水聲隨之而起。「該死！該死！」

依妮德自己的神經已經夠毛躁了，這時酒杯差點握不住，然而另一方面她也暗暗竊喜艾爾佛瑞二度出事，不論出的是什麼事，因爲這樣一來，丹妮絲就能淺嘗一下母親每天逃不出的痛苦，在聖猶達家中全年無休的那種滋味。

艾爾佛瑞七十五大壽的那天晚上，齊普一個人在D學院的宿舍裡，正在對他的紅色躺椅求歡。這天是元月初，雪融了，汽車零件溪沿岸的林地濕軟。康州中部的購物中心燈火從天空反射而下，家用電器的數位顯示幕發出亮光，只有這兩種光源照亮他肉體的勞動。他跪在躺椅的腳邊，細細嗅著椅面的長毛絨，一吋接一吋嗅著，希望聞到些許陰騷味。梅莉莎·派凱特在這裡躺過，儘管事隔八星期，或許餘味尚存。平常一聞即知的東西——塵埃、汗臭、尿味、休閒室的菸臭、事後從女陰逃逸出來的腥味——都因爲他嗅得太用力而變得抽象、無法分辨，於是他不得不一次又一次暫停，讓鼻孔休息。他把舌尖舔進躺椅的釦子中央，親吻累積在裡面的毛球、沙子、碎屑、毛髮。他嗅到三個地方，好像有梅莉莎的味道，再嗅一次卻沒有嗅出確切的氣味，然而經過再三比較，他累了，只好聚焦在可疑性最低的一個，亦即靠背以南不遠處的一顆釦子附近，把全副嗅覺貫注於那裡。他以雙手撫摸其他釦子，涼涼的長毛絨不太像梅莉莎的肌膚，但堪可聊解飢渴，他用下身去搓磨，直到終於構築出足夠的信念，深信那氣味出自梅莉莎，深信自己仍佔有她些許風情，這才總算能完事。之後，他從乖順的古董傢具翻身下來，癱躺在地板上，長褲半褪，頭靠在軟墊上，父親生日沒有去電視賀的事實再逼近一小時。

他抽兩支菸，以第一支點燃第二支。他打開電視，收看正在連續播放華納兄弟卡通的有線頻道。在電視的亮光外圍，他看得見一堆郵件。近一星期來，他有信不拆，全扔在地上，其中三封寄自D學院的新任代理教務長，一封來自教師退休基金，看似來意不善。還有一封來自D學院的住宿組，信封正面印著**驅逐令**的大字。

今天的白天，他爲了殺時間，拿起一個月前的《紐約時報》，握著藍色原子筆，把頭版上所有大寫的M一一圈出來，同時認定自己的行爲近似憂鬱症病患。現在他的電話響了，他想，憂鬱症病人應該繼續看電視，隨電話去響；他應該再點一支菸，臉上不顯露一絲情緒反應，再看一集卡通，不管來電者是誰，讓答錄機去接聽。

其實他一聽到電話鈴聲，立刻生出跳起來接聽的衝動；他耗了一天，忙著萎靡不振，電話一響就把他震醒，令他懷疑憂鬱症的眞實性。在書中，在電影裡，憂鬱症病患喪失意志力，跳脫現實，他覺得現在的他好像缺乏這種能力。他按下電視靜音鍵，匆匆進廚房，這時覺得自己似乎連「全方位崩潰」這種悲哀的小事都辦不好。

他拉上長褲拉鏈，打開一盞燈，拿起話筒。「喂？」

「你在幹什麼，齊普？」丹妮絲劈頭就問：「我剛和爸通過話，他說他很久沒接到你的電話了。」

「丹妮絲，丹妮絲，妳吼什麼吼？」

「我在吼，」她說：「是因爲我不爽，因爲今天是爸七十五大壽，你沒打電話給他，生日卡也沒寄。我不爽，因爲我今天忙了十二個鐘頭，剛剛打電話給爸，他說他好擔心你。你那邊出了什麼事？」

齊普笑了，連自己都驚訝這反應。「我的工作丟了。」

「你沒拿到終身職？」

「不對，我被開除了，」他說：「學期剩下兩個禮拜，他們甚至不讓我教完，還另外找人幫我出考卷。而且，如果我找不到證人，就無法上訴；如果我去找證人，我的罪證就再加一筆。」

「證人是誰？」

齊普從回收桶取出一個瓶子，再一次檢查是否全空，然後放回桶裡。「我教過的一個學生說我迷戀她。她說我跟她發生過關係，在賓館房間裡幫她寫期末報告。除非我能聘請律師，否則不准聯絡這個學生。薪水被止付了，我哪請得動律師？要是我去找她，就構成騷擾罪。」

「她有說謊嗎？」丹妮絲問。

「爸媽沒必要知道這件事。」

「齊普，她有沒有說謊？」

在齊普的廚房流理台上，一份《紐約時報》攤開著，版面上的大寫M全被圈起來。圈字的動作已過數小時，如今重新發現這份文物，感覺應該近似回味夢境，但不同的是，重溫夢境並不會把醒來的人拖回夢中，看見滿是圈圈的報紙卻會。這篇報導講的是聯邦醫療保險與醫療補助福利又將面臨大幅刪減，齊普重見上面畫的圈圈，白天那份忐忑不安與慾求不滿的感覺、那份渴望失去意識的感覺、那份令他忍不住對著躺椅又嗅又摸的感覺，又重回他的心中。現在的他必須奮力提醒自己，他已經去過那張躺椅，已經走過那條自我安撫、遺忘往事的道路。

他把《紐約時報》摺起來，丟進快滿出來的垃圾桶。

「『我從未和那女人發生過性關係。』」他套用柯林頓的名言說。

「你知道，很多事情會讓我忍不住批評，」丹妮絲說：「但這種事不會。」

「我說過，我沒有和她上床。」

「不過，我想強調，」丹妮絲說，「這方面，不管你跟我說什麼，我都絕對站在你這邊。」說完，她刻意清清嗓子。

齊普若想找家人自首，妹妹會是不二人選。丹妮絲大學中輟又嫁錯郎，對人世間的黑暗與失望至少有點涉獵。然而，除了依妮德之外，沒有人會誤以爲丹妮絲一事無成。她讀不下去的大學比齊普畢業的那一所來得高級，早早結婚之後最近離婚，讓她在情感上多了一份成熟，齊普最明白他自己欠缺這份成熟。此外，他懷疑，儘管丹妮絲每週工時長達八十小時，她設法抽空讀的書仍比他多。過去這個月來，他忙著的大事之一是翻閱新生相片名冊，把梅莉莎．派凱特的臉掃瞄成電子檔，下載色情相片，把她的頭移植到裸女身上，然後慢慢在數位圖片上加工（加工數位圖片時，時光確實會飛逝），因此一本書也沒翻過。

「是一場誤會啦，」他悶悶地告訴丹妮絲：「結果校方好像迫不及待要開除我似的，我現在落得被摒除在正當法律程序之外。」

「老實說，」丹妮絲說：「被開除怎麼會是壞事呢？象牙塔裡人心險惡。」

「我本來覺得，全世界只有象牙塔適合我。」

「我想說的是，容不下你，反而對你是一種讚美。只不過，在財務方面，你還活得下去嗎？」

「誰說我還活著的？」

「你想不想借錢？」

「丹妮絲，妳哪來的錢。」

「我有。我也在想，你該去找我朋友茱麗雅談談看。她做的是電影開發，你不是想以紐約東村的背景來改寫《特洛埃圍城記》嗎？我跟她提過，她說如果你有興趣寫成劇本，應該打電話給她。」

齊普搖搖頭，彷彿丹妮絲同在廚房裡、看得見他似的。幾個月前，兄妹倆在電話裡提到莎翁較不知名的劇本，論及把場景改成現代，沒想到丹妮絲竟認眞看待那段對話，對他依然有信心，令他汗顏。

「對了，今天是爸的生日，你是不是忘了？」丹妮絲問。

「我在家裡對時間沒概念。」

「我本來不想催你，」丹妮絲說：「但打開你那箱聖誕禮物的人是我。」

「聖誕節的場面很難看吧，無庸置疑。」

「哪一盒送給誰，大家幾乎是用猜的。」

屋外，南風轉強，加速後院的融雪進度，枝椏上的融雪打得露天陽臺啪啪響。電話鈴響時，齊普曾有的那份感覺——憂鬱症未定論——又從他心中溜走了。

「那你到底要不要打電話給他？」丹妮絲問。

他不回答，把話筒放回電話上，扭掉鈴聲，把臉用力貼向門框。給家人的聖誕禮物，他拖到聖誕節保證寄達的最後一天，才開始著急。他的書架上有一些大減價、削價拍賣的舊書，他抽出幾本，以鋁箔包起來，拿紅緞帶綁好，拒絕去想像，例如九歲大的侄子收到牛津闡釋版的《撒克遜英雄傳》，會有何反應。這本書適合送禮的條件只有一個，就是它仍包在收縮膜中從未拆封。這些書以鋁箔包好之後，書角立刻穿透，他再裹一層鋁箔補救，上下兩層無法密合，導致脆弱、外皮層層剝落的結果，宛如洋蔥皮或中東薄麵皮。他找出貼紙來補丁。他是全國墮胎權行動聯盟的會員，每年會收到一份會員禮，裡面有幾張聖誕佳節的貼紙。他的手藝看起來拙劣而幼稚，說得難聽一點，更像出自精神病患之手，自己也看不下去，因此把包好的所有禮物丟進一個裝葡萄柚的舊紙箱，眼不見為淨。隨後，他把箱子送交快捷公司，寄到蓋瑞位於費城的家。他覺得自己好像撇了好大一坨屎，彷彿不管撇得多爛糊、多令人厭惡，至少現在已經撇乾淨了，暫時不會再受同一種活罪。然而，三天之後的聖誕節當天，他在康州諾瓦克的Dunkin' Donuts店內苦撐了十二個小時，深夜回到家，面對的難題是打開家人送的禮物：兩盒來自聖猶達、一件丹妮絲裝在防震包裡的禮物、蓋瑞送的一盒東西。他決定上床拆禮物，而且那些禮物得被他當成足球踢上樓、踢進臥房。這也是難題一樁，因為長方形物體不太容易翻滾上樓梯，反而常被階緣擋住，滾回樓下。此外，如果防震包裡的物品太輕，慣性的抗力不夠，就很難踹得出高度。然而齊普的聖誕節過得太洩氣、太失意了——他在梅莉莎的學生語音信箱留言，請她撥Dunkin' Donuts店內的公用電話，或者，她正在西港附近爸媽家的話，能親自來見一面更好。等著等著，午夜過後，倦意迫使他接受梅莉莎大概不會來電、更不可能現身的事實——所以現在的他玩起自創遊戲時，已經沒了打破遊戲規則的體力，也無法在達成遊戲目標之前喊停。他很清楚遊戲限以「猛踢」這動作進行（特別嚴禁把腳尖伸進防震包底下，以抬踢的動作送上樓去），他只好對丹妮絲送的聖誕禮物猛踹，愈來愈粗暴，直到防震包被踢破，防震填料是磨碎的白報紙，也被踢得跑出來，破裂處正好勾住他的靴尖，整包禮物在空氣裡畫出一道優美的長弧線，降落在離二樓只差一階的地方。莫可奈何的是，從那裡，防震包拒絕翻越最後一階的前緣。齊普以鞋跟踐踏、亂踏郵包，把郵包踩得稀爛，露出裡面的一團紅紙和綠絲。他把自己訂的規則扔在一邊，將整團亂七八糟的東西趕上最後一階，踹進走廊，把它留在床邊，再下樓去對付其他盒子。直到這些盒子也差不多被他踢爛了，他才理解出一套方法，先把盒子踹上一兩階，趁盒子觸階反彈時補上一腳，一鼓作氣踹上二樓。踹到蓋瑞的禮物時，盒子破了，爆出一大團小碟狀的保麗龍，一瓶以氣泡墊包裝的酒滾下樓來，是一瓶陳年加州波特酒。齊普把酒帶上床，每拆一份禮物就賞自己一大口波特酒。母親好像一直以為，他至今仍在壁爐邊掛著長襪等待聖誕老公公，因此送他一盒標示著長襪填塞物集錦的禮物，裡面是各別包裝好的小東西：一包潤喉糖；以生鏽銅框裱裝著齊普二年級的小相片；十一年前她和艾爾佛瑞去中國途中投宿香港旅館時拿到的塑膠瓶裝洗髮精、潤髮乳、護手霜；兩個木雕小矮人，感情洋溢的微笑雕得誇張，一圈銀線穿過每個矮人的顱骨，以便懸掛在樹上。為了方便他把這些禮物放在她假定的樹下，依妮德另外送了一盒較大的禮物，紅色包裝紙上有聖誕老人的臉，裡面是一個蒸蘆筍器、三件Jockey牌白內褲、一支特大號拐杖糖、兩個印花布抱枕。蓋瑞和嫂嫂除了送波特酒，也送他一套酒瓶真空幫浦器，沒喝完的酒可以用它來避免氧化。齊普才不會碰到酒喝不完的狀況。他送丹妮絲的是一本《紀德書信選集》，翻譯得詩韻盡失，扉頁上註明定價一元，送禮前已被他擦掉；丹妮絲送他一件漂亮的萊姆綠絲襯衫。父親送他一張一百元支票，親筆指示他去買他要的東西。

除了穿上身的這件襯衫，除了他拿去兌現的支票，除了在聖誕夜見底的那瓶波特酒，家人的禮物仍散在臥房地上。丹妮絲郵包裡的填料飄進廚房，與濺到地上的洗碗水混合成稀泥，隨他的鞋子被帶進屋內各處。羊毛白的保麗龍豆豆堆在暗處。

中西部時間，現在將近十點半。

喂，爸，祝你七十五大壽快樂，這裡的情形一切都好。聖猶達家裡的情形怎樣？

齊普覺得，不來一些甜點或好處提神，這通電話他打不下去。然而，電視看得他批判心大發，對政壇有意見，痛苦得連看卡通都非抽菸不可。現在他抽得胸口出現肺一般大的痛，家中沒有任何種類的酒精，連烹飪用的雪利酒也沒有，甚至也找不到咳嗽糖漿，而他與躺椅交歡時耗費太多體力，如今腦內啡像筋疲力盡的軍人，已從戰場歸返腦內的四個角落，過去五星期受盡他的指使，現在再也打不起精神，除非梅莉莎的血肉之軀出現，否則他叫不動這支腦內啡軍。他需要一點振奮士氣的東西，一點提神物，但他最有效的東西只有一個月前的《紐約時報》，而他覺得今天已經圈夠了大寫的M，再也無力提筆打圈。

他走向餐桌，證實了每個酒瓶都已一滴不剩。幾天前，他刷完Visa卡的最後二百二十元，買了八瓶相當可口的弗朗薩克紅酒，在星期六晚上舉辦最後一次晚宴，集結了教職員中支持他的人。D學院戲劇系有一位高人氣年輕教授名叫卡莉．羅培茲，幾年前因捏造學歷遭學校開除，激怒了學生和資淺的教職員，因此大家集體杯葛，舉行燭光守夜會，迫使D學院不僅再度聘用羅培茲，還拔擢她為教授。齊普不是羅培茲，既非女同志也不是菲律賓女人，但他教過女性主義理論，歷次表決也與酷兒聯盟百分之百配合，且他開的書單常列出非西方作者的著作，而他在康福谷別墅二十三號房做的事，不過是身體力行某些理論（著作者的迷思、逾矩性互動的抗消費主義），全是D學院請他來傳授的學問。不幸的是，這種論調只有在傳授給課堂上那些敏銳易感的青年們時，才有說服力。接受他邀請的同事有八位，但星期六晚間赴宴的人只有四位。儘管他盡量把話題轉到當前的困境，好友集體爲他做的事仍只有唱歌給他聽，一面喝乾第八瓶葡萄酒，一面清唱法文歌《無憾》。

接下來幾天，他無力清理餐桌上的殘局。他看著發黑的紅葉萵苣、一層油脂在沒咬過的羊排上凝結、亂七八糟的軟木塞與菸灰。家中的羞恥與脫序一如他腦裡的羞恥與脫序。卡莉・羅培茲現在是D學院的代理教務長，接替吉姆・立維頓。

請敘述學生梅莉莎・派凱特和你的關係。

我以前的學生？

你以前的學生。

我和她的交情還好。我們吃過晚餐。感恩節連續假日開始時，我和她相處過一段時間。她是個頭腦出色的學生。

梅莉莎上星期交給凡德拉・歐法倫的那份報告，你有沒有協助她？

我們討論過那份報告的大致方向。她有些地方搞不太清楚，我替她釐清。

你和她之間有沒有性關係？

沒有。

齊普，我想我們會先讓你帶薪停職，然後找齊當事人召開聽證會。聽證會將在下週初舉行，現階段建議你找一位律師，也找工會代表研商對策。另外，我也不准你和梅莉莎・派凱特交談。

她是怎麼說的？她說報告是我寫的嗎？

梅莉莎繳交的作品非出自她本人之手，違反了榮譽規定，面臨停學一學期的處份，但校方理解本案存在著從輕處份她的因素，例如你無視師長應有的操守，與學生發生性關係。

是她這樣說的嗎？

我個人的建議是，齊普，現在就辭職。

是她這樣說的嗎？

你的勝算是零。

枝椏上的融雪如雨直落，雨勢加大。他用靠前面的第一個瓦斯爐點香菸，吸了痛苦的兩口，把菸頭握進掌心，緊緊咬著牙齒呻吟，再打開冰箱的冷凍室，手心貼住冷凍室底部，站了一分鐘，嗅著皮肉的焦煙。然後，他握著一顆冰塊走向電話，撥著古老的區號，撥著古老的電話號碼。

聖猶達老家的電話響起時，他一腳踩進垃圾桶，把《紐約時報》壓得更深，不想再看見。

「噢，齊普，」依妮德驚呼：「他已經上床了！」

「別叫醒他，」齊普說：「只要轉告他——」

但依妮德放下話筒，喊著艾爾！艾爾！步步遠離電話，上樓走向臥房，她的音量也漸漸變小。齊普聽見她喊，是齊普打來的！他聽見樓上的分機喀嚓接通。他聽見依妮德叮囑艾爾佛瑞，「別只打一聲招呼就掛斷，跟他多聊聊嘛！」

話筒移交時出現沙沙聲。

「是。」艾爾佛瑞說。

「嘿，爸，生日快樂。」齊普說。

「是。」艾爾佛瑞重複著，語調平板，和剛才完全一樣。

「這麼晚才打給你，不好意思。」

「我還沒睡著。」艾爾佛瑞說。

「我就怕吵醒你。」

「是。」

「呃，祝你七十五歲生日快樂。」

「是。」

齊普希望依妮德正急著下樓回廚房，不顧她髖骨的疼痛，一心想救兒子。「我猜你累了，而且時間也晚了，」他說：「我們沒必要一直聊下去。」

「謝謝你打電話回來。」艾爾佛瑞說。

依妮德回到線上。「我要把這些盤子洗完，」她說：「我們今晚有開慶生派對！艾爾，把晚餐的情形告訴齊普嘛，我要掛電話囉！」

她結束通話。齊普說：「你們開了派對。」

「是，魯特夫妻來家裡吃晚餐，打橋牌。」

「你們有吃蛋糕嗎？」

「你母親做了一個蛋糕。」

香菸在齊普體內燒出一個缺口，他覺得痛苦的傷害可從這缺口進入，生命元素也可從這缺口痛苦地逃逸。融化的冰水從他指間滲漏。「橋牌打得怎樣？」

「老樣子，我一手爛牌。」

「壽星的運氣還這麼背，眞不公平。」

「現在的你，」艾爾佛瑞說：「應該正在爲下個學期做準備吧？」

「對，應該，不過，實際上沒有。其實，我正決定這學期完全不教書。」

「我聽不見。」

齊普提高音量：「我說，我決定這學期不教書了。我打算這學期休息，專心寫作。」

「根據我的印象，你的終身職近在眼前。」

「對，四月份。」

「我總覺得，希望拿到終身職的人最好待在原位，繼續教書。」

「是。」

「如果校方見你工作勤奮，就沒有理由不給你終身職。」

「沒錯，沒錯，」齊普點頭：「不過，我同時也要預做打算，以免終身職落空，連未來也沒著落。而且我碰到一個，呃，一個非常誘人的機會，對方是好萊塢的製作人，也是丹妮絲的大學朋友。潛在利潤非常可觀。」

「優秀的工作者幾乎不可能被開除。」艾爾佛瑞說。

「不過，終身職的審核過程勾心鬥角，我不得不準備一套備案。」

「隨便你吧，」艾爾佛瑞說：「話說回來，我的經驗談是，做事最好選定一套計畫堅持到底，如果不成功另外再想辦法也不遲。你已經努力了好幾年才有今天的地位，再努力一個學期也不算爲難才是。」

「是。」

「等拿到終身職你就輕鬆了，你的日子可以過得很安穩。」

「是。」

「好了，謝謝你打電話回家。」

「是，生日快樂，爸。」

齊普放下話筒，離開廚房，握住一瓶弗朗薩克的瓶頸，將空瓶身對準餐桌邊緣使勁敲下去。他再擊碎另一瓶。剩下六瓶，他左右手各抓起一支，一次敲碎兩瓶。

隨後幾星期，他的日子過得艱辛，全靠怒火支撐。他向丹妮絲借了一萬美元，延請律師去向D學院表態，要指控校方藉故終止合約。雖說這筆錢白花了，心裡卻舒服。他籌足押金及各費用所需的四千美元，在紐約第九街承租一間轉租公寓。他買了皮衣，在耳垂上穿洞。他又向丹妮絲借錢，也聯絡到大學時代的朋友，他是《華倫街日報》的主編。他構思著復仇大計，以劇本形式來揭穿梅莉莎．派凱特的自戀與變節，戳破同事的假道學。他希望傷害過他的人從電影中認出自己，而受到良心折磨。他和茱麗雅．斈芮斯打情罵俏，約她出去，不久之後，他每星期花兩三百元請她吃飯、提供餘興。他再向丹妮絲借錢。他把香菸叼在下唇，在鍵盤上敲出劇本的草稿。搭計程車時，茱麗雅把臉貼在他胸口，抓著他衣領。他給服務生和計程車司機的小費高達三到四成。他在滑稽的情節裡套用莎士比亞和拜倫的名句。他繼續向丹妮絲借錢，而且認定妹妹說的有道理，被學校開除是他今生最幸運的一件事。

伊登．普羅秋洛拿出她的職業表情，盛讚他的劇本綱要，他當然沒有天眞到信以爲眞。但他在社交場合與伊登的互動愈多，對自己的劇本就愈有信心，認爲伊登一旦讀過他的劇本必會鼎力支持。撇開其他因素不談，伊登將助理茱麗雅視爲自己的女兒。雖然她只比茱麗雅大五歲，卻一肩挑起茱麗雅的未來，致力爲茱麗雅重新訂定人生準則，提高她的層次。齊普始終揮之不去的感覺是，伊登一直想爲茱麗雅另覓愛情的男主角（伊登習慣稱齊普爲茱麗雅的「男伴」，而非「男友」；當伊登提及茱麗雅「未開發的潛能」及「缺乏自信心」時，他懷疑她希望茱麗雅提升的是挑選男人的眼光），但茱麗雅告訴齊普，伊登認爲他「眞的好親切」、「聰明絕頂」。至於伊登的丈夫道格．歐布萊恩，鐵定是站在他這邊。道格是布努斯培律師事務所的併購法專家，不但爲齊普安插了彈性工時的校對工作，更替他爭取到最高額的鐘點費。每次齊普想感激他的好意，總會被道格大手一揮擋掉。「擁有博士學位的人是你，」他說：「你出的那本書厲害得嚇死人。」齊普很快變成歐布萊恩與普羅秋洛夫妻在翠貝卡區家中晚宴的常客，也是長島夸革村週末別墅宴會的嘉賓。享用他們的美酒與專人烹調的美食，讓他搶先品嘗到成功的甜頭，滋味比終身職甜美百倍。他覺得這才不枉此生。

後來有天晚上，茱麗雅找他坐下來，打算告訴他一件她從未提過的重要的事，還問他是否可以先答應，不要太生氣。所謂重要的事是，她可說是有個丈夫。波羅的海三小國之一立陶宛的副首相名叫吉塔納斯．米瑟維裘斯，茱麗雅想說的是，呃，茱麗雅和這男人在兩三年前結婚，她希望齊普不要太生氣。

她說，老是挑錯男人的主要原因是，她成長過程中缺乏男人。她父親的職業是船艇推銷員，患有躁鬱症，她記得和他見過一次面，卻寧願這輩子完全沒見過這人。她的母親在化妝品公司擔任主管，把茱麗雅塞給外婆撫養，而外婆把她送進天主教女校就讀。茱麗雅首次認眞和男人交往是在大學時代，畢業後移居紐約市，開始結交曼哈頓每一個不老實、愛隨便打罵、心永遠定不下來的驚世俊男。到了二十八歲，令她志得意滿的只有姿色、公寓、穩定工作（主要是接聽電話）。因此，當她在夜店遇見吉塔納斯，而吉塔納斯認眞看待她，不久就亮出一枚以白金鑲嵌、不算小的鑽戒，而且似乎愛著她時（這個人畢竟是如假包換的聯合國大使，她曾去聯合國大會聽他發表波羅的海驚人演說），她也在她身份地位範圍內竭盡所能回報他的好意。她總是盡人所能地和善。她拒絕讓吉塔納斯失望，但在驀然回首時，卻覺得讓他失望也未嘗不妥。吉塔納斯比她年長一大截，在床上相當體貼她（不像齊普，茱麗雅連忙說，卻也不太，呃，就是，糟），而且似乎很清楚如何維繫一段好婚姻，因此有一天她跟他進入市政府公證。若不是嫌夫姓太白癡，她或許甚至肯以「米瑟維裘斯夫人」自稱。婚後，她搬進位於東河的大使公寓，一進去便發現大理石地板、黑漆傢具、煙灰色玻璃等濃重現代氣氛不但沒法讓她像預期的那樣開心，反而是令人無法忍受的低迷，因此讓吉塔納斯賣掉公寓（巴拉圭代表團的團長欣然接手），在哈德遜街靠近幾家高級夜店的地方另買比較小、比較好的一間。她爲吉塔納斯找到一位稱職的理容師，教他如何選購天然纖維布料服飾。婚後生活似乎一切順利，但她與吉塔納斯一定在某些事情上誤解了對方，因爲他的政黨（VIPPPAKJRIINPB17，全名是「堅守卡基米耶拉斯．賈拉麥提斯與四月十七日「獨立」公投之復仇主義理念之唯一眞政黨」）在九月選舉後失勢，召他回維爾紐斯，加入國會反對陣營時，他以爲茱麗雅陪他回立陶宛是天經地義的事。夫妻是生命共同體，妻子是丈夫不可切割的一部份，諸如此類的概念茱麗雅不是不懂；但吉塔納斯描述的立陶宛首都，維爾紐斯在蘇聯崩解後長年煤炭不足、電力短缺，綿綿冷雨不斷，駕車槍擊事件屢見不鮮，飲食偏重馬肉，這一切都令她卻步。因此她對吉塔納斯做了一件壞到骨子裡的事，絕對是她這輩子對所有人做過最壞的一件事。她答應跟隨吉塔納斯搬去維爾紐斯定居，跟著他坐進頭等艙，然後溜下飛機，換掉家中電話號碼，叫伊登在吉塔納斯來電時告訴他茱麗雅失蹤了。六個月後吉塔納斯回到紐約市，只待一個週末，茱麗雅眞的、眞的覺得很愧疚。對，無庸置疑，是她令自己蒙羞，但吉塔納斯不斷用難聽字眼辱罵她，狠很摔她耳光。往好的一方面看，撕破臉，兩人再也無法在一起，但她繼續賴在哈德遜街的公寓裡，男方開的條件是不准離婚，因爲據說立陶宛的情勢每下愈況，婚姻關係能確保吉塔納斯在美國尋求政治庇護時快速獲得核可。

這就是她和吉塔納斯之間的瓜葛，攤開來之後，她希望齊普不要太生氣。

齊普並不生氣。他非但不介意茱麗雅已婚，居然還愛慕她這一點；他對她的戒指著迷，勸她戴戒指上床。在《華倫街日報》的辦公室裡，齊普有時嫌自己不夠逾矩，彷彿他內心深處仍是中西部來的乖小孩，因而喜歡在文章裡影射他給歐洲政壇人物「戴綠帽」。在他的博士論文（《昂然矗立而存疑：都鐸戲劇中的陽具焦慮》）中，他對戴綠帽這主題有豐富的研究，披著現代批判學者的斗篷，他津津樂道婚姻是所有權、婚外情是偷竊行爲。

然而好景不長，盜用外交官存糧的快感漸漸變爲中產階級的幻夢，齊普開始把自己想像爲茱麗雅的丈夫——她的爵士，她的王侯。他開始對吉塔納斯嫉妒得難以自持。吉塔納斯雖然是立陶宛人，還會打老婆，但他畢竟是有頭有臉的政治人物，茱麗雅每次提到他的名字，都隱藏不住歉疚與渴望。在新年前一晚，齊普直言不諱問她可曾考慮離婚。她的回答是，她喜歡這棟公寓（「房租這麼低的公寓哪裡找！」），目前不想再找另一間。

元旦過後，齊普埋首《紫學院》的草稿。爲了完成這份草稿，他狂敲鍵盤，乘著一份欣快感，一口氣飆出最後二十頁。這時他再看一遍，發現劇本裡的毛病多多。事實上，這劇本讀起來像是狗屁不通的下三濫作品。草稿完成後，他花了一個月時間大肆慶祝，期間他想到有些俗套的劇情元素——陰謀、車禍、邪惡女同志——刪掉也不會影響故事的完整性。但話說回來，若拿掉這些俗套的劇情元素，他似乎也沒有什麼故事好講了。

爲了挽救他在藝術上、智識上的野心，他在開場增加一段冗長的理論獨白。可惜這段獨白寫得艱澀，以至於每回他打開電腦，都非得對著這段獨白敲敲打打不可。就這樣，大部份修改草稿的時間都耗在調整這段獨白上。若縮短獨白的長度，就很難不犧牲攸關主題的材料，他無計可施之餘，只好開始找其他小地方開刀，例如每頁邊緣空白處的大小和連字號。他的短程目標是讓獨白結束在第六頁底，而非第七頁前幾行。他把「continue」換成「go on」（繼續），節省了三個字母空間，好讓「（trans）act（ion）s」（互動）在第二個 t 後面加一個連字號，但這樣一來許多句子卻變得更長，連字號也更多。後來他認定「go on」的韻律不到位，「（trans）act（ion）s」也不應該在任何條件下加連字號，因此他尋遍整篇獨白，尋找其他有點太長的字，改用較短的同義字取代，同時又苦勸自己相信，大明星和穿普拉達西裝的製作人會喜歡閱讀六（不是七！）頁長篇學術論述。

他幼年時，有次中西部出現日全蝕奇景，在與聖猶達隔河相望的一個沉悶小鎮，有個女孩不顧眾人警告坐在戶外，以肉眼研究愈來愈細的太陽彎刀，直到視網膜被燒壞。

「一點也不痛呀，」失明的女孩向《聖猶達記事報》表示：「什麼感覺也沒有。」

這段獨白在劇本裡無異於死屍一具，齊普天天去替它整理遺容，每天的房租、飲食、娛樂費用大部份由妹妹資助。但只要有錢過日子，他的痛感就不太劇烈，過一天算一天。他鮮少在正午之前起床。他喜歡美饌佳釀，衣裝體面到足以隱匿自己是一團爛果凍的事實。每五個晚上，他有四晚能設法隱藏最嚴重的焦慮與不祥的預感，忘情陪伴茱麗雅。向丹妮絲借款的總額大於校對鐘點費，以好萊塢標準來看卻是小數目，因此他愈來愈少去事務所上班。他眞正的牢騷只有一個，就是他的健康。時序進入夏季，有一天他重讀第一幕，見內容是無可補救地爛，再次深受打擊，急忙去屋外透透氣。他沿著百老匯向南散步，來到砲臺公園的長椅坐下，讓哈德遜河吹來的微風竄進衣領下。直升機往來不息，他聆聽著螺旋槳掃出的「呼、呼」聲，也聽見遠處翠貝卡區百萬富嬰的叫鬧聲。此情此景令他罪惡感滿懷，如此精力充沛，如此健康，卻又如此一無是處；現在的他睡眠充足、成功避免被傳染感冒，卻愁無正事可辦，而且也無法完全進入假期心情，無法和陌生人調情，無法喝幾杯瑪格麗特雞尾酒。他想，想生病、想病奄奄的話，應該趁現在事業一蹶不振時病個夠，把健康和活力存起來，留到——再怎麼想像也不見光明前景——他再也不會一蹶不振的時候，再提領出來享用。他浪擲了這麼多東西，包括丹妮絲的錢、茱麗雅的善意、他具有的能力與受過的教育、美國史上最久的一段景氣長紅期，最讓他痛苦的反而是四肢健全、身體康泰，尤其身是在晴光下的河畔。

七月的一個星期五，他的錢用光了。想和茱麗雅共度週末，恐怕得在戲院零食部花掉他十五美元，他清算了書架上的馬克思主義份子，把它們趕進沉重無比的兩大袋，提去史傳德書局。這些書原有的書套還在，定價總計三千九百美元，史傳德採購部的估價員隨便看了幾眼，驟下判決：「六十五。」

齊普嘿嘿笑了一陣，暗叫自己別爭論；但這堆書中，有一本是英國版哈伯瑪斯（註：Jurgen Habermas，德國哲學家）的《理性與社會合理化》，太深奧了，他讀不下去，遑論註釋，因此書況幾乎全新，當初的售價是九十五英鎊。他忍不住以這本書爲例。

「想去試試其他家，請便。」估價員說，手在收銀機上等著。

「沒有，沒有，你說的對。」齊普說：「六十五元很好。」

對方一眼就看穿他竟以爲這些書能換來幾百美元。一條條書脊以責備的態度瞪他，他轉移視線，回想起當初在書店，每一本書對他呼喚著，許諾給他的是一份對晚期資本主義社會的激進批判，而他是多麼高興地帶它們回家。但哈伯瑪斯沒有茱麗雅的十足酷勁、修長的梨樹手腳，阿多諾（註：Theodor Adorno，德國哲學家）沒有茱麗雅那股放蕩柔順的葡萄果香，詹明信（註：Fred Jameson，美國文學評論家）沒有茱麗雅的滑舌。到了十月初，齊普把劇本的完稿送抵伊登辦公室時，他已經賣掉了他的女性主義書、形式主義書、結構主義書、後結構主義書、佛洛依德書、酷兒書。爲了籌錢爲父母與丹妮絲準備午餐，他僅剩鍾愛的文化史書和精裝本莎士比亞全集；由於這套莎翁全集具有某種奧祕——整齊劃一的淺藍色書套宛如供人靜養的群島——他把傅柯、格林布萊特（註：Greenblatt，美國文學評論家，曾獲普立茲獎）、胡克斯（註：hooks，美國女權運動家）、普薇（註：Poovey，美國文學評論家）裝進購物袋，總共換得一百一十五美元。

他把六十元花在理髮、糖果、一套除漬組合、在雪松酒館喝兩杯。上上個月，也就是八月，在他邀請父母前來時，他原本希望伊登這時已讀完他的劇本，在父母抵達之前給一些預支金，然而現在他拿得出來的唯一成就、唯一禮物，是一頓親手烹飪的午餐。東村有一家熟食店的廚師很可靠，義式餃子和硬皮麵包做得美味。他想像著端出充滿鄉趣的義大利式午餐，可惜到了那兒才發現，這家店顯然已經倒閉。十條街之外有間烘焙坊確定有不錯的麵包，但他不想走那麼遠，因此在東村亂逛，進出虛有其表的食品店，拈一拈起司，謝絕麵包，檢視水準較低的義式餃子內餡。最後，他全盤放棄義大利午餐的構想，集中心思在他唯一想得出來的另一道餐點——加了野生米、酪梨、煙熏火雞胸肉的沙拉。這套餐點的問題在於成熟酪梨難尋。他走過一家又一家，不是沒賣，就是酪梨生硬如核桃，終於找到熟酪梨時，卻小得像萊姆，一粒索價三元八毛九。他站在店裡，握著五粒，考慮著下一步。他把酪梨放下，拿起來，再放下，就是無法扣扳機。丹妮絲當初看準他欠錢的弱點，逼他做這頓午餐，現在他一想起來就恨得牙癢。一種感覺浮現，好像此生他只吃過野生米沙拉和義式餃子，否則烹飪的想像力不會如此貧瘠。

八點左右，他逛到格蘭街，這裡有一家新開張的店，名叫「消費夢魘」（標榜著：「應有盡有——只要你有錢！」）。一縷濕氣悄悄籠罩天空，一陣硫磺味、不安份的風從紐澤西州拉威市和貝翁市吹來。蘇活區和翠貝卡區的超級士紳從夢魘的刷紋鋼門進進出出。男人的高矮胖瘦不一而足，女人清一色是三十六歲的苗條熟女，很多人是既苗條又有身孕。剛理完頭髮的齊普後頸紅癢，還沒有做好被這麼多完美女人看見的準備。但是，就在夢魘裡面的門邊，他瞥見一盒綠色蔬菜，註明是貝里斯進口酸模菜，〇．九九美元。

他走進夢魘，拎起一個空籃，拿一把酸模菜放進去。九毛九。夢魘附設咖啡吧，吧台上方裝了一個螢幕，顯示著**本站供應咖啡**、**今日毛利**、**今日淨利**、**預估本季每股之股利**，數字不停變化，反諷意味十足，底下不忘打出小字：本數字根據歷季績效評估，僅供參考，本資訊僅有博君一笑之目的。齊普在嬰兒車、手機天線之間穿梭閃躲，來到魚肉櫃檯，發現**海釣野生挪威鮭魚**正在特價促銷，價格公道，以爲自己在作夢。他指著一塊中號魚排，聽見魚販問：「另外呢？」他以爽朗的語氣，近乎自鳴得意的語氣回答：「這樣就夠了。」

魚販以精美的紙爲他包好鮭魚，貼上價格標籤遞給他，售價是七十八元四毛。幸好發現得早，否則衝動之下他可能會向魚販抗議，然後才發現夢魘裡的標價全是指一百公克。如果是在兩年前，如果是在兩個月前，他不會犯這種錯。

「哈，哈！」他說著，把七十八美元的鮭魚當成捕手球套捧著。他跪下一腳，摸摸靴帶，順勢把鮭魚塞進皮夾克和毛衣裡面，把毛衣塞進褲子，然後站起來。

「爹地，我要劍魚。」背後有個細小的嗓門說。

齊普走兩步，相當重的鮭魚從毛衣溜掉，覆蓋他的下體，一時之間搖搖欲墜，猶如古代男士的遮陰片。

「爹地！劍魚啦！」

齊普一手壓著褲襠。搖搖晃晃的鮭魚感覺像一條沉甸甸的冷尿布。他把鮭魚的位置挪向腹肌，把毛衣塞得更緊實些，夾克的拉鏈拉到脖子，假裝很清楚要買什麼似的大步行走，走向乳製品的那面牆。在這裡，他找到幾種法國鮮奶油，價格暗示著由超音速運輸機進口。比較不讓人望價興嘆的本土鮮奶油被一個男人擋住了。這男人戴著洋基隊的小帽，對著手機吼叫。在半公升裝的法國優酪乳桶旁，有一個顯然是他的小孩，正在撕鋁箔封口，一桶接著一桶，已經撕開五、六桶。齊普靠過去，手伸向男人的後面，貼腹的鮭魚卻塌了下去。「抱歉。」他說。

講手機的男人蹉跎著腳步，移向一旁，動作像在夢遊。「我說操他的！操他的！操他這個大混蛋！我們沒有成交，沒有簽字。我一定要對那個混帳再殺價三十，我跟你保證。小朋友，那東西不能撕啊，撕開了要付錢喔！我告訴他，在昨天之前是他媽的買家的天下。這東西不跌到谷底，我們絕不層交。不層交！不層交！不層交！不層交！」

齊普走近結帳臺，籃子裡擺著四件充場面商品，這時瞥見一頭靚麗如一分錢新硬幣的金髮，這頭金髮的主人非伊登莫屬。她本身就是苗條的三十六歲熟女，神色匆忙。伊登的小兒子安東尼坐在購物推車的上層，背對著總價四位數的大批蚌蛤、起司、肉類、魚子醬。伊登向著安東尼彎腰，讓兒子拉扯義大利套裝的灰褐色翻領，吸吮著她的上衣。她站在齊普背後，正在翻閱劇本，齊普只能祈禱這本的作者不是他。海釣挪威鮭魚沁透了包裝紙，體熱融化了脂肪，使鮭魚失去原本的硬度。他想逃出這家夢魘，但他不準備在目前的狀況下討論《紫學院》。他轉進一條冷颼颼的走道，這裡賣的是純白桶裝義式手工冰淇淋，桶身印著黑色小字。一個西裝男彎著腰，身旁有個小女孩，頭髮像豔陽下的紅銅。這女孩是伊登的女兒艾普莉，西裝男是伊登的丈夫道格·歐布萊恩。

「齊普·藍博特，你好嗎？」道格說。

道格伸出方正的大手，齊普伸手時另一手提著購物籃，逼不得已做出娘娘腔的姿勢。

「艾普莉正在挑選晚餐後的點心。」道格說。

「三個點心。」艾普莉說。

「她的三個點心，對。」

「那個是什麼？」艾普莉指著說。

「那個是石榴金蓮雪泥口味，蜜糖兔兔。」

「我喜歡嗎？」

「這我就不清楚囉！」

道格比齊普年輕，長得比齊普矮，開口閉口自稱敬畏齊普的智能，齊普對他百般測試，也絲毫測不出他言下有任何反諷或貶損的意味，因此齊普終於接受道格是真心仰慕他的事實。仰慕之情固然累人，但總好過貶抑。

「伊登告訴我，你的劇本寫完了，」道格說著重新疊好被艾普莉挪動的手工冰淇淋桶。「哇，我好期待啊，你的劇本聽起來好精采。」

穿著燈芯絨連身服的艾普莉，捧著三桶結霜的冰淇淋。

「妳挑的是什麼？」齊普問她。

艾普莉聳肩的動作做得極端，是初學者的聳肩。

「蜜糖兔兔，把冰淇淋捧去給媽咪，我想跟齊普聊一聊。」

艾普莉奔回走道另一端時，齊普想，身為父親的滋味是什麼，時時刻刻被人需要、而非需要他人的感覺如何。

「我想請教你一件事，」道格說：「你現在有空嗎？我想問的是，假設有人想給你一個新的個性，你願不願意接受？假設有人對你說，我可以依照你的意願，永遠改造你的神經線路。你願不願意拿錢請對方替你改造？」

鮭魚的包裝紙被汗黏在齊普的皮膚上，包裝紙的底部裂開。道格似乎渴望切磋知識，這時間點對齊普不理想，但齊普希望道格繼續支持他，繼續慫恿伊登買下他的劇本。他問道格為何有此假設。

「我的辦公桌上常出現天馬行空的東西，」道格說：「尤其是現在，好多錢從海外回流，當然是因為網路股的買氣看漲，我們仍在盡全力勸美國百姓歡喜賠大錢。不過啊，生物科技很有意思。我最近讀了一大堆基因改造瓜類果實的說明書。據說國人很愛吃南瓜胡瓜，超出我的認知範圍。這些瓜類蔬果的外皮耐撞，讓人覺得應該百病不侵，其實很容易生病。不然就是……南方瓜科每股三十五元是被嚴重高估了。管他的。話說回來啊，齊普，這個頭腦改造的東西被我注意到了。最怪的一點是，這些東西居然全屬於公共範疇的知識，我可以隨便和人討論。你說怪不怪？」

齊普想把視線固定在道格，佯裝聽出興趣，但他的眼珠子像小孩，想在走道上來回蹦跳。基本上，他是準備要跳出這身皮囊了。「是啊，很怪。」

「改造的概念是，」道格說：「對人腦內部進行全面大翻修，外殼和屋頂不改，但換掉牆壁和管線，打掉那間擺著不用的小餐室，再加裝一個現代斷電器。」

「嗯哼。」

「可以讓你保留你這套英俊的門面，」道格說：「從外表來看，你照樣是認眞的知識份子，有點像北歐人，冷靜、散發書卷味。不過你的裡面變得比較適合人居。有一間大起居室，裡面有全套影音設備。廚房變得更寬敞、更好用，有廚餘處理器，有對流烤箱，冰箱門外有冰塊取用口。」

「我還認得自己嗎？」

「你想嗎？其他人都還認得你——至少認得外在的你。」

今日總收入的大數字打在螢幕上，停留在四四四四四七·四一，然後再上揚。

「我的裝潢就是我的個性。」齊普說。

「可以想成是一種漸進式的改造。可以假想成，裝潢工人非常注重整潔。你每晚下班回家，工人已經把大腦裡的工地清理乾淨，而且按照市政府條例和一般契約規定，週末不能打擾你。整個工程分階段施工——你會漸漸適應，或者可以說，它會漸漸適應你；沒有人會逼你買新傢具。」

「你提的是假設性問題。」

道格豎起食指。「唯一的麻煩是，可能要加裝一個金屬的東西。在機場時可能會觸動安檢警報。我猜，你也可能會接收到某些頻率，聽見你不想聽的電臺名嘴節目；喝開特力之類的高電解質飲料可能也會有問題。怎樣？你覺得如何？」

「你是在開玩笑，對吧？」

「不信，你自己上網去看。我會把網址傳給你。『影響之深遠令人忐忑難安，但此款宏效新科技無人能擋。』這句話適合成爲當代座右銘，你不覺得嗎？」

鮭魚肉向下擴散，此刻正漸漸入侵齊普的內褲，形同一條胖胖的、暖血的陸生蛞蝓。這種窘境似乎全是大腦惹的禍，全與大腦決策欠佳有關。理智上，齊普知道道格就快放他走，知道自己或能逃離消費夢魘，找一間餐廳借用廁所，把鮭魚拿出來，重拾完整的批判能力——他自知即將來臨的一刻是，他再也不會站在高價手工冰淇淋間，褲子裡也不會有一塊微溫的魚肉；他自知未來的這一刻將爲他帶來無限暢快的輕鬆——但現在，他仍活在稍早的時空，仍處於較不暢快的時刻，而從這個時間點瞭望遠景時，他認爲，改造頭腦的工程看似正合他意。

「他們的點心做得有三十公分那麼高！」依妮德說。在描述這一點之前，依妮德的直覺告訴自己，丹妮絲不會喜歡疊成金字塔的蝦子。「做得好雅緻好雅緻，妳看過那樣的東西嗎？」

「我相信做得很棒。」丹妮絲說。

「崔博列夫妻很懂得把東西做成超級豪華型。我一輩子沒見過做得那麼高的點心，妳有嗎？」

丹妮絲的一些小動作顯示，她正刻意拿出耐性。她的呼吸稍微加深，把叉子放在餐盤上時毫無聲響，小酌葡萄酒、放下酒杯時也不發聲，這些小動作讓依妮德受傷的程度大於丹妮絲情緒爆發。

「我看過做得很高的點心。」丹妮絲說。

「難度高得不得了吧？」

丹妮絲交握雙手，放在大腿上，徐徐吐氣。「聽起來是個很盛大的餐會，很高興妳玩得開心。」

在迪恩和翠西的餐會上，依妮德確實玩得開心，她也但願丹妮絲在場，親自體驗現場氣氛多麼高雅。但她也擔心女兒完全感覺不到優雅的氣氛，擔心女兒會把別致的場合挑剔得一無可取，挑到最後只剩平淡無奇的東西。女兒的品味是依妮德視野裡的一個黑點，是依妮德感官經驗裡的一個洞，她親身體會到的每一種快感無時無刻都有漏散的危險。

「品味是無法言喻的。」依妮德說。

「對，」丹妮絲說：「不過，有些品味比較高尚。」

艾爾佛瑞彎腰看著餐盤，頭湊得很近，以確定從叉子掉落的鮭魚或法國四季豆是否全掉進瓷盤中。但他有在聽，他說：「夠了。」

「大家都這樣認為吧，」依妮德說：「每個人都認為自己的品味最好。」

「可惜多數人錯了。」丹妮絲說。

「人人都有表達自己品味的權利，」依妮德說：「在這個國家，每個人都有一票。」

「不幸啊！」

「夠了，」艾爾佛瑞對丹妮絲說：「妳再辯也贏不了。」

「聽妳的口氣，妳瞧不起別人。」依妮德說。

「媽，妳老是告訴我妳有多喜歡自家烹調的美食；我也喜歡啊！我認為，點心做成三十公分高，只是多了一份迪士尼式的浮濫粗俗。妳的廚藝勝過——」

「唉，沒有，才沒有。」依妮德搖搖頭。「我的廚藝算什麼。」

「這是什麼話！妳以為我的廚藝是從哪裡——」

「不是我教的，」依妮德打斷她：「我家小孩的天賦是從哪裡來的我不曉得，只知道不是從我這裡遺傳的。我算哪門子的廚師，連邊都沾不上哩！」（講這話多痛快呵！好比被毒葉藤沾到之後，用滾水沖洗。）

丹妮絲打直腰杆，舉起酒杯。依妮德一輩子都忍不住不觀察他人餐盤的動靜，今天看見丹妮絲吃了三口鮭魚、一小鐽沙拉、一小片麵包皮。每一小口對依妮德的每一大口形同責備。現在，丹妮絲吃完了盤中飧，不再添菜。

「妳只吃那麼一點點啊？」依妮德說。

「對，我的午餐這樣就可以了。」

「妳掉了好幾磅。」

「其實沒有。」

「好吧，不要再減重了。」依妮德說著，笑得有氣無力。她盡量以這種小笑來掩飾大情緒。

艾爾佛瑞叉起一塊鮭魚，沾著酸模醬，正想把叉子挪到嘴前，不料魚肉滑落，碎成慘死的破片。

「我覺得，齊普把這魚煮得很棒，」依妮德說：「妳不覺得嗎？這鮭魚煮得非常柔軟，好好吃。」

「齊普的廚藝一向很好。」丹妮絲說。

「艾爾，你覺得味道怎麼樣？艾爾？」

艾爾佛瑞握叉子的手鬆了，他的下唇有點癱塌，目光帶有微慍的懷疑。

「你喜歡這頓午餐嗎？」依妮德說。

他用右手握住左手，掐緊它，結合之後的雙手持續一同擺盪，他的視線固定在餐桌中央的向日葵。

他似乎想嚥下嘴裡不舒服的味道，想把恐慌感吞回肚子裡。

「是齊普親手做的？」他說。

「對。」

他搖頭，彷彿難以承受齊普下廚卻缺席的事實。「我的病愈來愈讓我苦惱。」他說。

「你的狀況算是非常輕微了，」依妮德說：「藥的劑量調整一下就沒問題。」

他搖頭。「黑吉培斯說很難預測。」

「重點是要持續活動，」依妮德說：「盡量多做事，該動的時候就動。」

「不對，妳沒把他的話聽進去。黑吉培斯的措辭非常謹慎，什麼也不願保證。」

「根據我讀到的文章——」

「誰管妳從雜誌看到什麼文章，我才不想聽。我的狀況不好，黑吉培斯也承認。」

丹妮絲放下酒杯，手臂完全伸直而僵硬。

「妳覺得齊普的新工作怎樣？」依妮德開朗地問她。

「他的——？」

「呃，他在《華爾街日報》的工作。」

丹妮絲瞪著桌面：「我沒有意見。」

「很令人興奮吧，妳不認爲嗎？」

「我沒有意見。」

「妳認爲他是全職的嗎？」

「不是。」

「他做的是什麼性質的工作，我不清楚。」

「媽，我完全不知道這件事。」

「他還在做法律嗎？」

「妳指的是校對？對。」

「所以說，他還在事務所上班。」

「他不是律師，媽。」

「我曉得他不是律師。」

「呃，妳的用語是『做法律』、『在事務所上班』。妳都是這樣告訴妳的朋友嗎？」

「我說他在律師事務所上班，我只說這樣，在紐約市的一間律師事務所上班。這是實話呀，他確實是在事務所上班。」

「妳明知這樣講，會製造錯誤的聯想。」艾爾佛瑞說。

「意思是我最好乾脆什麼都不講。」

「只講事實就沒關係。」丹妮絲說。

「我認爲啊，他應該走法律這一行，」依妮德說：「我認爲法律最適合齊普。他需要一份穩定的專業，他需要建構他的人生。妳爸總認爲，齊普當律師的話一定很優秀。我以前希望他行醫，因爲他對科學有興趣，不過妳爸總期望他當律師，是不是啊，艾爾？你以前不是認爲齊普最適合當律師？因爲他一向快人快語。」

「依妮德，太遲了。」

「我以爲他去事務所上班會做出興趣，會考慮重拾課本。」

「太遲太遲了。」

「可是啊，丹妮絲，念法律的人，可以從事的行業好多吶。法律人可以當公司總裁，可以當法官！可以教書，可以當記者。齊普能走的路好多吶！」

「齊普有他自己的志向，」艾爾佛瑞說：「我始終弄不清楚他的志向是什麼，不過現在要他改，他是改不了的。」

他冒雨走過兩個街區，才找到一座有撥號音的電話。他最初碰到一座公用電話亭，裡面有兩具電話，其中一具被前人閹割了，分色的鬚鬚從斷線處露出，另一具電話只剩四個鋼釘孔。接下來的十字路口還有一具公用電話，投幣口被口香糖糊住，電話線則無生命跡象。處境如齊普的男人，發洩怒氣的標準方式是拿聽筒猛敲話機，任塑膠碎片掉進水溝，但齊普趕時間，沒空做這種事。在第五大道的街角，他找到一具電話有撥號音，按號碼鍵卻沒有反應，而且在他輕輕掛上話筒時不退出硬幣，把話筒重重摔下去也一樣。另一具電話有撥號音，呑下他的兩毛五，但貝比貝爾電話公司的語音聲稱不懂他按的號碼，也不肯退還他的錢。他再試一次，最後一枚兩毛五也回不來了。

他對著龜速路過的休旅車微笑，看著車子在雨天隨時準備剎車的動作。這一區的門房每天以水管沖洗人行道兩次，掃街車每週清掃三次，刷子有如市警的小鬍子，但在紐約市隨便走到哪都看得到髒污與怒火。附近有個路標，似乎寫著骯髒大道（註：Filth Avenue，字形近似第五大道）。公用電話快被行動通訊封殺了。丹妮絲把手機視爲蠻族的粗俗飾品，蓋瑞不但不討厭手機，還爲三個兒子各買一支，但齊普與他們不同。他痛恨手機的主要原因是他沒有。

丹妮絲的雨傘只能稍稍擋雨，他撐著傘過馬路，回到大學路一家熟食店，門口的毛墊上原本鋪著幾張褐色厚紙板止滑，但厚紙板濕透後被踩得稀爛，近似被沖上岸的海帶。門口的鐵絲籃裡陳列著報紙，標題報導昨天南美洲又有兩國經濟破產，遠東幾國主要股市再現新一波跌勢。收銀機背後貼著一張刮刮樂的海報：贏不贏沒關係，開心最重要™。

齊普的皮夾裡有四元，他掏出兩元買幾條他喜歡吃的純天然甘草糖，再拿出一元，熟食店的店員替他換成四枚兩毛五。「也給我一張幸運小精靈吧！」齊普說。

他刮出三葉苜蓿、木豎琴、一桶金，湊不齊贏錢的組合，也不至於讓他開心。

「這附近哪裡有打得通的公用電話？」

「沒有公用電話。」店員說。

「我問的是，這附近有沒有打得通的電話？」

「沒有公用電話！」店員伸手進櫃檯底下，取出一支手機。「這個電話！」

「可以借我打一通嗎？」

「現在找交易員太遲了。昨天就應該打，應該買美股。」

店員哈哈笑著，原意是開玩笑，聽來卻格外刺耳。但話說回來，齊普的敏感其來有自。從D學院開除他到現在，美國上市公司的市值已暴漲百分之三十五。在同樣的二十二個月期間，齊普清空了一支退休基金，賣掉一輛好車，打工的鐘點費高於百分之八十人口的薪資，卻仍落得瀕臨破產的命運。這幾年在美國，想不賺錢幾乎是不可能的事。這幾年，萬事達卡的支票年利率高達百分之十三點九，職業是坐櫃檯的人開起這種支票也不手軟，頻叫交易員替他們下單，股票脫手時照樣有利潤。連年**買進**，連年**下單**，齊普卻年年沒搭上車。他打從心底認爲，即使他賣得掉《紫學院》，股市也一定會在前一個禮拜漲至最高點，他投資的每一分錢必定慘賠。

從茱麗雅對劇本的反感來看，美國經濟的前景會繼續漲一陣子。

同一條街上，在雪松酒館裡，他找到一支能用的公用電話。雖然他在這裡喝兩杯是昨晚的事，感覺卻恍若隔了好幾年。他撥伊登辦公室的電話號碼，接通她的語音信箱時掛斷，但硬幣已經掉進去。他詢問查號臺，找到道格·歐布萊恩家裡的電話，打過去，道格竟然接聽了，不巧他正在換尿布。等了幾分鐘，齊普才問他，伊登是否讀過劇本。

「精采啊！聽起來是個精采的計畫，」道格說：「她出門時，好像把劇本帶走了。」

「你知道她去哪裡嗎？」

「齊普，我怎麼能把她的去向告訴別人呢？你應該能體諒吧？」

「現在稱得上是緊急狀況。」

請投幣——八角——以繼續通話——兩分鐘——

「天啊，是公用電話，」道格說：「你打的是公用電話嗎？」

齊普把最後兩個兩毛五餵給電話。「我急著在她讀劇本之前拿回來，我想修正一個——」

「你指的該不會是奶子吧？伊登說，茱麗雅嫌劇本裡的奶子太多，我倒覺得無所謂。一般說來，天下哪有奶子太多的事？茱麗雅這個禮拜過得太辛苦了。」

現在請再投幣——三角——

「你想要……」道格說。

以繼續通話——兩分鐘——

「最明顯的地方是……」

否則您的通話將即刻結束——

「道格？」齊普說：「道格？你講什麼，我沒聽清楚。」

很抱歉——

「對，我還在。我剛說，建議你去——」

再見，電話公司的語音說完，通話中斷，耗掉的銅板鏗鏘墜落電話的肚子裡。電話正面是貝比貝爾電話公司的顏色，但註明著：歐爾費克電信，**頭三分鐘兩毛五**，後續每分鐘四毛。

想找伊登，最明顯的地點是去她位於翠貝卡區的辦公室。齊普走向吧台，看見新來的女酒保，她把頭髮挑染成金色，看似學校舞會請來的樂團主唱。他懷疑酒保是否記得他昨晚光顧過，是否願意讓他拿駕照抵押，借他二十元。她和兩位不相干的酒客正在觀賞某地的美式足球賽，雄獅隊在污泥裡奮戰著，歪七扭八的褐色小人在白粉池塘裡打滾。在齊普的手臂附近，嗯，不到兩公尺的地方，有一小堆一元美鈔，就躺在那裡。他考慮著，與其開口借，默許的交易或許更安全（把錢塞進口袋，再也不來這間酒館，有錢時再匿名寄還女酒保），也許這次逾矩的行爲有可能挽救他的精神狀態。他把鈔票捏成一團，再靠近姿色眞的相當不錯的酒保，但纏鬥污泥中的圓頭男球員持續扣住她的目光，於是齊普轉身離開酒館。

他坐進計程車後座，望著往後飄走的濕漉漉商家，把甘草糖送進口中。如果無法挽回茱麗雅的心，他迫切渴望和女酒保性交。她大約也有三十九歲，齊普想要兩隻手握滿她充滿菸味的頭髮。他想像她住在東五街一棟整修過的舊式公寓裡，想像她睡前喝啤酒，穿著褪色的無袖上衣和運動短褲就寢，睡姿疲倦，肚臍穿孔的模樣大方，陰戶如同身經百戰的棒球手套，腳指甲塗著最單純的基本紅。他想體驗被她兩腿勾住後背的感受，他想聽她敘述近四十年的人生經歷。他想知道，她是否眞在婚禮和猶太成年禮上演唱搖滾樂。

隔著計程車的車窗，他把Gap運動裝（GAP ATHLETIC）看成可悲的女孩（GAL PATHETIC）。他把帝國房地產（Empire Realty）看成吸血鬼現實（Vampire Reality）。

他差點愛上一個無緣再見的人。一個大學美式足球迷辛苦賺來九元，被他扒走。縱使他日後回酒館，還錢並道歉，一生也洗刷不清趁隙竊盜的污名。她從此消失在他的生命中，他的手指無緣體會輕拂秀髮的滋味。此外，這最近一次的失敗令他大口喘氣，這也不是好現象。他心痛難熬，連甘草糖也嚥不下下去。

他把Cross名筆（Cross Pens）看成十字陽具（Cross Penises），把修改服飾（ALTERATIONS）看成爭論吵嘴（ALTERCATIONS）。

驗光師的窗口寫著：腦力檢查（HEADS EXAMINED）。問題在於錢，在於人生缺錢的苦悶。每輛嬰兒車、每支手機、每頂洋基隊小帽、每輛休旅車映入他的視網膜都是一種折磨。他沒有貪念，他並不嫉妒，但缺錢的他幾乎算不上是男人。D學院開除他至今，他變了好多！他再也不想活在不同的世界裡；他只想在這個世界做一個有尊嚴的男人。或許道格說的對，或許劇本裡的**胸部**多寡不是重點。但他終於理解——他終於領悟了——只要砍掉侈談理論的開場獨白，刪得一字不剩，問題就解決了。進伊登辦公室後只要十分鐘，他就能完成修正。

在伊登的辦公大樓前，他把九元不義之財全給司機。轉角的圓石路上停著六輛貨櫃車，打著拍片大燈，雨中的發電機散發著臭氣，一行人正在錄影。齊普知道這棟大樓的密碼，電梯也不設防。他禱告，祈求伊登還沒讀過劇本。他腦袋裡剛剛修正過的才是唯一決定版，但那段開場獨白仍霸佔伊登手中那份象牙紙列印的版本。

來到五樓，隔著玻璃的外門，他看見伊登的辦公室亮著燈。他的襪子濕透，夾克腥臭如上岸的落海乳牛，無處可擦手，無處可吹乾頭髮，因此現在的心情跟愉快完全沾不上邊，幸好褲襠裡少了兩磅重的挪威鮭魚。相形之下，他自覺整體還算稱頭。

他敲著玻璃門，直到伊登從辦公室探頭看才停手。伊登的顴骨凸出，一雙水汪汪的藍色大眼，皮膚細薄得近乎半透明，在洛杉磯吃午餐或在曼哈頓喝馬丁尼，卡洛里如果過剩，就全在她家的跑步機上踩掉，在會員制泳池游掉，或在伊登・普羅秋洛忙亂的日常生活中消耗掉。她和往常一樣，電力與火力四射，是一團通電的銅絲，但她走向門口時面帶猶豫或慌張，時時回頭望辦公室。

笑著。

齊普以手勢表明他想進去。

「她不在這裡。」伊登隔著玻璃門說。

齊普再比手勢。伊登開門，一手放在心口。「齊普，你和茱麗雅的事，我太遺憾了——」

「我改一下我的劇本，妳讀過了嗎？」

「我——？讀得很趕，要再讀一遍。總要寫一些筆記嘛！」伊登在太陽穴旁比著寫字的動作，呵呵

「那段開場獨白，」齊普說：「被我刪了。」

「喔，好，有刪剪的意願最得我心了，我喜歡。」她回頭望辦公室。

「不過，如果沒有那段獨白，妳會不會認為——」

「齊普，你是不是需要錢？」

伊登抬頭看著他，神態異樣地快活坦率，他覺得自己彷彿逮到她酗酒或衣衫不整。

「呃，我沒有窮到一文不名。」他說。

「對，對，那當然了，只不過呢……」

「怎麼了？」

「你熟網際網路嗎？」她說：「你懂不懂Java跟HTML？」

「我哪懂？」

「呃，這樣吧，先進我的辦公室一下，你介意嗎？進來再說。」

齊普跟著伊登，路過茱麗雅的位子，唯一看得見的茱麗雅私人物品是電腦螢幕上方的一隻填充玩具

青蛙。

「既然你們倆分手了，」伊登說：「你實在沒有理由不能——」

「伊登，我們沒有分手。」

「不，相信我，結束了，」伊登說：「千眞萬確結束了。我在想，你可能想換個環境，以便開始淡忘——」

「伊登，妳聽我說，茱麗雅和我只是暫時——」

「不對啦，齊普，抱歉，不是暫時，是永遠。」伊登又笑笑：「茱麗雅也許沒把話說清楚，但我是有話直說。所以呢，想到這裡，我覺得你實在沒有理由不能認識……」她帶齊普進辦公室。「吉塔納斯？太巧了，你一定不相信，我幫你找到最完美的人選了。」

伊登的辦公桌旁有張椅子，斜倚在上面的男子年齡與齊普相仿，穿著紅肩線皮夾克和緊身白牛仔褲，面相寬厚，臉頰如嬰兒，髮型梳理得平整如金殼。

伊登熱情得幾乎快高潮了。「吉塔納斯，我呢，一直絞盡腦汁，就是想不出誰可以幫你，而全紐約市大概最合適的人選居然自動來敲門！齊普．藍博特，你認識我的助理茱麗雅吧？」她對齊普眨眨一眼。「這位是茱麗雅的丈夫吉塔納斯．米瑟維裘斯。」

從幾乎各個角度來看——膚色、頭形、身高、體格、特別是那防人、靦腆的笑容——吉塔納斯儼然是齊普的翻版。齊普不記得碰過比吉塔納斯更像他的人，相異之處唯有吉塔納斯的坐姿欠佳、齒列不太整齊。他緊張地點頭，不起身，也不伸手。「你好。」他說。

齊普心想，若說茱麗雅只看得上同一型的男人也不為過。

伊登拍拍一張空椅。「坐坐坐。」她告訴齊普。

她女兒艾普莉坐在窗邊的皮沙發上，身邊有一疊紙和很多蠟筆。

「艾普莉，嗨，」齊普說：「昨天的點心好不好吃？」

艾普莉似乎不太喜歡這個問題。

「她今晚會嘗嘗看，」伊登說：「昨晚有人想試探底線。」

「我才沒有試探底線。」艾普莉說。

艾普莉大腿上的紙是象牙色，背面印有文字。

「坐！坐！」伊登催著，一面坐回耐磨處理過的樺木辦公桌，她背後的大窗蒙上一層雨。哈德遜河上起霧，黑黑的污漬暗指著紐澤西州。伊登的牆上掛著電影廣告的戰利品，有凱文·克萊、克洛依·塞維妮、麥特·戴蒙、薇諾娜·瑞德。

「齊普·藍博特，」她對吉塔納斯說：「是個優秀的文字工作者，正在和我合作開發一部劇本，他還擁有英文博士學位，同時，最近兩年他在幫我先生做併購，還有啊，他精通網際網路。我們剛剛才在聊Java和HTML呢！此外，你應該看得出來，他有著一副非常出色的——」講到這裡，伊登首次正眼看齊普的外表，她的眼睛瞪圓了。「外頭的雨一定下得超大吧？噢，齊普平常沒有這麼濕答答的。（哇，你眞的是濕透了。）我憑良心說，吉塔納斯，你找不到更合適的人了。齊普，我眞的——好高興——你來找我。（雖然你淋得像落湯雞。）」

單獨一個男人可以應付伊登的熱情，但把兩個男人湊在一起時，爲了面對她的熱情，他們不得不盯著地板，才能保住自己的尊嚴。

「可惜我呢，」伊登說：「目前時間有點趕，吉塔納斯來得有點不巧。歡迎兩位進會議室去聊一聊，溝通看看，聊再久都行。」

吉塔納斯雙臂交叉胸前，擺出歐洲人情緒緊繃的姿勢，拳頭插進腋下。他不看齊普，卻問：「你是演員嗎？」

「不是。」

「呃，齊普，」伊登說：「嚴格說來你是。」

「我沒說錯。我這輩子沒有演過戲。」

「哈——哈——哈！」伊登說：「齊普太謙虛了。」

吉塔納斯搖搖頭，看著天花板。

艾普莉的那疊紙肯定是劇本。

「我們在談的是什麼？」齊普問。

「吉塔納斯想聘一位——」

「一個美國演員。」吉塔納斯以憤慨的語氣說。

「爲他，嗯，做企業公關。嘩，一個小時了！」——伊登看看手錶，眼睛與嘴巴做出誇張的震驚神態——「我一直跟他解釋，和我合作的演員比較有興趣拍電影、表演舞台劇，比較不願意做國際投資事業之類的工作。而且啊，他們往往誇大了自己的讀寫能力。我想跟吉塔納斯說明的是，你，齊普，不只精通英文和術語，也不必假裝自己是投資專家；你確實是投資專家啊！」

「我是兼職法律文書校對。」齊普說。

「是語言專家，是才華洋溢的劇作家。」

齊普與吉塔納斯相視。齊普的某一點勾起這位立陶宛人的興趣，或許是兩人外在特徵相近。「你想找工作？」吉塔納斯說。

「可能吧。」

「你有沒有毒癮？」

「沒有。」

「我得去一下洗手間，」伊登說：「艾普莉，蜜糖，跟我來，把妳的圖畫帶著。」

艾普莉乖順地跳下沙發，走向伊登。

「把妳的圖畫帶來嘛，蜜糖。來！」伊登收拾著象牙紙，牽著艾普莉來到門口。「你們男生盡量聊。」

吉塔納斯一手摸臉，捏捏豐圓的雙頰，搔搔金色的鬍碴，望向窗外。

「你在政府機關工作？」齊普說。

吉塔納斯偏著頭。「是，也不是。我以前是，做了許多年。不過，我的黨玩完了，現在我想搞創業。可以說是，政府創業者。」

艾普莉的一張圖掉在窗戶和沙發間的地板上，齊普用腳尖把圖曳過來。

「我國的選舉好多，」吉塔納斯說：「多到國際新聞已經懶得報導。我們一年有三、四次選舉，選舉是我國最大的產業。以國民比例來計算，我國每年的選舉次數，比全世界任何一國都多；甚至比義大利還多。」

艾普莉畫的是一個男人，身體以簡單的線條、圓圈、橢圓畫成，但這男人的頭卻以藍、黑筆塗成旋渦，畫得亂七八糟。齊普隱約看得見，象牙紙的另一面印著一塊一塊的對話與人物動作描寫。

「你對美國有信心嗎？」吉塔納斯說。

「上帝啊，這該怎麼回答。」齊普說。

「你的國家救了我國，也毀了我國。」

齊普再以同一隻腳尖，掀開艾普莉那張圖的一角，辨識出背面的文字——

夢娜

（握著左輪）

愛我自己有什麼錯？爲什麼被講成是一種毛病？

——但這張紙變得好沉重，或者他的腳尖變得好虛弱。他讓象牙紙躺回原狀，用腳尖推進沙發底下。他的四肢涼了，有點麻木，他的視力不太清楚。

「俄羅斯在八月破產，」吉塔納斯說：「也許你聽說了？這新聞和我國的選舉不同，被大量報導。這是財經新聞，這事對投資人很重要，對立陶宛也重要。我國最大的貿易夥伴，現在被強勢貨幣債務壓得喘不過氣，盧布也貶得一文不值。大家都在猜他們想用什麼幣，是美金還是盧布來買我國的雞蛋，向我國的卡車底盤工廠訂購卡車底盤。我國的優良工廠只有這一間。結果，他們選的是盧布。但卡車的其他部份在俄國伏爾加格勒生產，而那間工廠倒閉了，所以，我國連盧布都收不到。」

《紫學院》落得如此下場，齊普卻感覺不到失望。從此不想再見到那劇本，再也不要送給別人閱讀——想到此，他如釋重負，輕鬆的程度更勝今早借用芬奈理餐廳的洗手間，從褲襠裡取出鮭魚。

從前的他執著於**胸部**、連字號、二．五公分寬的空白邊緣，如今他覺得自己清醒了，看見一個豐饒的世界，而他自絕於這世界不知多久了。幾十年了。

「你說的事，我很感興趣。」他對吉塔納斯說。

「這些事的確很耐人尋味，很有意思。」吉塔納斯認同，仍緊緊抱胸。「布羅茨基說過：『鮮魚必有魚腥，冷凍魚只在退冰時發臭。』所以，全國大解凍後小魚全跑出冷藏室，我們熱衷的事情多得不得了。那時我也一頭熱，熱昏了頭。可惜，我國經濟管理不善。那時我在紐約玩得開心，但老家的經濟卻邁入大蕭條。直到一九九五年，我國遲遲才決定固定立陶宛幣和美金的匯率，開始民營化；執行得太急促了。決策的人不是我，不過換我做，我也會採行同樣的政策。世界銀行有錢可以借我國，但世界銀行叫我們民營化。所以，好吧，我們賣掉港口，我們賣掉航空公司，賣掉電信系統。出價最高的通常是美國人，有時是西歐人。這種事不應該發生，卻還是發生了。在維爾紐斯，沒有人有現金。電信公司說，好，我們來找資本雄厚的外國買主，但是港口和航空公司仍然應該百分之百屬於立陶宛；其實港口和航空公司的想法也相同。這時我們還過得去。資金開始流進來了，肉品店的肉質好轉了，電力不足的現象也減少了，連氣候都似乎變得比較溫和。歹徒多半只搶強勢貨幣，這是後蘇聯時期的現實。大解凍過後，東西開始腐爛，布羅茨基在世期間，沒有預見這個現象，然而即便這樣也還能撐下去。但後來，全球各國的經濟一個個崩潰，泰國、巴西、韓國。問題來了，因爲所有資金都跑回美國去了。我們發現的問題之一是，代表立陶宛的國家航空，百分之六十四被『四城基金』佔有。什麼基金？一個不收申購費、贖回費的基金，經理人很年輕，名叫戴爾．邁爾斯。你沒聽過戴爾．邁爾斯，但在立陶宛，每一個成年人都聽過他的大名。」

提起敗績，吉塔納斯似乎愈講愈起勁。長久以來，齊普不曾如此強烈欣賞過一個人。在D學院和《華倫街日報》，齊普的酷兒朋友自信滿滿，講話率直而魯莽，因此培養不出親近感。他對異性戀男人的反應可歸類為兩種：一是對贏家的恐懼與憎恨，二是拒輸家於千里之外，唯恐被傳染。反觀吉塔納斯，他的語氣讓齊普聽得耳根酥麻，幾乎讓齊普產生暗戀般的情愫。

「戴爾．邁爾斯住在愛荷華州東部，」吉塔納斯說：「戴爾．邁爾斯有兩個助理、一部大電腦、三十億美元的投資組合。戴爾．邁爾斯說，他買下立陶宛國家航空的控股權，是誤打誤撞的。戴爾說，交易的手續是程式設定的。他說，一個助理輸入錯誤的資料，導致電腦不停買進立陶宛航空，疏忽了總累積股數。沒關係，戴爾怪自己粗心，向立陶宛全國道歉。戴爾說，他瞭解國家航空對國家經濟和國民自尊的重要性。但是，礙於俄羅斯和波羅的海國家的危機，沒有人想買立陶宛航空的機票，美國投資人紛紛贖回四城基金。戴爾為了向投資人履行義務，唯一的方法是清算立陶宛航空的最大資產，也就是飛機。他準備賣掉三架ＹＡＫ40，給邁阿密一家空運公司，再賣掉六個法國宇航渦輪螺旋槳式飛機，給加拿大新斯科細亞省一個新通勤航空公司。事實上，他昨天已經脫手了。所以，轟的一聲，國家航空公司沒了。」

「好慘痛。」齊普說。

吉塔納斯猛點頭。「對！對！好慘痛！卡車底盤不能飛上天，太可惜了。好，後來。後來，美國一個叫歐爾費克密德蘭的財團來了，清算了考納斯港。又是一夕之間的事，轟的一聲！好慘痛！後來，立陶宛央行的百分之六十，被喬治亞州亞特蘭大郊區的一個銀行吃掉。你們的郊區銀行，接著清算掉我國央行的強勢貨幣儲備金。你們的銀行在一夕之間，讓我國的商業貸款利率暴漲一倍——爲什麼？因爲那個郊區銀行發行了一張呆伯特魅力萬事達卡，虧了太多錢。好慘痛！好慘痛！聽起來卻很有意思，對不對？立陶宛玩得不怎麼成功，對不對？立陶宛眞的把自己搞死了！」

「你們男生聊得怎樣？」伊登說，帶著艾普莉回辦公室。「兩位要不要用會議室？」

吉塔納斯把公事包提上大腿，打開。「我正在向吉普大吐我對美國的苦水。」

「艾普莉，乖女兒，來這裡坐下吧！」伊登說。她拿著一大疊白報紙，在門口附近攤開，鋪在地上。「用這種紙比較好。妳現在可以畫大圖了，像我一樣，像媽咪，可以拍鉅片。」

艾普莉蹲在攤開的白報紙中間，在四周畫出一圈綠色。

「我國向國際貨幣基金和世界銀行求援，」吉塔納斯說：「當初是他們鼓勵我國民營化的，也許他們有興趣知道，民營化之後的我國目前接近無政府狀態，軍閥爲非作歹，農業養不活自己。不幸的是，國際貨幣基金對破產會員國的處理順序，要按照各國的國內生產毛額而定，立陶宛上個禮拜一的排名是二十六，今天掉到二十八，被巴拉圭超前了，又是巴拉圭。」

「好慘痛。」齊普說。

「不知爲什麼，巴拉圭是我的大敵。」

「吉塔納斯，我就說嘛，齊普最適合不過了，」伊登說：「不過，你聽我說——」

「國際貨幣基金說，即使輪到你，金援也可能拖上三十六個月才會開始！」

伊登癱進椅子。「兩位認爲，這事可不可以趕快談完？」

吉塔納斯從公事包取出一份列印資料給齊普。「看見沒有？這是一個網頁。『美國國務院歐加事務局文件』上面寫著：立陶宛經濟嚴重蕭條，失業率逼近百分之二十，水電在維爾紐斯斷斷續續，其他地區則短缺。什麼樣的生意人會想在這種國家投資？」

「立陶宛的生意人？」齊普說。

「是啊，好好笑。」吉塔納斯對他投以知心的表情。「但，要是我在這個網頁和其他地方，放一點不同的內容呢？要是我刪掉這頁內容，改放一點正統美式英文的東西，好比說，我國已從俄羅斯的金融瘟疫死裡逃生，好比說，立陶宛現在年通貨膨脹率降到百分之六以下，國民每人美元儲備金和德國相當，貿易順差將近一億美元，主因是立陶宛天然資源的需求持續暢旺！」

「齊普，你是這工作的完美人選。」伊登說。

齊普默默立定決心，只要他一息尚存，今生再也不想看伊登一眼，再也不和她說話。

「立陶宛有什麼天然資源？」他問吉塔納斯。

「主要是細沙和砂石。」吉塔納斯說。

「有龐大的戰備砂石，行。」

「蘊藏豐富的砂石。」吉塔納斯闔上公事包。「不過，這樣吧，我考你一個問題：這些誘人的資源，爲什麼出現前所未有的需求？」

「鄰國拉脫維亞和芬蘭大興土木？拉脫維亞用沙孔急？芬蘭求石若渴？」

「金融崩盤一國傳染一國，他們怎能逃過一劫？」

「拉脫維亞的民主制度堅強而穩定，」齊普說：「拉國是波羅的海國家的金融樞紐。芬蘭適時限制短期外國資金的外流，而且成功挽救他世界級的傢具產業。」

立陶宛人點點頭，喜形於色。伊登以雙手捶桌。「天啊，吉塔納斯，齊普太棒了！應該先給他一份簽約獎金，提供他維爾紐斯的頂級住宿，日薪以美金計價。」

「維爾紐斯？」齊普說。

「對，我們推銷的是一個國家，」吉塔納斯說：「需要一個對這國家滿意的美國顧客駐站工作。此外，在那裡從事網路工作，安全度大大提升。」

齊普笑了。「你眞的以爲美國投資人會寄錢給你？憑什麼叫他們投資？就因爲拉脫維亞缺沙？」

「他們已經開始寄錢給我了，」吉塔納斯說：「憑我對他們開的一個小玩笑。我甚至沒扯到砂石，只是亂開了一個小玩笑，已經進帳幾萬美金了。但是，我要他們寄給我幾百萬。」

「吉塔納斯，」伊登說：「大哥，這是最適合討論績效獎金的時刻了。比你們更適合加一條自動調薪條款的合作情況，全天下找不到。只要齊普讓你的收入增加一倍，你就多給他一些獎金，好不好？好不好？」

「如果收入增加一百倍，相信我，吉普將會成爲富翁。」

「但我的意思是，寫成白紙黑字比較好。」

吉塔納斯抓住齊普的目光，默默將他對伊登的回應傳達給齊普。「伊登，白紙黑字的話，」他說：「吉普的頭銜要用什麼？國際電匯詐欺顧問？首席共謀師？」

「知法侵權誤導部副總裁。」齊普提議。

伊登以海豚音表達喜好。「我愛！」

「媽咪，看！」艾普莉說。

「我們之間純屬口頭協議。」吉塔納斯說。

「你們做的事當然是不違法的吧？」伊登說。

吉塔納斯凝望窗外，時間拖得稍長，算是回答她的疑問。他穿著線條剛強的紅皮夾克，看似機車障礙賽的選手。「那當然。」

「所以不是電匯詐欺？」伊登說。

「不是，不是。電匯詐欺？不是。」

「因為，我不怕被你笑膽小，不過你的說法跟電匯詐欺差不多。」

「我國所有可替換資產都掉進你們國家，消失了，連漪漪都看不見，」吉塔納斯說：「規則是強盛的富國訂的，死的是我們立陶宛人。我們為什麼要尊重這些規則？」

「這是基本的傅柯課題。」齊普說。

「也是一個羅賓漢課題，」伊登說：「我聽了更擔心這工作的法律層面。」

「我願付給吉普五百美金的週薪，視表現另給獎金。吉普，你有沒有興趣？」

「我在紐約的待遇比較好。」齊普說。

「試試看日薪一千，如何？一千起跳。」伊登說。

「在維爾紐斯，一美元能用很久。」

「呃，我相信，」伊登說：「在月球上也花不完，沒啥可買嘛！」

「吉普，」吉塔納斯說：「告訴伊登，拿美金，在窮國能買什麼。」

「我能想像，吃香喝辣不成問題。」齊普說。

「在窮國，一整代的年輕人成長於道德蕩然無存的環境，餓著肚子。」

「也許不難找到美貌的小姐，你指的是這個嗎？」

「如果你見到，」吉塔納斯說：「一個甜美的小村姑跪下去，如果這樣也傷不了你的心——」

「欸，吉塔納斯，」伊登說：「這裡有個小孩。」

「我在一個小島上，」艾普莉說：「媽咪，看我畫的小島。」

「我指的是小孩，」吉塔納斯說：「十五歲的。只要你有美金，十三歲，十二歲都行。」

「十二歲對我不是賣點。」齊普說。

「你比較喜歡十九歲的？十九歲的更便宜。」

「說實在話，這個，嗯。」伊登說著拍拍手。

「我要齊普瞭解，一美元有多大，我開的價碼有多實在。」

「我的難題是，」齊普說：「那些美元進了我的手，我轉手要償還的也是美元計價的債。」

「相信我，在立陶宛，我們對這難題，同樣有切身之痛。」

「齊普要求每日底薪一千，績效獎金另計。」伊登說。

「週薪一千，」吉塔納斯說：「負責爲我的生意增加正當性，負責文字創作，讓來電顧客放心。」

「總收入的百分之一，」伊登說：「不包含兩萬月薪的總收入。」

吉塔納斯不理她，從夾克取出厚厚一個信封，以粗短、欠修剪的手指，開始數著百元大鈔。艾普莉蹲在一大片白報紙上，四周是色彩繽紛的獠牙怪獸和殘暴的塗鴉。吉塔納斯朝伊登的桌上扔出一疊百元鈔票。「三千，」他說：「頭三個禮拜的薪水。」

「也當然會幫他買商務艙的機票。」伊登說。

「對，可以。」

「在維爾紐斯要有頂級的住宿。」

「宅邸有房間給他，沒問題。」

「另外，也要保護他，別讓他被爲非作歹的軍閥抓走？」

「也許，我本人就是爲非作歹的軍閥，有點算是。」吉塔納斯說，微笑時疲憊而羞愧。

齊普看著伊登桌上那堆綠花花的美鈔，思忖著。不知何故，他的下體硬了起來，原因可能是鈔票，可能是遐想到墮落、嫵媚的十九歲女孩，或者只是想到能坐上飛機，在他和紐約市人生夢魘之間拉出八千公里的距離。任何一種毒品之所以誘人，是因爲人吸食之後有機會變成別人。齊普吸過大麻，發現自己反而變得疑神疑鬼而且睡不著，但事隔多年，他一想起大麻菸依然會勃起，依然存有那股越獄的慾望。

他撫摸百元大鈔。

「這樣吧，我上網幫你們訂機票，」伊登說：「你們可以馬上走！」

「所以，你願意加入嗎？」吉塔納斯說：「工作很忙，很好玩，風險相當低。只不過，天下沒有零風險的事，有錢的地方就有風險。」

「我瞭解。」齊普說著，撫摸著百元紙鈔。

置身富麗堂皇的婚禮中，依妮德必定會突然湧現一股對鄉土——廣義是美國中西部，狹義是聖猶達郊區——的愛意。對她而言，這股愛意才是眞正的愛國精神，才是値得寄託的宗教。她忍受過各種總統，刁滑如尼克森、愚蠢如雷根、齷齪如柯林頓，已經失去搖美國旗的興致，而她祈禱上帝賜予的奇蹟也悉數落空；然而，在紫丁香季節的週六婚禮上，在樂園谷長老教會裡，從她的座位環視四周，能看見兩百位良民，找不到一個壞人。她的朋友各個良善，朋友的朋友也盡皆正派。既然良善的人十之八九能培養出良善的後代，依妮德的世界宛如一片佈滿藍綠莖牧草的草坪，把邪惡排擠得活不下去；美好的奇蹟。魯特夫妻愛莎和科比的女兒就是個好例子，如果科比挽著女兒步入禮堂，依妮德會憶起魯特家小孩穿著芭蕾舞裝、萬聖節時來討糖果、兜售女童軍餅乾、當丹妮絲保母的情景。依妮德也記得，即使魯特家的眾千金們已經離家就讀中西部的好大學了，每當假日回家，她們也一定會特地過來敲依妮德的後門，說說魯特家大大小小的事，經常一坐起碼一小時（依妮德知道不是愛莎要她們來，而是因爲她們是聖猶達的乖小孩，天生樂於對他人噓寒問暖）。如今，又一位魯特家善良貼心的千金得到生命的獎賜，覓得一位青年才俊的山盟海誓，依妮德見到這場面，溫馨之情洋溢滿懷。這位青年留著男裝廣告裡的那種髮型，整齊好看，態度樂觀，禮敬長者，不崇尚婚前性行爲，從事對社會有貢獻的工作，例如電機工程或環境生物學，是一位眞正超級有爲的年輕人。這樣的青年來自一個恩愛、穩定、傳統的家庭，心願是另創一個恩愛、穩定、傳統的家庭。除非依妮德被外表矇騙，否則，即使在二十世紀即將結束的今天，具備這些條件的青年在聖猶達郊區依然蔚為主流。她認識的年輕人有的是幼童軍，有的借用過她樓下的廁所，有的爲她鏟過雪，例如崔博列家的眾少爺、皮爾森家那幾位、順普家的小雙胞胎，全都是頭髮整齊又英俊的青年（少女時期的丹妮絲見到他們，總以一臉「冷笑」讓人家自討沒趣，讓依妮德暗自氣得一肚子火）。這些青年如今不是已婚，便是即將步入中西部新教禮堂，與正常的好女孩互許終生，共築家園，如果不在聖猶達，至少會在同一個時區。言歸婚禮的場面，在內心深處，她的想法跟丹妮絲很接近，近到她不願承認的程度——依妮德認為粉藍色的燕尾服遜斃了，最不適合用來做伴娘禮服的布料就是廣東綢紗。然而，在形容這類風格婚禮時，儘管誠實心迫使她收起「高雅」這個形容詞，但她心中另有一個更高興、更響亮的聲音喊著：她最愛這種婚禮。因為通俗品味等於是向在場來賓保證，格調不是今日結合的兩家最看重的事。依妮德篤信事事相配的道理，參加婚禮時最樂見伴娘壓抑私慾，穿著能搭配胸花、酒巾、蛋糕上的糖霜、賓客禮物的緞帶的禮服。她喜歡結婚儀式在丘茨維爾聖公會教堂舉行，隨後到丘茨維爾喜來登飯店舉辦簡單隆重的宴會，婚禮則在樂園谷長老教會高雅地展開，最後在帝普麥爾俱樂部會所達到活動高潮，連免費火柴盒（迪恩與翠西，一九八七年六月十三日）都和主色調相輔相成。最重要的是門當戶對：新娘新郎的背景、年齡、教育程度相近。有些婚禮，主人是依妮德比較沒那麼要好的朋友，新娘可能豐腴了一點或比新郎的年齡大一截，或者新郎從小生長在北方農村的家人被帝普麥爾的典雅氣派嚇得一臉茫然。每見此，依妮德總為當事人難過，總能預知這樁婚姻肯定從第一天起就寸步難行。比較典型的情況是，在帝普麥爾舉行的婚宴上，唯一不和諧的音符是致詞時的黃色笑話，通常出自某位男儐相、往往是新郎的大學死黨，通常蓄著一撇小鬍子或下巴短小，必定醉得紅光滿面，口音完全不像中西部人，比較像是東部的城市佬想出出風頭，以婚前性行為的題材「幽默」兩句，讓新郎新娘同時害臊，或者讓新人笑得連眼睛都睜不開（依妮德覺得，新人並不是真心發笑，而是因為天生懂分寸，不想明示在這場合亂開葷笑話多麼失禮）。出現這種場面時，艾爾佛瑞會偏著頭裝聾，依妮德會游目張望整個廳，尋找所見略同的友人，互相皺皺眉，這才安心。

艾爾佛瑞也喜歡婚禮。對他而言，婚禮似乎是唯一具有實質目標的宴會。被婚禮暗施法術的他會特准大採購（為依妮德添新衣，為自己添一套西裝，致贈新人十件一組的至尊級柚木沙拉碗）。換作平常，他會認為大肆採購很沒道理。

依妮德期待有朝一日，等丹妮絲長大，大學畢業之後，身為母親的她能為丹妮絲辦一場真正高雅的婚禮與婚宴（唉，不能在帝普麥爾辦，因為儘管較好的朋友幾乎家家都在帝普麥爾歡慶，但藍博特家仍負擔不起在帝普麥爾辦喜宴的天文數字）。依妮德心目中的女婿是肩膀厚實的高大青年，可能有北歐血統，擁有亞麻色金髮能跟丹妮絲遺傳自母親的那頭顏色太深、太捲的頭髮平衡，除此之外，一切條件都與丹妮絲天造地設地相配。正因如此，那年十月某天晚上，就在恰克．麥斯納為女兒在帝普麥爾舉辦奢華至極的婚宴——所有男士穿著燕尾服，宴會上準備了香檳噴泉，直升機在高球場第十八洞的球道起降，八人銅管樂隊演奏嘹亮樂章——就在這場盛宴過後不到三個禮拜，依妮德接到丹妮絲的電話時，心差點碎了。丹妮絲說，她和上司開車去大西洋城，已經在法院公證結婚了。依妮德原本有一副非常禁得起打擊的腸胃（從來不吐，一輩子沒吐過），聽見這消息後，把話筒交給艾爾佛瑞，跑進廁所跪著深呼吸。

那一年春天，在費城，她和艾爾佛瑞去丹妮絲的餐廳吃晚午餐。那間餐廳人聲嘈雜，丹妮絲不但在那裡荒廢花樣年華，也毀了一雙玉手。午餐的餐點相當可口，但做得太過濃稠，餐後丹妮絲特地將爸媽介紹給「主廚」認識——是那個她曾向其學藝，如今卻為他做羹湯、勞心勞力的人。「主廚」名叫恩米爾．柏格，個子矮，臉上無笑，是蒙特婁來的中年猶太人，認為一件舊的白T恤就能當工作服（依妮德心想：這樣哪像主廚呢？比較像小廚師吧，既沒穿外衣，也沒戴廚師帽），鬍子則乾脆省略不刮。

丹妮絲對恩米爾言聽計從，依妮德因此預知他對女兒的過度影響力終將讓女兒受傷；但就算沒看出這一點，她也不喜歡恩米爾，對他不理不睬。「蟹肉餅太油膩了，」她以指控的語調在廚房說：「我吃一口就飽了。」若是其他廚師聽見這話，道歉、自貶都來不及了，懂禮貌的聖猶達人都會這樣做，偏偏恩米爾回應說，是啊，辦得到的話啦，假如不影響味道，「清淡」蟹肉餅的確能皆大歡喜，但問題是，藍博特夫人，怎麼辦得到呢？恩米爾以加拿大口音說，蟹肉餅如何做得「清淡」？丹妮絲如飢似渴地聽著，彷彿這段對話是她擬的劇本，或她只想把對話內容背起來。在餐廳外，在丹妮絲打算回廚房繼續上她一天十四小時的班之前，依妮德擺明要她聽清楚：「他還眞矮！完全是一臉猶太相。」她的音調比理想少了一分自制，語鋒稍嫌尖銳、刻薄了一些，而她從女兒疏遠的神態、不滿的唇形看得出，她刺傷了女兒的心。但反過來看，她不過是實話實說罷了。她始終沒有料到，丹妮絲竟然會和恩米爾這種人交往，因爲丹妮絲再怎麼不成熟，再怎麼浪漫天眞，生涯規畫再怎麼不切實際，當時的她才剛過二十三歲生日，臉蛋和身材俱佳，前途大好，不應該屈就恩米爾這種人。至於，現代女孩既然不時興早婚，那麼年輕女子在身心成熟後該如何面對自己外表魅力所招引來的蜂蝶？依妮德對這個問題的說法有點模糊。她認爲一般而言最好的方式是與三人以上團體交際，簡單說就是最好多參加宴會！總的來說，她謹守的一個原則是，婚前性行爲是道德淪喪的表現，這一點愈受媒體與娛樂圈奚落，她支持的言行就愈激烈。

然而，那年十月的那個晚上，依妮德跪在廁所的地板上時，一種異端思想油然而生：早知如此，當初她訓誡女兒時就不應該太強調婚姻。她想，丹妮絲倉促成婚，說不定有一小部份原因是順從母意，選擇遵守道德，好讓母親高興。如同掉進馬桶的牙刷，如同沙拉裡出現的死蟋蟀，如同晚餐桌上的尿布，這一道噁心的難題難倒了依妮德：丹妮絲與其下嫁恩米爾，不如去搞婚外情，不如自私地貪圖一時樂趣而作踐自己。青年如果爲人正直，都有權期待未來新娘奉獻純潔的身體，依妮德暗自期待女兒的貞操不要白費在恩米爾身上。可丹妮絲的眼光怎麼這麼低，竟然會看上恩米爾！丹妮絲和齊普一樣，甚至連蓋瑞也是，都在這方面令她傷腦筋：孩子和她不契合。她和所有朋友、所有朋友的孩子都追求的，她的子女都不要。她的孩子要的是激進的、可恥的其他東西。

跪在廁所裡，她的眼角餘光瞄到地毯的污點竟然這麼多，應該在佳節來臨前換掉，一邊還聽著艾爾佛瑞接著和丹妮絲講電話，聽見他主動表示要寄兩張機票給丹妮絲。獨生女不經父親同意便私訂終身，艾爾佛瑞聽到這消息後，語氣卻顯得平和。他掛掉電話後，依妮德走出浴室，他只簡單說，人生充滿驚奇，這時她留意到他的手抖得奇怪。有時他喝咖啡後會手抖，但這時的動作是更鬆弛又更緊繃。接下來的一星期，依妮德盡量看淡女兒製造的這場慘事，方法一是致電最要好的朋友，以喜出望外的語調宣佈丹妮絲的婚期近了！對象是個非常棒的加拿大人，對，不過她希望婚禮只邀請近親，所以她想在聖誕節辦一場簡單、隨興的招待會，把新郎介紹給大家（依妮德的朋友都不相信她喜出望外，但讚揚她隱藏眞實心情的態度；有些朋友甚至夠體貼，不問丹妮絲的心願禮品單開在哪一家店）。方法二是未經丹妮絲許可，逕自訂購兩百份燙金喜帖，不只爲這場婚禮增添傳統氣息，也能對著抽象的禮品樹多搖幾下，希望能補貼二十年來她與艾爾佛瑞送出去的幾十組柚木沙拉碗組。丹妮絲來電後的那星期，依妮德度日如年，確定艾爾佛瑞顫抖的現象奇怪，前所未見，最後他同意去看醫生，由家庭醫師轉介專科的黑吉培斯醫師，診斷出帕金森氏症。聽聞診斷結果後，依妮德的理智走了岔路，執意認定病發與丹妮絲的婚訊脫不了關係，竊責女兒導致她生活品質垂直下降。即使黑吉培斯醫師強調過，帕金森氏症源自體內，病發屬於漸進式，她就是聽不進去。到那年佳節逼近時，黑吉培斯醫師給她和艾爾佛瑞幾份介紹書和小冊子，印刷的色調和診所一樣單調，圖表的線條駭人，醫學相片讓人膽寒，勾勒出單調、黯淡、令人恐懼的未來，依妮德看了後深信，丹妮絲和恩米爾毀了她的人生。然而艾爾佛瑞嚴格下令，恩米爾進家門時，她一定要用一家人的心來款待他。因此，在爲新人舉辦家庭招待會時，她臉上貼著笑容，一次又一次接受老友夫妻的誠摯道賀。這些人都愛丹妮絲，認爲她很貼心（因爲依妮德從小灌輸她敬愛長者的觀念。但相對地，丹妮絲的婚姻不正顯示出她對長者過度敬愛？），但依妮德寧願大家請她節哀。她盡量擺出笑臉，極力替大家打氣，盡量聽艾爾佛瑞的話，熱忱招待中年女婿，對女婿的宗教絕口不提；費了這麼多心，盡了這麼多力，沒想到五年後丹妮絲和恩米爾離婚了，這對她心裡的恥辱和怒氣無異於火上添油。更難堪的是，依妮德也必須對所有朋友報告離婚的消息。她爲這樁婚事賦予了太多意義，也費了好大力氣才接受，因而覺得，丹妮絲至少應該讓婚姻維持下去。

「最近還有和恩米爾聯絡嗎？」依妮德問。

丹妮絲在齊普的廚房裡擦拭洗過的盤子。「偶爾。」

依妮德盤踞餐桌，從北歐悠航的肩袋取出一疊雜誌，剪著裡面的折價券。外頭雨勢忽大忽小，窗上浮現一層霧氣。艾爾佛瑞在齊普的法式躺椅上閉目養神。

「我剛在想，」依妮德說：「就算你們倆合得來、婚姻繼續，丹妮絲，過不了幾年恩米爾就會成爲老頭子，妳就有得累了。那份責任多重，妳難以想像啊！」

「再過二十五年，他的年紀還比爸現在年輕。」丹妮絲說。

「不曉得我有沒有跟妳說過，」依妮德說：「我中學有個朋友，名叫諾瑪．葛林。」

「每次見面，妳幾乎都會提到諾瑪．葛林。」

「那妳應該知道她的事囉！諾瑪認識一個男人，名叫福洛伊．沃殷諾維奇，是個條件滿分的紳士，比諾瑪大好幾歲，有一份高薪的工作，迷得她神魂顚倒！他經常請她上高級餐館，例如默瑞理、蒸汽船、巴澤隆廳，唯一的問題是——」

「媽。」

「唯一的問題是，」依妮德堅持說下去：「他是有婦之夫。可是，諾瑪不應該擔心，因爲福洛伊說目前的情形只是暫時的，他娶錯了人，錯得離譜，從來沒愛過自己的老婆——」

「媽。」

「還說，他想跟老婆離婚。」依妮德垂下眼皮，表現出說書人說出樂趣的神態。她知道丹妮絲不愛聽這件事，但丹妮絲的生活裡不合依妮德胃口的事也多得是，所以彼此彼此。「就這樣，兩人在一起了幾年，福洛伊舉止文雅迷人，手頭闊綽，花得起諾瑪同年紀男人花不起的錢，因此養成諾瑪浮華的習性。而她認識福洛伊時年紀還輕，很容易愛得癡迷，福洛伊也再三對她發誓，一定會跟老婆離婚，把她娶回家。那幾年，我和妳爸婚後生下蓋瑞，記得有一天諾瑪來我們家，當時蓋瑞是個嬰兒，她只想抱著蓋瑞，一直一直抱著。她好愛小小孩，噢，她最愛抱著蓋瑞，我替她難過，因爲那時她已經和福洛伊在一起好幾年了，男人還遲遲不離婚。我對她說，諾瑪，妳總不能一輩子等他吧。她說，她試過和福洛伊分手。她跟年齡相當的男人交往過，嫌人家太年輕，覺得人家不夠成熟——福洛伊大她十五歲，非常成『叔』，而我能體會，比較年長的男人確實有一份成『叔』味，能吸引年輕女人——」

「媽。」

「當然啦，比福洛伊年輕的男人，不一定有錢請諾瑪上高級餐館，不像福洛伊買得起鮮花和禮物（當她失去耐心時，福洛伊還眞能把魅力施展到極限）。而且，和她交往的年輕人中，很多人想結婚生小孩，可惜諾瑪——」

「已經不年輕了，」丹妮絲說：「我帶了一些點心過來，你們準備要吃點心了嗎？」

「結果呢，妳知道後來怎樣。」

「對。」

「說來多讓人心痛啊，因爲諾瑪——」

「對，我知道。」

「諾瑪發現自己——」

「媽，我知道她後來怎樣。妳好像以爲，對照我的狀況，她的故事值得我警惕。」

「丹妮絲，我沒這意思。妳連妳的『狀況』是什麼，都沒告訴過我。」

「那妳幹嘛老跟我提諾瑪的故事？」

「如果跟妳個人的狀況無關，妳何必不高興呢？」

「讓我不高興的是，妳似乎認爲我的狀況跟她一樣。妳該不會以爲我跟有婦之夫在交往吧？」

依妮德不只這樣以爲，還突然怒火中燒，無法苟同的感覺阻塞了胸腔的管腺，令她呼吸困難。

「終於，終於可以扔掉這堆雜誌的其中幾本了。」她邊說邊撕銅版紙。

「媽？」

「最好別談這事，就跟海軍的政策一樣，官不問、兵不說。」（註：源自出櫃的美國軍人會被強制退伍。）

丹妮絲站在廚房門口，雙臂交叉胸前，一手將拭碟巾握成一團。「妳怎麼會認爲我跟有婦之夫在一起？」

依妮德再撕另一頁。

「是不是蓋瑞說了什麼，妳才胡思亂想？」

依妮德用力搖頭。果眞的是蓋瑞亂講話，丹妮絲發現後肯定怒髮衝冠。雖然依妮德大半輩子裡爲了很多事對蓋瑞有氣，她引以爲傲的是自己能保守祕密，才不想替蓋瑞惹麻煩。依妮德爲丹妮絲的狀況反覆思考了幾個月，這倒是眞的。她的心裡已經蓄積了幾大倉庫的怒氣。在她用熨衣板燙衣服時，在她掃除覆地的長春藤枯葉時，在她夜半睡不著時，她演練著對女兒的批判——那種自私自利的行為，我永遠不能理解，也永遠無法原諒。抱持這種人生觀的人竟然是我的孩子，我引以為恥。碰到這種情況，丹妮絲，我對妻子的同情心是百分之一千，百分之一千——渴望撻伐丹妮絲不道德的生活方式。現在，撻伐的機會到了。然而，如果丹妮絲矢口抵賴，依妮德的滿腔怒火與反覆修飾、演練的批判語句便派不上用場了。換個角度看，如果丹妮絲和盤托出，依妮德較明智的做法或許是把蓄勢待發的批判強忍下去，避免母女鬧翻。依妮德需要丹妮絲跟自己站在同一陣線，實現聖誕節團圓的願望。此外，依妮德的豪華遊輪即將出航，次子已經無故失蹤，大兒子恐怕會責怪她大嘴巴，如果女兒證實了她最擔心的事，她的假期就毀了。

因此她煞費謙虛的苦心，搖搖頭。「沒有，沒有，沒有，蓋瑞一個字也沒有說。」

丹妮絲的眼睛瞇成一條線。「沒有說什麼？」

「丹妮絲，」艾爾佛瑞說：「別跟她吵了。」

向來不聽依妮德話的丹妮絲，這時立刻轉身，走回廚房。

依妮德發現一張「我不相信它不是奶油！」牌人造奶油提供的折價券，用它來購買湯瑪斯牌的英式鬆餅可折抵六毛錢。她剪下這張，也剪破籠罩下來的寂靜。

「這趟遊輪，我想做的事有幾件，」她說：「頭一件就是把這些雜誌翻完。」

「沒有齊普的蹤影。」艾爾佛瑞說。

丹妮絲把切好的水果派放上點心盤，端上餐桌。「齊普今天恐怕不會再出現了。」

「真的很奇怪，」依妮德說：「連一通電話也不打？我不懂。」

「我吃過更大的苦。」艾爾佛瑞說。

「爸，有點心喔！我的點心主廚做了一個西洋梨派，你要不要來餐桌吃？」

「哇，我的這塊切太大了啦！」依妮德說。

「爸？」

艾爾佛瑞不應。他的嘴巴又無力開著，表情又陰沉下來，令依妮德覺得壞事即將來臨。他轉向愈來愈黑、雨滴遍佈的窗戶，低頭傻傻凝視著。

「爸？」

「艾爾？有點心。」

他體內似乎有某種東西融化了。他的視線仍定格在窗戶上，抬頭時多了一份遲疑的喜悅，彷彿認出窗外的某人，一個他心愛的人。

「艾爾，你在看什麼？」

「爸？」

「外面有幾個小孩，」他說，打直坐姿。「看見沒？」他舉起晃動的食指。「那邊。」他的手指從左畫到右，跟隨著他眼中的兒童的動作。「那邊也有，那邊。」

他轉向依妮德和丹妮絲，彷彿期望母女倆聽了這消息會高興，但依妮德沒有一絲高興的心情。非常高雅的賞楓遊輪即將出航，艾爾佛瑞千萬不要在船上出這種狀況才行。

「艾爾，你看到的是向日葵，」她說，語調是生氣與懇求參半。「你看見的是窗戶上的倒影。」

「喔！」他坦率地搖頭：「我以為看見小孩了。」

「不對，是向日葵，」依妮德說：「你看見的是向日葵。」

吉塔納斯的政黨敗選出局，俄幣危機也擊垮立陶宛的經濟後，吉塔納斯說他獨一個人自坐在VIPPPAKJRIINPB17黨的老辦公室，以架設網站來消磨時光。他要的網址是「lithuania.com」，但這網址原本的主人是東普魯士的一位投機客，為了取得網址，他給對方一卡車的油印機、菊花列印輪印表機、64KB的Commodore電腦、以及戈巴契夫時代的辦公室器材——最後一批實質黨產。為了讓負債小國的苦境廣為人知，吉塔納斯以諷世的語氣撰寫網頁文字，自稱：**營利式民主：花錢擁有一塊歐洲史歷**，然後在美國的投資人新聞群組與聊天室散播連結。吉塔納斯籲請造訪網站的人寄錢給前VIPPPAKJRIINPB17黨——號稱「立陶宛最受敬重的政黨之一」，「近七年來有三年」是本國執政聯盟的「基石」，在一九九三年四月大選的得票率獨佔鰲頭，如今是「西傾的重商政黨」，經重組成為「自由市場黨公司」。吉塔納斯的網站承諾，一旦自由市場黨公司收買到的票數足夠贏得全國性選舉，該公司的海外投資人不僅能成為「立陶宛股份有限公司」（「一個營利國家」）的「股東」，更能依照個人投資金額的多寡獲得留名傳世的機會，以酬謝投資人為該國「市場解放」所做的「英勇貢獻」。舉例而言，只要貢獻一百美元，美國投資人便能以自己的名字為維爾紐斯的馬路命名（「街長至少兩百公尺」）；奉獻五千美元，投資人的玉照便能高掛在古蹟司拉普立埃博物館的國家英雄廳（「玉照寬至少六十公分、長至少八十公分，附加精雕金箔框」）；投資額兩萬五千美元者，可獨得市鎮命名權（「人口至少五千」），保證永不改名，更可獲得「現代式、合乎衛生的城主初夜權」，符合第三屆國際人權會議訂定之「多數」綱領。

「我亂開的一個小玩笑，」吉塔納斯說。他剛擠進計程車，坐在角落。「但有誰在笑呢？沒有人笑，大家只顧著寄錢來。我一公佈地址，銀行本票就開始出現。詢問的電子郵件好幾百封。立陶宛股份有限公司會賣什麼產品？自由市場黨公司的主管有哪些人？他們在經營方面的經驗豐富嗎？能不能提供過去歷年的營收數據？投資人如果不想用自己的名字為立陶宛市街或村鎮命名，可不可以改用子女的名字，或子女最愛的神奇寶貝名稱？人人都想知道進一步資訊，大家都要索取簡介。公司說明書也要！持股證明書也要！證券商資訊也要！貴公司是否在某某證交所上市？大家都想來逛一逛！而且，沒有人在笑。」

齊普以指關節叩著車窗，欣賞著第六大道上的美女。雨勢歇止了，雨傘收起來。「營收是歸你，還是歸為黨產？」

「沒錯，這個深奧的問題，我還沒想清楚。」吉塔納斯說。他從公事包取出一瓶阿夸維特。剛才在伊登的辦公室裡，他已經倒過幾杯，預祝合作愉快。他側身過去，將酒瓶遞給齊普。齊普喝下有益身心的一口，交還給他。

「你當過英文老師？」吉塔納斯說。

「我在大學教過書，對。」

「你的祖籍在哪裡？北歐嗎？」

「我爸是北歐人，」齊普說：「我媽是東歐幾國的混血兒。」

「維爾紐斯人看到你，會以爲你是我國人。」

齊普急著在父母離開之前回公寓。如今他的口袋裡塞滿一捲三千元鈔票，父母對他有何感想，他已經不太在意了，但他卻似乎回想起幾小時前，他看見父親在門口顫抖、懇求的模樣。他喝著阿夸維特，以人行道上的美女養眼，怎麼也想不通那時爲何認爲父親殺氣騰騰。

事實之一是，艾爾佛瑞深信，死刑之所以不好，原因只有一個，就是被判死刑的人不夠多；事實之二是，在齊普小時候，艾爾佛瑞曾在晚餐席間呼籲動用毒氣刑和電殛刑，而受刑者通常是聖猶達北區貧民窟的黑人。（「好了啦，艾爾。」依妮德會說，因爲晚餐是「闔家用餐的時刻」，爲什麼一定要討論毒氣室和街頭屠殺不可？她不能理解。）某個星期日上午，艾爾佛瑞站在窗前，數著松鼠的數量，評估橡樹和結縷草的災情，態度一如黑白人鄰里交界處的白人屋主，在怨嘆又有多少棟淪陷給「黑民」。艾爾佛瑞數完之後，決定做個種族大屠殺的實驗。他家的院子不算大，院裡的松鼠繁殖不知節制，又隨地大小便，令他氣憤難耐，因此他去地下室找出一個捕鼠器，拿上樓來，依妮德看見後搖頭，小聲嘖嘖反對。「有十九隻！」艾爾佛瑞說：「總共十九隻！」再動之以情也無法撼動如此精確的科學數據。齊普早餐時烤了一片全麥吐司沒吃完，艾爾佛瑞掰下一塊當誘餌，然後一家五口上教堂。在《小榮耀頌》與

《榮耀頌》之間，一隻雄性小松鼠餓得發慌，和財務告急的人類一樣鋌而走險，咬了一塊吐司，顱骨慘遭擊碎。全家人回家後，發現鼠血和腦漿四溢，被咬掉的全麥吐司從小松鼠的爛嘴裡蹦出來，綠頭蒼蠅群集。艾爾佛瑞的嘴巴與下巴憋緊，一臉反感，他要求自己嚴守紀律如打小孩屁股、吃大頭菜時臉上總有這種表情。（他完全不知道這種時候的自己會露出反感的神情。）他從車庫取出鏟子，連松鼠屍帶捕鼠夾放進超商的紙袋，裡面裝滿昨天依妮德拔的雜草。齊普跟在父親背後大約二十步，觀看著一舉一動，因而看見父親從車庫走向地下室時，膝蓋向兩旁軟了一下，整個人摔向洗衣機，然後拔腿奔過乒乓球桌（齊普總怕看見父親跑步，覺得他太老、太一板一眼，不適合跑），衝進地下室的廁所，從此松鼠爲所欲爲。

計程車駛近大學路。齊普考慮回雪松酒館，還錢給女酒保，給她一整張百元大鈔，消消她的氣，也許跟她要姓名地址，他可以從立陶宛寫信給她。他彎腰向前，正想指示司機駛往酒館的路，這時一股激進的新念頭制止他：我偷了九塊錢，偷了就算了，我就是這種人，算她倒霉。

他往後坐，伸手拿酒瓶。

來到公寓大樓前，司機揮揮手，不肯收百元鈔票——太大了，太大了。吉塔納斯把手伸進摩托車障礙賽選手穿的紅夾克口袋，摸索面額較小的錢。

「乾脆約在你的旅館會合吧？」齊普說。

吉塔納斯冷笑著。「你在開玩笑，對吧？雖然很信任你，不過我還是在樓下等吧！你去收拾行李，慢慢來，帶一件保暖的外套和一頂帽子、西裝加領帶，金融從業人員的打扮。」

左右不見門房佐洛斯特的人影，齊普只好用自己的鑰匙開門進去。在電梯裡，他深呼吸幾口氣，以平息興奮之情。他不覺得害怕，反而覺得自己慷慨寬厚，已經準備好擁抱父親。

但他的公寓空無一人。家人大概是早他幾分鐘走了。體溫仍在公寓內徘徊，依妮德的「白色香肩」香水仍有微微餘香，另外有浴廁的氣味、老人的氣味。廚房之整潔，齊普前所未見。客廳裡擦洗、收拾的痕跡一目瞭然，比他昨晚做得更徹底。他的書架空了。茱麗雅從浴室把她的洗髮精和吹風機帶走了。他的醉意比自我意識來得濃，沒有人留字條給他。餐桌上只有一塊水果派和一花瓶的向日葵。他該打包行李了，但身邊和內心的每樣東西都變得好奇異，他一時之間只能站在那裡呆呆看著。向日葵的葉子有黑斑，邊緣是灰白的衰老跡象，花朵豐滿而燦爛，沉重如巧克力布朗尼糕，厚實如掌心。一朵向日葵的花心如一張堪薩斯州民的臉，稍黑的花暈裡有一圈色澤稍淺。齊普心想，大自然多奇妙，長著翅膀的小昆蟲如果想倒頭就睡，這張床做得再誘人不過了。他觸摸褐色的絲絨，一陣狂喜湧過心頭。

計程車載著藍博特家三人，抵達中城的碼頭，只見一艘白色高大的遊輪米達爾（註：Gunnar Myrdal，曾獲諾貝爾獎的瑞典經濟學家）號停靠著，遮蔽了河景、紐澤西和半邊天色。一群以老人爲主的遊客聚集在門柵外，人群魚貫而入後，在明亮的長廊上再成涓流。他們的腳步堅定，彷彿在陰間移動；北歐悠航港口人員穿著白制服，誠摯卻另有一份令人寒颼颼的感受；雨雲散得太遲，無法挽回被毀掉的一天——整個場面靜悄悄。在暮色中，群聚於冥河畔。

丹妮絲付完車資，將行李交給搬運工。

「妳接著要去哪裡?」依妮德問她。

「回費城上班。」

「妳看起來很可愛，」依妮德脫口說：「我喜歡妳頭髮的這種長度。」

艾爾佛瑞握住丹妮絲的雙手謝謝她。

「要是齊普今天沒這麼忙該多好。」丹妮絲我。

「跟蓋瑞談論一下聖誕節的事，」依妮德說：「妳認眞考慮看看，回來住一整個禮拜。」

丹妮絲拉開皮衣袖，看時間。「我可以回去住五天，不過蓋瑞大概不肯。至於齊普，誰曉得呢？」

「丹妮絲，」艾爾佛瑞沉不住氣，彷彿她的話完全沒道理：「拜託妳去勸勸蓋瑞。」

「好，我答應。我答應。」

艾爾佛瑞的手在半空中晃。「我不知道自己還剩多少日子了！妳和妳媽應該好好相處，妳和蓋瑞應該好好相處。」

「艾爾，你多得是時——」

「全家人都應該和睦相處！」

丹妮絲從小就不愛哭，但她的五官皺縮起來。「爸，好啦，」她說：「我會跟他說說看。」

「妳母親希望聖誕節全家能在聖猶達團圓。」

「我會去跟他說看，我保證。」

「好，」他陡然轉身：「這樣就夠了。」

他的黑雨衣被風拍著、甩著，依妮德仍一心希望天氣趕快放晴，水面平靜一點，以利遊輪行程。

換上乾衣物，拎著西裝袋和一個行軍袋，帶著香菸——柔順而致命的慕拉提菸，一包五元——齊普坐進計程車，與吉塔納斯．米瑟維裘斯一同前往紐約甘迺迪機場，搭上前往赫爾辛基的班機。吉塔納斯違反口頭約定，劃的是普通艙座位，而非商務艙。「我們可以今晚喝酒，明天睡覺。」他說。

兩人的座位分別是靠窗和靠走道。齊普就座之際，聯想起茱麗雅跳機擺脫吉塔納斯的事。他想像茱麗雅快步下飛機，衝進大廳，撲進熟悉的計程車後座。一陣鄉愁襲來——恐懼他鄉，愛著老家——但他和茱麗雅不同，他毫無逃脫的慾望。他一扣好安全帶立刻睡著，只在起飛時短暫醒來，旋即又睡，睡到全機的人不約而同點起菸來。

吉塔納斯從筆電包裡取出電腦，開機。「嗯，茱麗雅。」他說。

睡朦朦的齊普一時心驚，以爲吉塔納斯以茱麗雅的名字喊他。

「我的老婆？」吉塔納斯說。

「喔，對。」

「她在吃抗憂鬱的藥，是伊登出的主意吧，我想。伊登有點在指揮她的生活，我覺得。你應該看得出來，她今天多麼不想讓我待在辦公室，急著把我趕出紐約，嫌我現在礙事。所以，但，好，所以茱麗雅開始吃藥，有天突然醒來，不想再和有香菸燙疤的男人在一起。分手的時候到了，再也不愛有燙疤的男人。」吉塔納斯把光碟放進筆電的碟盤。「但她想要那間公寓，至少是離婚律師叫她要求的；伊登付錢請的離婚律師。有人換了公寓的門鎖，我得賄賂管理員才進得去。」

齊普闔上左手掌。「香菸燙疤？」

「是啊。喔，是啊，我有幾個。」吉塔納斯伸長脖子，看看鄰座是否在偷聽，但周圍乘客除了兩位閉眼的兒童之外，無不忙著呑雲吐霧。「蘇聯的軍牢，」他說：「我在裡面住過，很舒服，帶了紀念品回來，我露給你看。」他脫掉紅皮夾克的一邊，裡面是黃T恤，再捲起T恤的袖子，露出痘疤般交錯如星座的皮肉，從腋下延伸至手臂內側，下至手肘爲止。「這是我的一九九〇，」他說：「在主權國立陶宛的紅軍營區蹲了八個月。」

「你是異議份子。」齊普說。

「對！對！異議份子！」他穿回夾克，說：「很慘，很棒，累死人，不過我當時不覺得累。累是後來的事。」

齊普對一九九〇年的印象是都鐸時代戲劇、與多莉・提姆曼無盡的無端爭吵。當時多莉研究的書中，有部份章節描寫色情刊物如何物化女性，他私底下對這些內容興起不健康的愛戀之情。除此之外，他對那一年的印象不多。

「所以，我有點怕看這東西。」吉塔納斯說。電腦螢幕出現一幅模糊的黑白相片，是從上向下拍攝的床景，床上有人蓋著被子。「管理員說，她交了一個情夫，我收到一些資料。之前的屋主裝了針孔攝影機，我接著用，具有動作監測功能，紅外線，數位定格相片。你想看的話可以看，可能很有意思，可能很煽情。」

齊普記得茱麗雅臥房天花板的偵煙警報器。他經常盯著一直瞧，看到嘴角乾澀，差點翻白眼，總覺得這個警報器做得太複雜，有點詭異。

齊普在位子上坐直。「你大概不想看吧！」

吉塔納斯的游標飛來飛去，手指不停地按鍵。「我來調整畫面的角度，你不想看就別看。」

菸霧彙聚成雷雨雲，凝集在走道。齊普決定他非點一支慕拉提菸不可；然而，抽一口菸和深吸一口氣的差別微小到無關緊要。

「我的意思是，」齊普說，一手遮住螢幕：「建議你把光碟退出來，不要看。」

吉塔納斯眞心吃驚：「爲什麼不要看？」

「這，我們來思考一下爲什麼。」

「也許應該由你告訴我。」

「不，呃，讓我們動動腦子想一想。」

剎時，氣氛變得愉快起來。吉塔納斯打量著齊普的肩膀、膝蓋、手腕，彷彿在考慮該咬哪裡。隨後，他退出光碟，伸向齊普的臉。「幹！」

「我瞭解，我瞭解。」

「拿去，幹！我不想再看到它，拿去。」

齊普把光碟放進上衣口袋，他感覺相當不錯，覺得一切順利。飛機升至高空，水平前進，環境噪音裡略有鼻竇乾燥的燒灼感，有機艙塑膠窗磨損的色澤，有餐盤回收杯裡蒼白冷咖啡的滋味。北大西洋的夜空深沉而寂寥，但這裡，飛機上，是暗夜裡的明燈。這裡充滿社交氣氛。能醒著眞好，四周事物也清醒的感覺眞好。

「所以，你呢，也有香菸燙疤嗎？」吉塔納斯說。

齊普攤開掌心：「沒什麼。」

「自己燙的，你這個可悲的美國人。」

「不一樣的監獄。」齊普說。

他愈想愈生氣

蓋瑞．藍博特與埃克桑企業往來，獲利看漲，始於三星期前。那是個星期天的下午，他待在新蓋好的彩照暗房，盡可能讓自己沉浸在重洗兩張父母舊照片的樂趣裡。如果洗得出樂趣，證明他的精神狀態健康。

有段日子蓋瑞一直很擔心自己的精神狀態，但那天下午，他走出位於塞米諾爾街的片岩牆豪宅，穿越廣大後院，爬著大車庫外的樓梯時，他大腦裡的天氣一片溫煦，宛如費城西北區的天氣。九月的陽光穿透薄霧，穿透小朵灰色雲層而下。就蓋瑞對自身神經化學的認知而言（不過他是百信銀行的副總裁，不是心理醫生），他的幾項重要指數都相當健康。

雖然一般說來，蓋瑞贊成個人退休基金管理這項現代趨勢，贊成長途電話依方案計費，贊成私立學校選擇多元化，但他對於必須為自己的大腦生態負責這件事卻熱衷不起來，尤其是當他身邊部份人士、特別是他父親拒絕承擔這種責任時。但蓋瑞是非常盡責的人。走進暗房時，他判斷自己的三號神經係數（就是血清素，一種非常、非常重要的係數）分泌量攀上七日新高，甚至是三十日以來的最高點；二號係數與七號係數的表現同樣超出預期。至於一號係數，礙於睡前那杯阿馬邑白蘭地，上午開盤之初表現疲軟，如今已觸底反彈。這時他的腳步輕盈，很高興意識到自己有高於平均值的身高及夏末般古銅色的皮膚。他對妻子卡羅琳的忿忿之情已經趨緩，克制良好。這些同時也是妄想症（例如他老是懷疑卡羅琳和大兒子、二兒子串通，合力嘲弄他）的關鍵指數先跌後漲，且一季一次對於人生是否苦短徒勞的評估結果與總體精神經濟的健全走勢相符。所以，他和憂鬱症壓根沾不上半點邊。

他拉上遮光絨布簾，關緊不透光的窗板，從不鏽鋼大冰箱取出一盒8×10相紙，把兩條底片餵進底片清潔機這個重得令人心動的小玩意裡。

父母有段時間經常結伴去打高爾夫球，那是災難的十年，蓋瑞想沖洗的正是那段時光的舊照。其中一張，依妮德在深草區彎腰，戴著太陽眼鏡，臉臭臭的，頂著無堅不摧的中西部豔陽，左手掐著飽經風霜五號木桿的脖子，右手臂的姿勢不明（一抹白色出現在相片邊緣），似乎正偷偷摸摸地將球投向球道。（她和艾爾佛瑞只在平直、短小、便宜的大眾球場打過球。）另一張相片中，艾爾佛瑞穿著緊身短褲，頭上頂著密德蘭鐵道公司的棒球帽，遠古樣式的高爾夫球鞋包著黑襪，拿著遠古樣式的開球木桿，對準一個葡萄柚大小的白色球釘座，朝鏡頭咧嘴而笑，彷彿在說：球這麼大一顆，我也打得到！

蓋瑞以酸液浸泡完放大的相片，舉起燈照看，發現兩張都覆蓋著詭異的黃斑。

他咒罵兩句，不是因為在意沖洗結果，而是他希望維護這份好心情，保護這份血清素飽滿的心境。爲達此目標，他需要外在事物稍微合作一下。

屋外，天色凝結。屋簷排水道形成細流，樹梢滴下來的雨珠在屋頂組成敲擊樂團。透過車庫的牆壁，蓋瑞一邊再洗一組放大照片，一邊聽著卡羅琳和兒子們在後院踢足球。他聽見球落地聲、踹球聲，叫喊和球撞車庫的震波則較少傳來。

第二組相片從定影液中現形時，又滿是黃斑，蓋瑞知道應該就此打住，不料有人敲起了外門，老么忠納從遮光布幕鑽進來。

「你在洗相片嗎?」忠納問。

蓋瑞連忙把洗壞的相片摺兩摺，埋進垃圾桶。「剛剛開始。」他說。

他重新調配沖洗液，打開一盒新相紙。忠納在安全燈旁坐下來，翻開納尼亞傳奇系列的《賈思潘王子》，低聲逐字閱讀。書是蓋瑞的妹妹丹妮絲送的。忠納雖然才上二年級，閱讀能力已達五年級水準。他看書時習慣低聲讀出來，咬字清晰，和他整體的納尼亞風格一致。他的深褐色眼珠炯亮，嗓音如雙簧管，髮絲柔細如貂毛，就連蓋瑞也覺得他比較不像小男生，反而近似通曉人性的動物。

卡羅琳不完全認同納尼亞傳奇系列的故事書——很多人知道作者C·S·路易斯喜歡宣導天主教教義，而納尼亞傳奇的主角獅王亞斯藍是長毛、四腳的基督化身——但蓋瑞小時候讀《獅子·女巫·魔衣櫥》愛不釋手，長大後也沒有變成宗教狂人。(他其實是個嚴守物質主義的人。)

「他們殺了一頭熊，」忠納報告說:「但不是一頭會講人話的熊，亞斯藍回來了，不過只有露西看得見他，其他人不相信露西講的話。」

蓋瑞把相片夾進急制液裡:「爲什麼不相信她?」

「因爲她的年紀最小。」忠納說。

在室外、雨中，卡羅琳又笑又叫。爲了跟上兒子，她跑得披頭散髮。結婚之初，她擔任全職律師，但大兒子凱勒柏出生後，她繼承了一筆家產，目前只在捍衛兒童基金會上半天班，領慈善事業的低薪。她實際的生活以三個兒子爲中心，稱孩子們爲她最好的朋友。

六個月前、蓋瑞四十三歲生日前夕，卡羅琳趁蓋瑞帶忠納去聖猶達拜訪父母時，請來兩位費城承包建築工人，進車庫二樓，重新安裝管線，整修成這間暗房，想在蓋瑞生日時給他一份驚喜，因爲蓋瑞偶爾會提起他想重洗家人最愛的相片，收進皮面相簿裡，命名爲《藍博特家族曠世精選二○○》。然而，想洗相片，找一般相館即可，何況兒子們也在教他電腦影像處理；就算他還是需要暗房，大可按時計費租一間就好。因此當他生日那天卡羅琳牽著他出大門，進車庫，送他一間他用不著也不想要的暗房時，他當下的衝動是想哭。他翻閱過卡羅琳擺在床頭櫃的幾本科普心理學書，知道憂鬱症有幾大**警訊**，而專家學者一致同意的**警訊**之一，是在不當時機落淚的傾向，因此他強將喉嚨裡的硬塊嚥下，在所費不貲的新暗房裡蹦蹦跳跳，對卡羅琳驚嘆（當時的她不但後悔花了大錢，還飽受送禮者心情七上八下的煎熬）說，這份禮物讓他高興極了！從那以後，爲了確保自己沒有罹患憂鬱症，也爲了不讓卡羅琳懷疑他有身心症，決心一週進暗房兩次，完成《藍博特家族曠世精選二○○》。

他也懷疑，卡羅琳在有意無意之間，把暗房設在車庫，爲的是讓他別待在家裡。這也是妄想症的另一個關鍵跡象。

計時器響了，他把第三組相片放進定影液，再度提燈。

「那上面的白圈圈是什麼？」忠納望進沖片盤說。

「忠納，我不知道！」

「看起來像雲。」忠納說。

足球撞到車庫的一側。

臭臉的依妮德和咧嘴笑的艾爾佛瑞被留在定影液中，蓋瑞打開窗板。車庫旁的智利南洋杉緊鄰著竹林，雨珠晶瑩。卡羅琳和艾倫在後院中間，濕透的運動衫沾有泥濘，緊貼肩胛骨，母子喘著氣，等凱勒柏綁鞋帶。四十五歲的卡羅琳有一雙大學女生般的腿，秀髮的金色和當年初相識時幾乎一樣。他們是在二十年前費城光譜體育館的一場巴布·席格演唱會上認識的。蓋瑞至今仍深受嬌妻吸引，仍對她不假修飾的美貌、她貴格會教派的血統感到亢奮。在本能的反射作用下，他伸手拿起相機，拉長鏡頭對準她。卡羅琳的表情令他心慌。她的眉毛向中間推擠，嘴角有痛苦的細紋。再度開始追球的時候，她跛著腳。

蓋瑞把鏡頭轉向長子艾倫。拍艾倫時，最好是趁他不注意，以免他又偏頭，擺出他自認最上鏡的角度。在細雨中，艾倫的臉泛著紅暈，沾著泥巴，蓋瑞調整鏡頭，捕捉好看的畫面。但是，對卡羅琳的憤慨沖垮了他神經化學的堤防。

足球停了，她跛著腳奔向房子。

露西把頭埋進他的鬃毛，不讓他看見，忠納低語。

屋內傳出一聲驚叫。

凱勒柏與艾倫立即反應，像動作片裡的英雄三兩步奔過後院，衝進屋子，消失了蹤影。片刻之後，艾倫再度出現，用他最近動不動就沙啞的嗓子大喊：「爸！爸！爸！爸！」

身邊的人歇斯底里時，蓋瑞反而能鎮定自若，做事有條有理。他離開暗房，緩步走下被雨打濕的樓梯。車庫後方有通勤列車的鐵道，鐵道上空有一線日光從濕氣裡破繭而出，宛如春天陣雨後太陽想要發憤圖強。

「爸，奶奶打電話來了！」

蓋瑞信步穿越後院，稍停檢視並悼念足球對草皮造成的傷害。費城的這一區名爲栗丘，環境堪稱像納尼亞傳奇的場景。百年楓樹、銀杏、洋桐樹夾道林立，色彩絢爛。許多枝椏被砍掉，以容納電線。市街以被趕盡殺絕的印第安部落命名，例如塞米諾爾、契羅基、納瓦荷、紹尼。方圓幾公里之內，儘管人口密度和家庭收入都很高，卻沒有快速道路，有用的商店也屈指可數。蓋瑞戲稱這裡是「被光陰遺忘之地」。多數民宅，包括他這棟在內，都以片岩為牆，色澤近似銀灰色的生錫，與他的髮色完全相同。

「爸！」

「謝謝你，艾倫，你喊第一聲我就聽到了。」

「奶奶在電話上！」

「我知道了，艾倫，你剛告訴我了。」

在鋪著石板的廚房裡，他發現卡羅琳癱在椅子上，雙手插腰。

「她今天早上來過電話，」卡羅琳說：「我忘了告訴你。電話響了整天，每隔五分鐘來一次，最後我衝進——」

「謝謝妳，卡羅琳。」

「我剛剛衝——」

「謝謝妳。」蓋瑞攫起無線話筒，伸直手臂握著，彷彿想藉此讓母親無法近身，然後走進用餐室。在用餐室裡他被被凱勒柏攔截，凱勒柏以手指戳著光面的型錄。「爸，可不可以跟你談一下？」

「現在不行，凱勒柏，你奶奶在電話上。」

「我只是想——」

「現在不行，我說過了。」

凱勒柏甩甩頭，以微笑代表不敢相信，如同運動員引誘對手犯規不成的表情，電視攝影機常捕捉到這種鏡頭。

蓋瑞穿越大理石地板的門廳，進入非常大的起居室，對著小電話說哈囉。

「我告訴過卡羅琳，」依妮德說：「如果你不在電話旁，我可以掛掉再打。」

「從妳那裡打來，每分鐘〇．〇七元。」蓋瑞說。

「不然，你也可以回我電話。」

「媽，從我這裡打過去，每分鐘要〇．二五元。」

「我急著找你，打了一整天電話，」她說：「旅行社叫我最晚明天早上確定。而你也曉得，我們仍然盼望你們能來過最後一次聖誕節，我答應過忠納，所以——」

「妳等一下，」蓋瑞說：「我去跟卡羅琳商量。」

「蓋瑞，你幾個月前就說要商量了，我可不願意坐在這裡等你去——」

「一下子就好。」

他以拇指按住話筒的小孔，回到廚房，看見忠納爬到椅子上站著，捧著一包奧利奧餅乾。卡羅琳仍癱在桌前，呼吸急促。「我衝進來接電話的時候，」她說：「不知道扭到哪裡了。」

「妳在雨裡衝來滑去了兩個鐘頭。」蓋瑞說。

「不對，我跑進來接電話之前還好好的。」

「卡羅琳，在那之前，我看見妳跛腳——」

「我本來好好的，」她說：「直到我衝進來接電話，因爲電話已經響了五十遍——」

「好，好，」蓋瑞說：「都怪我媽不好，行了吧？好了，現在可以告訴我，妳要我怎麼回覆聖誕節的事。」

「喔，隨便啦！歡迎他們來度假。」

「我們討論過，能不能去那裡。」

卡羅琳以最大的擺幅搖頭，彷彿想擦掉什麼污點。「不對。你提過，但我從來沒跟你討論過。」

「卡羅琳——」

「她在電話上，我沒辦法跟你討論，叫她下個禮拜再打來。」

這時候忠納發現，他可以放心大吃餅乾，無論爸爸或媽媽都不會注意到。

「她現在非訂機票不可了，」蓋瑞說：「他們下個月要搭遊輪，回程可以順路來這裡，現在想敲定行程。下個月要不要來，要視聖誕節的行程而定。」

「我的椎間盤好像位移了。」

「如果妳不肯討論，」他說：「我就告訴她，我們考慮去聖猶達過聖誕。」

「不行！不能違反我們之前的協議。」

「我提議破例一次。」

「不行！不行！」卡羅琳表示反對，濕答答的金髮又甩又扭。「規則不能說改就改。」

「破例一次，又不是更改規則。」

「天啊，我可能要去照X光了。」卡羅琳說。

蓋瑞按著通話孔，拇指感覺到母親講話的嗡嗡震動。「答不答應？」

卡羅琳站起身，靠向他，把臉埋進他的毛衣裡。她握著小拳頭，輕輕捶他的胸骨。「求求你，」她以鼻子磨蹭他的鎖骨：「告訴她說，你待會再打給她。求求你嘛，我的腰眞的好痛。」

蓋瑞把電話握得遠遠的，手臂僵直，卡羅琳緊緊挨著他。「卡羅琳，他們已經連續八年來這裡過聖誕節，我提議破例一次並不過份。至少可以讓我說，我們正在想辦法去？」

卡羅琳悲悽地搖頭，沉回椅子。

「好，行，」蓋瑞說：「我自己決定。」

他大步走回用餐室，艾倫始終在那裡聽著、盯著他，把他當成家暴猛獸。

「爸，」凱勒柏說：「如果你不跟奶奶講電話，我可以問你一件事嗎？」

「不行，凱勒柏，我正在和奶奶講電話。」

「那你掛掉電話時，我可以跟你討論一件事嗎？」

「噢，天啊，噢，天啊！」卡羅琳嚷著。

起居室裡的忠納抱著他堆積成塔的餅乾及《賈思潘王子》，窩進較大的那張皮沙發裡。

「媽？」

「我不懂，」依妮德說：「如果現在不方便，沒關係，可以待會再打給我，但怎麼可以讓我乾等十分鐘——」

「是，但我回來了。」

「噢，那麼，你們的決定是？」

蓋瑞還來不及回答，廚房就爆出一陣淒厲的貓嚎，近似十五年前卡羅琳做愛時發出的聲音；那時還沒有兒子能聽得到。

「媽，對不起，等我一下。」

「不好吧，」依妮德說：「太不禮貌了。」

「卡羅琳，」蓋瑞朝廚房喊：「不能表現得像個成年人嗎？幾分鐘也不行？」

「啊、啊、喔！喔！」卡羅琳哀鳴。

「腰再痛也痛不死人吧，卡羅琳。」

「求求你，」她哀叫著：「待會再打給她。我剛衝進來的時候最後一步絆了一跤，蓋瑞，好痛——」

他轉身，背對著廚房：「對不起，媽。」

「你家到底是怎麼了？」

「卡羅琳踢足球時閃到了腰。」

「你知道嗎，我討厭說這些，」依妮德說：「但隨著年紀愈來愈大，這裡痛那裡痛是難免的事。要講病痛，我一整天也講不完；我的髖關節老是在痛。只不過都這麼大的人了，希望你們也稍微成叔一點。」

「喔！啊啊！啊啊！」卡羅琳喊得令人心癢。

「是啊，希望如此。」蓋瑞說。

「言歸正傳，你到底決定怎樣？」

「聖誕節的事還在討論，」他說：「不過，你們也許應該計畫順路過來——」

「噢！噢！噢！」

「拖到現在才訂聖誕節的機票，太晚了，」依妮德嚴辭說：「你知道嗎，人家順普夫妻想去夏威夷過聖誕，早在四月就訂好了，因爲去年他們等到九月，結果訂不到他們要的位——」

艾倫從廚房跑來。「爸！」

「我在講電話，艾倫。」

「爸！」

「我在講電話，艾倫，你不是沒看見。」

「大衛他有直腸造口……」依妮德說。

「你現在就得想辦法，」艾倫說：「媽眞的好痛，她說你一定要載她去醫院！」

「正好耶，爸，」凱勒柏拿著型錄挨過來：「你可以載我去一個地方。」

「不行，凱勒柏。」

「可是，我眞的好想去那間店嘛！」

「平價的位子很快就被訂走……」依妮德說。

「艾倫？」卡羅琳從廚房喊：「艾倫！你去哪裡了？你爸在哪裡？凱勒柏在哪裡？」

「這裡好吵，想專心都沒辦法。」忠納說。

「媽，對不起，」蓋瑞說：「我去比較安靜的地方講電話。」

「快要來不及了。」依妮德說。她的口氣透露著恐慌，唯恐每過一天，每過一小時，年終的機位就愈發難訂，而蓋瑞一家五口來聖猶達過最後一次聖誕節的希望也一丁點一丁點地崩解。

「爸，」艾倫央求著，尾隨蓋瑞上二樓：「你要我怎麼跟媽說？」

「叫她打電話，用你的手機叫救護車。」蓋瑞提高嗓門：「卡羅琳？叫救護車！」

九年前，費城與聖猶達同時出現冰風暴，蓋瑞一家在機場跑道上受困四小時，五歲的兒子滿腹牢騷，兩歲的兒子又哭又鬧，凱勒柏則狂吐一夜，原因是（根據卡羅琳的說法）依妮德的聖誕大餐用了太多奶油和培根，卡羅琳還在聖猶達家結冰的車道慘滑一跤（她在央友中學打草地曲棍球時扭傷過腰，但在公婆家摔了這一跤後，她宣稱舊傷復發）。歷經這些風波後，蓋瑞向妻子保證，往後再也不要求她去聖猶達過聖誕。但現在，父母已連續八年來費城，儘管他不認同母親對聖誕的迷戀——他認爲愛聖誕成癡可能只是大病的一種徵兆，依妮德的大病是生活太苦悶空虛——他幾乎不能責怪父母今年想待在老家。蓋瑞也盤算過，依妮德「最後一次聖誕」的心願若被滿足，應該會比較願意從聖猶達搬到費城定居。基本上，他已做好此行的心理準備，也期望妻子能稍微合作一下：用成熟的心態看待這個特殊狀況。

他把自己關進書房，鎖起門來，阻擋家人的叫嚷和哼唉、砰砰上下樓的腳步聲、虛假的緊急狀況。他拿起書房的分機，切掉無線聽筒。

「太荒謬了，」依妮德以敗陣的口吻說：「你要不要處理好再回電給我？」

「我們還沒決定十二月的事，」他說：「不過我們還是很有可能去聖猶達。不管去或不去，我認爲你們遊輪之旅結束後，應該順路過來。」

依妮德喘氣的音量相當大。「我們才不要在這個秋冬跑兩趟費城，」她說：「而且，我想在聖誕節見見孫子；我在意的是，你們一定要來聖猶達。」

「不行，媽，」他說：「不行、不行、不行。我們還沒決定。」

「我答應過忠納——」

「買機票的人不是忠納，一家之主也不是忠納。所以，你們的行程由你們安排，我們規畫我們的，希望最後能皆大歡喜。」

依妮德的鼻孔哼出不滿的聲音，異常清晰，蓋瑞聽得見。他也聽見她的呼吸聲如海邊的浪潮，霎時間，他明白了。

「卡羅琳？」他說：「卡羅琳，妳在電話上嗎？」

呼吸聲停止。

「卡羅琳，妳是不是在偷聽？妳在電話上嗎？」

他聽見微弱的電子喀嚓聲，一陣靜電干擾的沙沙聲。

「媽，對不起——」

依妮德：「怎麼回事？」

難以置信！他媽的難以置信！蓋瑞把電話放在桌上，打開門鎖，從走廊跑下樓時路經一間臥室，艾倫正在裡面照鏡子，皺著眉，歪頭擺出耐看的角度；跑到主樓梯時看見凱勒柏拿著型錄，猶如耶和華見證會傳教士拿著宣傳手冊。他來到主臥房，看到卡羅琳蜷縮在波斯地毯上，身上仍穿著沾有污泥的衣服，凝膠冰敷包按在下背部。

「妳是不是在偷聽我講電話？」

卡羅琳虛弱地搖頭，或許希望暗示她病弱得無力搆到床邊的電話。

「妳否認嗎？妳是不是在否認？妳敢說妳沒有偷聽？」

「沒有，蓋瑞。」她以纖細的聲音說。

「我聽見喀嚓聲，我聽見呼吸——」

「沒有。」

「卡羅琳，這條電話線上有三支分機，兩支在我書房，剩下的一支就在這裡，妳聽清楚了嗎？」

「我沒有偷聽。我拿起電話，只是想——」她咬牙吸一口氣：「看看電話能不能打。就這麼簡單。」

「結果妳坐著偷聽！妳在偷聽我講電話！我們溝通再溝通，溝通再溝通，不准就是不准！」

「蓋瑞。」

她以小媳婦的口吻說：「我對你發誓，我沒有偷聽。我的腰痛得快死了，一時沒辦法伸手把電話掛回去，只好擱在地板上。我沒有偷聽，請不要兇我。」

她的臉蛋漂亮，受苦的表情可被誤讀爲心醉神迷，蓋瑞見她抱住膝蓋的姿勢，見她一身污泥、紅著臉頰、一副被擊敗的樣子、頭髮凌亂，側躺在波斯地毯上，內心有一部份幾乎要聽信她，爲她心軟，但這些只加深了他遭背叛的感覺。他衝回門廳，回到自己的書房，摔上門。「媽，喂，對不起。」

但對方已經掛斷。他只好花自己的錢，打電話回聖猶達老家。窗外可俯瞰後院，他看見被太陽照成蛤殼紫的雨雲，蒸氣從智利南洋杉升起。

由於這通長途電話由對方付費，依妮德聽起來比較高興。她問蓋瑞，有沒有聽過埃克桑這間公司。「在賓州軒克斯維爾鎮，」她說：「他們想買你爸的專利。信在我手裡，我可以唸給你聽。我對這事有點煩。」

蓋瑞在百信銀行主管證券部，長年精於買賣大型股，對小蝦米不太關切。他對埃克桑的名字不熟悉。這封信來自布努斯培事務所，署名喬瑟夫·K·普瑞格先生，他聽著母親朗讀內容，雖然對這些人不熟，卻能聽出對方在耍什麼心機。明顯的是，這個律師執筆時，心想對方是個老頭子，地址又在中西部，因此開給艾爾佛瑞的價碼和專利實際價值不成比例。這些缺德律師的運作模式是什麼，蓋瑞很清楚。如果他和埃克桑立場對調，他也會做同樣的事。

「我在想，我們應該要求一萬，不能只拿五千。」依妮德說。

「專利什麼時候過期？」蓋瑞說。

「差不多六年後。」

「他們一定是看準這專利很快能賺大錢，否則會直接先侵權再說。」

「信上寫，目前是實驗性質，前景還不確定。」

「媽，對，那是他們希望灌輸給妳的觀念。如果眞的純屬實驗，幹嘛寫信來買專利？爲什麼不等六年後再說？」

「喔，我懂了。」

「妳告訴我這件事，眞的非常非常好。媽，妳現在應該做的是，回信給這些傢伙，叫他們先付二十萬授權金。」

依妮德倒抽一口氣。小時候全家開車去旅遊，前面有一輛卡車慢吞吞，艾爾佛瑞爲了超車而駛進逆向車道，當時依妮德也是這麼驚呼。「二十萬！嘩，我的天，蓋瑞——」

「另外，營收也要給我們一成。告訴他們，妳完全願意上法庭捍衛權益。」

「可是，他們如果不肯呢？」

「相信我，這些傢伙不想打官司，咄咄逼人一點也不會有什麼損害。」

「這個嘛，專利是你爸的，他會作何感想，你應該曉得。」

「叫他聽電話。」蓋瑞說。

他父母對各種形式的權威都低頭遵從。每當蓋瑞想確定自己是否已經逃離父母的宿命，每當他需要測量他與聖猶達之間的距離時，他會從他面對權威時的無權程度來衡量——父親的權威也包括在內。

「喂。」艾爾佛瑞說。

「爸，」他說：「我建議你跟這些人爭取一下。他們的立場非常薄弱，你爭一爭，可以多賺一些。」

在聖猶達，老艾爾佛瑞不發一語。

「你該不會說你打算接受對方開的數字吧？」蓋瑞說：「不行啊，爸，連考慮都不行。」

「我已經決定了，」艾爾佛瑞說：「我的做法跟你沒關係。」

「說的對，不過，這事和我也有正當的利害關係。」

「蓋瑞，跟你無關。」

「和我有正當的利害關係，」蓋瑞堅稱。一旦依妮德和艾爾佛瑞無錢可花，養老費用會全落在他和卡羅琳肩上，而非資本不足的妹妹，更不會是那個不中用的弟弟。幸好，他把持得住自己，才沒有對艾爾佛瑞明講。「你打算怎麼辦，至少能告訴我吧？看在我們是父子。」

「看在我們是父子，你可以不要過問，」艾爾佛瑞說：「不過既然你問了，我就告訴你，我打算接受他們開的數字，再分一半給歐爾費克密德蘭。」

宇宙的運作機制一如機械：父親說話，兒子回應。

「呃，爸，」蓋瑞的語調異常沉緩，這種口氣只在他非常生氣、非常篤定自己是對的時候出現：

「你不能那樣做。」

「我可以，而且我決定了。」艾爾佛瑞說。

「不行，眞的，爸，你一定要聽我說。無論於法於理，你都絕對沒有理由跟歐爾費克密德蘭對分。」

「我當時用的是鐵路公司的材料和儀器，」艾爾佛瑞說：「雙方的默契是，這項專利如果賺到錢就平分。專利律師是馬克·詹伯瑞茲幫我牽的線，我懷疑看在公司的面子上，律師費也有優待。」

「那是十五年前的事了！那間公司已經不存在了，和你有默契的那些人已經死了。」

「不全然，馬克·詹伯瑞茲還活著。」

「爸，念舊是好事，我能體會你的心情，不過——」

「你能體會？我懷疑。」

「那間鐵路公司被若斯兄弟強暴了，被開膛剖腹了。」

「我不想再討論下去。」

「太離譜了！太離譜了！」蓋瑞說：「一間公司想盡辦法惡整你，也把聖猶達搞得七葷八素，你竟然對這種公司忠心耿耿。就連現在他們也在整你，準備拿你的健康保險開刀。」

「你有你的意見，我有我的看法。」

「我想說的是，你不負責任，你太自私。如果你想吃花生醬、掐緊每一分錢過日子，那是你自己的事，但這樣對媽不公平，也——」

「我懶得管你和你媽的想法。」

「對我也不公平！如果你出狀況，誰來負擔你的費用？誰當你的靠山？」

「該我忍受的苦，一概由我承擔，」艾爾佛瑞說：「對，如果逼不得已，我可以吃花生醬活下去。花生醬是好東西，我喜歡吃。」

「如果媽非靠花生醬過活，她也只好吃下去，對不對？得靠狗食過活時，她也可以呑狗食！誰在乎她要什麼？」

「蓋瑞，我知道怎樣做才對。我不指望你理解——你做的決定我也沒辦法理解——不過我知道怎麼做才公道。就談到這裡吧！」

「好吧，你一定要分錢給歐爾費克密德蘭的話，分他們二千五，」蓋瑞說：「不過，那個專利價值——」

「我說了到此爲止，你母親有話還要跟你說。」

「蓋瑞，」依妮德喊：「聖猶達交響樂團十二月要表演《胡桃鉗》耶！他們和本地芭蕾舞團合作得好優美，門票賣得超級快，所以告訴我，我應不應該買九張聖誕前夕的門票？下午兩點有早場，不然我們也可以在二十三日晚上去看，如果你認爲這樣比較方便的話。你決定。」

「媽，聽我說。別讓爸接受他們的條件，在我看到那封信之前什麼事也別做。妳去影印一份，明天寄給我。」

「好，我答應，不過我在想，目前最重要的是買到九張座位相連的《胡桃鉗》門票，因爲票賣得超級快，蓋瑞，快到你不敢相信。」

終於講完電話後，蓋瑞使勁按著雙眼，在心靈銀幕上看見假色的畫面，是那兩張高爾夫球場上的照片：深草區的依妮德正在善用她所處的位置（比較貼切的用語是作弊），球技差勁的艾爾佛瑞則不把自己的愚拙當回事。

十四年前，艾爾佛瑞做過這種不戰自敗的把戲。事情發生在若斯兄弟買下密德蘭太平洋鐵道公司之後。艾爾佛瑞滿六十五歲的前幾個月，密太的新總裁芬頓．克黎爾請他吃午餐，地點是聖猶達的默瑞理餐廳。若斯兄弟接管之前，密太高層主管曾群起反抗，最後全被若斯兄弟鬥走，幸好身爲工程長的艾爾佛瑞不是護衛軍的一員。併購之後場面混亂，新公司一方面要關閉聖猶達辦公室，同時又要把業務遷至小岩城，若斯兄弟需要一個人來維持鐵路運作，好讓克黎爾爲首的新人邊做邊學。克黎爾開給艾爾佛瑞的好處是加薪五成，外加一疊歐爾費克的股票，條件是他必須再待兩年，監督移師小岩城的過程，以免交接發生斷層。

艾爾佛瑞痛恨若斯兄弟，本想回絕，但那一夜回家後，依妮德對他展開攻勢。她說，光是歐爾費克的股票就價值七萬八千美元，而且他的退休年金依照最後三年的平均年薪計算，退休收入可望提高百分之五十，良機不可錯過。

這些論點的誘惑力難以抵擋，艾爾佛瑞似乎心動了，但事隔幾晚，他回家對依妮德宣佈，他那天下午遞了辭呈，克黎爾已經准辭。當時艾爾佛瑞的薪水處於巔峰，再過七個星期就能以整年來計算，提前辭職完全不合情理。但他不解釋，當時不肯，後來也一樣，對依妮德如此，對任何人亦然，對忽然改變心意的原因三緘其口，只說：我已經做了我決定的事。

那一年的聖猶達聖誕團圓飯席間，依妮德叉起一小塊填入鵝腹的榛子配料，偷偷放在艾倫寶寶的小餐盤上，卡羅琳見狀便一手抓起那塊配料，走進廚房，把它當成一團鵝屎扔進垃圾桶，說：「完全是油脂嘛——噁心。」接著蓋瑞動了肝火，叫罵：才七個禮拜，你也不能等？難道不能待到年滿六十五歲嗎？

蓋瑞，我賣命工作了一輩子。退休是我自己的事，你管不著。

如此執意要辦退休的人，連最後七個星期也待不住，退休之後忙什麼呢？坐他那張藍色椅子。

蓋瑞對埃克桑企業毫無所知，但歐爾費克密德蘭是財團，留意這種機構的控股與管理層級是他的專業。他碰巧知道，若斯兄弟在加拿大採金不成賠了錢，因此出售控股權來填補錢坑。歐爾費克密德蘭和美國眾多超大型公司一樣缺乏特色，總部設在遠郊區，主管的上任下臺如生物細胞的生生死死，也像字母置換遊戲，SHIT可以置換成SHOT，之後換成SOOT，然後再變爲FOOD，由「屎」變「子彈」，「子彈」變「煤灰」，最後變成「食物」，如此這般。等到蓋瑞爲百信銀行的投資組合買進最近一批歐爾費克密德蘭股票時，員工在聖猶達第三多的密德蘭辦公室已遭關閉，服務堪薩斯州鄉下的多數火車也已停駛，而且公司裡已無可歸罪的人跡。如今，歐爾費克密德蘭完全撤離運輸業。密太鐵道碩果僅存的幹線已被賣掉，好讓公司集中資金建造監獄、管理監獄、賣高級咖啡、提供金融服務。埋進舊鐵路用地底下的是一套一百四十四條光纖束的新電纜系統。

這樣的公司值得艾爾佛瑞效忠嗎？

蓋瑞愈想愈生氣。他單獨坐在書房裡，無法壓抑逐漸升高的焦躁，也無法減緩速度如蒸汽火車頭的呼吸。在屋外，在通勤鐵路的另一邊，鵝掌楸外的夕陽綻放著南瓜黃的美景，他沒看見。他只看得見原則問題。

若非他聽見書房門外有一陣窸窸窣窣的聲音，他可能一坐無絕期，恣意蒐集對父親不利的證據。聽見聲音，他跳起來，把門拉開。

凱勒柏盤腿坐在地上，研究著型錄。「現在可以跟你討論了嗎？」

「你是不是坐在這裡聽我講話？」

「沒有，」凱勒柏說：「你說等你講完，我們就可以討論。我有個問題想問你。我在想，我可以在家中哪裡裝監視器。」

即使倒著看型錄，蓋瑞也看得見上面印著刷紋鋁殼，彩色LCD螢幕，定價高達三、四位數。

「這是我的新嗜好，」凱勒柏說：「我想在家裡的某個地方裝監視器。媽說如果你同意，我可以裝在廚房裡。」

「你想在廚房裝監視器，當作一種嗜好？」

「對！」

蓋瑞搖搖頭。幼年的他有許多嗜好，兒子們卻似乎一個嗜好也沒有，長久以來令他痛心不已。後來凱勒柏發現，他想要的東西，如果爸爸有可能禁止媽媽買給他，只要套上「嗜好」一詞，爸爸就一定批准。因此，當凱勒柏的嗜好是攝影時，卡羅琳買給他一臺自動對焦的單眼相機，長鏡頭比蓋瑞自己的相機還高級，還買給他一臺傻瓜數位相機。當凱勒柏的嗜好是電腦時，卡羅琳買給他一臺掌上型數位助理和一部筆記型電腦。但現在，凱勒柏將近十二歲了，蓋瑞已經上當太多次，聽見兒子又打著嗜好的大旗，他起了戒心。他曾要求卡羅琳，再買更多器材給凱勒柏之前，務必先跟他商量。

「監視不算一種嗜好。」他說。

「爸，它當然是！是媽媽提議的，她說我可以從廚房開始。」

聽見廚房，他閃過一個念頭：酒櫃在廚房裡。他認爲這念頭也是**警訊**之一。

「最好讓我跟你媽商量看看，好嗎？」

「可是，這家店只開到六點。」凱勒柏說。

「可以再等幾天，別說你等不及。」

「可是，我已經等了整個下午。你自己說你會跟我討論，結果現在天都快黑了。」

快天黑了，蓋瑞可以名正言順喝酒。酒櫃在廚房裡，他往廚房的方向踏出一步。「你要的是什麼樣的器材？」

「只有一臺攝影機、一支麥克風和伺服機控制器。」凱勒柏把型錄塞給蓋瑞。「看，我連貴的那幾款也不要，這個才賣六百五，媽說可以。」

一次又一次，蓋瑞總覺得家人想忘掉某件討人厭、唯有他堅持記得的事，這件事只要他點頭，只要他批准，就能被遺忘。蓋瑞的這種感覺也是個**警訊**。

「凱勒柏，」他說：「依我的直覺，這東西你玩幾天就會膩了。這東西很貴，而你的興趣維持不了多久。」

「才不會！才不會！」凱勒柏忿忿不平：「我超有興趣。爸，是一種嗜好耶！」

「有些我們買給你的東西，你玩幾次就厭倦了，買之前你不也說『非常有興趣』？」

「這個不一樣，」凱勒柏央求：「這一次我是眞的、發自內心感興趣。」

顯然，這孩子準備了一堆貶值的文字幣，只想買通父親的首肯。

「可是，你應該明白我的意思吧？」蓋瑞說：「你看出行爲模式了嗎？你買東西之前，東西是一個樣子，東西買回家之後就變了一個樣子。你買東西之後，感覺會跟著改變。你懂這個道理嗎？」

凱勒柏張開嘴巴，但在他來得及繼續懇求或抱怨之前，一抹狡猾的神色拂過他的臉。

「可能吧，」他面帶謙卑說：「我大概懂。」

「好，那你認爲，這套新器材的下場會怎樣？」蓋瑞說。

凱勒柏表面上認眞思考這問題。「我認爲，這次不一樣。」他最後說。

「嗯，好，」蓋瑞說：「不過我希望你記得我們討論過這件事。我不希望看見這個昂貴的玩具被你玩一兩個禮拜之後就忘掉。你不久就要成爲青少年了，我希望你的專注力能持續久一些——」

「蓋瑞，這樣講不公平！」卡羅琳氣沖沖地說。她從主臥房門口跛足而來，一邊肩膀下垂，手按著下背部，冰敷著凝膠。

「哈囉，卡羅琳，沒想到妳在聽。」

「凱勒柏才沒有把他的東西拋在腦後。」

「對，我沒有。」凱勒柏說。

「你不瞭解的是，」卡羅琳告訴蓋瑞：「他的這個新嗜好能用上所有設備，高明的一點就在這裡。他想出一個點子，把所有器材應用在一個——」

「好，聽到這事，我很欣慰。」

「他發揮創意，你卻讓他覺得像做錯事。」

有一次，蓋瑞說出心中的疑慮：給凱勒柏這麼多電子玩意，不會扼殺他的想像力嗎？卡羅琳聽了，只差沒有罵他惡意詆譭兒子。在卡羅琳最棒的親子書中，有一本名爲《科技想像力：現代兒童教導父母的那些事》，作者南希·克雷摩博士以「老式典範」和「連線典範」相互對照，前者代表社交孤立天才的資優生，後者是以創意結合科技的消費資優生。作者指出，在不久的將來，電子玩具將變得便宜又普及，兒童的想像力再也不必透過蠟筆塗鴉和自編故事來發揮，而是表現在結合、利用現有科技上。蓋瑞認爲此書的見解具有說服力，讀來卻令他沮喪。在他比凱勒柏現在還小幾歲的年紀，他的嗜好是用冰棒棍做模型。

「這是不是表示，我們現在可以去這家店了？」凱勒柏問。

「不行，凱勒柏，快六點了，今天不行。」卡羅琳說。

凱勒柏氣得跺腳。「每次都這樣！我等了再等，結果太晚了去不成。」

「我們去租個片子來看，」卡羅琳說：「想看什麼電影任你挑。」

「我才不要看電影，我想做監視器。」

「不准就是不准，」蓋瑞說：「你開始接受事實吧！」

凱勒柏回房間，摔門。蓋瑞跟過去，扯開門。「鬧夠了吧，」他說：「我們家不准摔門。」

「你自己不也摔門！」

「我不想再聽你囉唆一個字。」

「你自己也摔門！」

「想在房間裡待一整個禮拜嗎？」

凱勒柏以鬥雞眼回應，含著嘴唇，不敢再囉唆。

蓋瑞任視線轉至兒子房間的角落，平常他盡量不去看。這時他看見被凱勒柏冷落的物品堆積如宵小公寓裡的贓物，其中包括新的攝影、電腦、錄影器材，零售價格統計起來，蓋瑞在百信銀行秘書的年薪可能難以望其項背。如此龐雜的奢侈品，竟然堆積在一個十一歲小孩的窩裡！在蓋瑞的大腦裡，分子水門整個下午抵擋著化學物質的湧進，這時潰堤了，淹沒蓋瑞的神經傳導路徑。六號係數觸發的一連串反應鬆懈了他的淚閥，將一波暈眩感灌進他的迷走神經；他覺得深埋地底的事實日漸確切無誤，他沒事找事做以轉移注意力，靠著逃避來活一天算一天。所謂的事實是：他快死了，在墓穴堆積再多的寶物也救不了命。

窗外的天光急速暗淡。

「你眞的會用到所有器材嗎？」他說，胸口一陣緊縮。

凱勒柏的嘴唇仍噘在嘴裡，聳一聳肩。

「全家都不准摔門，」蓋瑞說：「包括我在內，可以嗎？」

「可以，爸，怎樣都行。」

他走出凱勒柏的房間，進入晦暗的走廊，差點和卡羅琳相撞。卡羅琳穿著襪子，踮腳尖匆匆走，方向是主臥房。

「又來了？又來了？我叫妳別偷聽，結果妳在幹什麼？」

「我沒有偷聽，我非去躺一下不可。」說完她匆匆走，踱著腳進入臥房。

「逃走也躲不過我，」蓋瑞說著跟上：「我想知道妳爲什麼要偷聽。」

「是你的妄想症太嚴重了，我才沒偷聽。」

「我的妄想症？」

卡羅琳癱向特大號橡木床。和蓋瑞結婚後，她曾經每週接受兩次心理諮商，連續五年，最後心理醫生宣佈「徹徹底底治療成功」，這在心理健康的競技場上，無異為她增添一項終身優勢，讓蓋瑞打不贏她。

「你好像以為，全世界每個人都有毛病，只有你例外，」她說：「你媽也有同樣的想法。從來都不——」

「卡羅琳，回答我的問題，妳看著我的眼睛回答我，今天下午，妳在——」

「天啊，蓋瑞，又來了，聽聽你自己在講什麼。」

「妳在雨中踢足球，跑得頭髮亂七八糟，想跟十一歲小孩和十四歲小孩比耐力——」

「你中邪了！你對這事中邪了！」

「冒雨跑來跑去，又滑又踢的——」

「你跟你爸媽講完電話就找我們出氣。」

「進門之前，妳是不是就跛腳了？」蓋瑞豎起一指，猛指著太太的臉。「看著我的眼睛，卡羅琳，正眼看著我。快呀！不敢看嗎？正眼看著我，告訴我，妳進門之前沒有跛腳。」

卡羅琳痛得身體搖擺。「你跟他們講電話，講了快一個鐘頭——」

「妳做不到！」蓋瑞得意洋洋的沙啞聲中帶有忿恨。「妳騙我，不敢承認自己說謊！」

「爸！爸！」門外傳來呼喊聲。蓋瑞轉身，看見艾倫使勁甩著頭，情緒崩潰，可愛的臉蛋扭曲，淚光縱橫。「不要吼她！」

悔恨的神經係數（二十六號係數）氾濫成災，人腦進化來特別應付這種狀況的區域被淹沒。

「艾倫，好。」他說。

艾倫轉身離開，又轉回來，原地踏步，邁著步子卻哪裡也不去，彷彿極力趕走可恥的眼淚，想把淚水往肚子裡吞，趕進雙腿，然後踱步踩掉。「天啊，求求你，爸，不——要——吼——她。」

「好啦，艾倫，」蓋瑞說：「不吼了。」

他伸手想拍兒子的肩膀，艾倫卻逃回走廊。蓋瑞丟下卡羅琳，追過去。艾倫的舉動顯示妻子在家有穩固的盟友，因而加深蓋瑞的被孤立感。她的兒子們對抗父親，保護母親。她的丈夫吼叫成性，和他兒時的父親一樣。他兒時的父親如今陷入憂鬱，但盛年時期也叫罵成性，吼得小蓋瑞好害怕，竟然從未動過保護母親的念頭。

艾倫趴在自己的床上。房間裡衣物和雜誌散滿一地，宛如龍捲風過境，有秩序的節點只有兩處，一個是他的班迪小喇叭（附弱音器和樂譜架），另一個是他依照字母順序排列的眾多CD。他收集的爵士音樂包括套裝的迪吉．葛拉斯彼、路易．阿姆斯壯、邁爾士．戴維斯全輯，以及琳瑯滿目的查特．貝克、溫頓．馬沙利斯、恰克．曼裘尼、赫伯．艾波特、艾爾．賀特，全是蓋瑞為鼓勵他喜愛音樂而送他的。

蓋瑞在床沿坐下。「讓你傷心，是我不好，」他說：「你應該知道，我有時會變成又兇又愛罵人的老混蛋。而有的時候，你母親無法承認她做錯事，尤其是在——」

「她、的、腰、在、痛。」是艾倫的回應，從雷夫．羅倫的被子裡朦朧透出來。「她沒有說謊。」

「我知道她的腰在痛，艾倫。我非常愛你媽媽。」

「愛她就別吼她。」

「好，不吼就是了。我們吃晚餐吧！」蓋瑞比著柔道的手勢，輕砍艾倫的肩膀一下。「好嗎？」

艾倫不動。這時候理應再好言以對，但蓋瑞想不出話。一號和三號係數急缺，他體驗到了。稍早之前，他意識到卡羅琳差一點指控他「憂鬱」，而他唯恐「憂鬱」一詞一旦搶灘成功，他將不再有權發表個人意見，也將棄守自己的道德基地，一言一語將被視為一種病徵，從此無法辯贏任何人。

有鑑於此，他現在更有必要抵抗憂鬱——以事實來對抗。

「問你一件事，」他說：「你剛剛跟媽媽在外面踢足球。你告訴我我的判斷正不正確，她在進門之前，走路是不是已經一拐一拐的？」

艾倫聽見這話，從床上爬起來，蓋瑞一時以為事實終將戳破謊言。然而，艾倫的臉縮成白裡透紅的葡萄乾，滿面嫌惡與不敢置信。

「你好爛！」他說：「大爛人！」說完衝出房間。

平常的蓋瑞怎肯就此放過艾倫。平時的話，蓋瑞會不惜耗上整晚來對付兒子，直到兒子道歉為止。奈何蓋瑞的心靈股市——升糖指數、內分泌指數、突觸指數全數重挫。他自覺醜陋，對抗艾倫只會讓自己更形醜陋，而醜陋的感覺或許是最重要的**警訊**。

他自知犯了兩個大錯。當初萬萬不該答應卡羅琳再也不回老家過聖誕；今天她在後院跛腳、苦笑的時候，他應該至少拍一張照片存證。這兩大失策讓他痛失道德優勢。

「我沒有憂鬱症。」他在艾倫的臥房裡，對著將近全黑的窗戶說。他鼓起骨髓裡的意志力，奮力從艾倫的床鋪站起來，重振旗鼓，以證明自己有能力度過尋常的一晚。

忠納抱著《賈思潘王子》走上黑暗的樓梯。「我看完了。」他說。

「好看嗎？」

「我好喜歡，」忠納說：「這本兒童文學寫得太出色了。亞斯藍對著空氣畫一道門讓人進去，然後消失。他們走出納尼亞傳奇，回到現實世界。」

蓋瑞半蹲。「給我抱一下。」

忠納摟住他。蓋瑞感覺到幼小的關節軟趴趴，領略到幼獸般的柔軟度、從頭皮與臉頰散發而出的熱氣。假使這孩子缺血，他會不惜割破自己喉嚨輸血給他；他的愛深廣至此。然而現在，他懷疑自己要的是否只是愛，懷疑自己是否同時在尋求邦交，爲自己這一國拉攏策略盟友。

經濟成長遲滯，聯邦儲備理事會主席蓋瑞．R．藍博特心想，急需灌注一大股孟買藍寶石琴酒。

廚房裡，卡羅琳和凱勒柏挨著餐桌，邊喝可樂邊吃洋芋片。卡羅琳把兩條腿擱在另一張椅子上，膝蓋下面墊著枕頭。

「晚餐想吃什麼？」蓋瑞說。

妻子與次子互使眼色，彷彿他就只會問這種老掉牙的問題。洋芋片屑掉滿桌，他從碎屑的密度看得出，母子倆已經快沒有吃正餐的胃口。

「燒烤總匯吧！」卡羅琳說。

「喔，好耶，爸，做燒烤總匯！」凱勒柏的口吻可以聽成嘲諷，也可聽成舉雙手贊成。

蓋瑞問，冰箱裡有沒有肉。

卡羅琳朝嘴巴塞幾片洋芋片，聳肩不置可否。

忠納自告奮勇去生火。

蓋瑞從冷藏室取出冰塊，答應了忠納的要求。

尋常的一晚。尋常的一晚。

「如果我把攝影機裝在餐桌上方，」凱勒柏說：「就可以拍到餐廳的一部份。」

「但這樣的話，就不能讓每個角落都入鏡，」卡羅琳說：「如果裝在後門上方，兩邊都掃得到。」

蓋瑞以酒櫃門遮身，在冰塊上淋四盎司的琴酒。

「『俯八五？』」凱勒柏唸著型錄上的字樣問。

「意思是，鏡頭連幾乎正下方的位置都拍得到。」

蓋瑞繼續隱身酒櫃門內，灌下一大口沒有冰透的琴酒。接著一面關上櫃門，一面舉起酒杯，好讓有心注意的人看見他倒的量很少。

「告訴你一個壞消息，」他說：「不裝監視器了，這東西不適合當嗜好。」

「爸，你自己說，如果我能維持住這個興趣，你就准我買。」

「我說我會考慮看看。」

凱勒柏激動地搖頭。「哪有？你說只要我不覺得無聊，我就可以玩監視器。」

「你的確那樣說過。」卡羅琳證實，臉上帶著令人討厭的笑意。

「對，卡羅琳，我相信妳聽得一清二楚。不過，我們家不准在廚房裝監視器。凱勒柏，我不准你買監視器材。」

「爸！」

「這是我的決定，不許再討價還價。」

「凱勒柏，沒關係啦，」卡羅琳說：「蓋瑞，沒關係，反正他有自己的錢，想怎麼花都行。對不對呀，凱勒柏？」

在蓋瑞的視線之外，在桌子下，她對凱勒柏比著手勢。

「對，我自己有存款！」凱勒柏的口氣又像嘲諷又像贊成，或兩者皆有。

「妳和我待會再討論這件事，卡羅。」蓋瑞說。燥熱、曲解、愚蠢的感覺全自琴酒衍生而出，正從他的耳後下降，落至他的手臂和軀體。

忠納從院子進來，渾身是薰衣木炭燒出的香味。

卡羅琳又開了一大袋洋芋片。

「各位，留一點胃口吧。」蓋瑞以緊繃的聲帶說，從塑膠隔間取出食材。

母子再一次互使眼色。

「喔，對，」凱勒柏說：「替燒烤總匯留點胃口！」

蓋瑞切著肉、串著蔬菜，忙得起勁。忠納佈置餐桌，將餐盤擺出合他意的間隔。雨停了，但蓋瑞出去時，露天陽臺仍然濕滑。

燒烤總匯源於家人之間的一個玩笑：每次上餐廳，爸總是點燒烤總匯，而且只肯去菜單上有燒烤總匯的餐廳。對蓋瑞來說，一頓正餐若有一小塊羊肉、一小塊豬肉、一小塊小牛肉、一兩條精瘦易嚼的現代香腸，總而言之就是典型的燒烤總匯，他吃起來就會回味無窮，會滋生一種難以抗拒的奢華感。久久吃一次不夠，他開始在家裡自己做。家人的正餐原本是披薩、外送中國菜、一次做一大鍋的義大利麵，後來燒烤總匯也成爲選項之一。卡羅琳每週六提回幾大袋滲著血水的肉類和香腸，沒多久，蓋瑞做燒烤的頻率增加至一星期兩次，甚至三次，只有天候惡劣的日子才不去院子燒烤，他烤出了興致。他烤松雞胸、雞肝、菲力牛排、墨西哥風味的火雞香腸。他烤美洲胡瓜和紅青椒。他烤茄子、黃椒、乳羊排、義大利香腸。他發明一種串燒，結合德國香腸、肋脊牛肉、美國白菜，滋味很棒。他熱衷燒烤，酷愛燒烤，迷戀燒烤，然後忽然間，興致全消。

「快感缺乏」是臨床心理學名詞，他最早在卡羅琳的一本書裡讀到。這書擺在床頭櫃，名爲《感覺棒透了！》（作者艾許莉・卓匹斯醫師，也是醫學博士）。他查字典，閱讀字義，認同得忍不住打起寒顫，心裡浮現要命的對、對：「一種心理症狀，特點是無法從一般人認爲歡娛的行爲中體驗快感。」「快感缺乏」不只是**警訊**，更是名正言順的症狀，是從一個快感蔓延到另一個快感的麻木糜爛，是一種破壞奢華享樂、休閒樂趣的黴菌。而多年來，蓋瑞就是靠奢華樂趣，才養成對父母安貧人生觀的排斥。

在這之前的三月，在聖猶達，依妮德的感想是，蓋瑞的妻子只在捍衛兒童基金會上半天班，做著爲慈善機構和窮人提供的免費專業服務，貴爲銀行副總裁的他下廚的日子未免太多了吧？蓋瑞只用簡單一句話就讓母親閉嘴：她的丈夫連水煮蛋都不會，抱怨這些顯然是嫉妒心作祟。然而，蓋瑞帶著忠納飛回費城、在生日當天意外收到彩色相片沖洗室的厚禮時，他鼓足意志力讚嘆，是暗房啊，太棒了，我喜歡，我喜歡，之後，卡羅琳端給他一盤生蝦和上等劍魚排，等著他去燒烤，當時他想，也許母親的話不無道理。在露天陽臺上、在熱呼呼的炭火中，蝦子黑了，劍魚外焦內不熟，一陣倦怠感籠罩心頭。人生中與燒烤無關的部份，只是一顆顆存在於一頓又一頓燒烤大餐之間小空檔的光點，人生泰半時刻只見他一再點燃薰衣木炭、一再於露天陽臺踱步、一再躲煙。他閉上眼睛，看見褐色的肉蜷曲如鼻屎，掛在鍋合金的烤肉架上，下面是熾熱如地獄的炭火。地獄幽魂被烤了再烤，永世不歇。停不下來的重複動作帶來灼痛心扉的感受。在烤肉爐的內壁，厚厚一層含酚的黑油脂累積成毯。他把炭灰倒在車庫後面的地上，那塊地如今近似月球表面，也像混凝土工廠的地面。他非常、非常、非常厭倦燒烤總匯，於是隔天早上對卡羅琳說：「我太常下廚了。」

「那就少做一點嘛，」她說：「我們出去吃。」

「我想在家吃飯，也想少做一點。」

「那就打電話叫外送。」她說。

「外賣吃起來的感覺不一樣。」

「堅持要坐下來吃晚餐的人是你，兒子他們才無所謂。」

「我有所謂，那對我來說很重要。」

「好吧，不過，蓋瑞，對我不重要，對兒子們也不重要，但我們照樣要爲你下廚嗎？」

他無法完全怪罪卡羅琳。在她全職上班的那些年，餐餐是冷凍食品、外送、事先烹調好的晚餐，他一句怨言也沒有。在卡羅琳眼裡，現在他表態不想下廚，說不定是丈夫又想更改規則。但在蓋瑞的眼中，家庭生活的本質似乎逐漸生變——向心力、親子和樂、情同手足的氣氛淡了，不如他童年時那麼受重視。

因此，他站上露天陽臺繼續燒烤。透過廚房窗戶，他看得見卡羅琳和忠納在玩鬥拇指遊戲。他看得見她拿走艾倫的耳機聽音樂，隨著節奏點頭。看起來，的確像家庭生活啊！哪有不對勁的地方？不對勁的只有這個猛往屋裡瞧的憂鬱症病人吧！

卡羅琳似乎忘了腰有多痛，但蓋瑞一端著盤子進來，她立刻又想起來了。硫化的動物蛋白質飄散出蒸汽和白煙。她側坐在餐桌前，胡亂叉著盤中飧，輕輕喊痛。凱勒柏和艾倫看著她，面帶強烈關切。

「《賈思潘王子》的結局，有沒有人想知道？」忠納說：「大家都不好奇嗎？」

卡羅琳的眼瞼眨呀眨，嘴巴慘兮兮地開著，讓一絲絲空氣進出。蓋瑞絞盡腦汁，希望講些不憂鬱的話，講些合理而不帶敵意的話，但他已有幾分醉意。

「天啊，卡羅琳，」他說：「我們知道妳傷到腰，知道妳痛得受不了，可是，如果妳上了餐桌還不坐直——」

她不發一語，溜下椅子，跛腳走向洗碗槽，端著餐盤，把晚餐掃進廚餘機，然後跛足上樓。凱勒柏和艾倫也展現出提前退席之意，絞碎自己的晚餐，跟著她上樓。流進下水道的肉可能高達三十美元，但蓋瑞為了避免讓三號係數跌進谷底，盡量忘掉為這餐捐軀的牲口，遺忘的成效還算不錯。酒精為他的腦海揮灑出沉重如鉛的暮色，他坐著吃，索然無味，聽著不受影響的忠納活潑地說：「無骨牛肉條烤得太可口了，爸，請再給我一塊燒烤美洲胡瓜。」

樓上的娛樂室傳來黃金檔的重低音。蓋瑞為艾倫與凱勒柏難過了一小陣子。被母親黏成這種地步，還要為她的幸福快樂挑起責任，蓋瑞明白身為這種女人的兒子負擔有多沉重。他也瞭解，卡羅琳在這世上比他更孤單。她的父親是人類學者，是個具有群眾魅力的帥哥，在她十一歲那年在非洲馬利墜機身亡。她的祖父母是貴格會教徒，言語之中常穿插「您」這類古字，將家產分給她一半，其中有一幅備受重視的安德魯．魏斯（註：Andrew Wyeth，美國寫實派畫家）、三幅溫斯洛．荷馬（註：Winslow Homer，美國畫家，以版畫與海洋景觀畫著稱）的水彩畫、十六公頃林地。那片地位於肯尼特廣場附近，被建築商看上，以高得難以想像的金額買走。卡羅琳的母親現年七十六，身體硬朗得嚇人，與第二任丈夫定居南加州拉古納海灘，是加州民主黨的一大金主，每年四月來東岸一趟，吹噓說她不像「普通老太婆」，不會想孫子想得發瘋。卡羅琳只有一個弟弟，名叫菲利普，是個自大狂、守財奴、單身漢，鑽研固態物理學，被母親寵得令外人發毛。蓋瑞在聖猶達不曾見過這種家庭。卡羅琳童年的不幸遭遇與她受到的冷落，從一開始就讓蓋瑞對她既疼愛又憐惜。

但，晚餐過後，當他與忠納一同把餐具放進洗碗機時，他開始聽見樓上傳來女人的笑聲，是縱情大笑的笑聲，他因而認定卡羅琳正在做對他很不好的事，忍不住想上樓澆她冷水。然而，琴酒的麻醉效果漸漸撤出大腦時，稍早的焦慮又鼓譟起來。與埃克桑有關的焦慮。

他納悶著，一間小公司，進行的是實驗性質極高的研發，何必特地送艾爾佛瑞錢。艾爾佛瑞收到的信來自布努斯培律師事務所，而布努斯培經常與投資銀行業者密切合作，這顯示這封信的作用是依法盡職審查，是在大事發生前夕做的準備工作，不敢怠忽任何一個小細節。

「你上樓去找哥哥玩，好嗎？」蓋瑞對忠納說：「他們在樓上好像玩得很開心。」

「不要，謝謝你，」忠納說：「但我要讀下一本納尼亞傳奇，我想下樓去，樓下比較安靜。你要不要跟我下去？」

舊遊戲間位於地下室，除濕機依然運轉著，依然有地毯，松木板裝潢仍在，依然不錯，卻深受愈堆愈多、遲早會侵蝕掉整個生活空間的雜物壞疽之苦。遊戲間的雜物有裝音響的紙箱、幾何形狀的保麗龍防震塊，過時的滑雪與海灘用品隨地堆著。艾倫與凱勒柏的舊玩具裝在五個大桶和十幾個小桶子裡，除了忠納之外，沒有人會去碰它們。面對浩瀚的雜物，無論是忠納單獨一人或找玩伴一起來，都會以考古的心態來看待。他可能會花一下午，拿出某個大桶裡的半數玩具，依照尺寸、廠牌來將這些活動玩偶和相關道具、車輛、模型屋分門別類（無法歸類的玩具則被他扔到沙發後面），但通常在他挖掘到大桶的底部之前，與玩伴同樂的時間就宣告結束，或者晚餐上桌了，他只好又把所有東西埋回桶子裡，因此這堆七歲小孩會玩得樂不思蜀的玩具山，基本上沒人想玩。「快感缺乏」的示現再添一樁，蓋瑞極力想淡忘。

忠納坐下來讀故事書後，蓋瑞打開凱勒柏的「舊」筆電上網。他在搜尋框裡輸入「埃克桑」和「軒克斯維爾鎮」。**搜尋**到的網站有兩個，其一是埃克桑企業的官網，但蓋瑞點選後發現**整修中**。另一條搜尋結果的網頁位於西港基金網站深處，這裡列出數家**值得觀察的未上市企業**，充滿枯燥的圖表與錯別字，無異於網路世界的落後國家。介紹埃克桑的網頁已有一年未更新。

> 埃克桑企業，位於賓州軒克斯維爾鎮工曲東路二十四號，是一家有限責任公司，註冊於德拉瓦州，握有艾博立導向式神經趨化療程之全球權。艾博立療程之美國專利號瑪爲五一〇一二三九、五一〇一五九九、五一〇三六二八、五一〇三六二九、以及五一〇五九九六，專利讓渡權由埃克桑企業獨家授予。埃克桑致力於改良、行銷艾博立療程，並對全球醫療院所販售，同時研發相關科技，創始人兼總裁是厄爾·H·艾博立，曾任職於約翰霍普金斯醫學院應用神經學之傑出講師。
>
> 艾博立導向式神經趨化療程，亦稱艾博立逆斷層化療，以革命性療法治療無法手術的神經母細胞瘤與多種變異性腦疾。

艾博立療程運用電腦導引的RF放射線，將強效類癌物、致突變物、幾種非特定的毒物導引至腦病變處，局部激化這些物質，不會危及周圍的健康組織。

現階段，限於電腦運算力，艾博立療程必須全身麻醉病患，在艾博立治療艙中靜養長達三十六小時，讓細部輻射場將具有療效的活性配位體與惰性承載體導引至病變處。新一代艾博立治療艙預計能將整個療程縮短至兩小時以下。

一九九六年十月，艾博立療法經聯邦食品藥物管理局核可爲「安全有效」之療法，全面開放，隨後幾年在全球臨床廣泛使用，安全性與療效均經證實，內容詳述於下列刊物。

蓋瑞原以爲會在網站上找到誇大的廣告詞，想藉此大敲埃克桑一筆，卻因爲苦尋不著，原本懷抱的希望也漸漸凋零。他一面掉進網路倦怠裡，一面繼續與網路困境奮戰。他輸入「厄爾・艾博立」，搜尋的結果有數百條，包括以下文章：《神經母細胞瘤的新希望》、《醫學大躍進》、《艾博立療法或許眞爲奇蹟》。艾博立與同仁也在專業期刊上發表論文：《實地論證電腦輔助之遠端刺激受點十四、十六A與二十一》、《穿越BBB之四種低毒性醋酸鐵複合物》、《以試管RF刺激膠體微管》以及十幾篇其他論文。然而，最令蓋瑞感興趣的是《富比士ASAP》半年前的一篇：

上述研發成果中，有些如「佛格第氣球導管」和「近視鐳射手術」的技術持有企業無不財源滾滾。

另外，有些技術的名稱雖冷僻，例如艾博立導向式神經趨化療法，卻以傳統方式造福發明人，讓發明家獨得鉅富。艾博立療程雖在一九九六年之前缺乏政府許可，如今卻被公認爲治療多種腦腫瘤與腦病變的黃金標準，發明者是綽號「捲毛」的約翰霍普金斯神經化學家厄爾．艾博立。據估計，艾博立療法全球每年的授權金與其他營收多達四千萬美元。

每年四千萬美元比較像話。每年四千萬美元重燃蓋瑞的希望之光，同時又讓他一肚子火。厄爾．艾博立年收入四千萬美元，但同是發明人個性卻像個窩囊廢的艾爾佛瑞．藍博特——屬於地球上的沒骨氣一族——卻只意思意思地被用五千元打發掉。而且，領到這麼一點小錢的艾爾佛瑞，居然還想和歐爾費克密德蘭對分！

「這一本好好看，」忠納報告說：「可能是我最喜歡的一本。」

但此時此刻，蓋瑞想問艾博立，喂，捲毛，幹嘛急著買我爸的專利？爲什麼動作這麼大？財經第六感在他的下體隱隱蠢動著，告訴他這線索或許眞是內線消息，竟然掉進他的掌心了，是一條不期而遇（因此在法律上完全說得通）的內線情報，是一塊私自品嘗的鮮美肥肉。

「寫得像他們正在搭豪華遊輪唷，」忠納說：「不同的是他們想航向天涯海角，亞斯藍住的地方就在天涯海角啊！」

在證交所的艾葛資料庫裡，蓋瑞檢索到一份尚未核可的公開說明書，是俗稱的紅字書，是埃克桑的股票準備上市之前遞送的文件。埃克桑的上市日期訂在十二月十五日，離現在還有三個多月。承銷商以希維何達普爲首，是投資銀行界的翹楚。蓋瑞檢視重大指標，例如現金流量、股本規模、流動資金額，這時下體的蠢動按捺不住了，他按下**稍後下載**鍵。

「忠納，九點了，」他說：「上樓去洗澡吧！」

「我好想搭豪華遊輪喔，爸，」忠納邊上樓邊說：「如果能安排一下的話。」

換一個搜尋框，蓋瑞抖著手，有點像帕金森病患，輸入「美麗、金髮、裸體」三個詞。

「請把門關上，忠納。」

電腦螢幕出現一位半裸的金髮美女。蓋瑞點選之後，來了一位膚色古銅的裸男，大致上是背後入鏡，正面只有肚臍和膝蓋之間的特寫，只能看到勃起的下體不斷挑逗半裸的金髮美女。這些畫面略帶工廠生產線的氣氛。金髮美女如同一塊剛進廠的原料，裸男正專心致志地拿著工具想幫原料加工。他先剝除紅紅綠綠的原料包裝，然後讓原料跪下去，技巧半生不熟的工人把工具放進原料的嘴裡。接著讓原料平躺，工人用嘴巴調節原料，再用手腳夾住，固定成一連串垂直、水平的姿勢，必要時將它扭轉、彎曲，煞費體力地以工具對原料加工……

這些畫面對蓋瑞的軟化效果大於硬化。他懷疑自己是否老了，對性交中的金髮裸女提不起性趣，讓他性致勃勃的只有錢。他也懷疑，父親獨守地下室的「快感缺乏」現象，或許已入侵到自己家中。

樓上的門鈴響起，少年的腿從二樓蹦下來應門。

蓋瑞急忙清除電腦螢幕，上樓，及時看見凱勒柏端著一大盒披薩回二樓。蓋瑞跟著他，在娛樂室外佇足片刻，聞著義式辣味香腸的香味，聽著母子的無語嚼食聲。電視正在播放軍事影片，一輛坦克或卡車隆隆駛過，搭配戰爭片音樂。

德軍口音：「中尉，再不說要動刑了喔，你招不招？」

在《放任管教法：千禧世代親子訣竅》一書中，哈莉葉・L・沙克曼博士警告：太常見的現狀是，父母汲汲於「保護」下一代，怕子女慘遭電視與電腦遊戲「蹂躪」，反而讓子女深受同儕孤立。

童年的蓋瑞每天只能看半小時電視，他當時不覺得被孤立，因此讀到這套理論時，認爲作者是在號召極度放縱子女的家長們，指揮這些家長如何爲其他家長豎立標準，強迫其他家長壓低自己的標準，以順應風潮。但卡羅琳對這套理論照單全收。此外，由於蓋瑞的志願是不想變成父親艾爾佛瑞，而監督這項志願的人只有卡羅琳一人；也由於卡羅琳相信，兒童從同儕互動中學習到的收穫比父母管教更豐富，因此蓋瑞以她的見解爲重，兒子們想看電視就看，幾乎不加限制。

他沒有預見的是，被孤立的人竟然是他自己。

他退回書房，再撥聖猶達老家的電話。廚房的無線電話仍在他書桌上，提醒他今天下午的不愉快，提醒他未來仍有得吵。

他希望接聽的人是母親，不料電話被艾爾佛瑞接起來，他說依妮德去魯特家了。「今天晚上街坊協會的人辦聚會。」他說。

蓋瑞想過要晚點再打，但他拒絕向父親低頭。「爸，」他說：「我研究了一下埃克桑，這家公司的財力很雄厚。」

「蓋瑞，我說過了，我不希望你插手，」艾爾佛瑞回應：「反正現在也無濟於事了。」

「『無濟於事』？什麼意思？」

「意思就是無濟於事。已經辦好了，文件公證過了。我只想把律師費賺回來，不想再傷腦筋這件事了。」

蓋瑞以兩指按著額頭。「我的天啊！爸，你已經拿去公證了？今天是禮拜天耶！」

「我會告訴你媽，你來過電話。」

「那些文件不要寄出去，聽見沒？」

「蓋瑞，我已經受夠了。」

「唉，算你倒楣，因爲我才開始呢！」

「我已經要求你不要再提了。如果你不肯表現文明人的正常言行，那我只好——」

「你正常個屁，文明個屁，你是在示弱啊！是怕事！是鬼扯！」

「我不想繼續討論。」

「那就算了。」

「正合我意，這件事不要再提了。你媽和我下個月去府上拜訪兩天，希望十二月能在聖猶達見到你們，希望大家能文文明明的。」

「骨子裡打什麼主意不要緊，只要大家『文文明明的』。」

「對，這就是我的人生哲學。」

「噢，但不是我的。」蓋瑞說。

「我知道，因此我們只打算待四十八小時，一個鐘頭也不會多。」

蓋瑞掛掉電話，氣得直跳腳。他原本希望雙親能在十月過來住一整個星期。他打算請他們去蘭卡司特郡吃派，去安南伯格中心看音樂劇，開車去波科諾山脈兜風，去西徹斯特摘蘋果，聽艾倫吹奏小號，看凱勒柏踢足球，和忠納共享天倫之樂，體會一下蓋瑞的生活多美滿，多值得他們羨慕與尊敬。四十八小時根本不夠。

他走出書房，親忠納一下，向兒子道晚安，然後沖個澡，在橡木大床躺下，翻閱最新一期的《Inc.》雜誌，盡量看出一點興趣，奈何腦子裡的他與艾爾佛瑞爭論不休。

三月間，他帶忠納回老家時，驚見父親的狀況惡化得好嚴重，和聖誕節見到他時相差太多。艾爾佛瑞似乎時時處於瀕臨脫軌的狀態，例如在走廊上時衝時停、下樓時連滑帶走、狼吞三明治時萵苣和肉團掉滿桌、動不動看錶、話題與己無關時視線飄忽。這匹沙場老馬即將撞牆墜崖，蓋瑞不忍坐視。因為除了蓋瑞之外，有誰能肩挑照顧老父的責任？依妮德常為小事大驚，又愛說教，丹妮絲生活在夢幻國度，齊普已有三年沒回過老家。除了蓋瑞之外，有誰肯說：這班火車不應該在這條鐵軌上行駛？

依蓋瑞所見，當務之急是賣掉老家。賣到好價錢後，把兩老遷進較小、較新、較安全、較省錢的房子，積極投資剩下的錢。兩老的大額資產只有房子一棟，蓋瑞因此以一個上午的時間，慢慢檢視房子的裡裡外外。他發現灌漿有裂縫，浴室洗手臺有鏽紋，主臥房天花板塌軟。他注意到，後門廊的內壁有雨痕，老洗碗機的下巴有鬍子狀的乾泡沫，鼓風機運作時有悶悶的怪聲音，車道的柏油出現膿包和凸起的裂縫，材薪堆裡有白蟻，宛如達摩克勒斯之寶劍的橡樹枝在天窗上晃來晃去，地基的裂縫寬達一指幅，擋土牆傾斜，窗框的油漆有浪花狀的剝落，地下室裡大蜘蛛橫行無忌，滿地木虱和蟋蟀的乾殼，不明的黴味和腸胃病菌味隨處可聞，到處是衰敗傾頹的景象。即使在行情看漲的房市，這棟房子的價值也正日漸下滑。蓋瑞心想：這棟房子爛成這樣，現在非脫手不可，一天也不能再拖。

在蓋瑞臨別的前一天上午，忠納在家幫依妮德烘焙生日蛋糕，蓋瑞帶艾爾佛瑞去五金行。車子一上路，蓋瑞立刻說賣房子的時候到了。

車子是奧斯摩比老車，艾爾佛瑞坐在副駕駛座上，直視前方。「爲什麼？」

「錯過了春季的房市，」蓋瑞說：「就只好再等一年。你哪有一年的時間可以瞎等？你的身體不會一直健康下去，而且這房子的價值正在流失。」

艾爾佛瑞搖搖頭。「這事已經煩了我很久。臥室廚房各一間就夠我們用了，讓你母親能燒燒菜，讓我們有個地方坐坐不就行了？可是她不肯搬。」

「爸，你不快搬去一棟好住的房子，遲早會受傷，最後會被送進安養院。」

「我沒有住進安養院的意願。」

「沒有意願，不表示不會發生。」

蓋瑞的小學掠過窗外，艾爾佛瑞看著。「我們到哪裡去？」

「你上下樓梯摔跤，踩到冰雪滑倒，摔斷髖關節，最後會被送進安養院。卡羅琳的祖母——」

「我沒聽見我們要去哪裡。」

「我們要去五金行，」蓋瑞說：「媽想在廚房裝一個調光開關。」

艾爾佛瑞搖頭：「她呀，就愛浪漫的燈飾。」

「浪漫燈飾能給她生活樂趣啊，」蓋瑞說：「你呢？樂趣哪裡來？」

「什麼意思？」

「我是說，你幾乎把她累垮了。」

艾爾佛瑞的雙手放在大腿上動個不停，像在收東西——收著不存在的牌桌賭金。「我再要求一遍，不准你插手。」他說。

晚冬冰雪乍融，映照九、十點的天光，聖猶達非假日非尖峰期的靜謐，令蓋瑞懷疑父母如何受得了。橡樹上棲息著烏鴉，樹與烏鴉一般黑亮。路面撒著融冰用的白鹽巴，顏色與天空相近。聖猶達的老人開著車，遵守具有催眠藥效的速限，牛步前往目的地，前往屋頂油紙蓄積著融雪的購物中心，前往公路幹線，從公路上可俯瞰積水的鋼鐵工廠空地、州立精神病院、傳送肥皂劇和遊戲節目的配電塔。聖猶達的老人駛向外環道路，進而駛向無垠的融雪僻壤。那裡有小卡車陷入泥濘，深及車軸。那裡有人拿著點二二，在樹林裡射擊。在那裡，唯有收音機才有福音和踏板式電吉他音樂。他們駛向窗窗同樣無生氣的住宅區，草坪有松鼠猖獗的跡象，有一兩個塑膠玩具卡在土裡，一位郵差吹著塞爾特小調，關郵箱門的動作稍微重了一點，原因是，老實說，這些街道的死寂，在這種什麼都不是的時段，在這種什麼都不是的時節，有可能把人悶死。

「你生活愉快嗎？」蓋瑞說，等著左轉箭頭亮起。「你能說，你過得快樂嗎？」

「蓋瑞，我有個病——」

「很多人都有病痛。如果你要拿這個當藉口，沒關係。如果你想顧影自憐，沒關係。但你何必拖著媽一起受苦？」

「唔，你明天就要走了。」

「意思是，」蓋瑞說：「你準備坐在椅子上，等著媽替你燒菜、洗衣服？」

「人生有些事只能忍受，別無他法。」

「有你這種態度，何苦活在這世上呢？你有什麼好期待的？」

「我每天問自己這個問題。」

「結果呢？你的答案是什麼？」蓋瑞說。

「你呢？你的答案是什麼？你認爲我有什麼好期待的？」

「旅遊。」

「我已經走遍了，我有三十年的出差、旅遊經驗。」

「陪陪家人，和你愛的人共處。」

「不予置評。」

「你什麼意思，『不予置評』？」

「就這麼簡單：不予置評。」

「你還在爲去年聖誕的事不高興。」

「想怎麼詮釋，由你。」

「如果你還在爲聖誕節的事鬧彆扭，行行好，說出來——」

「不予置評。」

「而不是含沙射影。」

「我們那時應該晚兩天到，早兩天走，」艾爾佛瑞說：「聖誕節的事，我只有這個感想。我們應該只待四十八小時。」

「那是因爲你在憂鬱，爸，你得了憂鬱症——」

「你也是。」

「負責任的行爲是去接受治療。」

「你有聽見嗎？我說，你也是。」

「你說什麼？」

「別裝傻。」

「爸，眞的，你在講什麼？成天窩在椅子上睡覺的人又不是我。」

「但骨子裡，你是。」艾爾佛瑞高聲說。

「完全是一派胡言。」

「總有一天，你會明白的。」

「才不會！」蓋瑞說：「我和你的生活建立在完全不同的基礎上。」

「記住我的話。你的婚姻我一看就知道，總有一天，你也看得見。」

「你這話沒有根據，你自己也清楚。你是在生我的氣，而且無處發洩。」

「我告訴過你了，我不想討論這件事。」

「我不認同你的態度。」

「唔，你生活裡有幾件事，我也尊重不來。」

艾爾佛瑞在蓋瑞心裡幾乎是事事皆錯，聽見艾爾佛瑞不認同他的生活，他不該心痛才對，然而他卻心如刀割。

在五金行，他讓艾爾佛瑞付錢買調光開關。老父取出扁扁的皮夾，謹愼抽出紙鈔，遞給店員之前微微遲疑，這些動作顯示他對一美元的尊重，顯示他執迷相信每一張鈔票都很重要。

回家後，蓋瑞和忠納去院子踢足球，艾爾佛瑞找出工具來，切掉廚房的電源，準備安裝調光開關。即使到了這時候，蓋瑞仍未想到，不該讓艾爾佛瑞碰電線。但當他回屋內吃午餐時，他發現父親只拆掉舊的開關面板，握著調光開關的手怕得直發抖，彷彿手裡拿的是引爆器。

「我的病使得這件事很難做。」他解釋。

「這棟房子你非賣掉不可。」蓋瑞說。

午餐後，他帶母親與兒子去聖猶達交通博物館。忠納爬上舊火車頭，參觀著上岸的潛水艇，髖骨痠痛的依妮德坐著休養，蓋瑞則在腦海裡列出一張展覽品清單，希望藉此幫自己製造一點成就感。他受不了這些展覽品，無法忍受詳盡的解說，無法忍受體貼大眾的輕快筆調。**蒸汽動力的黃金年代**、**飛上青天的元年**、**汽車安全百年史**，一段又一段累人的文字。中西部最令蓋瑞討厭的是，他在這裡感覺多麼不受寵，多麼不優越。憑他的天賦和學識，理應處處受尊重，但樂觀而平等主義至上的聖猶達卻屢屢輕忽他。唉，這地方多悲哀！四周的聖猶達鄉巴佬興沖沖，顯得好奇而不憂鬱，歡歡喜喜地在奇形怪狀的頭殼裡填新知，彷彿新知救得了他們似的！沒有一個女人的美或穿著打扮比得上卡羅琳的一半；沒有一個男人的髮型比蓋瑞更稱頭，沒有男人的肚子比蓋瑞更平實。但是，這些人和艾爾佛瑞、依妮德一樣，個個必恭必敬到極點，不會推擠蓋瑞，不會在他前面插隊，只會乖乖等他移向下一個展示品，然後集結過去，閱讀簡介，吸收新知。天啊，中西部多麼討人厭！他幾乎無法呼吸，頭也沒法抬高；他有嘔吐的預感。他去博物館的紀念品店避難，買了一個銀色皮帶釦、兩座密太棧橋雕刻、一個白鑞扁壺（以上全送自己）、一個鹿皮皮夾（送艾倫）、一片南北戰爭遊戲光碟（送凱勒柏）。

「爸，」忠納說：「奶奶說她想買給我兩本單價不到十元的書，或是一本不到二十元的書，可以嗎？」

依妮德和忠納的祖孫之情如膠似漆。依妮德總是比較偏愛小小孩，而忠納懂得在三代生態體系裡自我定位，自願做一個完美的孫子，熱衷於攀坐上大人的大腿，不怕吃苦味蔬菜，對電視和電玩興趣缺缺，回答「你喜不喜歡上學？」之類問題時技巧嫻熟，語氣快活。在聖猶達，他盡情享受三位成人的全心關照，宣稱聖猶達是他待過的地方當中最棒的一個。坐在奧斯摩比老爺車後座，依妮德每指一項東西給他看，他的小精靈眼便會睜得圓滾滾，大表驚嘆。

「這裡停車好容易喔！

「都不會塞車耶！

「交通博物館比我們附近的任何一間博物館都好，爸，你同不同意？

「我好喜歡這輛車的伸腳空間耶，我認爲我坐過的車子中這一輛最棒。

「所有商店都好近，好方便喔！」

那天晚上，老小從博物館回到家，蓋瑞出去再買一些東西回來後，依妮德把填餡豬排切上桌，然後是巧克力生日蛋糕。忠納樂陶陶地吃著冰淇淋，這時依妮德問他，想不想來聖猶達慶祝聖誕節。

「我很樂意。」忠納說，眼皮因飽腹而下垂。

「你可以吃糖渣餅乾，喝蛋奶酒，幫我們佈置聖誕樹，」依妮德說：「外面可能會下雪，所以你可以去玩雪橇。而且啊，忠納，衛德爾公園每年會辦一場燈火秀，好好看喔，叫做聖誕奇境，點亮整座公園——」

「媽，現在才三月。」蓋瑞說。

「我們可以來過聖誕嗎？」忠納問他。

「我們很快會再來，」蓋瑞說：「聖誕節還要討論。」

「我想忠納會很喜歡的。」依妮德說。

「我會好喜歡的，」忠納說著，再舀一匙冰淇淋。「說不定會是我過過最棒的一次聖誕。」

「我有同感。」依妮德說。

「現在才三月，」蓋瑞說：「我們不能在三月討論聖誕節，記得嗎？在六月或八月，也不能談，記得嗎？」

「嗯，」艾爾佛瑞說著從餐桌前站起來：「我想上床了。」

「過聖誕節，我的一票投給聖猶達。」忠納說。

直接徵召忠納參戰，利用幼童來借力使力，蓋瑞認爲依妮德的詭計下流。哄忠納上床睡覺後，蓋瑞告訴母親，她最不應該擔心的事是聖誕節。

「爸連電燈開關都沒辦法安裝，」他說：「而現在，你們樓上漏水，煙囪周圍有雨水滲進來——」

「我喜歡這棟房子，」廚房洗碗槽前的依妮德說，一邊忙著刷洗豬排烤盤。「需要稍微調整的是你爸的心態。」

「他需要的是電擊治療或吃藥，」蓋瑞說：「如果妳甘願奉獻一生當他的女佣，隨妳便。如果妳想住在問題多多的老房子裡，想把所有東西維持成妳喜歡的樣子，那也無所謂。如果以上兩件事妳都要，結果累得不成人形，我也不想囉唆。不過，妳不能爲了安妳自己的心，在三月就開始規畫聖誕節。」

濾乾器太滿了，放不下，所以她把烤盤倒過來，放在旁邊的流理台上。這場生日晚餐是爲他辦的，蓋瑞自知應該拿條抹布來擦餐具，但濕漉漉的烤盤、餐盤、刀叉太多了，他光看就累，更不想動手擦拭。擦餐具的工程之徒勞，猶如老家大翻修。動手去做，會愈做愈絕望，唯一避免絕望的方式是完全不涉入。

他倒一杯少少的白蘭地睡前酒，看著依妮德以賭氣的動作，清除著洗碗槽裡浸水的殘餚。

「你建議我怎麼辦？」她說。

「把房子賣掉，」蓋瑞說：「明天就找房屋仲介。」

「然後搬進擠死人的現代華廈？」依妮德把噁心的殘餚甩進垃圾桶。「我白天要出門時，大衛和瑪莉貝絲會請你爸過去吃午餐，他很高興，而我知道他有朋友照顧，也比較安心。去年秋天，他想在院子裡改種一棵紫杉，老樹的樹樁他挖不動，喬．皮爾森帶著鶴嘴鋤過來，兩人一起忙了一整個下午。」

「他不應該種樹，」蓋瑞說，已後悔第一杯倒得太少。「他不應該拿鶴嘴鋤，他連站都有問題。」

「蓋瑞，我知道我們不能永遠住在這裡不走。不過我的心願是，聖誕節在這裡做最後一次真正隆重的闔家大團圓。另外，我想——」

「如果聖誕團圓辦成了，妳肯不肯考慮搬家？」

新希望在依妮德的臉上灌溉出欣喜。「你和卡羅琳會考慮來嗎？」

「我不能保證，」蓋瑞說：「不過，如果妳比較能接受賣房子的事，我們絕對會考慮——」

「你們能來的話就太好了。太好了。」

「不過，媽，妳應該實際一點。」

「先過完這一年再說吧，」依妮德說：「我們先考慮在這裡過聖誕的事，按照忠納的願望，然後再看情況而定！」

回到費城的家後，蓋瑞的**快感缺乏**症狀加劇。入冬後，他計畫過濾總計數百小時的家庭錄影帶，剪輯成適合觀賞的兩小時，命名爲《偉大的藍博特家族精選影集》，事後好好拷貝幾份，也許當成「聖誕影片卡」來寄贈親友。進入最後的剪輯階段，他反覆觀看他最愛的畫面，重新搭配他最愛的歌曲（《野馬》、《一次又一次》等），竟愈來愈痛恨這些畫面，愈來愈痛恨這些配樂。後來，有了新的暗房，他把注意焦點轉向《藍博特家族曠世精選二〇〇〇》，他發現自己也無法從相片中找到樂趣。多年來，他在腦海修改曠世精選輯，將這本相簿視爲投資比重完美平衡的共同基金，列出他認定合適入選的相片，從中獲得莫大的滿足。現在，他卻懷疑除了他自己之外，他整理這些相片究竟是想向誰炫耀。他想說服的對象是誰？想勸對方相信什麼？他有一股莫名的衝動，想一把火燒掉他最愛的舊照。然而他人生的目標，全以修正父親的人生路線爲基準，他與卡羅琳長久以來認定艾爾佛瑞罹患憂鬱症，而醫學上證明，憂鬱症源於基因，遺傳下一代的機率相當高，因此蓋瑞只好繼續抗拒**快感缺乏**，繼續咬牙，繼續盡最大的能力開開心心……

他醒來，發現陰莖漲得發癢，卡羅琳蓋著被單躺在身旁。

他的床頭櫃燈仍亮著，但房間大致上陰暗。卡羅琳以石棺古屍狀平躺在彈簧床上，膝蓋下面墊著枕頭。臥房外，有點冷的濕空氣穿過紗窗滲進來，透露著倦意已深的夏季。洋桐樹最低的枝椏掛在窗外，沒有風來抖動葉子。

卡羅琳的床頭櫃上有一本精裝書，書名是《中間地帶：如何讓子女躲過你青少年的苦悶》（凱倫·譚肯博士，一九九八）。

她似乎在沉睡中。她勤上板球俱樂部，每週游泳三次，修長的手臂鍛鍊得毫無贅肉，靜置在身體兩側。蓋瑞凝望著她嬌小的鼻子、紅豔的闊嘴、金色的細毛、上唇一層悶悶發亮的薄汗。她穿著斯瓦爾特摩爾學院的舊運動短褲，鬆緊帶與T恤下襬之間露出一塊向下愈來愈窄的金毛白皮膚。較靠近他的一邊乳房撐著T恤，被撐開的布料之間隱約透著胭脂紅的乳暈……

他伸手撫摸她頭髮，她整個人抽動一下，彷彿心臟被電擊。

「妳幹嘛？」他說。

「腰痛死了。」

「一個鐘頭前妳還笑哈哈的好得很，現在又痛了？」

「摩特零止痛藥的藥效退了。」

「腰痛離奇復活。」

「我閃到腰到現在，你連一句安慰的話都沒有。」

「因爲妳閃到腰的原因是騙人的。」蓋瑞說。

「我的天啊！又來？」

「踢了兩個鐘頭的足球、淋雨打鬧，都不成問題，錯就錯在電話亂響。」

「對，」卡羅琳說：「因爲你媽太摳，不肯花十分錢留言，所以每一次讓電話響三聲，趕緊掛掉，響三聲，掛掉——」

「閃到腰和妳做的事情完全無關，」蓋瑞說：「全是我媽的錯！她會變法術，特地飛來這裡踹妳的腰，因爲她想傷害妳！」

「電話整個下午響了又停，停了又響，我聽到抓狂。」

「卡羅琳，妳跑進門之前，我明明看見妳已經跛腳，我看到了妳臉上的表情。妳進門前就已經腰痛，別亂扯了。」

她搖頭。「這種行爲是什麼意思，你知道嗎？」

「而且還偷聽我講話！」

「這種行爲是什麼意思，你知道嗎？」

「妳拿最後一支沒人用的分機偷聽，居然敢厚臉皮告訴我——」

「蓋瑞，你有憂鬱症，你知道嗎？」

他笑了。「我才沒有。」

「你悶悶不樂，猜忌心重，而且咬著同一件事不放。你板著一張臭臉走來走去，你晚上睡不好，你好像做什麼事都感覺不到樂趣。」

「妳不要改變話題，」他說：「我媽打電話來是有道理的，她想討論聖誕節的事。」

「有道理？」換卡羅琳笑了。「蓋瑞，一講到聖誕節她就像個瘋子一樣，她是瘋婆子。」

「噢，卡羅琳，夠了喔！」

「這是我的眞心話！」

「夠了，卡羅琳。他們不久就要賣掉房子，希望在他們死之前我們全家再去最後一次，卡羅琳，在我爸媽死掉之前——」

「這事我們老早就有共識了。我們的共識是，一家是五個生活繁忙的人，另一家是兩個無所事事的人，不應該為了方便兩個閒人而勞動五個忙人。何況，我非常樂意邀請他們過——」

「妳樂意個屁。」

「誰叫你突然亂改規則！」

「卡羅琳，妳才高興他們來呢，他們看懂了臉色，現在甚至不願意待超過四十八小時。」

「這是我的錯嗎？」她的手勢與表情正對著天花板，舉止有點怪異。「蓋瑞，你不瞭解的是，我們家是個精神健全的家庭。我是一個愛兒子、全心投入的母親，養了三個高智商、有創意、精神健全的兒子。如果你認為這屋子裡有人有毛病，最好去照一照鏡子。」

「我提的是合理的建議，」蓋瑞說：「妳卻罵我有『憂鬱症』。」

「你自己從來沒想過嗎？」

「我一提起聖誕節的事，馬上就被貼上『憂鬱症』的標籤。」

「老實告訴我，你的意思是，最近六個月來你一次也沒想過，你可能有臨床上的問題？」

「卡羅琳，罵人瘋子是仇視人到極點的行為。」

「如果對方可能有臨床上的問題，另當別論。」

「我是在提議我們全家去聖猶達，」他說：「如果妳不肯以成人的態度來商量，那我就自己決定。」

「那又怎樣？」卡羅琳發出輕蔑的聲音：「我猜忠納可能會跟你去，不過，看你能不能把艾倫和凱勒柏押上飛機，去問他們就知道，他們比較想在哪裡過聖誕節。」

去問他們，看他們跟誰一國。

「我還以為我們是一家人，」蓋瑞說：「過節的時候不是應該在一起嗎？」

「擅自作主的人是你。」

「告訴我，這不至於毀了我們的婚姻。」

「變了一個樣子的人是你。」

「因爲，不對，卡羅琳，不對，妳太扯了。今年破例一次的理由很充份。」

「你有憂鬱症，」她說：「我希望你恢復成從前的你。我和憂鬱症老頭相處得好煩。」

蓋瑞則希望卡羅琳能恢復回幾夜前的她。那天晚上雷聲大作，卡羅琳緊抱著他不放。從前的卡羅琳一見他走來，立刻蹦跳迎人。從前的卡羅琳是個半孤女，最熱烈的願望是與他同一國。

但是，他也一向喜歡她的強悍，喜歡她和藍博特家截然不同，而且完全不同情他的家人。這些年來，他收集了一些她的佳言，結集爲《卡羅琳十大曠世金句》，需要力量與支柱的時候，便在心裡覆誦。

一、你跟你父親一點也不像。

二、你不必爲了買BMW而愧疚。

三、你爸在精神上虐待你媽。

四、我喜歡你精液的味道。

五、工作對你父親而言是毒品，毀了他的一生。

六、我們兩個都買吧！

七、你家人跟食物之間有一種病態關係。

八、你是個帥到難以想像的男人。
九、丹妮絲嫉妒你。
十、吃苦受難，絕對沒有好處。

年復一年，他將這些話奉爲圭臬，深切感激她奉獻的每一句佳言。如今他懷疑十大金句有哪幾句是眞心話，也許一句也沒有。

「我明天早上打電話給旅行社。」他說。

「我建議你，」卡羅琳立刻回擊：「打給皮爾斯醫生。你應該找人諮商一下。」

「我應該找一個講實話的人。」

「你想聽實話？你想知道我爲什麼不肯去？」卡羅琳坐起來，向前彎腰，歪成腰痛導致的奇怪角度。「你眞的想知道嗎？」

蓋瑞闔上眼。屋外的蟋蟀鳴叫聲有如水管裡無止境的流水聲，遠方傳來有節奏的犬吠聲，以及宛如鋸子向下鋸的呼聲。

「好，我說實話，」卡羅琳說：「我覺得四十八小時剛剛好。我不希望兒子長大後回想起聖誕節，只記得家人對罵。這幾年對罵好像是無法避免的事。你母親走進我們家門，隨身帶來三百六十天的聖誕狂熱症，從一月就開始滿腦子聖誕節的事。然後呢，當然是那個奧地利馴鹿小雕像放在哪裡？你不喜歡嗎？怎麼不拿出來擺？放在哪裡？放在哪裡？那個奧地利馴鹿小雕像放在哪裡？她滿腦子是食物，滿腦子是錢，滿腦子是衣服，帶了一整套十件的行頭來，我丈夫以前會同意這的確是問題，現在呢，他卻忽然跟她站在同一邊了。我們爲了找一個在紀念品店花十三元買的小東西翻箱倒櫃，就因爲那東西對你媽有紀念意義——」

「卡羅琳。」

「結果發現是被凱勒柏——」

「這不是實情。」

「拜託，蓋瑞，讓我講完。結果發現，小雕像被凱勒柏拿去了。任何一個正常的男生，在地下室發現那種紀念品店買來的爛貨，誰不會——」

「我聽不下去了。」

「不，不，問題不在你那個鷹眼母親身上，不能怪她想那個奧地利垃圾玩意想瘋了，問題不在她——」

「那是一個價值一百元的手工雕——」

「即使值一千元我也不管！發瘋的人是你媽，幹嘛處罰小孩？他是你的親骨肉耶。就好像時光忽然倒流，你想逼全家過一九六四年的生活，假裝我們住在皮奧里亞（註：Peoria，伊利諾州古城，代表美國中西部主流文化）。『把盤裡的東西吃完！』『去打領帶！』『今晚不准看電視！』而你還搞不清楚爲什麼我倆常吵架！你搞不懂爲什麼只要你媽走進來，艾倫就翻白眼！你好像怕她看見我們眞正的樣子會丟了你的臉，好像只要她在這裡的每一天，你都要盡量假裝我們過的是她認同的生活。可是我告訴你，蓋瑞，我們沒什麼好丟臉的。丟臉的人是你媽。我進廚房，她貼在我後面督導我，好像我每個禮拜習慣烤一隻火雞似的。我一轉身，不管我在煮什麼，她一定淋一大杯油下去。只要我一走開，她馬上翻垃圾桶，活像他媽的食品警察，想撿垃圾來餵我的小孩——」

「那個馬鈴薯是掉在洗碗槽裡，不是垃圾桶裡，卡羅琳。」

「而你竟然替她辯護！她去外面的大垃圾桶看看能撿出什麼髒東西來，看看能對什麼東西搖頭，然後問我，幾乎是每隔十分鐘問一次，妳的腰怎樣？妳的腰怎樣？妳的腰有沒有好一點了？妳是怎麼閃到腰的？妳的腰有沒有好一點了？妳的腰怎樣？她到處去找她看不順眼的事物，還竟敢在我家教我的小孩晚餐應該穿什麼，你卻不替我撐腰！你不替我撐腰，蓋瑞，你開始向她道歉，我完全不能理解。這種事我不幹了。基本上，我認爲你弟弟是明眼人，一個溫柔、聰明、風趣的男人，夠誠實，懂得坦承自己對家庭團圓能忍或不能忍受的部份。但你媽卻一臉不以爲然，把他看成家庭敗類，丟盡了家人的臉！你不是要我講實話嗎？我想講的實話是，我不能再忍受一次那樣的聖誕。如果非和你父母團圓不可，那就在我們家裡辦，按照你當初的承諾。」

蓋瑞的腦子裡一團暗黑。此時的他，馬丁尼的醉意消散，情緒走下坡，複雜的感受罩住他的臉頰、額頭、眼瞼、嘴巴。他明瞭母親讓卡羅琳多麼憤怒，但同時也能從卡羅琳罵的幾乎每一件事情上抓出錯誤。以手工相當精美的木雕馴鹿爲例，其實是保存在盒子裡，盒外有清楚的註明，凱勒柏卻拿出來剁掉兩條鹿腿，再在頭上敲進一支大平頭釘。馬鈴薯事件中，依妮德從洗碗槽撿起來的是一顆沒人咬過的烤馬鈴薯，她切開、油炸過後才給忠納吃。依妮德送卡羅琳的聖誕禮物是一件粉紅色的人造纖維浴袍，卡羅琳不等公婆回去，就急著把禮物丟進大垃圾桶。

「我說我想聽實話，」他繼續閉著眼睛，說：「指的是我看見妳進門前就已經跛腳。」

「噢，我的天啊！」卡羅琳說。

「害妳閃到腰的人不是我媽，閃到腰要怪妳自己。」

「求求你，蓋瑞，幫我個忙，打電話給皮爾斯醫生吧！」

「妳先承認妳說謊，然後妳想談什麼我都奉陪。但只要妳不承認，我們就繼續耗著。」

「我連你說的話都認不出來了。」

「去聖猶達待五天。妳說她的生命太空虛，但妳卻連她這一點點心願都不肯成全？」

「求求你，恢復從前的你吧！」

一陣怒火燒得蓋瑞睜開眼睛。他踹開被單，跳下床。「你在撕裂我們的婚姻！我眞不敢相信！」

「蓋瑞，求求你——」

「我們竟然爲了去不去聖猶達而鬧離婚！」

隨後，有一位穿著暖身用運動夾克的遠見之士，開始對嬌滴滴的大學生講課。遠見家的背後，在不遠不近的背景裡，畫面顯示著消毒器、層析管、幾瓶稀釋染色劑、醫學／科學長頸水龍頭、牆上掛著染色體展開圖、分析鮪魚般紅色腦組織的圖示切成生魚片狀。這位遠見家是綽號「捲毛」的厄爾·艾博立，現年五十歲，小嘴，戴著廉價商店賣的眼鏡。在埃克桑企業的宣傳影片中，製片人使出渾身解數，盡量讓他看起來光鮮。攝影師的動作緊張，實驗室的地板忽近忽遠，對著女學生拉近鏡頭時模糊了一下，才捕捉到她們著迷得神采飛揚的臉色。不知爲何，鏡頭動不動就定在遠見家的後腦勺（頭髮確實是捲的）。

「當然了，化學作用，甚至腦的化學作用，」艾博立說：「基本上只是電子的運作而已。但如果你把人腦和二極、三極開關的電子產品——好比二極管、電晶體——相比較的話，就會發現人腦的開關多達幾十種。神經元只有放電和不放電兩種行爲，但放不放電的決定權在受點，而受點通常在絕對的『開』或『關』之間存在著各種微小幅度的『開』或『關』。一般認爲，即使能以分子電晶體製造出人工神經元，也永遠無法將所有化學作用轉譯爲「是／否」的語言，因爲空間不夠。如果我們保守估計，在二十個神經活性配體中，有多達八個能在同一時間運作，而這八個開關各有五種不同設定——講這些組合數學大概會令各位昏昏欲睡吧，不過，除非全世界的人都長得像蛋頭先生，否則你的樣子恐怕會變得像滑稽的機器人。」

鏡頭特寫一位呵呵笑的男學生，他的頭像白蘿蔔。

「由於這些事實非常基本，」艾博立說：「我們通常懶得陳述。原理本來就是這樣。認知電生理學與意志之間只有一個連結，就是化學作用。這是普世接受的常理，是科學知識。沒有哪個頭腦正常的人，會想去連結神經元的世界和印刷電路板的世界。」

艾博立戲劇化地停頓了一下。

「唯有埃克桑企業例外。」

低語聲如浪潮在興會的投資法人間傳開，這裡是費城中區四季大飯店的B交誼廳，埃克桑在股票上市之前進行巡迴公開說明會，以打響知名度。講臺上有一大面螢幕，半暗的交誼廳席開二十圓桌，桌上有幾盤沙嗲和壽司開胃菜，附上對味的沾醬。

蓋瑞與妹妹丹妮絲坐在靠近門口的一桌。他原本希望在這場說明會上談點生意，想單獨出席，但丹妮絲堅持一同吃午餐，而今天是星期一，是她的休假日，於是不請自來。蓋瑞認爲，她一定會把說明會批評得體無完膚，在政治、道德、美學方面找到抨擊點。果然，她瞇眼看著錄影帶，滿臉狐疑，手臂緊緊交叉胸前。她穿著黃色連身小洋裝，衣服上印著紅花圖案，戴著托洛斯基（註：Trotsky，俄國革命家）模樣的塑膠圓框眼鏡，腳下是黑色涼鞋。真正讓她在B交誼廳和在場女人不同的是，她光著兩腿赴會。在金融界，沒有人不穿絲襪。

克銳妥療程是什麼？

「克銳妥是一種革命性神經生物學療法，」捲毛．艾博立在錄影帶上說。畫面的背景是鮪魚般紅色的腦組織，鏡頭裡的年輕聽眾被剪輯師融入背景裡，艾博立的上半身在前景。

鏡頭向後拉，艾博立坐在人體工學辦公椅上，在代表顱腔內海世界的圖形空間裡翻轉。海帶似的神經節、魷魚似的神經元、鰻魚似的毛細管開始閃過鏡頭前。

「克銳妥最初研發來治療帕金森氏症、阿茲海默症以及其他神經退化性疾病，」艾博立說：「後來發現它的功效強大而多元，不僅能減輕病情，更能徹底治癒病人，而且療效不限於上述退化性疾病，更能治療一般認為是精神病、甚至是心理疾病的多種病症。簡言之，克銳妥首開先河，可望更新並改善成人大腦裡複雜的線路系統。」

「好噁。」丹妮絲說著縮縮鼻子。

蓋瑞這時已對克銳妥療程相當熟悉。他仔細審視過埃克桑的紅字書，上網搜遍針對該公司的分析，也讀過百信銀行訂閱的資料。有鑑於最近生科類股價修正得人心慘痛，看跌的分析師警告投資人，如果某家公司賣的是未通過測試的醫學科技，而且離上市至少還有六年的話，最好保持觀望。以百信爲例，銀行業必須善盡誠信職責，投資以保守爲重，埃克桑的初次上市股票絕對碰不得。但埃克桑的基本面比多數生化新公司健康許多，而且蓋瑞知道，這公司在克銳妥研發階段便向他父親洽購專利，顯示公司對此一療法深具信心。他從中看出一個賺錢良機，也有機會替父親報埃克桑的一箭之仇，而更廣義的詮釋是，他能在父親怯弱處表現得果敢。

這年六月，海外貨幣危機的第一面骨牌倒了，蓋瑞將大部份玩票性質的個人資金撤出歐洲和遠東的成長基金，這些錢正好可以轉投資埃克桑。由於離埃克桑公開上市還有三個月，也由於尚未開始強力促銷，更由於紅字書裡的疑慮令非內線人士裹足不前，蓋瑞照理說可以輕鬆入手五千股。但蓋瑞買股的過程事事不順。

能幫他拿到優惠價的交易員對埃克桑不太熟悉，惡補一陣後回電給蓋瑞，說他的證券公司只分到象徵性的二千五百股。通常，在股票準備上市的前期，證券公司分配給單一顧客的股數不會超過百分之五，但由於蓋瑞是第一個來電申購的顧客，交易員願意賣他五百股。蓋瑞想爭取更多，但無奈的是他並非大戶，平常每支股票只買一百股，而且爲了撙節手續費，較小額的投資都自己上網交割。

反觀卡羅琳，她是大戶。在蓋瑞的指引下，她經常一出手就是一千股。她的交易員在費城最大的證券公司上班，無疑能爲眞正的貴客爭取埃克桑新上市的四千五百股；股票就是這樣玩的。不幸的是，從她閃到腰的那個星期日下午到現在，夫妻之間沒講過幾句話，交流也僅限於管教兒子。蓋瑞雖然急著湊足埃克桑的五千股，但仍拒絕犧牲原則，不願低聲下氣拜託老婆代他投資。

因此，他只好打電話給他在希維何達普負責大型股的朋友：胖吉·勃特立，請他爲個人帳戶張羅五千股。這幾年來，蓋瑞代表百信銀行向胖吉買過無數股票，其中不乏賠錢貨。蓋瑞此時向胖吉暗示，百信將來可能比現在更關照他的業績。但胖吉的語氣異常閃爍，只答應將蓋瑞的要求傳達給大傻．安德森——負責埃克桑上市的希維何達普專案經理。

接下來的兩星期忙得不可開交，胖吉沒有回電跟蓋瑞確認到底配到多少股。埃克桑這名字原本在網路上只是竊竊私語，現在轟動成狂嘯。艾博立的團隊撰寫了兩份重要論文：《在特定神經傳導路徑的突觸所發生的逆斷層模擬》與《暫時正向增強缺乏強多巴胺的邊緣回路：新近臨床成果》，發表在《自然》與《新英格蘭醫學期刊》上，沒隔幾天便被財經版大幅報導，甚至登上《華爾街日報》頭版。各家分析師開始爭相強烈推薦買進埃克桑，胖吉卻仍遲遲不回蓋瑞的留言。擁有內線消息的蓋瑞最初雖然一馬當先，如今卻覺得偷跑的優勢一小時一小時流失。

一、來一杯雞尾酒！

「特別調製的檸檬酸鐵和醋酸鐵，能跨越血與腦之間的隔閡，塡滿隙縫！」

只聞其聲的配音這時出現，搭配錄影帶中的艾博立言論。

「本療法也攙加一種不會成癮的輕微鎮定劑，以及大量的、由全美最高人氣連鎖咖啡店提供的榛子摩卡奇諾糖漿！」

鏡頭轉向剛才扮演聽眾的其中一位女臨演，她看起來神經功能絲毫沒有障礙。她仰頭喝下一大杯杯外結霜的克銳妥電解質液，喝得津津有味，喉嚨肌肉性感地跳動著。

「爸的專利是什麼？」丹妮絲低聲問蓋瑞：「醋酸鐵膠之類的東西？」

蓋瑞悶悶地點頭：「電聚合。」

蓋瑞從收在家裡的父母來信中挖出一份舊的專利申請影本，他不確定自己當初是否正眼瞧過，但他記得，父親在專利中敘述「某些有機鐵膠狀物」裡的「電異向特性」，建議將這些膠狀物質應用在人類活組織的「微造影」上，與「微形態結構」產生「直接電接點」。現在回想起來，他忍不住欽佩父親。從埃克桑整修過的網站來看，克銳妥的療效與這份專利的措辭相似之處頗多，令蓋瑞震驚。由此可見，艾爾佛瑞的五千元專利是這項療程的核心，而埃克桑打算藉此籌資兩億美元。蓋瑞失眠煩惱的事情已經夠多了，這更讓他輾轉反側！

「喂，凱西，欸，凱西啊，幫我買一萬兩千股艾克森，上限一〇四。」蓋瑞左邊的年輕人突然很大聲地說。這小子拿著掌上型看盤機，一邊耳朵掛著耳機線，眼神似精神分裂病患，是講手機講得出神的表情。「艾克森一萬二千股，上限一〇四。」年輕人說。

艾克森，埃克桑，粗心不得啊，蓋瑞心想。

二、戴上耳機，打開收音機！

「你什麼也聽不到——除非你補過的牙齒接收到AM電臺轉播的球賽。」配音員開著玩笑，頗上鏡頭的女孩帶著笑臉，戴上一頂狀似烘髮機的金屬罩。「現在無線電波正穿透頭腦最深處的角落。各位可以把它想像成一種人腦GPS，RF放射線開始鎖定範圍並選擇性地刺激神經傳導路徑，以觸動相關功能的運作，例如簽名、爬樓梯、回憶週年慶、正面思考！經全美各地數十間醫院臨床證實有效，艾博立博士的逆斷層法如今更上一層樓，使此階段的克銳妥療程簡便、無痛，無異於上美容院做頭髮。」

「不久前，」艾博立插話（椅子上的他仍飄浮在虛擬血腦海中）：「敝人的療程需要將一枚校準過的鋼環鈕進病患的顱骨，病患需住院休養一夜，許多病人深感不便，有一些則出現不適感。然而現在，由於電腦運算力大增，受刺激的神經傳導路徑能在瞬間自我修正……」

「凱西，你超屌！」一萬兩千股艾克森青年高聲說。

離蓋瑞與卡羅琳大吵一架的那個週日已過了三星期。在吵架後的最初幾小時和最初幾天，雙方都曾流露和解的意願。那個星期日深夜，卡羅琳越過床上的非軍事區，觸碰他的臂。隔夜，他幾乎為所有環節道歉，道歉裡雖然拒絕在關鍵議題上讓步，但對他導致的連帶災情表達了懊悔與內疚，也為傷了她的感情、任性曲解和言語中傷的行為致歉，藉此讓卡羅琳先嘗一口溫柔的滋味，再等她在關鍵議題上承認他是對的。星期二早上，她為蓋瑞做了一份道地的早餐——肉桂吐司、小香腸，另有一碗燕麥粥，葡萄乾在粥面排列成討喜的苦瓜臉。星期三上午，他用簡單的實話來讚美卡羅琳（「妳好美」），儘管沒有鄭重聲明他愛老婆，卻能提醒她，客觀基礎（外貌）仍然存在，愛仍可以在這基礎上重建，只要她在關鍵議題上承認他是對的。

但所有充滿希望的求和言行，所有充滿探險意味的小動作，全數付諸東流。卡羅琳對他伸出一隻手，他接下握緊，低聲慰問她的腰痛，她卻無法進行到下一步，說出也許（簡單的「也許」就夠了！）是冒雨踢兩小時足球傷了腰。當她謝謝蓋瑞的讚美，回問蓋瑞昨晚睡得好不好時，他卻沒辦法對她語氣裡不饒人的尖銳聽而不聞；他明白她的言下之意是：長期睡眠失調是憂鬱症的常見症狀。喔，對了，你昨晚睡得怎樣，親愛的？因此，他不敢承認事實是他整晚不得安眠，只好謊稱自己睡得好極了，謝謝妳，卡羅琳，安穩得不得了，不得了。

和解不成，每過一次就讓下一次求和之舉更難成功。沒多久，原本蓋瑞視爲小得荒謬的可能——在婚姻的收支簿裡，愛與善意的餘額不再充裕，無法承受去聖猶達對卡羅琳的負擔，或不去聖猶達給蓋瑞的壓力這兩筆精神支出——如今，這種可能已經現形，眞實得駭人。他開始恨卡羅琳，只因她持續跟自己作對。最近幾年，她探勘到獨立自主的礦藏，如今開始開採，用來抵抗他，令他痛恨不已。尤其令他恨得無以復加的是她也痛恨他。結束這場危機只需一分鐘、只要原諒她，但她眼中映照出對他的反感，蓋瑞一見便抓狂，她的眼神毒死了他的希望。

她事事以憂鬱症來堵他的嘴，那些陰影雖然漫長又黑暗，所幸沒有殃及他在百信一角的辦公室，沒有影響到他管理旗下經理人、分析師、交易員的樂趣。蓋瑞每週在銀行上班四十小時，這段時間變成他每週僅有的歡樂時光。他甚至開始考慮每週多工作十小時，但說得容易做起來難，因爲他每天上完八個鐘頭的班之後，辦公桌上就常找不到正事可做，何況他也常自我警惕，爲了逃避不美滿的家庭生活而加班，正是父親掉進的陷阱，無疑是父親自我麻醉的開端。

婚後，蓋瑞暗自發誓，絕不在五點以後下班，絕不把公事包提回家。貴爲名校華頓商學院的管理碩士，他卻投效一家規模中等的地方銀行，把生涯規畫的野心壓到最小。起初，他純粹是想避免重蹈父親的覆轍，多給自己享受人生的閒情，多珍愛嬌妻，多陪兒子玩耍。然而不久後，儘管他管理投資組合的績效優異，他對野心卻愈來愈敏感。能力低他好幾階的同事紛紛跳槽，高昇爲共同基金經理人，有的自立門戶爲人操盤，有的自創共同基金，但這些工作的每日工時動輒十二、十四個小時，這些老同事個個狂躁苦幹得像個工作奴。蓋瑞有卡羅琳的遺產當靠山，能自由地滋養他不要野心的人生觀，身為主管也讓他能充份扮演嚴師慈父的角色，這種滋味在家只嘗得到一半。他要求部屬誠實，督促部屬表現傑出，對部屬耐心提供指引，對部屬絕對忠誠，絕不因一己的疏失而責怪部屬。他的大型股經理人是維吉尼雅．林，林經理曾建議百信的標竿信託組合，能源類股持股比例應從百分之六提高到九，蓋瑞（依習慣）決定不調，能源類股卻接連長紅兩三季，他為此大大挖苦自己是混帳，並公開向林經理道歉。幸好，他的決策成敗比是二比一到三比一，而他主持百信證券部的這段期間，正好是股史上最興旺的六年，只有笨蛋或壞蛋才會失手。有了成功的保證，蓋瑞便玩起不敬畏上司馬文．科斯特及科斯特的上司，也就是百信銀行董事長馬蒂．布萊登費爾德的遊戲。蓋瑞從不磕頭也不拍馬屁，科斯特和布萊登費爾德卻反過來，就品味與社交禮節徵詢他的意見。科斯特只差沒有請蓋瑞准許自己的長女捨棄優友改讀艾友。（註：以Friends為名的私立學校是賓州的結盟校，收幼稚園至高三生）。布萊登費爾德在高階主管專用男廁外守候，強留蓋瑞、問他和卡羅琳是否有意出席自由圖書館募款餐會，還是已將入場券轉送給了秘書……

三、放心——全是心理作用！

捲毛艾博立坐在辦公椅上，再次在螢幕上悠遊腦海，兩手各拿一個電解質分子的塑膠模型。「檸檬酸鐵／醋酸鐵膠狀物具有一種值得大書特書的特質，」他說：「在某些共振頻率中，在低度無線電的刺激下，分子可能會自發聚合。更值得一提的是，這些聚合物竟然是電脈衝的優良導體。」

錄影帶裡的艾博立看著鏡頭，微笑和善，而在他周圍血光蠢動的動畫中，積極的波形線條穿梭而過。波形線條宛如米奴埃舞曲或里爾舞曲開場的幾小節樂譜，象徵鐵分子開始配對，排列出兩兩成雙的長線條。

「這些是暫態傳導微管，」艾博立說：「能完成從前意想不到的事，形成直接、近乎同步的數位化學介面。」

「這個不錯耶，」丹妮絲對蓋瑞悄悄說：「正是爸畢生的心願。」

「什麼心願？希望被拐走一大筆錢嗎？」

「幫助其他人，」丹妮絲說：「貢獻世界。」

蓋瑞不想明講的是，如果老爸眞想幫助人，大可從髮妻幫起。但丹妮絲對艾爾佛瑞有一些難以撼動的奇怪認知，蓋瑞認爲沒必要跟丹妮絲自討沒趣。

第四、富人更富裕！

「是的，大腦的閒置角落有可能被惡魔拿去當工作室，」配音員說：「但是，每一道閒置的神經傳導路徑都會被克銳妥療程略過。哪裡在運作，克銳妥就在哪裡，讓強健的地方更強健！讓富人更富裕！」

B交誼廳的各個角落傳來笑聲與掌聲，也有人歡呼。蓋瑞的左鄰是錯買一萬兩千股艾克森的傢伙，也在鼓掌、咧嘴笑，蓋瑞察覺到他的目光瞥過來。也許他在納悶蓋瑞爲何不拍手，也許蓋瑞一身隨意卻不失優雅的穿著令他自慚形穢。

對蓋瑞來說，若不想被人視爲工作奴、苦幹階層的人，最要緊的是打扮成根本不必上班的模樣，宛如一位碰巧喜歡進辦公室、幫助他人的紳士，上班只是盡一盡貴族應盡的義務。

今天，他穿的是地中海酸豆綠的半絲質休閒西裝，襯衫是整排鈕釦的淡褐色亞麻衫，一件褲口無摺的黑色西裝褲，手機關機，來電一概不接。他傾斜椅背，環顧全場，確定整個交誼廳裡只有他這位男賓不打領帶，但他嫌與會人士跟他的對比不夠強烈。時光只要倒退短短幾年，全廳必定滿是細條紋藍上衣、密不透風的黑手黨裝、配色襯衫、流蘇樂福鞋。但現在，在長紅盛世步入成熟高峰的這段時日，即使紐澤西來的郊區臭小子也穿戴得起手工縫製的義大利西裝和名牌眼鏡。金錢氾濫，以致那些把安德魯．魏斯當成傢具行，把溫斯洛．荷馬當成卡通人物的二十六歲男女都能穿出好萊塢權貴的派頭……

噢，孤僻又憤世嫉俗啊！蓋瑞有錢有閒，希望細細品味現在的地位，可惜美國偏偏和他唱反調。他身邊多得是百萬富豪新貴，追求著他這份超絕榮耀：住的是十全十美的維多利亞式豪宅，可以優先體驗全新滑雪道，用餐時主廚會親自招待，擁有沒有足跡的私人海灘。更有其他數以千萬計的美國年輕人即使口袋空空，仍投身追逐酷的極致。但可悲的事實是，不是每個人都能超越凡塵，並非每個人都能酷到極點；因爲如果所有人都酷到極點的話，哪裡還有平凡的人？哪裡還有人會反過來扮演不酷、不受注意的角色？

唔，美國的心臟地帶還是有這樣的人，好比聖猶達居民：超重十幾二十公斤、粉色皮膚不斷冒著汗，駕著迷你廂型客貨兩用車，保險桿貼著反墮胎貼紙，頂著普魯士人的髮型。但蓋瑞近幾年觀察到一個現象，讓他的焦慮如板塊運動般蓄積著地震能量。他憂心的是，中西部人口持續外流，流向比較酷的東西岸。（他當然也是遷徙族的一員，可是他逃得早，老實說，先到者當然享有卡位的優勢。）同時，聖猶達的所有餐廳突然都跟上了歐洲的腳步（忽然間，女清潔工懂得品嘗日曬番茄乾，豬農也會享用法式焦糖布丁）；爸媽家附近的購物中心裡，逛街的民眾像他一樣顯露出高高在上的神態；聖猶達販售的每一件消費性電子商品，都跟栗丘賣的同樣夠力、同樣酷。蓋瑞祈望政府嚴禁人民繼續向東西岸遷徙，鼓勵所有中西部人回歸粗食，回歸老氣橫秋的素衣，玩棋盤遊戲，多多儲備愚民素質，維護這片品味的荒原，好讓他這種優越國民能永遠保有文明到極點的感受——

夠了，他告訴自己。爲保有特殊地位不惜摧毀對手，好懷抱優越感凌駕天下，這又是「憂」字開頭病症的一種警訊。

而一萬二千股艾克森先生偷瞄的對象並不是他，而是丹妮絲的裸腿。

「聚合物鏈具有趨向性，」艾博立解說：「能與活性神經傳導路徑連結，促進未來放電的可能。本公司尚未完全理解這種機制，但療效可讓病患動作時更輕鬆，更享受，能重複，也能持續。這樣的效果就算短暫，也是振奮人心的臨床成就。然而，在埃克桑，我們研發出永續這種效果的方法。」

「且看！」配音員以誘人的嗓音說。

五、現在，換你來動一動！

一個卡通人抖著手，舉起茶杯就口時，幾條顫抖的神經傳導路徑在他的腦袋裡亮起來。接著，卡通人喝下克銳妥電解質液，戴上艾博立頭盔並再次舉杯，這時纖細的微管染上活性傳導路徑的顏色，開始大方光明，充滿活力。卡通人的手變得穩健，把茶杯放回小碟上。

「一定要替爸爸報名參加他們的實驗。」丹妮絲低聲說。

「什麼意思?」蓋瑞說。

「這東西可以治療帕金森氏症，說不定對他有用。」

蓋瑞像洩氣的輪胎般嘆息。再明顯不過的概念了，他居然從沒想到。他自覺可恥，同時也隱隱憎惡著丹妮絲。他朝螢幕淺笑，彷彿沒聽見她的話。

「一旦成功辨識並刺激傳導路徑，」艾博立說：「距離實際進行形態學上的修正就只差小小一步。而這一步，一如當代醫學的每一步，祕密在基因裡。」

六、還記得你上個月吃了哪些藥嗎?

三天前的星期五下午，蓋瑞終於聯絡上希維何達普證券行的胖吉，電話裡的胖吉聽起來極度慌張。

「老蓋，抱歉啦，我這裡忙到爆，」胖吉說：「不過你聽著，朋友，我照你的要求跟大傻商量過了。大傻說，好，沒問題，絕對能分你五百股，畢竟你是我們在百信的好客戶嘛!所以朋友，行吧?這樣可以吧?」

「不行，」蓋瑞說：「我們明明說好五千股，不是五百。」

胖吉無言了半晌。「該死，老蓋，我弄錯了。我以爲你說五百股。」

「你明明重複了一遍給我聽，你說五千股，還說你記下來了。」

「提示我一下——你是以個人還是百信的名義購買?」

「我個人的名義。」

「這樣吧，老蓋，你可以自己打給大傻，跟他解釋你的狀況，說我弄錯了，看他能不能替你再湊五百股。我只能幫這麼多了。再怎麼說，搞錯的人是我嘛，我哪知道這支股票會夯成這樣。不過你也要諒解，大傻是從別人的嘴巴搶東西來餵你的喔，是生態頻道才有的情節喔，老蓋。小小鳥嘴巴張得大大的，餵我！餵我！餵我！我可以再替你爭取五百股，不過你要自己開口。行嗎，朋友？這樣可以吧？」

「不，胖吉，不行，」蓋瑞說：「當初艾道森．李再融資的股票沒人要，我代你承接了兩萬股，你記得嗎？我們也承接了——」

「老蓋，老蓋，別這樣逼我，」胖吉說：「我知道，我哪忘得掉艾道森．李的事？天啊，拜託，凡是我醒著的每個鐘頭，那件事都流連不去。但我想說的是，五百股埃克桑，你聽起來會覺得沒把你看在眼裡，其實不是，是大傻盡了全力所能幫你籌到的全部。」

「實話多悅耳呀，」蓋瑞說：「好，再回答一遍，你是不是忘了我說我要五千股。」

「好啦，我是個王八蛋，謝謝你讓我知道。不過，除非我一路殺上樓，否則頂多也只能替你搶到一千股。如果你要五千，大傻也得找迪克．希維何達普直接下單。要提艾道森．李的事，迪克會跟我說，科爾斯戴財務公司承接了四萬，德拉瓦第一銀行承接了三萬，美國教師退休基金會承接了五萬，諸如此類。老蓋，數字不留情啊，你幫了我們兩萬，我們可以幫你五百。這樣吧，你要的話，我可以幫你試試看迪克。我另外大概可以從大傻那裡再爭到五百，怎麼爭？我會騙他說你看到他現在的頭髮，很難想像他以前頭頂光禿禿的。哇塞，落建生髮水多神奇啊！但基本上，大傻喜歡藉這類交易機會扮演聖誕老公公，他曉得你今年乖不乖，尤其是他知道你服務的公司是哪一家。老實說，照你期望的股數，你應該先讓貴銀行增大三倍再說。」

唉，大不大果然很重要。除非承諾日後以百信的錢來承接大爛股（可能因此自砸飯碗），蓋瑞再也找不到與胖吉討價還價的籌碼。然而，埃克桑以小錢榨取艾爾佛瑞的專利，蓋瑞可從道德角度對埃克桑施壓。昨晚他在床上睡不著，反覆斟酌著咄咄逼人的字句，期望今天下午對埃克桑的高層說得明白、中肯：我要你直直看著我的眼睛告訴我，你給我父親的價錢既合理又公道。我父親基於個人因素才接受那個數目，不過我懂你們的把戲。你明白我的意思嗎？我不是住在中西部的老頭子，我清楚你們那一套。我想你心裡有數，如果你不明確承諾賣我五千股，我一步也不會跨出這裡。我還可以堅持要你道歉，不過，我只想簡單提出一筆直接了當的生意，成年人對成年人。而這對你來說根本是無本生意，大鴨蛋一個，一毛錢也用不花。

「突觸發生！」埃克桑的錄影帶配音員高呼。

七、不是《聖經》裡的福音！

B交誼廳裡的專業投資人笑聲連連。

「會不會是騙局啊？」丹妮絲問蓋瑞。

「是騙局的話，何必跟爸買專利？」蓋瑞說。

她搖搖頭。「聽得我好想回家睡覺。」

蓋瑞瞭解她的感受，他已有三星期未曾好眠。他的生理始終嚴重跳針，整晚情緒亢奮，白天則睡眼惺忪，愈來愈難相信他的問題不在神經系統的化學物質，而是他的處境。

那幾個月裡，他對卡羅琳隱匿種種警訊的做法眞是太有先見之明了！推定自己缺乏三號神經係數會使他的心理狀態之爭站不住腳，這份直覺多麼正確！卡羅琳現在能將對他的敵意掩飾爲「關心」他的「健康」。他的軍隊打的是傳統內戰，根本不是這種生化戰爭的對手。他殘酷地攻擊她的為人，她英勇地攻擊他的疾病。

擁有這種策略優勢的卡羅琳乘勝追擊，接連使出幾種戰略高招。吵架後的第一個週末即將來臨，蓋瑞擬訂戰鬥計畫時，先假設卡羅琳會像上週末那樣對他採取迂迴戰術——拉著艾倫與凱勒柏一起耍幼稚，唆使他們去取笑**什麼也不知道的老爸**。因此在星期四晚上，他突襲卡羅琳，冷不防地提出週日想帶艾倫和凱勒柏去波科諾山脈騎越野腳踏車登山，拂曉出發，以一整天的時間來培養男人情誼。卡羅琳不能參加，因為她腰痛。

卡羅琳的反制法是舉雙手贊成他的提議。她勸凱勒柏和艾倫去，享受和父親相處的時光。她強調時口吻詭異，艾倫與凱勒柏宛如接到暗號，同聲附和：「騎越野腳踏車登山，好耶，爸，太棒了！」蓋瑞頓時察覺箇中蹊蹺。星期一晚上，艾倫來找他，向他道歉說不該罵爸爸「爛人」；星期二，凱勒柏幾個月來首次邀他玩手足球；星期三，忠納自動端著軟木塞面的托盤，把卡羅琳倒的第二杯馬丁尼端給他。現在，這些舉動的原因明朗化了。他明白兒子們變得乖順、殷勤的理由了：因為卡羅琳告訴他們，父親正在對抗憂鬱症。多麼高明的伎倆啊！他毫無疑問，確認這是伎倆——卡羅琳的「關心」全是虛情假意，純粹是戰略，爲的是不去聖猶達過聖誕節——因爲她眼裡始終透不出對他的溫情或善意，連一絲餘燼也沒有。

「妳是不是跟兒子們說我有憂鬱症？」蓋瑞在黑暗裡，問躺在彷彿有三百坪那麼大的床鋪邊緣的她。「卡羅琳？妳有沒有拿我的精神狀態騙小孩？是不是因爲這樣，大家才突然變得那麼乖？」

「蓋瑞，」她說：「孩子們聽話，是因爲他們想去波科諾山脈騎車登山。」

「我覺得氣氛不太對勁。」

「你呀，妄想症愈來愈重了。」

「幹，幹，幹！」

「蓋瑞，你嚇到我了。」

「妳在惡搞我的腦袋！眞是下流透頂，這是全世界最卑鄙的招數。」

「求求你，求求你聽聽自己在胡說什麼。」

「回答我的問題，」他說：「妳是不是告訴他們我有憂鬱症？說我活得很辛苦？」

「呃——你不是嗎？」

「回答我的問題！」

她不回答他的問題。那一夜，她再也不開口。蓋瑞重複相同的問題問了半個鐘頭，每問完一次便停一兩分鐘讓她回答，但她不搭腔。

到了越野車之行的那天早晨，睡眠嚴重不足的他只能奢望肢體運作正常。他把三輛腳踏車扛上卡羅琳那輛超大又安全的福特Stomper，開了兩小時後卸下腳踏車，在佈滿輪痕的顚簸小徑上騎了一公里又一公里，兩個兒子遙遙超前。等他追上他們，他們已經休息夠了，準備再出發。他們什麼也不主動提，只是一臉友善期待的表情，彷彿等著蓋瑞傾吐心事。但他神經系統裡的化學物質係數告急，什麼也說不出來，只能說「我們吃三明治吧」和「再過一個小山頭，我們就回頭吧」。黃昏時，他把單車扛上車，再開兩小時，最後在快感缺乏的狀態下卸下單車。

卡羅琳出門迎接，告訴大兒子和二兒子，說她和忠納在家玩得多麼開心。她一改先前的偏見，宣稱現在迷上納尼亞傳奇系列故事了。之後整個晚上，她都在跟忠納聊「亞斯藍」、「凱爾帕拉瓦」、「老脾氣」。她說她上網搜尋到一個只限兒童加入的納尼亞傳奇聊天室，也找到一個C．S．路易斯的網站，裡面有很酷的線上遊戲可玩，還有數不清的納尼亞傳奇酷炫商品供書迷選購。

「有一個《賈思潘王子》的遊戲光碟喔，」忠納告訴蓋瑞：「我非常想玩玩看。」

「看起來是一個精心設計過的遊戲，好像很有趣，」卡羅琳說：「我教忠納怎麼訂購。」

「裡面有個衣櫥喔，」忠納說：「用滑鼠點選就能從衣櫥鑽進納尼亞，裡面有好多好酷的東西。」

隔天上午，蓋瑞宛如一艘遭暴風雨蹂躪過的遊艇，連滾帶爬航進避風港，大大鬆了一口氣。上班時間的辦公室是他的避風港。蓋瑞別無他法，只能盡量修補船身，堅定航道，不准憂鬱。儘管他損失慘重，仍有勝券在握的信心。二十年前，他第一次和卡羅琳吵架後，一個人坐在自己的公寓裡看費城人隊第十一局的表現，電話每十分鐘響一次，後來縮爲五分鐘，再縮爲兩分鐘，從此他明瞭，在卡羅琳的心湖深處有一窪會令她情急拚命的不安全感。只要他把愛扣住，卡羅琳遲早會握著小拳頭過來捶他的胸膛，任憑他撒野。

然而，現在的卡羅琳毫無示弱的跡象。夜深人靜時，蓋瑞恐懼不已，氣得無法閉眼，更睡不著覺，這時她會以客氣但堅決的態度拒絕跟他吵，拒絕討論聖誕計畫的意志更加剛強；她說，聽蓋瑞談這話題，感覺就像看酒鬼喝酒。

「妳要我怎麼辦？」蓋瑞問她：「告訴我，妳想聽我講什麼。」

「我要你為自己的精神健康負責。」

「天啊，卡羅琳，這個答案錯、錯、錯。」

雙方僵持不下的同時，專司琴瑟失和的女神狄斯科迪婭對航空業施法。米德蘭航空在《費城詢問報》打廣告，以全版促銷砍頭大拍賣的機票，特價航線之一是費城至聖猶達，來回票價只要一百九十八美元，十二月下旬只有四天不在特價範圍內；換言之，只要聖誕節在聖猶達多待一天，蓋瑞就能帶全家往返聖猶達（直飛！），全程千元有找。他請旅行社保留五張機票，每天告訴旅行社是否繼續保留。特價在星期五的午夜即將結束，於是他在星期五早上對卡羅琳宣佈，他準備買機票了。卡羅琳堅守不談聖誕的政策，轉身問艾倫，今天要考西班牙文，你有沒有用功？蓋瑞拿出壕溝戰的精神，從百信辦公室致電旅行社買下機票，接著打電話給醫生，請醫生開一帖助眠劑給他，短期處方藥，比成藥稍微強一點就好。皮爾斯醫師回覆說，助眠劑不太合適。醫師說，卡羅琳提過蓋瑞可能有憂鬱症，助眠劑絕對治不好它。或許蓋瑞應該來診所一趟，聊聊他的心情？

蓋瑞掛掉電話，胡思亂想了一陣，離婚的情境縈繞腦海。然而，三個可愛兒子的形象在心裡閃耀著，財務問題宛如蝙蝠來襲時的陰影籠罩心頭，驅散了這個念頭。

星期六，他參加朋友德魯與詹美的晚宴，藉進他們的浴室，翻找主人的藥櫃，盼能找到一瓶類似「煩寧」的鎮定劑，可惜希望落空。

昨天丹妮絲來電，堅持約他一起吃午餐，語調堅定，引來他不祥的預感。她說她星期六在紐約見到爸媽，還說齊普和女友竟然爽約，溜之大吉。

蓋瑞昨晚躺在床上想，卡羅琳說齊普是個「夠誠實」的人，敢直言他能與不能「忍受」的事，她指的是否就是齊普的這類特異行徑。

「細胞經過基因改造，唯有在它們被局部啓動時，才釋放神經成長因子！」錄影帶上的艾博立快活地說。

一位楚楚可人的妙齡模特兒，頭上罩著艾博立頭盔，手腳被綁起來，全身送進一臺機器，頭腦正接受改造，希望神經能指揮雙腿恢復行走能力。

這位模特兒面若冰霜，一臉孤僻憤世的表情。她以手指向上推著嘴角，分割畫面同時以動畫放大顯示她腦內的進展：樹狀突末梢綻放開來，突觸之間出現新連結。片刻之後，她已能淺淺微笑，不必以手指撐起嘴角。再過片刻，她的笑容變得燦爛。

克銳妥代表光明的未來！

「埃克桑企業有幸持有五項美國專利，以保護這個強有力的科技平臺，」艾博立告訴攝影機：「除了這些專利之外，另有八項專利即將到手，所有專利共同構築成一道堅不可摧的防火牆，確保本公司至今投注的兩億五千萬元研發經費不會付諸東流。埃克桑是這領域中公認的全球翹楚，公司連續六年現金流量表都是正數，明年的營收可望超過八千萬美元。有意投資的朋友大可放心出手，因爲本公司十二月十五日上市籌集的每一分錢，都將用在開發這種劃時代的神奇產品上。

「克銳妥代表光明的未來！」艾博立說。

「光明的未來！」配音員附和。

「光明的未來！」戴著書呆子眼鏡的型男美女齊聲喊。

「我喜歡從前。」丹妮絲說，一邊拿起會場招待的半公升裝進口礦泉水，仰頭喝一口。

蓋瑞覺得B交誼廳裡的空氣因爲太多人在呼吸，不流通。燈全亮後，沉默的服務生朝三方散開，端著覆以保溫蓋的主餐，走向各桌。

「我猜，最可能是鮭魚，」丹妮絲說：「不對，鮭魚是唯一的可能。」

講臺上的椅子上坐著三人，這時他們起立，移向臺前，讓蓋瑞莫名聯想起義大利的蜜月旅行。他和卡羅琳去參觀多斯加尼一所大教堂，也許是在西恩納吧？大教堂裡有間博物館，陳列著三尊中世紀聖像。這些塑像原本立在大教堂的屋頂，每條手臂高舉著，猶如總統候選人在揮手，每人的臉上掛著聖人的淺笑，笑容裡暗示著必然。

臺前三聖最年長的一位戴著無框眼鏡，面色粉紅，伸出一隻手，彷彿想賜福給在場來賓。

「是的！」他說：「各位好！我是喬．普瑞格，是布努斯培事務所的首席交易律師。我左邊這位是埃克桑執行長美瑞莉．芬奇，右手邊這位是大傻．安德森。他是希維何達普證券行最重要的交割經理。我們原本期望捲毛今天能親臨現場，可惜他是當紅人物，正在接受CNN專訪，所以讓我先在這裡做幾句簡短的聲明，你懂喔，然後再把講臺交給安德森和芬奇。」

「喂，凱西，接我電話啊，寶貝，接我電話嘛！」蓋瑞鄰座的年輕人喊著。

「聲明一，」普瑞格說：「請各位注意，我想強調，捲毛的實驗報告是最最初期的成果，全屬於第一階段的研究，各位。有誰沒聽見嗎？後面的，全聽見了沒？」普瑞格拉長脖子，對著最遙遠的幾桌揮舞雙手，包括蓋瑞這桌在內。「誠實大告白：這是第一階段的研究。食品藥物局尚未批准第二階段實驗，埃克桑也無意影射。第二階段之後呢？第三階段！第三階段之後呢？連續幾層的審核過程有可能延後產品上市時間長達三年。各位，聽好，現場呈現的臨床結果極為耀眼，卻也極為初步。所以，願者後果自負。這樣清楚嗎？這樣你懂吧，清楚了嗎？瞭解了嗎？」

普瑞格盡量憋著臉，以免笑場。芬奇和安德森則強忍笑意，彷彿他們也有見不得人的祕密或信仰。

「聲明二，」普瑞格說：「啓發人心的錄影帶報告不是上市說明書。同樣的，安德森在此的報告，以及芬奇在此的報告，性質都屬於即興演說，容我重複，都不算是上市說明書……」

服務生來到蓋瑞這桌，放下一盤墊著小扁豆的鮭魚。丹妮絲揮走她的主餐。

「妳不吃嗎？」蓋瑞低語。

她搖頭。

「丹妮絲，何必呢？」他有莫名其妙的心痛。「陪我吃幾口嘛！」

丹妮絲正面瞪著他的臉，神情深奧難解。「我的肚子有點不舒服。」

「妳想走嗎？」

「不，我只是不想吃。」

三十二歲的丹妮絲依然美麗，但她長時間待在爐子前，青春肌膚被烘成陶土般的面具，令蓋瑞每次見她都更著急一分。她畢竟是親妹妹。她的生殖力和適婚度快速流失中，他密切關注著，但他懷疑妹妹毫不在意。他認爲工作似乎是宰制她的一種妖術，中邪的她每天上班十六小時，沒空與人交際。蓋瑞擔心——他宣稱，身爲大哥，他有權擔心——等到丹妮絲身上的妖術解除，她已經老到無法結婚生子。

他急急吃著鮭魚，丹妮絲則喝著她的進口礦泉水。

講臺上，接著發言的是埃克桑執行長。金髮的她年約四十，散發出大學院長般的睿智，開始談這種療程的副作用。「除了可想而知的頭痛和反胃外，」芬奇說：「本公司尚未記錄到任何副作用。請各位也別忘記，這種科技平臺已經廣泛使用多年了，從未傳出重大傷害報告。」芬奇指著來賓：「灰色亞曼尼，請說。」

「克銳妥不是通便藥的名稱嗎？」

「啊，這個嘛，」芬奇點頭如倒蒜：「沒錯，拼法不同，發音近似。捲毛和我考慮過大約一萬個名字，後來才理解到品牌定位的問題其實不大，因爲本公司針對的患者是罹患阿茲海症默、帕金森氏症或重度憂鬱的人。就算隨便取個名字叫致癌石棉，他們也照樣會踹開門衝進來搶。捲毛之所以不惜讓人亂開便便的玩笑，是因爲他有遠見。他期望二十年後，這療程會讓美國的監獄倒得一間也不剩。我的意思是，說實在的，我們活在醫藥日新月異的時代，將來也一定會有其他公司推出阿茲海默及帕金森療法和我們競爭，有些療法甚至會在克銳妥正式問市前搶灘。這樣看來，對大部份腦神經失調的疾病來說，我們的武器只是軍械庫裡的其中一種。雖然很明顯是最有效的一種，但終究只是眾多選擇之一。另一方面，如果要應用到矯正罪犯的大腦、降低社會問題，這是目前唯一的療法，也就是不接受克銳妥就坐牢。所以，這名稱具有前瞻性。我們搶的是全新領域的灘頭，我們正要在新灘頭插上西班牙國旗。」

遠遠有一桌人，服裝守舊，外表不起眼，正在竊竊私語，也許是工會基金的經理人，也許是賓大或天普大學的校產基金管理人，其中一位體形似鸛的女人站起來，大喊：「照妳這麼說，這療法的概念是能重新設定慣犯的頭腦，讓他們變得喜歡掃地？」

「這在可行的範圍內，沒錯，」芬奇說：「是潛在的療效之一，只不過可能不是最好的一種。」

踢館女不敢置信。「不是最好的一種？你們犯了道德上的大忌啊！」

「這裡嘛，是個自由的國家，建議妳去投資另類能源股吧，」芬奇逗笑地說，因爲多數來賓與她立場一致。「去買地熱公司的水餃股呀！太陽能發電的期貨好便宜，好有正義感。好，請繼續發問。粉紅色襯衫，請說。」

「你們是在癡人說夢，」踢館女持續高分貝：「如果你們以爲，美國人民——」

「小姐，」芬奇打斷她，佔盡別在衣襟上的小麥克風和擴音設備的優勢，「美國人民連死刑都支持，妳以爲他們會反對這個對社會有益的選項嗎？十年以後我們再來看看誰在癡人說夢。好，第三桌的粉紅色襯衫，請說。」

「不好意思，」踢館女不毫不退縮：「我想提醒有意投資貴公司的人，別忘了憲法第八修正案——」

「謝謝妳，感激不盡，」芬奇說，臉上那抹主持人的微笑漸漸僵硬。「既然妳提到殘酷、反常的懲罰，容我建議妳出去散個步，從這裡往北走到費爾芒街，去參觀一下東部州立監獄。那監獄一八二九年啓用，是全世界第一間現代監獄，單人監禁可以長達二十年，自殺率高得驚人，囚犯改邪歸正的機率是零。而且，請記住，現在的美國仍依循這種基本模式來糾正罪犯。各位，捲毛上CNN談的不是這個，他訴求的對象是全美一百萬帕金森病人和四百萬阿茲海默病人。我在這裡告訴各位的，不是要用在一般社會大眾身上。但事實擺在眼前，這種自願性療法能百分之百取代囚禁，是最不殘酷、最不反常的替代之道。克銳妥的潛在應用方式很多，以這種最符合人性。這是自由派人士的願景：眞實、永久、自願性的自我改良。」

踢館女不爲所動地搖著頭離開了交誼廳。在蓋瑞的左肩旁，一萬兩千股艾克森先生雙手圈在嘴邊攏成喇叭狀，對她喝倒彩。

其他桌的年輕男人跟進，一時間噓聲四起，全場籠罩在球迷笑鬧歡呼的氣氛中。蓋瑞擔心丹妮絲會因為這一幕而看不起他活動的圈子。丹妮絲傾身向前，盯著一萬兩千股艾克森先生，錯愕得合不攏嘴。

大傻．安德森站上前來，開始回答跟錢有關的問題。他一身美式足球中後衛的體魄，濃密的腮鬚亮著油光，頭上的髮株根根清晰可數。他提到認購狀況超額得令人滿意，把這支初上市股票的熱度比喻為萬達魯咖哩和七月的達拉斯。他拒絕透露承銷商為埃克桑設定的價碼，只說價格公道——你懂的——讓市場自行運作。

丹妮絲碰碰蓋瑞的肩膀，指向講臺後面的一桌，芬奇正一個人站在桌前吃鮭魚餐。「我們的獵物出來覓食了，好機會。」

「做什麼？」蓋瑞說。

「替爸報名參加實驗。」

蓋瑞對於讓艾爾佛瑞參加第二階段研究完全沒興趣，但他想，如果讓丹妮絲提起父親的病，點燃對藍博特家的同情心，打心理戰，要求埃克桑拿出善意，他倒是有可能得到認購五千股的機會。

「妳來說，」他說著起身：「等妳講完，我也想問她一個問題。」

兄妹倆走向講臺時，幾顆頭跟著轉動，欣賞著丹妮絲的腿。

「『不發表意見』才五個字，是哪個字不清楚？」安德森反問一位來賓，逗得大家哈哈笑。

埃克桑執行長鼓著雙頰像松鼠。她拿起餐巾擦嘴，打量著前來搭訕的藍博特兄妹，豎起心防。「我好餓喔。」她說。瘦女人以這話來為縱容口腹之慾致歉。「等兩三分鐘，我們會擺出幾張桌子，麻煩兩位稍候。」

「我想請教一個半公半私的問題。」丹妮絲說。

芬奇吞嚥得困難——也許是被人看得不舒服，也許是少嚼了幾口。「什麼問題？」

丹妮絲和蓋瑞自我介紹後，丹妮絲提起艾爾佛瑞收到的那封信。

「餓慌了，不吃不行，抱歉。」芬奇一邊解釋，一邊把小扁豆鏟進嘴巴。「寫信給令尊的應該是普瑞格吧，我相信那方面處理得很周全，如果妳還有疑問，他待會很樂意跟妳溝通。」

「我們的問題由妳來回答比較合適。」丹妮絲說。

「抱歉，再讓我吃一口。」芬奇辛苦地嚼著鮭魚，再一次嚥下去，把餐巾放在盤子上。「那個專利，我跟妳說實話好了，我們當初想過乾脆侵權，很多人都這樣做。但捲毛他自己也是發明人，所以想照規矩來。」

「我也直說好了，」蓋瑞說：「照規矩的做法或許是提高價碼。」

芬奇以舌尖戳著上唇內部，舌頭像躲在棉被底下的貓。「你對你父親的成就可能期望太高了，」她說：「一九六〇年代很多人都在研究同一類型的膠狀物質，據我所知，電異向特性的發現歸功於康乃爾大學一組人。何況，我從普瑞格那裡得知，令尊那份專利的措辭並不明確，裡面根本沒有提到腦，只寫『人體組織。』在專利法的範疇裡，正義站在強者的一邊。我認為我們開的數字相當慷慨了。」

蓋瑞做出「我是混帳」的表情，望向講臺，看見安德森被祝賀者和有求於他的群眾包圍。

「家父覺得金額沒問題，」丹妮絲請芬奇寬心：「等他知道了你們的研發成果，一定會很高興。」

女人套交情的方式，做作的客氣，令蓋瑞微微噁心。

「我忘了他所屬的醫院是哪一間。」芬奇說。

「他不是醫院的研究人員，」丹妮絲說：「他以前在鐵路公司當工程師，在我們家地下室開了一間實驗室。」

芬奇面露訝異。「他是以業餘身份發明那專利？」

蓋瑞不知道哪一種艾爾佛瑞比較讓人生氣：是在地下室研究出重大發明，又害自己坐失一大筆財富的壞心眼老暴君，還是誤打誤撞實驗出化學正規軍研發結果，然後拿微薄家產去申請並維護一份措辭模糊的專利，現在再被艾博立賞一口殘餚的老頭。兩種艾爾佛瑞都讓他暴跳如雷。

老人家漠視蓋瑞的忠告，接受對方的價碼，到頭來也許是最妥當的做法。

「我爸有帕金森氏症。」丹妮絲說。

「噢，眞遺憾。」

「嗯，我們在想，不知道貴公司能不能讓他試用你們的——產品。」

「可以理解，」芬奇說：「我們應該要徵求捲毛的同意。這個想法很有人情味，我喜歡。令尊住這附近嗎？」

「他住在聖猶達。」

芬奇皺眉。「療程至少六個月，每星期要去軒克斯維爾鎮兩次，妳不能送他去的話，那就沒辦法。」

「沒問題，」丹妮絲說著轉向蓋瑞：「對不對？」

這段對話從頭到尾都令蓋瑞討厭。健康健康，女生女生，客氣客氣，委婉委婉。他不回答。

「他的精神狀態如何？」芬奇說。

丹妮絲張開嘴，卻一時語塞。

「他還好，」她提振情緒說：「嗯，還好。」

「沒有失智症？」

丹妮絲噘起嘴唇，搖搖頭。「沒有。他有時候是有點糊塗，不過——沒有。」

「糊塗可能是吃藥的副作用，」芬奇說：「那可以治療。不過路易體失智症就超出第二階段測試的範圍，阿茲海默也是。」

「他的思路很清楚。」丹妮絲說。

「好，如果他聽得懂簡單的指示，也願意在一月來東部一趟，捲毛應該會盡可能讓他參加。這一定會傳爲佳話。」

芬奇拿出名片，跟丹妮絲熱絡地握手，和蓋瑞握手時少了一分熱度，然後走進圍繞安德森的人群。

蓋瑞尾隨過去，抓住她的手肘。她赫然轉身。

「聽著，芬奇，」他壓低嗓門，彷彿在說，我們是成年人，務實一點吧，客套的狗屁可以省了。「妳把『佳話』套在我爸頭上，我很高興。而且你願意給他五千元，非常慷慨。不過我相信，你們需要我們的地方超過我們需要你們。」

芬奇對某人揮手，豎起一指，示意她等一下再過去。「其實，」她對蓋瑞說：「我們一點也不需要你們，所以我不曉得你在說什麼。」

「我家人想認購五千股。」

芬奇笑得像每週上班八十小時的主管。「這裡的所有人也一樣啊，」她說：「所以才有投資銀行業的存在嘛！抱歉，我還有事——」

她甩開蓋瑞的手走掉，人潮中的蓋瑞覺得呼吸困難。他氣自己乞求對方，氣自己讓丹妮絲參加這場說明會，氣自己姓藍博特。他不等丹妮絲便大步走向最近的出口，丹妮絲匆匆跟上。

四季大飯店與鄰近辦公大樓間有一座企業中庭，花卉蓊鬱，栽種得一絲不苟，宛如網路購物天堂的畫素。兄妹倆穿過中庭時，蓋瑞爲怒火找到了出氣孔，他說：「沒搞錯吧？把爸接過來是要讓他住誰那裡？」

「我家跟你家輪流住。」丹妮絲說。

「妳從來不在家，」他說：「而爸說過，他不想在我家待超過四十八小時。」

「不會像去年聖誕那樣了，」丹妮絲說：「相信我，我禮拜六看到的是——」

「而且，一個禮拜要去軒克斯維爾鎮兩次，他怎麼去？」

「蓋瑞，你是什麼意思？你難道不希望這樣？」

兩名上班族原本坐在大理石長椅上，見到怒沖沖的兩人殺過來，趕緊起身讓位。丹妮絲坐在長椅上，雙手交叉胸前，一副不妥協的態度。蓋瑞繞著小圈圈踱步，雙手插腰。

「過去十年來，」他說：「爸完全不關心自己的健康，成天坐在那張他媽的藍椅子上顧影自憐。我不懂，妳怎麼會以爲他會突然想開始——」

「唔，如果他認爲世上眞有良藥——」

「有又怎麼樣？讓他再憂鬱五年，然後在八十五歲、而不是八十歲的時候慘兮兮地死掉？這樣有差嗎？」

「也許他憂鬱是因為他病了。」

「對不起，丹妮絲，但那都是屁話、胡說八道。那個男人在退休之前就已經憂鬱了，他身體好端端的時候就憂鬱了。」

附近有一座低矮的噴泉，潺潺的水聲形成一座中度隱私罩。一朵無羈絆的雲溜過來，飄入屋頂輪廓劃出的私有象限。漫射的光線一如海濱。

「換成是你，你會怎麼辦？」丹妮絲說：「如果你一年到頭都被媽嘮叨，一直聽她叫你出門走一走，盯著你的一舉一動，連你愛坐在那張椅子上也不行，你會怎樣？她愈催他起來動，他就愈想一直坐下去；他愈坐，媽就愈——」

「丹妮絲，妳活在幻想世界裡。」

她瞪著蓋瑞，滿臉敵意。「少來了，你把爸當成一臺破舊老機器，不也一樣是在作夢？蓋瑞，他是人啊！他有內心世界，而且他對我很好，至少——」

「哼，他對我一點也不好，」蓋瑞說：「還常欺負媽，又愛罵人，自私透頂。我認為他要是想坐在那張椅子上睡掉餘生，那也無所謂。我樂見這樣，我百分之一千贊成。但先不管那張椅子，房子比較重要，那棟三層樓的房子破爛得快倒了，價值也一直在跌。我們應該做事情的是替媽提升生活品質。只要做到這點，他想坐那張椅子顧影自憐再久都是他的事。」

「媽愛那棟房子，那棟房子就是她的生活品質。」

「是嗎？那她也一樣活在幻想世界！在那棟房子裡，她得每天二十四小時照顧老人，那種房子有什麼好愛？」

丹妮絲的眼珠擠成鬥雞眼，噴氣趕走額頭的一綹髮絲。「活在幻想世界的人是你，」她說：「你好像以爲他們搬去費城，住進一房一廳的公寓，整個城市裡只認識你和我，這種生活他們會過得快樂。這是在圖誰的方便你知道嗎？你。」

他高高揮動雙手。「對，就是爲了我的方便！我不想老是煩惱聖猶達那間老房子，我不想老是飛過去，我不想聽媽老是抱怨她的生活多辛苦。對妳對我都方便的方式，總比對大家都不方便來得好。媽跟一個全身是病的人同在一個屋簷下，爸受夠了，玩完了，結束，到此爲止，結帳了，她卻以爲只要爸再努力一點，毛病就會消失，生活會恢復到從前。噢，向大家報告一個消息：生活不會再恢復到從前了。」

「你甚至不希望他的身體好起來。」

「丹妮絲，」蓋瑞掩面：「在他生病之前，他們有五年的時間。結果他拿那五年去做什麼？整天看地方新聞，等媽煮飯給他吃。我們是活在眞實世界裡，所以我要他們賣掉那棟房子——」

「蓋瑞。」

「我要他們搬來這裡，住進養老社區；我不怕明講。」

「蓋瑞，聽我說。」丹妮絲彎腰向前，帶著一種急於表達善意的神態，徒使蓋瑞更加惱火。「爸可以搬來跟我住六個月，他們兩個都可以來住。我下班可以帶飯菜回家，沒什麼大不了的。如果他身體好轉，他們會回聖猶達；如果他的身體沒有好轉，他們可以利用六個月的時間，想清楚是不是喜歡住在費城。我問你，這有什麼錯？」

蓋瑞不知道哪裡錯。但他的耳邊已響起依妮德帶刺的評語，細數著丹妮絲的好。再說，要卡羅琳和依妮德在同一屋簷下相敬如賓六天，根本是無法想像的事（遑論六個星期跟六個月），所以蓋瑞連禮貌性的邀請也省略。

蓋瑞抬眼看去，辦公大樓最靠近太陽的一角白光晃晃。在他四周，有一床床菊花、秋海棠、麥門冬，宛若音樂錄影帶裡穿比基尼的配角，盛開時被種下去，在花瓣凋零、褐斑遍布、枯葉落地之前又被挖走。蓋瑞一向喜歡企業花園，因爲它們能襯托特權，是驕縱階級的代名詞，但他也深知不能對它們要求太高，深知不能向它們求援。

「隨妳吧，我根本不在乎。」他說：「這個計畫好偉大，如果妳還能負責接送的話，那就更好了。」

「好啊，我接送。」丹妮絲馬上答應。「那聖誕節呢？爸眞的希望你們能到。」

蓋瑞笑了。「他也跟著起鬨啦？」

「他是爲媽要求的，而媽是眞的、眞的希望聖誕節能全家團圓。」

「她當然希望。她是依妮德．藍博特，依妮德．藍博特的心願除了在聖猶達過聖誕外，還會有什麼？」

「我會去，」丹妮絲說：「還會盡量勸齊普一起去，我覺得你們一家五口也應該去。我想，爲了爸媽，我們應該聚在一起。」

丹妮絲的語調帶有絲微的美德，令蓋瑞咬牙切齒。在十月的午後，在三號係數的指針逼近空桶的時候，他最不想聽人拿聖誕節的事訓他。

「禮拜六那天，爸說了一句奇怪的話，」丹妮絲繼續：「他說，『不知道自己還剩多少日子了。』爸媽提起聖誕團圓的心願時，講得好像今年是最後一次，有點激動。」

「唔，媽就是這樣啊，」蓋瑞的口氣有點狂妄：「老是愛用激動的語氣把情緒張力拉到極限！」

「對，不過我也覺得她是講眞的。」

「我確定她是講眞的！」蓋瑞說：「我會考慮看看，可以吧！不過，丹妮絲，讓一家五口飛過去沒有那麼簡單。沒有那麼簡單！在這裡團聚的可行性高多了！對吧？對吧？」

「我知道，我同意，」丹妮絲低聲奮戰：「不過你別忘了，聖猶達的聖誕團圓很可能只有這一次。」

「我說過我會考慮，我只能做到這樣，好嗎？我會考慮！我會考慮！可以嗎？」

丹妮絲似乎對他的怒火感到困惑。「好，謝謝，但問題是——」

「還有問題？」蓋瑞邊說邊走離她三步，再猛一個轉身。「告訴我還有什麼問題。」

「唔，我剛剛只是在想——」

「拜託，我半小時之前就該回去上班了。」

丹妮絲對著他翻了翻白眼，話講到一半，嘴巴開著。

「想講什麼，快講。」蓋瑞說。

「好，唔，我不想像媽一樣囉唆，但是——」

「擔心得太晚了吧！哼？哼？」他發現自己吼到得意忘形，舉著雙手亂揮。

「我不想跟媽一樣囉唆，但是，訂機票的事不能再拖了，要趕快決定。好了，講完了。」

蓋瑞正要開始笑，卻及時打住。「好主意！」他說。「妳說的對！趕快決定！得買機票了！好主意！」

他像教練一樣拍著手。

「你怎麼了？」

「沒事，妳說的對。我們應該全家一起回聖猶達過最後一次聖誕節，不然等房子賣掉或爸倒下去，甚至有人死掉就來不及了。這道理再清楚不過了，妳完全正確。」

「那我不懂你有什麼好生氣的。」

「哪有！我哪有在生氣！」

「好，好。」丹妮絲心平氣和地向上凝視著他。「接下來，我想問你另外一件事。我想知道，爲什麼媽以爲我在和已婚男人搞婚外情。」

歉疚感抽動了一下，震驚有如浪潮湧向蓋瑞。「不知道。」他說。

「你是不是告訴她，我跟有婦之夫在一起？」

「我怎麼可能跟她說？我對妳的私生活一點也不瞭解。」

「唔，你是不是暗示了她什麼？還是不小心說了什麼？」

「丹妮絲，我說眞的，」蓋瑞重振家長的風範，亮出大哥寵小妹的光環。「妳是我認識的人中最不講自己的一個，我哪來故事可說？」

「你有沒有暗示她什麼？」她說：「因爲某人有，某人對她灌輸那種想法。我記得有一次，我跟你說了一點點小事，你似乎誤解了，又把話傳給她。還有，蓋瑞，我跟她之間的心結已經夠多了，不勞你再跟她嚼舌根。」

「妳知道嗎，如果妳不要這麼神神祕祕——」

「我哪有『神神祕祕』。」

「如果妳不要保密到家，」蓋瑞說：「或許就不會碰到這種問題，妳這樣幾乎像在期望別人對妳閒言間語似的。」

「耐人尋味的是，你沒有回答我的問題。」

他緩緩從牙齒之間吐氣。「我不知道媽的印象是哪裡來的，我什麼也沒有告訴她。」

「好吧！」丹妮絲說著站起來。「那我負責接送，你去想想聖誕節的事，等爸媽來費城我們再碰面。再見。」

她走向最近的出口，毅然的動作令人詫異，步伐沒有快到曝露心中的怒焰，卻快到蓋瑞得用跑的才跟得上。他等了一分鐘，看看她會不會回頭。確定她一去不回後，他才離開中庭，朝自己公司的方向而去。

當初妹妹選擇就讀費城的大學，令蓋瑞受寵若驚。那一年他和卡羅琳剛在費城買下夢想中的房子，他期待將丹妮絲介紹給所有朋友和同事（說穿了，是想拿她來炫耀）。他想像妹妹每個月會來塞米諾爾街吃晚餐，她和卡羅琳會情同姐妹。他想像全家老小、甚至齊普，最終都在費城落腳。他想像侄甥同聚一家、舉辦家庭宴會、玩室內遊戲、在塞米諾爾街慶祝漫長的銀色聖誕。如今，他和丹妮絲在同一個城市住了十五年，卻覺得對妹妹所知幾無。她對他從來沒有要求。無論多累她都不會空手來訪，一定會捧著鮮花或點心送嫂嫂、帶鯊魚的牙齒或漫畫書給小孩、講律師或燈泡的笑話讓蓋瑞笑。她舉止合宜，無懈可擊，蓋瑞無法讓她知道自己有多失望，他所憧憬的一家人和樂融融的未來，幾乎化為泡影。

一年前某個午餐席間，蓋瑞提起他一個已婚「朋友」（其實是同事杰·帕斯科）跟女兒們的鋼琴老師暗通款曲。蓋瑞說，他能理解這朋友逢場作戲的偷情心態（帕斯科無意和妻子離婚），但蓋瑞說，他不懂為什麼鋼琴老師會陷進來。

「你是說你沒辦法想像，」丹妮絲說：「女人爲什麼願意跟你搞婚外情？」

「我又不是在講我自己。」蓋瑞說。

「但你結了婚又有小孩。」

「我的意思是，這女人明明知道那傢伙是愛情騙子，偷腥成性，她到底看上他哪一點。」

「說不定，她平常眞的不碰說謊跟偷腥的人，」丹妮絲說：「是因爲愛上了那個男人才破例。」

「那不就像是自我欺騙。」

「不對，蓋瑞，是愛情的作用。」

「喔，那我覺得她總有一天會走大運，釣到有錢人變身大富婆。」

尖銳的經濟現實一語戳破丹妮絲自由派的天眞心態，丹妮絲似乎傷感起來。

「看見人家有小孩，」她說：「看見人家開開心心當父母，總會被那股幸福氣氛吸引。不可能的事有一種魅力，有時候，行不通反而讓人安心。」

「聽妳的口氣，妳是過來人。」蓋瑞說。

「打動過我心的人當中，沒有小孩的只有恩米爾一個。」

蓋瑞豎起耳朵。他裝出糊塗大哥的樣子，冒險一問：「妳，呃，正在跟什麼人交往嗎？」

「沒人。」

「妳該不會愛上有婦之夫吧？」他故作玩笑地說。

丹妮絲的臉色略略刷白，伸手去拿水杯時又兩度泛紅。「我沒有對象，」她說：「我的精神都放在工作上。」

「唔，要記住，」蓋瑞說：「廚房以外的世界海闊天空。在妳這個階段，妳應該開始思考自己要什麼，哪一條路可以直通目標。」

丹妮絲歪身比手勢請服務生結帳。「說不定我會釣到金龜婿。」她說。

妹妹和已婚男人亂搞的事，蓋瑞愈想愈怒，但再怎麼氣也不應該在母親面前繪聲繪影。聖誕節期間他一邊空腹灌琴酒，一邊聽母親歌頌丹妮絲的優點。而且，慘遭分屍的奧地利馴鹿才剛在幾小時前出土，依妮德送媳婦的禮物像被謀殺的嬰兒，從垃圾桶裡被抱出來。母親大誇丹妮絲的百萬富翁老闆超慷慨，不但斥資爲丹妮絲籌備新餐廳，還送她去法國和中歐遍嘗豪華美食兩個月。她盛讚丹妮絲工作勤勞，懂得奉獻，懂得勤儉，暗諷蓋瑞「拜金」、「虛榮」、「想錢想瘋了」——但她自己的腦袋裡不也裝滿了美金符號！假如她有機會，不也會買一棟像蓋瑞家的豪宅，再把它裝潢得和蓋瑞家一模一樣！他想對母親說：在妳的三個子女裡面，我的生活最像妳！妳教我追求的，我全有了！我努力得到了一切，妳卻不認同！

然而，當杜松子酒精蒙蔽了理智後，他眞正說出口是：「妳爲什麼不去問問丹妮絲跟誰上床？問她那男人是誰？有沒有小孩？」

「她最近好像沒有交往的對象。」依妮德說。

「我說，」杜松子酒精說：「妳去問她，是不是在跟有家室的人交往。在妳把女兒捧上中西部價值觀的典範前，妳一定會忍不住想問清楚。」

依妮德捂耳。「我不想知道！」

「好啊，請便，繼續把頭埋進沙子裡！」惡劣的心情咆哮了。「我只是不想再聽妳把她捧成天使。」

蓋瑞自知，他犯了手足默契的大忌。但他很得意，樂見丹妮絲挨母親的罵。不認同他的女人好多，他覺得被包圍、被拘禁。

打破藩籬的路不是沒有。女秘書、女推銷員、甚至路上的女人那麼多，隨便哪一天都可能注意到他的身高、他片岩灰的頭髮、小牛皮夾克、法國登山褲，都可能看著他的眼睛，彷彿在說：我家鑰匙在踏腳墊下面。他只要別再說不，隨便對其中一位說好就行。但，這世上他最想舔的陰戶、最想握的金絲鐘索般的頭髮、高潮時最想凝望的眼睛，都非卡羅琳莫屬。婚外情的結果鐵定只有一個：不認同他的女人再添一位。

百信銀行的大樓位於市場大街，他進入大廳，和一群人一起等電梯。辦公職員、軟體專家、查帳員、敲鍵盤的工程師正吃完晚午餐，陸續回流。

「命宮走到獅子了，」最靠近蓋瑞的女人用破破爛爛的句子說：「現在搶購的時機最好，獅子他通常在店裡管特價品。」

「那我們的救世主怎麼辦？」剛才那位女人說話的對象問。

「這也是回憶救世主的好時機呀，」剛才的女人鎮定地說：「命宮在獅子的時候非常適合緬懷救世主。」

「含鎦的營養補給品有高劑量的部份氫化維他命E！」第三個人說。

「他設定了鬧鐘收音機，」第四個人說：「我完全搞不清楚是他用什麼方式設的，但他把頻率固定在WMIA電臺，每個小時過十一分鐘就響一次；持續一整晚。」

終於來了一班電梯。大批人類湧進時，蓋瑞打算等比較不擠的下一班，不被庸俗與體味塞滿的下一班。然而這時，大門走進一位財產規畫師，是這幾月來不停拋給他「跟我聊聊嘛」、「摸摸我嘛」微笑的妙齡女子。爲了避開她，蓋瑞衝進即將關閉的電梯，不料後腳被門夾到，電梯門再度敞開，妙齡女子擠進來，站在他身邊。

「傑瑞麥亞先知有給他講過獅子喔，妹子，這本小冊子裡有說到。」

「現在凌晨三點十一分，第三次延長賽進入最後十二秒，快艇隊和灰熊隊的比數是一四六比一四五。收音機響起來就像這樣。」

滿載的電梯裡絕無回音，大小聲響全被衣物、人肉、髮型吃掉，空氣全被吸過；墓穴裡的溫度過高。

「這本小冊子是惡魔寫的。」

「妹子，整個休息時間讀一下嘛，又不會掉妳一塊肉。」

「這次的大學選秀抽籤，排名墊底的兩隊都想輸掉這場不重要的季末賽，好換得優先選秀的順位。」

「鎦是一種稀土元素，非常稀有，是從泥土裡提煉出來的，而且因爲是一種元素，所以是純的。」

「他幹嘛不把鬧鐘設在四點十一分，這樣只要醒來一次就能聽到所有比數，但是雪梨戴維斯杯網球賽每個小時都有最新報導，當然不能錯過。」

財產規畫師身材嬌小，臉蛋漂亮，頭髮是棕紅色。她對蓋瑞微笑，彷彿邀請他先開口。她看起來像中西部人，很高興站在他旁邊似的。

蓋瑞把視線固定在空氣中，盡量不要呼吸。百信商標「CenTrust」上的T字強冒出頭，他始終很感冒，現在的他想把T當成乳頭用力按下去，但一按下去就變成cent-rust——生鏽的一分錢銅板，這讓人一點滿足感也沒有。

「妹子啊，這可不是要取代妳現在宗教的信仰喔，這是輔助用的。以賽亞也提到過那個獅子，說牠是猶大之獅。」

「馬來西亞有一場業餘職業混和賽，比賽才開始就有一隊領先，不過可能會在兩點十一分和三點十一分之間出現變化；這也不能錯過。」

「我的信仰不需要有取代。」

「雪麗呀，妹子，妳是被耳屎塞住耳朵了嗎？聽我說，這、不、是、替、代、用、的、信、仰，這是輔助用的。」

「保證讓肌膚絲般柔潤又充滿活力，而且能減少恐慌症發作機率百分之十八唷！」

「我想知道，枕邊的鬧鐘一個晚上響八次，而且每天晚上都這樣，珊曼莎會怎麼想。」

「我的重點是，搶購趁現在就是我的意思。」

妙齡財產移轉規畫師挨近過來，好讓一群熱汗淋漓的人出電梯，棕紅色的頭靠上他的肋骨，態度是絕無必要的親密，這時蓋瑞想到，他對結縭二十年的卡羅琳始終忠心的另一原因，是他對肢體碰觸的反感逐年遞增。他絕對是愛上了忠誠這回事，脫軌獵豔固然能刺激他精蟲衝腦，但他大腦和卵蛋之間的某處或許有根筋鬆掉了，因爲當他在腦子裡冒犯這位紅髮小女生、剝掉她的衣服時，他想到的竟然是他會覺得偷歡空間有多陰濕，多不衛生——滿載大腸桿菌的廁所、整牆整床單都是乾精液的馬力歐旅館、她可愛的福斯或普利茅斯車被貓抓爛的後座、她在蒙哥馬利村或康碩哈金初次購買的瀰漫著孢子的小公寓，每一個地點都溫度過高、通風不良，讓人聯想到菜花、衣原體性病，可以想見呼吸會多吃力，她的肉體有多窒悶，就算再怎麼將就都沒辦法不嫌髒，沒辦法不失敗……

十六樓到了，他蹦出電梯，對著中央空調的涼空氣大口大口吸滿整個肺。

「你太太來過好幾通電話，」秘書瑪姬說：「她叫你馬上回電。」

蓋瑞從秘書桌上的盒子取走一疊留言。「什麼事，她有說嗎？」

「沒有，不過她的語氣很激動。我跟她說了你不在公司，她還是一直打來。」

蓋瑞把自己關進辦公室，翻閱留言字條。卡羅琳來電的時間分別是一點三十五、一點四十、一點五十、一點五十五，最後是兩點十分。現在是兩點二十五。他握拳捶空氣，興高采烈。終於，終於，情急的證據出現了。

他撥電話回家，說：「什麼事？」

卡羅琳顫抖著嗓門：「蓋瑞，你的手機怪怪的，我一直打都不通，它壞了嗎？」

「我關機了。」

「關機多久？我打了一個鐘頭，現在急著要去接小孩，可是我又不想離開家裡！我不知道該怎麼辦！」

「卡羅，怎麼了？告訴我。」

「有一個人在馬路對面。」

「誰？」

「不知道，有個人坐在車子裡，我不知道，他在那裡坐了一個鐘頭。」

蓋瑞的龜頭宛如燭頭在滴蠟。「妳有過去看看是誰嗎？」

「我不敢，」卡羅琳說：「警察說這條街是公共馬路。」

「警察說的對，是公共馬路。」

「蓋瑞，『無休』的牌子又被偷走了！」她簡直是在哭訴：「我中午回到家牌子就不見了，然後我向外一看，看見那輛車停在對面，現在前座坐了一個人。」

「什麼車？」

「大旅行車，老車，我沒見過。」

「妳回家的時候，車就停在對面了嗎？」

「我不知道啦！現在我急著去接忠納，又不想出去，因爲保全的牌子不見了，對面又有那輛車——」

「保全系統開著，對不對？」

「可是，如果我回家時壞人還在家裡，被我驚動了——」

「卡羅琳，親愛的，鎮定一點，妳會聽見警報——」

「碎玻璃，警報聲，壞人被逼進角落，這些人有槍啊——」

「卡羅琳，妳聽我說，照我的話去做。卡羅琳？」她語氣裡的恐懼及恐懼象徵的渴求，讓他亢奮異常，不得不隔著褲襠揑一下，證實這不是夢。「用妳的手機打給我，」他說：「然後別掛掉，走出門，坐進妳那輛休旅車，開出車道。妳可以開著車窗，見人就講話。我會在線上一路陪妳，好嗎？」

「好、好。我馬上打給你。」

蓋瑞等電話時，想起卡羅琳淚水縱橫時那帶有熱氣、鹹味、桃子碰傷般柔軟的臉，想起她嚥下淚液的聲音，想起她完全開放、準備就緒的嘴。三個星期以來，撒尿用的傢伙像一隻死老鼠，連最微弱的脈搏也沒有，他相信她再也不需要他，他再也不想要她；如今情勢卻在瞬間大逆轉，他被肉慾沖得頭重腳輕；這才是他所知道的婚姻生活。他的電話響起。

「我在車上，」卡羅琳對著手機說，聲音如同來自機艙：「我正在倒車。」

「妳也可以記下他的車牌。在妳的車子跟他平行之前，寫下他的車牌，讓他看見妳抄寫的動作。」

「好，好。」

她的休旅車如大型動物呼吸著，自動換檔的嗡聲響起，聲音縮小成手機訊號傳過來。

「唉，該死，蓋瑞，」她哀嚎：「他不見了！我看不到他！他一定是見我過來，就趕快把車子開走了！」

「好，這樣不是正好嗎？不是正合妳意嗎？」

「不對，因爲他會繞一圈，趁我不在的時候繞回來。」

蓋瑞安撫著她，告訴她載兒子回家時如何接近房子最安全。他承諾保持手機暢通，提前下班。他避免將她的精神健康和自己做比較。

憂鬱？他才不憂鬱。美國經濟活蹦亂跳，各項指數緩緩流過電視的子母畫面。歐爾費克密德蘭收盤時上漲一又八分之三點。美元笑傲歐元，打得日元滿地找牙。維吉尼雅．林進來，建議在艾克森石油達到一〇四元時出清一部份持股。窗外，蓋瑞看得見河岸對面的紐澤西州肯頓，洪氾區的景致荒蕪。從高樓遠望過去，那地方形同耐磨合成地板被刮除後的廚房。太陽高掛南邊，令他鬆一口氣；蓋瑞不能忍受爸媽來東岸時天氣不好。同一顆太陽正照耀著他們的遊輪，此刻正航行至緬因州以北的某地。在電視螢幕的角落，子畫面上出現捲毛艾博立的頭。蓋瑞把畫面放大，調高音量，聽見艾博立在結尾說：「人腦的健身機，比喻得不錯，辛蒂。」對全天候商業新聞的眾主播而言，金融風險只不過是漲勢的玩樂夥伴，他們賢明地點頭回應。「人腦的健身機，好的。」女主播接著轉變話題：「接下來，我們來看看比利時（！）最夯的玩具是什麼。這家廠商說，這種產品未來可能比豆豆布偶更轟動！」帕斯科進來，對債券市場發發牢騷。他的女兒換了新的鋼琴老師，母親則還是那一個。他每說每三個字，蓋瑞只能聽進去一個。蓋瑞的神經之亢奮，有如多年前的一個午後。那天，他即將和卡羅琳第五度約會，終於準備告別純情階段，因此約會前的每一個小時猶如花崗岩塊，等著戴手銬的囚犯來劈破……

他在四點半下班，開著瑞典轎車沿凱利街、林肯街上坡，駛出斯古其爾河谷，脫離谷地的煙霧、快速道路、明亮平坦的現實，穿越威薩希肯溪畔的林蔭隧道，早秋的枝葉形成鬼魅的拱門。車子最後回到栗丘，駛進魔法森林般的現實。

儘管卡羅琳的想像力沸騰，屋子看起來卻毫髮無傷。蓋瑞把車子慢慢駛進車道，經過玉簪和衛矛的花床。她說的果然沒錯，**無休保全**的招牌又被偷走了。年初至今蓋瑞已經插過五支**無休保全**的牌子，每支都不翼而飛。保全公司的招牌在住宅區氾濫，稀釋了**無休保全**的價值，喝阻竊賊的效果也跟著暴跌，令他痛恨不已。這裡是栗丘的心臟地帶，不消說，插在前院的鋼片招牌無論是無休、西民防、普費德，都能保證讓住家安心，因為泛光燈、視網膜掃瞄、應急電池、埋地熱線、遙控保全門等設備一應俱全。然而在費城西北區的其他鄰里，下至艾立山、德國城、耐斯城，是反社會人格者活動、居住的地方，也住著一群力行自由主義理念的屋主。他們討厭的是，一旦成為家庭保全系統的訂戶，自身的「價值觀」恐怕被外人扭曲。但那些高擁自由主義「價值觀」的人卻幾乎每週來偷摘一次蓋瑞的保全招牌，偷去插在自家的前院……

車庫裡，一陣艾爾佛瑞似的衝動襲來，他好想斜倚在車內座椅上，閉目養神。他熄滅引擎，這動作似乎也關閉了腦裡的一區。肉慾和精力哪裡去了？這也是他所知的婚姻生活。

他強迫自己下車。一道緊縮在臉上的倦怠感，從眼睛和鼻竇竄進腦幹。縱使卡羅琳準備寬恕他，縱使夫妻倆能設法擺脫兒子，親熱一下（就現實而言絕對辦不到），現在的他大概也累得缺乏男子氣概。眼前的五小時被三個兒子佔滿，然後他才能和妻子上床。若想重振五分鐘前的精力，他勢必得先好好睡一覺——睡滿八小時，也許十小時。

後門鎖著，鏈條也扣上。他使盡力氣，重重敲了敲，盡量敲得愉悅。透過窗戶，他看見忠納穿著泳褲和拖鞋小跑步過來，輸入密碼，然後拉開輔助鎖，解下門鏈。

「哈囉，爸，我正要把浴室改成一間三溫暖。」忠納說完往回走。

挑動蓋瑞慾望的人，也就是他在電話上安撫的淚眼脆弱金髮女，正陪凱勒柏坐在廚房看重播的科幻銀河劇。認真的類人生物穿著中性制服。

「哈囉！」蓋瑞說：「好像一切都沒事嘛。」

卡羅琳和凱勒柏點點頭，視線落在另一個行星上。

「我出去再插一支牌子好了。」蓋瑞說。

「你應該把牌子釘在樹上，」卡羅琳說：「拆掉棍子，直接釘在樹上。」

期望落空，男子漢氣概流失殆盡，蓋瑞吸進一大口空氣，咳了一咳。「卡羅琳，在前院插牌子，暗示的是格調和巧思，讓明眼人自動退開。如果非用鏈條把牌子拴在樹上，以免被偷——」

「我說用釘的。」

「好像是對反社會人格者宣佈：我們怕了！過來整我們吧！快來整我們！」

「我沒有說鏈條，我說用釘的。」

凱勒柏伸手拿遙控器，調高電視音量。

蓋瑞進地下室，從扁平的厚紙箱中取出最後一支招牌；保全公司的業務代表當初一口氣賣他六支。保全系統所費不貲，這些招牌卻簡陋得不像話，牌子上的油漆不均勻，鋁鉚釘不堪一擊，插棍是以捲起來的金屬板充數，而這種金屬板捲成的棍子又太薄弱，禁不起敲，只能挖地洞插進去。

回到廚房時，卡羅琳頭也不抬，他頓時懷疑起卡羅琳的求救電話難道是自己的幻覺，然而，四角內褲裡確實殘存一點濕度，而且他進地下室才三十秒，卡羅琳已經拉上後門的輔助鎖、扣上門鏈、重新設定警報。

他當然精神有毛病，但還有她！她！

「我的天啊！」他邊罵邊在鍵盤輸入結婚紀念日。

他讓門大大敞開，走進前院，在不毛的洞裡插上新的保全招牌。一分鐘後他想進門，發現門又上鎖了。他取出鑰匙，扭開輔助鎖，把門推開到門鏈伸展的極限，觸動門內的警報。他用力推門，鉸鏈因而繃緊。正當他打算用肩膀頂撞，讓門鏈脫落時，卡羅琳苦著臉大叫一聲跳起身，手扶著腰踉蹌過來，搶在三十秒的時限之內輸入密碼。「蓋瑞，」她說：「敲門就好了。」

「我人在前院，」他說：「才走開不到五十公尺，妳有必要設定警報器嗎？」

「今天家裡的狀況你不瞭解，」她喃喃說，跛腳回到她的星際空間：「我在家覺得好孤單，蓋瑞，非常孤單。」

「我回來了，對不對？我在家裡。」

「對，你回家了。」

「嘿，爸，晚餐吃什麼？」凱勒柏說：「可以吃燒烤總匯嗎？」

「可以，」蓋瑞說：「我負責做晚餐，也負責洗碗盤，或許也去修剪樹籬，因爲只有我的心情最好！怎麼樣，卡羅琳？妳覺得可以嗎？」

「好，可以，請做晚餐。」她喃喃說，盯著電視。

「好，我來做晚餐。」蓋瑞拍拍手，咳嗽一下。他感到胸腔與腦殼裡的老舊齒輪紛紛從軸上脫落，絞進體內其他臟器裡。他命令身體撐住，啓動不憂鬱的能量，身體卻毫無反應。

他今晚需要好好睡至少六個小時。爲達成此一目標，他打算喝兩杯伏特加馬丁尼，在十點之前就寢。他拿起伏特加酒瓶，倒進加了冰塊的調酒杯，恣意任酒咕嚕咕嚕流，因爲身爲百信銀行副總裁的他勤奮了一天，豈有不能鬆懈心情的道理？他往烤肉爐裡點燃薰衣木，把馬丁尼一飲而盡。他如同一枚墜地的硬幣，歪歪斜斜地繞著的大圈，繞進廚房，做著烤肉前的準備工作，但他覺得累到無法燒烤。他調第一杯馬丁尼時，卡羅琳和凱勒柏沒有發現，所以現在他調起第二杯，以補充元氣和鼓舞精神，並將這杯視爲正式的第一杯。伏特加的醉意讓視線產生水汪汪的透鏡效應，他睁大眼睛，出去將肉擺上烤肉架。每一種友善的神經係數都缺乏，加上疲憊感，再度令他感覺沉重。在全家眾目睽睽下，他調第三杯（正式而言，第二杯）馬丁尼並喝光。他望向窗外，發現烤肉架起火了。

他拿起鐵氟龍平底煎鍋，裝滿水，衝出門時只溢出一些，潑在火上。一股蒸汽、煙、氣態油脂的混合物轟然沖天。他把所有肉塊翻過來，發現下面被烤焦的部份黑亮，有一種消防隊離開後的焦濕氣息。

炭火的大勢已去，只能讓生肉的一面稍微變色，因此他多烤了十分鐘。

兒子忠納體貼如神，已開始佈置餐桌，準備麵包和奶油。蓋瑞把燒焦得比較不嚴重、生肉比較少的部份切給妻兒，自己笨拙地拿著刀叉，往嘴裡塞炭渣與帶血的雞肉。他累到無力咀嚼吞嚥，也累到無力起身吐掉，於是坐在位子上，嘴裡塞滿沒嚼過的雞肉，直到他發現唾液順著下巴流出來——想用這種方式來證明自己精神健康，效果卻適得其反。他把整團肉硬吞下去，感覺像咽喉裡塞了一顆網球。全家人看著他。

「爸，你還好嗎？」艾倫說。

蓋瑞擦擦下巴。「很好，艾倫，謝謝你。漆肉有點印，有點硬。」他含糊不清地回答，咳一咳，食道疼得發火。

「你去躺一下吧！」卡羅琳以哄小孩的語氣說。

「我去修剪籬笆好了。」蓋瑞說。

「你看起來好累，」卡羅琳說：「最好還是去躺一下吧！」

「不累，卡羅琳，我只是眼睛被煙熏到。」

「蓋瑞——」

「妳告訴大家說我有憂鬱症，我知道，但其實我沒有。」

「蓋瑞。」

「對不對，艾倫？被我說中了吧？她告訴你們我有憂鬱症，對不對？」

艾倫不知如何是好，望向卡羅琳，見她徐徐搖頭，隱義深遠。

「怎樣?她有沒有說啊?」蓋瑞說。

艾倫的視線沉入自己的餐盤,臉紅了。見到大兒子甜美、誠實、無濟於事的臉紅,父愛帶給他一陣觸電的感受,但這份感受卻與另一陣怒火緊緊相扣,在他來不及會意過來之前,整個人已經被怒火轟出椅子。他在兒子面前口不擇言,罵著,「幹,卡羅琳!幹妳的悄悄話!我現在去剪幹他媽的樹籬!」

忠納與凱勒柏低著頭,宛如躲避槍炮。艾倫盯著滿是油漬的餐盤,似乎在閱讀往後一生的預言,特別是針對他個人的預言。

卡羅琳以平靜、沉緩、微微顫抖、被公然羞辱的嗓子說:「好,蓋瑞,很好,」她說:「只要讓我們好好吃完這頓飯就好,請你走開吧!」

蓋瑞走了。他氣呼呼地出門,橫越後院。室內燈光溢出窗外,將最靠近房子的葉子照成白堊色,但夕陽餘暉仍清楚可見,照射出西邊樹木的輪廓。他進車庫,從架子上取下約兩公尺半高的人字梯,扛著梯子轉身時差點撞破休旅車的擋風玻璃,後來才穩住腳步。他把梯子拖到前院,打開燈,再繞回車庫拿電動修剪機與三十公尺的延長線。他這時仍穿著昂貴的亞麻襯衫,抱著延長線又怕弄髒衣服,因此任電線拖地,纏斷不少花葉。他脫掉襯衫,裡面是T恤,但他不願進屋換掉西裝褲,擔心因而失去動力。草坪散發著白天日照的熱氣,他想躺下去聆聽蟋蟀聲和棘輪運轉似的蟬鳴,想小睡一下。持續活動身體能讓他稍微清醒一點。他站上梯子,對準萊姆綠色的紫杉垂枝剪下去,讓身體盡膽量極限向外延伸。他發現修剪機搆不到最靠近屋子的三十公分,理智的做法是關掉修剪機,從梯子上下來,將梯子挪過去,然而,只差三十公分,加上他的體力與耐心又快枯竭,因此他打算取巧,直接踩著梯子走向屋子,他擺動著梯子的兩條腿,像走又像跳地顛簸前進,左手繼續握著運轉中的修剪機。

輕輕一下，不確定是擦還是撞的一擊幾乎不刺不痛，蓋瑞右手拇指下方多肉的掌心被割傷了。他仔細一看，傷口很深，淌血不止，最理想的處理方式是去急診室。但蓋瑞是個何其嚴謹的人，知道醉醺醺的他無法自行開車去栗丘醫院，也不能請卡羅琳載他去，因爲卡羅琳會質問他爲什麼酒醉要爬梯還使用電動工具，他免不了得坦承晚餐前總共灌了多少伏特加。去修剪樹籬，爲的是營造身心健康的形象，但這樣一問一答必定導致反效果。他匆忙從大門進屋，忘了隨手關門，受門廊燈吸引的一群戳衣叮皮的蚊蟲也尾隨入室。他捧著雙手，涼得出奇的鮮血在手心蓄積，把自己關進樓下浴室，在洗手臺釋放血水，看著像石榴汁或巧克力糖漿或髒機油，總之是飽含鐵質的液體呈旋渦狀流走。他以冷水沖洗傷口。浴室門沒鎖，忠納隔著門問他是不是受傷了。蓋瑞用左手勾起一大團具有吸收力的衛生紙按住傷口，另一隻手拿塑膠膠帶想固定衛生紙，但水與血讓膠帶立刻失去黏性。馬桶座上有血，地板上有血，浴室門上有血。

「爸，蟲子飛進來了啦！」忠納說。

「知道了，忠納。你去關門，然後上樓去洗澡。我很快就上樓陪你玩跳棋。」

「可不可以玩西洋棋？」

「可以。」

「你要讓我一個皇后、一個主教、一匹馬、一個城堡喔！」

「好，快去洗澡！」

「你會不會很快上樓？」

「會！」

蓋瑞從鋸齒狀的膠帶座上再撕一條，對著鏡子笑一笑，以確定自己還笑得出來。鮮血濕透了衛生紙，順著手腕流下，膠帶因此鬆掉。他拿客用毛巾包手，再拿一條客用毛巾沾水，將浴室裡的血跡擦乾淨。他把門開成一道縫，傾聽卡羅琳在樓上的講話聲，傾聽廚房裡的洗碗機聲，傾聽忠納嘩嘩放著洗澡水的聲音。一道血跡順著中央走廊通往前門，他彎著腰，把傷手壓在肚子上學螃蟹走路，一邊拿著原本準備給客人用的毛巾拭血。前門廊的灰木地板上也有血滴。爲了降低腳步聲，蓋瑞用腳的兩側走路，走進廚房去拿拖把和水桶，同時，注意到廚房裡的酒櫃。

他打開酒櫃，以右腋夾住伏特加酒瓶，用左手扭開瓶蓋。正當他舉起酒瓶，正當他仰起頭來，準備在銀行打烊後從微薄的帳戶中提領小額存款時，他的目光飄向酒櫃門上方，看見一臺攝影機。

這臺攝影機小如一副撲克牌，架在後門上方的經緯儀托架上，外殼是刷紋鋁，亮著紫色的眼珠子。

蓋瑞把酒瓶放回酒櫃，移向洗碗槽，以水桶裝水。鏡頭偏移三十度，跟過來。

他想把天花板上的攝影機扯下來，但搆不到；退而求其次想上樓去找凱勒柏，跟他說明監視是不道德的行爲，卻又走不動；但他至少想知道監視器裝了多久。然而，現在的他被人抓住了把柄，所以無論對監視器採取任何行動，無論再怎麼抗議廚房不應裝設監視器，都勢必會被凱勒柏認爲，爸爸爭的是他的個人權益。

他把沾了灰塵和血跡的濕毛巾丟進水桶，走向後門。攝影機轉頭，好讓他維持在鏡頭中央。他站在鏡頭的正下方，直視鏡頭，搖著頭，以嘴形默喊不准，凱勒柏。攝影機當然沒有反應。蓋瑞這時意識到，監視器大概能收錄到整間廚房的聲音。他可以直接對凱勒柏說話，但他擔心如果抬頭看著有如凱勒柏分身的鏡頭之眼，聽著自己的講話聲傳進凱勒柏的房間，令人無法承受的嚴重後果必定會一湧而上。

因此，他再搖一次頭，以左手做出導演喊「卡！」的手勢，然後從洗碗槽提起水桶，去前門廊擦地。

因爲他醉了，監視器的問題、凱勒柏目擊他的傷、他與酒櫃的勾當曝光，這些想法與焦慮並不是徘徊在蓋瑞的腦海，而是在體內形成一團具體的東西，一塊硬硬的瘤狀物，從胃往下降，停留在下腹。當然，問題不會自動消失，但此刻，思想無法穿透它。

「爸？」忠納的聲音從樓上窗戶傳來。「我準備好了，來玩西洋棋吧！」

前院的籬笆修完一半，梯子被棄置在覆地的長春藤上。蓋瑞進門時，血水已經滲透三層毛巾，血漿已過濾掉血球，在毛巾表層形成一塊略帶粉紅色的斑點。他怕在走廊撞見家人，當然不願見到凱勒柏或卡羅琳，更不想看見艾倫，因爲艾倫關心過他身體是否不舒服，因爲艾倫無法對他撒謊，這些舉動雖小，卻足以證明艾倫對他的愛，就某個角度來說，這才是整晚最令他害怕的事。

「你手上爲什麼包著毛巾？」忠納問。他已從棋盤上趕走蓋瑞半數的棋子。

「不小心割到的，忠納，我正在冰敷傷口。」

「你有酒——精的氣味唷！」忠納以調皮的語氣說。

「酒精有很強的消毒效果。」蓋瑞說。

忠納將卒子走至K４。「我說的是你喝掉的酒。」

十點不到，蓋瑞躺上床，因此堪稱仍照原計畫行事，堪稱目標不變，依然是——是什麼？唔，他不太知道。但是，如果能睡個覺，他或許能看清下一步該怎麼走。他不想讓血沾到床單，於是找來一個麩糠葡萄乾麥片吐司的塑膠袋，連毛巾一起裹起來。他熄滅床頭燈，面對牆壁側躺，袋裝的傷手靠胸捧著，拉起被單和夏季棉被蓋住肩膀。他熟睡了一陣子，在漆黑的臥房裡被陣陣膨脹收縮的手痛醒。傷口兩側的皮肉抽動著，好像裡面有蠕蟲鑽動，痛楚沿著五塊腕骨散開。卡羅琳睡著了，呼吸均勻。蓋瑞起床小解，吞下四顆Advil止痛藥。回到床上時，他最後一個可悲的計畫破局了，因為他再也睡不著。他覺得血正從吐司塑膠袋流出來，他想起床，溜進車庫開車去掛急診。他在心裡計算著這些步驟要花的時間，回家後還需要多久才能恢復睡意，東扣西扣之後，他認為索性繼續睡到六點比較划算。起床後如果還有必要，他會在上班前順便去急診室。然而這個新計畫的前提是要睡得著，偏偏他辦不到，於是他開始重新思考，重新計算，而這個夜晚僅剩的時間愈來愈少，比他剛才盤算著起床溜開的時候更少了。愈算愈短缺，數學不饒人。他再起床小便。凱勒柏裝監視器的問題殘留在腹部，無法消化。他失去理智，想搖醒卡羅琳，跟她做愛。他的手隨脈搏陣痛，感覺如象腿，尺寸和重量有如一張扶手椅，每隻手指似軟木，敏感至極。丹妮絲不斷盯著他，滿臉仇恨。母親不斷渴求她要的聖誕大團圓。他閃身溜進一個房間，看見父親被綁在電椅上，戴著金屬頭盔，蓋瑞自己的手則在老式的電力開關上，顯然已經握著開關向下一推，因為艾爾佛瑞從椅子上蹦起來，渾身奇蹟似地通電，笑容恐怖，激情而滑稽，在房間裡來回跳著舞，僵硬的四肢亂抽亂抖，以錄影帶加倍前進的速度動作著，然後臉朝下，重重落地，轟，像雙腳併攏的人字梯，趴在行刑室的地板上，全身每一條筋肉被電得抽抖、沸騰——

蓋瑞第四度或第五度起床尿尿時，窗外已有灰色的晨光。凌晨的濕氣和暖氣比較近似七月，不像十月。塞米諾爾街籠罩著霾或霧，使得有聲無形或被折射的烏鴉啼聲變得朦朧。烏鴉呱呱叫著飛上栗丘，飛越納瓦荷路和紹尼街，像一群前往瓦瓦食品超商的本地青少年（艾倫說，他們自稱為「瓦幫」）想去停車場吸菸。

他再躺下，等著睡著。

「——今天是十月五日，本臺爲您追蹤重大晨間新聞。距離行刑進入倒數二十四小時，凱利・威瑟斯的律師團——」卡羅琳的鬧鐘收音機說著，她伸手一拍，恢復安靜。

接下來的一小時，蓋瑞聽著兒子們起床、吃早餐，配樂是艾倫播放的蘇沙小號樂章，這時一套破天荒的新計畫在蓋瑞的腦海成形。他側躺成胚胎姿勢，一動也不動地面對著牆壁，用吐司塑膠袋裝著的手貼著胸。他的破天荒新計畫是什麼也不做。

「蓋瑞，你醒了嗎？」卡羅琳從不近不遠的距離說，據推斷應該在門口。「蓋瑞？」

他毫無反應，不回應。

「蓋瑞？」

他懷疑卡羅琳是否會好奇，是否會過來看看他爲何不動，但她的腳步已經退回走廊，喊著：「忠納，快一點，你快遲到了。」

「爸在哪裡？」忠納說。

「他還在床上，我們走吧！」

小腳丫劈啪響。接下來，蓋瑞的破天荒新計畫面臨第一項眞正的考驗。站在比門口更近的地方，忠納說：「爸？我們要走了喔，爸？」而蓋瑞只能不動。他只能佯裝沒聽見或聽不到，只能以這場全面罷工、以憂鬱症來加害他最不想傷害的一個人。如果忠納再接近一步，如果他走過來抱爸爸，蓋瑞大概就無法繼續裝死裝啞，但卡羅琳又在樓下呼喊，忠納急忙走出去。

蓋瑞聽見遠處有人輸入結婚紀念日，設定警報器。接著，瀰漫吐司香的屋子靜下來，他依照卡羅琳閃到腰後的做法，把臉形皺成苦海無邊的自憐表情。他恍然大悟，這種表情能帶來多大的安慰啊！

他猶豫著要不要起床，但他想不出非要不可的東西。他不知道卡羅琳什麼時候會回家，如果她今天去捍衛兒童基金會上班，可能三點才回來。沒關係，反正他會一直待在家裡。

結果才過半小時，卡羅琳就回來了。她離家時的聲響順序顛倒地傳來，蓋瑞聽見休旅車駛近，警報器解除，腳步聲上樓。他覺得妻子站在門口，默默觀察著他。

「蓋瑞？」她以較低沉、較柔和的語調說。

他沒有反應，躺著。她走過去，在床邊跪下。「怎麼了？你病了嗎？」

他不回答。

「包這個袋子做什麼？我的天啊！你怎麼了？」

他不說話。

「蓋瑞，講話啊！你在憂鬱嗎？」

「對。」

她嘆了一口氣，積聚數星期的張力逐漸流出臥房。

「我投降。」蓋瑞說。

「什麼意思？」

「妳不必去聖猶達，」他說：「不想去的人都不用去。」

他費了好大的心力才說出這句話，但話一出口，他得到了獎賞。他感到卡羅琳的溫情靠近，散發著體熱，把手放在他身上。太陽昇起，她斜倚過來，一簇髮梢輕拂他的脖子，她的呼吸漸漸接近，芳唇輕輕墜落在臉頰。她說：「謝謝你。」

「平安夜我可能非在聖猶達不可，不過我會趕在聖誕當天回家。」

「謝謝你。」

「我憂鬱到谷底了。」

「謝謝你。」

「我投降。」蓋瑞說。

接下來的事當然近似反諷。他一投降——可能是在他承認憂鬱之後，或差不多是在她好好包紮傷口之後，但絕不可能遲至行房之後——憂鬱的陰霾不僅一揮而散，他居然覺得欣喜怡然。他駕著長度、硬度、重量相當於O-gauge的模型火車，鑽進濕潤的隧道，裡面的褶紋柔軟，即使進出了二十年，依舊覺得有些區域尚未探索過。他以湯匙體位從後面進犯，卡羅琳的下背部高高翹起，他把包紮過的手垂在她腰側；交媾的傷兵，他們名副其實。

一個念頭在他心中生成——或許不太禮貌，畢竟夫妻正溫存，但他終究是蓋瑞．藍博特，不禮貌的想法多得是，也懶得道歉！他的念頭是，現在雨過天晴了，他可以託卡羅琳代他向埃克桑認購四千五百股，她定會欣然同意。

她的胴體起起伏伏，猶如以針錐觸地的陀螺，性慾高漲的肉體幾乎呈無重力狀態，被他濕潤的中指頂在半空中。

他暢暢快快地淘空自己，淘空、淘空再淘空。

今天是星期二，九點半了兩人仍一絲不掛地在床上縱慾玩鬧，這時卡羅琳床頭櫃上的電話響起。蓋瑞接起來，赫然聽見母親的聲音。母親存在的現實震驚了他。

「我是從船上打給你的。」依妮德說。

蓋瑞知道從遊輪打衛星電話很貴，因此母親要說的消息肯定好不到哪裡去，但在他想到這之前，他的直覺是，母親來電是因爲她感應到被兒子背叛了。

航程

凌晨兩點整，漆黑，在米達爾號上：在老人艾爾佛瑞的四周，金屬管裡的自來水唱著怪歌。船劃過新斯科細亞省以東的烏黑海面，船頭至船尾的水平線微傾，彷彿挺著鋼鐵之身的大船畏懼液態丘陵，只敢快速切過了事，彷彿浮力對海的恐懼得在速度的掩飾之下，船身才能穩定。海面下有另一個世界——這才是大船真正懼怕的問題。海底的世界有體無形。白天，海面湛藍，白色浪花處處，航行的挑戰近在眼前，問題可以被忽視。但入夜之後，人的心思會往前下探柔順的——極度寂寞的——虛無，而沉重的鋼鐵遊輪漂浮在這片虛無之上，每一次隨浪而起時，看得見滑稽的經緯，看得見沉到十公尺之下的人迷失得多麼徹底，永遠找不到路。陸地缺乏這種Z軸，陸地如同清醒狀態。即使置身於地圖上找不到的沙漠，你照樣能跪下去捶地，地面也不會塌垮。海洋當然也有清醒狀態的表面，但在這表面上的每一點，你都有可能向下沉，進而消失得無影無蹤。

事物傾傾跌跌的同時也會顫動。米達爾號的船身顫抖著，地板和床和樺木板牆也無盡哆嗦著。帕金森氏症那種持續增強而不曾消退的顫抖，與大船的震顫節奏相似，這讓艾爾佛瑞的內心意識到問題的癥結，直到無意中聽見比較年輕、比較健康的旅客在談論這件事，他才繼續迷惘。

他在B11號客房躺著，接近清醒，醒在一個搖擺、戰慄的金屬盒子裡，一個連夜移向某地的金屬黑盒子。

這房間沒有窗。能看見海景的房間貴好幾百元，依妮德認爲，既然客房的主要功能是睡覺，要窗戶做什麼用？一個窗戶値多少錢？一趟航程下來，她從窗戶看風景頂多六次，看一眼相當於五十美元。

她正在睡覺，靜靜地睡著，睡得像一個佯裝沉睡的人。熟睡的艾爾佛瑞是一個鼾聲、噓聲、哽聲交錯的交響樂團，是通篇Z字的史詩，依妮德則是俳句一首。她能連續幾小時躺著不動，然後眨眨眼醒來，像電燈被打開一樣。有時候，在聖猶達的破曉時分，在鬧鐘收音機的數字鐘遲遲不變換的時刻，全屋裡唯一會動的東西是依妮德的眼睛。

在齊普受精的那天早晨，她只是看起來像在裝睡，但丹妮絲受精的那天早晨，也就是齊普受精七年後，依妮德是眞的裝睡。這是中年的艾爾佛瑞自己招致的輕度騙局。十幾年的婚姻下來，他被熬成一頭文明過度的猛獸。大家常聽說猛獸若在動物園關太久，連孟加拉虎也會淡忘撲殺獵物的技巧，連猛獅也會憂鬱得懶散。爲了提升吸引力，依妮德不得不委身成爲一塊靜止、無血的骨肉。如果她主動伸手，主動抬起大腿壓住他，他會繃緊全身，埋臉以對；如果她光著身子走出浴室，他會遵照金科玉律的命令迴避視線，而且他自己也討厭裸身見人。唯有在拂曉時分，唯有在他醒來瞧見白皙的小香肩，他才肯爬出巢穴。她的靜止，她的矜持，她淺緩的吐納，她純然脆弱的物化狀態，令他忍不住撲擊。她任由他的爪掌撲觸肋骨，任由他嗜肉的氣息在頸項間遊走，她癱軟全身，彷彿出於獵物的本能般聽天由命（「快點完事吧」），只不過，她的被動是有心機的，因爲她知道被動能撩撥起他的慾火。他佔有她，然而在某種程度上，是她想被佔有，像動物那樣；一種靜默的、相互私密的暴力。她也閉著眼睛，通常甚至不翻身，維持側躺姿勢，僅翹起臀部，膝蓋向上縮，做出略似直腸鏡檢查時的反射動作。完事後，他不正臉看她便逕自走向浴室，洗澡刮鬍子，盥洗完畢時會看見床鋪已經整理好，聽見樓下的咖啡壺呼嚕作響。

廚房裡的依妮德認爲，或許剛才對她狼吞虎嚥的是頭雄獅，不是丈夫，又或許是某位她本該嫁的軍人偷偷上她的床。這不算是美滿的人生，但女人能靠著這些自欺和回憶活下去。早些年，他曾對她如癡如狂，曾對她含情脈脈地四目相望（如今這些回憶也莫名其妙變得像自欺）。最重要的是要完全緘默。只要絕口不提，這行爲就沒有理由中斷，直到她確定再度懷孕，甚至在懷孕之後也沒有理由不繼續，只要不談就好。

她的心願一直是生三個小孩。老天爺愈不讓她懷第三胎，她愈覺得被鄰居比了下去。碧・麥斯納雖然比依妮德胖又笨，卻在公眾場合和丈夫卿卿我我；每個月兩次，麥斯納夫妻請人來帶小孩，好去跳舞作樂。每年十月，從無例外地戴爾・崔博列會帶妻子杭妮到別州的某個豪華景點去慶祝結婚週年，孩子生了一大窩，生日全在七月。即使是魯特夫妻愛莎和科比，也會在烤肉會上互拍對方豐腴勻稱的屁股。別家夫婦相親相愛的舉止，依妮德看得既驚又羞。她原本是個聰慧的女孩，具有做生意的好本事，在母親經營的寄宿公寓幫忙熨床單和襯衫，一路熨到藍博特家。結婚後，從每位鄰居太太的眼裡，她看出不言自明的問句：艾爾至少在那一方面有讓她感覺超級特別吧？

腹部明顯隆起時，她立刻擁有了不言自明的回應。她身體的變化明明白白，腦子鮮活地想像著碧、愛莎、杭妮看見她大肚子後，會忍不住對她的感情生活做出種種令她受寵若驚的推測，結果不久後，連她也幫自己做起這樣的推測來。

如此一來，她懷孕得樂陶陶，一時得意忘形，對艾爾佛瑞提起不該談的事。她談的當然不是性、滿足、公平這一類。但有些別的話題禁忌性較低，樂得輕飄飄的依妮德有天早上一腳踩中地雷。她建議艾爾佛瑞買進某公司的股票。艾爾佛瑞說，股市危險又沒意義，最好讓富翁和沒事幹的投機客去玩。依妮德勸他，無論如何都買某公司的股票。艾爾佛瑞說，他記得黑色星期二，就像是昨天才發生的事。依妮德再勸，無論如何，買某公司的股票。艾爾佛瑞說，買那支股票是極不明智之舉。依妮德又再勸，無論如何，還是買了吧！艾爾佛瑞說，第三個小孩快出生了，家裡沒有閒錢。依妮德不放棄地說，沒錢，借就有。艾爾佛瑞說不，用比平常大幾倍的嗓門說不，同時站起來離開早餐桌。他的聲音之響亮，震得廚房牆上裝飾用的銅板雕刻碗嗡嗡響了一小陣子。說完，沒有吻別，他離家十一天十夜。

她犯的錯如此之小，誰曉得會改變一切？

密德蘭公司在八月時將艾爾佛瑞提拔爲鐵道與構造部副工程長，現在派他去東部逐一檢查伊利環形鐵路。當斑龍火車隆隆駛過時，伊利環形鐵路的區域經理開著瓦斯動力的小車，載著他飛奔在有問題的側軌上。伊利屬於地方型鐵路系統，貨運業績被卡車壓垮，載客業績被私人汽車逼進死角。儘管伊利的幹線大致健全，支線與短支線卻殘破得令人不敢恭維，火車以十六公里的時速蝸步行走，鐵軌不比一條軟繩直到哪裡去。一公里又一公里的鐵路彎曲得無可救藥。艾爾佛瑞檢查到一些近似園藝用土的橫向枕木，這種腐朽程度哪能抓得住道釘？有些錨錠的錨頭完全鏽蝕，錨身被侵蝕成空殼，猶如被油炸過的蝦子。道床的下面被淘空，枕木無法支撐鐵軌，只能垂掛在鐵軌底下。桁的表皮剝落嚴重，宛如德式巧克力蛋糕，黑色的碎屑掉滿地，隨處是破敗的跡象。

與轟隆隆的火車頭相比，在夏暮的高粱田邊，這種雜草叢生的鐵道顯得多麼卑微。然而，若無這條鐵道，火車無異於一萬噸無從管理的浮雲。能決定事情的是鐵路。

艾爾佛瑞沿途檢視著伊利環狀鐵路，途經窮鄉僻壤，隨處聽見伊利鐵道公司的年輕員工互道：「放輕鬆啊！」

「回頭見，山姆，別太辛苦了。」

「放輕鬆啊！」

「你也一樣，老兄。放輕鬆！」

艾爾佛瑞認為，「放輕鬆」三字形同東部的禍害，適合作為俄亥俄州的墓誌文。俄亥俄州曾叱吒一時，如今幾乎被卡車工會吸乾吃盡。在聖猶達，沒人膽敢叫他放輕鬆。在他成長的高地草原上，放輕鬆的人是不夠格的男人。如今，對奶油小生型的新世代而言，「隨和」成了讚美語。艾爾佛瑞聽到伊利的鐵軌工在上班時間閒聊，看見衣著花稍的職員一喝咖啡就是十分鐘，看著小毛頭製圖員津津有味地吞雲吐霧，放著正事不做，讓曾經健全的鐵軌百病叢生至死。「放輕鬆」是超級友善年輕人的口頭禪，象徵他們對工作熟悉到不能再熟悉，好讓他們忘卻置身污穢工作環境的辛苦。

相較之下，密德蘭是清爽潔白的鋼筋水泥。橫向枕木嶄新，藍藍的雜酚蓄積在木板的紋路裡，是振動填塞、預應力鋼筋、動作監測器、焊接鐵軌的應用科學。密太的總公司位於聖猶達，顧客較為勤勉，比較不像東部人。密太有別於伊利，密太引以為榮的是維護支線的服務水準。中部數州一千座市鎮鄉村仰賴的是密太。

艾爾佛瑞見識到愈多伊利的殘敗，就愈認同密德蘭的規模、優勢與道德，將這些優點與自己的身體、品行畫上等號。他穿著襯衫和翼尖鞋，繫著領帶，以靈巧的身手走在毛彌河上的窄道，礦渣駁船與濁水在十二公尺以下。他抓住構架下方的繩子，以倒立姿勢錘擊著鐵橋的主桁，這把檢查錘是他最愛的一把，是他放在公事包裡隨身攜帶的一把。經錘子一敲，大如洋桐樹葉的油漆剝落，飄零入河面。一輛調車場的火車搖著鈴，慢慢爬上鐵橋，不怕高的艾爾佛瑞套上吊束帶，站上凌空於河面的火柴棒枕木。

在枕木搖擺、跳動的同時，他拿著寫字板，爲鐵橋的適用度寫下不及格的分數。

在並排的雀麗街橋上，女性駕駛看到他站在鐵橋枕木上，見他小腹平坦，肩膀寬闊，褲管在風中飄搖，部份女士的感想或許與依妮德對他的第一印象相同：這才是男子漢。雖然艾爾佛瑞對媚眼渾然不覺，仍能體會她們外表看不出來的波濤。白天，他感覺自己像個男人，也表現出男子氣概，徒手高空站立枕木上，連續上班十到十二小時不休息，記錄著柔腸似的東部鐵路，旁人或許會說他在炫耀。

夜晚則是另一回事。晚上，他躺在汽車旅館，彈簧床的材質硬似厚紙板，記錄著人性的缺陷。無論他投宿哪一間汽車旅館，隔壁房間似乎必定是一對交合得昏天黑地的男女——家教貧乏、欠缺紀律的男人，咯咯直笑、尖嗓叫春的女人。在賓州伊利，凌晨一點，隔壁房間的女孩呻吟嬌喘得像娼妓，某個滿嘴花言巧語的沒出息男人正在佔有她。艾爾佛瑞責怪這女孩放得太輕鬆，責怪這男人的自信太隨和。他責怪這一對不體貼，不懂得壓低音量的男女，爲何從未替鄰房客人想過，爲何不曾擔心過會不會吵得鄰居睡不著覺？他怪上帝允許這種人存在。他怪民主制度縱容這些人殘害他的身心。他怪旅館的工程師，只用單層空心磚當建材，哪能維護客人的安眠？他怪旅館的主管，怎麼不預留房間給不得安眠的客人？他怪浪蕩、隨和的賓州華盛頓鄉民，爲了看一場中學美式足球錦標賽，開車二百四十公里而來，佔滿賓州西北部的所有客房。他怪同旅館的其他客人怎麼能對苟合聲置若罔聞，怪全人類缺乏體貼的心，認爲這世界太不公平。不公平的是，他爲這世界設想周到，這世界卻毫不替他想。沒有人工作比他更勤奮，汽車旅館裡的房客沒有人比他更安靜，沒有人比他更像男人，而上帝卻縱容世上的假男假女以情慾交易來剝奪他的睡眠權……

他拒絕流淚。他相信，如果在凌晨兩點、在菸臭瀰漫的汽車旅館房間裡聽見自己的哭聲，世界恐怕會崩毀。他最自豪的是自制力，拒絕的力量，他有。

然而，展現自制力的他卻無人感激。鄰房的床頭砰砰撞著牆，男人哼哼哈哈地像拙劣演員，女人則狼嚎喘息。他每到一個城鎮，制服上繡著字首的女服務生總是不扣緊圓形哺乳器官，總是刻意彎腰湊近他。

「要不要再來一點咖啡，帥哥？」

「喔，好，謝謝。」

「你的臉怎麼紅了，帥哥？是被曬紅的嗎？」

「麻煩幫我結帳，謝謝妳。」

在克里夫蘭的歐姆斯戴旅館，他在樓梯間驚散了熱吻中的行李小弟和女清潔工。每當他闔上眼皮，見到的鐵軌是一條他重複拉開的拉鏈，見到的號誌燈總是紅燈，等他一通過立刻轉綠。躺在韋恩堡一張軟趴趴的床上，他閉眼看見恐怖的女妖飄下來壓他，全身——包括衣物、笑容、交叉的雙腿——散發著近似陰道的邀約意味。他急忙驅趕蓄勢待發的精蟲，浮上意識的水面（不能弄髒床鋪啊！），睜眼見到旭日東昇的韋恩堡，一陣滾燙的虛無流進睡褲：整體來看算是一場勝仗，因爲他克制住自己的滿足感，排拒睡夢中的女妖。但在水牛城，鐵路段長辦公室門上貼著碧姬．芭杜的豔照；在俄亥俄州青年鎮，艾爾佛瑞在旅社電話簿下面發現色情雜誌；在印第安納州哈蒙德，他被困在一條支道上，等著一班貨運列車從他右邊通過，這時左邊的球場有個大學啦啦隊，頭髮最金豔的一位表演劈腿，坐到極限時居然微微蹦了一下，彷彿想隔著棉質內褲，以陰門親吻被釘鞋踩爛的泥土。貨車終於走後，他乘坐的車務員專用車才冒失地搖搖晃晃離去——這世界爲何總喜歡折騰一個自清自重的男人？

他搭乘一班穿梭兩市的貨車，坐在加掛的主管列車裡，回到聖猶達，再從聯營火車站轉搭地方通勤班車抵達郊區的家。在車站與家之間的幾條街上，僅存的葉子漸漸凋零，飛馳的季節到了，朝冬天飛馳而去。在參差不齊的草坪上，騎兵隊似的落葉揮軍而過。他在路上駐足，望著他與銀行共同擁有的家。屋簷的雨水溝被小樹枝和橡實阻塞，菊花床凋殘。他想起妻子又懷孕了。時光催著他快步前進，踏著必經之路，奔向成爲三個孩子爸爸的那一天、奔向付清房貸的那一年、奔向死亡降臨的那個季節。

「我喜歡你的行李箱，」恰克．麥斯納從車窗裡說。他駕駛著通勤用的福特**Fairlane**，在他身邊停下來。「一眼沒認出你，還以爲是福勒刷具清潔公司的人。」

「恰克，」艾爾佛瑞說，被嚇一跳。「哈囉！」

「一個東征西討的男人，一個永遠在出差的丈夫。」

艾爾佛瑞笑了，無言以對。他和恰克經常在路上碰見，工程師立正站著，銀行業者輕鬆坐在駕駛座上。艾爾佛瑞穿著西服，恰克一身高爾夫休閒裝。艾爾佛瑞精瘦，理著平頭；恰克頭皮發亮，胸膛鬆弛。恰克在他管理的分行上班時間隨意，艾爾佛瑞卻仍將他視爲朋友。恰克是個眞心聽他講話、似乎對他的工作衷心佩服、認爲他能力超群的人。

「禮拜天上教堂遇到依妮德，」恰克說：「她說你已經出差一個禮拜了。」

「總共奔波了十一天。」

「是哪裡出現緊急狀況嗎？」

「不算是，」艾爾佛瑞語帶驕傲：「我去檢查伊利環狀鐵道公司的每一條鐵軌。」

「伊利鐵道，嗯！」恰克兩隻手的拇指勾著方向盤下方，手垂在大腿上。艾爾佛瑞認識的人當中，他是開車態度最隨和的一個，但也是最敏銳的一個。「你的辦事能力很強，艾爾，」他說：「你是個很棒的工程師，所以被派去檢查伊利一定不是沒有原因。」

「原因確實有，」艾爾佛瑞說：「密太想買下來。」

車子的引擎像狗打了一下噴嚏。恰克生長在愛荷華州希達瑞比茲附近的農場，樂觀的天性受到愛荷華東部厚實潤土的助長，愛荷華東部的農牧業者從未嘗過輕信他人的教訓。反觀艾爾佛瑞，在他成長時期的堪薩斯州西部旱災連連，能滋潤艾爾佛瑞希望的任何一層土，早就都被風吹散了。

「所以，」恰克說：「我猜，貴公司公開宣佈過了吧？」

「沒有，沒有宣佈。」

恰克點點頭，望向艾爾佛瑞背後的藍博特家。「依妮德見到你，一定會很高興。她這禮拜過得很辛苦，兩個兒子病了。」

「剛剛那個情報請保密。」

「艾爾，艾爾，艾爾。」

「我只跟你一個人說過。」

「謝謝，你是好友，是個善良的基督徒。我該回家修剪樹籬了，再過打完四洞的時間，太陽就要下山了。」

車子開始爬行，恰克把車開進自家車道，以單指操縱方向盤，彷彿在打電話給股票交易員。

艾爾佛瑞拎起行李箱和公事包。洩漏機密既是臨時起意，也是臨時起意的相反，是對恰克表達友好與感恩，是刻意釋放內心累積十一天之久的怒氣。一個方才踏過迢迢三千二百公里的男人，卻不得不在走完到家的最後二十步之前，做點什麼——

何況，艾爾佛瑞也認爲，恰克不太可能會用那則情報——艾爾佛瑞從廚房門進入家裡，看見一鍋水裡泡著生的大頭菜，橡皮圈束著一把甜菜葉，肉品店的褐色包裝紙裹著不知名的葷食。此外，隨手擺著的一顆洋蔥顯示，這洋蔥鐵定要下油鍋，陪襯的是——肝？

一堆雜誌和果醬玻璃罐擺在通往地下室的樓梯地板上。

「艾爾？」依妮德從地下室喊。

他放下行李箱和公事包，抱起雜誌和果醬罐，捧著下樓。

依妮德豎起熨斗，放在熨衣板上，走出洗衣間，心裡七上八下——躁動不安的是情慾，是憂心艾爾會發脾氣，還是擔心自己會發脾氣，她也不清楚。

他單刀直入，劈頭就說：「我走之前叫妳做什麼？」

「你回來得早，」她說：「兒子們還在ＹＭＣＡ。」

「我叫妳在我離開後做什麼？」

「衣服堆了好多，我正忙著洗。兒子們的病剛好。」

「我叫妳收拾樓梯那堆垃圾，」他說：「妳記得嗎？我臨走前只叫妳做這件事——只有這一件事。」

不等她回答，他走進實驗室，把雜誌和玻璃罐扔進工業級垃圾桶，從錘子架上拿下一支鐵錘。這支的錘頭重量嚴重不均，錘柄鍛造粗糙，如尼安德塔原始人的作品，平常他討厭拿出來，只拿來做毀滅之用。他有條不紊地敲碎每一個玻璃罐，一塊碎片飛出來，打中他的臉頰，他的怒火更旺，把碎片錘得更碎，卻無法消滅他在恰克身上犯的錯，也無法敲碎啦啦隊員被草沾濕的緊身褲三角地帶，敲得再用力也無濟於事。

依妮德在熨衣板旁聽著。這一刻的現實生活，她不太放在心上。丈夫出差十一天之前連吻別也沒有，這件事她已成功淡忘了一半。活著的艾爾不在家，她玩起心靈煉金術，把心底的憎恨熬成渴望與悔恨的黃金。她日漸膨脹的子宮，懷胎四月的喜悅，與英俊兒子獨處的時光，鄰居的羨慕，全是色彩斑爛的春藥，是讓她盡情揮灑想像力的魔杖。甚至當艾爾從樓梯走下來時，她想像著丈夫會向她道歉、會奉上返家的熱吻、說不定還會捧著一束鮮花送她。現在，她聽見碎玻璃彈跳聲，聽見打偏的鐵錘敲在超厚鍍鋅鐵上的聲音，聽見硬物撞擊時的無奈驚叫。春藥或許一顆顆鮮豔繽紛，但不幸的是（她這時發現），這些藥沒什麼效，服用之後一切如常。

沒錯，艾爾出差前吩咐過，叫她把罐子和雜誌收走。十一天來，她跨著這堆垃圾走，經常差點絆倒，這種心態或許有個字能形容，或許能用精神醫學中一個音節特別多的字來闡述，或許能一言以蔽之的字是「怨」。但對她來說，丈夫走前叫她做的事情不只「一件」。他也叫她三餐別忘了餵小孩，記得替他們穿衣服，讀書給他們聽，在兒子生病時好好照料他們，把廚房地板刷乾淨，把床單洗好，把他的襯衫熨好，而且是在缺乏丈夫親吻、缺乏好言好語的前提下。然而，她若想邀功，艾爾會問她，這棟房子、食物、床單是誰賺來的？他的工作讓他滿足到不需要妻子的愛，而她的家事卻乏味透頂，讓她加倍需要丈夫的愛，這一點有理也辯不清。憑理性加減乘除之後，他的工作抵銷了她的工作。

或許，若要嚴格地公平而論，既然他叫她做「一件事」，她或許也能叫他額外做「一件事」，例如叫他出差時打一通電話回家。但他會辯稱：「那堆雜誌會絆倒人，有人會摔傷。」但出差不打電話回家並不會讓人受傷。何況，打長途電話讓公司買單，是濫報公帳的惡行，「有急事的話妳可以打我辦公室電話。」打電話要花家裡的錢，把垃圾搬進地下室卻一毛錢也不用花，因此她怎麼辯都錯，而一直窩在犯錯的地窖裡只會令人沮喪，永遠等人來憐惜做錯事的你也不是可取之舉。於是她去超市添購食材，準備做一頓復仇晚餐。

她從地下室上樓，去準備這一餐。樓梯走到一半時，她嘆了一口氣。艾爾佛瑞聽見了，懷疑嘆氣與「洗衣服」和「懷胎四月」有關。然而，由於他的母親懷胎八月時照樣趕著一群馬，照樣犁著八公頃農地，因此他不太同情依妮德。他找出硫酸鋁銨，塗在臉上止血。

大門口傳來小腳的踏地聲、棒球手套的敲門聲。碧．麥斯納剛卸下人體貨物，依妮德匆匆上樓來接收。五年級的蓋瑞和一年級的齊普兒走來，散發著ＹＭＣＡ的氯味。頭髮濕答答的他們看似河邊生物，近似麝鼠或水獺。她朝著碧的車尾燈高呼謝謝。

兒子們的腳步加快幾乎是用跑的（在室內禁止）進地下室，把濕毛巾丟進洗衣間，發現父親在實驗室裡。他們的天性是飛撲向父親，但這份天性已被糾正。他們站著等，活像公司的部下，等著上司發言。

「哇！」他說：「你們剛剛去游泳了。」

「我是海豚！」蓋瑞大喊。他是個活潑得說不出理由的男孩。「我學會了海豚急拍式！」

「海豚啊，好，好。」他轉身面向齊普兒，改以較柔和的口氣問：「你呢？小兄弟。」齊普兒從兩歲左右開始，總是戴著悲劇的濾色鏡看事情。

「我們玩浮板。」齊普兒說。

「他是蚪蚪。」蓋瑞說。

「哇！一隻海豚，一隻蚪蚪。你是海豚，海豚有什麼特殊技能？」

「剪刀腿。」

「我小時候要是有那麼大、那麼好的游泳池，該有多好。」上司說，儘管他心裡明白，ＹＭＣＡ的泳池既不大也不好。「印象中，頂多只看到乳牛池塘的泥水，水深不超過一公尺，直到將近十歲那年才見到普拉特河。」

他的小部下聽不進去，不停換腿站三七步，蓋瑞仍帶著遲疑的笑容，彷彿希望對話能有起色，齊普兒則對著實驗室瞠目結舌。上司不在時，實驗室是禁區，這裡的空氣有鋼絲絨的味道。

艾爾佛瑞以凝重的態度審視兩位部下，打成一片向來是他的弱點。「你們有沒有進廚房幫媽媽的忙？」他說。

齊普兒對話題不感興趣時，例如這個話題，他會想著女生，因爲當他想著女生時，他會心生一股希望。接著，他會展開希望之翼，從實驗室順著樓梯飛走。

「問我，九乘以二十三等於多少。」蓋瑞告訴上司。

「好，」艾爾佛瑞說：「九乘以二十三等於多少？」

「二百零七，再問。」

「二十三的平方是多少？」

在廚房裡，依妮德在「普羅米修斯之肉」（註：指肝臟，出自希臘神話）上撒麵粉，放在西屋牌電子平底鍋上。這個平底鍋大到能一次煎九顆蛋，還可以排列成井字形來煎。煮大頭菜的鍋子突然滾了，鑄鋁鍋蓋鏗鏘響。這天早上，冰箱裡的半包培根令她聯想到肝，褐色的肝讓她想用明亮的黃色來配襯，復仇晚餐的菜色因此成形。可惜的是，她煮到培根時發現只剩三條，而非她以爲的六到八條。現在她拚命叫自己相信，三條足以滿足全家五口。

「那個是什麼？」齊普兒語帶警覺。

「培根和肝！」

齊普兒倒退出廚房，猛搖頭，不肯接受事實。有些日子從天亮就恐怖：早餐的燕麥粥裡點綴著像蟑螂碎屍的乾棗，牛奶裡有不均勻、略帶藍色的螺旋體，早餐後要去看醫生。有些日子則像今天，直到快結束時才顯露出恐怖的全貌。

他走遍全屋，叨唸著：「呃，好可怕，呃，好可怕，呃，好可怕，呃，好可怕……」

「五分鐘之後開飯，洗手準備上桌吧！」依妮德喊。

煎肝有一種怪味，聞起來像摸過髒硬幣的手指。

齊普進到客廳停下來，臉貼在窗戶上，希望見到辛蒂．麥斯納在她家的用餐室，看一眼就好。從YMCA回家時，他坐在辛蒂旁邊，嗅到她身上的氯味。她膝蓋上有一條OK繃，濕到只剩幾絲膠質黏在皮膚上。

依妮德的搗碎器在鍋子裡擠壓，喀嚓喀嚓喀嚓，是水份充足、甜中帶苦的大頭菜。

艾爾佛瑞進浴室洗手，把肥皂遞給蓋瑞，用小毛巾擦手。

「你想像一個正方形。」他對蓋瑞說。

依妮德知道艾爾佛瑞討厭吃肝，但這種食物充滿有益健康的鐵質。艾爾佛瑞作爲丈夫的缺點再多，卻不包括不守規則這一條。廚房是她的國度，他絕不插手。

「齊普兒，你洗過手了沒？」

在齊普兒的心裡，只要他能再看辛蒂一眼，他就有被救走的希望，不必吃晚餐。他想像進辛蒂家，跟著她進她房間，把她的房間想像成逃避危險與責任的避風港。

「齊普兒？」

「先算出A的平方、B的平方，然後加上A和B相乘的兩倍。」艾爾佛瑞對蓋瑞說，父子在餐桌前坐下。

「齊普兒，最好趕快去洗手喔！」蓋瑞警告。

艾爾佛瑞在心中畫出一個正方形：

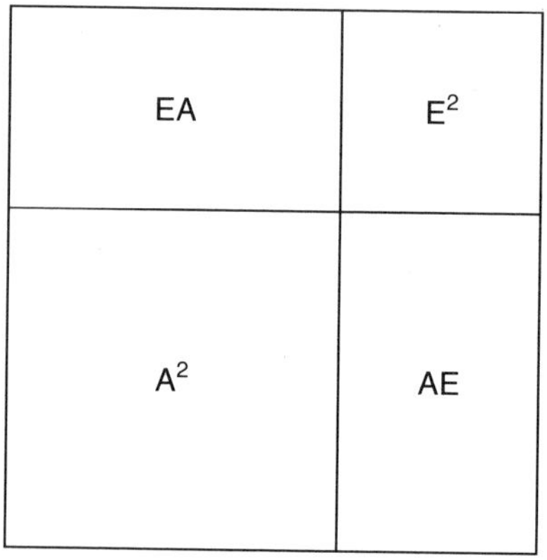

圖表一：大正方形與較小的方形

「對不起，培根不夠，」依妮德說：「我以為家裡還有。」

浴室裡，齊普兒不願弄濕雙手，擔心再也擦不乾。他讓自來水嘩嘩吵鬧一陣，以毛巾乾擦著手。從窗戶瞄不到辛蒂，粉碎了他的鎮靜。

「我們有發高燒喔，」蓋瑞報告：「齊普兒的耳朵痛過。」

褐色的麵粉屑沾滿油脂，在富含鐵質的肝上鋪了厚厚一層，宛如鏽粉。少少幾條培根也同樣帶有鏽色。

齊普兒在浴室門口發抖。如果是在一天近尾聲時碰到悲慘的事，就得過一陣子才能看清慘事的全貌。有些慘事雖然像急轉彎，你前進時卻能操縱自如；有些慘事則幾乎沒有彎道，你知道要幾個小時以後才會看見轉彎。體積大如行星的巨大慘事、復仇晚餐就屬於這一類。

「這次出差順利嗎？」依妮德問艾爾佛瑞，因為這句話非問不可。

「累人。」

「齊普兒，乖，大家都坐下囉！」

「我數到五。」艾爾佛瑞說。

「有培根唷，你喜歡培根。」依妮德唱著。這是一場冷嘲熱諷、便宜行事的騙局。作為一個母親，她每天意識到的挫敗不下百種，這是其中之一。

「二、三、四。」艾爾佛瑞說。

齊普兒奔向自己在餐桌的位子；沒必要挨一頓揍。

「感謝上帝賜吾人美食以耶穌之名阿門。」蓋瑞胡亂禱告一通。

一團大頭菜泥堆在餐盤上，流著一種偏黃色的液體，近似乳漿，又像水泡裡的黏液。水煮甜菜根葉滲著某種含銅的成份，略帶綠色。毛細現象與飢渴的麵粉塊將兩種液體引進肝底下。肝被叉起來時，下面會產生微微的吸盤剝落聲，濕掉的底層難吃得說不出話來。

齊普兒細想著女生的世界，幻想自己是麥斯納家的小孩，輕輕柔柔地過著日子，在那樣的環境裡玩耍，被當成女生來疼愛。

「我用冰棒棍子做了一間監獄，要不要看？」蓋瑞說。

「一間監獄啊，好，好。」艾爾佛瑞說。

有先見之明的孩子既不立刻吃培根，也不讓它被蔬菜汁沾濕。有先見之明的孩子會把培根撤至高地，擱在餐盤邊緣，儲藏著當作獎賞。有先見之明的孩子會吃掉炸洋蔥，雖然不好吃倒也不算難吃，算是先嘗一點甜頭。

「我們昨天辦了一場狼群會，」依妮德說：「蓋瑞，乖兒子，勞作監獄等吃完晚餐再看。」

「他做了一張電椅，」齊普兒說：「要放進監獄裡面，我有幫他做。」

「啊？好，好。」

「媽給我們幾大盒冰棒棍子。」蓋瑞說。

「是『團』給的，」依妮德說：「以團的名義買，有折扣。」

艾爾佛瑞對團的觀感不佳。團由一群放輕鬆的父親主導，贊助的活動都屬於輕型娛樂：輕木飛機競賽、松木汽車競賽、以舊書紙頁做成火車來比賽。

（叔本華：若想擁有一個安全指南針來指引人生方向……最好的方式是習慣將世界視為一座

監獄，一種懲戒營。）

「蓋瑞，你說你是什麼，再告訴我一遍。」齊普兒說。對他而言，蓋瑞是瀟灑的哈姆雷特。「你是不是狼？」

「再得到一個成就勳章，我就成了熊。」

「你現在是什麼呢？狼嗎？」

「我是狼，不過基本上我是熊，我只要再做到會話（Conversation）就能晉級。」

「是環保（Conservation）才對，」依妮德糾正他：「你只要再做到環保就行。」

「不是會話嗎？」

「史蒂夫．崔博列做了一個斷頭臺，可是沒用。」齊普兒說。

「崔博列是狼。」

「布蘭特．皮爾森做了一架飛機，可惜斷成兩半翹辮子了。」

「皮爾森是熊。」

「應該說故障，兒子，不是翹辮子。」

「蓋瑞，最大的鞭砲是什麼？」齊普兒說。

「M－80炸藥，然後是圓鞭砲。」

「找一個M－80來放進你的監獄裡，然後讓它爆炸，一定很厲害吧？」

「小子，」艾爾佛瑞說：「你的晚餐吃了嗎？我怎麼沒看見？」

齊普的動作愈來愈大，像個主持人，晚餐暫時脫離現實。「也可以找七個M－80，」他說：「一起引爆，或是一個接一個引爆，夠厲害吧？」

「我會在每個角落放一個，然後把引信拉長一點，」蓋瑞說：「再把引信纏在一起，一次全部引爆。這樣做最好，對不對，爸？把炸藥分開放，引信拉長一點，對不對，爸？」

「七千百萬的M－80。」齊普大喊。他照想像中的情景，模仿數噸火藥同時爆炸的巨響。

「齊普兒，」依妮德以柔順的語調說：「告訴爸爸，我們下個禮拜要去哪裡。」

「狼群會要去參觀交通博物館，我也可以去。」齊普說。

「唉，依妮德，」艾爾佛瑞苦著臉：「妳為什麼要帶他們去那種地方？」

「碧說，小孩會覺得那裡有趣又好玩。」

艾爾佛瑞搖頭憤慨。「碧．麥斯納懂什麼交通？」

「狼群會最適合在那裡召開了，」依妮德說：「裡面有一臺眞正的蒸汽火車頭，男生可以一起坐進去。」

「那一臺啊，」艾爾佛瑞說：「是紐約中央鐵路來的莫霍克，才三十年，稱不上是古董，又不罕見，垃圾一臺。如果小孩想見識眞正的鐵路是——」

「在電椅裡裝一顆電池和兩個電極。」蓋瑞說。

「裝進一個M－80！」

「齊普兒，不行，想電死囚犯的話，需要用電流。」

「什麼是電流？」

把鋅和銅的電極插進檸檬，連接起來，就能產生電流。

艾爾佛瑞的世界多麼酸苦，他照鏡子時，會被自己依然年輕的面貌嚇一跳。他的嘴角像罹患痔瘡的中小學教師，一成不變的尖酸噘嘴像風濕病患，有時嘴裡甚至能嘗到這些表情的滋味。只不過他在肉體上雖然仍屬壯年，精神生活卻開始走下坡。

因此他想吃一份濃稠的甜點，美洲山核桃派、蘋果酥粒派，嘗嘗人間的一點甜味。

「裡面有兩座火車頭和一臺眞正的車務員專用車喔！」依妮德說。

艾爾佛瑞相信，「眞正的事實」是這個世界戮力想趕盡殺絕的少數民族。令他扼腕的是，像依妮德這樣充滿浪漫情懷的人無法分辨眞假，看不出那一間「博物館」品質低劣、展覽品稀疏、以營利爲宗旨，參觀者無法認識眞正的、實在的鐵路——

「至少要升上魚才行。」

「兩個兒子都好興奮喔！」

「我可以當魚。」

新博物館引以爲傲的莫霍克，明顯是一種浪漫的象徵。柴油機取代了蒸汽火車，現代人似乎因此懷恨。這些人對鐵路營運根本一竅不通。柴油火車頭功能多元，效率高，不需經常維修。大家認爲，鐵路公司欠他們一份浪漫風情，但這些人如果搭到誤點的班車又怨聲連連。多數人正是如此——愚昧。

（叔本華：懲戒營的壞處在於近墨者黑效應。）

反過來說，艾爾佛瑞自己也不願看見老爺蒸汽火車被世人遺忘。蒸汽火車美觀又刻苦耐勞，博物館將莫霍克展示出來，讓聖猶達郊區想放輕鬆的休閒人士能在蒸汽火車的墳墓上跳舞。都市人無權去消費蒸汽火車。他們不像艾爾佛瑞，對它毫無切身的體認；他們不像艾爾佛瑞，沒有在堪薩斯州西北角愛上蒸汽火車。在那種窮鄉僻壤，蒸汽火車是與外界往來的唯一管道。他鄙視博物館和參觀民眾的無知。

「那裡有個鐵路模型，有一整個房間那麼大！」依妮德喋喋不休。

他也鄙視該死的鐵路模型迷，該死的業餘愛好者。他討厭半調子，討厭無意義、與事實相左的模型擺飾，而依妮德心知肚明他排斥的是什麼。

「一整間啊？」蓋瑞語帶懷疑：「那是多大？」

「如果M-80，能裝在，呃，裝在，呃，模型鐵橋上，應該很厲害吧？滋滋滋，砰！轟——隆！轟——隆！」

「齊普兒，快吃你的晚餐。」艾爾佛瑞說。

「好大好大好大，」依妮德說：「那座模型比你爸買給你的還要大大大大好幾倍。」

「快吃，」艾爾佛瑞說：「你有在聽嗎？快吃。」

在正方形的餐桌上，兩邊快樂，兩邊不樂。蓋瑞開心地講著一件無意義的事，說班上有個同學養了三隻兔子。齊普和艾爾佛瑞同樣情緒低迷，低頭看著各自的餐盤。依妮德再進廚房，端出更多大頭菜。

「誰想再來一勺？不講我也知道。」她回來時說。

艾爾佛瑞以充滿警告意味的眼神瞪她。為了兒子好，他們早有默契，絕不影射他對蔬菜和某些葷食的厭惡。

「我要。」蓋瑞說。

齊普兒的喉嚨裡長出硬塊，傷感堵住咽喉，即使他想吃也嚥不下去。當他看見哥哥快快樂樂吞下第二份復仇晚餐時，他煩躁起來，頓時明白只要能一口氣囫圇吞下這一餐，就能恢復輕鬆，重獲自由。想到這裡，他拿起叉子對準表面崎嶇的那團大頭菜泥，鏟起一小團，伸向嘴前。但大頭菜帶有腐味，而且已經涼了，質地和溫度相當於涼爽的早晨發現的濕狗屎，因此他的胃腸抽搐，拱起脊椎骨，做出嘔吐的反射動作。

「我愛大頭菜。」蓋瑞說，令人匪夷所思。

「只吃蔬菜，我照樣活得下去。」依妮德附和。

「再給我一點牛奶。」齊普兒說，呼吸沉重。

「齊普兒，不喜歡吃就捏住鼻子吃嘛！」蓋瑞說。

艾爾佛瑞叉著難吃的復仇晚餐，一叉接一叉往嘴裡送，快嚼幾下，以機械動作吞嚥，默默鼓勵自己，比這更難吃的苦頭，他不是沒有嘗過。

「齊普兒，」他說：「每一樣菜吃一口就好，不吃就別想離開餐桌。」

「再給我一點牛奶。」

「先吃晚餐，沒聽懂是不是？」

「牛奶。」

「捏著鼻子吃，算不算數？」蓋瑞說。

「拜託，再給我一點牛奶。」

「真的夠了喔！」艾爾佛瑞說。

齊普兒趕緊噤聲，眼珠在餐盤上來回打轉，但他的先見之明不靈了，餐盤上只見悲哀。他舉起杯子，默默催促杯底的一小滴溫牛奶滑進嘴裡，伸長舌頭去迎接。

「齊普，放下杯子。」

「可以准他捏鼻子吃，不過應該規定他每樣菜要吃兩口才行。」

「電話響了，蓋瑞，你去接吧！」

「點心是什麼？」齊普兒說。

「我準備了新鮮可口的鳳梨。」

「唉，看在上帝的份上，依妮德——」

「什麼？」她眨眨眼，神態天真，或者是假天真。

「如果他吃掉晚餐，至少賞他一塊餅乾，不然愛斯基摩派也好。」

「我買的鳳梨好甜吶，入口即化耶！」

「爸，是麥斯納叔叔打來的。」

艾爾佛瑞拿著叉子靠向齊普兒的餐盤，一個動作鏟掉幾乎所有的大頭菜泥，只剩一口。他愛這個兒子，他把冷掉的毒菜泥塞進自己嘴裡，打一陣哆嗦，歪著脖子強嚥下去。「吃掉最後那一口，」他說：「再吃一口其他的菜，你就可以吃點心。」他站起來：「有必要的話，我去買點心回來。」

他進廚房時經過依妮德身旁，依妮德畏懼地縮身躲開。

「喂。」他對著話筒說。

聽筒裡傳來濕氣、居家亂象、溫暖、親情，是麥斯納家的特質。

「艾爾，」恰克說：「我正在看報紙，看到伊利鐵道的股票，嗯，五．六二五元，未免太便宜了，密太的構想，你確定嗎？」

「瑞普洛葛先生從克里夫蘭開車帶我走了一趟，他說經營理事會只差一份鐵道與構造部的報告書；而我下禮拜一就會對理事會提交這份報告。」

「密太的口風很緊嘛！」

「恰克，我不能建議你採取什麼明確的行動，而且你說的對，有些疑問尚未解開——」

「艾爾，艾爾，」恰克說：「你是個很有良心的人，我們都很欣賞。打擾你用晚餐了，不好意思。」

艾爾佛瑞掛掉電話，心裡充滿了怨氣，彷彿對方是害他把持不住而發生關係的女人。恰克是個銀行業者，而且鴻運當頭。你想把純眞獻給某個値得的人，而且這個人跟你的關係比好鄰居還要好，但最後卻發現這個人根本不值。他的兩手沾滿糞便。

「蓋瑞，鳳梨？」依妮德說。

「好，請給我一塊！」

齊普兒的大頭菜泥消失了一大團，令他樂不可支。愈來愈有希望了！他把剩下的這團在餐盤的四分之一處平鋪成扇形，以叉子抹平黃色的柏油路面。既然可以指望父親幫忙把其他的菜也吃掉，何必對著煎肝和甜菜根葉發愁呢？餅乾上桌吧！齊普兒在心中說，快把愛斯基摩派端出來吧！

依妮德把三個空盤端進廚房。

艾爾佛瑞站在電話旁，凝視著洗手臺上方的時鐘。時間是五點過幾分，是隱含惡意的時刻，是流感患者發燒作惡夢、在傍晚驚醒的時刻。五點過幾分，是對五點冷嘲熱諷的時刻。對於鐘面而言，秩序——長短針直直指向整數——是一種救援物資，每個鐘頭只來一次。除了整點之外，其他時刻皆不公不整，因此一分一秒都有製造流感症狀的潛力。

承受這樣的折磨是沒來由的。大家都知道流行感冒裡找不到道德秩序，大腦分泌的苦汁裡尋不出公理。這世界除了具體可見的盲目、永久的**意志**外，一無所有。

（叔本華：人的存在之所以是一大磨難，主因是時間大神持續對你我施壓，對你我苦苦相逼，一刻也不准你我喘息，宛如揮鞭而來的監工。）

「我猜你不想吃鳳梨吧，」依妮德說：「我猜你想自己去買點心。」

「依妮德，別再說了，拜託妳不要咬著瑣事不放，至少這一次。」

她捧著鳳梨，問恰克來電的原因。

「待會兒再說。」艾爾佛瑞說著回到用餐室。

「爹地？」齊普兒開口。

「小子，我剛幫了你一個忙。現在輪到你幫我，別再玩餐盤上的菜，趕快吃掉。馬上吃掉，聽懂了沒？馬上給我吃光，不然點心沒你的份，今天晚上不准你玩，明天晚上也一樣。你不吃完，我就罰你一直坐下去。」

「可是爹地，你可不可以——？」

「**馬上吃掉，聽到了沒？你要捱打才肯聽話嗎？**」

大量淚水累積在扁桃腺後面時，扁桃腺會釋放出一種帶有阿摩尼亞味道的黏液。齊普兒的嘴巴左歪右扭。他眼中的餐盤出現另一番光景，食物變成一個難以忍受的同伴，他原本確信老爸可以爲他徇私，把討厭鬼變走，如今領悟到他和這盤菜有一段很長的路要走。

現在，他哀悼早逝的培根。雖然培根的份量少，他的哀悼卻眞誠而深切。

然而，奇怪的是，他沒有嚎啕大哭。

艾爾佛瑞砰砰砰踏著階梯退居地下室，用力關上門。

蓋瑞極其安靜地坐著，在心裡默默把小整數相乘，計算結果。

依妮德一刀切進鳳梨的黃肚子。她想通了，齊普兒和父親一模一樣，喊著肚子餓卻樣樣不吃，把食物轉化成對她的羞辱。營養均衡的一餐準備好了，卻見兒子大嫌噁心，卻見兒子被早餐燕麥粥噎到，身爲母親的人如鯁在喉。齊普兒只想吃牛奶配餅乾，牛奶配餅乾。小兒科醫生說：「不能屈服，他餓到最後一定會吃其他東西。」因此依妮德盡量耐著性子，但齊普兒坐下來吃午餐時卻說：「這聞起來像嘔吐物的味道！」你可以拍他手腕，禁止他亂講話，但他閉嘴之後會改擺臭臉表態；你可以打他屁股，叫他不准擺臭臉，但他收起臭臉又用眼神示意。而糾正總有限度——糾正到最後也無法穿透那雙藍虹膜，無法根絕小男孩的嫌惡。

最近，她採取的方式是整個白天都讓他吃烤起司三明治，把黃色蔬菜和綠葉蔬菜留到晚餐來平衡一天的養份，讓艾爾佛瑞代她上戰場。

讓這個煩人的兒子被丈夫處罰，她心中有種近乎誘人、近乎性感的感受。她袖手旁觀，看著傷害她的小兒子受難。

養育子女時，你會發現自己竟然有這不怎麼和善、不怎麼讓人喜歡的一面。

她端著兩盤鳳梨進用餐室。齊普兒垂著頭，但另一個愛吃東西的兒子早已熱切期待著。

蓋瑞連舔帶吸，不說話地大啖鳳梨。

狗屎黃的大頭菜泥原野、煎得歪斜的肝無法平躺在盤面、葉脈如樹枝的甜菜根葉癱軟扭曲，卻保持得完整，像縮身蛋殼裡的濕雛鳥，也像從沼澤撈上岸的屈身古屍；在齊普兒的眼裡，這些食物的時空關係再也不是偶然，而是趨近永恆、定局。

食物的影響力漸漸減退，或是被一股新的憂愁籠罩。眼前這盤菜，齊普兒的反應不再是看一眼就噁心，而是根本不考慮吃。更深層的拒絕逐漸發酵。

沒多久，餐桌整理到只剩他的餐盤和餐墊。燈光顯得更刺眼。他聽見母親在廚房清洗餐具，蓋瑞在旁幫忙擦乾，一邊閒聊著小事的對話聲。接著是蓋瑞踏向地下室的腳步聲。乒乓球敲著球拍，發出近似節拍器的聲音。大鍋子被拿起來浸到水裡，發出落寞的悲鳴聲。

母親回來了。「齊普兒，趕快吃掉吧！都是大孩子了。」

他已經到達一個她拿我沒輒的境界，感覺近乎愉快，整顆腦袋裡沒有情緒，儘管椅子上的屁股已坐得發麻。

「爸爸說不吃完不准你離開，他是說眞的。趕快吃掉吧！吃完以後你可以逍遙一整晚。」

如果眞能整晚逍遙，他考慮杵在窗前，整晚觀察辛蒂・麥斯納。

「名詞形容詞，」母親說：「縮寫所有格名詞。連接詞連接詞強調代名詞反事實條件動詞代名詞我會趕快整盤吃下去然後時間副詞代名詞條件助詞不定詞——」

怪的是，這些話聽在他耳裡多麼自在。怪的是，解讀口語英文的難度很低，低到他絲毫察覺不到。

她不再折騰兒子，來到地下室，發現艾爾佛瑞把自己關進實驗室，蓋瑞拿著球拍，正在累積（「三十七、三十八」）乒乓球連續垂直上下的次數。

「要不要乒乓一下？」她說，搖晃著頭邀約。

她受制於身孕，或者至少受制於有孕在身的觀念，蓋瑞原本可以殺得她片甲不留，但見她有伴可玩的喜悅明顯到了極點，他只好分散心思，不是用乘法心算著比數，就是給自己製造一些小難題，例如規定自己每次把球打回不同的象限。每天晚餐之後，他培養出這份忍功，只要能讓母親高興，多乏味的事他都肯硬著頭皮去做。對他而言，這是能救自己一命的技巧。他相信哪一天如果再也無法維護母親的幻想，大難一定會降臨在他頭上。

而她今晚看起來好脆弱。一頓晚餐下來，洗完餐具，原本燙捲的頭髮變得鬆弛無力，棉質上衣出現小片小片的汗漬。她洗餐具時戴著乳膠手套，現在雙手赤紅如舌。

他展現切球功，球過網，掠過她而去，一路滾向關著的實驗室門，蹦起來敲門一下，然後安靜下來。依妮德追過去，動作謹慎。那道門裡面多麼肅靜，多麼黑暗，艾爾好像沒開燈。

這世上存在著連蓋瑞也討厭的食物——芽球甘藍菜、水煮秋葵。齊普兒目睹過務實的兄長把它們握在手裡，夏天時從後門拋進濃密的樹叢，冬天時藏進衣服，進浴室丟棄。而今，齊普兒單獨在一樓，可以輕易把煎肝和甜菜根葉變走。難題是：父親會認爲他吃掉了，而吃掉這些菜正是他現在拒做的事。餐盤上有食物，才是他拒絕的證明。

他慢慢剝掉、刮掉煎肝上面的麵粉屑，再吃掉煎肝。這個過程花了他十分鐘，被剝下的煎肝表面，是你不會想看的東西。

他稍微攤開甜菜根葉，重新排列。

他檢視餐墊的織布紋路。

他聆聽乒乓球聲、母親誇張的喘氣聲、煩人的高分貝聲鼓舞聲（「噢，好厲害唷，蓋瑞！」），比屁股挨揍、甚至比煎肝更令人難以忍受的是別人打乒乓球的聲音。乒乓球桌的比數蹦向二十一，第一局遊戲結束，接著第二局結束，然後第三局結束。對比賽的雙方來說，結束了沒關係，反正玩得盡興，但對球桌正上方的男童就有關係。比賽進行期間，他沉浸在乒乓聲中，以希望來投資這些聲音，盼望乒乓聲永不終止。無奈乒乓聲還是停了，而他仍枯坐餐桌前，時間已經過了半小時。夜晚吞噬著它自己，徒勞無功。即使今年才七歲，他直覺上瞭解，這份徒勞的感受勢必是他今生的要角。苦守之後，等到的是破碎的承諾，赫然瞭解時間有多晚了。

這份徒勞有一種感覺，姑且稱之爲「風味」。

搔頭或揉鼻之後，他的指頭暗藏了東西：自我的氣味。

或者，又是潸然欲下淚水的滋味。

想像著，嗅覺神經品嘗著自身，受體察覺到自己的組合成份。

自找的苦頭，被怨恨毀了的一晚，這些滋味帶來異樣的滿足。其他人變得失去了眞實性，無法再爲你的心情承擔責難，世界只剩下你和你的拒絕。一如自憐，或拔牙後滿嘴鮮血——一面吞血，一面允許自己品嘗——「拒絕」帶有一種風味，嘗過才會懂。

在用餐室正下方的實驗室裡，艾爾佛瑞低頭坐在黑暗中，閉著眼睛。剛才他急著想獨處，迫切的意圖讓身邊的明眼人看得討厭，現在他終於關上門了，卻坐在那裡希望有人來打擾，希望有人看見他的傷勢多重。雖然他對依妮德冷淡，但見依妮德以冷淡反制，他卻覺得不公平：她怎能開開心心地打乒乓球、在他門外走來走去，卻不敲門問候一聲？

物質的強度通常可從三方面測知：抗壓力、抗張力、抗剪力。

每次妻子的腳步聲接近實驗室門外，他就做好心理準備，等著接受她的安慰。後來他聽見球賽結束，確信她會進來憐惜他。他只求她這件事，這一件事——（叔本華：女人償還人生債時，不是以行動、而是以吃苦來償債，忍受身孕之苦，忍受養兒育女之苦，屈從丈夫。在丈夫身邊，她應該具有耐心，笑口常開。）援手遲遲不來。他聽見門外的她進入洗衣間，他聽見變壓器的微微嗡聲，聽見蓋瑞在乒乓球桌下玩著O-gauge的火車模型。

對於火車頭與機械零件的製造商而言，第四種強度也很重要，也就是硬度。

用盡難以言喻的意志力，艾爾佛瑞點亮一盞燈，翻開實驗筆記簿。

即使是極端沉悶的事物也有寬容的界限。舉這張折疊餐桌爲例，齊普兒的下巴擱在桌面上，手指伸向桌面下探索，最遠可摸到擋板，有緊緊的鐵絲穿透，連接著拉環。幾塊表面粗糙的木頭錯綜複雜，隨處可摸到埋頭的螺絲釘深植在木塊裡，形成圓桶狀的小井，井口有捲毛狀的木屑，讓人一摸難以釋手。更大的斬獲是以前晚餐被罰坐時留下的鼻屎，一塊一塊已經乾掉，薄如糯米紙或蟲翼，輕輕一摳就掉，一捏即碎。

齊普兒在桌底小王國逗留愈久，就愈不願探頭下去看個究竟。他本能上知道可見的現實一定少得可憐。他會看見手指沒探到的小缺口，手搆不到的疆界原本具有神祕感，一看就破滅。螺絲孔會失去抽象觸感，鼻屎會讓他自慚形穢。看過一遍之後，哪天晚上他又被罰坐的話，就再也無處消磨時光，無法發現新領域，恐怕會因此無聊至死。

選擇性的無知是一種求生絕技，也許是最重要的一種。

依妮德的煉金實驗室位於廚房正下方，裡面有一臺美泰克洗衣機，上面附有推取式絞擰器，對稱的橡皮擠壓軸宛如偌大的黑唇（註：二十世紀初的舊式洗衣機）。漂白水、上藍劑、蒸餾水、熨衣漿。熨斗如笨重的蒸汽火車頭，針織出花樣的布皮裹住電線。三種尺寸的白襯衫成堆。

熨襯衫之前，她先在襯衫上噴水，用毛巾裹起來放著。等濕氣傳遍整件衣服後，她先熨領子，然後熨肩膀，一路向下。

經濟大蕭條時期以來，她學到許多求生技巧。她的母親在聖猶達鬧區和大學之間的盆地設立一間供膳的寄宿公寓。依妮德有數學天份，因此她不僅洗床單、掃廁所、端飯菜，還充當母親的會計。中學畢業後，二次大戰結束，寄宿公寓的所有帳冊全由她負責，房客的帳單和繳稅事宜也由她打點。除了薪水，從大學男生和長期房客給她的小費，加上保母費，她存了一些錢，用來繳學費就讀夜校，慢慢朝會計學位方向攻讀，但她希望這個學位永遠用不到。已經有兩位軍人向她求婚了，兩位的舞技都相當好，可惜沒有一個明顯會賺錢，且這兩位仍在躲子彈。母親嫁的男人不會賺錢又死得早，因此避免嫁到這種丈夫是依妮德的要務。她的志向是不但婚後生活幸福，日子也要過得舒服。

大戰結束後幾年，一位年輕的鋼鐵工程師住進寄宿公寓。他剛被調來聖猶達，管理一間鑄造廠。他的嘴唇豐厚，頭髮茂密，肌肉健壯，是個具有男子漢外形、身穿西裝的大男孩。他穿的西裝是褶紋俊美的羊毛華服。每天晚上，依妮德端餐點至大圓桌時回首一眼，總會有一兩次對上他的目光，令他臉紅。艾爾是堪薩斯人。住宿兩個月後，他鼓起勇氣邀她去溜冰。他們一起喝可可時，他說人類天生注定要吃苦。他帶她去鋼鐵公司舉辦的聖誕舞會，告訴她知識份子注定被愚人階級折磨。然而，他舞技好又會賺錢，她在電梯裡吻了他。不久後，他們訂婚，卻仍守身如玉，搭夜車去內布拉斯加州的麥庫克，去拜訪他年邁的父母。他父親在家蓄奴，奴隸是他娶回家的女人。

在聖猶達，依妮德打掃艾爾的房間時，發現一本被翻爛的叔本華，裡面有些段落畫了線，例如：常言道，人生在世的歡樂多於痛苦；或者，苦樂完全均衡。讀者若想證明此一論點是否真實，只需看看正在吞食和正被啃食的動物，比較看看牠們倆的感覺即知。

艾爾．藍博特是怎麼樣的人？他的言語老成，但外表年輕。依妮德選擇相信外表的潛能。因此在接下來的人生中，她天天等著他的個性發生質變。

她一邊等，一邊每星期熨二十件襯衫，另外也熨自己的裙子和上衣。以熨斗尖繞著鈕釦熨、燙平皺紋，讓扭曲的部份變得平整。

假如她不是這麼愛他，她的人生會過得比較輕鬆，但她克制不住。她只看一眼就陷了進去。每天，她不遺餘力清掃兒子們的措辭，撫平他們的舉止，漂白他們的道德觀，培養他們樂觀向上的態度，每天也要再面對另一堆皺爛的髒衣服。

即使是蓋瑞，有時也會表現出無法無天的一面。他最喜歡把電動火車推進彎道，逼它脫軌，看著黑色金屬模型歪斜地滑行，莫可奈何地翻車，冒出火花。其次喜歡把塑膠牛和車子放上鐵軌，設計一場場悲劇。

眞正讓他鬧出科技蠢笑話的是一款無線電遙控玩具汽車，最近電視廣告打得很兇，宣稱任何地方都能去。爲了避免弄錯，他打算在聖誕禮物的願望清單上只列出這款玩具車，其他禮物一概不寫。

如果你留意，便能從街上看見藍博特家窗內的燈火暗了一暗，因爲蓋瑞的火車、依妮德的熨斗或艾爾佛瑞的實驗消耗了太多電力。然而，除了燈光之外，這個家看起來多麼缺乏生命力。在燈火通明的麥斯納家、順普家、皮爾森家、魯特家，顯然裡面住著活人，全家圍坐一桌，小孩低頭做功課，書房閃爍著電視螢幕光，幼兒搖搖晃晃學走路，祖字輩的人拿同一個茶包泡第三次，以測試其茶力。這些房子間間精神抖擻，不在意外人眼光。

一棟房屋，最重要的是有沒有人在家。人不僅是一大因素，更是唯一的因素。

家人是房屋的靈魂。

清醒的心智如同屋內的燈火。

靈魂如同守著地洞的土撥鼠。

意識之於頭腦，相當於家人之於房屋。

亞里士多德：假如眼睛是一種動物——視覺會是它的靈魂。

爲了瞭解心智，你可以想像居家活動，血脈相通的人在許多不同的軌道上運作，想像壁爐散發的基本光輝，形容這些情景的詞彙有「存在」、「雜亂」、「佔有」，也可用反義詞來形容這些情景：「無人」、「關閉」、「擾亂」。

在藍博特家，三個人各自在地下室專心做自己的事，一個小男童瞪著一盤冷卻的晚餐，屋裡亮著燈卻不見光輝，也許這正是人腦憂鬱時的具體寫照。

待膩了地下室的第一個人是蓋瑞。他回到一樓，避開太亮的用餐室，彷彿裡面有個被毀容得令人噁心的受害者，上二樓去刷牙。

依妮德不久也跟進，捧著七件熱烘烘的白襯衫回到一樓，迴避用餐室。她的邏輯是，如果用餐室裡的問題應該由她負責，不去解決問題就是她嚴重失職，而充滿母愛的母親絕對不可能失職；她是充滿母愛的母親，因此責任必定不在她身上。最後艾爾佛瑞總會出現，發現自己太狠心，覺得非常、非常後悔。如果艾爾佛瑞敢責怪她，她可以回說：「罰他吃完才走的人是你。」

放洗澡水的同時，她去替蓋瑞蓋被子。「永遠當我的小獅子。」她說。

「好。」

「我的小獅子猛不猛？兇不兇？他是不是我的凶猛小獅子呀？」依妮德以大舌頭的童音說。

蓋瑞不回答。「媽，」他說：「齊普兒還被罰坐在餐桌前，現在都快九點了。」

「那是你爸和齊普兒之間的事。」

「媽？他是眞的不喜歡那些菜，不是裝的。」

「你不挑嘴，我好高興。」依妮德說。

「媽，眞的不公平啦！」

「乖兒子，這是弟弟成長的一個階段。不過，你這麼關心他眞好，有愛心眞好。永遠要有愛心喔！」

她匆匆去關水泡澡。

在鄰居熄了燈的臥房裡，恰克．麥斯納一面進入碧的體內，一面把她幻想成依妮德。衝刺到射精之際，他忙著買賣股票。

他想知道，伊利鐵道的選擇權在哪一家交易所買得到。買五千股，先賣掉三成，作爲股價下跌時避險之用。或者更好的是，如果有人對他出價，十成全部出手。

依妮德懷孕了，罩杯向上升級中，從A升上B，恰克猜測，生產時甚至可望上看C。如同有些市府債券暴跌的等級。

在聖猶達，燈火一盞接一盞熄滅。

如果你在晚餐桌邊坐得夠久，無論是被罰還是拒絕吃菜，或只是枯坐著，只要坐了就沒辦法站起來；某一部份的你會一輩子坐在那裡。

光陰赤裸裸地流逝時，如果你持續接觸它，或接觸得太直接，就會像直視太陽一樣可能在神經上留下永久的疤痕。

一如對任何內在事物瞭解得太深入，獲得的必然是有害的知識，是永遠洗滌不掉的知識。

（被住得過久的房子是多麼疲憊，多麼憔悴。）

齊普兒聽見什麼，看見什麼，但這些全在他的腦袋裡。罰坐了三小時，周圍的物體如久嚼的泡泡糖，風味盡失。他的心智狀態強過這些物體，將它們壓下去。把名詞與實體物品配對起來的舉動勢必消耗意志力，好比想把「餐墊」這個詞套用在已經盯著很久、盯到實體在眼前消散的東西上，就很費力。同理，「暖氣爐」一詞也很難跟暖氣管中停停起起的欸欸聲連在一起。在他的想像中，暖氣爐自動啓動這件事有情緒的特徵，也像個演員，象徵著邪惡的時間大神。熨燙、玩耍、實驗、冰箱運轉時，燈光亮度微微起伏，全是這場夢的環節。起伏雖然細微得難以察覺，卻是一種折磨。幸好現在已經結束了。

如今，地下室只剩艾爾佛瑞。他拿著安培計的電極，戳進醋酸鐵膠中。

冶金學的新領域：室溫中自訂合成金屬。眾家追求的是一種能夠被灌注或鑄型的物質，這種物質經過化學作用（例如電流）後，具有鋼鐵的一流強度和導電性，也能抵抗金屬疲乏。這種物質像塑膠一樣容易塑形，硬化時又堅固如金屬。

這問題刻不容緩。一場文化戰爭已經開打，塑膠的勢力佔上風。艾爾佛瑞已看到果醬玻璃罐改用塑膠蓋，車頂改用塑膠板。

遺憾的是，游離態金屬——例如一根優質的鋼柱或一座堅固的銅燭臺——代表高層次的秩序，而大自然的屬性邋遢，偏好失序。生鏽時崩解，在溶劑中分子濫交，遇熱大亂。在自然環境中，紊亂狀態遠比正立方體鐵塊更常見。根據熱力學第二定律，想抵抗或然率的暴政，必須煞費苦心，才可迫使金屬內的原子遵守規矩。

艾爾佛瑞確信，這一階段的苦心相當於電。電力公司配過來的電流相當於從遠方商借來的秩序。在發電廠，井然有序的煤塊變成一股浮誇的熱氣；山壩中的水達到熵的狀態而洩洪，流向三角洲。以這樣的方式犧牲秩序，區隔出實用的電流，方便他家裡的實驗室使用。

他想研發的物質簡單地說，是一種能自我電鍍的材料。他想在不尋常的材料裡用電流培養出結晶體。

他的實驗並非嚴謹的科學，而是透過不斷嘗試錯誤來蠻力破解或然率，誤打誤撞，盼能實驗出生財管道。他有一位大學同學憑偶然實驗出的結果，賺進了生平第一個一百萬。

他期盼將來再也不必爲錢煩惱：這種夢想等同於被女人安慰的美夢，在悲哀擊倒他時，能眞正地給他安慰。

他憧憬著劇烈的轉變：有朝一日醒來，發現自己徹頭徹尾變了一個人（更有自信，心靈更祥和），夢想自己逃離既有的監獄，夢想自己具備神能。

他有黏土狀和膠狀的矽酸鹽，他有黏土狀矽膠，他有泥狀的鐵鹽能自行進入潮解狀態、低融點的乙醯丙酮酸和四羰基，以及一塊大如歐洲李子的鎵。

密德蘭的首席化學家是一位瑞士博士，成天爲機油黏性和勃氏硬度值的百萬種數字煩惱，艾爾佛瑞的實驗材料由他供應。他們的上司知道這種合作關係——艾爾佛瑞絕不會冒被逮到的險，做偷偷摸摸的事——雙方的默契是，如果他研發出可申請專利的結果，密太也能獲得一部份收益。

今晚，醋酸鐵膠出現反常現象。他拿安培計的電極東插西插，導電指數跟著狂漲急跌。也許是電極髒了吧？他改用細針來戳膠，完全偵測不到導電性。接著，他改戳另一個地方，測到很高的指數。

怎麼回事？

這問題讓他思考得出神，心情篤定，讓監工不敢靠近他。直到十點，他才關掉顯微鏡燈，在筆記簿上以粗筆記載：**染藍鉻酸根百分之二，非常非常有意思**。

他一踏出實驗室，倦意迎頭襲來，具有分析能力的手指突然變鈍、變傻，半天鎖不上門。辦正事時，他有源源無盡的精力，但正事一結束，他連站都快要站不住。

他上一樓時，倦意加深。廚房和用餐室亮著燈，餐桌上好像趴著一個小男童，臉貼在餐墊上。這場面好離譜，復仇意味重得病態，一時之間艾爾佛瑞眞心以爲，趴桌的男童是從他童年飄來的鬼影。

他摸索著電燈開關，彷彿燈光是毒氣，非制止不可。

光度減弱後，殺傷力降低，他把男童抱進懷裡，帶上二樓。男童的一邊臉頰烙印著盤墊的織紋，喃喃說著無意義的話。半醒的他抗拒著，不願完全恢復意識，不肯抬頭，艾爾佛瑞幫他脫衣服，從衣櫥找出睡衣褲，替他穿上。

男童上床後得到一吻，熟睡了，艾爾佛瑞坐在床邊的椅子上，不知道有多少時間從椅角間流逝，意識到的事情不多，只知道太陽穴之間在痛。他累到發疼，疼到失去睡意。

也許他確實睡了一陣，因爲當他突然起身時略略覺得有精神。他離開齊普兒的房間，去看蓋瑞。進入蓋瑞的房門，他嗅到白膠的臭味，門邊擺著冰棒棍做成的監獄。艾爾佛瑞想像中的懲戒場所結構複雜，和這座監獄毫無相通之處。這一座正方形的監獄手工粗糙，沒有屋頂，中分得不太均勻。其實，這監獄的格局，完全符合他在晚餐前想到的二項式正方體。

而在最大一間監獄裡有個東西，一個以折斷的冰棒棍胡亂交錯成的東西，黏膠半乾，是——洋娃娃的手推車嗎？或是迷你人字梯？

電椅。

倦意形成的迷霧扭曲著他的心思，他跪下來細看。他發現有兩種情緒糾結著他，一是電椅的震撼力——蓋瑞把尋求父親稱許的渴望化爲勞作的動力，讓他感傷；另一種則比較令他愧疚，因爲他無法把電椅的樣子跟兒子在晚餐桌上提到的電椅連在一起。這張椅子宛如夢境裡不合邏輯的女人，既是依妮德，又非依妮德，他腦子裡的電椅既是徹底的電椅，又是徹底的冰棒棍組合物。一個想法以前所未有的力道衝擊而來，他這時領悟，也許世上每一樣「眞實的」事物，骨子裡都和這張電椅一樣，粗糙多變。他跪在看似眞實的硬木地板上，即使是這時候，他對地板的理解，很可能還是像數小時前對尚未看到的電椅的理解一樣；也許只有在他的心智重新建構了對地板的認知後，地板才會變成眞正的地板。當然，地板的本質就某種程度而言是無需爭辯的；木板絕對存在，也具有測量得出來的數字。但另外還有第二種地板，是他心靈裡的地板，他擔心他護衛的、備受困擾的「眞實」，不是房間地上那面地板的眞實，而是他心靈裡那面地板的眞實。心靈地板被理想化，因此價值頂多相當於依妮德的愚昧幻想。

他懷疑所有事物都有相對性。他懷疑「眞實」與「眞跡」或許不只是注定吃癟，甚至根本全屬虛構。他懷疑他的正義感，懷疑他全力護衛「眞實」的立場其實只是一種感覺。這樣的疑心隱伏在他投宿的每一間旅社裡伺機偷襲他，這樣的疑心是躲在薄床下的深沉恐懼。

如果這世界拒絕順從他對眞實的看法，那麼這必定是個缺乏關心的世界，是個懷恨、令人反胃的世界，是座懲戒營，置身其中的他注定寂寞得呼天搶地。

他低頭沉思著，寂寞至此的人，需要多堅強的意志才熬得過一世的光陰。

他把長短腳的簡陋電椅放回監獄裡最大的一間，一鬆手，椅子立刻側翻。一幕幕敲碎這座監獄的景象竄流過腦海，接連閃逝的畫面有撩高的裙角、被扯破的內褲、被撕碎的胸罩、翹起的臀部，但他沒有動作。

蓋瑞睡得靜默無聲，和母親的睡相一樣。他不用期望蓋瑞忘記父親暗示過飯後會來看玩具監獄，蓋瑞永遠不會忘記任何事。

我盡力了，艾爾佛瑞心想。

回到用餐室，他看見齊普兒的餐盤，留意到盤中的變化。煎肝的褐色邊緣被仔細切開、吃掉，表皮的麵粉屑也是。也有證據顯示大頭菜進了肚子，殘留盤面的小點佈滿細小的叉痕。幾片甜菜根葉被切開過，較軟的葉片被切下吃掉，樹枝狀的紅梗則被推到一旁。看樣子，齊普兒終究是履約了，每種菜各吃一口，想必是做出莫大的犧牲，而立約人卻食言，沒賞他點心就抱他上床。

三十五年前十一月的某天早晨，艾爾佛瑞發現捕獸用的鋼夾咬住一條血淋淋的東西，是土狼的前腿，顯示前一晚發生過鋌而走險的場面。

一股痛苦泉湧而上，強烈到他不得不咬牙，從他的人生觀來尋求力量，以免痛苦化爲淚水。

（叔本華：僅有一個觀點能解釋動物的苦難：生存意志是現象界的基礎，因此生存的意志必須藉由自食行為，才能滿足其渴望。）

他關掉樓下最後幾盞燈，上廁所，換上乾淨的睡衣，從行李箱取出牙刷。

他爬上宛如古交通工具博物館的床，盡可能靠近床沿地在依妮德身邊躺下來。她以假睡的姿態熟睡著。他朝鬧鐘望一眼，看見指針上的鐳飾，時間接近十二點。他閉上眼睛。

一個中氣十足的聲音冒出來：「你剛和恰克談什麼？」

他的倦意加倍。他不睜開眼睛，卻看見燒杯、電極棒、安培計的顫抖指針。

「你們好像在講伊利鐵道，」依妮德說：「恰克怎麼知道？是你告訴他的嗎？」

「依妮德，我很累。」

「我只是很訝異，怎麼會。」

「怪我太大意，現在後悔了。」

「我只是覺得，」依妮德說：「可以讓恰克做的投資我們卻不准做，這有點好笑。」

「如果恰克想佔其他投資人的便宜，那是他的事。」

「明天，很多伊利鐵道的股東會發現股票漲到五．七五元，高興都來不及了，有什麼不公平的？」

她的論點聽起來像反覆演練了數小時，像在黑暗中醞釀出的怨氣。

「這支股票三個禮拜後會漲到九塊五，」艾爾佛瑞說：「我知道這一點，大部份人不知道，所以不公平。」

「你比其他人聰明，」依妮德說：「你在學校的成績也比別人好，現在又找到比別人好的工作，這也算不公平，對不對？如果眞要追求徹底的公平，你是不是應該把自己變笨？」

嚼斷腿以求生，這種行爲非經愼重考慮不可，也無法半途而廢。土狼是在哪個節骨眼、透過什麼樣的思考程序痛下決心，朝自己的腿骨咬下去的？牠一定先遲疑，衡量輕重，然後呢？

「我不想跟妳辯，」艾爾佛瑞說：「不過，既然妳還沒睡，我想告訴妳沒有人叫齊普上床。」

「罰他的人是你，你說——」

「妳比我早幾個鐘頭回一樓。我的意思不是罰他坐五個鐘頭，妳是在利用他來對付我，我一點也不喜歡。他應該在八點上床。」

對於他的謬論，依妮德心有悶氣。

「我們可以說好不要再讓這種事情發生了嗎？」艾爾佛瑞說。

「可以。」

「好，那睡吧！」

屋裡非常非常暗，肚子裡的胎兒看得見的事物和任何人一樣多。她有耳朵和眼睛，有手指、前腦和小腦，浮沉在中央地帶。她已經明瞭主要的飢渴何在。日復一日，母親懷抱著一團慾望與愧疚的混雜物走來走去，如今母親渴求的目標躺在一公尺內，只等對方伸出親愛的手，撫遍她的身體，讓她立即融化、癱軟。

呼吸聲充斥著。呼吸聲很多，愛撫卻不來。

連艾爾佛瑞也難成眠。每次艾爾佛瑞剛要睡著，依妮德陣陣抽噎的鼻息聲就似乎要刺破他的耳膜。同樣的情形持續了一陣，他估計是二十分鐘，之後床鋪開始顫動，枕邊傳來控制不住的啜泣聲。

他打破沉默，近乎哀鳴：「又怎麼了？」

「沒什麼。」

「依妮德，現在非常非常晚了，鬧鐘設在六點，而且我整個人累癱了。」

她狂哭起來。「你出門的時候連吻別也沒有！」

「我知道。」

「知道有什麼用？我連這一點權利也沒有嗎？丈夫把妻子丟在家裡，一走就是兩個禮拜。」

「事情已經過去了。老實說，我吃的苦比妳嚴重幾倍。」

「結果呢，回到家連招呼也不打？劈頭就罵？」

「依妮德，我這個禮拜受了不少罪。」

「而且，晚餐還沒吃完就離開餐桌。」

「活受了一個禮拜的罪，而且現在累到極點——」

「把自己鎖進地下室，五個鐘頭不出來？還敢說累壞了？」

「假如妳經歷過我這個禮拜經歷的——」

「你沒有跟我吻別。」

「別孩子氣了，看在上帝的份上！成熟點！」

「你小聲一點！」

（小聲一點，別讓胎兒聽見。）

（胎兒確實聽見了，吸收著一言一語。）

「妳以爲我出差是去搭遊輪享樂嗎？」艾爾佛瑞低聲質問：「我做的每件事不是都爲了妳和兒子？這兩個禮拜我完全沒有自己的時間，好不容易可以進實驗室幾個小時也有錯？有個實驗結果，我就算告訴妳妳也不會懂，就算妳懂也不會相信。我實驗出一個非常耐人尋味的結果。」

「喔，非常耐人尋味。」依妮德說。同樣的說詞，她已經聽過好幾遍。

「的確很耐人尋味。」

「有商業用途嗎？」

「說不定有，看看傑克．卡拉漢的例子就知道。我這個實驗如果成功，兒子們的學費就有著落了。」

「你不是說傑克．卡拉漢的發現是他運氣好？」

「我的天啊，聽聽妳的口氣。妳常罵我的心態太負面。但一提到對我意義重大的事，又是誰老在那裡唱反調？」

「我只是不懂，你爲什麼完全不考慮——」

「夠了。」

「如果是爲了賺錢——」

「夠了，夠了！我才不管他媽的其他人想幹什麼，但我不是那種人。」

上個星期日依妮德上教堂，轉頭時兩度瞥見恰克．麥斯納盯著她看。她的胸部比平常豐滿了些，也許原因只有這個。但是，她看見恰克兩次臉都紅了。

「你爲什麼對我這麼冷淡？」她說。

「原因有幾個，」艾爾佛瑞說：「不過我不會告訴妳。」

「你為什麼這麼不高興？你為什麼不告訴我？」

「我進了墳墓才會讓妳知道，進墳墓以後。」

「噢，噢，噢！」

她盼到的是一個差勁的丈夫，一個差勁、差勁、差勁的丈夫。她要的東西他從來不給，只要是能滿足她的東西，他都找得到理由扣著不給。

因此，她躺著，宛如女坦塔勒斯（註：Tantalus，希臘諸神之一，宙斯之子），躺在看起來死氣沉沉的大餐旁，只要一根手指就能讓她欲仙欲死，更不用說他那豐潤如李、令人垂涎的雙唇。但他是個沒用的東西，是在床墊底下壓到發霉、貶值的一疊紙鈔。經濟蕭條肆虐中西部，嚇得母親對理財這件事退避三舍，不但不知道可以生利息的帳戶現在都有聯邦擔保，也不懂得長抱績優股，靠著股子生股孫，可以提早為養老做準備。艾爾佛瑞也一樣。

但她不一樣。在房間非常暗的時候，她不是沒有冒過一兩次險，現在的她正有此意。她翻過身，從下往上，以某位鄰居欣賞的乳房輕搔他的大腿，再把臉頰貼上丈夫的肋骨。她感覺得到，他等著她離開，但她的第一要務是摸向他的腹肌平原，在上方飄滑，不碰肌膚，只觸動體毛。令她微微詫異的是，她的手指逼近時，她感覺到他的、他的、他的身體開始沸騰。他的下體想閃躲，但手指卻更加靈巧起來。隔著睡褲的褲襠，她能感受到逐漸增長的男性器官，在飢餓感爆發之下，她做出一件丈夫從不讓她做的事。她側身，把它拿起來放進嘴裡。它，一秒大一吋的傢伙，略帶尿味的小胖子。在她的巧手之中，在豐滿的酥胸催情之下，她覺得自己成了尤物，沒有事難得倒她。

她壓住的男人身體移動著反抗，她稍停：「艾爾？親愛的？」

「依妮德，妳在幹什——？」

張開的嘴再一次向下罩住肉柱，含著它，直到感覺口中肉愈來愈硬、陣陣搏動頂到她上顎。然後，她抬起頭：「我們可以在銀行帳戶多存一點錢，你覺得怎麼樣？可以帶兒子們去迪士尼玩，你覺得怎樣？」

她再度向下，舌頭與陰莖逐漸培養出默契，現在他的味道融進了她嘴裡。就像苦差事，就像「苦差事」這個詞暗示的所有涵義。他的膝蓋頂到她的肋骨，或許是不由自主的。她移動一下，依然覺得自己是尤物。她塞滿嘴巴，塞進喉嚨的頂端。浮上來，吸一口氣，然後再含一大口。

「即使只投資兩千，」她喃喃說：「在價差四元的情形下——哎唷！」

艾爾佛瑞恢復理智，推開女妖。

（叔本華：賺錢養家的是男人，而非女人；由此可見，女人不能無條件擁有錢財，不宜將錢財託付給女人管理。）

女妖又伸手過去，但手腕被他揪住，他用另一手掀起她的睡袍。

也許，盪鞦韆、高空跳傘或潛水的樂趣，是從胚胎時期就培養出來的。在子宮裡，胚胎初嘗上下震盪卻毫髮無傷的滋味，不懂害怕，不會頭暈，仍能在溫馨的內海中安享漂浮的樂趣。

然而，這次的震盪很嚇人，伴隨這次震盪而來的是激增的腎上腺素，由血液傳遞過來，因爲母體似乎遇到緊急狀況——

「艾爾，這——不太好吧，我覺得——」

「書上說沒什麼不好的——」

「可是不習慣，噢喔，我說眞的，艾爾？」

他是一個與法定妻子合法行房的男人。

「艾爾，這樣眞的不太好啦！」

抗拒緊身衣少女**陰戶**的影像呀，抗拒其他**騷穴**、**奶子**、**屁股**這些男人想**幹**的東西呀，沒錯，房間很暗，沒錯，黑暗中能做的事很多，繼續抗拒呀！

「噢，我不喜歡這樣！」依妮德快哭了。

最不堪入目的是她腹中小女孩經歷的畫面，她的體積和一隻大昆蟲差不多，身子蜷縮著，卻已目睹這種傷害。目擊著一顆充血到表皮緊繃的小頭，忽進忽出，最深及子宮頸，接著急促痙攣兩下，幾乎稱不上有預警，旋即對著她的香閨連吐幾團鹼性精液。還沒來到這個世界，已經沉浸在黏稠的知識裡。

艾爾佛瑞躺著喘息，後悔自己褻瀆胎兒的行爲。最後一胎是記取個人教訓、痛改前非的最後機會，他決心好好把握。他發誓，從她呱呱墜地的那一天起，他要一改教養蓋瑞和齊普兒的方式，更輕柔地對待她。放寬對她的規定，甚至嬌寵她，絕不在大家離開餐桌後罰她繼續坐。但他竟然在女兒無力抵擋的狀況下對她噴灑穢物，竟讓她目睹如此不雅的婚姻生活實況，難怪她長大後會背叛父親。

痛改前非的機會也毀了。

敏感的探針原本測到幾乎破表的讀數，如今驟降爲零。他抽身離開，以理直氣壯的態度面對妻子。在性本能（如亞瑟．叔本華所言）的蒙蔽之下，艾爾佛瑞忘記了再過極短的幾小時就得起床刮鬍子、趕搭火車；現在，性本能釋放過了，意識重新掌權，他意識到能睡的時數嚴重縮水，心情沉重如一四〇號火車頭壓胸。依妮德又開始哭，就像其他總在夜深到改調鬧鐘也無法挽救時哭泣的人妻。幾年前，他們結婚之初，她有時會在夜闌人靜時哭起來，但當年的艾爾佛瑞嘗得到魚水之歡的樂趣，對她心生感激，也對她忍受戳插過意不去，因此從來不忘問妻子為何哭泣。

今晚不同的是，他既不感激，也絲毫不覺得有問候的義務。他只是睏。

為什麼做妻子的人老是要在夜裡哭？要哭也行，但是別在丈夫只剩四小時就要搭火車上班的時候哭，別在幾分鐘前才為了一時的滿足而玷污胚胎之後哭。追求那份滿足有多要緊，現在馬上就完全忘得一乾二淨。

也許，體驗完這整個過程，他才能有所領悟。他在低級汽車旅館度過無眠的十晚，接下來是一整晚搭雲霄飛車般的情緒波動，最後還要在入睡時忍受妻子的抽泣嗚咽，在天殺的凌晨兩點，聽得他直想衝到屋外、一槍射穿上顎。種種波折之後，他才看清事實：一、睡意就像女人；二、這女人提供的撫慰，他沒有義務拒絕。

他把正常時間以外的打盹視為不健康的樂趣，因此從小抗拒小睡片刻的誘惑。現在，小睡是他新發現的情婦，改變了他的一生，重要性不亞於幾小時前的實驗結果：醋酸鐵膠作用後的電異向特性。地下室的這項發現，經過三十多年才結出金果實；臥房裡的這項發現，瞬間讓藍博特家的日子更容易忍受。

一片祥和的夢幕降臨全家。艾爾佛瑞的新情婦馴服了他內心僅存的幾頭野獸。與其震怒，與其生悶氣，索性閉眼不是比較容易嗎？不久，大家都心裡有數，他養了一個隱形的情婦，常在週六下午從密太下班後帶回起居室，每次出差必偕同隨行，一起倒進再也不覺得不舒適的旅館，再也不覺得吵的房間。晚上處理文書時，他必定順道拜訪情婦。夏天全家出遊，午餐過後，車子改由技巧生疏的依妮德駕駛，小孩在後座不講話，艾爾佛瑞則和情婦分享攜帶式枕頭。睡意懂得配合他的工作，是他當初應該迎娶的理想女子。她百依百順，萬事體諒他，風姿綽約又文靜，適合帶她上教堂、聽交響樂、進聖猶達劇團看戲。她從不用淚水妨礙他的睡眠。她毫無需索，卻反過來供應他辛勞一天之後所需的一切。這段婚外情沒有副作用，沒有浪漫的接合，沒有滲漏液或分泌物，沒有羞恥感。他可以在夫妻的床上偷情，不會讓依妮德逮到法庭認可的一絲證據，而且只要他不公開婚外情，不在晚宴上打瞌睡，依妮德都能像個明理的妻子那樣忍受，因此這段地下情延續數十載，幾乎從來沒有人追究……

「喂！屁眼！（註：意指「混帳」。）」

艾爾佛瑞倏地清醒，感受到米達爾號的震動與搖擺。艙房裡多了一個人嗎？

「屁眼！」

「誰？」他問，口氣是挑釁與恐懼參半。

薄薄的北歐棉被掀開，他坐起來，凝望著半黑的四周，拚命聽著身邊的動靜。朝夕相處於密室的牢友閉著眼就能聽得出對方的作息；同理，半聾的人也能感知腦中聲音的響響停停。陪伴他最久的是一種女低音，宛如管風琴的A調音，大致集中在左耳的則是尖音小號聲。聲音持續了三十年，音量愈來愈大，他耳熟能詳，感覺像家常便飯，甚至認爲就算死了聲音也不會停。既和永恆或無限的事物一樣完全沒有意義，又和心跳一樣眞切，卻不附著在身外任何一個實體上，是無中生有的聲音。

在這個聲音底下，蠢動著幾種較細微、較隱祕的聲響。它們存在於他耳後，存在於寬廣的對流層中，如捲雲般連成一片，頻繁出現。逸散的音符幾乎如幽靈般縹緲，猶如來自遙遠的汽笛風琴。一組是不和諧的中音起起伏伏，宛如他腦袋中央住了一群蟋蟀。還有一種低沉得近似隆隆嗡嗡的音頻，像柴油引擎遮天覆地、震耳欲聾的聲響被稀釋過那樣，是種他從來不太相信眞實存在的聲音——換句話說，是種幻音——直到他從密太退休，不再接觸火車頭，他才相信。這些聲音生自他的頭腦，他的頭腦是它們的聽眾，友善對待它們。

除了腦子裡的聲音之外，他聽見被單下的雙手嗦嗦輕抖著。

也聽見神祕的水聲，在他周遭沖刷著，在米達爾號的神祕小管子裡流送。

也聽見有人在竊笑，有人躲在床鋪底下曖昧的空間。

也聽見鬧鐘滴答走。現在是凌晨三點，情婦已棄他而去。在他最需要撫慰的此刻，她卻溜去跟比較年輕的睡客胡搞。三十年來，她順從著他，每晚十點十五分展開雙臂，攤開雙腿。她是他尋求的臂彎，他渴求的子宮。而今他仍能在午後或七、八點找到她，但上床之後卻不見她的人影。只要一躺下，他立刻撫弄床單，有時連續摸了幾小時只抱到她骨感的四肢。然而，每到夜裡一點、兩點或三點，她一定會消失，毫不佯裝仍然屬於他。

帶著恐懼，他望向鏽橙色地毯的另一邊，看著北歐悠航淺色木床的線條，依妮德躺在上面，似乎睡死了。

水在百萬條水管裡快速流動著。

另外，有震動。他對這種震動有一番猜測。他猜，震動來自引擎的運轉。他猜，建造豪華遊輪時必須壓制或遮蔽引擎的每一種聲響，壓到聽力極限以下的甚至更低，但無法降到零，最後仍震動著似有若無的兩赫茲，無法再降，標示著一種強壓在某個東西上的寂靜。

一隻小動物，小老鼠，在依妮德床尾的幢幢陰影裡逃竄。艾爾佛瑞一時以爲，整片地板是一大群竄來竄去的微粒。接著，鼠群自行結合成單一的個體，成爲一隻橫衝直撞的小老鼠，一隻可怕的老鼠，一團一踩即扁的屎粒，性好啃咬，撒起尿來毫無忌憚——

「屁眼，屁眼！」來者不停挑釁，從黑影裡走出來，踏進床畔昏黑處。

驚慌中，艾爾佛瑞認出來者。他首先看見這團糞便軟趴趴的輪廓，隨後嗅到一絲病菌化的腐臭。根本不是小老鼠，是一團屎。

「尿急了吧，嘿嘿！」糞便說。

這是一坨反社會的糞便，一團鬆軟的排泄物，一張喋喋不休的嘴巴。他昨晚向艾爾佛瑞自我介紹過，氣得艾爾佛瑞情緒激動，多虧電燈的強光照射，以及依妮德溫和地把手放在他肩膀上輕拍安撫，才讓他安度一夜。

「走開！」艾爾佛瑞嚴辭命令。

但糞便從乾淨的北歐悠航床邊竄上來，在棉被上停下休息，像一塊布里起司，或像一塊草葉色斑、帶有糞肥味的卡布拉雷斯起司。「想得美，老兄。」說完後狂笑不止，身體簡直融化成一連串旋風似的放屁聲。

他愈怕在枕頭上與糞便打照面，糞便愈往枕頭上移動。它趴在枕頭上，精神奕奕。

「滾開，滾開。」艾爾佛瑞說，一肘著地，頭先腳後下床。

「才不要咧，」糞便說：「我想先鑽進你的衣服。」

「不行！」

「當然行，我要鑽進你的衣服，摸摸裡面的圖樣，東抹西抹，留下一條痕跡，讓裡面臭氣沖天。」

「爲什麼？爲什麼？你爲什麼要做這種事？」

「是我的天性啊，」糞便懶洋洋地說：「我就是這副德性。幹嘛顧著別人的舒服，讓自己受苦呢？幹嘛爲別人著想，自己跳進馬桶呢？那種事情啊，留給你去做吧，老兄。你才是『末本置倒』呀，結果呢？看看你的下場。」

「大家都應該多爲人著想。」

「你應該少替人想。我呢，我反對所有約束，有屁就放，想要就去追求。別人站兩旁，自己的利益擺中間。」

「文明的基礎在節制。」艾爾佛瑞說。

「文明？價值被高估了。我問你，文明對我有啥用？文明害我被馬桶沖掉！把我當成屎來看！」

「你不正是屎嗎？」艾爾佛瑞懇求著，希望糞便能明察邏輯。「馬桶的功用不就是沖屎嗎？」

「你罵誰是屎啊，屁眼？我跟其他人一樣，擁有相同的權利呀！生活、自由、追求辣屄權。美利奸憲法明明這樣寫——」

「不對，」艾爾佛瑞說：「你說的是獨立宣言。」

「反正是一張發黃的紙，誰屌它是什麼狗屁宣言？像你這種吹毛求疵的人，連我這小小一坨，媽的，都要一直挑我的語病，你們這堆便秘法西斯小學老師和納粹警察，什麼宣言對我來說跟印在他媽的衛生紙上沒啥差別。我呢，主張這是個自由的國家，我代表多數人，而你，老兄，你是少數人。所以呢，去你的。」

這團糞便的跩勁、語調令艾爾佛瑞覺得異常熟悉，卻不知在哪裡聽過。糞便開始在他的枕頭上翻滾，塗抹出薄薄一道棕色帶綠的痕跡，留下一丸丸小穢物和纖維，使得枕頭布料起皺的部份顯得更白。艾爾佛瑞倒在床邊的地上，雙手捂住口鼻。

接著，糞便從褲管衝進他的睡褲，引來有如老鼠腳在搔他癢的感覺。

「依妮德！」他使出全身氣力喊。

糞便爬進大腿上半的某處。他雙腿僵硬，拇指只半聽使喚，這時他使勁彎起腿，將拇指穿進腰帶，把睡褲往下脫，想把糞便關在褲子裡。他倏乎明瞭，糞便其實是個越獄囚犯，是人間廢物，應該被關進監獄。他瞭解到，監獄應該關的是這種人：枉顧社會規範，自認法規由他們訂。如果監獄無法嚇阻他們，他們罪當一死！死！這股怒氣給艾爾佛瑞帶來力量，他因而成功將睡褲脫下，捲成一球，搖晃著雙手，把成球的睡褲壓在地毯上，振臂猛捶，再把睡褲深深塞進堅實的北歐彈簧床與下層床架之間。

他跪著喘氣，身上只有睡衣和成人紙尿布。

依妮德繼續沉眠，她今晚的狀態明顯像童話故事的女主角。

「噗啦啪！」糞便挑釁著，又冒出來，黏在艾爾佛瑞床邊的牆上，隨時有墜落的危險，彷彿是被人甩到牆上似的。它旁邊掛著一幅加框的奧斯陸港風景蝕刻版畫。

「上帝咒你死！」艾爾佛瑞說：「你應該進監獄！」

糞便笑得喘不過氣來，以極為緩慢的速度從牆上滑落，僞足的黏液充份，隨時有滴水弄髒床單的危險。「我覺得啊，」它說：「你這種個性的人最龜毛了，非把所有東西關進監獄才甘心。就拿小孩來說吧，他們把你放在架子上的小玩意扯下來，吃東西弄髒地板，在戲院哭，大小便亂來。把他們關進監牢吧！還有波里尼西亞人，哇，他們沾沙進房子，沙子掉滿地，魚汁沾到傢具，青春期的女生愛露奶子，全抓去關！既然講到青少年，乾脆順便提一提性慾太高的小孩，目無尊長嘛，百無禁忌，全抓去判十年二十年吧。對了，黑鬼（你的弱點，對吧，老艾？）態度囂張亂吼亂叫，文法亂用，渾身啤酒味，汗臭濃得刺鼻，連頭皮都有臭味，還亂跳舞、亂歡呼，情歌唱得像沾了唾液和特殊果凍的人體器官。監獄不關黑鬼關誰，養蚊子嗎？加勒比海人捲大麻菸來抽，把嬰兒養得肥滋滋，天天烤肉，引來大老鼠傳染漢他病毒，愛喝豬血沉在底下的甜飲料。全抓去關，上大鎖，鑰匙吞掉。華人呢？哇，賣那種名稱怪裡怪氣的蔬菜，活像家裡種的假陽具，哪個人用過忘記洗，賣你一炎，一炎就好（註：指「元」）。還賣那種黏噠噠的鯉魚，唱歌好聽卻被活活剝皮的小鳥，更扯的是抓小狗去煮湯，用貓肉做餃子，把女嬰當成國寶美食。豬大腸等於豬的肛門，應該很有嚼勁，還會吃出一嘴剛毛，中國佬竟然花錢買豬肛吃？乾脆拿核子彈去炸，把十二億人口炸光光，怎麼樣？早就該把地球的那一邊清乾淨了。另外，別忘了全世界的女人，她們除了走到哪裡把面紙和衛生棉丟到哪裡之外，還會做什麼？還有那些帶著醫療用潤滑劑的娘砲；愛留嘴毛、愛吃大蒜的地中海人；喜歡吊帶襪和淫穢起司的法國人；愛開拼裝老爺車、愛打嗝酒嗝、愛搔卵蛋的藍領俗仔；愛割包皮的猶太人，猶太魚丸臭得像醃屎；還有那些愛開香菸快艇、愛騎隨地拉屎的馬打馬球的主流白人，抽起雪茄時屌什麼屌？咦，說來也怪，老艾，照你的觀念，監獄不該關的人只有一種，就是中上階級的北歐男人。我只不過想爲所欲爲一下，就被你罵到臭頭？」

「要我怎麼做，你才肯離開這房間？」艾爾佛瑞說。

「釋放你的括約肌，老兄，讓屎自由吧！」

「我死也不要！」

「這樣的話，我可能會去拜訪一下你的刮鬍用品喔，對著你的牙刷拉拉肚子，在你的刮鬍膏裡好好撇兩三條，明天早上，讓你用濃郁的褐色泡沫——」

「依妮德，」艾爾佛瑞吃力地說，視線不離狡猾的糞便：「我有麻煩了，請妳過來幫忙，謝謝妳。」

艾爾佛瑞的喊話應該已經喚醒她，但她熟睡得像白雪公主。

「依妮德，請愛的，」糞便用名演員大衛．尼文的英國口音揶揄他：「在您有可能方便的時刻，請您盡早前來相助，鄙人感激不盡。」

艾爾佛瑞的腰和膝蓋窩神經傳來未經證實的報告，指出附近另有糞族的兵力集結。糞族叛軍正四處潛伏嗅探，所經之處殘留惡臭。

「民以食、色爲天啊，老兄。」糞族首領說。慕斯狀的僞足只剩一條黏在牆上。「其他東西呢，用最禮貌的說法，全是屎。」

說完，僞足不支，糞族首領歡呼一聲，從牆壁摔向床上，在牆面留下一小團穢物。過幾小時，這張北歐悠航專用的床鋪將由一位可愛的芬蘭小妹進來打掃。愛乾淨的她走進房間，笑容可掬，發現床單上屎跡點點會作何反應，艾爾佛瑞不敢去想。

糞便在他的視野邊緣蠢動著。他一定要把持住，把持住。他懷疑，目前的問題可能始於馬桶漏水，因此他四肢著地，爬進浴室，踹門關上。浴室地板的瓷磚平滑，轉身容易得多。他背靠著門，雙腳頂著洗手臺。這種處境多荒謬啊，他笑了幾秒。堂堂一個美國公司的主管，竟然包著尿布，坐在海上浴室的地板上，被糞便軍團包圍。夜闌人靜時分，人的思想眞是奇異之至。

浴室裡的照明比較好。浴室裡有一種乾淨的學問，一種外表的學問，甚至包括排泄的學問，由特大號蛋杯形瑞士瓷馬桶可證。這馬桶堂皇地擺在臺座上，控制桿表面佈滿精緻的天然節瘤。置身在這較舒適的環境裡，艾爾佛瑞能穩定心神，明瞭糞族叛軍是想像力作祟，部份原因是他在作夢，他的焦慮源頭純屬排水問題。

遺憾的是，現在是半夜，大家都下班了。他無法親自去檢查水管破裂之處，也無法用通管器或攝影機伸下去探個究竟。在這種情況下，更加不可能的是請包商運送修繕設備來。艾爾佛瑞連想在地圖上指出自己目前的方位都辦不到。

沒辦法，只好等天亮。既然拿不出一套完整的解決方案，把兩個半套方案湊合著用，也比一籌莫展好。人要懂得以手邊現有的東西來應變。

兩件備用的尿布，應該能支撐幾個鐘頭。尿布裝在袋子裡，就在馬桶旁邊。

將近四點了。如果到了七點區域經理還不進辦公室，就讓他吃不完兜著走。艾爾佛瑞不記得他的全名，不過姓名不重要，一通電話打去辦公室，誰接都行。

尿布的貼紙太滑溜了，滑溜不正是現代社會的一大特徵？

「怎麼設計成這樣！」他說。他對現代社會亂象一肚子火，這話卻講得像富有哲理的戲言。貼紙護背簡直像鍍上一層鐵氟龍。他的皮膚乾燥，手又抖得厲害，要撕開護背簡直比用兩根孔雀羽毛夾彈珠還難。

「噢，天啊！」

他再接再勵五分鐘，然後再五分鐘，就是無法撕開貼紙。

「哎唷，我的天啊！」

苦笑著自己的無能。氣餒得苦笑，總覺得有人在監看他而苦笑。

「哎唷，老天爺哪！」他又說。遇到小敗仗時，以這句話來打消恥辱，通常很管用。

這個房間在夜裡多善變啊！艾爾佛瑞終於對貼紙心死，索性再拿一件尿布，盡量往大腿上穿，可惜穿得不夠高，這時他已不在同一間浴室裡。燈光多了一分醫院的亮度；晚到極點的深夜，時針走得沉重，他感覺得到。

「依妮德！」他喊：「妳能幫幫我嗎？」

他擁有五十年的工程師經驗，一眼看得出緊急承包商搞砸了這項工程。尿布之一扭曲得幾乎內外翻轉，微微抽搐的一腿刺穿另一件的夾層，吸水物質被摺成一團，無法發揮作用，膠帶什麼也沒黏住。艾爾佛瑞搖搖頭，他無法怪罪承包商，錯在他自己。在這種客觀環境下千不該萬不該做這種事，是他判斷欠周到。極力想控制損害，卻在黑暗中連連出錯，解決不了問題，反添更多麻煩。

「對，現在亂得無法收拾了。」他苦笑著說。

咦，地板上的東西該不會是液體吧？唉，老天啊，地板上好像有液體。

船上無數的水管同樣也流著液體。

「依妮德，求求妳，拜託啊，我正在求妳幫忙啊！」

區域辦公室無人回應。大家好像去度假了，好像是去賞楓。

地板上有液體！地板上有液體！

好，沒關係，他們領薪水就該負責任，領薪水就應該親赴急難現場。

他深吸一口氣，壯壯膽。

碰到這類危機，首要任務顯然是開闢疏洪道。暫時別管鐵軌修繕，應該先鏟出坡度，否則洪水累積太多，恐怕會沖散一切。

他發現他沒帶水平儀，連一條簡單的鉛垂線也沒有，心情一沉。只能憑肉眼了。

怎麼受困在這種鬼地方？大概凌晨五點還不到。

「記得提醒我七點要打電話給區域經理。」他說。

當然，某個地方必定有接線生在輪班。但是問題又來了，他去哪裡找電話？這時，一種詭異的感覺油然而生：他不想將視線提高到馬桶以上。這幾個狀況無解。等他找到電話，等事情處理到這一步，上午可能已經過了一半。

「啊！事情太多了。」他說。

淋浴間裡似乎有個微微凹陷的地方。對，其實是個從前就挖好的涵洞，也許是從前交通部的造路工程，施工未久預算就被刪除，也許是陸軍工程團的某種工事，是夜半巧遇的一道眞正的涵洞。儘管如此，想善用這道涵洞必須湊齊資源，他望洞興嘆。

「想不出辦法了，可惜。」

只好動手了。他的精力一秒一秒流失中，他想起荷蘭人的三角洲工程，與大海奮戰四十年。眼光稍微看遠一點——不過是不順心的一夜罷了，更苦的事他見多了。

構想是在修補工程中加入一些餘裕空間。小小一個涵洞，哪能處理這麼大的洪水？他不信。管線再往下一點的地方可能有備用設施。

「接著，麻煩來了，」他說：「接著，麻煩大了。」

其實這是塞翁失馬。幸運的是，洪水爆發時正好有一位工程師在場。要是他不在，後果不堪設想。

「可能會引發一場大災難。」

首要任務是填補漏洞應急，再把整項工程繞道至涵洞，以制止這可怕的災難蔓延，再祈禱洪水暫時停息，等太陽升起再說。

「然後視現狀而定。」

在微弱光線中，他看見液體向東流，之後又徐徐向西流，彷彿地平線瘋了。

「依妮德！」他抱著微小的希望呼救，一面強忍噁心感，開始搶救漏洞，讓自己回到正軌。遊輪繼續航行著。

多虧了亞斯蘭®，也多虧年輕、傑出、高學識的席巴德醫師協助，失眠多月的依妮德首次能安睡一晚。

依妮德的心願有上千個，但在聖猶達的家中，由於有艾爾佛瑞在，她如願的機會不多，因此硬將心願寄託在遊輪之旅，希望可以在短暫似蜉蝣生命周期的這幾天實現。幾個月以來，遊輪是她心靈的安全停車位，是一個讓此刻覺得尚可忍受的未來。在紐約登船之前，她原本希望能盡興與子女同樂一個下午，結果事與願違，因此登上米達爾號後，她的飢渴更加深切。

在遊輪上，歡樂的氣氛在每一個樓層奔放著，到處是成群的老人來享受退休生活。她但願艾爾佛瑞也能和他們一樣盡情享受。儘管北歐悠航絕對不是平價遊輪，整艘船卻幾乎全被社團包下，例如羅德島大學校友會、美國馬里蘭州切維切斯猶太復國婦女協會、八十五空降師（「天魔」）袍澤團圓會、佛羅里達戴德郡複式橋牌聯盟資深組。身強體健的寡婦挽著彼此的手，前進集合區，領取說明資料與名牌，看見舊識時喜歡用足以震碎玻璃的海豚音來相認。才上船就急著把握寶貴遊輪時光的老人已經坐上吧台，喝著今日特別推薦的冰雞尾酒——越橘拉普，盛在超大啤酒杯裡，得用雙手捧著喝才安全。其他人則擠向下層甲板的欄杆邊，躲在能避雨的地方，掃視著曼哈頓，尋找一張能揮手道別的臉孔。Abba歌舞劇廳裡有一支小型爵士樂隊，正在演奏重金屬波卡舞曲。

依妮德等著艾爾佛瑞在晚餐前上最後一次廁所——一小時之內的第三次。她坐在B樓的交誼廳，聽著樓上有老人推著助行器，逐步穿越A樓交誼廳。

複式橋牌聯盟的遊輪制服顯然是件T恤，上面印著：**老橋友不死，只會錯失飛牌**。依妮德覺得，這種梗重複幾次就冷掉了。

她看見幾位退休老人在奔跑，真的是雙腳脫離地面，朝越橘拉普的方向飛奔。

「當然了，」她自言自語，想到同行遊客個個年邁：「不然誰想來搭這麼貴的遊輪？」

她看見一個男人似乎牽著一條臘腸狗在散步，仔細一瞧，拖在他身後的其實是氧氣筒，以滑板輪載著，筒身穿著寵物毛衣。

一個噸位超大的男人走過去，身上的T恤寫著：**鐵達尼號之胖可敵船**。

丈夫終其一生不耐煩等待，如今上個廁所起碼要十五分鐘。

老泌尿科醫師不死，只是鳥斃了。

遊輪上有幾晚的晚餐服裝不限，例如今晚；儘管隨意，但船方不鼓勵旅客穿T恤。依妮德穿的是羊毛套裝，要艾爾佛瑞打領帶，不過由於艾爾佛瑞最近湯匙拿不穩，領帶勢必難敵湯匙的砲火，於是準備行李時，她叫他帶十幾條。她深切明瞭北歐悠航是豪華級的遊輪公司，她預期——而且也支付了，甚至墊了一些私房錢——的是高雅。每出現一件T恤，她的高雅美夢就被小小踐踏一腳，樂趣也被稍稍踩熄。

讓她氣憤難平的是，比她有錢的人經常格調不比她高，外表也不比她體面，比得過她的是邋遢以及大嗓門。碰到的人若美貌與談吐兼俱，就算比他們窮也甘願。但是，看著這些穿著T恤、亂開玩笑的肥豬，自己的家境卻比不上他們——

「我好了，」艾爾佛瑞宣佈，出現在交誼廳。他握住依妮德的手，準備踏進電梯去樓上的齊克果餐廳。依妮德握著丈夫的手，已婚的滋味漾滿心中，覺得自己在這宇宙中有依歸，能夠安心地老去，但她忍不住想起幾十年來，夫妻同進同出時他總是超前一兩步，讓她更加珍惜握手同行的感覺。現在，他的手握起來有黏人不放的態勢，而且力道微弱，即使看起來抖得劇烈，握起來卻像蠅量級。她察覺得到，只要一鬆開，他的手絕對會晃蕩一如划槳的動作。

晚餐席間，非團客被併桌稱為「浮游客」席。只要大都會人士別太瞧不起鄉下人，依妮德反而喜歡和他們同桌。她與艾爾佛瑞就座時，她發現同桌的「浮游客」中有一對是挪威人，一對是瑞典人，不禁暗喜。依妮德喜歡歐洲小國，和他們同桌可以學到瑞典習俗或挪威國情，不會因為不懂德國音樂、法國文學、義大利藝術而被恥笑為無知。舉杯時說的「乾杯，祝健康」，這單字的用法就是很好的例子（註：skoal，源於挪威語）。又如，當藍博特夫妻在最後兩個空位坐下時，奧斯陸來的尼格倫夫婦，正在對同桌旅客說明挪威是歐洲最大原油輸出國這件事。

依妮德先與她的左鄰索德布拉先生攀談。索德布拉是位年長的瑞典人，藍色西裝裡面繫著寬領巾，打扮令依妮德安心。「目前為止，你覺得這艘遊輪怎麼樣？」她問：「是不是超像眞的？」

「這個嘛，浪雖然很大，」索德布拉先生微笑說：「船確實像是在海上浮得好好的。」

依妮德提高音量，好讓他聽清楚：「我問的是，**這艘船的裝潢是不是很像北歐國家？**」

「這個嘛，對，當然，」索德布拉先生說：「不過，妳不覺得全世界的東西都愈來愈美國風了嗎？」

「可是，你覺不覺得這艘船**眞的超棒**，」依妮德說：「**像一艘眞正的北歐遊輪？**」

「其實，這船比北歐多數遊輪要好，我太太和我目前為止還算滿意。」

依妮德不再追問，因為她認為索德布拉先生聽不懂問題的內涵。她在意的是，有歐洲之名的東西一定要眞的像歐洲。她去過歐洲大陸度假五次，另有兩次隨艾爾佛瑞出差，所以前後加起來去了快十次，現在聽到朋友規畫西班牙或法國行程時，她總喜歡嘆口氣說，歐洲她已經玩夠了。然而，讓她嘔得跺腳的是，好友碧・麥斯納竟學她裝得對歐洲意興闌珊：「每年要飛好幾趟基茨比爾，去幫幾個外孫慶生，我都去煩了。」碧的女兒辛蒂頭腦駑鈍，姿色倒美豔得不像話，嫁給奧地利籍的體育醫生，自己也是大曲道滑雪國手，曾在冬季奧運摘下銅牌。碧至今仍與依妮德交好，意味著碧很忠誠，不因家境變富裕而捨棄老朋友。但依妮德絕不會忘記，當初密太收購伊利鐵道前夕，恰克・麥斯納是靠著內線情報大筆搶進伊利股票，才買得起位於樂園谷的豪宅。恰克高陞銀行董事長，艾爾佛瑞則卡在密太的第二高層，還把積蓄存在被通膨吃掉的年金上，因此到現在，藍博特夫妻想享受北歐悠航等級的奢華，依妮德得動用私房錢才能成行。但她寧可掏腰包也不要嫉妒到發瘋。

「我在聖猶達最要好的朋友常去基茨比爾度假，在奧地利阿爾卑斯山區，」她喊著，原因不詳，方向朝著美麗的索德布拉太太：「她的奧地利女婿事業做得好成功，在那裡買了一座山莊！」

索德布拉夫人宛如一件貴金屬配飾，在索德布拉先生的使用下略顯磨損、髒污。她的唇彩、髮色、眼影、指甲油全是白金色系，僅色調略有不同；她的晚餐服裝佈滿重疊的銀色亮片，日曬充份的香肩與矽膠豐足的酥胸一覽無遺。「基茨比爾好美，」她說：「我去基茨比爾表演過好多次。」

「**妳是演藝人員？**」依妮德大喊。

「悉妮以前是特殊藝人。」索德布拉急忙說。

「阿爾卑斯山的度假別墅貴得有些可怕。」挪威女人尼格倫太太感嘆著，伴隨一陣哆嗦。她戴著圓框大眼鏡，臉上的皺紋呈輻射狀，整體上給人一種螳螂臉的印象。在視覺畫面上，她和光鮮的索德布拉夫人風格迥異，互別苗頭。「說到滑雪，」她繼續說：「我們挪威人很挑剔的，就連某些市區公園的滑雪場地都是『頂級』的，這在全世界任何地方，都踏破雪鞋找不到。」

「當然囉，滑雪是有分的，」尼格倫先生說。他是長人，耳朵像生的牛小排。「阿爾卑斯型的滑雪和越野或北歐的滑雪就都不同。挪威出過幾個傑出的阿爾卑斯滑雪選手——只要提起奧莫特的大名，相信你一定會覺得『好像聽過』——但必須承認的是，這並不是挪威的強項。然而，又稱爲北歐滑雪的越野滑雪就完全不同囉，在越野方面，我們常常有很好的成績。」

「挪威人無聊透了，超過妳的想像。」索德布拉沙啞地在依妮德的耳邊說。

同桌的另一對「浮游客」是羅斯夫妻，來自賓州查茲福，有著年長卻不失俊美的外貌。他們本能地幫了依妮德一個忙，讓艾爾佛瑞不會沒人可聊天。艾爾佛瑞的臉紅了，原因之一是被熱湯的蒸氣熏紅，二是湯匙拿得太用力，最後一個原因或許是他刻意不看索德布拉夫人美豔的上半身，一眼也不。他向羅斯夫婦解說遠洋輪船的穩定機制。羅斯先生看起來智力過人，結著蝴蝶結，戴著放大眼球的牛角框眼鏡，連番發問，問得高明，熱切聽著解答，神情幾乎是震驚。

羅斯夫人沒那麼注意艾爾佛瑞，比較注意依妮德。羅斯夫人的身形嬌小似兒童，五官分明，年約六十五、六，手肘幾乎搆不到桌面。她留著妹妹頭，髮隙點綴著白絲，臉頰瑰紅，以藍色大眼直盯著依妮德看，毫不害臊，做出那種神態的人若不是非常聰明，就是非常笨。熱切到近乎暗戀的這種態度示意著飢渴。依妮德立時察覺到，羅斯太太如果不成爲她此行的好友，必會和她勢不兩立，因此她以欲迎還羞的態度，故意不搭羅斯太太的腔，也不回應她的關注。牛排上桌後，只剩片甲的龍蝦被端走，她繼續進攻索德布拉先生，反覆問他在哪一行高就。照他的回答看來，他從事的應該是武器交易。依妮德一面享受著羅斯夫人的藍色目光，一面想像「浮游客」桌多麼令其他桌旅客豔羨。她猜，對那些穿T恤的芸芸眾生來說，「浮游客」看起來極富歐陸風。這桌多了一點高貴，美貌、領帶、寬領巾，多了某種尊榮。

「有時候晚上，我一想到早上可以喝咖啡，」索德布拉先生說：「竟然會興奮到睡不著。」

依妮德原本希望，飯後艾爾佛瑞會帶她去長襪子皮皮（註：Pippi Longstocking，瑞典童話人物）舞廳跳舞，卻見他站起身來，宣佈說他該上床了。七點還不到，有誰聽過成年人晚上七點就寢的怪事？

「坐下來啦，等點心來了，吃完再走，」她說：「聽說點心好可口唷！」

艾爾佛瑞的餐巾髒得見不得人，從大腿掉落地板，丟盡她的臉，讓她失望透頂，他卻似乎渾然不覺。

「妳留下來，」他說：「我飽了。」

說完，他踉踉蹌蹌地穿越齊克果餐廳。遊輪航出紐約港之後，船身變得較爲顛簸。

熟悉的感傷如浪湧來，淹沒依妮德的興致，她遺憾著和這樣的丈夫享受不到的樂趣。但她後來想到，艾爾佛瑞一走就再也不會出她的洋相，長長的一夜正等她去逍遙。

她的心情好轉了。羅斯先生離席，前去克倫特．哈姆森（註：Knut Hamsun，挪威作家，諾貝爾文學獎得主）閱讀室，留下太太，這時依妮德的心情更好了。羅斯夫人換位子，坐到依妮德身旁。

「我們挪威人很愛讀書。」尼格倫夫人趁這機會發言。

「也很愛講閒話。」索德布拉先生喃喃說。

「公共圖書館和書局在奧斯陸正快速成長中，」尼格倫夫人告訴同桌人：「我想，這種現象在其他地方是沒有的。全世界大多數地區的閱讀風氣都在逐漸式微，不過挪威例外，嗯。我的皮爾今年秋天正在讀約翰．高爾斯華綏（譯註：John Galsworthy，英國文學家）全集，第二遍喔，而且是英文版。」

「不對，英格，不對，」皮爾．尼格倫以馬嘶般的聲音說：「是第三遍！」

「天啊！」索德布拉先生說。

「是眞的。」尼格倫夫人望向依妮德與羅斯夫人，彷彿期待她們面露敬畏的神色。「每年，皮爾都會讀一本諾貝爾文學獎得主的作品，再從他前幾年讀過的作品裡，挑他最愛的一位作家讀遍他的所有著作。結果呢，每過一年讀起來就更吃力一些，因爲每年都會多一位得主。」

「有點像跳高比賽，每過一關，高度就再提高一點，」皮爾解釋：「挑戰性也逐年升高一些。」

索德布拉先生喝著依妮德默數是第八杯的咖啡，湊過來說：「天啊，這些人多無聊！」

「我敢說，我讀亨利克．蓬托皮丹（註：Henrik Pontop-pidan，丹麥作家，諾貝爾文學獎得主），比多數人讀得更深入。」皮爾．尼格倫說。

索德布拉夫人偏著頭，露出夢幻般的微笑。「你知道嗎，」她說，也許是對依妮德或羅斯太太說：「直到一百年前，挪威是瑞典的殖民地。」

挪威夫妻宛如蜂巢被擊中，傾巢而出。

「殖民地！？殖民地？？」

「喔，喔，」英格．尼格倫咬牙切齒說，「我想，有必要爲這幾位美國朋友上一堂歷史課——」

「是策略聯盟！」皮爾高聲說。

「索德布拉夫人，妳所謂的『殖民地』，翻譯成瑞典文到底是哪一個單字，不妨說來聽聽？我的英文顯然比妳好，也許我能爲美國朋友提供更正確的翻譯，例如可以翻成『統一半島王國之平等夥伴』？」

「悉妮，」索德布拉先生調皮地對妻子說：「妳眞是一針見血。」他舉起一手。「服務生，再來一杯。」

「如果從西元九世紀末來看，」皮爾．尼格倫說：「我懷疑連瑞典朋友也不得不承認的是，從金髮哈拉爾王登基的這個『轉折點』，可以檢視兩大強權此消彼長的關係，或者，我應該說三大強權，因爲丹麥在北歐史上也扮演予相當耐人尋味的角色——」

「這段歷史我們很有興趣聽下去，不過改天吧，」羅斯夫人打斷他的話，挨過去摸依妮德的手。「我們不是約好七點？記得吧？」

依妮德迷惑的片刻極短。她告辭離桌，跟著羅斯太太走進大廳，撲鼻而來的是群集的老人、胃腸味和消毒水味。

「依妮德，我的名字是希薇雅，」羅斯太太說：「要不要去玩吃角子老虎？我已經想了一整天。」

「噢，我也是！」依妮德說：「好像是在斯特禽廳。」

「斯特林堡（註：August Strindberg，瑞典作家）廳，對。」

依妮德欣賞腦筋轉得快的人，但她鮮少覺得自己頭腦靈活。「謝謝妳剛才——妳知道……」她一邊跟隨希薇雅穿越人群，一邊說。

「及時救援。呵，沒什麼。」

斯特林廳擠滿了多嘴的旁觀者、小額黑傑克玩家以及酷好吃角子機的人。依妮德記不起何時曾玩得如此開心。她投下的第五枚兩毛五硬幣，拉中三顆梅子，角子機似乎吃了太多水果撐不住，嘩啦一聲，大批銅板從它的私處傾瀉而下。她把收穫鏟進塑膠桶裡。投了十一枚之後，又中了三顆櫻桃，銀花花的銅板潮再現。鄰臺幾個白髮玩家不斷輸錢，紛紛瞪她。我好尷尬喔，她告訴自己，其實她一點也不覺得尷尬。

數十年不盡豐足的歲月，讓她培養出一套投資紀律。先扣除本金，再從每次的獎金裡抽出一半存起來。

然而，她的玩樂資金全無枯竭跡象。

過了將近一小時，希薇雅．羅斯說：「好了，我過足癮了。」她拍拍依妮德的肩膀：「想不想去聽弦樂四重奏？」

「好耶！好耶！在葛利德廳。」

「葛利格（註：Edvard Grieg，挪威作曲家）。」希薇雅笑說。

「哇，鬧笑話了，葛利格。我今晚好笨。」

「妳賺多少？妳的手氣好像不錯！」

「我不確定，我沒數。」

希薇雅給她一個熱切地微笑：「妳有吧，妳好像數得很仔細。」

「好吧！」依妮德紅著臉說，因爲她太喜歡希薇雅了。「總共一百三十元。」

一幅葛利格的畫像掛在牆壁上，眞實的鍍金裝潢華麗，勾起十八世紀瑞典皇朝的絢爛。現場的空椅很多，證實了依妮德的懷疑：這船遊客中，很多人水準不高。她搭過的遊輪裡，有些古典樂演奏會座無虛席，晚到的人只有站著聽的份。

儘管希薇雅似乎沒有被這樂團迷倒，依妮德還是認爲他們演奏得很棒。他們全憑記憶來演奏熱門古典樂章，曲目包括《瑞典狂想曲》，以及《芬蘭頌》和《皮爾金》的片段。《皮爾金》演奏到一半，第二小提琴手臉色翻青，離開演奏廳片刻（海浪確實大了一點，但依妮德的胃是鐵做的，而希薇雅貼著防暈貼片）。小提琴手坐回他的位子後，居然有辦法馬上跟上，一拍也沒丟，引來全體二十名觀眾高喊：「好！」

演奏結束後，團員與觀眾近距離接觸，氣氛高雅，依妮德撥出賭金的百分之七點七，購買該樂團的專輯卡帶。瑞典一家酒廠斥資一千五百美元，推廣一種名爲司柏格的酒，依妮德前去免費試喝一杯，覺得滋味像伏特加、蔗糖、辣根醬，而司柏格的原料果然是這三種。客人品嘗過司柏格後，有人面露驚奇，有人不敢恭維，依妮德和希薇雅則是吃吃笑得前俯後仰。

「特別的點心，」希薇雅說：「免費的司柏格，歡迎試喝！」

「好喝！」依妮德爆笑著說，鼻子猛吸氣：「司柏格！」

接著，兩人想上去易卜生廳，參加十點開始的冰淇淋聯誼會。進電梯後，依妮德發覺船身不僅正在承受上下震盪之苦，還加左右搖晃，彷彿船首是某個正在體驗深惡痛絕感受的人的頭。出電梯時，她差點被一個狗爬姿勢的男人絆倒，男人的手膝著地，讓人以爲他在惡作劇。他的T恤背面印著一句話：**只是失準頭**。

負責舀冰淇淋的人戴著廚師帽，遞給依妮德一杯冰淇淋汽水，她接過來喝，開始和希薇雅交換自家訊息。幾句過後，對話內容變得問多於答。每當依妮德察覺對方避談家事的時候，她總會猛戳對方的痛處，毫不留情。她寧死不願自曝子女讓她失望的事，聽見對方養了幾個令他們失望的子女——慘痛的離婚、酗酒、嗑藥成性、愚蠢的投資——她的心情卻會舒坦一些。

表面上，希薇雅．羅斯沒有難以啓齒的事。她的兩個兒子都住加州，一個行醫，另一個在電腦業，都已成家。然而，話題一轉到小孩，希薇雅好像踩到火燙的沙地，不是急忙迴避，就是以百米速度奔越。「妳女兒讀過斯瓦爾特摩爾呀？」她說。

「對，一小段時間，」依妮德說：「妳呢，五個孫子呀，天啊，最小的那個今年多大了？」

「上個月滿兩歲。妳呢？」希薇雅說：「有孫子嗎？」

「我的大兒子蓋瑞生了三個兒子，可是喔，眞有意思，妳最小的孫子怎麼跟次小的那個差五歲？」

「其實將近六歲。妳兒子呢？在紐約的那個，我也想知道他的事，你們今天有去找他嗎？」

「有，他做了一頓很精緻的午餐。他剛去《華爾街日報》上班，本來我們有機會去參觀他辦公室的，可惜今天雨下得太大了。所以呢，妳常去加州玩嗎？有沒有常去看孫子？」

某種精神、某種奉陪的意願從希薇雅的態度裡流失。她坐著，乾瞪著喝完的汽水杯。「依妮德，妳肯不肯陪我一下？」她久久之後說：「陪我上樓喝一杯睡前酒。」

今天在聖猶達，依妮德五點就起了個大早，但只要接到誘人的邀約，她絕不推卻。她和希薇雅上樓到拉格維斯特（註：Pär Lagerkvist，瑞典作家，一九五一年諾貝爾文學獎得主）酒吧，服務生是侏儒，頭戴牛角頭盔，身穿短皮衣，建議她們試試雲莓阿夸維特酒。

「我想告訴妳一件事，」希薇雅說：「因爲我非在這艘遊輪上說出來不可。不過，妳不能說出去喔，妳很會保密嗎？」

「我最拿手了。」

「那就好，」希薇雅說：「從今天算起，三天後，賓州監獄會處死一個囚犯。而行刑之後兩天，也就是禮拜四，就是泰德和我結婚四十週年。如果妳問泰德，他會說這趟遊輪之旅是慶祝紅寶石婚，但那不是事實。或者可以說，對泰德而言是事實，對我不是。」

依妮德怕了。

「接受死刑的那個男人，」希薇雅．羅斯說：「害死了我們的女兒。」

「怎麼會？」

希薇雅的藍眼清澈，凝視他人時的目光令她看起來像美麗可親的動物，卻不太像眞人。「泰德和我，」她說：「搭這趟遊輪，是因爲我們對行刑有意見；我們對彼此有意見。」

「不會吧！妳想告訴我的是什麼？」依妮德發抖著：「噢，我沒辦法聽了！我沒辦法聽了！」

希薇雅覺到依妮德的抗拒。「對不起，」她說：「這樣突然纏著妳，是我不好。今天就先聊到這裡好了。」

但依妮德很快恢復鎭定，她極不願錯過和希薇雅交心的機會。「妳想告訴我什麼，盡量說吧，」她說：「我會聽的。」她雙手交握，放在大腿上，做出洗耳恭聽的姿勢。「告訴我吧，我在聽。」

「我先聲明，」希薇雅說：「我是槍械藝術者，喜歡畫槍（註：draw guns，也有「拔槍」之意）。妳眞的願意聽嗎？」

「想。」依妮德認眞點頭，卻點得心虛。她注意到，侏儒拿酒瓶時會踩在梯子上。「有意思。」

希薇雅說，多年來她一直從事業餘版畫製作。她在查茲福的家裡闢了一間畫室，日光充足。她有一塊平坦如奶油的平版印刷石板，一組二十支德國木鑿。她是威明頓一個版畫學會的會員，該會每年舉辦兩次展覽，她以每張大約四十元的價格販售裝飾用的版畫。在作畫、參展期間，她的最後一胎喬丹從活潑外向的小女孩長大成獨立自主的年輕女子。喬丹被謀殺後，五年來希薇雅繼續作畫，繼續製作版畫，但畫的東西只有槍，別無他物。年復一年，她只畫槍。

「太可怕了。」依妮德說，語氣中透露著不贊同。

希薇雅的畫室外有一株被風吹斷枝椏的鵝掌楸，樹幹令她聯想起槍托和槍管。人體的每一種外形都令她想到擊鐵、扳機護弓、旋轉彈腔、握柄。所有抽象事物，皆成了彈道光、火藥煙硝、空尖彈爆發的花形火焰。人體和這世界一樣，充滿了可能性。在人體的小世界裡，沒有任何部位能承受得了子彈；同樣的，大世界中也沒有任何東西的形體不像槍，連斑豆（註：四季豆的一種，產於美國西南部）都像一把短管手槍，連雪花也像搭在三腳架上的白朗寧。希薇雅沒有精神病；她能強迫自己畫圓圈，也能素描玫瑰花，但她渴望畫的是槍，是槍、槍砲、兵器、飛彈。她沉迷於以鉛筆捕捉鍍鎳表面的亮光圖案。有時候，她也會畫自己的手掌、手腕、前臂，畫出她猜想是握槍的姿勢（她從未摸過槍），想像自己握著點五〇口徑的沙漠之鷹、九毫米的葛拉克、槍托可折疊的全自動M16以及型錄裡其他稀奇古怪的武器。她把型錄收在牛皮紙袋中，藏在那間陽光普照的畫室裡。她縱容自己畫槍成性，宛如縱容一個幽魂耽溺於地獄風情（只不過查茲福的環境優美，不時有輕盈的鶯雀從白蘭地酒溪飛上來，有香蒲被曬熱的馨香，有熟爛發酵的柿子氣息，由十月的秋風帶動，從附近的窪地送來，頑強拒絕讓查茲福淪爲人間地獄）；她是女薛西弗斯，每晚摧毀自己的作品——整張撕破、或塗抹礦質溶劑毀掉。在客廳點起熊熊烈火。

「好可怕，」依妮德又喃喃說：「這是做母親的人所能遇到最慘痛的事了。」她對侏儒招手，示意再來一杯雲莓酒。

希薇雅說，她想不通自己沉迷於畫槍的原因：想不通的是，她從小是貴格會教徒，至今仍去肯尼特廣場集會；想不通的是，導致喬丹受虐至死的凶器是一捲尼龍強化的「束綁」膠布、一條擦盤巾、兩支鐵絲衣架子、一個通用電器公司的輕型電熨斗，最後是一把威廉索諾瑪居家用品店出售的十二吋ＷＭＦ牌鋸齒麵包刀——也就是說，沒有槍；想不通的是，凶手是十九歲的凱利．威瑟斯，事後向費城警方自首，身上（又）沒有槍；想不通的是，她的丈夫在杜邦擔任法規遵循部門副總裁，即將屆退，薪水豐厚，開的是即使和福斯Cabriolet對撞，也幾乎不會撞凹的大型休旅車，而夫婦兩人住在安妮女王風格的獨棟樓房裡，廚房與食品儲藏室大到能收納喬丹在費城公寓裡的所有傢具，因此希薇雅的生活安逸到近乎不黯世事，除了做菜給丈夫吃，唯一要做的幾乎只剩下平復喪女之慟，但她卻遲遲無法重新站起來；想不通的是，只要一描摩起左輪槍托構造或自己手臂上的血脈時，她常畫到忘記她每週三次的心理輔導，再因爲怕遲到而一路飆車去威明頓接受博士醫師的治療；想不通的是，藉著心理諮商，藉著每週三晚間參加暴力受害人家長會、每週四晚間出席熟女社團集會，藉著廣讀朋友推薦的詩集、小說、回憶錄、心靈叢書，藉著練瑜伽、騎馬來鬆懈身心，藉著在兒童醫院擔任復健師助理的志工活動，藉著上述種種管道，她總算渡過喪女的難關，但畫槍的衝動卻日益強烈；想不通的是，她爲什麼對畫槍一事守口如瓶，連對威明頓的心理醫師也說不出口；爲什麼朋友們與輔導老師個個都督促她以「藝術」來「自療」，而他們所謂的「藝術」，是指她的木雕和版畫；爲什麼當她湊巧在朋友家浴室或客房看見自己從前的木雕作品時，她會羞愧得難以自持，自覺虛僞；爲什麼當她在電視或電影上看到槍械時，她會心虛，會不自在；她暗自深信她已經成爲眞正的藝術家，一個眞正優秀的槍械藝術家，她不懂爲什麼會這樣；她不懂爲什麼每天畫到最後，她會將這些爐火純青的藝術證明摧毀殆盡；她不懂爲什麼喬丹雖然貴爲美術學士與藝術治療碩士，一直受父母鼓勵，美術方面的學費繳了二十年，卻不太會畫畫；她不懂爲什麼自己總算能以這種客觀的角度看待死去的女兒，卻依舊只畫槍械彈藥；她想不通的是，儘管持續沉迷槍械顯然象徵著她仍懷恨，仍渴望復仇，五年來她卻不曾畫過凱利·威瑟斯的臉。

十月某一天早餐過後，這些想不通的事排山倒海而來，希薇雅踏上樓梯，直奔畫室，在一張象牙康頌紙上作畫。她拿鏡子照著自己的左手，依鏡中的樣子描繪成右手，拇指豎起起來，手指彎曲，鏡子與手的側面形成六十度夾角，呈現出接近後照鏡的畫面。畫好這隻手後，她在手裡畫上一支鼻子扁平的點三八左輪手槍，以透視縮短法畫得巧妙，槍管戳進冷笑中的雙唇，接著以鉛筆、憑記憶在嘴唇上方精準描繪出凱利·威瑟斯那對帶有挑釁意味的眼睛。威瑟斯屢次上訴未果，最近終於走上末路，爲他掉淚的人沒有幾個。畫完了一雙嘴唇、一對眼睛之後，希薇雅總算放下鉛筆。

「是時候了，路還是得走下去，」希薇雅對依妮德說：「我突然看清了現實。現實是，不管我接不接受，活下來的人是我，畫畫的人是我，不是她。做父母的習慣把兒女看得比自己重要，習慣把身心寄託在他們身上。突然間，我對那種想法好厭倦。我對自己說，就算我明天死了，今天的我還活得好好的。我可以活得有目標。我付出了代價，該做的事情也做過了，沒什麼可恥的。

「人生中出現這麼大的轉變，最後卻換來這麼簡單的一個體悟，很奇怪吧，不是嗎？其實所有事物都沒變，只是自己的觀點不同，只是自己的恐懼減少，比較不焦慮，整個人變得比較堅強而已。腦袋裡生出一個完全看不見的東西，居然比一輩子經歷到的來得更眞實，很奇妙吧？你看事情更清晰了，也知道自己正在用更明亮的眼光看事情。接著產生的想法是：這就是『熱愛生活』的眞諦，虔信上帝的人講的就是這種頓悟的時刻。」

「再給我一杯吧？」依妮德舉杯對侏儒說，希薇雅的話幾乎是左耳進、右耳出，她搖搖頭，喃喃說著「啊！」和「喔！」，意識卻在酒精迷霧裡跌跌撞撞，闖進荒誕的臆測之邦，遐想被侏儒擁抱時臀部與腹部會有什麼樣的感受。希薇雅的措辭顯示她是個高知識份子，依妮德覺得希薇雅和她做朋友的居心有幾分虛假。依妮德雖不想聽，卻也不得不聽，因爲她沒聽到部份關鍵事實，例如威瑟斯是不是黑人，喬丹死前是否慘遭強暴等。

希薇雅從她的畫室直奔瓦瓦食品超商，把架子上的情色雜誌每種各買一本，可惜她在雜誌裡找到的圖片全不夠眞槍實彈。她想看的是實際的生理構造，實地的動作。她回到查茲福家中，打開電腦。二兒子爲了讓全家在痛失親人時團結一心，買了這部電腦送她。她的電子郵箱裡塞滿了家人的問候信，積了一個月視若無睹。上網之後不到五分鐘，她找到她要的商品——有信用卡好辦事。她以滑鼠點選縮圖，直到她找到必要的演員以必要的角度進行必要的動作：男性黑人爲男性白人口交，鏡頭以正面偏六十度的斜角從臀部拍攝，明亮的弦月低掛在臀部，黑色指關節朦朧可見，指頭探索著月亮的黑洞。（註：美國俚語中「月亮」有光著屁股之意）她下載這張圖片，以高解析度來鑑賞。

她六十五歲了，這樣的鏡頭卻是第一次看到。她畫了一輩子，卻從未欣賞過它們的奧祕。而今，它就在眼前。位元與位元組交流，長串的○與一在某個中西部大學的伺服器中川流而過。如此清楚明白，運作起來卻又如此虛無縹緲。這一切都在螢幕和雜誌上。

她納悶：如果這些圖片其實比不上實物，人類怎麼會對它們有反應？不是影像的效力多強大，而是這世界多軟弱。但軟弱裡絕對也有鮮明的活力，例如白天果園裡的太陽烤著掉落地上的蘋果，山谷間會瀰漫蘋果酒香；例如寒夜中喬丹開著她的Cabriolet敞篷車來查茲福吃晚餐，輪胎碾過，車道上的碎石會嗶啪作響。然而，影像是世間萬物的唯一代替品；事物不先轉為影像，就無法進入腦海。

然而，網路慾照與未完成的威瑟斯素描間的對比卻讓希薇雅震驚。普通的慾求可透過圖片或空想來平息，復仇慾卻不一樣；復仇慾無從勾勒。再露骨的畫面也無法滿足復仇慾。想滿足這種慾望，唯有讓特定人物一死，唯有終結特定的一段史實。如同菜單上硬性規定某某套餐的菜色**不可替換**。她可盡情描繪慾望，卻勾勒不出滿足。因此，她終於向自己承認這個事實：她要凱利·威瑟斯死。

儘管她最近接受《費城詢問報》訪問時表示，別人小孩的死並不能讓她的孩子復生，她仍要威瑟斯死。儘管心理醫師諄諄告誡，禁止她從宗教角度來詮釋喬丹之死（例如，都怪她的政治傾向與教養子女的風格太自由派、生活優渥得沒天理，才會遭到喪女的天譴），她仍要威瑟斯死。儘管她相信喬丹慘死是隨機而遇的悲劇，儘管她相信血債無法血償，唯有降低隨機悲劇在全國出現的機率才能真正令她心安，她仍要威瑟斯的命。儘管她期盼社會能為威瑟斯這種青年提供薪資合理的工作（以免他找上曾醫治過他的藝術治療師，纏住她的手腳，威嚇她交出金融卡密碼與信用卡），儘管她期盼社會能遏阻毒品流入都會住宅區（以免威瑟斯用不義之財去買快克，以免他嗑藥後神智不清，重回治療師公寓又繼續嗑藥，反覆虐待她長達三十小時），儘管她期盼社會上的年輕男子不會盲從名牌（以免威瑟斯對治療師的Cabriolet車執著到發狂，不信她堅稱把車借給朋友一個週末，不信她家裡只有兩副鑰匙——「誰會相信那套鬼話，」他辯稱。這份口供雖有一部份來自逼供，法庭仍能接受。「所有鑰匙全在廚房桌上，瞭嗎？我會信她才有鬼咧」——不至於反覆用電熨斗燙她裸露的肌膚，還將溫度從人造絲調高至棉質／亞麻，以逼問她把Cabriolet停在哪裡；更不至於在週日晚間，當她朋友帶著第三副鑰匙來還車時，威瑟斯驚慌之下割斷她的咽喉），儘管如此，她仍要他的命。儘管她期盼社會上虐待兒童身體的案例能不再發生（以免殺人犯在法官斟酌刑期時誑稱，幼年時曾遭繼父拿電熨斗燙傷——但威瑟斯的身上找不到燙傷疤痕，因此他這番證詞只證明了他說謊不打草稿），儘管如此，她還是要他死。儘管她接受心理治療期間領悟到，威瑟斯的冷笑其實是自我保護的面具，他的內心其實是個寂寞的大男孩，被討厭他的人包圍，只要她對他微笑，笑得像原諒小孩的母親，他就有可能摘下面具，誠心悔恨而痛哭，儘管如此，她仍要他死。儘管她自知，表明這種慾望只會讓保守派人士得意（對保守派而言，「個人責任」一詞代表人類可以漠視不公不義的社會現象），她仍要他死。儘管基於這些政治立場，她無法親赴刑場，無法親眼看見這種沒有影像能替代的事，她仍然要他死。

「但我剛說的一切，」她說：「全和我們參加這趟遊輪的原因無關。」

「無關？」依妮德說，彷彿突然清醒。

「對。我們這趟旅行，是因爲泰德不願承認喬丹遇害的事實。」

「他……？」

「噢，他知道那是眞的，」希薇雅說：「只是不願談。他和喬丹很親，在很多方面甚至比他和我還親。而且，我認爲他確實傷心過。他好傷心，哭到幾乎全身麻痺。後來有天早上，他好了。他說，喬丹走了，他不想再活在過去。他說從勞動節（註：九月第一個週末）開始，他將忘掉女兒死於非命的事。就這樣，接近八月底時，他每天都提醒我，從勞動節開始他就不再承認女兒被殺害。泰德是個非常理智的人。他的看法是，白髮人送黑髮人是自古以來就有的事，哀傷過度是既愚蠢又自我耽溺的行爲。威瑟斯的下場怎樣他也懶得管，他說，一直注意審判新聞就表示還沒走出來。

「就這樣，勞動節那天他對我說，『我再也不想提她遇害的事了，妳可能會覺得怪，但我希望妳記住我跟妳講過這句話。妳能不能牢記這句話，希薇雅？否則妳以後會認爲我瘋了。』我說：『我不喜歡，泰德，我沒辦法接受。』他說他很遺憾，但他非這麼做不可。隔天晚上他下班回家時，我跟他說威瑟斯的律師聲稱他的供詞是被逼出來的，眞正的凶手仍逍遙法外之類的話。泰德聽了咧嘴而笑，彷彿在捉弄我，說：『我不知道你在說什麼耶。』我顧不得他之前的交代，竟然回他：『我講的是殺了我們女兒的凶手。』他說：『沒有人殺害我們的女兒，我不想再聽妳講這種話。』我說：『泰德，這樣下去不是辦法。』他說：『什麼事情不是辦法？』我說：『你在假裝喬丹沒死。』他說：『我們曾經有過一個女兒，現在沒了，所以我認爲她死了，但我警告妳，希薇雅，不准妳說她被殺，懂了沒有？』從那天起，依妮德，不管我怎麼苦勸，他都不肯停止假裝。我跟妳說，我只差一步就要跟他離婚了，到現在都是，不過他在其他方面對我很好。我提到威瑟斯時他從不生氣，只是強顏歡笑，好像在笑我某個偏執的奇怪念頭。我看得出來，他這樣就像我們家的貓咬了一隻死鶯進來。貓不知道主人不喜歡死鳥。泰德要我學他一樣理智，認爲是在幫我，常帶我去旅行、坐遊輪，裝得萬事順心的樣子。問題是，對他來說我們家沒有發生過的、最慘痛的事，對我而言卻眞眞實實地發生過。」

「所以，那件事眞的發生過嗎？」依妮德說。

希薇雅縮回上半身，露出震驚的神色。「謝謝妳，」希薇雅說，但依妮德發問的原因是她聽糊塗了，而不是想幫希薇雅的忙。「謝謝妳夠誠實，敢這樣質疑我。我有時候確實覺得自己腦子不正常，我在忙的事情全在腦袋裡，我忙著把腦袋裡裝的一百萬片虛無東西移來移去，腦子裡有一百萬個思想、感覺、回憶，每天如此，每年如此，腦子裡有一大堆鷹架、一大堆計畫，彷彿我在腦子裡蓋一座用牙籤拼成的大教堂。寫日記沒用，因爲我無法命令紙上的字影響我的腦。我一寫完就忘，就像被從船側丟下水的一分錢硬幣那樣消失無蹤。我就在得不到有效外援的情況下，一直忙著腦袋裡的工程，能替我打氣的只有每個禮拜三、四聚會上衣著有點老氣的那些人。在此同時，我自己的丈夫卻裝糊塗，硬說這項艱鉅的心靈工程——接受女兒遇害的事實——是沒有意義的。就這樣，我愈來愈迷惘，人生唯一的座標、我僅剩的北南西東，就只剩我的情緒了。

「泰德連這也不放過。他認爲，現代文化太注重情緒，他說重視到不可收拾的地步，把天下萬物變成虛擬世界的不是電腦，而是精神科。大家都想糾正自己的思想、穩定自己的情緒、和諧夫妻關係、改良管教兒女的方式，反而忽略基本面。泰德主張，現代人應該乖乖結婚，生養小孩，回歸以前人的做法。現代人太閒，錢太多，老把抽象的東西搞得更虛幻，他拒絕同流合污。他想吃『眞實的』東西，想去『眞實的』地方，談談科學、商業之類『眞實』的話題。所以在人生大事上，他和我的觀點再也無法一致。

「結果我的治療師被他矇過去了，依妮德。我假藉請她來吃晚餐，好讓她看看泰德的心病。雜誌不是常寫說，有些餐點因爲上菜前要在廚房裡耗二十分鐘，不適合用來招待客人？我準備的正是這種菜；

先煮米蘭燴飯，然後以兩階段慢熬醬汁的方式香煎牛排。我把心理醫師留在用餐室，讓她問泰德一些問題。隔天我去見心理醫師，她說泰德的情形在男人當中很尋常，喪女之慟已經控制住，言行不是問題。她相信泰德不會改變既定的態度，所以我應該坦然接受。

「醫生不是不准我往玄奇、宗教的角度去胡思亂想嗎？有個瘋狂的想法卻一直在我腦子裡打轉。這個念頭是，潛藏多年的復仇慾其實不是我自己的慾望，而是泰德的慾望。他不肯面對，又不能擱在那裡不管，所以我拿起來，吞下去，好比代理孕母，差別只在我懷的不是胎兒，而是情緒。假如泰德肯爲個人情緒多擔一點責任，假如他不要那麼急著回杜邦上班，也許我可以維持原狀，每年聖誕節繼續透過版畫學會賣我的木雕。也許是因爲泰德太理智、太公事公辦，我才會精神脫序。妳太貼心了，依妮德，聽我拉拉雜雜說了一大堆。講了這麼久，這件事的意義也許是，就算我再怎麼努力不要去探究其中的深意，也無法停止我想探究的衝動。」

這時候，依妮德的心靈之眼看見雨來了。她看見自己身在一間沒有牆的屋子裡，避雨的工具只有衛生紙。雨從東來，她展開的衛生紙上畫著初任大報社記者的齊普。雨從西來，衛生紙上畫著蓋瑞三個英俊聰穎的兒子，畫著她有多疼愛他們。接著，風向轉變，她奔向無牆屋的北面，衛生紙已成碎片，上面畫著丹妮絲，年紀輕輕就嫁人的她，現在多了幾歲，長了智慧，餐飲事業經營得有聲有色，盼能認識年輕正直的男士！接著，雨從南方滂沱而下，衛生紙雖已潰不成軍，她卻堅稱艾爾的病情非常輕微，只要他調整心態、調整服藥的劑量就不會有事。雨愈下愈大，她好累，能拿來擋雨的只有衛生紙——

「希薇雅？」她說。

「什麼事？」

「我想告訴妳一件事，跟我丈夫有關。」

或許是急著報聆聽之恩，希薇雅點頭鼓勵她。然而，希薇雅突然令她聯想起好萊塢明星凱瑟琳·赫本。赫本的眼神總帶著一種渾然不自覺的優越感，讓依妮德這種困苦過的女人痛恨，很想穿上鞋尖最硬的高跟鞋，對準她貴族般的小腿踹下去。依妮德覺得，對這女人坦露任何心事都是失策。

「什麼事？」希薇雅催促。

「沒事，對不起。」

「沒關係，說嘛！」

「沒事啦，眞的，我只是好想回去睡覺。明天有得忙了！」

她搖搖晃晃地站起來，讓希薇雅去簽帳付酒錢。她們共乘電梯，不發一語。交心交得太輕率，隨之而來的是一道骯髒的彆扭。但是，電梯上到上層艙時，希薇雅出電梯，依妮德也跟進。她無法承受被希薇雅看穿她是住B層的那種人。

希薇雅走到一間靠海的大艙房門外停下。「妳睡哪一間？」

「同一條走廊，在那邊。」依妮德說。但她能預見，這種虛飾無以爲繼。明天她勢必要祭出「一時糊塗了」的託詞。

「那就晚安了，」希薇雅說：「謝謝妳當我的聽眾。」

她等著，面帶溫柔的微笑，等依妮德離開。但依妮德不走。她拿不定主意，四下張望著。「對不起，這裡是幾層？」

「這一層是上層艙。」

「唉呀，我走錯樓了，不好意思。」

「沒什麼不好意思的，要不要我陪妳走回去？」

「不用了，是我糊塗了，現在才發現，這裡確實是上層艙，而我的房間應該在樓下。樓下再下去的樓下。所以，不好意思。」

她轉身卻依然不走。「我先生他……」她甩甩頭：「不對，其實是我兒子，他今天其實沒陪我們吃午餐。我想告訴妳的就是這件事。他去機場接我們，本來找了一個朋友來想一起吃飯，結果他們──走掉了。我搞不懂爲什麼。他一去就不回來了，我們到現在還不曉得他人在哪裡。所以，就這樣。」

「眞怪。」希薇雅贊同。

「所以，我不想煩妳了──」

「哪裡哪裡，依妮德，妳太不夠意思了。」

「我只想澄清這件事。好了，我該回去睡覺了，所以，能認識妳我太高興了！明天有好多事情要做，所以，我們早餐見！」

在希薇雅來得及攔人之前，依妮德已歪著身子踏進走廊（她的髖關節需要住院動手術，但她無法想像把艾爾一人丟在家裡的情景），暗罵自己不該打腫臉充胖子，走進不屬於她的一區，還衝口而出一堆可恥的廢話來數落親兒子。她轉向一張有軟墊的長椅，躬著背坐下來，讓淚水嘩嘩落下。有一種悲哀的庸碌人，搭豪華遊輪卻住進最低廉的B層內部艙房，上帝賜予她想像力，讓她爲這些人哭泣；然而，窮苦的童年讓她捨不得多花六百美元爲他倆升級；因此，她爲自己哭泣。她覺得，在她這一代的知識份子中，她和艾爾是唯一沒有賺大錢的人。

希臘神話作者描寫冥界時，想出了蛇宴與巨岩，唯獨遺漏一項酷刑：自欺之毯；一張溫暖宜人的毛毯，包覆著受苦受難的靈魂，卻總有一些地方包覆不到。而近年來的夜晚愈來愈冷。

她考慮走回希薇雅的房間，盡吐心事。

但這時，在淚眼朦朧中，她看見身邊的長椅底下有個甜蜜的好東西。

是一張十元鈔票，對摺著。非常甜蜜。

她朝走廊瞄一眼，彎腰下去。凹凸的印刷質地摸起來很可口。

覺得心情恢復了，她下到B層。交誼廳的背景音樂低吟著，音符是雀躍的手風琴聲。來到門口時，她插入鑰匙卡，好像聽見遠遠有人悲鳴著她的名字。她推一推門。

門卡住了，於是她再使一把勁。

「依妮德。」艾爾佛瑞從門內悲鳴。

「噓，艾爾，怎麼了？」

鑽進半開的門內，她認知中的生命到了盡頭。白晝化爲一串生軟無感的連續鐘點。她發現艾爾佛瑞一絲不掛，背靠著門坐在床單上，下面壓著幾落聖猶達的早報。床上擺著長褲、休閒西裝、一條領帶，而床鋪被他剝得剩床墊，剝下來的床具被他堆在另一張床上。他持續喊著依妮德的名字，即使依妮德開了燈，即使依妮德就站在他眼前，他照樣喊著。她的當務之急是安撫他、替他穿上睡衣，但說易行難，因爲他的情緒異常激動，句子常講一半，動詞、名詞、人稱代名詞完全不連貫。他相信現在是早上，想去洗澡著裝，誤以爲門邊的地板是浴缸，以爲門把是水龍頭，東西樣樣故障。他執意依自己的方式做事，引發一陣拉扯，她的肩膀還挨了一拳。他發著脾氣，依妮德邊哭邊罵他。她每扣好睡衣的一顆鈕釦，就被他亂舞的雙手解開。她從來沒聽過他爆t開頭d結尾（註：turd，糞）的粗口，也沒聽過c開頭p結尾（註：crap，屎）的髒話，而他現在罵得如此順溜，可見他多年來常在腦子裡默罵髒話。她忙著整理床鋪，但剛整理完又被他搗毀。她求他安靜坐著。他哭喊著時間好晚了，他的思緒亂糟糟。即使是這樣的時刻，依妮德也忍不住愛他；也許特別是此刻。也許依妮德從一開始就知道，五十年來他的內心住著這麼一個小男孩。也許她對兩個兒子灌溉的母愛，也許收穫不成正比的那麼多母愛，純粹是一種演習，最終目的是照顧最磨娘的這一個小孩。依妮德安撫他，斥責他，暗罵他的藥副作用太大，就這樣過了一個小時甚至更久，他終於入睡，接著她的旅行用時鐘顯示五點十分，然後是七點三十分，隨即他醒來，開始用電動刮鬍刀刮鬍子。她沒有完全睡著，剛起床時感覺還好，穿衣服時感覺也還可以，吃早餐卻慘成行屍走肉。她的舌頭像除塵拖把，頭像被烤肉叉刺穿。

這艘遊輪雖大，今早的海象卻令它站不住腳。齊克果廳外浪濤澎湃，嘩嘩的回湧聲幾乎有一種韻律感，像一篇偶然形成的樂章。尼格倫太太告訴大家咖啡因有多邪惡、挪威上下院實行的是半套兩院制，剛做完親密瑞典運動的索德布拉夫婦則滿頭大汗地趕來，艾爾佛瑞和泰德·羅斯聊得很起勁。依妮德和希薇雅重開交流管道，態度有點生硬，因爲昨晚情緒肌肉過勞，至今仍然痠痛。她們閒聊氣象。一位名叫蘇西·勾許的活動協調員走來，向大家介紹航程，推銷今天下午在羅德島州新港靠港後的觀光路線。依妮德帶著爽朗的微笑，不時發出期待聲，報名參加一套參觀市區古宅的行程，然後看著報名表的夾板一個傳一個，報名的人卻只有人見人嫌的挪威夫妻，不禁失望。「希薇雅！」她語帶責怪，嗓子顫抖著，「妳不參加嗎？」希薇雅望向戴眼鏡的丈夫，他點頭，活像國家安全顧問彭岱首肯地面部隊進攻越南，她的藍眼珠似乎向內心探究了片刻。令人豔羨的族群、非中西部人、有錢階級獨有的那種能力，希薇雅顯然也有，評估個人慾望時能夠無視社會期望、不顧道德規範。「好，來，」她說：「我也報名吧！」流露著日行一善的味道，平常的依妮德會覺得彆扭，但今天對方牽馬相贈，她決定省略檢查馬齒的步驟，直接收下。再微薄的好意，今天的她也不會拒收。因此，她奮力爬上象徵今天的陡坡，接受免費的半套瑞典按摩，從易卜生廳欣賞沿岸楓葉老化，吞下六顆普服芬鎮痛錠，喝下一夸脫咖啡，準備下午去參觀優美的新港古蹟！在雨後清新的港口，艾爾佛瑞宣佈說他的腳痛，無法下船，依妮德要他答應不會去睡午覺，怕他因而晚上睡不著。她呵呵笑著（不然能怎樣？承認睡不睡午覺是攸關生死的大事？）請求泰德看緊他，不許他睡著。泰德回答說，既然尼格倫夫妻下船了，瞌睡蟲應該也少了幾隻。

陣陣氣味，有日曬的雜酚油和冷紫貽貝、船的油料、美式足球場、半乾的海帶等氣味，帶來一種令人嚮往海洋、嚮往秋收的懷舊感，包圍著依妮德。她跛腳走下步橋，走向觀光巴士。天氣旋旋得危險。陣陣強風吹著雲，豔陽如猛獅，吹得視線到處轉，煽動新港民房的白護牆板、修剪過的草坪，使這些景象讓人無法逼視。「各位，」導遊說著：「請舒服地坐著，讓眼睛暢飲這片風景。」但是，能醉人的東西也能溺死人。五十五小時以來，依妮德只睡了六個鐘頭。即使希薇雅感謝她邀約同行，她仍覺得毫無觀光的氣力。眼前的艾斯特世家、凡德比爾特家族的奢華巨宅和財產令她醒悟：她受夠了；受夠了羨慕，受夠了她自己。她不懂古董、建築，不像希薇雅會畫畫，也不像泰德那樣愛讀書，興趣很少，專業更是一樣也沒有。她一生眞正擁有的只有愛的能力。因此，她對導遊的介紹充耳不聞，觀察著十月陽光的斜角，欣賞著秋風令人心碎的勁道。風推著海浪橫渡海灣之際，她嗅得到夜幕步步降臨。對著她急衝而來的是不解與心痛，以及渴求可能的一種異樣感受，彷彿心碎是一種可以追尋的東西。巴士行駛在羅司克里夫豪宅和燈塔之間，希薇雅主動借手機給依妮德，要她打電話找齊普。依妮德婉拒了，因爲手機會吃錢，也因爲她以爲一摸手機就要計費，但她的說法是：「希薇雅，我們有好幾年沒和他往來了。他最近在做什麼，我猜他從來沒對我們老實過。他有一次提到他在《華爾街日報》上班，也許是我聽錯了，不過我認爲他眞的是這麼說的，但我懷疑他是不是眞的在報社上班。我其實不清楚他的職業。妳一定覺得我很糟糕，拿這點小事出來抱怨，跟妳碰到的哪裡能比。」希薇雅連忙堅稱，哪會很糟，完全不會。依妮德原本打算再說一兩件丟臉的私事，儘管在公開場合講這些痛處很難堪，但說不定能一吐爲快。然而，如同那些遠觀時令人詠歎的現象——雷暴雲頂、火山爆發、滿天星斗——湊近一看，感受卻是痛絕人寰。米達爾號從新港再啓航，向東駛進藍寶石色的迷霧裡。依妮德整個下午曝露在浩瀚天空下，遊覽過超級富豪大如油輪的遊戲圍欄後，回到船上，覺得空氣好悶。雖然她在斯特禽廳又贏了六十元，她仍覺得自己像實驗室裡的動物，和其他拉著桿子的動物關在一起，四周是機械式的閃光和絮絮不休的聲音，所以她提早就寢。當艾爾佛瑞開始騷動時，她已經醒了，聽著焦慮警鈴搖得起勁，連床架也跟著振動，皮膚簡直快被床單磨傷，而艾爾佛瑞打開燈亂喊一通，隔壁客人捶牆回嘴，艾爾佛瑞變成木頭人，聆聽著，臉孔扭曲成偏執性精神病患，然後竊竊私語著，他看見一條t頭d尾跑進兩張床中間，床鋪才整理好又被弄亂，穿尿布，爲了應付幻覺中的緊急狀況再穿一件，神經受損的雙腿不肯動，聲聲悲鳴著「依妮德」，直到他幾乎筋疲力盡。名字被喊得破皮的女人在黑暗中哭泣，心中的絕望與焦慮高漲到前所未有的水位——就像搭夜車的旅客一覺醒來發現火車進站了，晨曦讓這一站看起來跟先前幾站不同，沒有了陰鬱感，這是能見度恢復之後的小小奇蹟，看得見碎石停車場裡的一灘白泥漿，看得見鐵板煙囪裊裊升起的蒸氣——她終於下定一個決心。

她攤開遊輪地圖，在D層船尾找到一個象徵救援的國際符號。早餐過後，她讓丈夫繼續跟羅斯夫妻聊天，自己去找這個紅色十字的符號。這符號印在毛玻璃門上，以金箔貼出三個英文字，第一個是「艾爾佛瑞」，第三個是「醫療室」，中間的字被「艾爾佛瑞」的折射光影遮住。她細看半天依然看不清楚，不確定是「No. Bel」、「Nob-Ell」還是「No Bell」（註：Alfred Nobel諾貝爾獎設立人，此醫務室以其命名）。

門被一個年輕人打開，三個字全不見了。開門的人肌肉健美，白翻領上別著名牌：麥瑟．席巴德醫師。他有一張大臉，皮膚有些粗糙，近似某位義大利裔美籍紅星，演過天使，也演過迪斯可舞王的那一位。「嗨，早安。」他說，露出珍珠光澤的白牙。依妮德跟著他進走廊，來到裡面的一間辦公室。他請依妮德坐在辦公桌旁的椅子上。

「我是藍博特太太，」她說：「B11的依妮德．藍博特。我想請你幫助我。」

「我也希望能幫上妳，妳遇到的問題是？」

「我碰上一點麻煩。」

「精神上的麻煩？情緒上的麻煩？」

「呃，是我先生——」

「抱歉，停一下？停一下？」席巴德醫師微微低頭，像小精靈似地微笑。「妳剛說，碰到麻煩的人是妳？」

他的笑容是「可愛」一詞的化身。依妮德見到小海豹和小貓咪心會融化，同樣地，他的笑俘虜了依妮德的心，拒絕釋放她，直到她不太情願地以微笑回報。「我的麻煩，」她說：「是我先生和我的兒女——」

「再抱歉一下，伊蒂絲，暫停。」席巴德醫師的頭壓得非常低，雙手放在頭上，從手臂中間向上瞄。

「先澄清一點：有麻煩的人是不是妳？」

「不是，我很好。不過，我家其他人——」

「妳有沒有焦慮的症狀？」

「有，可是——」

「睡不著？」

「對，因為我先生他——」

「伊蒂絲？妳剛說伊蒂絲嗎？」

「依妮德．藍博特。L－A－M－B——」

「伊妮絲，四乘七再減三，等於多少？」

「什麼？喔。嗯，二十五。」

「好，那今天是禮拜幾？」

「今天是禮拜一。」

「好，那我們昨天拜訪的是羅德島州的哪一個古城？」

「新港。」

「好，妳最近服用的藥物中，有沒有治療以下的病症：憂鬱症、焦慮症、躁鬱症、精神分裂症、癲癇、帕金森氏症或其他精神或神經方面的疾病？」

「沒有。」

席巴德醫師點頭，坐直身體，拉開背後一座落地櫃的深抽屜，取出一疊嗦嗦作響的塑膠和錫箔包裝，數了八份，放在依妮德面前的桌上。她不喜歡這些藥，因爲那種色澤看起來很貴。

「這種特效新藥能給妳很大的幫助。」席巴德以平板的音調背誦著。他對依妮德眨眨一眼。

「什麼？」

「我們該不會是有什麼誤會吧？我相信妳剛剛說：『我碰到一點麻煩。』然後提到焦慮和失眠？」

「有，可是，我的意思是，我先生他——」

「先生，對，或者太太。來找我的，通常是顧忌心比較低的一個。事實上，不敢主動要求醫生開亞斯蘭，怕得不得了，正是亞斯蘭最常碰到的症狀。亞斯蘭能有效抑制『深層』或『病態』的羞恥感。」席巴德的笑容猶如柔軟的水果剛凹了一個洞。他的睫毛柔亮如幼犬，讓人想摸摸他的頭。「妳有興趣嗎？」他說：「妳肯專心聽嗎？」

依妮德的視線向下垂，懷疑有沒有人曾因睡眠不足而死。席巴德見她不語，認定她默許，因此繼續：「酒精是一種典型的中樞神經抑制劑，大家認爲它能抑制『羞恥感』或『禁忌感』。但是，三杯馬丁尼下肚後承認一些丟臉的事，並不能藉此排除『羞恥感』。不信的話，看看酒醒後那種悔恨交加的態度就知道了。從分子的層面看，伊德娜，當妳喝馬丁尼時，乙醇會干擾過剩的28A因子接收，這種因子就是『深層』或『病態』的羞恥因子。但是，28A不會在接受點被新陳代謝掉或徹底再吸收，而是暫時儲存在不穩定的傳輸點。因此，當乙醇慢慢失效，28A因子會氾濫接受點。擔心受辱的恐懼和渴望受辱的心情有密切關聯，這一點，心理學家知道，俄國小說家也知道。而事實證明，這不但是『眞有其事』，而且是千真萬確的事；在分子的層面確有其事。言歸正傳，亞斯蘭對羞恥感的化學作用和馬丁尼截然不同。亞斯蘭能徹底消滅28A分子，亞斯蘭是一頭猛獸。」

顯然輪到依妮德開口了，但對方的暗示被她看走了眼。「醫生，」她說：「對不起，我沒睡飽，現在有點困惑。」

醫師以可愛的神態皺眉。「是困惑？還是困惑？」

「什麼？」

「妳剛告訴我，妳『碰到麻煩』。妳帶了一百五十元美鈔或旅行支票。根據妳的臨床反應，我診斷妳罹患無臨床症狀的輕鬱症，看起來沒有失智的徵兆，因此我想免費提供妳八份亞斯蘭『遊輪族』試用包，每一包有三顆三十公絲的藥丸，以便妳安享遊輪行程，然後依照一般建議的三十——二十——十的程序逐漸停用。然而，伊蓮諾，假如妳有困惑的症狀，而不只是一時困惑，那我可能不得不更改診斷，恐怕會影響到妳接觸到亞斯蘭的機會。」

說到這裡，席巴德揚揚眉，吹起口哨音樂，其中的節奏感被他故作狡猾的笑容淹沒。

「我沒有困惑的症狀，」依妮德說：「困惑的人是我先生。」

「如果妳指的『困惑』是困惑，那麼我誠摯希望，妳準備將亞斯蘭用在自己身上，而不是妳丈夫。有失智症狀的病人絕對忌服亞斯蘭。因此，我在此嚴正聲明，妳必須依照我的指示服藥，而且只能在我嚴格監督之下服用。但實際上呢，我並不天真。我瞭解像這種強效的解憂藥物，像這種尚未在美國本土開放販售的藥，通常會流入外人之手。」

席巴德再以口哨吹出幾小節無韻的音樂，做出正在忙自己事的卡通人物神態，同時不忘觀察依妮德，以確定依妮德被他逗出興趣。

「我先生晚上變得好奇怪，有時候，」她說，迴避著醫師的視線：「非常激動，非常兇，害我睡不著。我整天都很累，很難過。而我想做的事情好多好多。」

「亞斯蘭能幫助妳，」席巴德以較爲嚴肅的語氣向她保證：「許多旅客認爲與其投保取消行程險，不如買亞斯蘭。伊妮絲，妳付了大錢上船來享受，妳有權時時刻刻精神飽滿。妳沒空應付跟配偶吵架、擔心留在家裡的寵物沒人照顧，或被別人無心藐視等負面情緒。建議妳朝這個方向思考：妳預付了一套遊輪行程，結果出現無臨床症狀的輕鬱症，亞斯蘭可以避免妳取消行程，只要保住行程一次，藥費就值回票價了。所謂的藥費是按次計算的顧問費，諮商結束後，妳能免費獲得八份三十公絲亞斯蘭『遊輪族』的試用包，物超所值。」

「亞敘蘭是什麼？」

有人在敲外門，席巴德抖了一下，彷彿想醒醒腦。「伊笛，伊登，伊德娜，依妮德，抱歉，我馬上回來。我漸漸理解，妳眞的感到困惑。妳搞不懂本遊輪有幸提供給明理顧客的這種至尊級身心藥物，妳比多數遊輪旅客需要多一點解說。麻煩妳稍等我一下……」

席巴德從落地櫃取出八張亞斯蘭的樣本包後，特地鎖好抽屜，把鑰匙放回口袋，踏進走廊。依妮德聽見他低語，聽見一個老男人以沙啞的嗓音回答：「二十五」、「星期一」、「新港」。不到兩分鐘，席巴德回來了，手上多了幾張旅行支票。

「你做的這種事，眞的沒問題嗎？」依妮德問：「我是說，這東西合不合法？」

「問得好，依妮德。告訴妳好了，這東西完全合法。」他檢查其中一張支票，略顯心不在焉，然後把所有支票收進襯衫口袋。「問得精采，眞是一流的問題。礙於職業道德，我不能賣自己開的藥方，所以我只能贈送免費試用包，這正好符合北歐悠航無所不包的公司政策。遺憾的是，由於亞斯蘭尚未獲得美國政府全面核准，大多數遊客又是美國人，加上亞斯蘭的廠商藥典公司不願免費提供樣品給我，我又必須應付眾多遊客的需求，所以我決定自掏腰包，以批發價購買免費試用包。所以我酌收的顧問費才會讓人乍看之下覺得太高。」

「這八份試用包的實際價值有多少？」

「由於試用包是免費供應，而且嚴格禁止轉售，因此這些試用包沒有兌現的價值，伊爾莎。如果妳問的是我以多少成本為妳取得這些免費藥丸，答案是大約八十八美元。」

「一顆快四元！」

「答對了。對於敏感度普通的一般病人而言，每天的劑量是三十公絲，換言之就是一顆。一天四元就能買到好心情，多數遊輪旅客認為很划算。」

「這東西是什麼呢？什麼是亞虛然？」

「亞斯蘭。據說藥名的淵源是古代神話裡的一種奇獸，波斯拜日教之類的。要我再說下去，我只能瞎掰了。不過據我所知，亞斯蘭是一頭個性溫和的大雄獅。」

依妮德的胸腔噗噗作響。她從桌面拿起一份試用包，細看塑膠硬殼裡的藥。每一顆金褐色藥丸中間都有兩道刻痕，以利切割，表面印著一顆光芒萬丈的太陽——或是獅毛旺盛的獅子頭輪廓？商標是亞斯蘭遊輪族。

「這藥的作用是什麼？」她問。

「如果妳的精神狀態健全，什麼作用也沒有，」席巴德回答：「話說回來，說眞的，這種人有幾個？」

「喔，如果身心不健全呢？」

「亞斯蘭含有頂級的調節因子，功能強大。相較之下，目前美國核准上市的最好的藥，效果頂多像兩支萬寶路加一杯蘭姆可樂。」

「這是一種抗憂鬱藥嗎？」

「粗略而言是，但我偏好的用語是『個性最佳化錠劑』。」

「『遊輪族』呢？」

「亞斯蘭能最佳化的作用範圍有十六種，」席巴德耐著性子說：「不過呢，能促進豪華遊輪旅客心情的東西，未必能讓上班族更專心。這其中化學作用的差別相當微小，但如果能細分，爲什麼不分開來賣？除了亞斯蘭『基本』，藥典公司也調製出八種產品來迎合特定族群，例如亞斯蘭『滑雪族』、亞斯蘭『駭客族』、亞斯蘭『超強表現族』、亞斯蘭『青少年』、亞斯蘭『Club Med度假村』、亞斯蘭『黃金年代』。咦，我漏掉哪一個？喔，亞斯蘭『加州』。在歐洲大受歡迎哩！藥典公司的規畫是，在兩年之內推出二十種，例如亞斯蘭『應考族』、亞斯蘭『求偶族』、亞斯蘭『不夜族』、亞斯蘭『閱讀挑戰族』、亞斯蘭『鑑賞名家』等。如果美國政府核可的腳步快一點，這些產品會盡快推出，可惜我的期望不敢設得太高。妳可能會想問『遊輪族』有什麼特點？人腦裡有個焦慮的開關，『遊輪族』的主要功能是關掉這個開關，把裡面的小轉盤調到零。亞斯蘭『基本』就沒有這種藥效，因爲日常生活的運作中，有適度的焦慮反而更好。以我爲例，我現在吃的是『基本』，因爲我要上班。」

「要——」

「不到一個鐘頭。這才是最妙的特性。和美國市面上的藥比較起來，亞斯蘭的藥效等於是瞬間發生。美國人還在用的那種恐龍藥，有些要連續服用四星期才有效。不信妳去吃吃看樂復得，病情如果能在下個禮拜五改善，就算妳有福氣了。」

「我問的不是這個。我是說，回家以後我可以找誰續配處方藥？」

席巴德看手錶。「安蒂，妳住在美國哪裡？」

「中西部，聖猶達。」

「好。妳最有可能買到的是墨西哥亞斯蘭。或者，如果妳有朋友去阿根廷或烏拉圭度假，可以拜託他們帶回來。當然囉，如果妳喜歡這種藥，又希望得來全不費工夫，本遊輪歡迎妳再度登船。」

依妮德擺出臭臉。席巴德非常俊俏，魅力四射，而這種藥能幫助她享受遊輪的樂趣，讓她更能好好照顧艾爾佛瑞，正合她的心意，問題是她覺得這醫生有一點油嘴滑舌。更何況，她的名字是依妮德。E—N—I—D。

「你眞的、眞的、眞的確定，這藥對我有幫助？」她說：「你眞的超級確定這藥最適合我？」

「我保證。」席巴德說著眨眨一眼。

「你剛說的『最佳化』是什麼意思？」依妮德說。

「妳的情緒會比較有韌性，」席巴德說：「更有彈性，更加自信，對自己更滿意。焦慮和過度敏感的現象會消失，也不會再擔心別人對妳的看法。所有現在令妳覺得丟臉的事——」

「對，」依妮德說：「對。」

「妳的態度會變成：『有人提起丟臉的事，我可以談一談；如果沒人提起，何必主動說出來呢？』羞恥感惡性的兩極——坦白和隱瞞——快速循環，讓妳不舒服的是這個嗎？」

「你滿瞭解我的。」

「化學作用發生在妳的腦子裡，伊蓮恩。急著想坦白，急著想隱瞞，但，有什麼好急的？除了化學作用，有什麼東西能讓妳急成這樣？記性是怎麼來的？還不是化學作用嘛！不然，也可以說是一種結構上的變化，不過，結構是由蛋白質組成的！而蛋白質的成份是什麼？胺！」

依妮德隱隱憂心的是，這和她的教會宣揚的教義不太一樣——耶穌既是十字架上的一塊肉，又是上帝之子——有關教義的爭議總是令她難解，令她卻步，而教會的安德森牧師面容好慈祥，講道時常常穿插笑話、引用《紐約客》漫畫或借用約翰．厄普戴克等通俗作家的名言，從來不嚇信徒說你們苦難當頭了，這樣做太荒謬，因為全教會的人都好友善，好和氣。然而，一如往常，艾爾佛瑞始終對她的信仰嗤之以鼻，與其屢屢跟他強辯不過，依妮德索性停止信仰（如果她確實信過上帝的話），日子比較好過。現在，依妮德相信人死了就是真的死了，她漸漸相信席巴德醫師的話了。

儘管如此，精打細算的她說：「我只是一個中西部來的傻老太婆，就是這樣，所以，改變個性的這種藥效，我覺得不太好。」她讓臉皮向下垮，擺出愁容，以免醫生沒看見她不願苟同的立場。

「改變有什麼不好？」席巴德說：「妳滿意妳現在的心情嗎？」

「呃，不滿意，不過，如果我吃藥後變了一個人，那怎麼得了？而且——」

「伊德溫娜，我完全認同妳的看法。人的個性和性情全是由特定的化學作用形成，我們都對這些東西抱著不理性的依戀，這很正常。這和怕死的心態差不多，對吧？我變成別人後會是什麼樣的感覺，我不知道。不過呢，如果『我』被變走了，『我』無法分辨差別在哪裡，『我』又怎麼會在意呢？如果妳能知道自己死了，死才會構成問題。而人死了就死了，哪知道自己死了？」

「可是，聽你這樣講，這藥好像會把所有人變成同一種個性。」

「喔喔，扣分，錯。因為，同一種個性的兩人依然是兩個不同的個體。智商相同的兩人在知識領域和記憶可能完全不同，對吧？兩個充滿愛心的人，他們熱愛的事物可能完全不一樣。兩個同樣怕冒險的人，他們怕冒的險可能完全不同。就算亞斯蘭把大家的個性變得有點相似，那又怎樣？依妮德，每個人仍然是獨立的個體。」

醫生釋出特別可愛的微笑。依妮德心算出他每次顧問淨賺六十二美元，換算成他的時間和關注，認定她的錢沒有白花，因而做出她一見到陽光普照的雄獅藥丸就知道自己會做的動作。她伸手進皮包，從遊輪信封裡取出她從角子機贏得的彩金，數出一百五十元。

「願雄獅帶來無盡歡樂，」席巴德眨眨一眼說，同時把成疊的試用包推向伊妮德：「要不要用袋子裝？」

依妮德的心狂跳著，走回B層船首。歷經連續兩晚加上昨夜的惡夢，她又有值得期待的具體希望了。她相信這種藥能改變頭腦，帶著甫得手的藥，樂觀的心情多麼甜美。想掙脫原本的自我，這種渴望是人之常情。只要舉手就口、只要輕鬆一吞、不用宗教情懷、除了相信因果不需要任何信念，就能體驗一粒藥丸帶來的改頭換面的幸福。她迫不及待想服用。她心曠神怡地回到B11房，慶幸艾爾佛瑞不在房裡。彷彿知道這件事見不得人般，她關上房門的輔助鎖，進了浴室又上鎖。突然，一股想好好看看自己的衝動湧上來，她抬起頭，與鏡中的雙眼對看。這是她幾個月、甚至多年來首度正視自己的眼睛。她把金色亞斯蘭藥丸從包裝背面的錫箔擠出來，放在舌頭上，喝水吞下。

接下來幾分鐘，她刷牙，用牙線潔牙，用清潔口腔來殺時間。然後，一陣倦浪捲上心頭，她哆嗦一下，上床躺著。

金色的陽光灑在無窗房間的棉被上。

他溫暖的、絲絨般觸感的口鼻頂著她的手心。他舔著她的眼瞼，舌面既滑溜又粗糙。他吐出的氣息甜蜜，帶有薑的香氣。

她醒來時，艙房裡的鏀素燈不再散發人工光芒，換成太陽暫時被雲遮住時灑下的冷光。

我吃了藥，她告訴自己。我吃了藥。我吃了藥。

翌晨，她新增的情緒彈性被大膽地挑釁。她七點起床，發現艾爾佛瑞蜷縮在淋浴間裡熟睡。

「艾爾，你躺在淋浴間裡，」她說：「這不是睡覺的地方。」

叫醒艾爾佛瑞後，她開始刷牙。艾爾佛瑞睜開不癡不呆的眼睛，認清周遭。「呃，我好僵硬僵硬。」他說。

「你在裡面，到底想做什麼？」依妮德咕嚕說著，滿嘴是含氟的泡沫，開心地刷著牙。

「半夜被搞糊塗了，」他說：「作了好多怪夢。」

她發現，在亞斯蘭的懷抱中，她新增了不少耐性，現在能不顧手腕痠痛，遵照牙醫的建議，慢慢刷著臼齒。她看著艾爾佛瑞，對他的舉止有一點點興趣，看著他撐起身體、使著力、抛甩、屈身，摔跌得謹慎，歷經多層次的步驟，總算站直全身。一塊愚蠢的腰布掛在他的下體，是幾件擠壓變形得碎爛的尿布結合體。「看看這個，」他搖頭說：「唉，妳看看。」

「我睡了最安穩的一覺。」她回應。

「各位浮游客早安，感覺怎樣？」到處遊走的活動協調員蘇西走向依妮德這桌，語調柔順如洗髮精廣告裡的秀髮。

「還好，昨晚沒沉，如果妳問的是這個。」希薇雅．羅斯說。

挪威夫婦連忙拉著蘇西，問她關於遊輪中較大那座米爾達泳池的圈泳問題，問得頗複雜。

「妳看，妳看，悉妮，」索德布拉先生用完全不怕人聽見的音量對妻子說：「這也未免太令人吃驚了，尼格倫夫妻今天一早就問蘇西一個冗長的問題。」

「是呀，斯迪格，他們好像總有很多問題，不是嗎？我們的尼格倫夫妻呀，他們可是很愛思考的人。」

泰德．羅斯轉動著半顆葡萄柚，像陶藝家那樣環剝著葡萄柚的皮。「碳的故事，」他說：「就是地球的故事。你對溫室效應熟不熟？」

「三重免稅。」依妮德說。

艾爾佛瑞點頭：「溫室效應我熟。」

「你得動手剪折價券，而我有時候會忘記剪。」依妮德說。

「四十億年前，地球非常熱，」羅斯博士說：「大氣層充滿甲烷、二氧化碳、硫化氫，不適合呼吸。」

「在我們這個年紀，當然是配息比成長重要。」

「那個時代，大自然還沒學會如何分解纖維素。一棵樹倒下來，躺在地上，被後來倒下的樹壓到地下，這就形成了石炭層。地球歷經暴亂，連續幾千萬年一樹壓一樹，空氣裡的碳都被吸收光了，全被埋進地下，一直埋到昨天——以地質學而言。」

「圈泳（lap swimming）呢，悉妮，妳覺得是不是類似貼身豔舞（lap dancing）？」

「有些人好噁心。」尼格倫太太說。

「今天倒下來的樹會發生什麼事？會被蕈和微生物消化掉，所有的碳會回歸天空。地球不可能回到石炭紀，永遠不可能。因爲你總不能叫大自然忘掉分解纖維素的方法。」

「現在改名成歐爾費克了。」依妮德說。

「地球冷卻以後，哺乳類動物出現，南瓜表面結霜，毛茸茸的動物躲在洞裡。不過，後來出現一種非常聰明的哺乳類動物，懂得把所有的碳從地下抽出來，放回大氣層裡。」

「歐爾費克的股票，我們好像也有。」希薇雅說。

「其實呢，」皮爾．尼格倫說：「我們也有歐爾費克的股票。」

「皮爾最懂。」尼格倫太太說。

「我敢說他最懂。」索德布拉先生說。

「等人類把所有煤炭、石油、天然氣燒光後，」羅斯博士說：「大氣層會變回古董，變得又髒又熱，是三億年來沒有過的現象，因爲我們把碳精靈從石器時代的油燈釋放出來了。」

「挪威的退休福利做得好周到，嗯，不過我也投資一家私人公司的基金，用來補強國民年金。皮爾每天早上追蹤這支基金涵蓋的每一支股票的股價。裡面有好多美國股喔，有多少呢，皮爾？」

「目前有四十六家，」皮爾．尼格倫說：「如果我沒弄錯的話，『歐爾費克』的全名是歐克里吉信託投資公司。這支股票的走勢滿穩健的，股息又高。」

「眞有意思，」索德布拉先生說：「我的咖啡呢？」

「可是，斯迪格，你知道嗎，」悉妮．索德布拉說：「我相當確定我們也有歐爾費克的股票。」

「我們名下的股票多得是，我記不清楚名稱了。而且，報紙上印的字實在太小了。」

「這個故事告訴我們的是，不要回收塑膠。把塑膠送進垃圾場掩埋吧，讓碳回歸地下。」

「如果全讓艾爾做主，我們的每一分錢都會被鎖在存款帳戶裡。」

「埋掉，埋掉，把精靈油燈的瓶塞埋掉。」

「我的眼睛有毛病，閱讀時會痛。」索德布拉先生說。

「噢，眞的嗎？」尼格倫太太刻薄地說：「這種眼疾叫什麼名字？」

「我喜歡涼爽的秋天。」羅斯博士說。

「話說回來呢，」尼格倫太太說：「想知道這病是什麼名字，不耐著眼痛，怎麼讀得到呢？」

「地球是個很小的行星。」

「弱視（註：lazy eye，字面的意思是「懶得看」）當然是常見的眼睛疾病，不過兩隻眼睛同時弱視呢——」

「不太可能吧，」尼格倫先生說：「弱視症候群的醫學名稱是amblyopia，是一眼的功能強過另一眼，導致另一眼的視力衰退。因此，如果一眼偷懶，另一眼照理說——」

「皮爾，住嘴。」尼格倫太太說。

「英格！」

「服務生，再來一杯。」

「想像烏茲別克的中上階級，」羅斯先生說：「其中一個家庭跟我們家一樣，擁有一輛福特Stomper

休旅車。事實上，我們的中上階級和他們的中上階級差別只有一個，就是他們連最富有的一戶也沒有抽水馬桶。」

「我有自知之明，」索德布拉先生說：「因爲我不太讀書，所以我確實比所有挪威人都矮了一截。我能接受。」

「蒼蠅飛得像什麼東西死了四天，一桶桶灰燼被撒進那個坑裡，就算能往那坑裡看，你也不會想看的。一輛洗得亮晶晶的福特Stomper休旅車停在他們家車道上。我們拿攝影機拍他們，他們也用攝影機拍我們。」

「雖然我的眼睛不好，但我還是能享受人生中的一兩項樂趣。」

「可是呀，斯迪格，跟這兩位挪威人比起來，」悉妮．索德布拉說：「我們的樂趣一定顯得很沒格調。」

「對，他們似乎能體會到恆久不滅的心靈喜樂。反過來說呢，悉妮，妳今天早上穿的這件洋裝，把身材襯托得多麼亮眼。儘管尼格倫先生在別的地方找得到永恆的喜樂，卻也忍不住欣賞呢！」

「皮爾，我們走，」尼格倫太太說：「我們被羞辱了。」

「斯迪格，你聽見了嗎？尼格倫夫婦被羞辱了，正要離開。」

「多可惜啊！他們是多麼有趣的人。」

「我們的小孩現在都成東岸人了，」依妮德說：「好像再也沒有人喜歡中西部。」

「我還在等著呢，老兄。」一個熟悉的聲音說。

「杜邦餐廳的收銀小姐是烏茲別克人，我在普密鎮的Ikea好像也看過烏茲別克人，他們又不是外星人，烏茲別克人也戴雙光眼鏡，也搭飛機。」

「下船後，我們會順路去費城，然後才回家，所以我們可以去她的新餐廳吃飯。那間餐廳名叫發電機，聽過嗎？」

「依妮德，天啊，她在那間餐廳上班啊？泰德和我才在兩個禮拜前去過。」

「這世界眞小。」依妮德說。

「那頓晚餐回味無窮，眞的很好吃。」

「所以說，等於我們花了六千元，爲的是回味一下茅坑的臭氣。」

「我永遠忘不了。」艾爾佛瑞說。

「而且還對那個茅坑感激不盡咧！依照海外旅遊的實質利益來計算，依照電視和書無法提供的價值來計算，依照你只能親身體驗的事物的價值來計算，如果不要這個茅坑，我們豈不是白花了六千。」

「要不要一起去日光層，曬他個頭昏腦脹？」

「喔，斯迪格，我跟你一起去，我的腦袋已經空了。」

「感謝上帝賜予我們貧窮。感謝上帝恩准世人開車靠左邊。感謝上帝建造巴別塔。感謝上帝亂造電壓一通，把插頭造得奇形怪狀。」羅斯博士壓低眼鏡，從鏡框上緣觀察瑞典人離去。「順帶一提，每件女裝都被設計成好脫的樣子。」

「我從沒看過泰德吃早餐的興致這麼高，」希薇雅說：「午餐也是，晚餐也是。」

「北國風情讓人大開眼界嘛，」羅斯說：「這不正是此行的目的？」

艾爾佛瑞的視線窘迫地向下流轉，一小根保守的魚刺同樣卡在依妮德的喉嚨。「他的眼睛眞的有問題嗎？你覺得呢？」她擠出這句話。

「他的眼睛至少在一個方面健康得很。」

「泰德，別說了啦。」

「『瑞典波霸』這句陳腔濫調本身就是一句陳腔濫調。」

「拜託，別說了。」

法規遵循部門的退休副總裁把鏡框推回原位，轉向艾爾佛瑞。「我懷疑現代人之所以憂鬱，該不會是因爲再也沒有拓荒探險的地方吧？因爲我們不能再假裝世界上還有哪個地方沒被發現。全球的憂鬱現象加總起來，大概有逐年上升的趨勢。」

「我今天早上的心情好棒，睡得好飽。」

「實驗室的老鼠在過度擁擠的環境裡，會變得無精打采。」

「對耶，依妮德，妳好像變了一個人似的。別告訴我這跟D層的那個醫生有什麼關係，我聽過一些風聲。」

「風聲？」

「倒是有所謂的網路拓荒，」羅斯博士說：「只不過，荒原在哪裡？」

「一種叫做亞斯蘭的藥。」希薇雅說。

「亞斯蘭？」

「所謂的太空拓荒，」羅斯博士說：「不過，我喜歡這個地球。這是一顆好行星，大氣裡的氰、硫酸、阿摩尼亞稀少，這種優勢可不是每個行星都有的。」

「我聽人家說它的綽號是祖母的小幫手。」

「不過，即使你住在安靜的大房子裡，如果地球表面佈滿了安靜的大房子，你照樣覺得太擁擠。」

「我的要求很小，只要一點點隱私。」艾爾佛瑞說。

「從格林蘭到福克蘭，沒有一個海灘被建築商攻佔，沒有一畝地還沒被鏟平。」

「糟糕，現在幾點了？」依妮德說：「那場演講不能錯過啊！」

「希薇雅不一樣，她喜歡碼頭的吵鬧。」

「我確實喜歡嘈雜的環境。」希薇雅說。

「步橋、舷窗、碼頭工。她喜歡汽笛聲。對我來說，這裡是一座海上主題樂園。」

「有些程度的幻想，你只能忍耐，」艾爾佛瑞說：「受不了也沒辦法。」

「烏茲別克跟我的腸胃不合。」希薇雅說。

「我喜歡船上浪費的這麼多東西，」羅斯博士說：「很高興看見浪費這麼多航程。」

「你把貧窮想得太浪漫了。」

「什麼？」

「我們去保加利亞旅行過，」艾爾佛瑞說：「我對烏茲別克不熟，不過我們也去過中國大陸。從鐵路上看得見的所有東西假如由我做主，我會全部拆掉。全部拆掉，重新來過。房子不必蓋得好看，只要夠堅固就好。在室內裝上抽水馬桶。水泥牆砌得紮實，屋頂不漏水，這才是窮人需要的東西。下水道。看看德國人，看他們重建的過程才值得仿傚。」

「我可不敢吃萊茵河撈上來的魚喔，撈不撈得到，還是問題呢！」

「全是環保人士在瞎鬧。」

「艾爾佛瑞，你頭腦這麼聰明，怎麼會認爲他們在瞎鬧？」

「我想上廁所。」

「艾爾，你上完廁所後，不如帶本書去外面讀一陣子。希薇雅和我想去上一堂投資課。你去坐著看書，曬曬太陽，放輕鬆放輕鬆放輕鬆。」

他的狀況時好時壞，每天不同，彷彿他上床躺一晚，身上的某些體液便會流來流去，有時貯蓄的地方正確，有時跑錯地方，像一塊浸泡不均勻的牛腹肉一樣。早上醒來，他的神經末梢不是吃得太撐，就是餓得發慌。狀況時好時壞，彷彿神智的清晰度取決於極爲單純的因素，例如昨晚的睡姿是側躺還是仰睡。時好時壞更令人憂心的是，他就像一臺故障的電晶體收音機，猛搖一陣後可能會大放清晰的聲響，也可能只吐出一連串沙沙聲和斷續的句子，夾帶幾段音符。

儘管如此，即使是最差的上午也勝過最安穩的晚上。早上，所有進程加速，急著把他的藥物送達目的地：金絲雀黃的膠囊治療失禁，像Tums胃藥的粉紅小藥丸治療顫抖，白色橢圓形藥丸治療暈眩，淺藍色藥片治療粉紅小藥丸產生的幻覺。早上，血液裡擠滿了通勤族、葡萄糖散工、乳酸與尿素清潔工；有血紅蛋白送貨員忙著把剛釀好的氧氣推上凹陷的廂型車；有胰島素這個板著臉的工頭，有酵素中階經理，有主管級的腎上腺素、白血球警察、救護車醫護人員，也有鐘點費高昂的顧問，坐著粉紅色、白色、金絲雀黃的禮車，先後抵達，大家搭乘主動脈電梯，分別走進動脈分支。在正午之前，工人出事的機率微乎其微。世界煥然一新。

他有精神。從齊克果廳，他歪歪斜斜地踏著紅地毯走廊。這條走廊昨天允諾他一個休息的空間，但今天早上卻充滿商業氣息，不見男廁或女廁的符號，只見畫廊和精品店，以及英格瑪·伯格戲院。問題是，他的神經系統再也不可靠，讓他無法準確判斷自己是否內急。晚上，他的解決之道是以尿布自保；但在白天，他的解決之道是每小時上一次廁所，而且隨身攜帶他的黑色舊雨衣，以便在出事時遮羞。雨衣的連帶好處是侵擾依妮德的浪漫情懷，每小時如廁的連帶好處是建立生活秩序。他現在的雄心壯志是堅守底線——只想避免讓夜驚症的狂瀾沖垮最後一道艙壁。

成群的女人川流向長襪子皮皮舞廳，激起一道強勁的旋渦，將艾爾佛瑞甩進一條走廊，夾道而立的是一間間遊輪講師和藝人的房間，盡頭有一間男廁在向他招手。

小便斗有兩個，一位佩戴肩章的高級船員正在用其中一個。艾爾佛瑞怕旁邊有人會緊張得尿不出來，所以進隔間，拉上門閂，轉身卻看見一個被糞便轟炸過的馬桶。幸好它一聲不吭，只是靜靜發臭。他趕緊出去，試試隔壁，卻發現有東西在地板上逃竄——一條活動糞便，正在尋求掩蔽——他不敢進去。這時候，肩章男已經沖水，從小便斗轉身過來時，艾爾佛瑞認出他的青面頰和瑰紅鏡片，認出他粉紅如外陰部的嘴唇，仍未拉上的拉鏈間垂掛而出的是至少三十公分的棕褐色軟管。肩章男的青面頰中間裂出一道黃色的奸笑。他說：「我在你床上留下一個小寶物，藍博特先生，以取代我拿走的那個。」

艾爾佛瑞退出廁所，衝上一道樓梯，頭也不回，直上七層樓，最後來到開放式的「運動層」。在這裡，他在炎熱的太陽下找到一張長椅，從雨衣口袋取出加拿大東岸省份的地圖，從明顯的地標來辨認目前的方位。

欄杆旁邊站著三位老公公，穿著Gore-Tex防水大衣，對話的聲音時而清晰，時而淹沒，顯然是風中有流動缺口，一兩個句子能在缺口靜止時趁隙而入。

「這裡有人帶了地圖。」其中一人說。他朝艾爾佛瑞走來，和全天下的男人——除了艾爾佛瑞以外的男人——一樣神情愉悅。「對不起，先生。左邊那個地方，你認爲是哪裡？」

「那是加斯佩半島，」艾爾佛瑞以堅定的語氣回答：「繞過那個角之後，應該會看到一座大城。」

「非常謝謝你。」

老人走向他的友伴，彷彿遊輪的方位對他們至爲重要，彷彿三人上運動層只爲了確認這個訊息，問清楚後，三人立刻下樓，留下艾爾佛瑞獨佔世界巓峰。

在北方水域的鄉野，天空的防護罩比較薄弱，雲朵成群奔跑，看似田原裡的犁溝，在蒼穹下滑行，而蒼穹明顯低垂。接近遙遠國度了。綠色物體帶有紅色光暈。在向西延伸至視野極限的森林中，在無端奔走的雲朵中，在無限清澈的空氣中，看不見任何地標。

妙的是，人能在有限的彎道中看見無限，在季節中看見永恆。

艾爾佛瑞認得廁所裡的青面男人，知道他是信號部的人，象徵背叛。但信號部的青面男不可能有錢搭乘豪華遊輪，因此艾爾佛瑞很擔心，青面男來自遙遠的過去，卻在目前的現實走動、說話。糞便是夜行性生物，卻在光天化日下行動，這也令他非常擔憂。

根據泰德．羅斯所說，受損的臭氧層從南北極開始出現破洞。臭氧層是地球的外殼，在北極的長夜期間開始衰弱，一旦出現穿孔現象，災情勢必向外擴展，甚至會侵害日光充足的熱帶，連赤道都有危險。不久後，地球各處無一安全。

就在這時，遙遠的體內地區傳來微弱的訊號，傳遞著一份曖昧不明的訊息。

艾爾佛瑞收到訊號，考慮著怎麼做。現在他不敢去洗手間，卻也無法在戶外公然脫褲子。剛才那三人隨時可能回來。

他右邊有一道護欄，裡面有許多油漆塗得很厚的平面和圓桶、兩顆導航用的球體、一個倒立的圓錐物。他不怕高，護欄上四種語言的駭人警語攔阻不了他。他鑽過護欄，踏上砂紙般的金屬表面，想躲在樹幹後面小便。他居高臨下，旁人一眼就看得見。

太遲了。

他的兩邊褲管都濕透了，左腳甚至濕到近腳踝處。暖而冷的濕意遍佈下半身。

海岸線應該出現城鎮的地方，陸地卻愈來愈後退。灰色海浪越過奇異水域，引擎的震顫愈來愈吃力，讓人更難忽略。遊輪若非尚未抵達加斯佩半島，就是已經過了。他傳輸給大衣男的資訊有誤，他迷路了。

從他正下方的甲板，一陣嘻笑聲隨風傳上來。笑聲再一次傳來，這次是婉轉的尖嗓聲，是北國雲雀的啼聲。

他慢慢離開圓形物和柱狀體，彎腰探出外圍的欄杆。離他幾碼外的近船尾處，有一小塊名為「北歐」的日光浴區，以雪松木板圍起來。男人如果站在不該站的地方，視線能輕鬆越牆而過，能縱覽悉妮·索德布拉的風情畫。冷筆點畫的手臂、大腿、腹部，突然灰沉的冬日天空將乳頭描繪成豐滿的雙生雲莓，玉腿之間的薑毛隨風搖曳。

白天的世界漂浮在夜晚的世界，而夜晚的世界想淹沒白天的世界，他努力將白天的世界維護得滴水不漏，無奈出現了一道嚴重的裂縫。

這時又來一朵雲，比較大，比較濃，將底下的海灣遮成一片略帶綠色的黑影，遊輪與影子對撞。羞恥與絕望也——

還是風吹動了他雨衣的船帆？

還是船身傾斜了？

還是他的腿在發抖？

還是引擎也跟著在抖？

還是他即將昏倒？

還是暈眩症持續對他招手？

還是有人被風吹得濕冷，相對溫暖的公海正對他招手？

還是他刻意靠過去，想再瞧薑毛陰阜一眼？

國際知名投資顧問吉姆．科羅利爾斯說：「在北歐悠航賞楓豪華遊輪上談理財，多麼合適啊！各位，今天早上陽光明媚啊！是不是？」

科羅爾站在講臺上，旁邊有一座畫架，此次演講的題目：「戰勝修正」，被紫色筆寫在白報紙上。經他一問，喃喃贊同的聲音從他前面幾排的座位傳出。前幾排的人提早過來佔好位子，有人甚至喊：「對，吉姆！」

依妮德今早的心情好太多了，但幾股大氣亂流仍在她腦子裡徘徊，其中有一股狂風裡面包含：一、對某些女人的憎惡。她們太早到長襪子皮皮廳，早得荒唐，好像怕科羅利爾的金言與距離成反比似的。

二、那個紐約作風的女人特別惹人厭。她推擠到最前面，想和演講人建立直呼名字的親近關係（依妮德相信，科羅利爾能看穿這些人的冒昧放肆和溢美言辭，只是他太重視禮貌，不敢怠慢她們，不敢把注意力轉向較不粗魯、比較値得讚美的中西部婦女，例如依妮德）。三、艾爾佛瑞令她強烈厭煩。因爲進餐廳吃早餐途中，艾爾佛瑞上了兩次廁所，使她沒辦法及早離開齊克果廳，佔不到前排的好位子。

但狂風一來，幾乎是在瞬間消散，豔陽再度高照。

「坐後排的朋友們，抱歉，」科羅爾說：「報告你們一個壞消息。從我站的地方，窗戶旁邊，我看得見海平面上有一些雲，有可能是友善的小白雲，也有可能是烏黑的雨雲。外表是會騙人的！從我站的地方，我可能以爲自己看見前方有一條安全的航道，可惜我不是專家，我可能會把遊輪開去撞珊瑚礁。各位，你們想搭一艘沒有船長的船嗎？船長的地圖和儀器應有盡有，所有功能一應俱全，一樣都不缺，對不對？有雷達，有聲納，有全球定位系統，」科羅爾以每根手指代表一種器材：「衛星高掛在外太空耶！所有東西都很專業。不過，如果沒有人去管理那些資訊，全船的人都可能遭殃，對不對？這片海洋很深啊，命是你自己的。所以，我想說的是，各位可能不想親自去學這麼多專業的東西，掌握這麼多功能，但大家一定都希望碰到一位優秀的船長，以便安然在高階理財的外海上悠遊。」

前排響起掌聲。

「他一定把我們當成八歲小孩看待。」希薇雅・羅斯對依妮德悄悄說。

「這只是他的開場白。」依妮德悄悄回應。

「另外很合適的一點是，」科羅利爾繼續說：「我們這一趟欣賞的是楓葉變色。每一年都循著周期走，冬天、春天、夏天、秋天。季節周而復始，春升秋降，就跟證券行情這個周期性生意一樣，對不對？牛市可以延續五年、十年甚至十五年，我們這輩子全領教了。不過，我們也看見幾次下修。我的外表或許像毛頭小子，但我可是見過眞正的股市良機喔，好嚇人的現象。周期性的生意。各位，現在戶外有很多綠葉，今年夏天好長好亮麗。對了，在場各位舉手讓我看看，這趟遊輪的費用，有誰完全或部份靠投資收益來支付？」

舉手如林。

科羅利爾滿意地點頭。「抱歉，本人在此向各位報告一個壞消息：葉子開始變色了。不管你目前認爲多綠，再綠也熬不過冬天。當然囉，每年都不一樣，每個周期都不同，綠變紅的時間點誰也抓不準。不過在場各位之所以參加這場說明會，是因爲我們都有前瞻的眼光。在座每一位光是出席，就表示你是個明智的投資人。爲什麼？因為你們在夏天就離家了，在座每一個人都有前瞻性，知道這趟遊輪航程中一定會出現某種轉機。大家內心都有的一個問號——只是比喻的說法——是：外面那些亮麗的綠葉，會不會全變成亮眼的金葉子？在慾求不滿的冬季，葉子會不會全在樹枝上枯萎？」

長襪子皮皮廳的氣氛如電流過境般亢進，有人喃喃喊著：「有道理！有道理！」

「多一點實料，少一些棉絮。」希薇雅．羅斯挖苦說。

依妮德想到，他談的是死亡。鼓掌的那些人好老。

然而，領悟到這一點時，她怎麼不會心痛？原來是被亞斯蘭弭平了。

科羅爾轉身，面對畫架掀走第一張白報紙，第二張的標題是**氣候變遷時**，下面有幾大投資類別——基金、債券、一般股票等等，前排人齊聲驚呼，反應與資訊內涵不成比例。一時之間，依妮德認爲科羅爾正在分析股市的技術層面，而聖猶達的交易員曾勸她，千萬別在技術分析上浪費時間。低速行進時的風阻極小，「暴跌」（有價值的事物以「自由落體」的方式「墜落」）中的物體會產生每平方秒九．六公尺的重力加速度。此外，由於加速度是位移的二階導數，分析者可根據物體墜落的高度（約九公尺）來計算墜速（每秒十二．六公尺），而這物體正通過一面二．四公尺高的窗外，假設這物體長一．八公尺，爲求簡化再假設這一．八公尺的位移無加速度現象，由此計算出此物整體或部份呈現在視線裡的時間大約是〇．四秒。〇．四秒並不長。一個人如果轉頭看窗外，倒數著年輕殺人犯接受處決前的時間，只會覺得黑黑的東西閃過眼前。但是，如果這位碰巧凝視窗外的人，心情也碰巧是史上最平靜的一刻，則〇．四秒綽綽有餘，可以看清自由落體是共枕四十七年的親夫，可以注意到他穿著那件醜死了的黑雨衣——衣服已經變形，根本不應該穿出門，而他卻任性要塞進行李，任性要隨身帶著。〇．四秒也可以體會到「壞事已經發生」的確定感，更可以體會到一種擅闖禁地的感覺，彷彿目睹一幕大自然以爲人類不會看到的現象，例如隕石撞地球，例如巨鯨交配。〇．四秒甚至足以觀察到丈夫的表情，看得見近乎年輕的俊美，看得見那份異樣的安祥。脾氣火爆的男人落海時，有誰曉得他的姿態竟會如此優雅？

他回想著晚上陪孩子的情景，臂彎躺著兒子或女兒，坐在樓上。子女剛洗完澡，頭髮散發濕氣，頭頂著他的肋骨，聽他朗讀《黑美人》或《納尼亞傳奇》。他的嗓音震動著空氣，光嗓音就足以令兒女昏沉。在這樣的晚上，幾百甚至幾千個晚上，這位家庭核心成員不曾受過重創，不曾留下傷疤。他在黑皮椅上的夜晚，是純粹的、平凡的親近時刻，是夾在兩個確定陰鬱的夜晚間的甜蜜時刻。這些夜晚此時重返他的記憶，這些遺忘已久的反例證回來了，因爲一個人在墜海的最後關頭，搆不到任何堅實的物體，只能向子女伸手。

發電機餐廳

羅蘋．帕薩法洛是費城人，家族裡有兩種成員，一種專門製造麻煩，另一種有著堅貞不屈的信仰。羅蘋的祖父、強尼伯叔、吉米叔叔，全是卡車司機工會成員，個個堅守過時的價值觀。祖父名叫法吉歐，曾效勞卡車司機工會老大法蘭克．費吉蒙斯，擔任全國副總，掌管費城最大分會，後因三千二百位會員的會費交待不清而被判二十年徒刑。法吉歐躲過兩次斂財案起訴、一次冠狀動脈心臟病、一次全喉切除手術、九個月化療，最後搬去紐澤西岸的海島城養老，每天早上仍拐著腳去碼頭，拿著捕蟹籠，以生雞肉為餌抓螃蟹。

羅蘋的伯父強尼是法吉歐的長子。強尼衣食無憂，因為他是二重殘障（保險單註明的是「慢性與嚴重腰椎神經疼痛」），從事油漆工作，只在春夏粉刷民宅，只收現金。此外，他也炒股票，不知是運氣還是天賦，線上日內交易的成果不錯。強尼住在退伍軍人體育館附近，與妻子和么女同住，房子是塑膠牆板的連棟透天厝，不斷向外擴張，前至人行道，後至後院邊線，把狹小的自用地完全佔滿地才罷休。屋頂有一座花園和一面方形的人工草皮。

吉米叔叔（「小吉米」）是單身漢，是國際卡車司機工會文件倉儲公司的駐地經理。文件倉儲公司是空心磚砌成的陵廟，是卡車司機工會於後勢看俏階段在德拉瓦河岸工業區興建的，防火庫共有一千格，後來因為只有三位忠心耿耿的會員肯惠顧，該會只好調整營業方向，成為法商文件的長期存放地。

吉米在費城的匿名戒毒互助圈裡很有名，因為他連海洛因也沒試過，就染上美沙酮（註：methadone，戒毒用藥）的癮。

羅蘋的父親尼克是法吉歐的次子，是帕薩法洛家這一代唯一不和卡車司機工會打交道的一個。尼克是家裡最聰明的小孩，篤信社會主義。卡車司機工會信奉的尼克森和法蘭克·辛納屈，他恨之入骨。尼克娶了一個愛爾蘭裔女孩，特別搬進種族熔爐的艾立山，在市立中學傳授社會研究，對學生推崇托洛斯基，向歷任校長挑釁，要他們有膽就解聘他。

醫生曾告訴尼克與妻子可琳他們將終生不孕，因此他們收養一個一歲大的男童比利。幾個月後，可琳卻懷了羅蘋，之後再添兩個女兒。羅蘋十幾歲時才知道哥哥比利是養子，她告訴丹妮絲，在她最早的童年記憶中，她總覺得自己是個無助的天之驕子。

比利的病，或許有個合適的診斷名稱能一言以蔽之，能解釋他腦波圖的異象，解釋斷層掃瞄上的奇怪小紅瘤或黑色空隙，解釋他被收養前的嬰兒期所受的嚴重冷落或腦部創傷。但他的妹妹們，特別是羅蘋，只知道他是一個妖魔。比利很快就發現，無論他怎樣虐待妹妹羅蘋，羅蘋都一定會責怪自己。如果羅蘋借五塊錢給他，他會嘲笑羅蘋休想叫我還錢。（如果她去跟父親告狀，父親會直接補給她五元。）比利剪掉蚱蜢的腳尖，抓著蚱蜢和泡過漂白水的青蛙，追得她到處跑，還告訴她說——其實是開玩笑——「我是為了妳才傷害牠們。」他在羅蘋的洋娃娃褲襠裡塞泥巴當屎。他罵她「蠢母牛」和「無胸羅蘋」。他拿鉛筆深深戳進她的前臂，折斷筆芯才過癮。她有一輛新腳踏車，放在車庫裡卻不見了，隔天比利多了一雙高級黑色溜冰鞋，他說是在德國城街撿到的。他穿著這雙溜冰鞋在家附近穿梭，羅蘋則連續幾個月苦無腳踏車可騎。

已開發國家和未開發國家如果發生冤屈，父親尼克一定跳出來說話，但如果加害人是比利，尼克就裝啞巴。羅蘋升中學，比利的犯行逼得她用大鎖禁錮衣櫃，把面紙塞進臥房的鑰匙孔，睡覺時把皮包壓在枕頭下。然而，即使她採取了這些措施，她的心情依舊是傷心多於憤怒。她能抱怨的事不多，也自認幸運。她們三姐妹雖窮，住在費艾連納街的破敗大房子裡卻覺得幸福，而且她讀的是貴格會的好學校，後來升上一流的貴格會學院，從中學到大學都領全額獎學金。她嫁給大學時期的男友，生下兩個女兒，比利的歪路卻愈走愈邪。

尼克曾教比利要對政治有感，比利的回報是恥笑他：中產階級自由派，中產階級自由派。激怒父親不成，比利改去親近叔叔伯伯，因爲這兩人的天性是喜愛叛徒家族裡出的任何一位叛徒。比利第二次因重罪入獄後，母親可琳將他逐出家門，他的卡車司機工會親戚們卻把他捧成英雄，張開雙臂歡迎他。好一陣子之後，他才把歡迎之情磨盡。

他去投靠吉米叔叔一年。吉米雖然年過半百，卻最喜歡與所見略同的青少年爲伍，和他們分享他收藏的大批槍械、崔西·蓮恩的小電影、《戰神三》和《地窖城主》的紀念品。吉米也崇拜貓王，在臥房一角爲貓王設神龕。比利始終沒搞清楚叔叔崇拜貓王並不是鬧著玩的，後來竟然褻瀆貓王神龕，手法之惡劣，導致無法挽回的災害。吉米事後絕口不提，把比利趕出去流浪街頭。

比利從此浪跡費城各式各樣的地下圈子。他涉足的赤眉月區，族群包括炸彈客、全錄幫、個人圖文誌同盟、龐克族、巴庫寧份子、小眾極端素食先知族、奧剛能量毯製造商、名叫「非洲」的女人、撰寫恩格斯傳記的業餘文人、紅軍浪人，上至北邊的魚城和肯辛頓，穿越德國城和西費城（古德市長曾在此火攻黑人解放團體MOVE的善良市民），下至衰敗的微風角。費城有個詭異的特點，就是該市的刑案中，有不容忽視的一小部份是基於政治良知而犯。市長法蘭克·瑞佐第一屆任期結束後，沒有人敢侈言費城警方廉潔或無黨無派。因此，在赤眉月人的眼裡，所有警察若非殺人犯，至少也以實際行動來輔助凶殺（看看MOVE的下場就知道！）只要是警方反對暴力犯罪或財產重新分配，赤眉月人都能以一場長期爛仗來對抗警察，據此爲自己的行動合法化。然而，費城法官不太看得懂這套邏輯。幾年下來，造反青年比利·帕薩法洛所受的刑罰愈來愈重——緩刑、社區服務、實驗性監獄訓練營，最後被送進葛瑞特福州立監獄。羅蘋常和父親辯論這些刑責是否合理，尼克會摸著列寧似的山羊鬍斷言：雖然他本身不主張暴力，卻也不反對以暴力來推動理想，羅蘋則會叫他舉例說明什麼樣的政治理想值得以暴力推動。這時比利已晉級到用折斷的撞球桿戳傷賓大學生。

在丹妮絲認識羅蘋的前一年，比利假釋出獄，前往接近北區的耐斯城，參加社區電腦中心的剪綵儀式，那一帶是貧民區。古德市長的繼任者任德爾獲選連任，人氣如日中天，政績無數，其中一項是利用市立中小學來圖利。市長巧妙凸顯市立學校受冷落的處境，強調其中的商機（公開信上說：「盡快行動，爲本市新希望盡一份心力」），令N企業以行動響應，針對費城中小學運動員培訓計畫經費嚴重不足，N企業決定出資贊助。之後，市長如法炮製，找來W企業捐獻知名的環球桌面電腦，以強化市立學校的電腦學習環境，另外也捐電腦給貧困的北區以及西區五所社區電腦中心。這項合作計畫讓W企業擁有獨家權利，能將促銷、廣告等訊息置入費城市內所有課堂活動。批評市長的人一邊痛罵市政府出賣學生，一邊抱怨W企業太小氣，捐給學校的是又慢又常當機的四·〇版桌上型電腦，捐給社區電腦中心的則是近乎廢物的三·二版。但是，九月那天下午，耐斯城舉行的剪綵儀式氣氛歡欣。W派來的代表是二十八歲的企業形象副總裁瑞克·富蘭柏格，與市長共持一把大剪刀剪綵。費城政壇的有色人種強調兒童與未來，他們則高唱數位、民主、歷史。

在白色帳幕外，一群抗議常客手持標語和布條，工作褲口袋裡卻暗藏磁力強大的磁棒，希望在政商名流吃蛋糕、喝潘趣酒、場面混亂時，趁機破壞該中心新電腦裡的資料。現場有一組警員密切注意這群人，但事後被批評派出的警力太少。抗議的布條寫著：**拒收、電腦是革命的反義詞、這種天堂讓我偏頭痛**。比利．帕薩法洛刮過鬍子，穿著短袖白襯衫，拿著一塊一百二十公分長的木板，上面寫著：**歡迎光臨費城！**剪綵儀式結束時，場面陷入失序，比利見狀欣喜，緩緩混入人群，面帶笑容，高舉善意標語，走向名流。等他走到夠近的位置，比利把木板當成球棒，揮碎富蘭柏格的頭骨，接著再連揮三次，打斷鼻子、下頷和鎖骨，牙齒沒剩幾顆，最後才被市長的隨扈扳倒，十幾名員警一擁而上。

比利很幸運，因爲帳幕裡的人太多，警方不敢開槍射他。他也很幸運的是，富蘭柏格沒死，雖然他行凶顯然有預謀，而且白人死刑犯太少，主政者難堪。（至於撿回一命的富蘭柏格是否自認運氣好，外人不得而知。他是達特茅斯學院的校友，未婚，遭毒打一陣之後肢體癱瘓、破相、口齒不清、一眼失明、經常頭痛到無法言行。）比利被起訴的罪名是謀殺未遂、一級攻擊、持致命武器攻擊。對於檢方提出的認罪減刑條件，他一概不接受，而且選擇在庭上爲自己辯護，把法院指派給他的律師貶損爲「妥協遷就派」，也以同樣的話斥罵家人爲他請的律師。這位卡車司機工會的老律師還自願以五十元的鐘點費優待他。

羅蘋從來沒有懷疑過哥哥的智商多高，因此比利爲自己辯護時表現得口若懸河，跌破眾人眼鏡，大概只有羅蘋不感意外。比利指出，市長把費城兒童當成「科技奴隸」，「賤賣」給W企業，這種政策構成「明顯且立即的公共危機」，他以暴力反制是合情合理的行爲。他痛斥美國商界與美國政府之間的

「低級縱容」，他以勒辛頓與康科之役的抗英民兵團自詡。事後，羅蘋讓丹妮絲看法庭紀錄，丹妮絲想像著邀請比利和二哥齊普一同晚餐，介紹他們認識，聽他們互換批判官僚心得的場面。由於比利被判十二到十八年，必須在葛瑞特福蹲滿百分之七十的刑期，才有可能獲得假釋，因此這頓晚餐還有得等。

尼克．帕薩法洛向學校請假，風雨無阻地出席兒子的審判。長年信奉社會主義的尼克接受電視專訪，說詞完全符合社會主義路線：「黑人受害的刑案天天都有，大家懶得吵，白人受害的刑案一年發生一次，大家同聲譴責」；「我兒子將爲他的罪行付出慘痛代價，W企業卻永遠不必爲它的惡行做出任何罪償」；「世界上多得是富蘭柏格這種人，專賣變相的暴力給美國兒童，牟取暴利。」比利在庭上的論點，尼克大致認同，也對兒子出庭的表現感到驕傲，但當富蘭柏格的驗傷相片呈堂，尼克見後意志開始動搖。富蘭柏格的顱骨、鼻子、下頷和鎖骨出現多處V形凹痕，痛訴著蠻力施暴的凶殘，這種殘暴與理想主義格格不入。審判繼續進行，尼克夜夜失眠。他無心刮鬍子，胃口盡失。拗不過妻子可琳的堅持，他去看心理醫師，帶了藥回家，半夜卻依然吵醒太太，喊著：「我不會道歉的！」喊著：「這是一場戰爭！」最後，醫生提高劑量，校方在四月強迫他退休。

由於出事前富蘭柏格是W企業的員工，羅蘋覺得自己也應該負責。

羅蘋成爲帕薩法洛家派駐富蘭柏格家的大使，勤去醫院探視，受盡富蘭柏格雙親的怒罵與猜疑。後來雙親氣消，總算能接受她，相信她不是她哥哥的使者。她坐在富蘭柏格床邊，唸《運動畫刊》給他聽；他靠助行器拖著腳步在走廊前進，羅蘋亦步亦趨陪伴他；在他第二次重建手術的那一夜，羅蘋請他父母吃飯，傾聽他們訴說兒子的往事（坦白講，滿無聊的）。羅蘋告訴他們，比利童年時的反應好快，小四就有超齡的拼字能力，也寫得一手好字，能僞造出幾可亂眞的請假單，而且他懂得不少葷笑話，是重要生殖資訊的活字典。羅蘋也說，一個聰明的女孩，看著同樣聰明的哥哥把自己變得一年比一年笨，彷彿擔心長大後和妹妹成爲同一種人，身爲這個妹妹情何以堪？這其中的奧妙無解，但她對比利做的壞事卻懷著無比的內疚。

在比利接受審判的前一天，羅蘋邀母親一同上教堂。可琳接受過天主教的堅信禮，但她已有四十年不曾領過一次聖體。羅蘋的教堂經驗僅止於婚喪儀式。儘管母女對教會生疏，可琳連續三個星期天同意讓女兒來艾立山接她，一起開車去她童年的教區，也就是北費城的聖蒂普娜。第三個星期天，母女離開教堂時，可琳以終生改不掉的輕微愛爾蘭口音對羅蘋說：「這樣就可以了，謝謝。」之後，羅蘋自己去聖蒂普娜教堂望彌撒，不久後開始上堅信禮的課程。

羅蘋之所以有空閒盡心做這些善事，主因是W企業。他的丈夫名叫布萊恩・卡拉漢，父親是費城一家小工廠的老闆，布萊恩童年在巴拉金渥德鄉過得無憂無慮，平日打打長曲棍球，培養精緻品味，等著繼承父親這家生產特殊用途化學物品的小公司。（布萊恩的父親在他年幼時開發出一種合成物質，可以丟進貝塞麥迴轉爐，在爐壁高溫未退時填補裂縫與破洞，獲利豐厚。）布萊恩娶了同一屆最漂亮（這是他個人的意見）的同學，也就是羅蘋。畢業後不久，他當上高溫產品公司的總裁。高產公司位於一棟黃磚建築裡，地點是在塔科尼—帕麥拉大橋附近的工業園區。巧合的是，最靠近它的活商家是國際卡車司機工會的文件倉儲公司。由於經營高產不需耗費太多腦力，布萊恩利用下午的辦公時間玩電腦程式，做傅立葉分析。用總裁辦公室的手提音響大放他喜愛的加州小眾樂團（Fibulator、Thinking Fellers Union、the Minutemen、挪馬民族）。他寫好一套軟體，時機成熟時悄悄去申請專利，悄悄找到一位創投，有一天在這位創投的建議下，悄悄將這套軟體賣給W企業，天價一千九百五十萬美元。

布萊恩將軟體取名爲「特向旋律」，舉凡任何一首錄製完成的歌曲，這套軟體皆能以特別向量來分析歌曲的調性與旋律，進而分解爲可供操縱的個別元素。使用者可以挑一首最愛的魔比歌曲，經特向旋律分析後，搜尋錄製音樂資料庫，列出特徵向量類似的曲目，藉此找出原本碰不到的其他表演者：The Au Pairs（註：英國後龐克樂團）、Laura Nyro（註：美國歌手、鋼琴家）、Thomas Mapfumo（註：辛巴威音樂家）、以及Pokrovsky（註：Dmitri Pokrovsky，蘇聯民謠音樂家）以哭腔翻唱的《婚禮》。特向旋律結合室內遊戲、音樂工具、唱片促銷於一身。由於布萊恩已經將軟體寫得很好用，想在網路音樂配銷市場急起直追的W企業想撿現成，因此捧著大筆壟斷資金上門來。

布萊恩以他一貫作風，先不告訴羅蘋有這筆大生意，等到成交的那天晚上，女兒們都上床，他仍三緘其口。他們住在藝術博物館附近一棟雅痞風格的多棟聯建住宅裡，那一夜他陪羅蘋看公共電視的《科學新知》節目，介紹太陽黑子。

「喔，對了，」布萊恩說：「我們倆都不必再上班了。」

羅蘋的風格是容易興奮大叫，她聽見這消息時，哈哈笑得打起嗝來。

哎呀，比利取的綽號果然不無道理，羅蘋確實是蠢母牛。羅蘋一向認爲，她和布萊恩的生活已經很美滿了。她住的是小透天厝裡，能在小小的後院栽種蔬菜與香料植物，在西費城一所實驗學校教十、十一歲學童「語言藝術」，讓大女兒希妮德就讀費爾芒街一所很不錯的私立小學，讓二女兒愛琳接受優友的學前教育，在瑞丁市場選購軟殼蟹和澤西番茄。週末和八月去布萊恩雙親位於紐澤西州五月岬的房子，和有小孩的老友聯絡感情。同時，和布萊恩一起撲滅慾火（她告訴丹妮絲，理想的頻率是每天一次），以維持心情的平和。

因此，蠢母牛被布萊恩接下來的問題震住了。他問，她覺得他們應該住在哪裡。他說，他覺得北加州不錯，也想過普羅旺斯、紐約或倫敦。

「我們住這裡很快樂呀，」羅蘋說：「何必搬去一個什麼人都不認識的地方，何必去一個所有人都是百萬富翁的地方？」

「氣候，」布萊恩說：「景觀、安全、文化、格調，這些都不是費城的優點。我不是建議我們搬家，只是想知道妳想去哪裡，度假一個夏天也行。」

「我喜歡這裡。」

「那我們就待在這裡，」他說：「等妳想去別的地方再說吧！」

她告訴丹妮絲，她實在有夠天眞，竟以爲彼此對搬家的事已經有了共識。她的婚姻美滿而穩定，以養育小孩、吃飯、性愛爲根基。和布萊恩的出身相比，她確實是低了一階，但高產不是杜邦，而擁有兩所名校學位的羅蘋也有別於典型的無產階級。兩人眞正的歧異不多，眞正的癥結在格調，但格調方面的差異，羅蘋大多看不出來，因爲布萊恩是新好男人，也因爲天眞如牛的羅蘋無法想像格調和幸福哪裡扯得上關係。她喜歡的音樂是約翰・普萊恩（註：John Prine，民謠搖滾創作樂手）和伊特・珍（註：Etta James 美國藍調、R&B歌手），因此布萊恩在家時播放這類大眾化歌手的歌曲，把他的巴爾托克（註：BARTÓK, Béla，匈牙利民族音樂先驅）、Defunkt（註：美國龐克、爵士樂團）、烈火紅唇樂團（註：Flaming Lips，美國搖滾樂團）、緬甸的使命（註：Mission of Burma，美國後龐克樂團）留著，等他進公司再用手提音響強力放送。羅蘋的打扮像大學研究生，常穿白色運動鞋和紫色尼龍罩衫，戴著特大號圓形鐵絲框眼鏡，是一九七八年時尚人士戴過之後就葬身潮流的式樣。整體而言，這身打扮並不令布萊恩失望，因爲在所有男人之中，能夠跟她裸身相對的人只有他一個。羅蘋是個情緒激昂的人，嗓音尖起來能刺破耳膜，笑聲近似澳洲笑翠鳥的咕咕嘎嘎，但布萊恩認為瑕不掩瑜，因為羅蘋有一顆善良的心，有令人瞠目結舌的性慾，更有一套飛快的新陳代謝系統，將她的身材維持得像電影明星一樣纖瘦。羅蘋從不刮腋毛，眼鏡從來不洗——噢，扯遠了，她是孩子的母親，只要他能盡情聽自己的音樂、調整自己的張量，他都沒意見。自由派女人一到某種年齡便會認同女權主義，與格調作對，羅蘋就是這種女人，他不介意縱容她的反格調作風。在丹妮絲的理解中，W企業匯款給布萊恩之前，布萊恩可能是用以上心態來化解跟羅蘋間的格調歧見。

（丹妮絲只比羅蘋小三歲，卻打死也不肯穿紫色尼龍罩衫，更不會留著腋毛不刮；她甚至連白色運動鞋也不可能擁有。）

迎接新來的財富時，羅蘋退讓的第一步是整個夏天陪布萊恩去看房子。她生長在大房子裡，因此希望女兒也能住寬敞一點的屋子。如果布萊恩非要挑高三米六的豪宅，非要四間浴廁、細部裝飾全是桃花心木，她也奉陪。九月六日那天，他們簽約買下巴拿馬街上的一棟棕岩華廈，附近是瑞登豪斯廣場。

兩天後，憑著一身在監獄裡苦練出來的肩肌，比利．帕薩法洛前去「歡迎」蒞臨費城的W企業形象副總裁。

痛毆事件過後的幾星期，羅蘋一直想問卻無從問起的一件事是：比利在那塊一百二十公分長的木板上寫字時，是否已知道布萊恩得到橫財的消息，是否知道她和布萊恩的財神爺是哪家公司。這個問題的答案很重要、很重要、很重要。但若去問比利鐵定碰釘子，她知道她不但無法從比利嘴裡問出眞相，比利反而會以傷她最深的言語來譏諷她。比利早已讓羅蘋充份明白：如果她不肯向他證明她和他的人生同樣烏煙瘴氣，他就永遠不會停止恥笑她，永遠不顧將她視為同儕。在比利眼中，她扮演的似乎正是這種圖騰般的角色。正因為這樣的角色，也因為比利最看不順眼的是她這種幸福美滿的正常生活典範，她才覺得挨打的人雖然是富蘭柏格，頭受重傷的人卻是她自己。

開庭前，她打電話給父親，問他是否告訴過比利，布萊恩把軟體賣給W企業一事。她不願問，卻無法不問。給比利錢的人是尼克，整個家族仍和比利經常往來的人只有他。（吉米叔叔揚言，褻瀆貓王的混帳侄子若膽敢再露出那張仇恨貓王的臉，保證賞他幾顆子彈。此外，大家也被比利偷怕了，連他的祖父母法吉歐和卡羅萊娜也禁止他再踏進海島城的家門一步。而他們先前還護孫心切，宣稱他只是罹患「欠專心過動症」。）

不巧的是，經羅蘋這麼一問，尼克立即察覺苗頭不對，以謹慎的措辭回答說，沒有，他不記得對比利說過任何事情。

「爸，你最好還是把事實講出來吧！」羅蘋說。

「這……我……好像沒有關聯吧，我看不出來……呃，羅蘋。」

「也許這件事不會讓我覺得愧疚，也許我頂多發一頓脾氣。」

「這……羅蘋……那些情緒，通常都差不多。愧疚、憤怒不都是同一種東西嗎……對吧？妳別替比利擔心了。」

她掛掉電話後，懷疑父親是不是護著她，不願讓她產生罪惡感；還是偏袒比利，不願讓她對哥哥發飆；或者只是在壓力之下腦子一時空白。她懷疑以上皆是。她懷疑，父親曾跟比利說起布萊恩一夜致富的消息，父子曾聯手以尖酸刻薄的言語交相痛剿W企業，怒罵中產階級的羅蘋和有錢有閒階級的布萊恩。她會這樣懷疑，主要是因為布萊恩和她父親處不來。在這方面，布萊恩對她坦白的程度遠不及他對丹妮絲吐的苦水（「尼克是最差勁的一種懦夫。」他曾這樣告訴丹妮絲），但仍毫不掩飾他對尼克的反感——討厭尼克以憤青口吻論證暴力手段的合理性，討厭尼克高談所謂的社會主義時嘖嘖自滿的調調。布萊恩還算喜歡岳母可琳（「嫁給那種男人，太爲難她了。」他對丹妮絲說）。每次尼克開始長篇大論，布萊恩便會搖頭走開。比利和父親背地裡說了她和布萊恩多少壞話，羅蘋克制著不去想像，但她相當確定的是，父子之間必定講過一些話，令富蘭柏格付出慘痛的代價。尼克出庭時看見富蘭柏格驗傷照後的反應，更加深了上述觀點的可信度。

審判期間，在父親情緒崩潰之後，羅蘋去聖蒂普娜教堂研讀教義問答，再以兩種方式來善用布萊恩的新財富。第一種是，她辭去實驗學校的教職。那所學校每人學費高達一學年兩萬三，爲這種家長賣命，她已經無法有成就感（不過她兩個女兒的學費也少不到哪裡去。）。另一種方式是，發起慈善計畫。他們新家以南一公里外的微風角區，有一個特別荒廢的地段，她在那裡買下一街區的空地，整塊地只有一棟廢棄的透天厝座落於角落。她另外買了五卡車腐植土及周全的責任險。她的構想是，以最低工資找費城青少年來打工，教導他們有機園藝的基礎知識，收成的蔬果若有盈餘可以分紅。她將這套構想命名爲菜園計畫，一頭栽進去，熱衷的程度宛如躁症，甚至以羅蘋的標準來看都嚇人。布萊恩曾在凌晨四點看見她坐在環球桌上型電腦前，兩腳拍著地，比較著蕪菁的品種。

新屋裝修期間，每星期有不同包商來巴拿馬街的新家施工，羅蘋又沉浸於消耗時間與精力的烏托邦裡，布萊恩認命了，徹底打消離開他成長的這座沉悶城市的念頭。他決定玩他自己的。他想用每天的午餐時間，嘗遍費城的高級餐廳。目前爲止，他最喜歡的一間是義大利餐廳勦洋，因此接下來每嘗一間，就以勦洋爲標準來比較。當他確定勦洋始終是他的最愛時，他致電給主廚，提出條件。

「費城第一間真正酷的餐廳，」他說：「這間餐廳會讓客人嘗過之後說：『如果不得已要定居費城的話，我覺得費城還住得下去。』別人是不是有同樣的感覺我不管，我只想開一間讓我有這種感覺的餐廳。所以，不管妳現在的薪水多少，我付雙倍給妳。妳先以公帳去歐洲吃喝兩個月，再回費城設計、經營一間真正酷的餐廳。」

「如果你不找個有經驗的合夥人，不找個好得沒話說的餐廳經理，」丹妮絲回答：「你一定會賠得很慘。」

「妳吩咐，我照辦。」布萊恩說。

「你剛說的是『加倍』？」

「快答應吧！」

「嗯，大概可行。」丹妮絲說：「不過你還是會賠得很慘，你開給主廚的價碼絕對太高了。」

有人以適當的理由要她時，丹妮絲總覺得難以拒絕。她在聖猶達郊區長大的過程中，以這種方式要她的任何人，都會被她爸媽隔開，以策安全。後來，在她高中畢業的那年暑假，她去密德蘭鐵道信號部打工。信號部的大辦公室採光充足，有兩排繪圖桌，她在這裡第一次見識到十幾個熟男的慾望。

密德蘭的中樞神經、靈魂的殿堂，是一棟大蕭條時期落成的石灰岩辦公大樓，屋頂有鈍齒狀的矮牆，宛如一片單薄煎餅的邊線。較高階的主管辦公室在十六樓，那裡的董事會議室與主管專用餐廳都設有皮椅；機能較抽象的如營運部、法務部、公關部，他們的副總裁辦公室在十五樓；收支、薪資、人事、資料儲存等部門則設在樓下。這樣的組織結構有如人腦的腦幹。不上不下的樓層是中階職能的部門，例如囊括橋樑、鐵軌、建築、信號等功能的工程部。

密德蘭的鐵軌總長一萬九千二百公里，燈號與管線無數，紅黃燈組無數，埋藏在道床下的動作偵測器無數，閃爍的平交道懸臂柵欄無數，密不透風鋁屋裡的計時器與繼電器也無數。這些實物全畫在最新的線路圖上，以六個蓋子很重的鋼槽存放在十二樓的檔案室裡。歷史最悠久的線路圖是徒手用鉛筆畫在犢皮紙上，最新的線路圖則以Rapidograph牌針筆畫在印好的空白麥拉紙上。

製圖員的工作是管理這些檔案，與現場工程師溝通，讓工程師去維護鐵路神經系統的健全。十二樓的製圖員有德州人、堪薩斯州人、密蘇里州人，個個頭腦精明，生性粗野，土腔憨重，從基層一路奮鬥到今天的位置。基層的信號部工人不需要專業技巧，割割雜草，挖挖架立電線桿的洞，牽牽電線，做到某個階段後，有些人靠他們在電路方面的天份（丹妮絲後來瞭解，有些人是靠著他們的白皮膚）獲得上級賞賜，被派去受訓，進而升遷。這些人頂多受過一兩年大專教育，多數只讀到中學。夏天的時候，天空變得更白，草變得更黃，從前的工作夥伴在野地熱到快中暑，製圖員能在室內享福，坐在軟軟的滾輪式辦公椅上，冷氣涼到人人在抽屜裡準備一件羊毛衫備用。

「妳會發現，有些人會喝咖啡休息一下。」艾爾佛瑞告誡丹妮絲。這天是女兒打工的首日，他在粉紅的晨曦中開車駛進鬧區。「我要妳知道，拿人薪水，不准喝咖啡偷閒。我對妳的期望是，不要喝咖啡休息。公司聘妳，算是給我們一個人情。公司付妳八個鐘頭的薪水，妳就應該做足八個鐘頭。我要妳記住，以妳做功課、練習小號的態度來上班的話，一定會給主管留下勤奮的好印象。」

丹妮絲點頭。以「好勝心強」來形容她，算是太輕描淡寫了。在中學的樂隊裡，小號手共有兩個女生和十二個男生。她坐在第一張椅子上，之後的十二張椅子由男生坐。（最後一張的主人是南部來的契羅基族混血女孩，常把高音的E吹成中音的C，是每個中學樂隊都有的走音幽魂。）丹妮絲對音樂並不熱衷，但她喜歡勝出的滋味，而母親依妮德也認爲，參加樂隊有益小孩的身心。依妮德看上的是樂隊的紀律、強烈的正規性與愛國情操。蓋瑞在這個年紀時吹起小號有模有樣，齊普也試過巴松管（一小陣子，吹得像鴨子叫），輪到丹妮絲時，她要求追隨蓋瑞的腳步，但依妮德認爲小女生和小號不相稱，適合小女生吹奏的是笛子。然而，丹妮絲跟女生競爭，很難得到快感。她堅持要學小號，而父親也支持她，最後連依妮德也同意了，因爲她突然想到，丹妮絲可以拿哥哥的舊小號來練習，省下租金。

莫可奈何的是，信號圖不是樂譜，丹妮絲完全看不懂。由於無法和製圖員一較高下，她退而求其次，改和前兩年暑假的實習生隔時空較量。那位實習生名叫艾倫．詹伯瑞茲，是法務的兒子。由於她無法分辨艾倫的工作表現，只好拚了命以她認爲無人能比的熱忱投入。

「丹妮絲，嘩，天啊，哇！」德州拉瑞多人老鮑揮汗說，他看著丹妮絲切割藍圖並逐一核對。

「怎麼了？」

「妳動作那麼快，不怕累垮？」

「不會啊，我很喜歡，」她說：「做出節奏就不會累。」

「我說啊，」老鮑說：「妳喜歡的話，留一些明天再做嘛！」

「我又沒有那麼喜歡。」

「好吧，這樣，大家現在可以喝咖啡休息一下，聽見了嗎？」

製圖員進走廊，嗆呼著。

「咖啡時間到了！」

「點心車來了！」

「咖啡時間！」

她的工作速度毫無減緩的跡象。

老鮑的位階很低，他負責的瑣事在夏天全由暑期工包辦。老鮑喜歡嚼著威沙雪茄，用整個上午的時間做一件文書工作，但同一件事交到丹妮絲手裡，半小時就完成，這些現象在上司眼裡一覽無遺，老鮑理應汗顏才對。但老鮑相信，個性是天生注定的東西。對他而言，丹妮絲的工作習慣只證明她是老爸的乖女兒，幾年就能像爹地一樣高昇爲主管。而老鮑則會繼續慢吞吞，以上級認爲天生辦瑣事者應有的速度來做文書作業。老鮑另外也相信，女人是天使，男人是可憐的罪人。他娶到的天使展現她溫柔、寬大的本性，能包容丈夫抽菸的習慣，能靠一份略爲微薄的薪水養活四個小孩，但他發現眼前的天女居然有超自然的能力，註明、排列每盒一千張卡片式微膠捲時，特別得心應手，他並不驚訝。在老鮑的眼裡，丹妮絲似乎是一個樣樣神奇的小美女。不久，當丹妮絲早上進公司時，當她從馬路對面的無樹小公園吃完午餐回來時，老鮑開始唱起鄉村搖滾旋律（「丹妮絲呀，爲何如此對待我？」）

製圖員的主管山姆．貝爾林告訴丹妮絲，明年夏天，公司應該付薪水給她但不用她來上班，因爲她現在做的是兩個暑假份量的工作。

一位經常咧齒而笑的阿肯色州人名叫拉瑪．帕克，眼鏡鏡片極厚，額頭上有著癌症前期的病徵。他問丹妮絲，爸爸是否曾告訴過她，信號部的男人是一群無賴飯桶。

「只說是飯桶而已，」丹妮絲說：「沒講無賴。」

拉瑪聽了咯咯笑，一面抽著泰瑞登香菸，一面把她的話轉述給同事，以免他們沒聽見。

「嘿——嘿——嘿。」製圖員唐．阿莫咕噥著，帶有刺耳的譏諷。

表面上不喜歡丹妮絲的人，唐．阿莫是信號部裡唯一的一個。他的身材壯碩，短腿，是越戰退伍軍人，臉頰刮過鬍子後近乎青色，猶如表面有一層白霜的李子。他的上臂粗壯，把休閒西裝撐得緊實，製圖工具在他手裡宛如玩具，坐在製圖桌前像是困在小學新生座位的青少年。製圖員坐的長腳滾輪椅下有個蹬腳環，其他人坐著時習慣把腳踩在環上，他則讓雙腿自然下垂，鞋尖拖地板。他駝著背製圖，上身和桌面平行，眼睛和針筆湊得很近。以這種姿勢繪圖一小時後，他會累到趴下去，鼻子貼著麥拉紙，或者把臉埋進雙手裡呻吟。通常咖啡時間一到，他就整個上身伏在桌面，擺出凶殺案死者的姿勢，額頭貼桌，塑膠航空員眼鏡握在手裡。

丹妮絲第一次被介紹給唐．阿莫時，他別開視線，握手時手像死魚。她去製圖室另一邊忙時，遠遠能聽見他在喃喃講話，身邊的同事呵呵笑著；她一走近他，他噤聲，只對著桌面用力竊笑。他讓丹妮絲聯想到在教室後排作怪的耍寶王。

七月的某天早上，她在女用洗手間裡聽見阿莫和拉瑪在廁所門外交談，拉瑪正用飲水機沖洗著咖啡杯。她貼著門，豎耳傾聽。

「我們去年不是以爲艾倫工作起來像拚命三郎嗎？記得吧？」拉瑪說。

「艾倫．詹伯瑞茲嘛，」阿莫說：「別的不說，他倒是很養眼。」

「嘻嘻。」

「長得像艾倫．詹伯瑞茲那樣標緻的人，成天穿著迷你裙走來走去，叫人怎麼專心上班嘛！」

「艾倫確實是個美男子。」

發牢騷。「拉瑪，我對天發誓，」阿莫說：「我差點就要跟職安署申訴了。太殘酷、太誇張了吧，那件裙子你有看見嗎？」

「有啊！好了，別太大聲。」

「我快抓狂了。」

「唐，這是季節的關係，過兩個月會自動消失。」

「如果到時候我還沒被若斯兄弟開除的話。」

「咦，你怎麼那麼確定併購案會通過？」

「我在外面流了八年的汗才爬進這間辦公室，壞事跑來攪局的時候到了。」

丹妮絲穿的是一件在廉價商品店買的電光藍色短裙，她以爲無法通過母親嚴格如伊斯蘭女性的服裝規定，沒想到母親卻認可，讓她吃了一驚。她覺得這兩個男人在廁所外討論的人是她，這念頭在她腦子裡引發一股無法不承認的異樣頭疼——她覺得阿莫故意冷落她，彷彿阿莫正在她家開轟趴，卻不邀請她參加。

她回到製圖室時，阿莫以懷疑的目光環視辦公室一周，逐一打量著同事，獨獨漏掉她。在他的視線跳過她時，她有一種奇怪的感覺，好想把指甲掐進肉裡，好想捏自己的乳頭。

聖猶達正值雷雨季，空氣裡有一許墨西哥暴力的氣息，有颶風或政變的味道。晨雷從莫測高深的亂雲降下，帶有危機意味的悶轟聲從南部都會區傳上來，而這些地名是你認識的人從未去過的地方。午餐時間，天空尚屬晴朗，打鐵似的雷聲從一朵飄泊的孤雲劈下來。下午過半，雷聲加劇，紮實的海綠色雲浪從西南方席捲而上，令局部的日照更加耀眼，暑氣更加逼人，彷彿想把握撒野的時間。晚餐時間的雷聲似一場大吃大喝的野宴，轟隆隆登場，風雨集中在雷達掃得到的方圓八十公里內，宛如大蜘蛛被關進小罐子，雲從天空的四角對彼此咆哮，一波接一波的暴雨大如一毛錢硬幣，像瘟疫一樣降臨，將家中的窗景打成黑白而模糊的相片，樹與屋在灼灼雷光中傾搖，穿著泳裝的幼童如難民，帶著濕透的毛巾衝回家。夜深時，雷聲似鼓，是夏夜彈藥車移師的寫照。

在此同時，聖猶達的新聞界每日隆隆預報著即將發生的併購：糾纏密太的若斯孿生兄弟希拉德與崇希光臨聖猶達，與三個工會談判；若斯兄弟親赴華府，接受參議院小組委員會質詢，反駁密太的聲明；有消息指出，密太向聯合太平洋鐵道求援；若斯兄弟為併購阿肯色南方公司後進行組織重整一事辯護；密太的發言人懇請聖猶達民眾群起關切，寫信或致電眾議員……

某天中午，丹妮絲走出公司，想去小公園吃午餐，這時天空多雲，不料一條街以外的一根電線桿頂端爆炸了。她眼前一陣桃紅，皮膚感應到打雷聲，秘書們尖叫著逃離小公園。丹妮絲原地向後轉，帶著她的書、三明治、李子回到十二樓。每天午餐時間，辦公室同事會集合成兩桌，玩一種叫皮諾克的紙牌遊戲。她在窗戶邊坐下，想讀《戰爭與和平》，卻覺得太做作或不合群。她平分注意力，一下子欣賞狂狷的天空，一下子觀看最靠近她這桌的戰局。

阿莫打開他的三明治錫箔，掀開看見裡面夾著一片波隆納香腸，吐司的紋路透過黃芥末醬印在香腸切片上。他的肩膀垂下來，把錫箔隨便包回去，望向丹妮絲，彷彿把她視為他今天最新一樁憾事。

「攤牌十六。」

「這堆垃圾是誰的？」

「艾德，」阿莫邊說邊把手裡的紙牌展開成扇形：「吃那麼多香蕉，你可得小心點。」

艾德・亞伯丁是最資深的一位製圖員，體形近似保齡球瓶，灰白的捲髮有如老太婆燙過的頭髮。他嚼著香蕉，研究著手裡的紙牌，眼皮唰唰一直眨，香蕉皮放在他前面的桌上。他再折一小口放進嘴裡。

「香蕉含的鉀滿多的。」阿莫說。

「鉀對身體好。」坐在對面的拉瑪說。

阿莫放下他的牌，以凝重的神情看拉瑪。「開什麼玩笑？醫生用鉀來誘導心臟病發作咧！」

「老艾一天吃二、三根香蕉，」拉瑪說：「艾德先生，你說說看你的心臟感覺怎樣？」

「專心打牌吧，老弟。」艾德說。

「我可是非常關心你的健康呢！」阿莫說。

「你謊話講太多了，先生。」

「我天天看你吸收有毒的鉀，所以不得不盡朋友的責任警告你。」

「換你出牌了，唐。」

「快出牌啦，唐。」

「我得到的回報卻是，」阿莫以心靈受傷的語氣說：「被人懷疑，被人否定。」

「唐，你是想打牌，還是怕你的位子著涼？」

「假如艾德因為急性長期鉀中毒，心臟病爆發一頭栽下去，死了，我的資歷會變成全部門第四高，能在阿肯色南方／密德蘭公司的小岩城辦事處卡到位。既然這樣，我幹嘛關心他呢？拜託你，艾德，連我的香蕉也一起吃了吧！」

「嘻嘻，罵人不帶髒字喔！」拉瑪說。

「紳士們，我相信這些牌全是我的了。」

「可惡！」

「艾德你知道嗎，小岩城的辦事處有電腦。」阿莫說，一眼也不看丹妮絲。

洗洗牌。發發牌。

「糟糕，」艾德說：「電腦？」

「你被調到小岩城去，我警告你，他們會逼你學電腦喔！」

「艾德寧死也不肯學電腦。」拉瑪說。

「我另有看法，」唐說：「艾德會被調去小岩城，也會去學電腦製圖，討厭他吃香蕉的人會換成別人。」

「咦，唐，你怎麼知道你不會被調去小岩城？」

唐搖搖頭。「如果搬去小岩城，我們家一年可以省下二、三千元的開銷，而且過一兩年，我的年薪會增加差不多兩千。小岩城的消費很低。我老婆派蒂可以改上半天班，多陪陪女兒們。我們可以趁女兒還小，在奧沙克山區買一塊地讓她們享受童年，最好是有池塘的地方。這麼便宜我的事，哪會輪到我頭上？」

艾德正在整理自己的牌，抽搐的手勢緊張如花栗鼠。「他們用電腦做什麼？」他說。

「取代沒用的老男人。」唐說著，李子臉裂開，露出損人的微笑。

「取代我們？」

「不然若斯兄弟幹嘛收購我們？」

洗洗牌。發發牌。丹妮絲看著天空拿閃電當叉子，直戳伊利諾州地平線上的樹木沙拉。她轉頭時，牌桌上轟隆作響。

「天啊，艾德，」阿莫大罵：「你拿過的牌，一張張給我舔乾淨再打出來行嗎？」

「別激動，唐。」製圖室的主管山姆說。

「想吐的人只有我一個嗎？」

「別激動，別激動。」

唐丟下他的牌，使勁推開他的滾輪辦公椅，激烈到螳螂形的製圖燈吱嘎擺盪。「老鮑，」他喊：「過來接我的牌，我得去吸一吸沒有香蕉味的空氣。」

「別激動。」

唐搖頭。「不趁現在罵，山姆，等到收購案通過，只有發瘋的份。」

「你很聰明，唐，」山姆說：「不管狀況怎麼變，你都會有好結果的。」

「我哪算聰明？我的聰明只有艾德的一半。對不對啊，艾德？」

艾德動動鼻子，用紙牌點一點牌桌，不太耐煩。

「打韓戰太年輕，打自己的戰役太老，」唐說：「這才是我所謂的聰明。總明到二十五年來，每天早上下公車穿過橄欖街，一次也沒被車子撞過；聰明到每天晚上能平安回到家。在這世界能做到這樣，就算聰明。」

山姆提高音量：「唐，好了啦，聽我說，你去散個步吧，聽見沒？去外面冷靜冷靜。等你回來，再決定要不要跟艾德道歉。」

「攤牌十八。」艾德拍拍桌子說。

唐一手按著腰，跛足走上走道，搖著頭。老鮑走過來，小鬍子上黏著雞蛋沙拉，接收唐的牌。

「沒必要道歉，」艾德說：「專心打牌吧，各位老弟。」

午餐後，丹妮絲走出女生洗手間，阿莫正好下電梯，肩膀上披著一層雨痕。他看到丹妮絲就翻白眼，彷彿又遭受迫害。

「怎麼了？」她說。

他搖頭走開。

「怎麼了？怎麼了？」

「午餐時間結束了，」他說：「妳還不快回去上班？」

每張電線圖貼著標籤，註明路線名稱與里程。信號工程師敲定修改線路的計畫，製圖員將線路圖的影本傳給在地工人，增加的線路以黃色筆強調，刪減的線路是紅色。接著，在地工程師實地施工，通常是臨場想出修改與取捷徑的方式，同一份影本傳回辦公室時已有破損泛黃，也沾滿黏黏的指紋，摺角更附著阿肯色紅土或堪薩斯雜草屑。製圖員再以黑筆在麥拉紙和犢皮紙原版上註明修改的部份。

在漫長的下午，魚肚白的天空漸次變成魚身和魚背的顏色，丹妮絲把她上午切好的數千張複本摺起來，每張影印六份，摺進在地工程師的檔案夾。信號定在里程標二十五・九、二十七・八、三十二・二、三十三・三、三十五・二等地方，一路連接到終點站紐夏特斯，里程標是一一八・九六。

那一夜在回家的路上，丹妮絲問父親，若斯兄弟會不會把這家公司和阿肯色南方合併。

「我不曉得，」艾爾佛瑞說：「希望不要。」

公司會搬到小岩城嗎？

「他們的好像是這樣打算，如果他們得到控制權的話。」

信號部的製圖員會怎樣？

「我猜，比較資深的幾個會被調過去。比較年輕的那幾個呢，可能會被資遣。不過，我不希望妳講出去。」

「我不會的。」丹妮絲說。

三十五年如一日的依妮德，在這星期四晚上同樣煮好晚餐，等丈夫回家。她準備了填餡青椒，對即將來臨的週末假期興奮得快要沸騰。

大家就座時，依妮德告訴女兒：「明天妳自己搭公車回家，妳爸跟我要跟順普夫妻去豐都拉湖重劃區。」

「什麼是豐都拉湖重劃區？」

「是浪費公帑的政績，」艾爾佛瑞說：「我昏了頭才答應陪妳媽去，反正我講不過她。」

「艾爾，」依妮德說：「人家說過買不買沒關係。去參加這些座談會，完全不會有壓力。整個週末，我們想做什麼都行。」

「壓力是一定會有的。免費度週末，哪有這種好事？建商肯定會強迫推銷地皮。」

「小冊子上寫說，零壓力、無預期、買不買沒關係。」

「我懷疑。」艾爾佛瑞說。

「瑪莉貝絲說，波登城附近有個很棒的葡萄酒莊，我們可以去參觀。我們還可以跳進豐都拉湖游泳！小冊子上寫說，那裡有腳踏船和美食餐廳。」

「七月中的密蘇里州酒莊有什麼好逛的？我想不出來。」艾爾佛瑞說。

「跟著大家一起玩，保證玩得起來的，」依妮德說：「崔博列夫妻去年十月去過，玩得多開心啊！戴爾說一點壓力也沒有，他說不會有壓力。」

「消息來源的可信度有待商榷。」

「什麼意思？」

「他是靠賣棺材給活人賺錢的。」

「戴爾跟大家沒什麼不同。」

「我說過我懷疑，不過，我還是會陪妳去。」艾爾佛瑞轉而對丹妮絲說：「妳可以搭公車回家，我們會在家裡留一輛車給妳。」

「肯尼．夸麥爾今天早上來過電話，」依妮德告訴丹妮絲：「他想知道妳禮拜六晚上有沒有空。」

丹妮絲閉起一眼，睜著另一眼。「妳怎麼回答？」

「我說妳應該有空。」

「妳什麼？」

「對不起，我不知道妳有別的事。」

丹妮絲笑說：「我目前只有一件事，就是不見肯尼．夸麥爾。」

「他的口氣好有禮貌，」依妮德說：「去嘛，人家鼓起勇氣邀妳，妳去一次又少不了一塊肉。如果去了覺得不好玩，下次別答應就是了。不過，妳應該開始答應某個人的邀約，否則大家會以爲沒有人配得上妳。」

丹妮絲放下叉子。「肯尼．夸麥爾眞的令我反胃。」

「丹妮絲。」艾爾佛瑞說。

「不可以，」依妮德的嗓子在顫抖：「我不想聽到妳講那種話。」

「好，我道歉。不過我禮拜六沒空，對肯尼．夸麥爾沒空。因爲如果他有心的話，應該當面問我。」

丹妮絲心中突然閃過一個想法：媽媽帶肯尼去豐都拉湖度假也許比較合適，肯尼大概也會玩得比爸爸開心一些。

晚餐後，她騎單車去高中戲劇老師家。戲劇老師名叫亨利．迪森柏，住在全郊區最老的一棟房子裡。老師家是二戰前的立方體磚屋，天花板挑高，馬路對面是被木板封起來的通勤火車站。老師去紐奧良陪母親一個月，臨走前拜託他最喜歡的學生過來澆花。他種了枝葉招展的非洲蕉、俗麗的變葉木、假情假意的盆栽棕櫚。起居室裡陳列著妓院風格的古董，其中有一組十二支的香檳杯，花紋華麗，雕花水晶杯柱裡卡著一串上升的氣泡。每逢禮拜六晚上，小戲子和文藝少年會聞老師家的酒香而來，但老師只准丹妮絲拿香檳杯喝酒。（「那些小野獸，叫他們拿塑膠杯。」他會這麼說，然後醉倒在牛皮安樂椅上。他兩度擊退癌症病魔，如今癌細胞正式緩解，但他皮膚慘白，兩眼暴凸，顯示他和癌症的瓜葛尙未結束。「藍博特，出色的傢伙，」他說：「來這裡坐，讓我看得見妳的側臉。日本人會因爲妳這脖子而崇拜妳，知道嗎？崇拜妳。」）在迪森柏老師家，她初嘗生蠔、鵪鶉蛋、義式白蘭地。她決心不要屈服於「痘皮臉青少年」（老師的用語）的魅力，老師的鼓勵更讓她鐵了心。他去古董店買可退還的洋裝和夾克，如果丹妮絲穿得合身，就讓丹妮絲帶回家留著。依妮德一心希望丹妮絲能穿得像順普或魯特家的女孩，瞧不起古董衣飾，因此當丹妮絲穿著一件零瑕疵、鈕釦以虎眼瑪瑙做成的刺繡黃綢緞露背裝回家，騙母親說是在救世軍義賣店買的，只花了十元時，母親眞的相信了。畢業舞會在即，丹妮絲想穿這件去參加，不顧母親嚴辭反對。和她結伴出席的是彼得．希克斯，滿臉痘痘，曾在《玻璃動物園》話劇裡扮演湯姆，她則飾演阿曼達。舞會那天晚上，彼得被邀請去陪戲劇老師和她喝香檳，但因爲彼得還得開車，只好對著老師和她的洛可可香檳杯乾瞪眼，用塑膠杯裡的可口可樂澆愁。

她澆完花，坐進老師的小牛皮椅子，欣賞著新秩序合唱團的熱門歌曲。她懷疑自己能培養得出約會的興趣，可惜她尊重的男生如彼得．希克斯，無法勾起她的浪漫情懷，而其他男生全屬於肯尼．夸麥爾那一型。肯尼雖然即將就讀的是海軍學院，主修核子科學，卻自以爲走在潮流尖端，收集Cream樂團和吉米．漢醉克斯的「黑膠」（他的用語）。上帝賦與他一身才華，想必是希望他用在建造一流潛水艇上，他卻用來收集唱片。丹妮絲這麼排斥男生，連她自己也有點擔心。她想不通是什麼讓她強烈刻薄成這樣，對男生這麼刻薄，非她所願。她對自己、對別人的看法好像不太對勁。

雖然這麼想，母親直言指出時，她卻忍不住以核子攻勢頂撞。

隔天星期五，爸媽去度假，她去上班。她帶著午餐去小公園吃，露出雙臂曬太陽。出門前，她穿著毛衣，母親不知道裡面是這種無袖的緊身上衣。唐．阿莫不知從哪裡冒出來，在她這張長椅上坐下。

「你怎麼沒去打牌？」她說。

「我快瘋了。」他說。

她把視線轉回手上的書。她察覺得到，阿莫正盯著她的身體看。空氣雖熱，卻沒有熱到讓阿莫正對著她的那側臉頰發燙。

他摘下眼鏡，揉揉眼睛。「妳每天來這裡坐？」

「對。」

他長得不帥。他頭顯得太大，頭髮稀薄，臉色近似德國臘腸或波隆納香腸的亞硝酸鹽灰紅，再被鬍根染成青色。但她在阿莫的神情裡看出一種喜悅、一種快活、一種動物本能的哀傷；他的嘴唇誘人，有著馬鞍狀的曲線。

他讀著書背上的字：「托爾斯泰伯爵。」搖搖頭，默默笑。

「怎麼了？」

「沒事，」他說：「我只是盡量想像，身爲妳的感覺是什麼。」

「什麼意思？」

「我的意思是，漂亮、聰明、重紀律、有錢、上大學，感受如何？」

她有一股荒唐的衝動，想觸摸他來代替回答，讓他體驗一下身爲她的滋味。這個問題眞的無法以其他方式回答。

她聳聳肩，說她不知道。

「妳男朋友一定覺得非常幸運。」阿莫說。

「我沒有男朋友。」

他退縮，彷彿聽見難以接受的消息。「我不懂，而且吃驚。」

丹妮絲再次聳肩。

「我十七歲那年，找到一份暑期工作，」阿莫說：「老闆是一對門諾派教徒老夫妻，開了一間很大的古董店。我們用一種叫做神奇混合液的東西，裡面有油漆稀釋劑、木醇、丙酮、桐油。不必刮掉舊漆就能把傢具清乾淨。我吸了整天的毒氣，回家時渾身輕飄飄的，到了半夜，頭痛得半死。」

「你的老家在哪裡？」

「伊利諾州的卡邦戴爾。雖然能免費嗑藥，但我懷疑老闆把我的薪水壓得太低，所以我會在晚上偷借他們的小卡車，開去接送我女友。後來，小卡車被我撞壞，老闆才發現車子經常被我偷開。我那時候的繼父說，如果我肯加入海軍陸戰隊，他就去應付老闆和保險公司，不從軍的話，我就自己去面對警察。所以，我在六〇年代中期加入海軍陸戰隊。那時候我總覺得從軍是對的，我擅長掌握時機。」

「你打過越戰？」

阿莫點頭。「如果併購案通過，我會退回當年退伍時的原點，但是多了三個小孩，多了一套沒人要的本事。」

「你的小孩多大了？」

「十歲、八歲、四歲。」

「你太太有在上班嗎？」

「她在學校當護士，暑假回印第安納的爸媽家。我岳父家有二公頃地和一個池塘，我們的女兒很喜歡。」

「你也要去度假嗎？」

「下個月要去兩個禮拜。」

丹妮絲問到沒題材可問了。阿莫攤開雙手，各按著一邊膝蓋，上身向前傾，以這個姿勢坐了半晌。丹妮絲從側面看得到，他的招牌冷笑從不動的態度中鑽出來。有一種人，如果你認眞看待他的言行，或是對他表現出關切，他一定會讓你嘗到苦果。阿莫似乎屬於這一型。最後，丹妮絲站起來，說她該回辦公室了。他點頭，彷彿他對這份打擊早有心理準備。

丹妮絲不知，阿莫笑得尷尬，是因爲他自知博取同情的戲碼演得太露骨，搭訕詞也太陳腐。她不知，阿莫昨天在牌桌上的戲碼也是爲她而演。她不知，阿莫猜到她在女廁想偷聽，所以順水推舟。她不知，阿莫這部機器的預設模式是自憐，被他以同一種模式搭訕過的女孩可能不計其數。她不知，阿莫早有盤算，打從第一次握手就開始盤算如何鑽進她的裙底。她不知，阿莫之所以避免與她四目相接，不只因她的美麗令他痛苦，也因爲他讀過男性雜誌封底的把妹手冊廣告（「讓她爲你**癡狂**的絕招——招招靈驗！」）。這些手冊教的第一條準則是：**對她不理不睬**。她不知道的是，令她不甚自在的階級和身家落差，對阿莫卻是一種挑逗——她可能只是他用來烘托層次的奢侈品，或者，一個打從心底自憐的男人唯恐飯碗不保，可能會想誘拐上司的上司的女兒上床，以滿足某種心態。這些想法都沒有閃過丹妮絲的腦海，當時沒有，事後也沒有。事隔十年，她仍然自責。

在那天下午，她意識到的是一堆問題。阿莫想摸她卻出不了手，這是一個問題。出生時生錯了家庭，她要的東西樣樣不缺，想要她的阿莫卻幾乎一無所有，這種不平等是一大問題。由於樣樣不缺的人是她，問題顯然應該由她來解決，但是，無論她以什麼言詞、以你我如何同心的態度來安慰他，她都還是覺得自己顯得高高在上。

她的身體對這問題的反應更劇烈。她的天賦與機會比阿莫多太多，引發生理上的厭惡感，再怎麼自掐敏感部位，也無法消除這種感覺。

那天午餐後，她去儲藏室。那裡有六個蓋子沉重、外形近似典雅版垃圾子母車的鋼槽，裡面存放所有信號描圖的原版。經年累月下來，用厚紙板做成的大檔案夾不勝負荷，許多掉出檔案夾的描圖積在槽底，丹妮絲承諾她會整頓槽底的秩序。她重新替檔案夾標註標籤，找出失散已久的牘皮紙，製圖員過來存取描圖時會盡量不妨礙她。最大的一個槽好深，她得趴在隔壁槽，腿皮貼在冰冷的金屬上，雙手垂下去，才能勾起底層的文件。救起來的描圖被她放在地板上，她轉身再撈。在她喘息的空檔，她發現阿莫跪在大槽邊。

他的肩膀肌肉壯如槳手，撐緊了休閒西裝。她不知道他來這裡多久了，不知道他在看什麼。現在的他端詳著一份折疊成手風琴狀的犢皮紙，上面畫著信號鐵塔的線路圖，地點是麥庫克鐵路的里程標一〇一・三五，是艾德在一九五六年徒手畫成的圖。

「艾德畫這張時，還是個小毛頭，畫得好美。」

丹妮絲從鋼槽上爬下來，把裙子拉平，撢掉身上的灰塵。

「我不應該對艾德那麼兇，」阿莫說：「我永遠也得不到他那份天賦。」

表面上，他心頭上的丹妮絲不比丹妮絲心頭上的他來得重。他再攤開一張描圖，丹妮絲站著看他頭頂的旋渦。他頭髮是鉛筆灰色，髮渦似男童。她再靠近一步，腰再向下彎一些些，被自己的胸部擋住視線。

「妳有點擋到我的光線。」他說。

「你想不想跟我吃晚餐？」

他重重嘆一口氣，肩膀向下垂。「我這禮拜要開車去印第安納州。」

「好。」

「不過，讓我考慮看看。」

「可以，你考慮一下。」

她的口氣聽來冷靜，但走向女廁時差點腿軟。她進廁所鎖上門坐著擔心，外面的電梯微微叮了一聲，下午的點心車來了又走。她的擔心毫無內容。她的視線只是落在隨便一個東西上，例如鎘合金的門閂、一張掉在地上的方形衛生紙。等她回過神來，她已經瞪著看了五分鐘，腦子裡一個想法也沒有。完全沒有。完全沒有。

她回儲藏室清掃。下班前五分鐘，阿莫的大臉在她的肩膀旁冒出來，眼鏡下的眼皮惺忪地低垂。

「丹妮絲，」他說：「讓我請妳吃晚餐吧！」

她趕緊點頭：「好。」

在鬧區以北不遠處，有個治安不良的地段，居民多是窮苦的黑人，戲劇老師常帶學生光顧這裡的一間復古風快餐汽水店。丹妮絲只想喝冰紅茶、吃薯條，但阿莫點了一盤漢堡全餐和一杯奶昔。她注意到阿莫的吃相像青蛙，以口就食時會把頭縮進肩膀裡。他嘲諷似地細嚼慢嚥著，嘲諷似地面帶平淡笑容，掃視快餐店內部。他用手指推高鼻樑上的眼鏡，丹妮絲留意到他的指甲咬到幾乎見血。

「我自己絕對不會來這一區。」他說。

「這兩個街區還算安全。」

「對妳來說，對，」他說：「這地方察覺得出你能不能分辨壞事的預兆。如果你分辨不出來，它就不會找你麻煩。我的問題在於，我分辨得出來。如果我在妳這年紀來這一區，保證會碰到衰事。」

「我看不出爲什麼。」

「本來就是這樣。來這種地方的話，我一抬頭就會突然看見三個看我不順眼的陌生人。我也看他們不順眼。如果你活得快樂踏實，就根本看不見這種世界。像妳這樣的人直接走過去，沒事。它等著像我這樣的人走進來，看我被打得屁滾尿流。我在不到兩公里之外，它就看得出欠踹的人是我。」

阿莫的車是國產大轎車，類似丹妮絲母親開的那輛，但年代比較老。他把車子耐心駛上大幹道，慢速向西走，駝著背握著方向盤自得其樂（「我好慢，我的車好爛」），其他車子則從兩邊呼嘯而去。

丹妮絲引導他駛向迪森柏老師家。太陽仍西垂，在釘滿眼形花紋膠合板的火車站上空，他們踏上老師家門廊的階梯。阿莫仰望四周的樹木，彷彿連郊區的樹木也比較高級，比較名貴。丹妮絲伸出一手去推紗門，才發現裡面的門開著。

「藍博特？是妳嗎？」老師從昏暗的起居室走出來，皮膚的灰蠟色更明顯了，眼珠也更凸，牙齒相形之下似乎變大。「我母親的醫生趕我回家。」他說：「他不想跟我有任何牽扯。我認爲，他被死亡嚇到了。」

阿莫低著頭，往自己的車子退。

「那人是誰？綠巨人浩克嗎？」老師說。

「一個同事。」丹妮絲說。

「嗯，妳不能帶他進來。對不起，我家不准浩克進門，請你們找別的地方坐。」

「你有東西吃嗎？你自己一個人沒問題嗎？」

「沒問題，妳走吧，回到家我已經舒服多了。那個醫生和我都對我的健康狀況尷尬，顯然啊，小子，我的白血球太少了。醫生嚇得直發抖，他相信我會死在他的診所裡。藍博特，我對他好抱歉啊！」他的病容打開一個歡笑的黑洞。「我想跟他解釋說，缺乏白血球對我不是問題，不過他好像決心把我當成醫學上的怪人。我陪母親吃完午餐，自己搭計程車回機場。」

「你確定你沒事。」

「對，走吧，帶著我的祝福去發揮傻勁，別在傻在我家就行，走吧！」

天黑前如果帶阿莫回家，萬一被眼觀四面的鄰居魯特家和好奇的崔博列家撞見就不妙了，於是她請阿莫把車開進小學，帶他走進校園後面的草地，坐著聆聽電玩似的蟲鳴，嗅著某種香草散發生殖器的惡臭，感受著晴朗七月天逐漸退燒的暑氣。阿莫從背後摟住她腹部，下巴擱在她肩頭，兩人聽著小煙火的悶炸聲。

天黑後在她家，在冷氣機散放出的霜寒中，她想盡快把他趕上樓梯，無奈他一下在廚房逗留，一下在用餐室徘徊，顯然這個家處處都體現著不平等，她的心如針插。儘管她爸媽不富裕，但在渴求高雅的母親傾力佈置下，阿莫感覺這房子看起來像有錢人的家。他似乎不願踩地毯。依妮德在書櫃裡陳列著瓦特福水晶的戴高帽棋盤遊戲和糖果碟，他可能是第一個駐足細看的人。他的視線落在大小物體上，欣賞著音樂盒、巴黎街景、相稱且裝飾美觀的傢具，如同先前落在丹妮絲身上的神情一樣——是今天才發生的事嗎？是今天午餐時間嗎？

她把大手放進他更大的手裡，緊扣著手指，拉他走向樓梯。

進房間後，他跪著，拇指按住她的臀，嘴巴鑽進大腿之間，探向她的那裡；她恍如回到童年時格林童話和C·S·路易斯的世界，以爲觸摸一下就會產生轉變。他雙手把她的臀部變成女人的臀，他的嘴把她的大腿變成女人的腿，把她的那裡變成陰道。被年紀大一截的男人渴望，就有這些好處——感覺自己比較不像沒有性別的傀儡，有人能引導自己去發現自身的樣態，有合適的人能讓自己瞭解成熟的實際功用。

和她同齡的男生們渴求某種東西，但他們自己卻不清楚那到底是什麼。同齡男生追求的東西模糊不清。她的功能——一次又一次無聊的約會中她扮演的角色——是幫助他們進一步瞭解他們要的是什麼；她的功能是自解上衣鈕釦並提供建議，她的功能是具體呈現他們極其混沌不明的概念。

阿莫渴求她的方式是從小地方開始，一吋一吋來。阿莫似乎一下子就知道她要什麼。單純擁有一副胴體對她向來沒有多少幫助，但當她將自己的身體看成她可能想要的東西——把自己想像成阿莫，跪著、慾求著自己身上的每個部位時，擁有這副胴體就變得比較能接受。她擁有這個男人期望探尋的東西。他的位置、他對每一處特徵的欣賞，不會引發她的焦慮。

當她解開胸罩的釦環時，阿莫低下頭，閉上眼睛。

「你怎麼了？」

「妳這麼美，美到令人氣絕。」

這話她聽了高興，沒錯。

幾年後，身爲年輕廚師的她初握松露、鵝肝、魚卵囊，會想起雙手最初握住他的感覺。

在她十八歲生日那天，劇場朋友送她一本挖空的《聖經》，裡面有一小口施格蘭酒和三個糖果色保險套。這些禮物現在派上用場了。

阿莫的頭在她上方，是一顆獅子頭，是一個南瓜燈籠。他高潮時獅吼，漸次減弱的嘆息一聲接著一聲，幾乎重疊。喔、喔、喔、喔。她從來沒有聽過這種聲音。

血的量與她的痛成正比，而她的痛相當嚴重，和她的快感成反比。快感多半是她空想出來的產物。黑暗中，她從走廊壁櫃裡洗衣籃裡隨手抓起一條髒毛巾，握拳對著空氣捶了一下，恭賀自己在升大學前解除了處女之身。

比較不值得慶賀的是床上躺了一個壯漢，而且他身上有血。她睡的是單人床，是她今生唯一睡過的一張床，而現在的她非常累。或許正因如此，她才像傻子一樣站在房間正中央，只圍著一條毛巾，突然啜泣起來。

阿莫下床來，雙手摟住她，不在意她是個小孩，她喜歡阿莫這一點。阿莫把她送上床，替她找來一件睡衣，幫她穿上，自己在床邊跪下，爲她把床單蓋至肩膀，摸摸她的頭。她猜，他也經常這樣摸自己女兒的頭。阿莫一直摸到她幾乎睡著。接著，阿莫的手擴大了遊走的面積，進入他大概不會擅闖女兒的禁地。她想維持在半睡半醒的境界，但阿莫的攻勢來得更急迫，搔抓得更起勁，每個動作令她不是癢就是痛。她不舒服，提起膽子哼哎一聲，換來今生第一次被男人以雙手壓頭的經驗，頭被壓向他的下方。

幸好，他完事之後沒有留下來過夜。阿莫離開房間，她像木頭人般躺著，拚命聽他在做什麼，聽他是否往回走。最後——她可能小睡了一會兒——她聽見大門的門閂喀嚓聲，聽見他的大車呼呼啓動。

她睡到正午才起床，然後下樓去浴室沖澡，盡量理解自己昨天做了什麼事，這時又聽見大門的聲響、對話的人聲。

她慌忙沖洗頭髮，慌忙擦乾身體，衝出浴室。她的父親躺在書房，母親在廚房沖洗隔熱野餐籃。

「丹妮絲，我幫妳煮了晚餐，妳怎麼一口也沒吃！」依妮德大叫：「看起來好像連碰也沒碰過。」

「我以爲你們明天才回家。」

「豐都拉湖跟我們預期的差太多了，」依妮德說：「戴爾和杭妮的腦袋是怎麼了，那地方一點也不好玩。」

樓梯最下層有兩個小旅行袋。丹妮絲衝過旅行袋，跑回自己的臥房，從門口就看得見保險套包裝紙和落紅的床單。她進房間之後關上門。

她接下來的暑假毀了。在公司，在家裡，她寂寞得不得了。她把血床單和血毛巾藏進自己的衣櫃，不知該如何處理。依妮德天生有警覺心，把沒事做的無數思緒拋向不起眼的持家小細節，例如女兒的月事何時來。丹妮絲希望再等兩星期、等到時機成熟，再拿著血床單和血毛巾自首。人算不如天算的是，依妮德竟然撥出腦力，算出毛巾數目不對。

「有繡姓名縮寫的高級浴巾，怎麼少了一條？」

「唉，糟糕，我帶去游泳池，忘記帶回家。」

「丹妮絲，家裡毛巾這麼多，妳偏偏帶繡了姓名的高級毛巾去……而且，哪條不忘，偏偏搞丟那一條！妳有打電話給游泳池嗎？」

「我回去找過了。」

「那幾條毛巾非常貴呢！」

丹妮絲從未犯過忘東西的毛病。假如這件事帶來的苦惱小於快感——假如她能去找阿莫，笑談此事，尋求他的安慰，她應該能釋懷。但她不愛他，而他也不愛她。

在辦公室，其他製圖員對她友好，現在令她覺得可疑，總覺得大家都想拐她上床。阿莫太尷尬，或者太謹慎，連她的眼睛都不敢正視。他整天渾渾噩噩，因爲若斯兄弟併購案而不開心，把大家當仇人。對丹妮絲來說，上班時間只剩正事可做，如今枯燥已成負擔，如今她已對工作厭煩。忙完一天，她的頸與臉痠痛，因爲忍淚過度，也因爲她工作速度太快，如果不是做得開心，維持這種速度的結果必定是身體不適。

她告訴自己，這就是衝動行事的後果。她前後只花兩個小時就決定失身，令她回想起來心驚。當時她對阿莫的眼與嘴產生好感，認定她虧欠阿莫要的東西——她只記得當時思考到這裡。隨即，一種齷齪而誘人的可能性在她心中滋生（我今天晚上就能失去童貞），她義無反顧地把握。

她的自尊心太強，因此不肯對自己承認、更不可能對阿莫承認：他不是她心目中的對象。她太稚嫩，不懂得以簡單一句話「對不起——大錯特錯」來拒絕。阿莫想要的東西，她自覺有責任多給他一些。她的期望是，如果排除萬難才嘗得到偷情的滋味，這樣的關係應該能維持一陣子才對。

裹足不前的她吃了不少苦，尤其是事後第一星期。她想對阿莫提議週五晚上再聚，鼓足了膽量，卻開不了口，喉嚨持續痛了幾小時。但她具有奮勇向前的精神。接下來的三個星期，每逢禮拜五，她騙父母說她要出去和肯尼．夸麥爾約會。阿莫先載她去商場裡一間家庭餐廳吃晚餐，然後回他家。阿莫的房子小而寒愴，位於龍捲風肆虐區的遠郊區，是無限擴展的聖猶達即將吞噬的五十個小鎮之一。這樣的家令阿莫尷尬到自怨。在丹妮絲住的郊區，沒有一間民房比阿莫家的天花板低，沒有一家的硬體如此粗糙，也沒有一家的門輕到稍微一摔就壞，更找不到一家的窗框和窗軌是塑膠做的。爲了給阿莫面子，也爲了封他的嘴（「妳我生活的對比」），不讓他一直提她最不喜歡的話題，更爲了打發彆扭的時光，她跟著阿莫進到滿地廢物的地下室，拉他坐在沙發床上，秉持著她的完美主義，認眞地學習全套技巧。

阿莫原本和妻小約好每星期去印第安納州共度週末，他從來不告訴丹妮絲他用什麼理由爽約。而關於他太太的事，心虛的丹妮絲根本問不出口。

她再一次爲了她絕不會犯的錯而挨母親的罵：忘記在第一時間用冷水浸泡沾血的床單。

八月的第一個星期五，在阿莫爲期兩週的假期開始不久後，他和丹妮絲折回辦公室，躲進檔案儲藏室裡反鎖。她吻阿莫，拉起阿莫的雙手放上她的乳尖，努力讓他動起手指，但他的手想放在她的肩膀上，想壓她跪下來。

他的液體沖進她鼻腔。

「妳感冒了嗎？」父親在幾分鐘之後問她，父女驅車駛出聖猶達市邊界。

回到家中，依妮德告訴她，亨利．迪森柏（「妳的朋友」）在週三晚間病逝於聖路加醫院。

丹妮絲上星期日才去老師家探望。若非如此，她會更內疚。探望老師時，她發現老師對隔壁鄰居的嬰兒有說不完的抱怨。「我的白血球跑光了咧，」他說：「他們連該死的窗戶也懶得關。天啊，那個嬰兒中氣十足吶！我懷疑他們很以此爲傲，我懷疑他們的心態就像拆掉消音器的機車族一樣，想藉此張揚野蠻的男性氣魄。」老師的顱骨和骨架直逼皮膚表層。他提到三盎司重的包裹郵費。他天南地北亂講，瞎扯著他和一位有八分之一黑人血統的女人有過短暫的婚約。（「妳問我不會因爲她只有八分之七的白人血統而驚訝，妳想想看，要是她發現我只有八分之一的異性戀傾向，她會驚訝到什麼程度呵！」）他提到他畢生追尋五十瓦燈泡的苦心。（「六十瓦太亮，四十瓦太暗。」）他與死神同居了幾年，盡量把死神壓制到微不足道的地位。他仍擠得出適度的笑容，但最後，就算再怎麼掙扎，也終到無計可施的地步。丹妮絲向老師吻別時，他似乎認不出她是誰。他微笑著，目光下垂，彷彿他是個特別的小孩，美麗得令人欣賞，悲慘得值得憐惜。

她也從此無緣與阿莫相見。

八月六日星期一，經過整個夏天的拉鋸戰，若斯兄弟與一線鐵路工人工會達成協議。若斯同意改進父權作風，以較靈活的方式經營管理，工會因而同意做出重大讓步，若斯兄弟以每股二十六元收購密德蘭，馬上省下兩億美元，更顯得這筆交易皆大歡喜。密太的董事會過兩星期才會正式表決併購案，但結局已有定論。在大局即將混亂之際，總裁室下達一封信，接受全體暑期工的總辭，八月十七日星期五生效。

由於製圖室沒有女性員工（丹妮絲除外），同事拱出信號工程師的秘書，叫她烘焙一個送別蛋糕，在她最後一個上班日的下午把蛋糕捧出來。「終於逼妳喝咖啡休息成功了，」拉瑪邊吃邊說：「算是一大勝利唷！」

老鮑拿著一條大如枕頭套的手帕拭淚。

那天晚上在回家的路上，艾爾佛瑞轉達一句讚美。

「山姆．貝爾林告訴我，」他說：「妳是他見過最認眞的員工。」

丹妮絲不語。

「妳在那些男人的心中留下深刻的印象。妳讓他們大開眼界，他們現在知道女孩子有多大能耐了。我沒有告訴過妳，不過當初我推薦妳去暑期工讀時，我覺得他們心存疑慮，以爲女孩子上班一定聊個沒完，實質的工作完成不了幾項。」

她很高興父親讚賞她。然而，他的親切一如阿莫以外製圖員的親切，都無法打進她的心，似乎只掉在她的皮膚上，好像有形卻摸不著，她的身體對這些親切產生排斥。

丹妮絲呀，為何如此對待我？

「一個暑假下來，」父親說：「妳總算嘗到在眞實世界生活的滋味了。」

在她眞的搬去費城之前，她一直期望去蓋瑞和卡羅琳家附近就學。哥嫂在塞米諾爾街的大房子像一個無憂無傷的家，卡羅琳的美令她敬畏，令她把跟卡羅琳說話的機會視爲特權，令她呼吸暫停。丹妮絲若想抱怨母親煩得她快抓狂，找卡羅琳抱怨總能得到共鳴。但大學第一學期結束時，丹妮絲不知不覺開始不理會蓋瑞的留言，每三通才回一次。（有一次，只有那麼一次，答錄機接到阿莫的留言，她同樣不回。）她也發現，雖然蓋瑞主動表示要去宿舍接她過來，吃完晚餐之後送她回去，她也屢次回絕。她自稱要用功，結果反而陪同學茱麗雅．孚芮斯看電視。她因此心懷三重罪惡感：首先是因撒謊而愧對蓋瑞，更嚴重的是擺著正事沒做，罪過最大的是害茱麗雅無法專心讀書。丹妮絲開個夜車就能惡補完該讀的書，但茱麗雅晚上十點之後是廢人一個。茱麗雅既缺馬達也缺舵。茱麗雅的秋季課程表上出現初級義大利文、初級俄文、東方宗教、音樂理論，無法解釋爲何選修這些課，卻指控丹妮絲有高手指點，所以課程表裡有英美文學、歷史、哲學、生物學，面面俱到。

至於丹妮絲，她嫉妒茱麗雅的大學生活從不缺「男人」。起初，她和茱麗雅同樣被包圍。在校園餐廳裡，爭相坐她們這桌的大三大四「男人」以紐澤西人佔絕大多數，臉型像中年人，嗓門如擴音器，互相比較數學課程，或回憶他們去瑞和博斯海灘喝得爛醉的情景。他們想問茱麗雅和丹妮絲的問題只有三個：一、妳叫什麼名字？二、妳住哪棟宿舍？三、妳這禮拜五想不想參加我們辦的派對？這種概括式的考題太無禮了，丹妮絲聽了搖頭，但更令她訝異的是茱麗雅的反應。這些紐澤西痞子的眉毛連成一線，喜歡戴巨無霸數字錶，茱麗雅卻爲他們傾心。茱麗雅抬頭看他們時的癡相，宛如一隻堅信對方口袋裝著過期麵包的松鼠。她離開舞會時會對丹妮絲聳肩說：「他有仙藥，所以我要跟他走。」丹妮絲開始每週五晚上獨自用功。她贏得冰山皇后的惡名，有人謠傳她可能是女同志。她欠缺茱麗雅的這種能耐：凌晨三點，足球校隊全員在她窗外高歌茱麗雅，茱麗雅的心會因而融化。「我覺得好丟臉喔！」茱麗雅會呻吟著、開心地苦惱著，一邊扳下百葉窗，偷窺著窗外。那些「男人」不曉得茱麗雅被逗得多開心，然而照丹妮絲的嚴格篩選標準來看，這種人配不上她。

隔年暑假，丹妮絲和同宿舍的四位墮落之友去漢普頓海灘。她對爸媽道盡謊言。她睡在客廳地板上，去餐廳打雜賺錢。她在夸革酒店洗餐具、切菜，和斯卡斯戴來的漂亮女孩蘇西．史德林並肩工作，愛上廚師的生活。她愛上晨昏顛倒的上班時間，愛上這份工作的熱度，愛上成品的美；她愛上嘈雜聲底下那份深沉的寧靜。一支良好的廚房團隊有如自挑自組的家庭，在酷熱的廚房小世界裡，人人的立足點平等，每一位廚師的過去都潛藏著怪事，個性也潛藏怪癖。即使在集體飆汗到極致的時刻，每位家庭成員仍能享有隱私與自主；她愛上這份感覺。

蘇西．史德林的父親名叫愛德，曾送她們幾趟進曼哈頓。之後八月某天晚上，丹妮絲騎腳踏車回家時，途中差點撞上站在ＢＭＷ旁的愛德。他抽著登喜路香菸，正盼望丹妮絲是一個人。愛德．史德林是娛樂圈的律師。他懇求丹妮絲說，沒有她，他活不下去。她把（借來的）單車藏進路邊的樹叢裡，隔天回來時車單已被偷，她對車主發誓說她把車子鎖在平常那根柱子上。這對她來說應該算是適度的預警，提醒她一腳踩進什麼領域。但她被興奮蒙蔽了眼睛，她對史德林的影響讓她興奮，大起大落的生理慾望則令她激昂。九月開學後她回到學校，認定文學院的教育比不上廚房。她認爲，報告寫得再好也只有教授一人讀得到，她要的是一群觀眾。她也憎惡大學讓她爲自己的優越環境心懷歉疚。讓她歉疚的事已經太多，不需再添一件。幾乎每逢週日，她都搭乘便宜又慢的無產階級交通工具，從東南賓州捷運轉乘紐澤西捷運，前進紐約市。愛德·史德林的疑心病重，丹妮絲與他通電話只能單向溝通，而且他經常在最後一刻改變約定、經常心不在焉，經常因爲焦慮而床上表現不佳。史德林爲了避人耳目（因爲他經常一面雙手摸著他水貂皮般濃密的頭髮，一面告訴她，全曼哈頓的人他通通認識），吃飯時總是帶她去伍德塞、艾姆赫斯特、傑克森高地等地的低價異國餐館，免得被史德林認識的人撞見，讓她自慚形穢。這些怨氣，她默默承受下來。在情夫逐步接近精神崩潰、再也無法幽會之前，丹妮絲品嘗了烏拉圭丁骨牛排、中式哥倫比亞玉米粽、泡在泰式紅咖哩裡小如拇指甲的小龍蝦、赤楊木熏的俄羅斯鰻。美食若在外觀或美味上令人回味，幾乎能彌補任何一種羞慚。但腳踏車失竊的歉疚始終揮之不去，她堅稱把車子鎖在老地方。

第三度與大她年齡一倍的男人交往之後，她和他結婚。她決心不要淪爲多愁善感的自由派人士。她輟學，打工存錢一年，然後去法國和義大利玩六個月。回費城之後，她在凱薩琳街附近一家人滿爲患的海鮮義大利麵餐廳上班，學了一套廚藝，改向瓢食餐廳自薦。當時，瓢食是全費城最令人食指大動的餐廳。恩米爾·柏格當場聘用她，因爲她的刀法，以及外貌。不到一星期，恩米爾開始對她數落全廚房的人，認爲除了她與他之外，所有人的能力都不及格。

傲慢、投入、語帶諷刺的恩米爾成爲她的避風港。和恩米爾在一起，她覺得自己徹徹底底是個成年人。他說，結過一次婚的他已經看破婚姻，卻又親切地帶丹妮絲去大西洋城（她喝多了巴貝拉紅酒，在醉意中向恩米爾求婚），要她當個忠於自己的女人。在瓢食餐廳，他們合作有如搭檔，經驗從他的頭腦流向她。他倆常譏笑老對手優味蕾餐廳太裝模作樣。他們在衝動之下，在聯邦街買下一棟三層樓的多棟聯建住宅，那一帶是黑白人和越南裔雜處的地方，附近是義大利市集區。兩人一聊起調味，宛如馬克思主義份子討論革命。

恩米爾終於教遍他所知的廚藝後，她試著反過來教他一兩招。例如，菜單稍微變動一下，好不好；那一道改用蔬菜高湯，少一點小茴香，好不好。結果句句撞山，被他反諷與銅牆鐵壁的意見打回去。恩米爾個性裡的這些尖銳特質，曾經在他欣然接受她建言時令她那麼傾心，如今則不然。和白髮老公比較起來，她覺得自己的手藝更精湛、更有雄心、更加飢渴。她覺得自己的生活只剩下班後睡覺，睡飽後上班，衰老得好快，覺得自己彷彿比恩米爾還老，老得快追上爸媽的年齡了。她的封閉世界全天候公私不分，近似父母間零交集的兩個宇宙。年輕的髖骨、膝蓋、雙腳出現了老年人的痠痛。雙手疤痕纍纍，是老年人才有的手。她有一個老年人才有的乾澀陰道。她厭惡追求消費性電子產品的年輕人和他們的用語，這也是老年人才有的態度。她對自己說：「我還很年輕，不應該這麼老。」聽見自己如此說，被她趕進山洞的罪惡感展開復仇之翼，嘎嘎叫著飛出來，因爲個性如常的恩米爾對她的忠心與愛始終如一，而當初堅持要結婚的人也是她。

在兩相情願的協議之下，她從恩米爾的廚房出走，投效競爭對手亞登尼斯餐廳，擔任副主廚。在她的觀念裡，亞登尼斯在各方面比瓢食餐廳更勝一籌，只不過瓢食有辦法自然而然流露卓絕的本色。（不必拚命就能勝出的本事，無疑是恩米爾的一大天賦。）

在亞登尼斯，丹妮絲醞釀著一股想要掐死人的慾望。她想掐死的是妙齡女子貝琪．賀莫林。貝琪負責切菜和管理冷盤，是廚藝學院的畢業生，一頭金色捲髮，身材嬌小、平胸，白嫩的肌膚被廚房的熱氣一烤就紅彤彤。貝琪從頭到尾都讓丹妮絲反感——她的美國廚藝學院科班學位（丹妮絲以自學爲傲）；和較資深廚師混得太熟（尤其是和丹妮絲）；口口聲聲崇拜影星茱蒂．佛斯特；T恤上魚與單車的無俚頭文字（註：「缺男人的女人，正如無腳踏車可騎的魚」之類的女權口號）；太常以「他媽的」強調語氣；太喜歡以女同志自居，和廚房裡的「拉美裔」及「亞裔」上演「大團結」；對「右翼份子」、「堪薩斯」、「皮奧里亞」等詞的觀點以偏概全；慣用「有色人種的男女」這個詞；全身散發著權利意識的熠熠光環（這種權利意識是在師長的讚賞下薰陶而出，師長但願自己能和她一樣弱勢、受盡欺壓，因此和她同樣毫無歉疚感）。丹妮絲不禁納悶，這女人在我的廚房裡幹什麼？廚師不應該搞政治。廚師是人類的線粒體，有自己的ＤＮＡ，在細胞裡漂浮，驅動細胞的生命力，卻無法代表細胞本身。丹妮絲懷疑貝琪踏上廚房之路，是爲了表達政治主張，是想成爲一個強悍的女生，能跟男人一較高下的女生。丹妮絲自己也暗存一絲這種心態，因此更加痛恨貝琪的動機。她看著丹妮絲時，表情暗示著她對丹妮絲比丹妮絲對她自己的認識更深——這種暗示一方面令丹妮絲火大，一方面又讓她難以駁斥。丹妮絲晚上躺在恩米爾枕邊，想像自己掐住貝琪的喉嚨，掐到她藍之又藍的眼珠蹦出來，想像自己的拇指陷入貝琪的氣管，掐到氣管破裂。

後來，有天晚上她想著想著睡著了，夢見她在掐貝琪，而貝琪卻不在乎，反而以藍眼睛邀請她繼續。掐脖子的雙手鬆下來，向上遊走至貝琪的下頷曲線，遊走過她的耳朵，來到太陽穴的柔膚。貝琪的嘴唇半開，眼皮緊閉，宛如進入極樂境界，這時掐貝琪的人以腿撐開貝琪的腿，以手打開貝琪的雙臂……

醒時的那份遺憾之深，在丹妮絲的印象中深過其他美夢乍醒時。

「如果作夢能夢到這種感覺，」她對自己說：「一定有可能實際體驗到吧？」

她的婚姻亮起紅燈。在亞登尼斯上班的她，成了恩米爾眼中又一個追逐時尚、隨俗奉承的廚師，恩米爾也成爲她討厭的那種家長。她用衝口而出或硬吞下肚的話語來背叛他。隨著關係惡化，她認爲婚姻問題的癥結在於他的性別，這種想法讓她愈想愈寬慰。這種想法鈍化了罪惡感的刺痛。這種想法讓她做出的可怕「宣言」，讓她把恩米爾趕出門，趨使她適應第一次和貝琪約會時彆扭至極的氣氛。她緊緊抓住這份自以爲是同性戀的信念，以此消除趕走恩米爾的罪惡感，支撐她買下屬於恩米爾的半間房子給自己住，讓恩米爾擁有那份道德上的優勢。

不幸的是，恩米爾一走，丹妮絲心生另一種想法。她和貝琪度過美好的、充滿啓發性的蜜月後開始吵架，吵完再吵，吵完再吵。她倆的吵架生活和之前的短暫性生活一樣，都是一種儀式。她們討論時常爭吵的原因，討論錯在誰身上，討論到吵起來。她們夜半時分在床上吵架，從性慾之類猜不透的資源庫裡汲取能量來吵，還會在隔天早上出現近似宿醉的頭疼。她們吵到頭腦爆炸。吵了再吵，吵完再吵。在樓梯上吵，在大庭廣眾之下吵，坐在車子裡面吵。雖然她們吵得盡興——聲嘶力竭成紅臉婆、摔門、踹牆壁、哭濕臉龐倒地抽搐——戰鬥慾卻從來不會消退太久。爭吵讓她倆心靈相契，讓她們克服互看不順眼的嫌隙。正如熱戀中的情侶能不斷被對方的聲音、頭髮、臀部曲線挑逗，能因而丟下一切去做愛，貝琪同樣也有一整套本事能對準丹妮絲發動挑釁攻勢，保證讓丹妮絲心跳破錶。貝琪最厲害的一招是罵丹妮絲，說她內心深處其實是個崇尚自由集體主義的純女同志，只是她不自覺。

「妳和自己的身心隔離得太嚴重，」貝琪說：「妳顯然是個拉拉，顯然從小就是。」

「我什麼也不是，」丹妮絲說：「我只是我。」

她最想做的是一個孤僻的人，一個獨立的個體。她不想隸屬於任何一個團體，更不想被歸類於頭髮難看、服裝品味和自己相悖的族群。她不希望被貼標籤，不想順從哪一種生活型態，因此她回歸原點：好想掐死貝琪。

她很幸運（從控管罪惡感的角度來看），因爲在她和貝琪吵過最後一次難以滿足的架之前，她和恩米爾已進入離婚程序。恩米爾已被高薪挖角，遷居華盛頓特區去貝林傑飯店當主廚。恩米爾開著卡車回費城和她劃分家產，載走他的家當，讓她度過了淚水無盡的週末，許久之後，丹妮絲才想清楚貝琪的話，認定自己根本不是同志。

她離開亞登尼斯餐廳，開始在黝洋擔任主廚。黝洋走的是亞得里亞海鮮的路線。一年下來，每有男人約她出去她必定回絕，不只因爲她沒興趣（這些男人全是服務生、供應商、鄰居），也因爲她害怕跟男人出去會被人看見。她害怕被恩米爾發現（即使哪天她主動說出眞相，都好過不慎被恩米爾發現）她又愛上男人，最好賣命工作，誰也不交往。從她的經驗得知，人生表面有一層絨布似的光澤，從某個角度看自己，只看得見匪夷所思的東西；稍微偏頭再看，一切又顯得還算正常。她相信，只要她心無旁騖地工作，就不會傷害任何人。

在五月一個晴朗的早晨，布萊恩．卡拉漢開車來聯邦街接她。他的車是富豪古董旅行車，開心果冰淇淋的顏色。想買富豪古董車的人無不追求淡綠色，而買古董車的布萊恩更非買顏色最搶手的一輛不可。既然有錢，就算古董車的顏色不對，他也可找人噴漆換色，但他和丹妮絲不同，他這種人會認爲換色無異作弊（註：另有「偷情」之解）。

她上車後，布萊恩要求以頭巾矇住她的眼睛。她看著布萊恩手上的黑頭巾，看著他的結婚戒指。

「相信我，」他說：「爲了驚喜，被矇上眼睛很值得。」

在布萊恩以一千九百五十萬賣掉特向旋律之前，他就已經像一條黃金獵犬在世界上悠遊。他的臉形多肉，離英俊有一段距離，但他的藍眼、沙黃色頭髮、男童般的雀斑令人想親近他。他的外表如其人，是哈弗福德學院的長曲棍球校隊成員，品德基本上正直，一生從未遇過風浪，與他相處的人因此不忍令他失望。

丹妮絲讓他碰臉，讓他的雙手伸進頭髮綁頭巾，任他擺布，交出行爲能力。

旅行車的引擎高歌著，應和著推動成噸鋼鐵上路時發出的聲響。布萊恩以抽放式音響播放一個女子樂團的專輯，丹妮絲聽了喜歡，但她並不訝異。布萊恩似乎決心只放她想聽的音樂，只說她想聽的話，只做讓她高興的事。三個星期以來，布萊恩不斷打電話給她，沉聲留言。（「嘿，是我。」）她看得見他的愛像迎面而來的火車，也欣然以對，間接領略到興奮。她不會誤將這份興奮感等同於吸引力（貝琪最成功的一點，就是讓丹妮絲懷疑自己的直覺），但她忍不住暗中替布萊恩加油，希望他繼續追她，而她這天早上的打扮正有此意。她的這身穿著，幾近不厚道。

布萊恩問她對這首歌的感觸。

「嗯，」她聳聳肩，測試他急於取悅的限度多大。「還好。」

「我滿錯愕的，」他說：「我本來以爲妳一定會喜歡。」

「其實我真的喜歡。」

她心想：我是哪根筋有問題？

車子駛上顛簸的路面，有幾段路鋪著圓石，橫越鐵軌之後，路面變成起起伏伏的砂石。布萊恩停下車。「我用一美元買下這間房子，」他說：「如果妳不喜歡，我的損失是一塊錢。」

她伸手想解開頭巾。「我想拿下來。」

「不行，快到了。」

他握住她的手，動作君子，牽她踏過溫暖的砂石，走進陰影。她嗅到河水味，體會到河畔的安寧，水到之處聲響盡失。她聽見鑰匙互撞，聽見一個大鎖以及重型鉸鏈的吱嘎聲。從蓄水池面吹來一陣工業冷風，拂過她的露肩裝，穿越她赤裸的雙腿，是缺乏有機物洞窟的味道。

布萊恩牽她走上四道金屬梯，再打開一道門上的大鎖，帶她進入較溫暖的空間，這裡的回音近似火車站或大教堂的雄渾。空氣有乾霉味，聞起來像是發霉後乾掉再發霉的氣味。

布萊恩解開頭巾後，她立刻知道置身何處。一九七〇年代，費城電力公司廢除髒煤火力發電廠。這些發電廠蓋得堂皇，其中一間位於都心區以南，丹妮絲路過時總不忘放慢車速欣賞。裡面的空間寬敞明亮。天花板高達十八公尺，北面與南面的牆壁有近似夏特爾大教堂的長方形巨窗。水泥地板被硬物磨破之後反覆修補，嚴重崎嶇，比較像天然地形而不像地板。在地板中央，有兩座形同硬殼的鍋爐渦輪機殘骸，狀似大如民宅、斷鬚缺腳的蟋蟀。橢圓形的黑色電動儀器已被侵蝕得機能喪失。在靠河的一端，有幾個巨大的出入口，是煤進灰出的洞。煙灰遍佈的牆上亮著空虛的槽道口、管道、樓梯間。

丹妮絲搖頭。「這裡不適合開餐廳。」

「我正怕妳這樣嫌。」

「在我有機會替你賠錢之前，你恐怕會先把錢賠光。」

「我可能也會向銀行融資。」

「更何況，我們一邊講話，一邊吸進了不知道多少多氯聯苯和石棉。」

「這妳就錯了，」布萊恩說：「這地方如果符合環保署超級基金的條件，就不會出售。沒有超級基金的資金，PECO公司沒錢拆這座發電廠，這地方太乾淨了。」

「算PECO倒楣。」她走向渦輪機，不顧這裡適不適合開餐廳，愛上了這地方。費城的工業殘局、「世界工房」的頹敗風雅、在小時代苟延殘喘的大廢墟；她能體會這種心情，因爲她出生在一個全家人都比她年長的家庭，地下室堆著舊箱子、靠樟腦丸保存的羊毛織品，甚至還有著鐵器。她上學時接觸到亮麗的現代化社會，每天回家進入一個老老、暗暗的世界。

「冬天暖不起來，夏天涼不下來，」她說：「水電費會繳到作惡夢。」

獵犬布萊恩細看著她臉上的神情。「我的建築師說，我們可以沿著大窗戶的南邊牆壁鋪地板，寬約一百五十公尺，另外三面用玻璃隔起來，把廚房設在地下。用蒸氣清除這些渦輪機，有些地方閒置，留著這片大空間不要去動它。」

「這地方是個大錢坑。」

「裡面一隻鴿子也沒有，注意到了沒？」布萊恩說：「也沒有積水。」

「可是，申請建築許可要一年，施工一年，安檢再耗上一年，我光領薪水不做事，三年未免太久了。」

布萊恩說，他的目標設在明年二月開張。他的朋友中不乏建築師和包商，令商家望之卻步的執照與安檢處也不成問題。他說：「處長是我老爸的朋友，經常每個禮拜四一起去打高爾夫球。」

丹妮絲笑了。布萊恩的宏願與能力，套一個母親常用的說法，「搔動」了她的心。她抬頭望向巨窗的拱頂。「你認爲這種地方適合供應什麼樣的食物？」

「墮落、奢華的美食，由妳去傷腦筋囉！」

布萊恩把車子停在空曠的砂石停車場上，車子的顏色與周邊的雜草混成一氣。回到車上，布萊恩問她對歐洲之行有何規畫。「妳應該至少玩兩個月，」他說：「因爲我另有所圖。」

「圖什麼？」

「妳去的話，我自己也可以去玩兩個禮拜。我想嘗嘗妳吃的東西，聽聽妳的意見。」

此言充滿自利的語氣，令人解除心防。誰不願陪一位懂美酒熟佳餚的美女同遊歐洲？假如換成你有幸陪她同行，布萊恩也會爲你高興，而現在的他期望你爲他高興。他的口氣正是如此。

丹妮絲心中隱隱懷疑，與布萊恩做愛的感覺可能比她先前的男人更好，而她心中也隱隱認出他的野心與她相同，因此同意周遊歐洲六星期，然後和布萊恩在巴黎會合。

在此同時，她疑心較重的另一面說：「什麼時候把我介紹給你家人認識？」

「下個週末如何？我爸媽在五月岬有一棟房子，過來坐坐吧！」

紐澤西州五月岬的中心地區有好些裝飾過度的維多利亞式房屋和散發萎靡時尚的小木屋，周圍是新複製屋，排列成電路板狀，象徵低俗的盛世。布萊恩的雙親卡拉漢夫妻擁有的舊小木屋是此地規模最大的，夏初時節海水仍冷，週末可在屋後的游泳池戲水。丹妮絲在星期六近傍晚抵達這裡，看見布萊恩和兩個女兒懶洋洋地打發著時間，一位頭髮像老鼠毛的女人滿身是汗和鏽，正拿著鋼刷跟一張鍛鐵桌奮戰。

丹妮絲本以爲布萊恩的妻子是講話尖酸、重品味、姿色出眾的女人。羅蘋．帕薩法洛戴著MAB油漆公司的帽子，穿著黃色運動長褲和紅得礙眼的費城人隊運動衫，戴的眼鏡很難看。她在運動褲上抹抹手，然後伸向丹妮絲，問候的語調尖銳且異常正式：「非常高興認識妳。」說完立刻回頭，繼續忙自己的事。

我也不喜歡妳，丹妮絲心想。

希妮德是個皮包骨的十歲小美女，坐在跳板上，大腿上擺著一本書。她謹愼地向丹妮絲揮手。愛琳的年紀比較小，身材比較壯，戴著罩耳式耳機，低頭坐在野餐桌前臭著臉專心著；她低低吹了一聲口哨。

「愛琳正在學鳥叫。」布萊恩說。

「爲什麼？」

「基本上，我們不知道。」

「喜鵲，」愛琳宣佈：「呱咯——呱——呱——呱？」

「該把耳機收起來了喔！」布萊恩說。

愛琳摘下耳機，奔向跳板，想把姐姐蹦走。希妮德的書差點掉進泳池，趕緊以優雅的姿勢抓住。

「爸——！」

「女兒，妳坐的是跳板，不是讀書板。」

羅蘋刷鐵桌的舉動略像嗑藥後的快動作，一副唐突而充滿憎恨的樣子，令丹妮絲的神經緊繃。布萊恩也嘆氣，望向妻子，思索著。「妳快刷完了吧？」

「你要我停下來嗎？」

「最好休息一下吧！」

「好。」羅蘋放下鋼刷，走向屋子。「丹妮絲，要不要倒一點東西給妳喝？」

「一杯水就好，謝謝。」

「愛琳，聽著，」希妮德對妹妹說：「我扮演黑洞，妳扮演紅矮星。」

「我想當黑洞。」愛琳說。

「不行，我是黑洞。紅矮星繞著圈圈跑，漸漸被強大的引力吸進去，黑洞坐在這裡看書。」

「我們會不會相撞？」愛琳說。

「會，」布萊恩插嘴：「不過相撞時完全安靜，消息絕不會傳到外面的世界。」

羅蘋從屋子裡走出來，穿著一件黑色連身泳裝。她把水杯遞給丹妮絲，動作近乎無禮。

「謝謝妳。」丹妮絲說。

「別客氣！」羅蘋說。她摘下眼鏡，跳水進深水區，在水底游泳，愛琳則繞著泳池團團轉，發出尖叫聲，揣摩瀕死的M或S級恆星。羅蘋在淺水區浮出水面，半盲狀態的她看似裸體。這時的她比較像丹妮絲想像中的妻子——長髮似河，從頭傾瀉至肩膀，頰骨與黑眉毛閃閃動人。她走出游泳池時，水珠聚集泳裝下緣，流過比基尼遮不住的蔓生毛髮。

難解的老心結衝上來，像氣喘一樣侵襲丹妮絲。她好想走開，進廚房裡去做事。

「我順路去了市場。」她告訴布萊恩。

「叫客人煮菜，好像不太好吧？」他說。

「剛好相反，是我主動要煮，而且領你薪水的人是我。」

「也對。」

「愛琳，現在妳是一個病原體，」希妮德說著溜進水裡：「我是一個白血球。」

丹妮絲以紅黃小番茄做了一份簡便的沙拉，再用奶油和番紅花來調理藜麥，主菜是大比目魚排，周圍是繽紛如護旗隊的紫貽貝和烤青椒。快做完時，她才想到要看看冰箱裡那幾個鋁箔紙蓋住的容器，結果看到一份蔬菜沙拉、一份水果沙拉、一盤清理過的玉蜀黍。平底鍋裡盛著（不會吧？）香腸捲？

布萊恩獨自在露天陽臺上喝啤酒。

「冰箱裡有晚餐，」丹妮絲告訴他：「晚餐已經準備好了。」

「糟糕，」布萊恩說：「羅蘋一定是——我猜是我帶女兒去釣魚時做好的。」

「噢，一整頓晚餐已經做好了，我剛剛又再做了一頓。」丹妮絲笑說，其實心裡有一把怒火。「你們兩個平常不溝通嗎？」

「對，事實上，今天不是我們溝通最好的一天。羅蘋今天在忙她的菜園，本來想待在家裡，是我硬拉她過來的。」

「噢，該死。」

「這樣吧，」布萊恩說：「我們今天先吃妳的，她的可以留到明天吃。這種烏龍全是我的錯。」

「沒錯！」

她在另一座門廊上找到正在剪愛琳腳指甲的羅蘋。「我剛剛才發現，」她說：「我一直忙著準備晚餐，妳卻已經做好了。布萊恩沒有告訴我。」

羅蘋聳聳肩：「隨便囉！」

「我眞的很抱歉。」

「隨便囉，」羅蘋說：「兩個女兒看妳在煮菜，好高興。」

「對不起。」

「隨便囉！」

晚餐時，布萊恩催害羞的女兒回答丹妮絲的問話。每當她瞧見女孩們看著她，她們的視線會趕緊下沉，臉紅起來。希妮德似乎特別懂得撒嬌。羅蘋低頭吃得很急，宣稱菜做得「可口」。她擺出拒人於千里之外的態度，其中有幾成是衝著布萊恩，幾成衝著丹妮絲？不得而知。她送女兒上床不久後就寢。早上丹妮絲起床時，她已經去望彌撒了。

「問妳一下，」布萊恩邊倒咖啡邊說：「妳可不可以今晚載我和女兒回費城？羅蘋想提早回去種菜。」

丹妮絲猶豫著。她強烈感覺到，羅蘋想把她推進布萊恩的懷抱。

「妳不方便的話也不要緊，」他說：「她願意把車子留給我們，自己搭客運回去。」

搭客運？搭客運？

丹妮絲笑說：「好啊，沒關係，我載你們回去。」她模仿羅蘋，補上一句：「隨便囉！」

來到海邊，烈日蒸散了金屬色的沿岸晨靄，她和布萊恩看著愛琳逐浪，希妮德挖著淺坑。

「我來扮演吉米．霍法（註：Jimmy Hoffa，一九七五年人間蒸發的工會頭目），」希妮德說：「你們兩個是黑手黨。」

布萊恩和丹妮絲合力把希妮德埋進沙裡，抹平土堆的冷曲線，隔著沙拍一拍底下的活人。這座小沙丘地質活躍，小地震頻頻發生，在希妮德肚皮起起落落的地方出現網狀裂縫。

「我現在才搞清楚，」布萊恩說：「妳跟恩米爾．柏格結過婚。」

「你認識他？」

「不認識，不過我知道瓢食餐廳，以前常去吃。」

「是我們兩個，沒錯。」

「一間小廚房，哪擠得下兩顆超大的自尊心。」

「對。」

「妳想念他嗎？」

「離婚是我今生一大憾事。」

「這個答案沒有回答我的問題。」布萊恩說。

希妮德正從沙底緩緩摧毀沙棺，腳趾先鑽出來曬太陽，一邊膝蓋再暴衝出來，接著是粉紅色手指從濕沙裡發芽。愛琳撲倒在水沙混合區，站起來，再撲下去。

硬要我喜歡這兩個女孩並不是難事，丹妮絲心想。

那一夜回家之後，丹妮絲如常在每週日打電話給母親，聽她細數艾爾佛瑞觸犯的法條：心態不健全、生活型態不健康、違反醫囑、逆生物時鐘作息、背離日出而作的定律、無視老人不應該爬的常識、對於樂觀愛玩的依妮德一概不理。絮叨了十五分鐘，依妮德終於說：「妳呢？現在怎樣？」

歷經離婚的變局，丹妮絲決心減少對母親說謊的次數，因此她強迫自己供出令人羡慕的歐洲行，唯一避開不提的是，到法國時她將與有婦之夫同行。這件事尚未見天日，早已輻射出麻煩。

「唉，但願我能跟妳去！」依妮德說：「我好愛奧地利。」

丹妮絲果斷地邀請：「放妳自己一個月假，一起來呀？」

「丹妮絲，我哪能丟下妳爸不管。」

「他也可以一起來。」

「不問也知道，他已經放棄陸地上的旅遊；他的腳走不動了。所以妳自己去好好玩一趟吧，算是替我玩。跟我最愛的城市說哈囉！記得喔，一定要去拜訪辛蒂．麥斯納。她和克勞斯在基茨比爾有一棟山莊，在維也納有一間好高雅的大公寓。」

對依妮德而言，奧地利的代名詞是「藍色多瑙河」和「《眞善美》的電影配樂〈小白花〉」。客廳裡的音樂盒雕著繁複的花樣，阿爾卑斯山的鑲嵌細工精美無比，全來自維也納。依妮德喜歡說她母親的母親是「維也納人」，因爲在她的觀念中，「維也納人」是「奧地利人」的同義詞，而她所謂的奧地利是「奧匈帝國」，因爲依妮德的外婆誕生時，奧匈帝國的疆土北至布拉格，南至塞拉耶佛。丹妮絲小時候重度暗戀電影《楊朵》裡的芭芭拉．史翠珊，少女時期百讀辛格（註：I.B. Singer，美籍猶太作家、諾貝爾文學獎得主）和休勒姆．阿萊亨（註：Sholem Aleichem，生於前蘇聯之美國作家）不厭，曾經纏著依妮德一直問，直到母親承認她的外婆確實有可能是猶太人。小丹妮絲一聽，得意洋洋地說，猶太人是母系社會，一脈相傳之下，她和依妮德也是猶太人。依妮德聽了連忙改口說，不對，不對，她的外婆是天主教徒。

丹妮絲外婆烹調的菜色中，有些味道令丹妮絲產生專業上的興趣，例如鄉村肋排配新鮮德式酸菜、醋栗和歐越橘、丸子、鱒魚、香腸。烹飪上的難題是，若想忘情大嚼這些中歐佳餚，必須先考慮事後是否穿得進四號的衣服。鈦金卡族不想吃一大塊豪邁的糖醋燜肉、壘球般大的麵包丸子或鮮奶油堆成的阿爾卑斯山；但這群人或許肯吃德式酸菜。想討好牙籤腿的女客，最適合端出低脂肪、高口感、配合度強的酸菜，隨時能陪豬肉、鵝肉、雞肉、栗子上床，隨時能伴鯖生魚片、煙燻鮭魚裸泳……

丹妮絲斬斷和勵洋的關係，以布萊恩．卡拉漢的支薪員工身份，帶著一張無額度限制的美國運通卡飛向法蘭克福。在德國，她以一百六十公里的時速飆車，尾隨而來的車子閃爍著遠光燈。她在維也納尋找不存在的維也納，她吃到每一道的菜她都做得出來、甚至能做得更可口。有一晚，她點了維也納炸豬排，邊吃邊想，這是維也納炸豬排，嗯，對。她對奧地利的印象遠比奧地利本尊更鮮活。她去逛藝術史博物館，去聽維也納愛樂。她責備自己當不成一個及格的觀光客，她窮極無聊又寂寞透頂，最後只好打電話找改從夫姓慕勒—卡爾裘的辛蒂，接受晚餐邀約。

辛蒂的「新閣樓」寬敞如洞穴，俯瞰聖米歇爾大門。她的腰身變粗了，丹妮絲心想她沒必要把外表搞得這麼悽慘。她的五官全被粉底、腮紅、唇膏掩蓋。她的黑絲長褲臀部很寬，腳踝很緊。打招呼時，丹妮絲與她互碰臉頰，忍受催淚瓦斯香水的攻擊，赫然嗅到口臭。

辛蒂的夫婿克勞斯虎背窄腰，臀部緊巧迷人。客廳裡有巴洛克情人沙發和比德邁式（註：指十九世紀中葉在德國流行的一種簡樸而實用的家具式樣）椅，排列成扼殺社交氣氛的隊形。清純風格的布格羅油畫或仿製品掛在牆上。非常大的一盞美術水晶吊燈照耀著牆上的克勞斯的奧運銅牌，不僅裱框，還凸顯立體感。

「這裡的銅牌只是一個複製品，」克勞斯告訴丹妮絲：「真正的銅牌存放在保管箱裡。」

在一座隱約帶點德國新藝術風的餐具櫥上，有一碟圓麵包切片、口感近似罐頭鮪魚的煙燻碎魚肉、一片不算大的瑞士黃乾酪。

克勞斯從銀桶中取出一瓶酒，以美美的手勢倒出德國氣泡酒。「敬我們這位美食朝聖者，」他舉杯說：「歡迎光臨聖城維也納。」

德國氣泡酒的甜度高，氣泡多，味道明顯近似雪碧汽水。

「妳能來這裡眞好！」辛蒂大聲說。她猛彈指，一位女傭從側門匆匆走進來。「米嘉娜，親愛的，」辛蒂以近似兒語的口氣說：「記得我說過要用黑麥麵包，而不是白麵包嗎？」

「似的，夫人。」中年婦女米嘉娜說。

「現在才發現有點晚了，因爲我本來想讓白麵包慢一點上桌。不過呢，我還是希望妳現在就把這盤端回去，換黑麥麵包出來。然後派人出去再買一些白麵包，讓我們晚一點的時候享用！」辛蒂向丹妮絲解釋：「她的心地好善良，可是好笨好笨。妳是不是笨，米嘉娜？妳是不是傻呼呼的？」

「似的，夫人。」

「噢，妳是主廚，妳懂。」辛蒂在米嘉娜離開時對丹妮絲說：「妳碰到的情況搞不好更糟糕吧，一堆蠢材。」

「自大加愚蠢。」克勞斯說。

「叫他們做一件事，」辛蒂說：「他們偏偏做另一件，氣死人吶！氣死人吶！」

「我媽要我代她問候兩位。」丹妮絲說。

「妳媽好棒喔，總是對我好好。克勞斯，你知道我們家以前住的那間好小好小的房子吧？（好久以前的事了，那時候我好小好小。）丹妮絲的爸媽是我們以前的鄰居，我媽和她媽現在還是好朋友。我猜妳爸媽還住在那棟小小的老房子裡，對嗎？」

克勞斯粗魯一笑，轉向丹妮絲：「我嘴淘演聖猶達什麼，妳知道嗎？」

「不知道，」丹妮絲說：「你最討厭聖猶達哪一點？」

「我嘴淘演他們的虛僞民主。聖猶達人假裝大家都一樣，裝得很和氣。和氣、和氣、和氣。可是，人不可能都一樣。完全不可能。有人的地方就有階級的分別，有種族的差異，有很大很森的經濟落差，可是，沒有人敢誠實面對現狀。大家虛僞成一團！妳有沒有注意到？」

「你指的是，」丹妮絲說：「像我媽和辛蒂的媽媽之間的差別嗎？」

「不是，我不認識妳媽。」

「克勞斯，才怪咧！」辛蒂說：「你其實見過她。三年前的感恩節，在那場開門派對中，記得嗎？」

「噢，你看，大家都一樣，」克勞斯解釋：「大家都裝成同一個樣子，你怎麼分辨得出來嘛！」

米嘉娜端著落寞的盤子出來，換了麵包。

「來，嚐嚐這種魚，」辛蒂催著丹妮絲：「這氣泡酒是不是好好喝啊？口感眞的很不同耶！克勞斯和我以前常喝低甜度的，後來發現這種，我們好喜歡。」

「不甜的酒具有高品味的光環，」克勞斯說：「不過，那些嘴懂德國氣泡酒的人都知道，酒的甜度低就像國王光著屁股。」

丹妮絲翹起腿說：「我媽告訴過我，你是醫生。」

「對，運動醫學。」克勞斯說。

「最厲害的滑雪健將全來找克勞斯！」辛蒂說。

「這是我回饋社會的方式。」克勞斯說。

不顧辛蒂強留，丹妮絲在九點前告辭，翌晨逃離維也納，向東橫越多瑙河中游的白霧河谷。她不好意思白花布萊恩的錢，特別拉長工時，走遍布達佩斯的大街小巷，每餐必做筆記，走訪麵包店、小攤、從遺忘邊緣挽救回來的大餐廳。她東抵羅塞尼亞，這裡是祖父母的出生地，如今是喀爾巴阡山脈另一邊的烏克蘭小鎮。在她周遊過的路線中，看不出猶太村落的蹤影，除了一級城市外完全找不到猶太人，只見恆久而枯燥的白人社區，因此她認命了。這裡的餐飲，大抵而言做法粗糙。喀爾巴阡高地的採礦業將地表戳得遍體鱗傷，開採煤礦和瀝青鈾礦，看來比較適合當成萬人塚，撒撒石灰粉埋葬屍體。丹妮絲看見跟她相似的臉孔，但這些人個性封閉，提前老化，眼神中看不見半個英文字。在這裡，她沒有根，這裡不是她的故土。

她搭飛機回巴黎，在德伊萊斯酒店大廳和布萊恩會合。六月時他說會帶全家過來，現在卻隻身赴約。他穿著美式卡其長褲和皺巴巴的白襯衫，丹妮絲寂寞到差點飛撲進他的懷抱。

她納悶，什麼樣的白癡會放老公去巴黎跟我這種人會合？

兩人在奇異匙吃晚餐。這裡是米其林評定爲二星級的餐廳，丹妮絲嫌他們用心過度。她來法國，想吃的並不是生黃尾魚或木瓜蜜餞，但話說回來，她也吃膩了匈牙利的菜燉牛肉。

布萊恩絕對遵從她的判斷，讓她挑葡萄酒，由她點兩份主餐。飯後的咖啡時間她問布萊恩，羅蘋爲什麼不來巴黎。

「她的菜園要採收第一批美洲胡瓜了。」他說，語帶他不常流露的怨懟。

「對有些人來說，出遠門是很辛苦的事。」丹妮絲說。

「羅蘋以前不是這樣，」布萊恩說：「我們以前常去旅行，玩遍西方國家。現在我們眞正玩得起了，她卻不想出門，像是在抵制財富。」

「突然掉下來這麼多錢，想必一時難以接受吧！」

「喂，我只不過想花錢開開心，」布萊恩說：「又不是想改頭換面。但話說回來，我也不打算穿麻布袋做的衣服。」

「羅蘋想這樣嗎？」

「從我賣掉公司開始，她就沒有高興過。」

丹妮絲心想，買個煮蛋定時器吧，看看這樁姻緣能維持多久。

晚餐之後，他們沿著碼頭散步，丹妮絲等著布萊恩的手和她相擦而過。他屢次駐足，面帶希望，彷彿想確定她不反對他參觀這家店的櫥窗，不反對他轉進那條小巷。他尋求許可時不流露自卑，態度宛如一條快樂的狗。他闡述他對發電機餐廳的規畫，把餐廳視爲一場他幾乎篤定丹妮絲會喜歡的盛宴。回到旅館大廳，互道珍重時，布萊恩授受不親地退開來，深信他做的同樣是她期望的「好事」。

布萊恩這種親和的態度，她忍受了十天。旅程快結束時她照鏡子，再也受不了鏡中人的模樣。她自認面容憔悴，雙峰塌垂，頭髮像鬈毛球，衣著旅疲畢露。這個婚姻不美滿的丈夫竟然在抗拒她，她打心底震驚；即使他抗拒得有道理！他終究是一對可愛小女孩的父親！而她畢竟是他的僱員！她敬重布萊恩的抗拒，相信這是成年人應有的互動，但她不開心到了極點。

她按捺意志，拚命不要覺得自己該減肥，不要餓肚子。更不巧的是，她吃厭了午餐和晚餐，只想野餐，想吃棍子麵包、白桃、乾羊乳起司、咖啡；她已經看厭了布萊恩享受正餐。她痛恨羅蘋有一個信得過的丈夫，她痛恨羅蘋在五月岬對她無禮。她在腦子裡詛咒羅蘋，罵羅蘋是爛貨，揚言要上她老公。有幾夜晚餐過後，她動過念要打破她個人的怪規矩，主動勾引布萊恩（因爲他當然會遵從她的意思，獲得許可的他當然會跳上她的床，咧嘴呵呵喘氣，舔她的手），但最後還是被自己的頭髮和服裝打敗。她打算回家了。

回國前的倒數第二個晚上，晚餐前她去敲布萊恩的房門，布萊恩突然一把拉她進房熱吻。

他改變心意前毫無預警。丹妮絲去見腦子裡的神父時可以說：「沒有啊！我什麼也沒做！我只是去敲門，轉眼就看見他跪在我面前。」

布萊恩跪著，拉著她的手撫臉。她看著他，神態一如她多年前看著阿莫。她的皮膚乾澀、聲音粗啞、滿身疲憊，布萊恩的慾火能柔化這一切。她跟著他上床。

理所當然，凡事一把罩的布萊恩也是接吻高手。她喜歡他側著吻她的方式。她喃喃含糊地說：「我喜歡你的味道。」他雙手所到之處，無一不符合她的期望。進展到某個階段時，她極其女人地解開他襯衫的鈕釦，上下舔著他的乳頭，動作堅定，像貓在舔毛，手則熟練地纏繞著褲襠裡的硬物。她知道自己是美豔、積極的偷情蕩婦。她移除皮帶扣環，鬆解褲勾和鈕釦，輕曳鬆緊帶，直到一個東西在她體內膨脹——起先幾乎察覺不出來，突然間清晰可辨，接著，不僅清晰還壓迫到她的腹膜、眼球、動脈、腦膜，愈壓愈痛。這顆氣球大如人體，有著一張羅蘋的臉，氣球裡面裝滿著錯。

布萊恩的聲音出現在她耳畔，是關於保護措施的問題。他把她的不適誤認爲想移位，把她的扭動誤認爲邀請。爲了澄清，她翻身下床，蹲進房間的角落。她說她做不下去。

布萊恩在床邊坐起身來，沒有回應。她偷瞄一眼，證實布萊恩的尺寸符合她對擁有一切的男人的期望。她懷疑她大概不會很快忘記這根陰莖的樣子。在不湊巧的時候，在不相干的情境中，一閉眼就會看到。

她向布萊恩道歉。

「不必，妳是對的。」布萊恩說，遵從她的判斷。「我的心情很亂，我從來沒做過這種事。」

「嗯，我做過，」她說，以免被誤認她只是膽小。「不只一次，而我不想再錯下去了。」

「對，那當然，妳說的對。」

「假如你沒有結婚，假如我不是你的員工——」

「聽著，我在調整情緒了，我想到浴室去，我會調整好自己。」

「謝謝你。」

她想著：我是哪根筋有問題？

另一面卻想著：我這輩子總算做對了一件事。

她在亞爾薩斯獨自過四晚，然後從法蘭克福飛回美國。她出國期間，在布萊恩的團隊趕工之下，發電機餐廳施工進度飛快，令她看了嘖舌。廠中屋的格局已初具規模，水泥底層地板也已鋪設完畢。她能看見完工後的成果：重大產業日薄西山，點亮一顆代表現代的幻夢。雖然她對自己的廚藝有信心，餐廳之大仍令她緊張。她後悔當初沒有堅持把餐廳蓋在普通的地點，讓美食成為唯一焦點。她有一點被誘拐的感覺——彷彿布萊恩瞞著她，想跟她爭全世界的寵。彷彿他以親和的態度，想將這間餐廳變成他的，而非她的。

正如她那一夜的擔憂，視覺暫留的陰莖影像不斷擾動她心湖。她愈來愈慶幸，那一夜沒有讓它伸進來。她擁有的種種優勢布萊恩都有，而他還有更多其他的優勢。他是男人，是有錢人，是天生能掌握局勢的那種人；他不受藍博特家的怪脾氣與固執羈絆；他是餐飲業的業餘玩家，供他揮霍的鈔票多得是，想成功只需一個好點子，苦工由別人（亦即丹妮絲）代勞。多麼幸運啊！那一夜在旅館房間裡，她及時認出布萊恩是敵手。若非及時喊停，再過兩分鐘，她勢必化爲烏有，勢必變成他樂翻天生活裡的另一個花絮，以她的美貌來投射他的萬鈞魅力，以她的天資來增添餐廳的光彩。她何其幸運，何其幸運啊！

她相信，一旦發電機開張，媒體報導若重氣派輕美食，他勝她敗就成定局。因此她豁出去，全心投入。她用對流烤箱做鄉村肋排，烤出漂亮的褐色，順著紋理切細，以呈現美感。她減少酸菜汁的份量，把色調煮得深一點，以帶出堅果仁味、質樸原味、高麗菜味、豬肉味，在盤上飾以一對睪丸狀的嫩馬鈴薯、一小簇芽甘藍、一匙撒上烤蒜末的燉白豆。她發明一種寵愛感官的白香腸，還用直接向有機農夫購得的豬肉做成鮮美的豬排，佐以茴香醬、烤馬鈴薯、健康而帶苦勁的義大利苦菜 。這位有機農從一九六〇年堅持到今天，屠宰、送貨自己來。有一天，她請他吃午餐，去他位於蘭卡斯特郡的農場參觀，親眼鑑賞他的豬群，檢視牠們多元化的食物（水煮番薯、雞翅、橡實、栗子），再去參觀有隔音設備的屠宰場。她勸黝洋的老同事跳槽。她拿著布萊恩的美國運通卡，夥同老同事一起去評判本地的競爭對手（幸好多數並不出色），品嘗點心，看看哪一家的點心廚師値得挖角。她在深夜舉辦一場女人的五香碎肉慶典。她用幾個五加侖桶，在自家地下室醃製德式酸菜，以高麗菜汁浸泡紅色高麗菜和芥蘭絲，攙入杜松子和黑胡椒子。爲了加速發酵，她以一百瓦的燈泡照耀。

布萊恩仍然天天來電，但他不再開著富豪車載她去兜風，不再播放她喜歡的音樂。他發問時客客氣氣，她隱約察覺對方的興趣已經減退。她推薦老友羅布·利托擔任發電機經理，布萊恩請兩人午餐，卻只待半小時，推說他在紐約另外有約。

有天晚上，丹妮絲打去他家，接電話的人是羅蘋．帕薩法洛。羅蘋的措辭簡慢——「好」、「隨便囉」、「是」、「我會轉告他」、「好」——讓丹妮絲聽得惱火，因此丹妮絲刻意遲遲不掛電話。她問羅蘋，菜園怎麼樣。

「還好，」羅蘋說：「我會告訴布萊恩妳來過電話。」

「我可以找時間去參觀嗎？」

羅蘋以毫不掩飾的無禮回應：「爲什麼？」

「呃，」丹妮絲說：「因爲常聽布萊恩講起」（謊話一句，因爲布萊恩鮮少提及），「因爲是個有意思的計畫」（其實聽起來像烏托邦，異想天開），「而且啊，妳知道，我喜歡蔬菜。」

「嗯哼。」

「所以，找一個禮拜六下午，行嗎？」

「隨便囉。」

片刻之後，丹妮絲把話筒摔回電話座。讓她火大的事情有幾件，最讓她生氣的一件是她自己的語氣多虛假。「我本來可以上妳老公的！」她說：「我卻把持住自己！所以，妳對我友善一點不行嗎？」

假如她的心地善良一些，或許她能放羅蘋一馬。或許她之所以想讓羅蘋對她好一點，純粹是想剝奪羅蘋討厭她的這份快感——想贏得這場敬重之戰。也許她只是想應戰。但是，被喜歡的慾望確確實實存在。那一夜，她和布萊恩在旅館房間，她感覺羅蘋也在，那種感覺不停騷擾著她，不斷感覺羅蘋就要漲爆她的身體。

棒球季的最後一個星期六，她在家做了八小時的菜，把鱒魚眞空裝好，做出六份不同的酸菜沙拉，再在炒腰子的醬汁裡添一點她喜歡的烈酒。忙完一天後，她出門去散步，不知不覺向西走，跨過布洛德街，進入微風角貧民區。羅蘋的菜園就在這一帶。

這天的天氣不錯。費城的早秋送來陣陣海潮清香，氣溫漸漸退燒，整個夏季阻擋海風吹向陸地的潮濕氣團默默退位。丹妮絲走過一位穿著家居長袍、站在那裡監督兩位灰頭土臉的男人打開鏽蝕嚴重的Pinto斜背後車廂，卸下艾克密超商雜貨的老婦人。在這一帶，空心磚比窗簾更適合用來保護隱私。這一帶有幾間火舌肆虐過的「午餐×食店」和「匹×餐廳」，有幾間用床單充當窗簾的殘破屋。大片大片的柏油剛鋪好，都市更新的前景看似無量，其實更可能讓這一區永無翻身之日。

能不能碰到羅蘋，丹妮絲不在乎。幾乎更好的是她去菜園撲了個空，然後讓羅蘋從布萊恩口中得知她特地來過，等於是以不著痕跡的方式痛宰羅蘋一次。

她來到一個街區，四面以鐵絲網圍住，裡面有覆土堆成的小山和成堆的枯萎蔬菜。在街區最遠的一角，在僅存的一棟房子後面，有人正在鏟砂石。

房子的正門開著。一個大學年紀的黑人女生坐在辦公桌前。辦公室裡另有一張俗氣的花格子大沙發，一面附有輪子的黑板，寫著一行弱勢族群的名字（拉蒂夏、拉朵雅、泰瑞爾），後面幾行分別註明**累積時數、累積金額**。

「我找羅蘋。」丹妮絲說。

房子的後門沒關，女孩朝後門點頭。「她在後面。」

菜園的環境雜亂中顯出平和。除了瓜類和近親之外，栽種的種類似乎不多，但幾片藤蔓分佈得廣泛，覆土與泥巴的氣味混合著沿海的秋風，瀰漫著童年的回憶。

羅蘋把砂石鏟進一個臨時搭成的篩子。她的手臂纖細，身體的新陳代謝近似蜂鳥，鏟砂石的份量小，動作快，不爲少鏟幾次而多鏟一些。她紮著黑色頭巾，很髒的T恤上印著**優質育兒園：現在掏錢包，或將來付代價**。見到丹妮絲，她似乎不訝異也不欣喜。

「這座菜園好大。」丹妮絲說。

羅蘋聳聳肩，雙手握著鏟子，彷彿強調她覺得被打擾了。

「要不要我幫忙？」丹妮絲說。

「不用。這些本來是小朋友們的任務，但他們跑去河對岸看球賽了，我只是在善後。」

她猛拍篩子上的碎石，想把泥土趕過篩孔，較大塊的磚屑與石灰被卡住，另外還有防雨瀝青、臭椿樹枝、硬化的貓屎、標籤還在的百家得蘭姆酒和英林啤酒碎玻璃。

「妳種了什麼？」丹妮絲說。

羅蘋又聳肩。「總之不是能讓妳另眼相看的東西。」

「例如哪些？」

「例如美洲胡瓜和南瓜。」

「這兩種我都常煮。」

「嗯。」

「辦公室的女生是誰？」

「我付薪水請了兩位半天班的助理，她叫莎拉，在天普大學念三年級。」

「跑掉的小朋友是誰？」

「住這附近的小孩，年齡在十二歲和十六歲之間。」羅蘋摘下眼鏡，以污穢的袖子揉掉臉上的汗珠。

丹妮絲忘了——還是根本沒注意到——羅蘋的嘴形多俏麗。「他們領最低薪資，可以帶蔬菜回家煮，賣菜賺到的錢還可以均分。」

「妳有先扣除成本嗎？」

「扣掉成本再平分會降低他們的興致。」

「對。」

羅蘋把視線移開，望向馬路對面，看著生鏽鐵板屋簷的一排空屋。「布萊恩說妳的好勝心很強。」

「喔，有嗎？」

「他說他可不想跟妳比腕力。」

丹妮絲皺眉。

「他說他不想跟妳一起當廚師。」

「想也擠不進來。」丹妮絲說。

「他說他不想跟妳玩拼字遊戲。」

「嗯哼。」

「他說他不想跟妳玩小事大問答遊戲。」

好了好了，丹妮絲心想。

羅蘋急急喘氣：「就這樣。」

「是呀，就這樣。」

「告訴妳好了，我沒去巴黎是因爲，」羅蘋說：「我認爲愛琳的年紀太小，而希妮德在藝術夏令營玩得很開心，加上我的菜園有很多工作要做。」

「我能理解。」

「況且，你們兩個整天討論美食，布萊恩又說是公事，所以。」

丹妮絲把視線從沙土向上移，卻無法正視羅蘋的眼睛。「確實是公事。」

羅蘋抖著嘴唇說：「隨便囉！」

在貧民區上空，一艦隊紅銅色的雲，像瑞維廚具那種紅銅色的雲，撤退至西北方，天空的藍色背景正暗成和雲一致的色調，現在是夜與晝的光度達到均衡點的時刻。

「那個……我對男生不太有性趣。」丹妮絲說。

「妳說什麼？」

「我說，我已經不跟男人上床了，離婚以後就沒有了。」

羅蘋蹙著眉頭，彷彿聽不出道理。「布萊恩知道嗎？」

「我不清楚，我沒有告訴他。」

羅蘋反芻了片刻，然後開始笑。「嘻嘻嘻！」她笑出聲：「哈哈哈！」她扯開嗓門大笑，笑得令人尷尬，卻也讓丹妮絲覺得她笑得很可愛，笑聲從對面的空屋反彈回來。「可憐的布萊恩！」她說：「可憐的布萊恩！」

羅蘋瞬間多了一份親切。她放下鏟子，帶丹妮絲參觀菜園——「我的夢幻小王國。」她如此稱呼。

她發現丹妮絲看出興趣了，於是冒險展現熱情。這一片是剛種下去的蘆筍，這兩行是她希望能順利攀架而生的梨樹苗和蘋果樹苗，這裡是比較晚收成的向日葵、美洲南瓜和芥蘭。她這個夏季只種保證賺錢的蔬果，希望先讓一小群本地青少年種出樂趣，以補償他們不辭辛勞地準備土壤、埋水管、調整排水量、用水桶接裝從屋頂流下來的雨水，爲菜園打下基礎。

「這基本上這是我的私心，」羅蘋說：「我一直想要一個大菜園，現在總算可以把市區的貧民窟變成農田。可惜，眞正需要動手腳賣力、認識新鮮蔬果滋味的小孩，正是那些不肯來這種親手做的小孩。他們是鑰匙兒童，他們忙著嗑藥，忙著做愛，不然就是被關在教室裡打電腦，六點才放學。但他們在這個年紀，明明可以玩泥巴玩得很開心。」

「可惜，大概比不上做愛或嗑藥。」

「對九成的小孩來說或許是吧，」羅蘋說：「我只想讓剩下那一成孩子有事可做，有跟電腦無關的事情可做。我希望希妮德和愛琳多和不一樣的人相處，我希望她們學會工作。我希望她們知道，工作不是只能拿著滑鼠點來點去。」

「非常敬佩。」丹妮絲說。

羅蘋誤解了她的語氣，說：「隨便囉。」

丹妮絲坐在塑膠包裝的一捆泥炭土上，等著去洗澡換衣服的羅蘋。或許是因爲她從二十歲以後，在秋天週六晚上走出廚房的次數屈指可數，或許是因爲她多愁善感的一面受到平等主義理想的感動（克勞斯認爲，同樣的平等主義在聖猶達顯得虛僞），她想用來形容羅蘋．帕薩法洛的一個詞竟然是「中西部人」，而羅蘋從未在費城市區以外的地方定居過。在丹妮絲心中，「中西部人」代表充滿希望或熱心向上或具有合群精神。

她這才發現，自己最在乎的不是能不能贏得羅蘋的好感，她發現自己對羅蘋產生了好感。羅蘋走出來，鎖上屋門，丹妮絲問她有沒有空一起吃晚餐。

「布萊恩帶女兒去看費城人隊比賽，」羅蘋說：「一定會在體育場吃飽了才回家。所以，好，我們可以一起吃晚餐。」

「我廚房裡有東西，」丹妮絲說：「妳介意嗎？」

「都可以，隨便囉！」

一般說來，主廚請你吃晚餐，你會覺得幸運，會急著表現出你的開心。但羅蘋似乎決心不爲所動。

夜幕低垂，凱薩琳街有著棒球季進行到最後一個週末的氣息。往東走著，羅蘋把哥哥比利的事告訴丹妮絲。丹妮絲已從布萊恩那裡聽過這件事，但羅蘋的版本中有些部份她沒聽過。

「咦，等一下，」她說：「布萊恩把公司賣給W企業，然後比利去攻擊W企業的副總裁，妳認爲這兩件事有關係？」

「天啊，當然有關，」羅蘋說：「所以才可怕。」

「布萊恩沒有提到這部份。」

尖銳的聲音從羅蘋嘴裡冒出來：「太扯了！那才是整件事的重點。天啊！跳過那部份，太像他會做的事了。因爲他沒辦法面對那部份，會令我沉痛的那個部份。因爲那部份會影響他去巴黎的興致、影響他和哈維．凱托吃午餐，影響一籮框。我不敢相信他閉口不提。」

「問題出在哪裡，解釋一下好嗎？」

「瑞克．富蘭柏格終生殘廢了，」羅蘋說：「我哥要坐十到十五年牢，這間爛企業正在腐蝕費城的學校，我父親一直靠吃藥控制情緒，但布萊恩呢？他的態度像是，看看W企業對我們多好，我們搬去加州的門杜西諾吧！」

「可是，做錯事的人不是妳，」丹妮絲說：「那些事情跟妳一點關係也沒有。」

羅蘋轉過頭，正對著她。「人生的意義是什麼？」

「我不知道。」

「我也不知道。不過，我認爲人生不是一定要你輸我贏。」

兩人無言以繼，散著步。丹妮絲認爲贏是一定要的，但她留意到，布萊恩除了好運連連之外，還有幸娶到一位講究原則、有靈性的女人。

但她進一步注意到，羅蘋似乎並不完全認同布萊恩。

丹妮絲的客廳陳設簡單。三年前離婚後，恩米爾搬走了大部份傢具。在淚水無盡的週末，丹妮絲和他爭相發揮無私精神，盡可能把傢具讓給對方。但是，由於丹妮絲的罪惡感比恩米爾深，且已經確定要接收房子，在這兩種優勢下，她成功地將她喜愛或珍視的共同財產全部讓恩米爾帶走，連她不喜歡但用得著的許多東西也禮讓掉。

房子空盪盪的，貝琪覺得討厭。她嫌這個家冰冷，覺得這房子充滿自我嫌惡，覺得像修道院。

「極簡風格，不錯嘛！」羅蘋說。

丹妮絲請她在桌前坐下。這張桌子是半張乒乓球桌，權充她家的廚房桌。她打開一瓶五十元的葡萄酒，招待客人吃飯。丹妮絲鮮少爲體重煩惱，但她若效法羅蘋的吃法，保證一個月後胖成飛船。她瞠目望著羅蘋的雙肘頻頻飛舞，張嘴呑掉兩顆腰子、一條自製香腸、嘗遍每一種酸菜沙拉，在第三片健康的藝術黑麥麵包上塗抹奶油。

她自己呑下的一頭小鹿在胸中亂撞，幾乎吃不下東西。

「聖猶達是我最喜歡的聖人之一，」羅蘋說：「我最近常上教堂，布萊恩有告訴過妳嗎？」

「有。」

「我相信他提過，我相信他講得非常體諒，非常有耐心！」羅蘋的嗓門很大，臉被葡萄酒涮紅，丹妮絲覺得胸口發悶。「言歸正傳，信天主教的好處之一，就是有一堆聖人，像聖猶達。」

「絕境的守護神？」

「對。世間若無絕境，要教堂做什麼？」

「我對球隊也有同感，」丹妮絲說：「一直獲勝的隊伍不需要加油。」

羅蘋點點頭。「妳懂我的意思。不過，假如妳和布萊恩一起生活幾天，妳會開始覺得經常失敗的人好像有問題。我的意思不是他會批評妳，相反地，他天天都會表現得非常體諒、非常有耐心、有愛心。布萊恩很棒！布萊恩沒有任何不對！只是，他寧願替贏家加油，而我不太像那種贏家，我甚至不太想贏。」

丹妮絲不曾這樣批評過恩米爾，即使現在也不會。

「可是，妳就是那種贏家，」羅蘋說：「所以老實說，我當初才有點把妳看成是哪天會取代我的人。」

「才不會。」

羅蘋發出既羞赧又得意的聲音：「嘻嘻嘻！」

「我想替布萊恩講一句話公道話，」丹妮絲說：「我不認爲他希望妳成爲布魯克．艾斯特那種公益名媛，我認爲他能安於當個中產階級。」

「中產階級我能接受，」羅蘋說：「我要的房子就像這一棟，我喜歡妳把乒乓球桌切出一半來當餐桌。」

「二十元賣給妳。」

「布萊恩是個好男人，是我當初想共度一生的人，是我兩個孩子的爸爸。問題出在我身上，跟不上現狀的人是我，去上堅信禮班的人是我。對了，可以借件夾克給我嗎？我冷死了。」

十月風從縫隙鑽進來，燭火微弱的蠟燭滴著蠟淚。丹妮絲取出她最愛的一件牛仔布夾克。這件夾克是Levi's已停產的系列，有羊毛內襯。羅蘋的纖細手臂穿進夾克後，丹妮絲發現衣服顯得好大，海納了她的薄肩，宛如球員的女友穿上繡著姓名縮寫的球員夾克。

隔天，丹妮絲穿上同一件夾克，發現夾克變得比印象中更軟更輕。她豎起領子，以夾克擁抱自己。

那年秋天，無論怎麼賣命工作，她的空閒時間仍比前幾年多出不少，作息也比較有彈性。她不時從廚房帶些餐點去菜園。有一次，她去布萊恩和羅蘋位於巴拿馬街的家，發現布萊恩不在，於是留下來過夜。幾天後的一個晚上，布萊恩回到家發現她和兩個女兒在烘焙瑪德琳貝殼蛋糕，他的反應猶如早已看慣她現身他家廚房。

最晚加入這個四口之家，卻有辦法集眾人寵愛於一身，是她從小習慣的生活模式。在布萊恩家中，她的下一個征服對象是希妮德——讀書認眞，卻少了一點流行味的小孩。丹妮絲常在星期六帶她去逛街，買美美的人造首飾送她，也送她一個托斯卡尼古董珠寶盒、一九七〇年代中期的迪斯可專輯和最早的迪斯可專輯、以及許多舊圖畫書。這些書的主題有戲劇服裝、南極、賈桂琳·甘迺迪、造船。她幫希妮德挑選較大、較亮、較不重要的禮物給愛琳。有其父必有其女，希妮德的品味一流。她喜歡穿黑色牛仔褲、燈芯絨迷你裙、連身裝，喜歡佩戴銀手環和比她的超長頭髮更長的塑膠珠串項鍊。逛完街，回到丹妮絲的廚房，她會幫忙削馬鈴薯皮，削得十全十美，也幫忙擀一些簡單的麵團，以便廚師構思孩子會喜歡的小點：切成V形的西洋梨、幾條自製的摩特泰拉香腸、以家家酒的小碗裝著接骨木果湯，裡面有一小勺接骨木果冰砂。另外有淋上X字形薄荷味橄欖油的羊肉義式水餃，以及幾塊義式炸玉米餅。

少數場合，例如婚禮，羅蘋和布萊恩仍會一同出席，這時他們會請丹妮絲來巴拿馬街的家裡照顧小孩。丹妮絲教她們做菠菜義大利麵，教她們跳探戈舞。她聽愛琳照順序背誦美國歷任總統，陪希妮德翻箱倒櫃找戲劇服。

「丹妮絲和我扮種族學者，」希妮德說：「妳呢，愛琳，妳可以扮苗族人。」

丹妮絲看著希妮德教妹妹模仿苗人舉止；看著希妮德用她懶散、略帶無聊的極簡派藝術風跳迪斯可舞后唐娜·桑瑪的舞，腳跟幾乎不離地板，扭肩點到為止，只是讓頭髮在背後溜來滑去（愛琳則在一旁發羊癲瘋）。丹妮絲愛的不僅是希妮德，也愛上她雙親對她的教養，不知道這對父母對她施展了什麼育兒魔法。

羅蘋倒沒有這麼感動。「她們當然愛妳囉，」她說：「因為急著梳掉希妮德打結頭髮的人不是妳，妳不會為了『整理床鋪』的定義跟她辯二十分鐘，妳從沒看過希妮德的數學考試成績。」

「成績不好嗎？」受到打擊的保母說。

「爛透了。說不定我們可以威脅她，再考不好就不准她跟妳見面。」

「不行，不要這樣。」

「也許妳會願意陪她做做長除法？」

「我什麼都願意。」

十一月的一個星期天，一家五口在費爾芒公園散步，布萊恩對丹妮絲說：「羅蘋對妳的態度好和善，我本來不確定她會。」

「我很喜歡羅蘋。」丹妮絲說。

「她一開始好像怕被妳比下去。」

「不是沒有原因呀，對不對？」

「我什麼也沒告訴她。」

「呃嗯，多謝你。」

丹妮絲不是不知道，某些特質可能導致布萊恩出軌，例如他的權利意識、他獵犬似的信念：我做的全是大家都要的好事。但這些特質也同樣給了布萊恩被背叛的空間。丹妮絲能感覺到，自己在布萊恩的意識裡成了羅蘋的延伸；而羅蘋在布萊恩心目中永遠是最棒的，因此她或丹妮絲都不需要再顧慮或擔心他的觀感。

布萊恩似乎同樣放心，把餐廳的經營完全託付給丹妮絲的朋友吉托。該掌握的狀況，布萊恩依然會掌握，但天氣轉冷之後，他大多時候不見人影。丹妮絲有一陣子懷疑，他該不會又愛上哪個女人了吧，但布萊恩的新歡竟是獨立製片人傑瑞．舒瓦茲。舒瓦茲挑選電影配樂很有一套，也擅長幫賠錢的藝術片反覆尋求金援。（《娛樂週刊》對舒瓦茲沉悶殺人魔電影《慕迪之果》的評語是：「閉著雙眼，最能欣賞到本片的精髓。」）布萊恩熱愛舒瓦茲的電影音樂。他捧著關鍵性的五萬美金，像天使一樣飛下來，及時在新片開拍時送達。舒瓦茲的新作是現代版的《罪與罰》，由喬凡尼．雷比西飾演拉斯科尼科夫，描寫一個住在北費城邊緣社會、崇尚無政府主義的愛樂狂青年。丹妮絲和吉托在發電機討論硬體與燈光的設計時，布萊恩則去耐斯城的拍片現場和舒瓦茲與雷比西等人在一起。他裝CD的拉鏈包和舒瓦茲是同一款，兩人經常交換CD。他常去紐約的茴香法式餐廳，和舒瓦茲、樂評人格雷爾．馬庫斯或史蒂芬．馬克摩斯（註：Stephen Malkmus，Pavement樂團的主唱）應酬吃晚餐。

不知不覺中，丹妮絲心生一個錯誤印象，以爲布萊恩和羅蘋已無性生活。因此，跨年夜她和四對男女、一大群鬧翻天的小孩聚集在布萊恩家，在午夜過後撞見布萊恩和羅蘋在廚房交頸親熱時，她趕緊從一堆外套的最底下抽出自己的衣服，衝出他們家。大受打擊的她持續了一個多星期不打電話給羅蘋，避見兩個女孩。她對一個異性戀女人有感覺，而她的丈夫是她自己也願意下嫁的那一型，這無異絕境。聖猶達給的東西，終究會被聖猶達追討回去。

羅蘋以一通電話結束丹妮絲的冷戰，她尖著嗓子發飆：「舒瓦茲在拍什麼樣的電影，妳知不知道？」

「呃，不就是以德國城爲背景的杜思妥也夫斯基嗎？」

「妳知道。那我為什麼不知道？因爲他瞞著我，因爲他知道我會怎麼想！」

「只不過是雷比西把鬍鬚留長，扮演拉斯科尼科夫而已吧！」丹妮絲說。

「我的老公，」羅蘋說：「從W企業給他的錢裡面抽出五萬元，籌拍一部描寫信奉無政府主義的北費城青年的電影，主角砍破兩個女人的頭，入獄服刑！能和雷比西、舒瓦茲攪和，跟伊恩某某某、史蒂芬×××走得很近，他覺得好酷唷！但我的北費城無政府主義哥哥，一個實際去敲破別人腦袋的人──」

「喔，我懂了，」丹妮絲說：「他這做法確實有點沒神經。」

「才不是，」羅蘋說：「我認爲他潛意識裡恨著我，只是他自己不清楚而已。」

從那天起，丹妮絲偷偷策動著婚外情。她發現，布萊恩在小事情上犯了沒神經的毛病時，她只要替他講幾句話，便會刺激羅蘋、促使羅蘋做出更嚴重的指控，然後丹妮絲可以勉強附和幾句收場。她聽著，聽著，她用心聆聽羅蘋的心聲，比任何人更用心。布萊恩不關心的事，丹妮絲一一問起，關於比利，關於她父親，關於教會，關於菜園計畫；關於種菜種了上癮，明年夏天想再來的那六、七個青少年；關於她的小助理在學業、情場上的煩惱。丹妮絲去菜園參加「種籽型錄夜」活動，記住羅蘋最疼的幾個小孩的姓名和長相。她教希妮德做長除法。她把話題輕輕轉向電影明星、熱門音樂、流行時裝，這些全是羅蘋婚姻的痛腳。在不瞭解的人聽來，丹妮絲似乎只是爲了拉攏彼此的友誼；但她見過羅蘋吃東西的樣子，她懂這女人的飢渴。

發電機餐廳即將開張，排水管卻出了毛病，只好延後開幕。布萊恩趁機陪舒瓦茲去參加卡拉馬祖影展，丹妮絲則連續五晚跟羅蘋及女兒作伴。最後一晚，她在錄影帶出租店傷透腦筋，最後選租《盲女驚魂記》（噁心的男主角威脅著懂得臨機應變的奧黛麗．赫本，而她身體的顏色組合碰巧近似丹妮絲．藍博特），以及《散彈露露》（有怪癖的大美女梅蘭妮．葛瑞菲斯把傑夫．丹尼爾斯從斷氣的婚姻裡解放出來）。當丹妮絲來到巴拿馬街後，兩支錄影帶光片名就讓羅蘋臉紅。（註：《盲女驚魂記》的英文片名是

《*Wait Until Dark*》，《散彈露露》爲《*Something Wild*》）

看完其中一部後，已過午夜，她們坐在客廳沙發上喝著威士忌。原本就尖嗓的羅蘋以尖得不尋常的語氣說，她想請教一個不太禮貌的私人問題。「妳和恩米爾在一起的時候，」她說：「多久一次？呃，一個禮拜，呃，親熱幾次？」

「怎麼樣才算正常，妳問錯人了，」丹妮絲回答：「我通常只會在後照鏡裡看到正常。」

「我知道，我知道。」羅蘋緊盯著電視機的藍螢幕。「不過，在妳的觀念裡，多久一次算正常？」

「我猜嘛，在結婚的那幾年，我的感覺是，」丹妮絲邊說邊叫自己把數字說大一點，說大一點，「也許一個禮拜三次算正常。」

羅蘋大聲嘆氣，左膝向丹妮絲的右膝斜靠了三、五平方公分。丹妮絲問：「妳覺得呢？」

「我想，對有些人來說，每天一次比較好。」

羅蘋的聲音聽起來像上下臼齒咬著冰塊。「我喜歡那樣，那聽起來很不錯。」

一陣痲癢、灼熱的感覺，從丹妮絲膝蓋上的肌膚迸發出來。

「聽妳的口氣，現狀不是這樣。」

「大概是**一個月**兩次，」羅蘋咬牙說：「**一個月**兩次。」

「妳懷疑布萊恩在外面有女人？」

「他在外面做什麼我不知道，總之跟我無關，我只覺得自己像個怪人。」

「妳才不是怪人，正好相反。」

「那，妳租的另部片是什麼？」

「《散彈露露》。」

「好，隨便囉，開始看吧！」

接下來兩小時，丹妮絲大部份的注意力都放在自己的一隻手上。這隻手平靠著沙發的軟墊上，在羅蘋一伸手就摸得到的範圍內。手放在那裡並不舒服，手想被召回，但她不想捨棄得來不易的疆土。

電影結束時，她們改看電視，然後沉默了久得不能再久的一段時間，不是五分鐘，就是一年。暖暖的五指誘餌就在眼前，羅蘋依然不肯上鉤。丹妮絲這時巴不得自己有跋扈的男性氣魄。在巴黎時，她等了九天、十天，渴望著被布萊恩攫去，那段時間和現在比較起來，簡直像心跳一次的瞬間。

到了凌晨四點，丹妮絲等得不耐煩，累得受不了，起身告辭。羅蘋穿好鞋子，披上紫色尼龍大衣，陪她走向她的車。來到車旁，羅蘋終於用雙手握住丹妮絲的一隻手，以她乾燥的熟女拇指，搓揉丹妮絲的掌心。她說，她很高興丹妮絲是她的朋友。

堅持到底啊，丹妮絲開心起來。先像姊妹那樣。

「我也很高興。」她說。

羅蘋又「嘻嘻嘻」起來。丹妮絲漸漸認出，這種母雞下蛋似的咯咯聲，純粹是蒸餾出來的羞赧。她看著丹妮絲的手，緊張地揉。「如果我才是那個負心人，不是布萊恩，會不會很諷刺？」

「天啊！」丹妮絲不由自主地說。

「別擔心。」羅蘋握拳包住丹妮絲的食指，緊緊捏著，抽動著。「我只是開玩笑。」

丹妮絲盯著她。妳聽見自己在說什麼嗎？妳知道妳在對我的手指做什麼嗎？

羅蘋把那隻手舉到自己嘴前，隔著嘴唇輕輕齧咬著，然後放下，碎步匆匆離開，換著腳跳躍著。

「改天見囉！」

隔天，布萊恩從密西根州返家，轟趴告一段落。

復活節連續假期，丹妮絲飛去聖猶達，依妮德活像一臺只有一個音符敲得響的玩具鋼琴，每天都在講她的老友諾瑪．葛林，講諾瑪錯愛已婚男人的悲劇。丹妮絲用她對父親的觀察心得來轉移話題，她認爲母親在信裡和週日電話裡把他形容得太被動、太遲鈍。

「因爲妳來了，他才振作一點的，」依妮德反駁：「只剩我們兩個在家時，他才不是這個樣。」

「只剩你們兩個的時候，也許妳管他管得太緊了。」

「丹妮絲，假如換成妳，妳跟一個整天睡在椅子上的男人住在一起——」

「媽，妳愈囉唆，他愈抗拒。」

「妳不明白，因爲妳只回家住幾天，我知道我在說什麼，但不知道能怎麼辦。」

假如換成我，跟一個把我批評得一無是處的人住在一起，丹妮絲心想，我也會睡在椅子上。

回到費城，發電機的廚房終於完工。丹妮絲的生活恢復忙亂，接近正常狀態。她忙著召集、訓練部屬，邀約點心廚師候選人來參加決選，解決無數送貨、排班、製作、定價的問題。從建築的角度來看，餐廳美得令人摒息，正是她當初最擔心的事。然而，這一行做到現在，她終於有機會設計一整套菜單，精選出二十道人間美饌。這些菜是巴黎、波隆納、維也納的三方對話，是歐陸的多元交流，重口味而輕花稍，發揮她的招牌本事。能再次見到布萊恩本人，而非透過羅蘋的眼睛來想像他，丹妮絲想起自己有多麼喜歡他。就某種層面而言，她從征戰的夢中醒過來了。她點燃高菱牌瓦斯爐，操演烹調步驟，霍霍磨起刀，心想：無所事事的大腦是惡魔的工作室。只要她肯照上帝的旨意那麼努力工作，就不會有閒工夫去追別人的老婆。

她進入全面迴避狀態，從清早六點工作到半夜。和羅蘋相處時，羅蘋的肉體、溫度、飢渴頻頻對她施法，不見面的日子愈長，她愈能承認自己不是那麼喜歡羅蘋的緊張、難看的髮型和更難看的衣服、像生鏽鉸鏈的嗓音、勉強的笑聲以及外表整體的不酷。布萊恩善意冷落妻子，常以「是啊，羅蘋好棒」一句來搪塞他對妻子的看法，現在丹妮絲回想起來多了幾分道理。羅蘋的確很棒；但娶到她的人，在她的白熱能量照耀下，可能需要偶爾放自己幾天假，隻身去紐約、巴黎、日舞廣場……

可惜，傷害已然造成。丹妮絲的撩撥力顯然相當強，羅蘋主動找她，緊追不捨，態度裡夾雜害羞與歉意，更加令人厭煩。她來到發電機，她帶丹妮絲出去吃午餐，她在半夜打電話給丹妮絲，聊一些丹妮絲始終假裝有興趣卻其實只略能接受的話題。一個星期天下午，她突然出現在丹妮絲家，在乒乓球桌前喝茶，紅著臉，嘻嘻不停。

茶水變冷時，丹妮絲心想：可惡，她真的喜歡上我了。她把這事當作人身威脅，思忖著累人的客觀條件：她想要每天做愛。她還想到：我的天啊，她的吃相。以及：我不是「蕾絲邊」。

在此同時，另一面的她簡直被慾望淹沒。她從未以如此客觀的角度來觀察性愛這種病、這種集合了一堆身體症狀的病，因爲在羅蘋害她生病之前，她從未病得如此嚴重過。

在對話的空檔，在乒乓球桌角落的正下方，羅蘋用她穿著表面凸凹、白底、紫橙雙色花樣球鞋的腳，夾住穿著高級鞋的丹妮絲的一隻腳。沒多久，她彎身向前抓住丹妮絲的一隻手，臉紅得像生命危急。

「所以，」她說：「我一直在想。」

發電機在五月二十三日開幕，離布萊恩對丹妮絲支付高薪的起始日正滿一年。爲了讓布萊恩和舒瓦茲參加坎城影展，開張日最後再延一星期。布萊恩離家期間，丹妮絲夜夜以前往他巴拿馬街家裡跟他妻子上床，來回報他的慷慨與對她的信心。她的腦袋可能像第九街那家「減價」肉店賣的那顆可疑的小牛頭，但她絕沒有累到原先以爲的程度。一個吻、一隻手放上膝就能喚醒她的身體。婚姻中她推拒掉的求歡這時全飄回來，像幽靈一樣纏繞著她，讓她活力四射，停不下來。她的臉貼上羅蘋的背，閉上眼，枕在羅蘋的肩胛骨間，雙手托住羅蘋的乳房；她的乳房圓而小，異樣地輕盈，丹妮絲覺得自己像隻掌中有著肉墊的小貓咪。她小睡了兩三小時，然後把自己趕出被單，打開羅蘋預防女兒突襲而鎖上的門，悄悄下樓，開門走進濕氣濃重的費城清晨，狂抖不止。

布萊恩在地方性平面報刊雜誌強打充滿神祕感的廣告，也透過人脈放風聲，但開張當天只賣出二十六頓午餐和四十五頓晚餐，累不了丹妮絲的廚房。這間玻璃餐廳散發著契倫可夫輻射光的藍色光輝，共有一百四十個座位，她準備每晚供應三百人次餐點。一個週六傍晚，布萊恩帶妻女過來用餐，參觀廚房。丹妮絲和兩個女孩相處融洽，舉止有模有樣，而羅蘋以黑色小洋裝搭配紅色唇膏，光鮮亮麗，扮演布萊恩的嬌妻也有模有樣。

丹妮絲盡量依照她認爲好的標準，端出好的料理。她告訴自己，布萊恩在巴黎對她跪地求愛那一次，她只是依布萊恩的規則行事，沒有做錯什麼。她也告訴自己，她已經按兵不動了，是羅蘋主動示愛。然而，道德責任歸屬無法解釋爲什麼她的自責嚴重缺席。她與布萊恩談話的時候心不在焉，腦筋轉不過來，到最後一秒才聽出他的意思，彷彿他講的是法文。她的神思像染上毒癮的人那樣飄忽，當然有原因——她經常一晚只睡四小時，而且沒多久廚房就開始全速應戰——爲了拍片而分心的布萊恩，正如她預料地好蒙騙。但說「蒙騙」遠不如「疏離」來得精準。小時候在聖猶達，她學會把內心的慾望藏進腦子裡一間上鎖的隔音室，如今這段婚外情宛如夢境，在那間隔音室裡開展。

六月底，美食評論家紛紛來發電機嘗鮮，開開心心離開。《費城詢問報》引用婚姻的譬喻：「徹底獨特」的場地迎娶「完美主義者」丹妮絲．藍博特，迎娶她「精心烹調、眞正美味的餐點」……這種口腹經驗「難能可貴」，「一舉」將費城捧上「當代潮城地圖」。布萊恩樂不可支，丹妮絲卻不然，她認爲這段文字讓餐廳看起來像個蹩腳差勁、平庸無奇的地方。她數一數，描寫建築與裝潢的文字總共四段，三段言之無物，兩段講服務品質，一段寫酒，兩段談點心，而只有七段在描述她的餐點。

「甚至沒有提到我的德式酸菜。」她說，氣得只差沒有落淚。

訂位熱線日夜響個不停，她非工作再工作不可。但羅蘋總在上午十點或下午三點左右來電佔用執行主廚專線，繃著嗓門，音調嬌羞，說話的節奏帶有尷尬的切分音：「所以——我剛剛在想——妳覺得怎樣——可以見我一下下嗎？」丹妮絲不但不拒絕，還連連接受。她不斷把事關機要的盤點存貨、容易出錯的各式預烤這類應該由她自己來做的工作交派給部屬，非打給供應商不可的電話也一拖再拖，爲的是溜班去見羅蘋。她們約在最靠近餐廳的斯庫基爾河濱公園相見，有時只是坐在長椅上偷偷握著小手。雖然非關公事的話題讓上班時間的丹妮絲極為不耐，她們卻討論著羅蘋的內疚、缺乏內疚的疏離、做這種事的影響、怎麼會演進到這種田地。然而沒多久，言語漸漸退場。主廚專線傳來的羅蘋語音，演變成舌頭的象徵。她才說一兩個字，丹妮絲就聽不下去了。羅蘋的唇舌持續依照當天的緊急需求發出指令，但在丹妮絲的耳裡，羅蘋說的話變成能盤繞她周身一遍又一遍的另一種語言，她的身體一點就通，不受意識控制地自主遵行。有時候，丹妮絲一聽到電話裡的聲音身體立刻融化，嚴重到腹部塌陷、直不起腰，接下來的一個多小時，她整個世界只有她的舌，庫存消失了，奶油雉雞消失了，沒領到錢的供應商消失了；她離開發電機時耽溺在反應遲鈍的催眠狀態，外界的雜音音量低近於零，所幸馬路上的其他駕駛都會遵守基本交通規則。她的車像舌頭，在半融化的柏油路面滑行；雙腳像孿生舌頭，舔著人行道；布萊恩家的大門像一張嘴，將她吞噬；主臥房外的波斯小地毯像舌頭，召喚著她；覆著棉被和枕頭的床像條柔軟的大舌，懇求她壓上去，然後……

對丹妮絲而言，這樣的感官世界可說是全新領域。丹妮絲從未如此渴望過任何事物，尤其是性愛。結婚期間，連性高潮都讓她覺得像廚房裡偶爾逃不掉的苦差事。她在廚房奮戰十四個小時後，回到家經常衣服不換就睡著，深夜裡最不想做的就是照著一份複雜的食譜，準備一道愈來愈耗時的菜，即使做好了，她也累得沒胃口。前置至少十五分鐘，即使完成了前置，煮起來也很少能一氣呵成。不是平底鍋熱過了頭，就是爐火太旺或太弱，再不就是洋蔥硬是無法立刻燒成焦糖色，黏住鍋底，不得不把鍋子擺到一旁冷卻，不得不在硬著頭皮跟氣炸了的副主廚溝通後重新來過，結果肉一定燒得太硬太難咬，醬汁在重複地稀釋和調和之後失去豐富性，而且媽的，時間好晚了，眼睛像火燒一樣痛，而且，好，就算用足了時間和心力，總算能恪盡職守把這道難搞的菜盛上盤子，但味道卻連拿去餵基層員工也丟臉；還不如匆匆了事（「好了，」你心想：「我高潮了」），然後在痠痛之中睡著。費這麼多工夫，太不值得了。但她每一兩星期努力一次，因爲她有沒有高潮對恩米爾很重要，而她覺得內疚。她取悅起恩米爾來身手靈巧，毫無失敗記錄（而且幾次之後，做起來還不用大腦），簡單如處理清湯的雜質。她發揮床技時多麼驕傲、多麼滿意！然而，恩米爾似乎相信，若她在床上沒有幾陣顫抖、少了有意無意的嬌喘，婚姻勢必觸礁。雖然後來發生的事證明他的見解百分百正確，但她在遇到貝琪之前的那幾年仍克制不住強烈愧疚，在高潮這件事上承受莫大壓力，心懷莫大怨懟。

羅蘋則是速食簡餐，用不著食譜，用不著前置作業。想吃桃子，就拿起來吃，咬一口，口腹之慾立即滿足。丹妮絲和貝琪在一起時，有過類似的輕鬆經驗，但到了三十二歲的現在，她才眞正體會到心領神會之後的麻煩。八月間，希妮德和愛琳去參加夏令營，布萊恩去倫敦。費城當紅新餐廳的執行主廚醒來時發現自己竟躺在地毯上，剛穿上衣服隨即又被褪盡，快逃到玄關時，又被壓在大門上，進入高潮；她的膝蓋軟成果凍，眼睛瞇得睜不開，得逼自己才能回到原本承諾只離開四十五分鐘的廚房。這情況不妙，餐廳慘了，作業線遲滯，上菜延誤。有兩次，她不得不刪除菜單上的菜色，因爲少了她坐鎭的廚房來不及完成前置作業。即使如此，她照樣在晚餐第二波尖峰期間失聯。她開著車穿越快克安全港，通過毒蟲街，途經短巷，來到菜園。羅蘋準備了一張毛毯。菜園現在大部份鋪著覆土，撒了石灰，種了蔬菜。番茄在包圍著雨溝網罩的舊輪胎裡順藤攀生著。飛機降落時的搜索燈與翼燈、煙霧遮蔽的星光、退伍軍人體育館鐘錶玻璃透出的鐳光、提尼肯郡上空的熱閃電，以及上升時被骯髒的肯頓市傳染了肝炎的月光，這些受損的城光一一映照在菜園裡的少年茄、青年椒、小黃瓜與甜玉米，以及青春哈密瓜上。丹妮絲裸體躺在市中心，翻身離開毛毯，壓著夜涼的泥土，壓著剛翻過的砂壤土，以臉頰貼地，把沾滿羅蘋的手指插進土裡。

「住手、住手、住手，」羅蘋尖叫：「那裡剛剛種萵苣。」

布萊恩回家後，她們開始冒不經大腦的險。羅蘋騙愛琳丹妮絲身體不舒服，需要進臥室躺一下。她們在布萊恩家的餐具間激情演出，布萊恩則近在六公尺內朗讀懷特故事。終於，在勞動節的前一個星期早上，她們在菜園園長辦公室幽會，兩人的體重壓垮了羅蘋的古董辦公椅椅背，她們哈哈大笑時聽見布萊恩的聲音。

羅蘋跳起來，一口氣用流暢的動作打開鎖跟門，以掩飾上鎖的事。布萊恩捧著一籃有斑點的綠色長形植物。他看見丹妮絲，一臉驚訝——但也和往常一樣開心。「這裡出了什麼事？」

丹妮絲跪在羅蘋的辦公桌旁，襯衫下襬露出來。「羅蘋的椅子壞了，」她說：「我想修修看。」

「我請丹妮絲看看她能不能修好！」羅蘋尖嗓說。

「妳來這裡做什麼？」布萊恩問丹妮絲，非常好奇。

「我和你想的是同一件事，」她說：「美洲胡瓜。」

「莎拉說這裡沒人。」

羅蘋慢慢溜開。「我去訓她，她應該知道我什麼時候進辦公室。」

「椅子是怎麼被羅蘋坐壞的？」布萊恩問丹妮絲。

「我不曉得。」她說。她做錯事被逮個正著的時候，會像壞小孩一樣有想哭的衝動。

布萊恩拿起折斷的椅背。丹妮絲從未覺得他哪一點特別像她父親，但他接下來這句話帶有知識份子的同情，神似艾爾佛瑞對故障物體發表的感言，令丹妮絲一驚。布萊恩說：「這椅子是高級橡木做的，怎麼會突然斷掉？奇怪。」

她站起來，進走廊，邊走邊把下襬塞進褲子裡。她一直走到戶外，上車，駛上班布里吉街，來到河邊，把車子開向一道鍍鋅護欄，以放開離合器的方式熄火，讓車子撞上護欄反彈回來，停擺。這時，她總算情緒崩潰，爲壞掉的椅子哭泣。

回到發電機，她的思路比較清楚了，她看見每個環節都雜草叢生。許多電話留言待回：一通來自

《紐約時報》美食版記者、一通來自《美食家》雜誌的編輯、一通來自又一位想挖角的餐飲業者。在落地大冰庫裡，有些鵝胸肉和小牛排被擠在最裡面，久久沒機會見廚房，全壞掉了，損失一千元。員工廁所裡出現一支針筒，大家都知道，卻沒人向她報告。點心主廚自稱寫了兩張字條給她，內容想必和薪水有關，她卻沒有印象。

「怎麼沒人點鄉村肋排？」丹妮絲問吉托：「我的鄉村肋排是天上才有的美味極品，服務生怎麼不推銷？」

「美國人不喜歡德式酸菜。」吉托說。

「什麼話，明明有人點過，盤子端回來時乾淨得能照鏡子，我看著盤子還數得出自己的睫毛有幾根。」

「可能是來了幾位德國籍客人吧，」吉托說：「那幾個舔得乾淨的盤子，也許是拿德國護照的客人的功勞。」

「也可能是你自己不喜歡德式酸菜？」

「酸菜是一種有意思的食物。」吉托說。

她沒有接到羅蘋的電話，也不主動去電。她接受《紐約時報》專訪，被拍了幾張照片。她去安撫點心主廚。她待到深夜，把壞掉的肉偷偷包起來丟掉。她開除在廁所打針的洗盤工。每天午餐晚餐她從頭到尾盯著作業線，解決疑難雜症。

勞動節這一天，只有「死寂」兩字可以形容。她強迫自己離開辦公室，去空盪盪又炎熱的市區散步，把寂寞的腳步轉向巴拿馬街。看見布萊恩家，她不由自主停下腳步。棕岩門面仍是一張臉，正門仍是舌頭一條。羅蘋的車停在路邊，但布萊恩的車開走了；他們去了五月岬。她從大門附近的積塵看出沒人在家，但她還是按了門鈴。她拿出一支寫著「R／B」的鑰匙，打開輔助鎖進門。她踏完兩道樓梯，登上主臥房。這棟房子斥資改裝中央空調系統，罐頭味涼風頗爲盡職地和勞動節烈日奮戰。主臥房的床鋪沒整理，她躺下來，回憶著聖猶達夏日午後的氣息與寧靜，家裡無人，她能暢所欲爲幾個鐘頭。她自慰。她躺在凌亂的被單上，一片日光灑落在她的雙峰。她再一次自慰，慾望高漲時她伸長了手臂，伸進枕頭底下，手被鋁箔包裝紙的一角輕輕刮到。好像是保險套的袋子。

確實是保險套的外包裝，被撕開了，裡面沒有保險套。當她想到這能證明他們夫妻還有性生活時，她竟然啜泣，她竟然抱頭痛哭起來。

她倉惶下床，把蓋住臀部的上衣撫平。她掃視床單，尋找其他令人作嘔的驚奇。廢話，結了婚的夫妻當然會做愛，當然。但羅蘋曾告訴過她，避孕藥已經不吃了，親熱的機會也少到懶得用保險套；而整個夏天，丹妮絲從女友的胴體上看不到、嗅不著、嘗不出丈夫的蹤跡，因此縱容自己忘掉明顯的事實。

布萊恩的抽屜櫃旁邊有個垃圾桶，她跪下去翻找，找到面紙、票根、牙線，又發現一個保險套外包裝。她對羅蘋的憎惡，憎惡及嫉妒，有如偏頭痛一樣衝上來。她跑進主臥房的廁所，在洗手臺下面的垃圾桶裡，再找到兩個包裝和一個束起來的保險套。

她竟然握起雙拳，捶自己的太陽穴。衝下樓梯，衝進傍晚的戶外，她聽見空氣進出齒間的擦音。屋外的氣溫大約攝氏三十二度，她卻猛打寒顫，這太奇怪，不可思議。她徒步走回發電機，從進貨區開門進去。她清點食用油、起司、麵粉、香料，寫好幾份精確縝密的訂單，以正經、明晰、有教養的言詞留下二十通電話留言，回覆電子郵件，用高菱牌瓦斯爐幫自己炸一份腰子，配一小杯渣釀白蘭地吃，然後在半夜打電話叫計程車。

隔天上午，羅蘋沒有先聯絡就出現在廚房，穿著一件白色大襯衫，顯然是布萊恩的衣服。丹妮絲看見她，胃腸翻攪起來。她帶羅蘋回執行主廚辦公室，關上門。

「我沒辦法再這樣下去了。」羅蘋說。

「很好，我也是。所以，就這樣吧！」

羅蘋的臉色紅白不均。她不由自主地抓抓頭，動動鼻子，推推鏡框中間的橫桿，停不下來。「六月到現在，我沒有上過一次教堂，」她說：「我的謊話差不多被希妮德拆穿十次，她想知道妳爲什麼不來了。最近來菜園的小朋友，有一半我甚至喊不出名字。大小事情亂成一團，我眞的沒辦法再繼續了。」

丹妮絲哽出一個問句：「布萊恩怎樣？」

羅蘋臉紅起來。「他什麼都不知道，他和以前一樣。妳應該知道——他喜歡妳，他喜歡我。」

「我想也是。」

「情況變得好奇怪。」

「嗯，我這裡要忙的事情很多，所以……」

「布萊恩從沒對我做過壞事，他不應該受這種懲罰。」

丹妮絲的電話響起，她不接，她頭疼欲裂，她無法忍受羅蘋喊布萊恩的名字。

羅蘋抬頭望天花板，珍珠狀的淚水彙聚在睫毛上。「我不知道我來這裡做什麼，我不知道我在講什麼，我只覺得心情好差好差，孤單到受不了。」

「忍耐一下就能忘掉，」丹妮絲說：「我正打算這樣做。」

「妳爲什麼對我這麼狠心？」

「我本來就是狠心的人。」

「如果妳打電話給我，或者說妳愛過我——」

「忘掉吧！看在老天的份上！忘掉吧！忘掉吧！」

羅蘋一臉懇求的表情，但說眞的，即使羅蘋解釋清楚保險套的事，丹妮絲又能怎麼樣？這間餐廳把她捧成明日之星，她豈能說走就走？她能搬去貧民窟的菜園，當希妮德和愛琳的另一個媽咪嗎？她能改穿大球鞋、改做蔬菜料理嗎？

她明白，自己正在騙自己，但她不知道哪些念頭是假、哪些是眞。她瞪著桌面，直到羅蘋摜開門跑掉。

隔天早上，發電機出現在《紐約時報》餐飲新聞頭版的下半版，標題（是「電力兆瓦，口碑千里」）下方是一張丹妮絲的相片。餐廳內外結構的相片被下放到第六頁，她的鄉村肋排與德式酸菜也出現在這裡。好多了，這才比較像話。還不到中午，就有美食頻道邀請她上節目，《費城》雜誌請她每月固定寫一篇專欄文章。她跳過吉托，直接交代訂位小姐每晚超訂四十位客人。蓋瑞和卡羅琳分別來電祝賀。NBC費城臺女主播想訂週末的位子，被吉托推說客滿，丹妮絲因此找他來訓話，縱容自己小小罵了他一頓，感覺好痛快。

費城罕見的消費人潮湧現，吧台前出現三條長龍，這時布萊恩捧著一打玫瑰花進來。他擁抱丹妮絲，她在懷裡多依偎了一下，給他一點點男人喜歡的感覺。

「桌子要多買幾張，」她說：「至少要三張四人座，一張六人座。我們也要另請一位全職訂位專員，這個人必須懂得篩選客人。停車場的保全要加強。點心主廚要換，換一個想像力比較豐富、比較不踐的人。另外，想想看要不要換掉吉托，從紐約找一個能應付即將聞風上門顧客的經理。」

布萊恩面露驚訝：「妳想這樣對吉托？」

「他不願意推銷我的肋排配酸菜，」丹妮絲說：「《紐約時報》喜歡我的肋排配酸菜，我認爲既然他做不來，那他活該。」

她語氣裡的鐵石魄力激發了布萊恩眼神中的光彩，他似乎喜歡這種態度的丹妮絲。

「都依妳的想法去做吧！」他說。

星期六深夜，布萊恩帶舒瓦茲過來，丹妮絲鍾愛的樂團之一的首席吉他手也帶著兩位顴骨高突的金髮美女前來，丹妮絲帶他們上樓頂，大家在欄杆圍起來的小窩裡喝酒。這地方是布萊恩的構想。這天晚上暑氣不散，河邊昆蟲的音量幾乎和斯庫基爾快速道路的車流一樣吵。兩位金髮女都在講手機。丹妮絲接過吉他手敬的菸，他今晚登過臺，嗓子啞了。丹妮絲把手上的疤痕秀給他看。

「哇靠，妳的手比我還糟。」

「做這一行，」她說：「條件之一是要能忍痛。」

「聽說廚師酗酒嗑藥的情形很嚴重。」

「我喜歡半夜來一杯，」她說：「六點起床時吞兩粒止痛藥。」

「世上沒有人比丹妮絲更強悍。」布萊恩的吹捧毫無吸引力，臉被金髮女的手機天線擋住。

吉他手伸出舌頭來回應，拿香菸的手變成點眼藥的姿勢，把火星壓到舌頭上，「滋」的一聲，響得讓電話中的金髮女回過神來。比較高的一位爆出海豚音，喊著吉他手的名字，罵他神經病。

「唔，但我懷疑你吃的是什麼藥。」丹妮絲說。

吉他手以冰伏特加治療灼傷。較高的金髮女不滿他的表演，代他回答：「安眠藥氯硝西泮、尊美醇愛爾蘭威士忌和他喝的那杯。」

「喔，而且舌頭是濕的。」丹妮絲說著，拿著自己的香菸，以耳後的軟皮膚捻熄菸頭。她覺得頭部中彈，但她故作沒事，隨手把菸蒂扔向河。

樓頂變得非常肅靜，她把她不常表現的異行秀給大家看。由於她沒有必要慘叫——她現在大可去切除羊排的肥肉或和母親講電話——她發出窒息的慘叫，喊得搞笑，以娛樂觀眾。

「妳還好吧？」布萊恩事後在停車場問。

「我不小心受過的燙傷比這更嚴重。」

「不，我的意思是妳沒事吧？剛才那一幕有點嚇人，我差點看不下去。」

「吹噓我有多強悍的人是你，謝了。」

「我現在想說的是，我很過意不去。」

她痛得徹夜無法成眠。

一星期之後，她與布萊恩僱用聯合廣場餐廳的前任經理，開除了吉托。

事後一星期，費城市長、紐澤西州資淺參議員、W企業的執行長、茱蒂．佛斯特先後蒞臨品嘗。再過一星期，下班後布萊恩送丹妮絲回家，她請布萊恩進來喝杯酒。她拿出一瓶五十元的葡萄酒，是她之前請羅蘋喝的同一支。布萊恩問，她和羅蘋是不是鬧翻了。

丹妮絲噘著嘴搖頭：「我只是最近太忙了。」

「我想也是，我猜這事跟妳沒關係。最近，羅蘋對大小事情都生氣，尤其是和我有關的任何事。」

「我很想念和你女兒一起玩的日子。」丹妮絲說。

「相信我，她們也想念妳。」布萊恩說。他以輕度口吃補上一句：「我在考慮……搬出去。」

丹妮絲說她爲他感到遺憾。

「粗布農夫的做法愈來愈不可收拾了，」他邊說邊斟酒：「她最近三個禮拜夜夜望彌撒，晚上做彌撒，我連聽都沒聽過。而且，我完全不能提到發電機的事，一講她就爆發。她還考慮讓女兒在家自學。她認定我們家的房子太大，她想搬去菜園旁的那棟房子住，在家裡教女兒讀書，或許也讓菜園的兩個小孩一起上課；『拉希德』？『瑪莉露』？讓希妮德和愛琳和他們一起在微風角的廢地長大多棒啊！這快要變成瘋子的行徑了，我的意思是，羅蘋的確很棒，她追求的東西比我追求的東西更崇高。我只是不確定我還愛不愛她。我覺得我好像在跟她爸爸爭辯，彷彿《階級仇恨》第二集，現正上映中。」

「羅蘋的心充滿罪惡感。」丹妮絲說。

「她快變成不負責任的家長了。」

丹妮絲鼓起一口氣問：「如果演變到無法挽回的地步，你會想爭取小孩嗎？」

布萊恩搖搖頭：「如果無法挽回，我不確定羅蘋會不會爭監護權。我猜她會放棄一切。」

「不太可能。」

丹妮絲回想羅蘋爲希妮德梳頭髮的情景，突然——熱切、迫切——懷念起羅蘋狂潮般的性慾，懷念她的暴飲暴食與激情、她的天真。丹妮絲的大腦有個開關被啟動了，腦海變成一面播放著影片集錦的螢幕，影片彙集了遭她排拒的這個人的所有優點。她回味著羅蘋最不討人喜愛的習慣、姿態、明顯的外表特徵、喜歡在咖啡裡加滾燙牛奶、被哥哥用石頭打斷的門牙上套著色調不太對的牙套、像山羊一樣情意綿綿地低頭抵撞著丹妮絲的方式。

丹妮絲推說她累了，請布萊恩回去。隔天早上，熱帶低氣壓沿著東岸往北侵襲，水氣飽滿，風勢接近颶風，打得樹木蕭瑟地甩頭扭身，雨水淹至人行道。丹妮絲把發電機交代給副主廚，搭火車去紐約救她那個沒用的二哥，代他娛樂父母。這頓午餐吃得壓力沉重，因爲依妮德再度一字不漏地描述諾瑪．葛林的遭遇，丹妮絲聽著聽著，沒有察覺到自己的變化。舊版的丹妮絲運作如常，是三．二或四．〇版譴責著該譴責的依妮德，愛著該愛的艾爾佛瑞。最後送爸媽來到碼頭，依妮德吻她，這時不太一樣的丹妮絲才出現，是五．〇版的丹妮絲，差點把舌頭伸進俏麗老女人的嘴巴，兩手差點往下摸向依妮德的腰臀，差點順從母親的意思，答應聖誕節多待幾天。到了這個時候，她歷經的修正程度多深，才逐漸明朗。

她搭乘南下列車，看著小站的月臺在氤氳中閃過。午餐席間，父親的舉止看似精神異常。如果他的神智果眞每下愈況，她無法排除的可能是依妮德沒有誇大其詞，他在家時確實有種種問題；可能艾爾佛瑞眞是爲了兒女才強打起精神；可能依妮德不全然是個丟臉的囉唆婆和討厭鬼，不是丹妮絲二十年來痛恨的那種人；可能艾爾佛瑞的問題不只出在娶錯女人；可能依妮德的問題不能只以嫁錯男人來概述；可能丹妮絲和母親的相似之處更多，只是她連作夢也沒想過。她聽著列車輪在鐵軌上砰啪、砰啪、砰啪的行進聲，看著十月的天空變黑。假使她過站不下車，她或許仍有希望，但紐約至費城的路途很短，她最後還是回去上班，沒空思考任何事。後來她去參加埃克桑的說明會，和蓋瑞碰面，會後兄妹吵起架時，她竟不只爲艾爾佛瑞仗義執言，還替依妮德說話，連她自己也吃驚。

她記不起自己何時愛過母親。

當天晚上九點，她躺進浴缸泡澡，這時布萊恩來電，邀請她陪他出席晚宴。同行的人有舒瓦茲、蜜拉．索維諾、史丹利．圖奇、一位美國知名導演、一位英國知名作家以及幾位名流。名導演在肯頓拍片，剛剛殺青，布萊恩與舒瓦茲拗他去《罪與罰與搖滾》的私人試片會。

「我今天晚上輪休。」丹妮絲說。

「馬丁說，他會派他的私人司機去接妳，」布萊恩說：「妳能作陪的話，我感激不盡。我的婚姻玩完了。」

她穿上黑色喀什米爾洋裝，吃一根香蕉，以免晚餐時餓得狼吞虎嚥，然後搭上名導派來的車，前去肯辛頓區一家名叫塔克內利的披薩店。在餐廳最裡面，她看見布萊恩與圓肩人猿舒瓦茲，另外有十幾位知名人士和半知名人士，分別佔了三桌。丹妮絲與布萊恩嘴碰嘴打招呼，在他和英國名作家之間坐下。作家急著討好蜜拉，搬出一大堆和板球、室內飛鏢有關的俏皮話，整晚講個不停。名導告訴丹妮絲，他很喜歡她的鄉村肋排配酸菜，但她盡快改變話題。她在席間的作用顯然是布萊恩的花瓶，電影人對他們倆沒有興趣。她一手放在布萊恩的膝蓋上，彷彿在安慰他。

「拉斯科尼科夫戴著耳機，一面對著老太婆亂砍，一面聽著特倫特．雷澤諾的歌，太完美了。」席間知名度最低的一個人對舒瓦茲盛讚，他大約二十出頭，是名導的實習生。

「其實是挪馬民族才對，」舒瓦茲糾正他，瞧不起人的口氣強烈到地動天搖的程度。

「不是九吋釘的嗎？」

舒瓦茲垂下眼瞼，以最細微的幅度搖頭：「是挪馬民族一九八〇年版的《誠信相待》，後來被你剛說的那人翻唱了，沒有點明出處。」

「剽竊挪馬民族的人太多了。」布萊恩說。

「挪馬民族自願被釘在冷門的十字架上吃苦，以便讓後人享受永生永世的名望。」舒瓦茲說。

「他們最棒的專輯是哪一張？」

「寫你的地址給我，我燒一張CD給你。」布萊恩說。

「張張精采，」舒瓦茲說：「到了《日出的幻覺》，因爲湯姆．派凱特離團才完蛋的。但，一直到他們又出了兩張專輯，他們才意識到樂團早就斷氣了，非得等人親口對他們宣告壞消息才醒悟。」

「以一個教小學生相信上帝創造論的國家來說，」英國名作家對蜜拉說：「你們如果相信棒球的始祖不是板球，那也情有可原。」

丹妮絲突然想起，她最愛的一部餐廳電影是圖奇自導自演的，因而樂於和他討論他的本行，對美豔蜜拉的敵意也減少一分，開始喜歡起一同進餐的這群人。就算不是喜歡這些人，至少是喜歡自己再也不怕被他們比下去的心情。

飯後，布萊恩以他的富豪車送她回家。她覺得自己值得、迷人、生氣盎然、活力充沛。布萊恩則怒氣騰騰。

「本來羅蘋要陪我來的，」他說：「我想妳會說這是我對她下的最後通牒，但她答應過要來的。即使我知道她就算來也會故意穿得像研究生，用讓我丟臉的方式來印證她的主張，但我們還是說好，她對我做的事至少要表現出最低限度的興趣。然後，我下個禮拜去菜園幫忙。這就是協議的內容。結果今天早上，她決定去參加遊行，抗議死刑。我不贊成死刑，但我不願意替凱利．威瑟斯這種貨色要求法外開恩。何況，說好了怎麼能反悔？燭光祝禱，少一根蠟燭又沒有多少差別。我說，別去遊行了吧，看在我的份上。我說，不然，我寫一張支票給公民自由聯盟，價碼隨妳開。結果場面僵掉了。」

「開支票？不好，不好。」丹妮絲說。

「我瞭解。不過，有些事情一說出口，就很難當作沒說過。講老實話，我不太想把話吞回去。」

「這可不一定。」丹妮絲說。

在週一深夜十一點，河和布洛德街之間的華盛頓街很寂聊。布萊恩顯然體驗到今生第一次眞正的失望，一直說個不停。「記得妳說過，假如我沒有結婚，假如妳不是我的員工？」

「我記得。」

「心意變了沒？」

「我們進去喝一杯。」丹妮絲說。

因此，隔天早上九點半，丹妮絲家的門鈴響起時，布萊恩正躺在她的床上。

她的生活執意要踏進離奇怪誕與道德爛帳的境界，在酒精的推波助瀾下她終於達成使命，這時仍有醉意。然而，隱藏在酒意之下的是氣泡飲料令人欣快的嘶嘶聲，仍因昨夜的名流宴而飄飄然。這份感覺比她對布萊恩的任何一種情愫都來得強烈。

門鈴再響。她下床，披上酒紅色的絲袍，向窗外一望。站在門廊上的人是羅蘋·帕薩法洛。布萊恩的富豪車停在馬路對面。

丹妮絲考慮不應門，但羅蘋之所以會找到這裡，肯定已經去過發電機。

「是羅蘋，」她說：「待在這裡，不要出聲。」

在晨光中，布萊恩昨晚不悅的表情仍在。「被她發現，我也不在乎。」

「你不在乎，我在乎。」

「我的車就停在對面。」

「我知道。」

她對羅蘋也有一股異樣的不悅。整個夏天，她背著布萊恩偷情，此刻下樓應門的丹妮絲，對他妻子的鄙視無以復加。惹人煩的羅蘋，固執的羅蘋，尖嗓門的羅蘋，歡呼的羅蘋，沒品味的羅蘋，鈍頭鈍腦的羅蘋。

然而，在她開門的瞬間，她的身體認得它想要什麼。它想把布萊恩趕出門，想把羅蘋抱上床。羅蘋的牙齒在打顫，但是今天早上並不冷。「可以讓我進去嗎？」

「我正要去上班。」丹妮絲說。

「五分鐘就好。」羅蘋說。

開心果色的大車停在對面，羅蘋不可能沒看見。丹妮絲讓她進前廳，關上門。

「我的婚姻玩完了，」羅蘋說：「他昨天晚上甚至沒回家。」

「我很遺憾。」

「我一直在爲我的婚姻祈禱，卻常因爲想妳而分心，人跪進了教堂，心卻飄向妳的身體。」

恐懼從丹妮絲的頭頂籠罩下來。她不全覺得自己有罪，這場婚姻本來就病重，煮蛋計時器早已倒數完畢，她最多不過是催秒針走快一點，但她懊悔辜負了眼前人，懊悔跟這女人爭。她握起羅蘋的雙手說：「我想見妳，想跟妳談談。我不喜歡最近發生的事，不過我不趕快準備上班不行了。」

客廳的電話響起。羅蘋咬著下唇，點頭。「好。」

「兩點見，可以嗎？」丹妮絲說。

「好。」

「我進辦公室再打電話給妳。」

羅蘋再一次點頭。丹妮絲開門讓她出去，關上門，一次吐出整整五口的空氣。

「丹妮絲，我是蓋瑞，我不曉得妳人在哪裡，不過妳聽到留言之後趕快回電，因為爸發生了意外。他從遊輪上摔下去了，摔下八層樓高，我剛和媽講過電話——」

丹妮絲衝向電話，接聽。「蓋瑞。」

「我打去妳的辦公室過。」

「他還活著嗎？」

「呃，應該要死的，」蓋瑞說：「但他還活著。」

蓋瑞的臨危不亂表現得淋漓盡致。昨天令她火冒三丈的特質，現在卻讓她寬心。她要大哥表現得像萬事通。她要大哥得意於自己的冷靜。

「聽說他落海以後，遊輪一時停不下來，害他在大約攝氏七度的冰水裡被拖了快兩公里，」蓋瑞說：「遊輪從新伯倫瑞克省調直升機過來載他。幸好他的脊椎沒骨折，心臟還在跳，也能開口講話。他是個耐操的老傢伙，應該不會有事。」

「媽媽的情況怎樣？」

「她在意的是遊輪爲了等直升機來，耽誤了其他遊客好久。」

丹妮絲鬆了一口氣，笑說：「可憐的媽，她好期待這次的遊輪之旅。」

「噢，她恐怕再也沒機會和爸一起搭遊輪了。」

門鈴又響了，緊接而來的是敲門聲、捶門聲與踹門聲。

「蓋瑞，等我一下。」

「怎麼了?」

「我待會打給你。」

門鈴按得既重又久，鈴響竟然走音，變得平板而有點沙啞。她打開門，見到一張顫抖的嘴，一雙恨光迸射的眼睛。

「滾出我的生活，」羅蘋說：「我不想跟妳有任何接觸。」

「我昨晚犯了一個嚴重的大錯。」

「滾遠一點!」

丹妮絲靠邊站，羅蘋直奔上樓。丹妮絲坐在客廳唯一的椅子上悔過，聽著叫罵聲。她生命中的另一對夫妻、老家那對失和夫妻，鮮少在她的童年對罵，現在回想起來覺得不可思議。父母表面上相敬如賓，讓大戰在女兒的腦中開打。

每當她與布萊恩相處時，她嚮往著羅蘋的身體、眞誠、善行義舉，排斥布萊恩自鳴得意的高調；每當她與羅蘋在一起時，她又醉心於布萊恩的高尚品味，與她氣味相投、志同道合；但願羅蘋能留意到她穿黑色喀什米爾洋裝時多麼豔光四射。

你們可以說分就分，她心想，倒也輕鬆。

叫罵聲停止。羅蘋衝下樓梯，一步也不停直接衝出大門。

幾分鐘後，布萊恩跟著出來。羅蘋的反應是丹妮絲預料中的事，她能接受，但她希望能從布萊恩口中聽見一兩個諒解的字眼。

「妳被開除了。」他說。

寄件人：Denise3@cheapnet.com

收件人：exprof@gaddisfly.com

主旨：下次多盡點心力吧

禮拜六見到你眞好。你匆匆趕回來幫我忙，我眞的好感激唷！

那天之後，爸從遊輪上落海，從冰水裡被打撈上來，一條手臂骨折，一個肩膀脫臼，一個視網膜剝落，喪失短期記憶，可能有輕微中風，媽和他被直升機載去新伯倫瑞克省。而我，搞砸了可能是這輩子最棒的一份工作，被開除了。然後蓋瑞和我發現一種新的醫學科技，我相信你會同意這種科技駭人聽聞、不倫不類、邪惡，不過，這種科技能治療帕金森氏症，可能對爸有幫助。

除了以上的瑣碎小事之外，沒啥好報告的。

希望你萬事順心囉，誰曉得你跑哪裡去了。茱麗雅說你去了立陶宛，鬼才相信。

寄件人：exprof@gaddisfly.com
收件人：Denise3@cheapnet.com
主旨：回覆：「下次多盡點心力吧」

立陶宛有商機，茱麗雅的丈夫吉塔納斯付我薪水，找我幫他架設一個營利網站，我覺得滿好玩的，而且不能說沒賺到錢。

妳高中時代最愛的樂團，這裡的電臺播個沒完。史密斯啦、新秩序啦、比利·艾鐸啦，懷念金曲大會串。我在機場附近看見一個老頭當街拿獵槍射死一匹馬，我才踏上波羅的海土地不到十五分鐘吔，歡迎光臨立陶宛！

我今早和媽通過電話，得知來龍去脈，跟她道過歉了，所以別操心。

妳工作的事令我很難過，老實說，太意外了，我不敢相信有誰會炒妳魷魚。

那妳現在在哪裡上班？

寄件人：Denise3@cheapnet.com
收件人：exprof@gaddisfly.com
主旨：聖誕節的責任

媽說你不肯答應聖誕節回老家，還以爲我會相信她的鬼話。我的想法是，她滿可憐的，她今年的重要旅行剛被一場意外腰斬了，平日跟著一個半廢的男人活受罪，大概從奎爾還是副總

統的年代就沒在家過聖誕節了，靠著期盼好事來＊**生存下去**＊，愛聖誕節的興致跟有些人熱衷性愛沒兩樣，而且最近三年總共只見過你四十五分鐘，所以我在想，你不可能跟這個老女人說，不行，抱歉，我得待在維爾紐斯。

（維爾紐斯！）

媽一定是聽錯了，請澄清。

既然你問起，我就老實說我現在沒有工作。除了偶爾去黝洋代班外，我幾乎都睡到下午兩點才起床。再這樣下去，我可能得去做一些讓你驚駭的治療。幸好我逛街的胃口恢復了，也重拾其他花錢的樂趣。

關於吉塔納斯．米瑟危險斯這個傢伙，我最後聽說的是，他把茱麗雅打成熊貓。但，你覺得好就好。

寄件人：exprof@gaddisfly.com

收件人：Denise3@cheapnet.com

主旨：回覆：「聖誕節的責任」

我打算先賺一些錢再回聖猶達，說不定等爸生日的時候再回去。聖誕節對我來說像地獄，妳是知道的。沒有哪個假日比聖誕節更糟。妳可以告訴媽說，我明年年初會抽空回去。

媽說卡羅琳和三個兒子會去聖猶達過聖誕節，眞的嗎？

別因爲我的緣故而拒服精神藥物。

寄件人：Denise3@cheapnet.com

收件人：exprof@gaddisfly.com

主旨：「只傷到我的尊嚴」

藉口很動聽，但沒用，抱歉，我還是堅持你來聖猶達過聖誕。

我跟埃克桑企業討論過幾次，目前的規畫是讓爸接受六個月的克銳妥療法，從元旦後開始。在治療期間，我會接爸媽來我家住。（幸好我現在的生活一團糟，所以有空幫這個忙。）這個計畫的唯一但書是，如果埃克桑的醫事人員判斷爸罹患非藥物引發的失智症，他就不能接受治療。我承認，他在紐約時發抖得相當嚴重，不過他講電話滿有精神的，說什麼「被摔傷的只有我的尊嚴」等等，醫生還提前一星期拆掉他手臂上的石膏。

因此呢，他今年生日大概會在費城，我會幫他慶生，會一直住到春天，所以你應該在聖誕節回聖猶達，請不要再爲這事跟我爭辯。去聖猶達就對了。

我慇切企盼（懷抱信心）你確認能回聖猶達的好消息。

P.S. 卡羅琳、艾倫、凱勒柏不去了。蓋瑞會帶忠納去，二十五日中午飛回費城。

再P.S.：別擔心，我不嗑藥的。

寄件人：exprof@gaddisfly.com
收件人：Denise3@cheapnet.com
主旨：回覆：「只傷到我的尊嚴」

昨晚我去一家名叫姆斯靡萊特的夜店，看見一個男人肚子挨了六槍，是被人找殺手暗算的。事情跟我們無關，但我也開心不起來。

我搞不懂，我非在特定日期去聖猶達不可的理由何在？假如爸媽是我的小孩，是我未經他們許可、憑空變出來的產物，我能理解自己爲什麼對他們有責任。依照達爾文學說，父母關切子女的福祉是基因使然，無法阻擋。但我認爲做子女的、其實就是指我，對父母不一定有對等的情義。

基本上，我能跟這兩個人說的話非常少。而我也認爲，他們大概也不想聽我講的話。等他們搬去費城我再過去見個面，有什麼不好呢？這樣一來，全家老小九個人可以團聚，而不是只有六個人，不是更有意思嗎？

寄件人：Denise3@cheapnet.com
收件人：exprof@gaddisfly.com
主旨：不爽的妹妹臭罵

天啊，你也太自憐了吧！

我說，看在**我**的份上回聖猶達，看在**我這個妹妹**的份上。這也是爲**你自己**好，我相信能觀賞別人肚子吃子彈是一件很酷、很有趣、很有人生歷練的事，但你只有一對父母，如果錯過這次團圓，就沒有下次了。

我承認：我的情緒很糟。

告訴你好了——因爲我想找人講，即使你從沒透露**你**被開除的原因——我被開除的理由是跟我老闆的老婆上床。

所以，你認爲「**我**」該對這「兩個人」說什麼？你覺得最近幾個星期天，我跟媽講電話的滋味如何？

你欠我兩萬零五百元，**這筆債**怎麼還？

趕快去給我訂機票，錢我再補給你。

我愛你，我想你，別問我爲什麼。

寄件人：Denise3@cheapnet.com

收件人：exprof@gaddisfly.com

主旨：悔恨

很抱歉臭罵了你一頓，上封信裡，我的眞心話只有最後那句。我的個性太容易激動，不適合寫 email。請回信吧，請回來過聖誕。

寄件人：Denise3@cheapnet.com
收件人：exprof@gaddisfly.com
主旨：擔心

求求你，求求你，求求你，你剛提過有人被槍殺，不要用這種冷戰來折磨我。

寄件人：Denise3@cheapnet.com
收件人：exprof@gaddisfly.com
主旨：聖誕前的購物日只剩六天！

齊普？你在嗎？寫信或打電話給我，拜託。

全球暖化當前　立陶宛公司沙漲船高

維爾紐斯，十月三十日報導。全球海平面年上升超過二一·五公分，每天有數百萬立方公尺的海灘遭侵蝕，歐洲議會天然資源處因此於本週警告，在本世紀結束前，歐洲恐將面臨「浩劫式」砂石短缺困境。

「有史以來，人類一直將砂石視為永無短缺之虞的資源，」天然資源處主席賈克·杜曼表示：「可嘆的是，由於我們對能引起溫室效應的氣態化石燃料過度依賴，最後許多中歐國家，包括德國在內，可能需要看砂石大國、特別是多沙國立陶宛的臉色，否則無法維持基本開路、建築所需。」

立陶宛自由市場黨公司創辦人兼執行長吉塔納斯・R・米瑟維裘斯以一九七三年石油危機為例，說明歐洲即將面臨的砂石危機。米瑟維裘斯表示：「當年，油礦豐富的小國如巴林和汶萊，是獅吼震天下的小老鼠，在不久的將來，立陶宛將扮演同樣的角色。」

據杜曼主席描述，親西、親商的自由市場黨公司是「立陶宛目前政壇唯一願意和西方資本市場公平、誠信交易的公司。

杜曼表示，「我們的困境是，多數歐洲砂石資源受制於波羅的海民族主義份子，而格達費和這些比較起來簡直像戴高樂。我的看法幾乎不誇張：歐洲議會將來如果想維持經濟穩定，必須仰賴東歐少數資本主義者，米瑟維裘斯先生就是一例……」

網際網路之奧妙在於齊普能憑空捏造事實，亂貼文章，連檢查拼音的步驟也能省略。在網路上，百分之九十八的可信度來自網站的外觀多光鮮多炫目。雖然齊普本身對網路程式不熟，但他畢竟是四十歲不到的美國人，而四十歲以下的美國人最懂得分辨哪些東西炫，哪些東西遜。吉塔納斯帶他去一間名叫大學店的酒吧，僱用五個身穿費西樂團和R.E.M.樂團T恤的立陶宛青年，日薪三十美元，奉送大把不值一毛錢的股票選擇權。一個月下來，齊普無情地鞭策這幾位滿口俚語的網路程式少年，逼他們效法nbci.com和甲骨文公司之類的美國網站，告訴他們這樣做，把網站做成這樣。

lithuania.com在十一月五日正式上線。一條高解析度的橫幅在音符中展開：**投資民主，追求高利**

潤，配樂是《彼得洛希卡》芭蕾舞劇第十六小節的歡樂舞曲《車夫和馬夫之舞》。橫幅是飽和的藍色底，上有圖表，橫幅下方是兩張並排的照片，一張是**開發前**的黑白相片（「社會主義的維爾紐斯」），蓋迪米諾大道上的建築被炸得面目全非，椴樹折腰。另一張是**開發後**的彩照（「自由市場的維爾紐斯」），色調絢爛，刻劃著蜂蜜色燈火下的港市風情，精品店與美食餐廳並列。（相片中的港市其實位於丹麥。）一星期以來，齊普與吉塔納斯天天熬夜，以啤酒提神，製作其他網頁。他們以吉塔納斯最初的挖苦文章爲底稿，吸引投資人，承諾提供各種命名權與授精權，更根據投資金額的多寡，賦予以下特權：

- 以分時度假方式擁有帕藍加海邊的大臣別墅！
- 依比例享有全國國家公園的採礦權與伐木權！
- 指派部份地區的治安官與法官！
- 在維爾紐斯的舊城區全年擁有永遠無條件的停車特權！
- 能以五折優惠價承租立陶宛部份國軍與裝備，承租人必須先報名，但戰爭期間例外！
- 收養立陶宛女嬰，程序不拖泥帶水！
- 無條件豁免紅燈禁止左轉的刑罰！
- 投資人的肖像可印製於紀念郵票、收藏級錢幣、精品啤酒廠商標、立陶宛餅乾上的巧克力浮雕、英勇領袖的巨星卡、佳節蜜橘等包裝紙上！
- 可獲得一五七八年成立至今的維爾紐斯大學所頒發的榮譽人文博士學位！
- 可接觸國安體系的監聽影音內容，「理由不計」！

●在立陶宛國境內，「爵爺」、「貴婦」、「夫人」等尊稱與頭銜不得輕視之，服務人員不從者等同於觸犯法令，可當眾處以鞭刑，最重可判有期徒刑六十天！

●火車票、飛機票、藝文活動訂位、參與本次活動之五星級餐廳與夜總會預約，皆可在最後一刻享有「插隊」權！

●在維爾紐斯知名的安塔卡林斯醫院享有肝臟、心臟、眼角膜的優先移植權！

●在國家動物保留區享有無限漁獵權，繁殖季節照獵不誤！

●您的大名以大寫印刷在大型船隻的船身上！

●不勝枚舉！

吉塔納斯的經驗告訴他，承諾寫得愈諷刺露骨，美國資金的流入便愈豐厚，齊普也正從做中學到這份道理。齊普每天編寫新聞稿、虛假的財務報表、以黑格爾的理論激昂辯證商業化政治是必然的結果，以現場目擊者的角度報導立陶宛經濟起飛的佳音。他在網路聊天室發問，宛如投出慢速球，等待願者轟出直飛全壘打的答案。如果他的謊言被拆穿，或被人點出他的無知，只要跳到另一個聊天室即可捲土重來。他撰寫股票憑證和相關說明書上的文字（「恭喜您成為立陶宛自由市場愛國者」），然後精心印刷在棉度高的紙材上。涉足全然虛構的領域後，他總算覺得自己走對了職業。很久以前，梅莉莎．派凱特建議他開一家公司試試，看看錢湧進帳戶的景象，她的話果然應驗了。

《今日美國報》記者寄來電子郵件，問他：「是真的嗎？」

齊普回信：「是真的。一個以營利為目標的國家，以散居全球的各國股東為支柱，正是政治型經濟體演進過程的下一階段。在立陶宛，『啓蒙後的新科技封建主義』正欣欣向榮，請過來親身體驗。我可以爲你安排米瑟維裘斯的專訪，保證面對面至少九十分鐘。」

《今日美國報》遲遲沒有回音。齊普擔心，回信時是否下筆太重；然而，每週進帳卻逼近四萬美元，方式包括銀行匯票、信用卡、電子現金的加密金鑰、進入瑞士信貸銀行的電匯以及空運來的百元大鈔。吉塔納斯把多數收入轉投資在他的附屬企業，但他依約，見利潤上揚便讓齊普的薪水翻倍。

齊普住在用灰泥粉刷成的宅邸裡，免付租金。宅邸的前任屋主是蘇聯要塞的司令，曾在這裡大啖雉雞，喝格烏茲塔明那（註：一種法國白酒），以加密電話與莫斯科互通聲息。一九九〇年秋天，司令宅邸遭民眾石擊、洗劫、噴上凱旋意味的塗鴉，之後一直荒廢。後來，VIPPPAKJRIINPB17黨選後失勢，吉塔納斯從聯合國被召回，看上這棟殘破的宅邸，愛上它無人能敵的價格（免費）、絕佳的保全設施（包括一座銅牆鐵壁的塔臺與美國大使館級的圍牆），更有佔領司令臥房的機會。宅邸隔壁有一棟蘇聯的舊營房，正是同一個司令拷打他長達六個月的地方。吉塔納斯與黨同志全週無休拿著小鏟子和刮刀重建宅邸，不料宅邸尚未整修完工他的黨就解散了。如今，半數房廳空盪盪，碎玻璃散落一地。舊城區並不是沒暖氣沒熱水，然而中央鍋爐廠的設備龐大如山，暖氣與熱水經地下管線輸送，途經漏水漏氣的高架，長途下來耗損嚴重，送到宅邸時已氣若游絲。吉塔納斯在交際廳設立自由市場黨公司辦事處，把主臥房據爲己有，叫齊普去三樓住副官套房，讓網路少年隨便挑房間睡。

雖然齊普在紐約的公寓房租照付，也每月繳交Visa卡的最低繳費額，他卻能在維爾紐斯享受富人的生活。拿到菜單，他從最貴的項目挑起，請運氣較差的人喝酒、抽菸。大學附近有一家天然食品店，他常去買東西，從來不看價錢。

吉塔納斯所言不假，在酒吧和披薩店，濃裝的未成年少女果然唾手可得，但自從齊普離開紐約，逃出《紫學院》，他對年輕女孩的需求似乎已經喪失。他和吉塔納斯固定每週兩次去大都會俱樂部，在按摩後、洗三溫暖前，他們的需求會在缺乏人情味的乾淨泡棉軟墊上獲得充份滿足。這家店的女護膚員多是三十幾歲，白天的正職是照顧小孩、照顧父母，或在大學的國際新聞班上課，或從事藝術創作，做一些沾染政治色彩、銷路不佳的東西。在這些女人穿衣、整理頭髮時，她們交談的意願很高，把他當成人類來看待，頗令齊普驚訝。震撼他的是，她們好像從白天的生活獲得很大的樂趣，夜生活相形之下顯得多麼無聊，脫掉衣服這檔事多沒意義。由於齊普自己也開始從白天的工作獲得活力與快感，每次在按摩檯上進行治療性行爲後，他愈來愈能控制自己的身體，愈來愈能駕馭自己的性慾，愈來愈瞭解愛情裡的虛虛實實。每先付款後射精一次，他就剝除掉一盎司遺傳到的羞恥感，這份他十五年來不斷以理論攻打，卻百攻不破的羞恥感。他以百分之兩百的小費來表達他的感謝。在凌晨兩三點，當維爾紐斯被似乎盤踞數週的黑暗壓制時，他和吉塔納斯穿越飽含硫磺的煙塵，踏著雪、霧或細雨返回宅邸。

吉塔納斯是齊普在維爾紐斯的眞愛，齊普特別喜歡吉塔納斯喜歡他的程度。他們所到之處，大家無不問他們是不是親兄弟，事實上，齊普覺得自己比較不像他的手足，反而像他的女友。他覺得自己很像茱麗雅：天天受款待、受寵愛，幾乎完全依賴吉塔納斯的賞禮、指引、提供基本必需品。他和茱麗雅一樣，爲了吃晚餐而爲吉塔納斯引吭高歌。他是大受器重的員工，是脆弱但討喜的美國人，代表娛樂、放縱、甚至神祕。能換個角色成爲被追求的人——擁有令人渴求的特點和質感——是多麼大的滿足。

整體而言，他覺得維爾紐斯是個美好世界，充滿慢燉牛肉、高麗菜、馬鈴薯薄煎餅、啤酒、伏特加、菸草、同袍情誼、危險事業、馬子。他喜歡這樣的氣候和緯度，日光在這裡的功用大大降低。他賴床到極晚，仍能在太陽露臉時起床，而且在早餐完畢不久後，就能享受提神用的傍晚咖啡與香菸。他的生活過得有點像學生（他一向喜愛學生生活），也有點像網路新貴。相隔六千四百公里，被他擱在美國的所有事情都顯得渺小而容易處理——父母、債務、一敗塗地的人生、離他而去的茱麗雅。他覺得工作上、情慾上、友誼上的狀況好轉了許多，一時間忘記苦日子是什麼滋味。他決心繼續待在維爾紐斯，直到他賺夠錢清償丹妮絲和信用卡債；他相信最多六個月就夠。

奈何，命運之神照常來找他的碴。他在維爾紐斯享福未滿兩個月，父親與立陶宛開始崩塌。

在電子郵件中，丹妮絲威嚇齊普，提及艾爾佛瑞的健康情形，堅持要齊普回來聖猶達慶祝聖誕，但十二月回老家對他的吸引力小到不能再小。他懷疑，一旦他丟下這宅邸回國，即使只離開一個星期，一定會冒出某種莫名其妙的狀況讓他回不來。魔咒會因此破解，法術因此失靈。但是，丹妮絲是他碰過意志最堅定的人，她最後寄來的那封郵件，語氣裡是徹底的絕望。齊普略讀一下，才驚覺一眼也不該看，因為她在信裡算總帳了。被他遺忘的苦水，遠看渺小的難題，再度灌滿他的頭腦。

他刪除這封郵件，立刻反悔。他像作了一個夢，留下若有似無的印象，似乎瞄到一句：和老闆的老婆上床而被開除。但，丹妮絲怎麼可能會寫出這種句子？當時他是一眼匆匆掃過，現在不敢完全相信這個印象。如果妹妹是即將出櫃的女同志（這並非沒道理，丹妮絲從小就有些地方讓他懷疑），她現在絕對需要傳柯派的二哥扶持、打氣。話說回來，齊普還不打算回家，所以他大膽假設，那一瞬間的印象有誤，那句話另有所指。

他抽了三根菸，以強辯與反向指控來消除焦慮，再次決心在立陶宛待下去，等賺到欠妹妹的兩萬零五百美元再走。如果艾爾佛瑞搬去丹妮絲家，暫住到六月，齊普便可在立陶宛再住半年，最後仍能依約回費城三代大團圓。

不幸的是，立陶宛局勢江河日下，朝無政府狀態澎湃而去。十月和十一月期間，儘管爆發全球金融危機，正常的表象仍黏附在維爾紐斯。農人照常把家禽家畜帶到市場賣，賺取立陶宛幣，用這些錢來買俄國汽油、國產啤酒和伏特加、石洗牛仔褲、辣妹合唱團運動衫、從經濟比立陶宛更衰退的國家進口《X檔案》盜版錄影帶。而這些運送俄國汽油的卡車司機、生產伏特加的工人、以木質手推車兜售辣妹合唱團運動衫的裹頭巾老婆婆，全向農人購買牛肉和雞肉。土地生產，立陶宛幣流通，至少在維爾紐斯、在酒吧和夜店是夜夜笙歌至天明。

但是，經濟無法局限在一地。你可以付立陶宛幣給俄國出口商換取汽油，但出口商也有權對他想買的立陶宛商品或服務開價；沒錯，他當然要小心他的立陶宛幣怎麼用。在正式匯率上用一美元買到四立陶宛幣很容易，但反過來想用四立陶宛幣買到一美元可就沒那麼簡單！跟一般人認知相反的是，「沒有買家」是經濟蕭條期間商品變得稀少的原因。愈難找到鋁箔、碎牛肉、機油，運送這些商品的卡車愈可能被強盜覬覦，或被黑道介入販售。在這種情況下，公僕（尤其是警察）持續領薪水，拿的是買不到東西的立陶宛幣。地下經濟不只懂得判斷一盒燈泡的價格，更懂得正確判斷行賄分局長的價碼。

發現立陶宛黑市與美國自由市場相似之處比比皆是，令齊普非常驚訝。在這兩國，財富集中在少數人手裡；民間與公家機構的差異蕩然無存；商業巨擘生活在無盡的焦慮中，焦慮驅使他冷酷地擴展事業版圖；老百姓生活在無盡的恐懼中，害怕被開除，始終搞不清哪一間公家機關被哪一家私人大企業收買；經濟動力大致來自於菁英階級狂買奢侈品的需求。（在維爾紐斯，在那個陰鬱秋天的十一月，全國數千名木匠、砌磚工人、工匠、廚師、妓女、酒吧經理、汽車修護工、保鏢都是五個寡頭統治犯罪集團的員工。）就齊普見聞所及，美國與立陶宛的差別只有一個：在美國，有錢的少數壓制著沒錢的多數，透過影視娛樂、電子器材、製藥等手段，痲醉民眾的心智，扼殺大眾的靈魂；在立陶宛，強勢的少數以暴力恫嚇弱勢的多數，逼民眾就範。

令他這顆傅柯之心洋溢暖流的是，生活在這個國家眞單純，因爲土地所有權與輿論控制權明顯掌握在有槍人士的手裡。

在立陶宛，持有槍械最多的人是原籍俄羅斯的維克多．利虔科夫，海洛因與搖頭丸也幾乎由他一人壟斷，以賺飽的資金來奪取立陶宛銀行的絕對控股權。立陶宛銀行原本由亞特蘭大的有善信託控股，因誤判立陶宛消費者的胃口，推出呆伯特萬事達慈善卡，慘賠退場。利虔科夫的財力雄厚，自擁五百壯丁組成一支武裝私人「治安部隊」，在十月肆意包圍伊格納利納一座類似車諾比核電廠的反應爐，掌握全國四分之三電源。伊格納利納位於維爾紐斯東北一百二十公里外。包圍反應爐的行動讓利虔科夫能借力使力，大增談判籌碼，一舉拿下全國最大電力公司。這家電力公司由舊東家在全面民營化期間低價買下，舊東家也是寡頭統治的犯罪集團，是利虔科夫的死對頭。一夕之間，流經全國電表的每一立陶宛幣全灌進利虔科夫的荷包。然而，他顧及自己是俄羅斯人，唯恐立陶宛人眼紅排外，因此不敢揮霍他的新勢力。爲了表達善意，他刪減百分之十五的電費，這數字正是前任老闆超收的幅度。電費調降，他廣受愛戴，順勢組成新政黨（人民廉電黨），推出一整批候選人，爭取十二月中旬大選的國會席位。

儘管如此，土地照常生產作物，立陶宛幣照常流通。殺人魔電影《慕迪之果》在立陶宛影城和溫吉斯戲院上映。《六人行》影集裡珍妮佛．安妮斯頓以立陶宛語談笑風生。在聖凱薩琳教堂外的廣場上，市府清潔工忙著清理水泥殼垃圾箱。但是，白晝逐日縮短，一天比一天昏暗。

在全球舞台上，從一四三〇年維陶塔斯大帝駕崩後，立陶宛國勢一蹶不振。六百年來，立陶宛猶如一再轉送的結婚禮品（人造皮革冰桶、沙拉夾），在波蘭、普魯士、俄羅斯之間連番轉手。立陶宛的語文與輝煌歷史是流傳下來了，但可嘆的是，立陶宛終究是豆大的小國。在二十世紀，先有蓋世太保與黨衛軍清算二十萬立陶宛猶太人，後有蘇聯將二十五萬立陶宛國民下放至西伯利亞，卻未在國際社會激起應有的波瀾。

吉塔納斯．米瑟維裘斯的祖籍位於白俄羅斯邊界附近，歷代有神職人員、軍人、官僚。他的祖父是地方法官，一九四〇年被新任共產黨長官叫去問話，答錯了連同妻子一起被送去勞改，從此音訊全無。吉塔納斯的父親在維迪斯克斯經營一家酒吧，常供應物資給游擊抵抗軍運動（號稱「森林弟兄」），直到一九五三年和解之後才停止。

吉塔納斯週歲之後，維迪斯克斯與八個周遭城鎮被傀儡政府歸入兩座核電廠之一的預定地，一萬五千居民被迫遷居（「基於人身安全的理由」），全體搬進全面現代化的嶄新小城赫魯切維。該城位於伊格納利納以西的鄉下，湖泊密佈，興建的過程倉促。

「看起來有點荒涼，全是空心磚，一棵樹也沒有，」吉塔納斯告訴齊普：「我爸的新酒館有個空心磚吧檯、空心磚雅座、空心磚酒架。白俄羅斯實行社會主義計畫經濟，據說空心磚產量過高，所以免費送我們。因此我們全搬過去住，睡空心磚床，在學校玩空心磚做的遊樂器，在公園坐空心磚做的長椅。過了幾年我十歲，大家的爸爸媽媽一個個得了肺癌病倒了，不蓋你，每一個小孩的爸媽都一樣，後來我爸也長了肺腫瘤。最後，政府終於派人來赫魯切維檢查，哇，偵測到氡。很嚴重的氡害，是他媽的千眞萬確的氡浩劫。繼續調查後發現，空心磚有微量放射性！氡在全城每一個不通風的房間裡聚積。尤其是像酒吧這種地方，空氣不太流通，店東整天坐在裡面吸菸，像我爸那樣。白俄羅斯是我們的社會主義姐妹國耶（順便一提，他們以前是立陶宛的領土），他們說眞的很抱歉。白俄羅斯說，那些空心磚不知爲什麼含有一些瀝青鈾礦，問題大了，抱歉，抱歉，抱歉。所以大家全搬出赫魯切維。後來我爸死了，死得很慘，拖到結婚紀念日隔天才在零點十分斷氣，因爲他不希望忌日和結婚紀念日同一天，怕我媽傷心。三十年後戈巴契夫下臺，我們總算有機會翻翻舊案，結果發現，哪有計畫欠周詳、空心磚生產過剩這回事，根本是白俄羅斯刻意執行的政策，想回收放射性極低的核子廢料來生產建材，以爲攙水泥製作成空心磚就能讓放射性同位素失效！但白俄羅斯人不是沒有檢測輻射的蓋格計數器，一檢查就發現廢物利用的美夢泡湯，只好用火車載運空心磚，白白送給我們，我們也沒有理由懷疑對方搞鬼。」

「好慘。」齊普說。

「豈只慘，」吉塔納斯說：「我十一歲時空心磚害死了我爸，我最好朋友的爸爸也死了，幾年下來，死了幾百人。我覺得每件事都有意義。這世界少不了一個背後畫著紅心標靶的敵人，一個蘇聯黑心老大，讓全民恨之入骨，一直恨到一九九〇年代。」

立陶宛獨立之後，吉塔納斯與人合組VIPPPAKJRIINPB17黨，黨綱裡有一竿子打死蘇聯人的主張：蘇聯必須償還立陶宛的血債。在九〇年代有一段時間，仇恨治國是可行的辦法，但不久後其他政黨成立，黨綱一方面向復仇主義致意，另方面也提出忘掉歷史、放眼未來的展望。九〇年代末VIPPPAKJRIINPB17黨敗選，失去國會裡的最後一席，黨產只剩這棟維修一半的司令宅邸。

吉塔納斯極力從時局理解出一套政治意義，卻沒有成功。當年蘇聯紅軍違法拘留他，他因拒答而遭刑求，左半身漸漸佈滿三度灼傷時，時局有其意義。然而在立陶宛獨立之後，政治失去了向心力，就連單純、重大如蘇聯賠償立陶宛的議題都能被封殺。因爲在二次大戰期間，立陶宛曾協助迫害猶太人；也因爲俄國當權者中，許多人也是推翻蘇聯有功的愛國英雄，可獲得的賠償幾乎跟立陶宛差不多。

「現在我怎麼辦？」吉塔納斯問齊普：「入侵者不是敵軍，而是一套體系、一種文化，我怎麼對付？現在我對我國的展望，只能降低標準，只求立陶宛看起來比較像西方世界的二流國家。換句話說，比較像其他所有人。」

「比較像丹麥，有港市美食餐廳和精品店。」齊普說。

「立陶宛人以前指著蘇聯人說：我們才不那樣，」吉塔納斯說：「現在我們說：不，我們不是自由市場，不對，我們沒有全球化——這種話一點都沒有立陶宛的風範，只會讓我覺得愚蠢、退化回石器時代。所以，我現在要怎麼當個愛國人士？我能代表什麼正面意義？我的國家明確來說到底是什麼？」

VIPPPAKJRIINPB17黨垮臺後，吉塔納斯繼續住在半荒廢的司令宅邸。他請母親搬進副官套房，但她希望留在伊格納利納近郊的公寓。立陶宛當年的政府官員，尤其是像他這種主張復仇的一派，無不潛心收購共產黨留下的財產，吉塔納斯也不例外。甜菜製糖廠修克羅薩斯公司是立陶宛第二大單廠僱主，吉塔納斯買下百分之二十股份，靠股利過著優渥的生活，享受愛國份子的退休日子。

如同齊普，吉塔納斯有一段時間也將茱麗雅視爲救星，從她的美貌、她逸樂取向的美式風格尋求救贖。然後，茱麗雅在前往柏林的班機起飛前變心，爲他一生承受過的無數背叛再添一筆。他被蘇聯人整過，被立陶宛選民整過，被茱麗雅整過。最後，他被國際貨幣基金、世界銀行戲弄，憤而構思立陶宛公司這個漫天大謊，以傾瀉累積四十年的不滿。

最近幾年來，延攬齊普是他做過最明智的一個抉擇。吉塔納斯那一天去紐約，想找一位離婚律師，順便物色一位收費低廉、約莫是某個中年兼過氣的美國演員，把這人安置在維爾紐斯，以應付立陶宛公司吸引到的來電者與訪客。不料，他碰到的是年輕有才的齊普，齊普也答應效勞，他幾乎不敢相信。發現齊普睡過他老婆，他只稍稍失望一陣而已。在吉塔納斯的經驗裡，身邊所有的人都遲早會背叛他。他欣賞齊普，是因爲齊普竟有辦法在認識他之前，就完成背叛的舉動。

至於齊普，他自慚是個「可悲的美國人」，因爲他不懂立陶宛語，俄文不通，父親沒有因肺癌而早逝，祖父母也沒有消失在西伯利亞，更沒有被關進缺乏暖氣的軍隊監獄、因個人理念而遭酷刑伺候。但他有能抵銷自卑感的優勢：他的工作能力強；茱麗雅以前常拿他和吉塔納斯相比，頻頻讚美他。他們若在夜店和酒吧被誤認爲親兄弟，通常也懶得否認，這時齊普會假設對方認爲他是比較成功的那一個。

「我做過副首相，政績相當不錯，」吉塔納斯沉重地說：「當黑軍閥卻不太行。」

以「軍閥」自居，吉塔納斯是有點往自己臉上貼金。他的種種敗相逐漸顯露，看在過來人齊普的眼裡再熟悉不過了。吉塔納斯做事和擔心的時間比是一比六十。投資人的巨額鈔票從全球各地飄來，他每週五存進瑞士信貸帳戶，但他躊躇著是應該「誠實地」用這些錢（例如替自由市場黨公司在國會買席位），還是毫無愧色地將不義之財投資在合法性更低的事業，黑錢滾黑錢？剛開始的那一陣子，他兩種都做一點，也兩種都不太做。最後，根據他的市調（在酒吧徵詢陌生醉漢的高見），他深信在現今的經濟環境中，即使是布爾什維克派人士出來競選，票數也會高過黨名含有「自由市場」字眼的政黨。

吉塔納斯斷然捨棄最後一絲守法的念頭，聘來幾位保鏢。不久後，利虔科夫問他的密探們：這個米瑟維裘斯不過是個過氣的愛國者，幹嘛找人保護？吉塔納斯這個沒防禦力的過氣愛國份子，反而比指揮十個手持卡拉希尼科夫式衝鋒槍的年輕壯漢來得安全。吉塔納斯不得不多找幾位保鏢，而齊普擔心中彈，沒人陪同時一腳也不肯踏出司令宅邸。

「你沒危險啦，」吉塔納斯要他放心：「利虔科夫有可能想殺掉我，想把公司據爲己有，不過他會放過你，因爲你是一隻會下金蛋的鵝。」

話雖這麼說，齊普每次一進入公眾場合，頸背的毛髮總會不由自主地豎起來。美國感恩節那天，他去一家名叫姆斯靡萊特的夜店喝酒，看見兩個利虔科夫的手下用手肘撞開人群，踩著黏黏的地板走向一個紅髮「進口酒商」，對準他的腹部連開六槍。利虔科夫的槍手直接走過齊普身邊，不動他一根汗毛，證實了吉塔納斯的論點。但「進口酒商」的肉身柔軟，確實不是子彈的對手，證實了齊普一直擔憂的事。垂死商人的神經電流超載，他劇烈抽搐，電能在體內神經管線潛藏了一生，如今衝撞電化學出口，癱瘓了全身。

半小時之後，吉塔納斯現身姆斯靡萊特。「我的問題在於，」他看著血跡沉思：「我中彈比較容易，開槍比較難。」

「你又來了，又挫自己威風。」齊普說。

「我忍痛的能力不錯，施暴的能力比較差。」

「我說眞的，別對自己這麼苛。」

「殺或被殺，並不是簡單的概念。」

吉塔納斯不是沒走過侵略路線。身爲黑軍閥，他確實擁有一項優質資產，就是自由市場黨公司賺進來的鈔票。利虔科夫以武力包圍伊格納利納反應爐，逼迫立陶宛電力公司轉手之後，吉塔納斯賣掉紅利多多的糖廠股份，掏空自由市場黨公司的財庫，看準立陶宛最大一家手機公司買下控股權。這家公司是波際無線，是他財力範圍之內唯一一家公共事業。他送保鏢每人每月一百分鐘國內通話，語音信箱與來電顯示免費，叫保鏢監聽利虔科夫的數支波際手機門號，由此發現利虔科夫即將拋售「全國鞣革與家畜系列產品」的全數持股，吉塔納斯也跟進放空自己的持股。這讓他在短期內淨賺一大筆，也爲他種下長期的致命苦果。利虔科夫接獲密報，得知手機遭竊聽，改用保密設施較周全的跨國系統「里加」，再他反過來攻擊吉塔納斯。

在十二月二十日大選前夕，一座變電所「意外」故障，波際無線公司的交換中心以及六座基地臺因而被選擇性斷電，維爾紐斯的年輕人無手機可用，群起走上街頭，留山羊鬍子的光頭族企圖進攻波際辦公室。波際公司的高層以傳統銅絲電話報警，應訊前來的「警察」竟加入暴民，掠劫辦公室，包圍總務室，幸好這時三輛廂型車載來「警察」，動員吉塔納斯買得起的唯一轄區派來的警力，經過一番激戰，第一批「警察」撤退，剩下的「警察」驅散暴民。

星期五深夜至星期六上午期間，波際公司的技術員搶修著布里茲涅夫時代的緊急發電機；交換中心的備用電源全靠這一臺發電機。發電機的傳輸總線年久腐蝕嚴重，資深主管去檢查時，拉一拉、測試牢不牢靠，居然將總線連根拔起。這位主管點著蠟燭、拿著手電筒，想把總線接回去，焊槍卻把最重要的感應線圈燒穿。大選期間政壇動盪不安，在維爾紐斯出再高的價也買不到以汽油啓動的交流發電機（更何況，交換中心當初爲了貪小便宜，用的是布里茲涅夫時代的三相發電機，現在更找不到同型的機器來替換）。在搶修過程中，波蘭與芬蘭的電器零件供應商有鑑於政壇動盪不安，要求立陶宛先以強勢西方貨幣付現，否則不肯出貨給立陶宛，而立陶宛和眾多西方世界國家一樣，手機普及，價格便宜，民眾索性停用銅絲電話，因此手機公司一出狀況，通訊頓時陷入十九世紀般的無聲狀態。

在一個極爲陰沉的週日上午，選舉結果揭曉，總共一百四十一席的國會中，利虔科夫的人民廉電黨一舉拿下三十八席，把利虔科夫與一群走私犯和槍手送進國會。但是，立陶宛總統奧德留斯・維昆納斯拒絕批准選舉結果。維昆納斯是民族主義派的大老，群眾魅力與猜忌心兼俱，不但痛恨俄羅斯，也同樣仇視西方國家。

「狂犬病魔利虔科夫和他那群嘴冒唾沫的地獄獵犬無法嚇阻我！」維昆納斯總統在週日晚間的電視轉播中表示：「部份地區停電，首都通訊網絡幾乎停擺，利虔科夫帶著那群嘴邊冒著唾沫、阿諛奉承的地獄獵犬組成『治安部隊』荷槍實彈到處流竄，打不倒昨天全民投票結果顯示的信心。立陶宛人民偉大光榮，意志頑強，判斷力剛正！我絕不、永不、誓死不、萬萬不核可國會選舉結果，因爲選舉結果是沾滿糞污、萬蛆鑽動的末期梅毒！」

吉塔納斯與齊普在司令宅邸的交際廳觀看總統演說。兩位保鏢靜靜在角落玩「地窖城主」，吉塔納斯則爲齊普口譯總統演說的精華。在豎鉸鏈窗外，一年最短的白天已經結束，泥炭般的日光也已散盡。

「我有不祥的預感，」吉塔納斯說：「我覺得利虔科夫打算槍殺總統，賭賭看繼任人選會是誰。」

齊普盡量忘記四天之後就是聖誕節。既然決定留在維爾紐斯，他可不希望聖誕過後一星期就被趕回美國。他問吉塔納斯是否想過把帳戶的錢領光，離開立陶宛。

「當然。」吉塔納斯穿著摩托車障礙賽的紅夾克，雙手環抱。「我天天都想去布魯明戴爾百貨逛逛，也想去洛克斐勒中心，看那棵大樹。」

「那你爲什麼不走？」

吉塔納斯搔搔頭皮，嗅嗅自己的指甲，聞著頭皮和鼻子附近的皮膚油脂混合的味道，顯然能藉以安撫心情。「如果我走了，」他說：「風波過後我能怎樣？我等於是三條大路都不通。我在美國找不到工作；下個月開始，我和美國公民沒有婚姻關係；而且我媽在伊格納利納，我在紐約有什麼？」

「我們可以在紐約做這樁生意。」

「美國有法律啊！他們一個禮拜就可以叫我們關門。我是他媽的死路三條了。」

接近午夜，齊普上樓，鑽進東歐共產集團單薄、寒冷的被單中。他房間有潮濕的灰泥味、香菸味以及波羅的海人喜愛的人工合成洗髮精的濃香。他知道自己的思緒在狂飆，他墜不進夢鄉，只在表面彈了彈，像打水漂似的。他屢次誤將窗外的路燈當成旭日。他下樓，發現已經是平安夜傍晚，心急起來，帶有睡過頭的人擔心趕不上、擔心搞不清楚狀況的恐慌。母親正在廚房準備平安夜晚餐，父親模樣年輕，穿著皮夾克，正坐在向晚餘暉瀰漫的交際廳裡看丹．拉瑟主播的《CBS晚間新聞》。齊普爲表示友好，問他今天有什麼大消息。

「告訴齊普，」艾爾佛瑞認不出他，告訴齊普：「東歐有動亂。」

眞正的日光在八點開始亮起來。街頭的叫囂聲吵醒他。他的房間雖冷，卻不至於凍人，一縷溫暖的灰塵味從暖氣機飄來——維爾紐斯市的中央鍋爐設施仍在運作中，社會秩序仍然完善。

透過窗外雲杉的枝葉，他看見一群男女約幾十人，穿著厚重大衣，在圍牆外蠢動。昨晚下了一層薄雪。吉塔納斯的兩位保鏢——喬納斯和埃達里斯兄弟——正隔著大門的鐵條和兩位中年女人交談。保鏢兄弟是金髮彪形大漢，背著半自動武器，女人的頭髮如紅銅絲，臉孔紅通通，正如房裡的暖氣機發出的熱氣，顯示日常生活仍在繼續。

樓下交際廳裡迴盪著義正辭嚴的立陶宛文。吉塔納斯坐在原位，和齊普昨晚離開時見到的坐姿一樣，只是衣服換了，看起來是睡過。

灰濛濛的晨曦、樹上的雪、隱隱的分崩離析感勾起秋季課程結束——聖誕長假前、期末考最後一天的景象。齊普進廚房，倒一碗芭芭拉全天然碎燕麥早餐穀片，淋上維他奶輕香草豆漿。他喝著最近愛上的黏黏的德國有機黑櫻桃汁。他泡好兩杯即溶咖啡，端進交際廳，看見吉塔納斯已把電視關掉，又在嗅他的指甲。

齊普問他，今天有什麼新聞。

「我的保鏢跑光了，只剩下喬納斯和埃達里斯，」吉塔納斯說：「福斯車和那輛拉達被開走了，八成不會回來了。」

「這種程度的護衛，還會有人想攻擊？」齊普說。

「只留了休旅車給我們，休旅車是很容易讓人動歪腦筋的車。」

「這是什麼時候的事？」

「一定是在總統宣佈陸軍進入備戰狀態之後。」

齊普笑了。「那又是什麼時候的事？」

「今天凌晨。全市顯然照常運作，除了波際無線之外。」吉塔納斯說。街頭的暴民愈聚愈多，現在大約一百人，高舉著發出詭異天音的手機，手機齊聲播放著**服務中斷**的訊息。

「我要你回紐約去，」吉塔納斯說：「我看這裡的情形再決定，也許會去紐約，也許不會。我要去陪母親過聖誕。這個你收著，是你的資遣費。」

他拋給齊普一包厚厚的褐色紙袋，宅邸外牆這時傳來連續砰砰幾聲。齊普放下紙袋。一顆石頭破窗而來，蹦了幾下，停在電視機旁邊。這顆石頭有四面，是花崗岩圓石的一角，表面覆著一層新的敵意，似乎微感尷尬。

吉塔納斯以銅絲電話打給「警察」，言談謹慎。保鏢兄弟的食指插進扳機護弓，從大門進來，隨之進門的是伴隨冷風的雲杉聖誕氣息。這對兄弟是吉塔納斯的親戚，或許這正是他們不像其他保鏢一樣叛逃的原因。吉塔納斯放下電話，用立陶宛語和他們交談。

褐色紙袋裡有肥厚的一疊五十元、百元大鈔。

昨晚齊普那場錯過聖誕的夢，夢中的遺憾持續到白天。那群網路少年今天全部蹺班，此刻吉塔納斯給了他一份禮物，雪黏在雲杉的枝椏上，大門外集結著一群身穿大衣的佳節暴徒……

「去收拾行李吧，」吉塔納斯說：「喬納斯會送你去機場。」

齊普上樓時腦袋空空，心也空空。他聽見前門廊響起槍聲，聽見彈殼叮叮彈出的聲響，聽見保鏢兄弟（希望是）對空射擊。聖誕鈴聲響叮噹，響叮噹。

他穿上皮褲和皮外套。收拾行李的舉動令他聯想到十月初打開行李的那一刻，時光在這兩個動作之間畫個圓，拉一拉繩圈，把期間的十二個星期變走。他再一次開始收拾行李。

齊普回到交際廳時，吉塔納斯嗅著指甲，盯著電視看新聞。利虔科夫的兩撇小鬍子在螢幕上跳動。

「他在講什麼？」

吉塔納斯聳聳肩。「他說維昆納斯的心智不適任總統，他說維昆納斯意圖推翻立陶宛的合法民意，諸如此類。」

「你應該跟我一起走。」齊普說。

「我要去陪我媽，」吉塔納斯說：「我下個禮拜打電話給你。」

齊普擁抱他的好友，緊緊抱住。吉塔納斯緊張時嗅個不停的頭皮油脂味，他現在嗅得到。他覺得彷彿抱著自己，碰觸著自己的肩胛骨，摩擦著自己的羊毛衣。他也感應到好友的鬱悶——多麼魂不守舍、心不在焉、對外當機——令他也失落起來。

喬納斯來到正門外，在砂石車道上按喇叭。

「約在紐約見吧！」齊普說。

「好，也許吧！」吉塔納斯抽身離開，走回電視機前。

外門敞開，休旅車呼嘯衝出去時，只剩零星幾人對著車子丟石頭。喬納斯載著齊普往南離開市中心，沿途見到拒人於千里的加油站、棕牆被車刮損的建築。這些東西只有在今天這種天氣，唯有在陰霾籠罩、日光薄弱時才顯得最快樂自在。即便算不上親切，英文幾乎不通的喬納斯還是盡力對齊普展現耐性，時時注意後照鏡。這天早上的車流極為稀疏，軍閥級的休旅車最容易在動盪時期引來不必要的注意。

小小的機場擠滿西方國家語言的年輕人。四城基金清算了立陶宛航空之後，其他航空公司承接了部份航線，但減縮後的班次（一天十四班飛至歐洲首都）不足以應付今天這種人潮。齊普一眼望去，見到數百名英國、德國、美國學生與企業人士，多數人顯得眼熟，是他和吉塔納斯在酒吧見過的臉孔。大家集合在芬蘭航空、漢莎航空、俄羅斯航空、波蘭航空的訂位櫃檯前。

勇猛的市公車繼續載來一車車的外國人。齊普極目所及，每個櫃檯前的長龍都一動也不動。他數著出境班次，最多的一家是芬蘭航空。他走過去排隊。

在芬蘭航空的隊伍尾端，有兩位美國大學女生，穿著喇叭牛仔褲，六〇年代復古風打扮，行李箱上的姓名是蒂芬妮和雪莉兒。

「妳們有機票嗎？」齊普問。

「明天的票，」蒂芬妮說：「不過昨天情勢好像有點亂，所以。」

「這條有在前進嗎？」

「不曉得，我們只排了十分鐘。」

「十分鐘了，一步也沒前進？」

「櫃檯只有一個人，」蒂芬妮說：「芬蘭航空好像沒有別的櫃檯囉，所以。」

齊普覺得暈眩，直想叫一部計程車回去找吉塔納斯，但他命令自己堅強一點。

雪莉兒對蒂芬妮說：「所以呢，我爸他說呀，妳去歐洲，可以把公寓轉租出去，我跟他說呀，我答應過安娜了，週末有主場賽的日子，她可以跟傑森過來睡。我總不能答應之後又反悔對吧？可是我爸一直提錢的事，我就說，喂，公寓是我的耶，對吧？是你買給我的耶，沒錯吧？我哪知道會冒出一個陌生人，用我的爐子炸東西，睡在我的床上？」

蒂芬妮說：「那超噁的。」

雪莉兒說：「還睡我的枕頭耶！」

來了兩個非立陶宛人，一對比利時男女，排在齊普後面。齊普因爲不再殿後而心生些許慰藉。齊普以法文請他們代爲看管行李，替他保留位子。他進男廁隔間，鎖上門，數著吉塔納斯給他的鈔票。總數兩萬九千二百五十美元。

錢讓他無端地難過起來，錢讓他害怕。

廁所裡的擴音器傳來一則廣播，先是立陶宛語，然後是俄語，最後是英語：LOT波蘭航空從華沙起飛的三三一號班機已經取消。

齊普把兩千元放進T恤口袋，在左靴裡塞兩千，把剩下的鈔票放回紙袋，藏進T恤底下的腰際。他但願吉塔納斯沒有給他這些錢，沒有錢，他就能有充份的理由待在維爾紐斯。好藉口飛了，過去十二週隱藏的一個事實也被剝得精光，在屎尿臭的隔間裡見不得人。這個事實很簡單：他怕回老家。

懦弱擺在眼前，他比任何人都不願正視。他氣這筆錢，氣吉塔納斯給他錢，氣立陶宛不爭氣，但他再生氣也氣不走害怕回家的事實。這是他個人的錯，不能怪別人。

他走回原來的位子，繼續排隊等芬蘭航空，隊伍依然沒有前進半步。機場的揚聲器宣佈，赫爾辛基出發的一〇四八號班機已取消，大家同聲怨嘆，身體向前推，人群擠成三角形，角錐戳著櫃檯。

雪莉兒和蒂芬妮把行李踹向前，齊普把行李踹向前，他覺得自己重新回到現實世界，而他不喜歡這裡。近似醫院的燈光，一種嚴肅、逃生無門的光落在這兩個女生身上，落在行李上，落在穿制服的芬蘭航空人員身上。齊普無處可躲，周遭的每一個人都在讀小說。他至少一年沒讀小說了，重拾小說和重回聖猶達過聖誕一樣駭人。他想出去叫計程車，但他懷疑吉塔納斯早已逃出維爾紐斯。

他站在無情的燈光下，直到時鐘指向兩點整，然後兩點半——現在聖猶達是清晨。他再請比利時人看管他的行李，改去公用電話前排隊。他刷卡打電話。

依妮德的嗓音傳來，口齒不清，音量細微：「水呀？」

「嗨，媽，是我。」

她的音頻與音量瞬間飆升三倍：「齊普？喔，齊普！艾爾，是齊普啦！是齊普！齊普，你在哪裡？」

「我在維爾紐斯機場，就要回家了。」

「嘩，太好了！太好了！太好了！快告訴我，你幾點到？」

「我還沒買到機票，」他說：「這裡的情況有點亂，大概是明天下午吧，最遲禮拜三到。」

「太好了！」

母親的聲音充滿愉悅，讓他措手不及；就算他曾經知道自己能帶給人很大的喜悅，也早就忘記了。他提起神，穩住自己的聲音，盡量長話短說。他說，他一到比較安定的機場時，會再打電話回家。

「天大的好消息啊，」依妮德說：「我好高興！」

「好了，我很快就到家。」

浩瀚的波羅的海冬夜，已開始從北方牴撞過來。排在人龍前頭的人回報說，芬蘭航空今天的票已經賣光了，而且今天至少還有一班班機可能被取消。齊普想亮出兩三百美元爭取他在網站上諷喻的「插隊特權」，賄賂不成的話，他可以花重金找別人買機票。

雪莉兒說：「噢天啊，蒂芬妮，踩階梯機對翹屁股超有效的。」

蒂芬妮說：「踩的時候要翹屁股，才會有效。」

雪莉兒說：「屁股不翹才怪咧，不翹也不行，腳會痠嘛！」

蒂芬妮說：「廢話！妳踩的是踩階梯機耶！腳當然會痠。」

雪莉兒望向窗外，以大學生那種無力的輕蔑態度問：「奇怪，坦克車幹嘛開進跑道中間？」

一分鐘之後，燈光熄滅，電話中斷。

最後一次聖誕節

地下室乒乓球桌東邊的角角上有一個Maker's Mark威士忌紙盒，艾爾佛瑞想把裡面裝著的聖誕樹彩燈拿出來。他已經在球桌上擺了處方藥和一組浣腸用品。桌上還有一塊依妮德剛做好的糖渣餅乾，形狀近似梗犬，其實她想做的是馴鹿。另有一個小木屋糖漿的紙盒也在桌上，裡面有他以前會拿出去掛在戶外紫杉上的大顆彩燈。他有一支拉推槍栓式獵槍，放在一個有拉鏈的帆布袋裡，和一盒二十口徑的子彈。他的頭腦出現罕見的晴天和意志力，他想在這片美景消失前好好利用它。

傍晚一抹晦光被俘虜在窗框中。隨室溫自動開關的暖氣爐經常啓動，顯示房子有漏暖氣的跡象。艾爾佛瑞的紅毛衣穿在身上，歪曲、打折、凹凸的地方很多，讓他看起來像樹幹或椅子。他的灰色羊毛長褲沾滿污漬，他不得不忍耐，因爲不忍耐就會失去理智，而他還沒準備好要這樣。

威士忌紙盒的最上一層是一串非常長的白色聖誕燈，在厚紙棒子上纏繞成一大團。這串燈原本放在門廊下面的儲藏室，現在散發出儲藏室的霉味。他插上插頭，立時看出這串燈不盡理想，多數燈泡亮晃晃，但在接近棒子中間的地方有一片燈泡不亮，宛如人腦深處的黑質。他以不太聽使喚的手拉開這串燈，把整串平放在乒乓球桌上，幾顆燈泡死在最尾巴，很難看。

他明瞭現代社會期望他現在怎麼辦，現代社會期望他開車去量販店另買一串燈，丟棄故障的這一串。不過量販店這時節必定人滿爲患，排隊結帳要等二十分鐘，他不在意等候，但依妮德現在不放心他開車，而依妮德不願意等。她在樓上鞭策自己，爲準備聖誕這件事做最後衝刺。

也好，艾爾佛瑞心想，待在地下室做他能做的事，以免妨礙到她。丟棄一串九成能用的燈，違反了他的比例原則和經濟原則，也違反了他的個人觀，因爲他來自一個個人當道的時代，而一串燈泡和他一樣皆爲不可切割的個體。無論這東西的成本多低，丟棄它都等於否定它的價值，引申來說更概括否定了個人的價值——明知不是垃圾，卻故意把它視爲垃圾。

現代社會期望他把這串燈視爲垃圾，他拒抗。

可惜，他不會修這串燈。十五顆燈泡怎麼亮不起來？他無法理解。他從亮的地方檢查到不亮的地方，在最後一顆亮燈和第一顆死燈之間，他找不出電線的設計有何差異。電線總共三條，交纏打結之處甚多，他無法順著其中一條從頭看到尾。這串燈採用半平行電路，做得有點複雜，他看不出複雜的必要。

以往的聖誕燈串比較短，以串連的方式接長。如果其中一顆燈泡燒壞，或只是燈座鬆脫，電路會因此被切斷，整串燈會亮不起來。聖誕節的例行公事之一是，蓋瑞和齊普會針對不亮的部份扭緊每顆有銅製底座的燈泡，再不亮，小兄弟倆會一顆一顆置換，直到造反的那顆被揪出來爲止。（能讓一串燈復活，兒子們多高興！）等到丹妮絲夠大，能幫忙檢查聖誕燈時，科技已經進步，電路變成平行，燈泡的塑膠底座是嵌合式，壞掉一顆不會影響整串。但一被發現有壞，還是馬上整串替換……

艾爾佛瑞的雙手以手腕爲圓心，像雙槳型打蛋器一樣旋轉著。他盡其所能，以手指順著電線，按著，扭著，不亮的那一段終於亮了！整串全亮！

他是怎麼辦到的？

他把燈串放在球桌上攤平，動作才開始，故障的部份又短路了。他又捏又拍，想把燈泡救活，這次卻運氣欠佳。

（把獵槍槍口插進嘴巴，再伸手去摸開關。）

他再次檢查迷彩綠的辮形電線。即使是現在，即使他病重若此，他仍相信他可以坐下來，用紙筆改造基本電路的原理。他確信自己此刻有這份能耐，但平行電路的謎題之難解，遠比開車去量販店排隊更難。動腦的工作得用歸納法再次找出基本規則，得重新排列組合大腦的電路。一個健忘老人，隻身跟獵槍、糖渣餅乾、藍色大椅子在地下室，竟能自行重組腦神經的複雜連線，竟能因而理解電路——這種事居然想得出來，太神奇了。然而，讓熵逆轉產生熱能勢必耗費他不少能量，遠超過他能從一片糖渣餅乾吸收到的熱量。也許，假如他一口氣吃掉一整盒糖渣餅乾，他可以重新學習平行電路，弄懂三線辮的原理，讓這些煉獄火燈全亮起來。但是，噢，天啊，累死人了。

他甩一甩燈串，死燈又亮了。他再甩，然後再甩一次，這幾個燈泡仍然不滅。然而當他把整串捲回紙棒上的時候，捲在裡面的燈串尾端又暗了。兩百粒燈泡亮著，現代社會卻堅持要他作廢一整串。

他懷疑這種新科技是蠢還是懶的結果，不知是哪裡的年輕工程師便宜行事，沒有設想到他碰到的這種苦果。但是，由於他不瞭解這種科技，他無從理解故障的癥結，也無從修正。

因此，這些天殺的燈打壓他，讓他束手無策，逼得他只能出去花錢。

小男孩天生有修東修西的意願，也有對個別物體的敬意，但最終，有些內部硬體（包括意願與敬意的精神硬體）會退化，因此儘管運作正常的器官多得是，直接作廢整部人體機器的念頭仍不時冒出來。

換句話說，他累了。

他把餅乾塞進嘴裡，細細咀嚼、吞嚥。人老了，苦不堪言。

幸好，威士忌紙盒裡仍有幾千顆燈泡。艾爾佛瑞有條不紊地試插每一串，發現較短的三串正常，其他不是莫名其妙亮不起來，就是舊到燈力微弱發黃；短短的三串無法掛滿整棵樹。

他從紙盒底挖出幾包備用燈泡，註明寫得仔細。他發現其中幾串燈有修理過的痕跡，是他多年前剪除故障部份、重新接好的幾條。他找到幾串舊的串連燈泡，故障的燈座被他以焊錫修復過。當年他身負繁多責任，竟然有空修理這些東西，現在回想起來，令他感到訝異。

噢，關於修理的迷思，孩子氣的樂觀！天眞地期盼東西永無報廢的一天。懷抱著傻傻的信念認爲不管多遠的將來，他不但都能活得好好的，還有足夠的精力修理東西。他默默深信，勤儉的美德總有一天會得到善報：有一天他會一覺醒來徹底變成另一個人，有無窮的精力、無盡的時間照料所有他留住的東西，讓它們繼續運轉，一項也不必拋棄。

「我眞該甩掉這整堆爛東西。」他說出聲音。

他的雙手顫動著，雙手老是抖不停。

他把獵槍拿進工作室，靠在工作檯邊。

他碰到難解的麻煩了。他泡在冷到極點的鹹水中，肺臟被灌得半滿，沉重的雙腿抽筋，一邊肩膀脫臼，他必須做的事只有一件，就是什麼也不做，死心吧，溺死吧。但反射動作使他踢了幾下。他不喜歡深水區，所以他開始踢水，隨後天空下起橙雨，橙色的救生圈紛紛掉下來。他把聽使喚的一隻手伸進其中一個救生圈，旋即而來的一陣巨浪與暗流——北歐悠航遊輪的尾浪——把他攪進強大的衝激旋轉中。那時，他必須做的事只有鬆手。而當他險些葬身北大西洋時，他很清楚另外那個世界裡一個物體也沒有。他一手勾住的這個橙色爛救生圈，這個基本上不可理解、沒有情感的布包泡棉，將會是他正在前往的虛無冥界裡的**神**，是那個無形宇宙的**至尊**。有幾分鐘的時間，他除了橙色救生圈一無所有。救生圈是他僅存的一件身外之物，因此基於本能，他愛它，緊緊挨著它。

隨後，他被打撈出水，被擦乾身體，裹起來。這些人當他是小孩，令他重新思考求生之舉是否明智。他並無大恙，只瞎了一眼，只有一邊肩膀動不了，另外只有幾個小毛病，他們講話的口氣卻把他當成一個白癡、一個毛頭小子、一個失智症病患。從他們虛假的關懷中，從他們半掩的輕蔑中，他在海水裡選擇的未來倏忽明朗起來。從他們的態度裡，他看見的未來是安養院，看得他流下淚來。早知如此，剛才直接溺死算了。

他鎖好實驗室的門，因爲底線在於隱私，不是嗎？缺乏隱私，個人就沒必要存在，而安養院裡肯定沒有隱私，院方會像直升機上的人纏著他不放。

他解開褲子，從內褲取出摺好墊著的一塊布，然後對準咖啡罐小便。

獵槍是他在退休前一年買的，那時他以爲退休會徹底改變他的生活。他想像自己前進內陸打獵釣魚，大清早在堪薩斯、內布拉斯加乘著小船悠游，想像自己過著可笑的、不可能成眞的休閒生活。

這把獵槍的活動零件造得輕柔如絨布，模樣誘人，但他買回家不久後，一次午餐間廚房窗外突然飛來一隻歐椋鳥，一頭撞上玻璃，弄斷了脖子。那頓午餐他再也吃不下，獵槍也一直沒有發射的機會。

人類獲得統治地球的大權，趁此機會滅絕其他物種、暖化大氣層，摧毀地表萬物，但也得在享有特權的同時付出代價；人類的壽命有限，但大腦卻能構思無限，能盼望自己永生不死。

然而，有時候死神一反常態，不再硬性限定壽命長度，反而變成劇變前的最後機會，變成進入永生的唯一一道貌似眞實的入口。

但就算自己變成一灘血、碎骨、腦漿，就算自己化爲有限的殘骸，讓別人不得不看見自己的慘狀本身就是對他人隱私的嚴重侵犯，不因他的死而停止。

他也擔心，可能會很痛。

此外，他仍有個非常重要的問題待解。兒女快回家了，蓋瑞和丹妮絲要回來，也許連齊普、他的天才兒子也會回來。如果齊普眞的回來了，他也許能回答這個非常重要的問題。

這個問題是：

問題是：

當時依妮德絲毫沒有感到難堪，一丁點也沒有。遊輪警示汽笛大作，推進器逆轉，船身震動，希薇雅．羅斯牽著她，一面鑽過皮皮交際廳的人群，一面高喊：「他太太來了，借過！」再見到席巴德醫師，依妮德毫無心虛，只看著他跪在推圓盤遊戲的甲板上，拿著小巧的外科剪刀剪開丈夫身上的濕衣物。助理遊輪長幫她收拾艾爾佛瑞的行李時，發現冰桶裡有一件尿黃了的尿布，她沒覺得丟臉。甚至登陸之後，艾爾佛瑞咒罵護士和管理員，她也不覺得尷尬。病房的電視上出現凱利．威瑟斯的臉，她才想到行刑日是明天，她還沒機會慰問希薇雅，但她感覺不到內疚。

她回到聖猶達，精神奕奕，興致高到能打電話給蓋瑞，跟兒子坦承她把公證過的專利授權協議書藏進了洗衣間，沒有寄回埃克桑企業。蓋瑞告訴她，經過一番研究，五千元的授權金大概還算合理，她聽了失望，掛掉電話之後進地下室去找協議書，在洗衣間裡卻找不到。奇怪，她也不覺得窘，還致電埃克桑，請他們再寄一份協議書過來。她接到後，拿給艾爾佛瑞看，艾爾佛瑞一臉困惑，她擺擺雙手說，噢，信寄丟是常有的事。她拿協議書給大衛．順普，再次公證。經過這些事情，她的心情還算不錯，直到她的亞斯蘭吃光了，她羞慚得想死。

羞恥感對她殘暴無情，打得她站不起來。一星期前她不在乎的事，現在變得好重大。遊輪上一千名歡樂遊客目睹這對舉止怪異的夫妻。預定行程是在歷史悠久的加斯佩半島靠岸，讓大家遊覽優美的波納文徹島，結果進港時間延誤了，陸地行程因而取消，遊客明白原因，全怪那個穿醜八怪雨衣的腦麻老頭，都怪他擅闖禁地，都怪他老婆自私，丟下老公自己跑去聽投資講習，都怪她服用一種爛藥，一種美國沒有醫生敢違法開立的處方藥，都怪她不信上帝，都怪她不尊重法律，都怪她太差勁，都怪她不合群。

夜復一夜，她躺在床上睡不著，羞慚交加，憧憬著金色小藥丸。渴求小藥丸令她羞愧，但她也深信，唯有亞斯蘭才能抒解她的苦楚。

十一月初，她帶艾爾佛瑞去企業林醫學中心，做兩個月一次的神經檢查。丹妮絲替爸爸報名參加克銳妥第二階段實驗，當時曾問依妮德，爸爸是否有「失智」現象。在一對一訪談中，依妮德轉問黑吉培斯醫師這問題，醫師回答說，艾爾佛瑞有間發性的思想混淆，確實顯示阿茲海默症或路易體失智症的初期症狀，這時依妮德插嘴問，艾爾佛瑞的「幻覺」會不會是強化多巴胺的藥在作怪？醫師無法否認這項可能。他說，想確定是不是患有失智症只有一種辦法，就是讓艾爾佛瑞住院十天，過所謂的「藥物假期」，以暫停投藥的方式排除副作用的影響。

基於羞恥感，依妮德沒有跟醫生提到她現在不太敢帶艾爾佛瑞去住院。她避而不談的是，在加拿大住院期間，艾爾佛瑞幾度發脾氣、打鬧、口出穢言，幾度打翻保麗龍水瓶、點滴架，施打鎮定劑之後才停止。她避而不提的是，艾爾佛瑞曾要求她，以後要把他送進那種地方，先槍斃他再說。

當醫師關心她現在的狀況如何時，她也避談亞斯蘭的小麻煩，怕被醫生輕視爲意志薄弱、眼睛瞪大、藥癮發作的人，所以連其他「助眠藥」也不敢問。但她仍提到晚上睡不好，事實上，她特別強調一點也睡不好。但醫生只建議她換張床睡睡看。他建議去買Tylenol PM（註：夜間服用的止痛藥，內含抗組織胺，會令人想睡）來吃。

依妮德躺在黑暗中，身邊的丈夫鼾聲連連，她覺得不公平，好多國家都能合法取得的藥，爲何她在美國買不到？她許多朋友都能服用的「助眠藥」，爲何黑吉培斯醫師不開給她？她覺得不公平。黑吉培斯謹慎到殘忍的地步啊！她當然可以換個醫生，要求醫生開「助眠藥」，但新的醫生肯定會懷疑之前的醫生爲何不肯開這種藥給她。

她苦無對策。後來，麥斯納夫妻即將啓程去奧地利度假六星期，與女兒和女婿一同過冬。在麥斯納出發的前一天，依妮德約碧去帝普麥爾鄉村俱樂部吃午餐，要求碧在維也納幫她一個忙。她事先把樣本包上的藥名抄在一張紙上，寫著：亞斯蘭「遊輪族」（陰曹檸檬酸88％，3-甲基-氯化陰曹12％），附註：美國臨時缺貨，我需要六個月的藥量。

「太麻煩的話就不用了，」她告訴碧：「不過，如果克勞斯能開處方給妳，總比我叫我的醫生從國外進口來得方便多了，所以呢，總而言之，奧地利是我最喜歡的國家，祝妳玩得開心！」

除了拜託碧之外，依妮德無法跟別人啓齒。其實即使是碧，她也不太敢，但有幾個原因讓她放膽一試：一、碧有一點點笨；二、很久以前，碧的丈夫寡廉鮮恥地靠著內線情報買進伊利鐵道公司的股票；三、依妮德覺得，恰克從沒鄭重感激或酬謝過提供內線情報的艾爾佛瑞。

然而，麥斯納夫婦一離境，依妮德的羞恥感立刻離奇消散，宛若毒咒失效，她開始睡得比較飽，比較不惦記著亞斯蘭。對於拜託碧做的事，她採取選擇性失憶的態度。她開始恢復原來的自我，換言之，她重新找回了樂觀。

她訂妥兩張機票，預定在元月十五日飛費城。她告訴朋友，埃克桑企業正在測試一種新的腦療法，名稱是克銳妥，艾爾佛瑞因為把專利賣給埃克桑，所以有參與實驗的資格。她說，丹妮絲好孝順，主動請她和艾爾佛瑞去費城住，實驗多久就住多久。她說，不對，克銳妥不是通便劑，是一種革命性的新療法，治療帕金森氏症。她說，對，這名稱容易混淆，不過跟瀉藥沒關係。

「告訴埃克桑的人，」她告訴丹妮絲：「說妳爸有輕度幻覺，醫生說可能是藥物引起。如果克銳妥有效，我們再視情況停止有副作用的藥，幻覺大概就會消失。」

她不只告訴朋友，還告訴她在聖猶達認識的每個人，包括肉店老闆、交易員、郵差，逢人就說她的孫子忠納將會來聖猶達過聖誕節。她得知蓋瑞和忠納只來住三天，而且聖誕節當天中午就要走，當然很失望，但三天能做的事情很多呀！聖誕奇境燈火秀和《胡桃鉗》的門票都買好了，也可以裝飾聖誕樹、滑雪橇、唱聖誕聖歌、平安夜去教堂做禮拜。她找出二十年沒用過的餅乾食譜，她把蛋奶酒調製好。

在聖誕節前的星期日，她在凌晨三點零五分醒來，心想：三十六小時。四個小時後她起床，心想：三十二小時。同一天，她帶艾爾佛瑞去戴爾和杭妮．崔博列家，參加街坊協會聖誕晚會，帶艾爾佛瑞去跟科比．魯特好好坐著，自己去提醒所有鄰居，她最疼愛的孫子明天下午就要來聖猶達了，孫子一整年盼望著聖誕節。她在崔博列家的樓下浴室找到艾爾佛瑞，不愼爲了他所謂的便祕跟他吵架。她帶他回家，扶他上床，從記憶裡刪掉剛才的爭吵，坐進用餐室，處理掉六、七張聖誕卡。

籐籃裡的賀卡已堆了有十公分高，來自諾瑪・葛林等舊雨，也來自希薇雅・羅斯等新知。懶得提筆的人愈來愈多了，賀卡祝詞不是影印就是電腦打字，但依妮德不願隨俗。即使會延宕寄賀卡的時機，她也親筆寫一百份祝詞，在將近兩百個信封上塡寫地址。她準備了兩段標準版、四段完整版祝詞，更準備了如下的簡短版：

搭遊輪去新英格蘭區和加拿大東岸賞楓，風景好美。艾爾在聖勞倫斯灣意外落海「游泳」了一下，現在已經「水水平安」！丹妮絲在費城的超級豪華餐廳上了《紐約時報》。齊普繼續在紐約的律師事務所上班，忙著東歐投資。蓋瑞會帶我們「早熟」的小孫子忠納過來玩，我們好開心。希望全家人能在聖猶達聖誕大團圓——對我來說，是天大的好禮！愛你們——

早上十點，她寫得手痠，甩甩手，這時蓋瑞從費城來電。

「再過十七個鐘頭，你們倆就到聖猶達了，我好期待！」依妮德對著話筒高歌。

「報告一個壞消息，」蓋瑞說：「忠納一直吐，又發燒，大概沒辦法帶他上飛機了。」

依妮德願意理解，但她的願意小如針眼，失望卻大如駱駝，來到針眼前突然裹足。（註：「針眼」與「駱駝」爲《聖經》的典故，「駱駝穿針眼而過」相當於「難如登天」。）

「明天早上看他的情況再決定嘛，」她說：「小孩生小病，有時二十四小時就好了。我敢說他不會有事的，需要的話讓他在飛機上多休息就好。到聖猶達以後，他可以提早上床，禮拜二晚一點起床！」

「媽。」

「如果他吐得很嚴重不能來，蓋瑞，我能諒解。不過，如果他退燒了——」

「相信我，我們都很失望，尤其是忠納。」

「沒必要現在做決定嘛，明天是嶄新的一天。」

「我只是事先警告妳，去的人可能只有我一個。」

「嗯，可是，蓋瑞，明天早上，情況可能會變得非常、非常不一樣。你先等一陣子再決定嘛，給我一個驚喜。我敢說，事情最後自會圓滿！」

現在可是充滿歡樂與奇蹟的聖誕期間呢，依妮德上床時充滿希望。

隔天凌晨，她被電話吵醒，獲得了嘉獎。她聽見齊普的聲音，說他正在立陶宛等飛機，四十八小時之內到家，全家人能在平安夜齊聚。她哼著歌下樓。前門掛著聖誕倒數用的基督降臨曆，她在上面再插一個裝飾品。

就她記憶所及，長久以來，教會的週二婦女社爲了募款，每年製作基督降臨曆。依妮德會連忙說明，這款降臨曆和市面賣的厚紙板廉價窗飾不一樣。市面上那種降臨曆，小口袋是用玻璃紙做的，一份五元。婦女社的降臨曆手工精美，能一用再用。降臨曆的底板是一塊正方形漂白過的油畫紙，縫上一棵綠絨布聖誕樹，最上方有十二個註明日期的小口袋一字排開，另外十二個在最下面。聖誕倒數期間，每天早上小孩可從小口袋裡取出飾品，有的是絨布和亮片做的小搖搖馬，有的是黃絨布斑鳩，有的是貼滿亮片的玩具兵。飾品拿出來後，釘在降臨曆的樹上。即使現在，子女已長大，依妮德每到十一月三十日仍取出所有小飾品，洗牌之後逐一放進小口袋，只有二十四號口袋裡的飾品年年是同一個：塑膠做的小耶穌，躺在噴漆成金色的胡桃殼裡。雖然平日的依妮德自覺缺乏宗教熱情，卻對這個小飾品衷心虔誠。對她而言，這不僅是天主的聖像，更象徵她的三個寶貝，象徵全世界散發著嬰兒香的所有可愛寶貝。三十年來，她在二十四號口袋塞進同一件飾品，知道裡面是什麼，但迫不及待的心情仍能讓她摒息。

「齊普捎來的消息太棒了，你不覺得嗎？」她早餐時問艾爾佛瑞。

艾爾佛瑞舀著狀似黃金鼠飼料的家樂氏穀片，喝著熱牛奶攙水的早餐飲料。他的表情像視力退化般空洞，退向悲慘時光消失的那個點。

「齊普，明天會到，」依妮德重複：「大好消息不是嗎？你不高興嗎？」

艾爾佛瑞舀起泡爛的穀片看。「嗯，」他說：「他眞的到了再說。」

「他說他明天下午會到，」依妮德說：「也許啊，如果他不是太累的話，他可以跟我們一起去看《胡桃鉗》。我買了六張票。」

「我懷疑。」艾爾佛瑞說。

他回的話竟然切合她的問題，而且儘管他兩眼無神，卻能提起精神講話，彌補了他難看的臉色。

依妮德把克銳妥療程視爲胡桃殼裡的小聖嬰，寄託著希望。要是艾爾佛瑞被判定神智不清，無法參與實驗，她將不知如何是好。因此，她的生活竟變得和朋友的生活很像，尤其是恰克·麥斯納和喬·皮爾森。這兩人關心投資組合到了「上癮」的程度。根據碧的說法，恰克會焦慮地每小時上網兩三次，查看股價。上一次，依妮德和艾爾佛瑞跟皮爾森夫婦一起上館子，喬卻一直講手機，前後打給三個交易員，惹得依妮德發狂。但她對艾爾佛瑞有著相同程度的掛念：她隨時盯緊艾爾佛瑞的精神狀況，盯得心痛，後勢看好時她滿懷希望，但仍時時憂心崩盤的那一天。

一天當中，她最自由的時刻是在早餐後。每天早上，艾爾佛瑞一灌完攙水的熱牛奶，立刻到地下室去蹲，專心於疏通腸道。在他焦慮滿點的這一小時，他不喜歡依妮德跟他講話，依妮德不會去打擾他。他對直腸功能的執著到了顛狂的地步，但是和克銳妥黑名單上的那種顛狂不同。

在廚房窗外，天上是藍得詭異的雲，雪花一片片穿越樹枝而下。這棵山茱萸長得不夠健康，是恰克・麥斯納種的（想當年啊）。依妮德拌好了一盤火腿糕，放進冰箱，晚一點再拿出來烘焙。接著她做沙拉，用了香蕉、綠葡萄、罐頭鳳梨、軟綿糖、檸檬果凍。這些食物，以及塡餡再烤一次的馬鈴薯，是忠納自稱最愛的聖猶達美食，全列入今晚的菜單。

幾個月來，她不斷想像著二十四日早晨，忠納把小耶穌釘在降臨曆上。

喝下第二杯咖啡，她精神飽滿上樓去，在蓋瑞的櫻桃木舊抽屜櫃前跪下，裡面存放的是禮物和宴會禮品。她在幾星期前早就買好禮物，但她準備送齊普的是降價的紅褐色潘德爾頓羊毛浴袍。幾年前的聖誕，齊普送她一本看起來像二手書的食譜《摩洛哥飲食》，包在鋁箔紙裡，外面還貼了貼紙裝飾，貼紙上畫著紅線穿透衣架的圖。送她這種禮物，她不必善意回禮。如今，他終於要從立陶宛回家了，她想送他達到預算上限的禮物當獎賞。每人的禮品預算如下：

艾爾佛瑞：無限制

齊普、丹妮絲：一人一百元，外加葡萄柚

蓋瑞、卡羅琳：一人六十元上限，外加葡萄柚

艾倫、凱勒柏：一人三十元上限

忠納（限今年）：無限制

由於浴袍花了她五十五元，得再補上四十五元的禮物送給齊普，她開始翻找抽屜。她否決了用舊盒子裝著的香港花瓶、橋牌組合與計分板、各式主題的雞尾酒紙巾、很棒卻無用的套裝原子筆與鉛筆、許多攜帶式鬧鐘（能折疊或發出怪鈴聲）、望遠鏡造形的鞋耙、鈍到不像話的韓國牛排刀、軟木塞底的銅製杯墊（正面雕著火車頭）、五×七的陶瓷相框（「回憶」兩字以上釉的薰衣草色字體印成）、墨西哥的黑色瑪瑙小烏龜塑像、盒裝精巧的緞帶與包裝紙組合（名為「送禮者之禮」）。她找到一支錫合金熄燭器，以及一組帶有研磨功能的路賽特鹽巴／胡椒罐，考慮著這兩樣禮品的適合度。她想起齊普家傢具貧乏，決定熄燭器和鹽巴／胡椒罐應該合適。

在充滿喜悅與奇蹟的佳節，她忙著包禮物，忘掉實驗室裡的尿騷味和猖狂的蟋蟀。艾爾佛瑞把聖誕樹傾斜二十度，她也可以不管。她可以相信，忠納今早和她一樣健健康康。

包完禮物後，海鷗羽毛色的冬日天空泛著光輝，角度與強度顯示時值正午。她下去地下室，發現乒乓球桌被埋在綠電線燈串下，宛如長滿野葛的汽車底盤。艾爾佛瑞坐在地上，身旁有電器用膠布、鉗子、延長線。

「這些燈泡，可惡！」他說。

「艾爾，你坐在地上做什麼？」

「這些新型的燈粗製濫造，該死！」

「別管那些東西了。上樓吧，讓蓋瑞和忠納去操心吧！快上樓吃午餐。」

費城前來的班機預定在一點半降落。蓋瑞說他會租車，三點之前能到家。依妮德打算讓艾爾佛瑞飯後去午睡，因爲今晚她有後援。今天夜裡如果艾爾佛瑞又起床亂跑，能值班的人不只她一個。

午餐之後，房子安靜到幾乎可以讓時鐘停步。等待的最後這幾個小時，應該最適合寫幾張聖誕卡，這是雙贏之計，因爲一來時間會飛逝，二來她能完成很多張。可惜光陰沒有這麼好騙。她開始寫簡短版，覺得筆尖好像戳進糖蜜，寸步難行，寫著寫著，忘了寫到哪裡，寫成：意外落海「落海」了一下，不得不整張作廢。她站起來，去廚房看時鐘，發現離上一次看鐘只過了五分鐘。她把聖誕節漆木盤上的綜合餅乾排好；她在切菜板上擺一把刀和一顆大西洋梨；她涮一涮盒裝的蛋奶酒；她在咖啡機裡裝滿咖啡豆，以便蓋瑞想喝可以煮。她坐下來，再寫簡短版，在賀卡空白部份看見自己心靈的倒影。她走向窗前，望向覆雪的結縷草坪。郵差蹣跚走來，揹著超重的聖誕郵件，把她家的郵件分三疊塞進信箱。她衝向郵箱，去蕪存菁，但她無心拆賀卡。她來到地下室，走向藍色大椅。

「艾爾，」她喊：「你該醒醒了。」

他坐直，頭髮像乾草堆，有眼無神。「他們來了？」

「隨時會到。你該去梳洗一下吧？」

「誰要來？」

「蓋瑞和忠納，除非忠納病得太重。」

「蓋瑞，」艾爾佛瑞說：「和忠納。」

「你去沖個澡好不好？」

他搖頭。「不淋浴。」

「如果他們來了，你泡到爬不起來——」

「我忙了這麼久，應該有泡澡的權利。」

地下室的浴室裡有個不錯的淋浴間，但艾爾佛瑞從來不喜歡站著洗澡。由於依妮德現在拒絕去樓上的浴缸扶他，他有時候一坐一個鐘頭，水冷了，肥皂水泡成灰色，他才用盡手段脫身，因爲他太固執了。

他進樓上的浴室放洗澡水時，期待已久的敲門聲終於來了。

依妮德衝向前門，打開來，看到的是英俊的長子單獨站在前門廊。他穿著小牛皮夾克，拎著一個登機行李箱和超商紙袋。低垂而分裂的日光從雲端鑽下來，是冬日將盡常見的景象。灑在路面上的是屋內投射的反常金暉，二流畫家可能會以這種金光來點綴紅海崩裂的奇景。皮爾森家的磚牆、藍與紫的冬雲、暗綠色的樹脂植物全顯得如此虛假鮮活，以至於稱不上美，宛如異象、山雨欲來。

「忠納呢？」依妮德驚呼。

蓋瑞進門來，放下行李。「燒沒退。」

依妮德接受一吻。她叫蓋瑞別急著關門，先去把行李提進來，她自己則趁這空檔來穩定心情。

「我只帶一箱行李。」他以出庭的語調告訴母親。

她瞅著小行李箱。「只帶這箱而已？」

「唉，忠納沒來，我曉得妳很失望——」

「他燒到幾度？」

「今天早上量還有三十八度。」

「三十八度哪算高！」

蓋瑞嘆氣，把視線挪開，順著聖誕樹的傾斜度歪頭看。「好了啦，」他說：「忠納很失望，我很失望，妳很失望，不要再討論了，行嗎？我們大家都很失望。」

「可惜我爲他準備了那麼久，」依妮德說：「做了他最喜歡的晚餐——」

「我明明警告過妳——」

「也買了今天晚上衛德爾公園的門票！」

蓋瑞搖搖頭，走向廚房。「那我們就一起去公園，」他說：「明天丹妮絲就到。」

「齊普也要回來！」

蓋瑞笑了。「什麼？從立陶宛？」

「他今天早上來過電話。」

「我要親眼見到他才相信。」蓋瑞說。

窗外的景致不符依妮德的理想。一派聚光燈似的日光穿透雲層，是熟悉的白天看不見的夢幻之光。直覺告訴她，她極力撮合的家再也不是她記憶中的家，今年聖誕也會和往昔截然不同。但是，她盡力調整心態，接受新的現實。她突然非常興奮齊普快回家了。忠納沒來，表示他的禮物要由蓋瑞帶回費城，因此依妮德得再替忠納的兩個哥哥準備禮物，以免哥哥們眼紅。她想把攜帶式鬧鐘和套裝原子筆與鉛筆包起來，送給凱勒柏和艾倫；她可以在等丹妮絲和齊普時包裝禮物。

蓋瑞在廚房的洗碗槽洗手，潔癖畢露。「我做了好多餅乾，」她告訴蓋瑞：「我買了一顆西洋梨，可以切來吃，另外我也準備了你們喜歡的那種黑咖啡。」

蓋瑞嗅一嗅擦乾餐具的抹布，然後拿起來擦手。

樓上的艾爾佛瑞開始喊她的名字。

「呃，蓋瑞，」她說：「他又爬不出浴缸了，你去幫他，我不想再幫了。」

蓋瑞裡裡外外地擦手，絲毫不疏忽。「我們不是說好了？他爲什麼不淋浴？」

「他說他喜歡坐下來洗澡。」

「哼，活該，」蓋瑞說：「他不是喜歡教訓別人，說人應該替自己負責嗎？」

艾爾佛瑞又喊她的名字。

「去啦，蓋瑞，去幫他。」她說。

蓋瑞鎮定得詭譎，把抹布放回架子上，抹平並拉稱。「我先說明我的基本原則，媽，」他以出庭的語氣說：「妳有在聽嗎？我的基本原則是，在聖猶達的這三天，妳要我做什麼事我都願意，除了爸做他不應該做的事出了狀況，要我去幫忙。如果他想爬梯，從梯子上摔下來，我就讓他躺在地上。如果他流血過多奄奄一息，就讓他奄奄一息。如果他非要我去扶他才爬得出浴缸，他只好坐在浴缸裡過聖誕。妳聽懂了嗎？除了救他之外，妳叫我做什麼我都做。然後，聖誕節當天早上，妳、我、他應該坐下來，討論——」

「**依妮德**。」艾爾佛瑞的嗓門大得驚人：「**有人來了！**」

依妮德重重嘆了一口氣，走向樓梯邊。「艾爾，是蓋瑞。」

「妳可以來幫我嗎？」他大喊。

「蓋瑞，去看看他要什麼。」

蓋瑞站在用餐室，雙手叉胸。「我剛剛沒把基本原則講清楚嗎？」

依妮德回想起一些大兒子的往事，一些蓋瑞不在時她寧可忘記的事。她慢慢上樓梯，盡量不要加重髖關節的痛處。

「艾爾，」她進浴室時說：「我不能扶你出浴缸了。你要出來，自己想辦法。」

他坐在五公分深的水裡，一手伸直，手指不安地抖動。「拿那個。」他說。

「拿什麼？」

「那一罐。」

他的雪鬃牌白髮專用洗髮精掉在背後的地面。依妮德小心跪在浴室踏墊上，護著髖關節，把洗髮精放進他的手裡。他按摩著洗髮精的罐子，彷彿想找施力點，或絞盡腦汁想出如何打開。他的雙腿無毛，老人斑遍佈雙手，但他的肩膀依然有力。

「整人嘛！」他咧嘴罵洗髮精的罐子。

無論最初的水溫高低，現在已被十二月的室內冷空氣吸收完畢。浴室裡有一種黛亞香皂的氣味，較淡的是老人味。依妮德在同一個地點跪過幾千次，洗兒女的頭髮，拿著廚房的一千五毫升小平底鍋舀熱水，替他們沖掉洗髮精。她看著洗髮精的罐子在丈夫手上轉來轉去。

「唉，艾爾，」她說：「我們現在要做什麼？」

「幫我開。」

「好，我幫你。」

門鈴響起。

「又來了。」

「蓋瑞，」依妮德高喊：「去看看是誰。」她把洗髮精擠在手心。「你應該開始改成沖澡。」

「我的腳不穩。」

「來，把頭髮打濕。」她在涼水中做划水的動作，讓艾爾佛瑞自己去意會。他把水淋在頭上。依妮德聽見蓋瑞在和她的朋友講話，對方應該是女的，語調活潑，聖猶達人，也許是愛莎·魯特。

「可以幫你買一張淋浴用的板凳，」她邊說邊洗艾爾佛瑞的頭髮：「也可以照黑吉培斯醫生說的，在淋浴間裡裝一條耐拉的握桿；叫蓋瑞明天幫你裝吧！」

艾爾佛瑞的嗓音在頭顱內震動，上傳至她的手指。「蓋瑞和忠納來了嗎？」

「只有蓋瑞，」依妮德說：「忠納發高燒，好燙好燙，而且吐得好嚴重。可憐的小孩，病到沒辦法上飛機。」

艾爾佛瑞蹙眉頭表達同情。

「彎腰下去，我幫你沖乾淨。」

就算艾爾佛瑞真的盡了力彎腰，旁人也只能看見他的雙腳發抖，看不出姿勢有任何變化。

「你應該多做一些伸展運動，」依妮德說：「黑吉培斯醫生給你的那張，你看過沒？」

艾爾佛瑞搖頭：「沒用。」

「說不定丹妮絲能教你做那些運動；由她來教，你可能會喜歡。」

她轉身向後，拿來洗手臺上的漱口杯，從浴缸的水龍頭裝熱水，爲丈夫洗頭。他閉著眼睛，模樣如幼童。

「你自己出浴缸吧，」她說：「我不幫你了。」

「我有我自己的方法。」他說。

下樓後，進入客廳，依妮德看見蓋瑞跪著扶正聖誕樹。

「剛剛是誰按門鈴？」依妮德說。

「碧．麥斯納，」他頭也沒抬地說：「禮物放在壁爐架上。」

「碧．麥斯納？」遲來的羞恥感在依妮德心中猛燒一陣。「他們不是留在奧地利過聖誕嗎？」

「沒有，他們要在這裡待一天，然後去拉荷亞。」

「凱蒂和史都住那裡。她有帶東西來嗎？」

「放在壁爐架上。」蓋瑞說。

碧送來的禮物呈瓶狀，以聖誕節慶的包裝紙裹著，想必是奧地利的土產。

「有其他東西嗎？」依妮德問。

蓋瑞拍掉手上的冷杉針葉，以奇怪的表情望著她。「你是在等別的東西嗎？」

「沒有，沒有，」她說：「我託她幫我從維也納帶一種小玩意兒回來。」

蓋瑞的眼皮瞇成一條縫。「什麼樣的小玩意？」

「噢，沒什麼，那不重要。」依妮德檢查瓶狀禮品，看看是否附帶了什麼東西。狂戀亞斯蘭一場之後，她已經全身而退，也竭力忘掉雄獅，確定不想再見他一面。然而，雄獅對她的影響力仍在。她從以前就有一種感覺，一種期待另一半歸來時開心與掛念參半的感覺，令她懷念從前想念艾爾佛瑞的滋味。

她語帶責備：「怎麼不請她進來坐？」

「恰克在積架車上等她，」蓋瑞說：「我猜他們正挨家挨戶送禮。」

「喔！」依妮德打開包裝紙——裡面是一瓶半甜奧地利香檳——確定裡面沒有暗藏著另一包東西。

「那瓶葡萄酒看起來糖份很高。」蓋瑞說。

她叫蓋瑞在壁爐生火，站著看能幹的長子走向柴薪堆，步伐穩健，頭髮灰白。她看著蓋瑞一手攬著幾塊木頭走回來，以靈巧的雙手在壁爐裡堆疊木頭，劃火柴，第一次就亮，整個過程只花了五分鐘。蓋瑞做的只不過是一般男人做的事，但與依妮德同住的男人比較起來，蓋瑞的能力卻直逼天神，一點點小動作也精采奪目。

儘管兒子回來幫忙令她寬慰，但在此同時，她也明白兒子轉眼即將離去。

艾爾佛瑞穿著休閒西裝進客廳，跟蓋瑞寒喧一陣，然後去書房看地方新聞，音量開得很大。因年邁駝背，他的身高縮水了五到七公分，沒幾年前他還跟蓋瑞一樣高。

蓋瑞憑著敏捷的運動神經，把彩燈掛上聖誕樹，這時依妮德坐在爐火前，從酒盒裡取出她保存的裝飾品。每回出國旅遊，她的零用錢大部份花在飾品上。在蓋瑞懸掛這些飾品時，她的心飛回住滿稻草馴鹿和小紅馬的瑞典，飛回人們穿著拉普馴鹿皮靴的挪威、飛回有著玻璃小動物威尼斯、塗了亮漆的木刻聖誕老人與天使的娃娃屋德國、有著木製士兵和阿爾卑斯小教堂的奧地利。在比利時，巧克力塑成和平鴿的造型，用美觀的錫箔包裝起來。在法國，憲兵娃娃和藝人娃娃的衣裳美得無從挑剔。在瑞士，銅鐘掛在宗教意味濃過頭的迷你耶穌降生像上，叮噹響著。在安達魯西亞，色彩俗豔的鳥兒吱吱喳喳。在墨西哥，剪錫彩繪噹噹作響。在中國大陸的高原，一群蠶絲馬無聲馳騁著。在日本，漆器的抽象美散發禪的靜謐。

蓋瑞照依妮德指示，一一掛好飾品。依妮德覺得他似乎變了，變得比較鎮靜、比較成叔、比較從容——直到依妮德要求他明天爲她做一件小事。

「在淋浴間安裝橫桿，怎算『一件小事』？」他說：「一年前裝還說得通，現在沒必要了。在我們處理掉這棟房子之前，爸可以再泡幾天浴缸。」

「我們還有四個禮拜才搬去費城，」依妮德說：「我希望他開始習慣淋浴。你明天去買板凳，替他裝一支握桿，好讓他用。」

蓋瑞嘆息。「妳以爲，妳和爸可以一直住在這房子裡？」

「如果克銳妥對他有幫助——」

「媽，他正在接受評估，診斷有沒有失智症。妳眞的相信——」

「診斷他有沒有非藥物引起的失智症。」

「唉，我不想戳穿妳的美夢——」

「丹妮絲已經安排好了，我們應該試一試。」

「試了之後又怎樣？」蓋瑞說：「他會奇蹟似地痊癒，你們倆會從此過著幸福快樂的生活？」

窗外的餘暉已經完全散盡。蓋瑞是她的第一胎，自嬰兒期就和她連心，長大後乖巧、負責。如今母親有求於他，他竟變得如此火爆，依妮德無法理解。她打開包裝紙，取出一顆保麗龍球，球面飾有布料和亮片，是蓋瑞九或十歲的勞作。「記得這個嗎？」

蓋瑞接下保麗龍球。「歐斯翠克老師課堂上教我們做的。」

「你送給我。」

「有嗎？」

「你說過，你明天肯爲我做任何事，」依妮德說：「我要你做的就是這一件。」

「好啦！好啦！」蓋瑞舉起雙手：「我去買板凳！我去裝握桿！」

晚餐後，蓋瑞從車庫駛出奧斯摩比車，三人一同去聖誕奇境。

依妮德坐在後座，仰頭看見雲肚子沾著市區的燈火，無雲的部份顏色較深，星光點點。蓋瑞把車子駛進狹窄的郊區道路，來到衛德爾公園，駛向石灰岩大門，等候進入。小車、大車、小貨車在門外大排長龍。

「看看，車子這麼多。」艾爾佛瑞說，語氣中不見他從前慣有的煩躁。

郡政府以收門票的方式，來貼補這場年度盛會的支出。公園管理員收走藍博特家的三張入場券，叫蓋瑞熄燈，只留停車燈。奧斯車龜速排隊向前，前後都是熄了燈變暗的車，以謙卑的態度列隊穿越公園，像極了動物。

從年頭到年尾，衛德爾公園的景觀經常乏善可陳，遍地焦黃的草，褐色的池塘，毫不起眼的石灰岩涼亭。十二月時，公園白天的景象荒涼透頂。刺眼的電纜和電線在草坪上交錯；支架和鷹架的金屬環節在寒風中顯得單薄，有應急充數的味道。數百株大樹與矮樹披著串串彩燈，樹枝下垂，宛如承受玻璃與塑膠的冰雨打擊。

入夜之後，公園變成聖誕奇境。奧斯車順著燈火秀的上坡高升，橫渡燈火明媚的環境時，依妮德突然倒抽一口氣。據說動物會在聖誕節前夕說人話，郊區的自然法則在這裡似乎也同樣遭顛覆，平常黑暗的世界在燈光下活起來，平常熱鬧的馬路變得黑暗，車流遲緩。

衛德爾公園的坡道傾斜度輕微，坡脊線與天空的親暱關係有中西部的況味。依妮德認爲，駕駛們的肅靜與耐心，橡樹與楓樹緊密組成的拓荒社區，同樣也表現出中西部風格。過去八年的聖誕節，她年年被放逐到陌生的東岸，今年終於能在家安定了。她想像死後葬在這樣的景致裡，她樂見自己的屍骨安息在這樣的小山腳。

公園裡有燈光閃閃的涼亭、發光的馴鹿、光子聚集的墜子與項鏈、電子點畫的聖誕老人臉、屹立林間空地的閃亮糖果拐杖。

「工程好浩大。」艾爾佛瑞有感而發。

「是啊，可惜忠納最後還是來不成，眞遺憾。」蓋瑞說，言下之意彷彿是在這之前他沒有眞正遺憾過。

這不過是黑夜中的燈光秀，但依妮德被感動得詞窮。人經常碰到很容易相信的東西卻不太敢完全相信，但在衛德爾公園裡她可以。有人費心想取悅所有來賓，依妮德也的確很開心。明天丹妮絲和齊普會回家，明天有《胡桃鉗》可看；而星期三那天，他們會從降臨曆的小口袋裡取出小耶穌，把胡桃殼搖籃釘在降臨曆的樹上——令她期待的事情好多好多。

隔天上午，蓋瑞開車去離市區不遠、集合聖猶達各大醫院的「醫學城」。他憋著氣，走在中央折價醫藥用品店的走道上，周圍盡是瘦成三十幾公斤的輪椅男，以及肥成兩百多公斤、上衣像帳篷的人塞住走道。蓋瑞恨母親叫他來這裡，但他慶幸，和母親比起來他多麼自由，多有福氣，因此他咬緊牙關，盡可能與這些本地人的身體拉開距離。這些人忙著買針筒、橡皮手套、糖果堆邊的奶油糖、各種尺寸與形狀的吸收墊、特大號一百四十四份裝的祝康復卡、笛樂CD、冥想自療的教學錄影帶，以及拋棄式塑膠管和袋子（用來連接縫進肉裡的硬式塑膠接口）。

蓋瑞討厭疾病，除了因爲爲疾病與大量人體有關，除了他不喜歡大量人體，總的來說是因爲疾病和低水準有關。窮人愛抽菸；窮人愛整盒整盒地吃Krispy Kreme甜甜圈；窮人會懷近親的骨肉；窮人不講究衛生，住在隱含有毒物質的環境裡。生病的窮人代表一種低等人類，幸好這種人大多數時候不會被蓋瑞看見，只出現在醫院和類似這家店的地方。他們是比較笨、比較悲哀、比較肥、吃苦時比較聽天由命的人種，是百病叢生的低等人種，他眞的、眞的想遠遠避開。

然而，他來到聖猶達，爲了幾件隱瞞母親的事而內疚，發誓要當三天好兒子，因此他按捺著丟臉的心情，穿越這群蹩腳人，進入廣大的傢具展示廳，尋找父親能坐著淋浴的板凳。

展示廳的隱藏式喇叭播放著全交響樂版《小鼓手》，蓋瑞覺得這首歌是史上最呆板的聖誕歌。展示廳的大玻璃窗外陽光明朗，颳著風，寒冷。一張白報紙被吹得包住停車計費表，一副色瞇瞇的猴急樣。帆布篷吱嘎作響，汽車的遮泥板在風中顫顫悠悠。

醫療用的板凳琳瑯滿目，針對不同的病痛設計，照理說蓋瑞見了會反感，幸好他專注於批評板凳的設計。

例如，他不懂幹嘛要用米黃色？塑膠醫療用品通常是米黃色，好一點的也不過是病態的灰色。爲什麼不用紅色？爲什麼不用黑色？爲什麼不用藍綠色？

把塑膠製品設計成米黃色，用意或許是確保這些傢具僅供醫療用途。也許廠商擔心的是，把椅子設計得太賞心悅目，可能會被買去做醫療之外的事。

擔心太多人搶購嗎？奇怪的想法。

蓋瑞搖搖頭，這些廠商是白癡。

他挑選一張牢靠的鋁質矮凳，椅面寬敞，米黃色。他挑選一支淋浴用的重量級握桿（米黃色！）。他看著獅子大開口的售價，把東西拿到結帳臺。結帳小姐態度友善，是中西部人，可能是福音派的教友（她穿著緹花毛衣，瀏海梳成羽毛狀）。她以雷射光掃瞄條碼，以南部人的憨厚鄉音說這款鋁椅子眞是超好用的產品。「好輕喔，簡直是百坐不壞，」她說：「是給你爸用的？還是你媽？」

蓋瑞討厭別人探他的隱私，所以拒答。但他還是點頭。

「老一輩的人到了某個階段，淋浴的時候總是站不太住，我們也一樣，遲早會走到那一個階段。」

年輕哲學家以蓋瑞的美國運通卡刷卡結帳。「你是趁假期回家幫一點忙嗎？」

「這種板凳最適合做什麼用，妳知道嗎？」蓋瑞說：「適合拿來上吊，妳不覺得嗎？」

血色從小姐的微笑中流失。「我不知道。」

「做得好輕巧——輕輕一踹就倒。」

「請在這裡簽名，先生。」

風吹得門難以推開，他多施一把勁才走出店外。今天的風長了牙齒，口口咬穿他的小牛皮夾克。這種風從北極吹來，不受各種地形阻礙，一路颼至聖猶達。

往北前進機場途中，低垂的太陽躲到他後面，饒了他的眼睛。蓋瑞想，剛才對結帳小姐是否太刻薄了，也許是。但他的理由是他承受著壓力，而他認爲，人在壓力之下有權嚴格執行自己劃定的界限，有權嚴格規定別人奉行他的道德標準，他應該嚴格界定想做跟不想做的事，他應該界定想以什麼樣的身份面對別人，他也應界定願與不願交談的對象。如果一個活潑、相貌平平的福音派女孩堅持攀談，他有權挑選話題。

儘管如此，他也意識到，要是結帳小姐的姿色往上一級，他或許不會那麼絕情。

聖猶達的大小事物都逼他做出絕情之舉。但在費城家中，他向卡羅琳投降之後的幾個月來（他的手傷痊癒了，幾乎看不見疤痕，謝天謝地），他認命了，甘願在聖猶達當壞人。一旦提前知道無論你怎麼努力，都照樣會被母親視為壞人時，就沒有理由再照她的規則去做。你斷然提出自己的規則，為了自保可以採取任何手段，有必要的話，不惜謊稱健康的小孩病了。

忠納沒來聖猶達的眞相是：忠納自己決定不來。這一點，符合蓋瑞在十月向卡羅琳投降時的協議。蓋瑞買了五張費城至聖猶達的機票，無法退票，當時告訴家人，希望大家和他一起去聖猶達過聖誕，但是他不勉強任何人。卡羅琳、凱勒柏、艾倫立刻大聲說：我不想去，謝謝。忠納仍沉迷在祖母的熱情中，表態說他「極希望」能去。蓋瑞從未承諾忠納一定會到，但他也不曾暗示母親，忠納有可能缺席。

十一月間，卡羅琳買了四張亞蘭．格列蓋瑞斯魔術秀的門票，日期是十二月二十二日，另外再買四張紐約市上演的《獅子王》門票，日期是十二月二十三日。她解釋：「如果忠納在家，他可以一起去看。不然，艾倫或凱勒柏可以請一個朋友一起去。」蓋瑞想問她，為何不買聖誕以後的票，省得忠納左右為難。然而，自從十月投降之後，他與卡羅琳一直沐浴在二度蜜月的喜悅中，雙方的共識是，蓋瑞應該發揮孝心去聖猶達住三天。儘管有這份默契在，但每當他提起此行，陰霾還是會籠罩美滿的居家生活。他避提依妮德或聖誕的日數愈多，卡羅琳似乎就愈渴望他，也更願意把他納入母子三人的小圈圈，他的憂鬱感也隨之更輕。的確，從父親落海的那天早上至今，卡羅琳不曾提起憂鬱症三個字。爲了維護家庭和諧，封殺聖誕節話題似乎是必須付出的小小代價。

有一陣子，祖母的寵愛與承諾似乎壓得過魔術師和《獅子王》的魅力。忠納曾在晚餐時自言自語，遐想著奶奶掛在嘴邊的聖誕奇境和降臨曆。兩個哥哥聽了暗笑，互使眼色，他不是視而不見，就是根本沒看到。但是，卡羅琳愈來愈公然慫恿兩個哥哥取笑祖父母，嘲諷艾爾佛瑞的無知（「被他講成『愣天堂』！」），譏笑依妮德的落伍（「她問那場表演有沒有『分級』！」），恥笑依妮德的節儉（「剩兩條四季豆，她竟然撕一張鋁箔紙來打包！」）。投降日之後，蓋瑞也加入揶揄的行列（「奶奶很搞笑，對不對？」）。最後，忠納也開始擔心別人對他的聖誕計畫有何觀感。八歲的他受到「酷」政的統治，開始以「酷不酷」爲做決定的基準。先是他晚餐時不再提起聖誕節的事，之後，凱勒柏用他的招牌口吻以半諷刺的語氣問忠納，是不是好想去聖誕奇境時，忠納以努力使壞的口氣回答說，「聖誕奇境好像眞的很蠢。」

「好多肥豬開著大車子，摸黑開車。」艾倫說。

「逢人就說好棒唷。」卡羅琳說。

「好棒唷，好棒唷。」凱勒柏說。

「不應該嘲笑自己的祖母吧？」蓋瑞說。

「他們嘲笑的又不是祖母。」卡羅琳說。

「對呀，我們又沒有笑她，」凱勒柏說：「只覺得聖猶達的人都滿可笑的。對不對，忠納？」

「那裡的人噸位確實是滿大的。」忠納說。

星期六晚上，也就是三天前，忠納晚餐後嘔吐，體溫偏高，所以提前上床睡覺。到了星期天晚上，他的臉色和食慾恢復正常，這時卡羅琳打出她的最後一張王牌。艾倫的生日在十二月初，卡羅琳送他一套昂貴的電腦遊戲《上帝工程II》，遊戲者可以設計並操縱生物體，在同一個生態體系中競爭。她當時對艾倫和凱勒柏說，等學期結束再玩。如今，他們終於可以玩，卡羅琳堅持他們讓忠納扮演「微生物」，因爲在任何一種生態體系裡，「微生物」玩得最開心，而且永遠不會輸。

星期日的就寢時間之前，忠納已經迷上他操縱的一組殺手級病菌，期望隔天把它們送上戰場。星期一早上，蓋瑞叫他起床，問他願不願意去聖猶達，忠納說他比較想留在家裡。

「決定權在你，」蓋瑞說：「不過，你能一起去的話，奶奶會很感動。」

「可是，如果不好玩呢？」

「沒人敢保證好不好玩，」蓋瑞說：「我只知道，你一定能讓奶奶高興。我只能保證這一點。」

忠納的臉蒙上陰影。「可以讓我考慮一個鐘頭嗎？」

「好，一個鐘頭。不過到時候，我們要馬上整理行李出門。」

一小時結束後，他發現忠納深陷《上帝工程II》無法自拔。他培植的一種細菌戰勝了艾倫，讓百分之八十的有蹄哺乳類小動物失明。

「不去也沒關係，」卡羅琳安慰忠納：「最重要的是你個人的抉擇，假期是你的。」

沒人會逼你去。

「我再強調一次，」蓋瑞說：「奶奶眞的很期待看見你。」

一朵哀愁的烏雲飄向卡羅琳的臉，噙淚深情凝望，九月那場風暴恐怕再爆發。她站起來，不發一語離開娛樂室。

忠納回答的音量不比耳語大多少：「我想我還是留在家裡。」假如這事發生在九月，或許從忠納的抉擇，蓋瑞能看出消費者文化裡的道德責任危機，他或許會因此陷入憂鬱。但是，此刻的他已經走過那條路了，他知道，再走下去也不會看見康莊大道。

他把行李箱整理好，向卡羅琳吻別。「你回家時，我會很高興。」她說。

嚴格從道德的角度來看，蓋瑞知道他並沒有做錯任何事。他從未答應過母親忠納一定到。他謊稱忠納發燒，爲的只是避免和母親爭吵。

同樣地，爲了怕依妮德眼紅，他沒有提到埃克桑企業股票上市至今，歷經六個營業日，他的五千股總値已飆漲至十一萬八千美元，而他的總成本只有六萬。在這件事情上，他同樣沒有做錯什麼。但顧及父親從埃克桑得到的專利授權金，隱瞞似乎是上策。

蓋瑞藏進夾克內側口袋的那一小包東西，也是同樣的道理。

噴射客機一架架從晴天降落，裹著金屬外衣，快快樂樂的。老人車潮往機場集中，他置身車流中前進。聖誕前幾天是聖猶達機場的尖峰，幾乎相當於它存在的全部意義。停車場處處爆滿，每條走道人潮洶湧。

然而，丹妮絲準時現身。連航空公司都聯手不讓她遲到，以免她丟臉，害大哥久候。她依照家人的習慣來到離境的樓層，站在人跡罕至的一道門口前。她的石榴紅羊毛大衣式樣瘋顚，以粉紅色絨布爲裝飾。蓋瑞覺得，她脖子以上看起來不太一樣——可能是妝比平常濃吧，口紅比較厚。最近這一年（最近一次是感恩節）每次看見丹妮絲，蓋瑞都覺得她又變了，和他想像小妹長大後的模樣又差得更遠。

他親吻妹妹時，嗅到菸臭。

「妳開始抽菸啦？」他說。他在後車廂挪出空位，讓丹妮絲擺行李箱和購物袋。

丹妮絲微笑說：「開門，我冷死了。」

蓋瑞戴上墨鏡。現在的他正對著太陽前進，駛入車道時差一點遭到側撞。在路上爭先恐後的惡習正入侵聖猶達，車流再也不是牛步，東岸來的駕駛人無法再像彎道滑雪一樣，悠然穿梭前進。

「我敢說，忠納來了媽一定很高興。」丹妮絲說。

「其實，忠納沒來。」

她陡然轉頭。「你沒帶他來？」

「他病了。」

「我眞不敢相信，你竟然沒帶他來！」

她似乎完全沒有考慮到，大哥說的有可能是實話。

「我們家總共五個人，」蓋瑞說：「據我所知，妳家只有一個。在身負多重責任的情況下，事情比較複雜。」

「你讓媽把期望衝得那麼高，不太好吧！」

「她選擇沉迷在未來，又不是我的錯。」

「你說的對，」丹妮絲說：「不是你的錯，我只希望這件事沒發生過。」

「既然妳提到媽，」蓋瑞說：「我想告訴妳一件非常怪的事。不過，妳要先答應我不能告訴她。」

「什麼怪事？」

「答應我，不能告訴她。」

丹妮絲答應後，蓋瑞拉開夾克內側口袋的拉鏈，取出碧．麥斯納給他的小包裹。昨天大門口的情景怪異到極點：恰克．麥斯納的積架車停在路上，在冬天的寒風中像巨鯨似地吐著煙，碧站在踏墊上，穿著綠色羅登尼刺繡外套，從包包挖出一小袋不太體面、被壓爛的東西。蓋瑞放下包起來的香檳，接過違禁品。「這是給你母親的，」碧當時說：「不過，你一定要告訴她，克勞斯說這東西大意不得。他本來不想給我呢，他說這東西非常非常容易上癮，所以我才只弄到一點點。你母親要六個月，克勞斯只肯給我一個月的份。所以你轉告她，一定要跟醫生討論一下。這樣吧，蓋瑞，也許你應該暫時替她保管，等她告訴醫生之後再給她。好了，祝你聖誕節快樂，」——這時積架按喇叭了——「代我們祝大家快樂。」

蓋瑞把經過轉述給丹妮絲時，她打開小包裹。碧從德國雜誌撕一頁下來當包裝紙，然後用膠布貼緊。這頁雜誌的一面有一頭戴眼鏡的德國乳牛，推廣著保久乳。裡面有三十粒金色藥丸。

「我的天。」丹妮絲呵呵笑：「墨西哥Ａ。」

「沒聽過。」蓋瑞說。

「夜店助興藥；新新新人類。」

「碧．麥斯納怎麼會送這東西到門口給媽？」

「被你截走了，媽曉得嗎？」

「還不知道，我連這東西的作用是什麼都不清楚。」

丹妮絲用充滿菸味的手指拿起一顆，伸向他的嘴邊。「試試看。」

蓋瑞縮頭閃躲。妹妹好像也嗑了什麼藥，比尼古丁更強的東西，或是兩者兼俱、更危險的混合物，既像快樂似神仙，又像苦不堪言。她的拇指和三根手指各戴著一枚銀戒指。

「妳吃過這種藥嗎？」他說。

「沒有，我只嗑酒精。」

她把藥丸放好，被蓋瑞收回去。「我想確定妳跟我的立場一不一致，」他說：「媽不應該從碧．麥斯納那裡取得容易上癮的禁藥，這一點妳同不同意？」

「不同意，」丹妮絲說：「我不同意。她是成年人，想做什麼由她自己決定。而且我覺得瞞著她、扣住她的藥對她不公平。如果你不想告訴她，我去說。」

「沒搞錯吧？妳才答應過我。」蓋瑞說。

丹妮絲思考著；被鹽水濺過的護欄飛向後面。

「好吧，也許我答應過，」她說：「但你為什麼想指揮她的生活？」

「我想妳很快就會知道，」他說：「情況已經失控，妳會明白介入的時刻到了，應該有人去告訴她怎麼做。」

丹妮絲沒有和他爭辯。她戴上太陽眼鏡，望向苛刻的南方地平線，看見醫學城的高樓大廈。蓋瑞原本希望妹妹的配合度高一點，他已經有一個「另類」的弟弟，不希望妹妹也跟著另類。人應當活在符合傳統期望的世界裡，怎能高興起來說溜就溜？他想到這裡就無力，從房子、工作、家庭中得到的樂趣也因此減少，讓他覺得彷彿有人片面改寫人生法則，斷送他的權益。特別讓他扼腕的是，最近叛逃至「另類」陣營的人，不是別人家或另一階級的「別人」，而是他這位可靠、時髦、天資聰慧的親妹妹。近在九月，她才在傳統路線上出人頭地，躍上《紐約時報》，他的朋友都讀得到。現在她辭職不幹了，戴著四枚戒指，穿著火紅外套，菸臭薰人……

他拿著鋁板凳，跟著妹妹進屋，冷眼比較母親歡迎她的態度和昨天有何差別。他注意到，母女擁抱比較久，沒有立刻批評女兒，笑容可掬。

依妮德驚叫：「我還以爲你們會在機場碰到齊普，三人一起回家！」

「妳的假想情境不可能發生的原因有八個。」蓋瑞說。

「他告訴妳他今天會來？」丹妮絲說。

「今天下午，」依妮德說：「最晚明天。」

「今天，明天，明年四月，」蓋瑞說：「管他的。」

「他說立陶宛有點動亂。」依妮德說。

丹妮絲去找艾爾佛瑞時，蓋瑞從書房拿來晨間《記事報》，看見兩則冗長的專題報導（一則是《新型寵物美容，狗爪也美起來》，另一則是《眼科醫生收入過高？醫師否認，驗光師承認》），國際新聞夾在中間。他找到一段關於立陶宛的報導：國會大選結果產生爭議後，緊接著維昆納斯總統遭刺客暗算未遂，國內局勢陷入混亂……全國四分之三地區無電可用……死對頭民兵派系在維爾紐斯市街上爆發激烈戰鬥……機場因而——

「機場關閉了，」蓋瑞高聲朗讀，語帶滿意：「媽？妳有沒有聽到？」

「他昨天已經到機場了，」依妮德說：「我相信他離境了。」

「那他爲什麼不打電話？」

「大概是急著趕飛機吧！」

依妮德的美夢作到某一種程度時，蓋瑞會出現渾身疼痛的症狀。他打開皮夾，取出淋浴板凳和安全握桿的收據給她。

「我待會兒開張支票給你。」她說。

「現在就開好嗎？免得忘記。」

嘟噥著，碎碎唸著，依妮德照辦了。

蓋瑞檢查著支票。「日期爲什麼塡十二月二十六？」

「因爲你回費城以後，能兌現的第一個營業日就是那天。」

母子倆的小衝突延續到午餐。蓋瑞慢慢喝啤酒，喝完再來第二罐，品味著他爲依妮德帶來的苦惱，聽著依妮德第三度、第四度催促他，該去淋浴間開工了吧？當他終於從餐桌前站起時，他突然想到，母親堅持要指揮他，他想反過來指揮母親，其實是合邏輯的反應。

淋浴安全握桿主要是一根琺瑯表面的管子，長約三十七、八公分，米黃色，兩端有凸緣肘狀物，包裝裡附贈幾顆粗短的螺絲，用在膠合板上或許綽綽有餘，碰到瓷磚卻沒輒。爲了讓握桿更牢靠，他必須從淋浴間後面的小櫥櫃下手，將六吋螺栓鑽進牆壁。

他進艾爾佛瑞的工作室，找到電鑽用的石工鑽頭。他記得爸爸有幾個雪茄盒，裡面飽含實用的五金零件，但他實地去翻找卻只發現鏽蝕的孤兒螺絲、鎖舌片、馬桶水箱固定裝置。肯定沒有六吋螺栓。

帶著「我是混帳」的微笑準備出門去五金行時，他看到依妮德站在用餐室窗前，正撥開薄紗窗簾向外望。

「媽，」他說：「還是別對齊普回家的事抱太大的期望。」

「我好像聽見路邊有關車門的聲音。」

好吧，隨便妳，蓋瑞出門時心想，盡量去為不在家的人癡迷，盡量欺壓在家的人。

在前門步道上，他遇到丹妮絲，見她捧著超商買回來的東西。「妳會讓媽還你這些錢吧？」

妹妹當著他的面大笑。「還不還對你有差別嗎？」

「她老是想佔人便宜，讓我很火大。」

「那就加倍提高警覺吧！」丹妮絲說著走向家門。

爲什麼罪惡感一直揮之不去？他心想。他從未答應帶忠納回來。他投資的埃克桑股票價值增加了五萬八，但這些股票是他辛苦湊來的，而且風險由他一個人承擔。另外，碧．麥斯納也建議他不要把這種容易上癮的藥交給依妮德。既然如此，他爲什麼要覺得愧疚？

開車前往五金行途中，他想像自己的顱腔裡有個壓力計，指針順時鐘徐徐轉動。他後悔幫依妮德做事。這種工程，母親付錢找個水電工即可，他回家才短短幾天，爲這事浪費一下午未免太蠢了。

來到五金行，他排隊等著結帳，前面的幾個人是美國中部地區最癡肥、最慢吞吞的人。他們來買聖誕老人軟綿糖、亮片飾品包、百葉窗、一支八元的吹風機、聖誕主題的廚房隔熱手套。付帳時，這些人以肥腸指伸進皮包，摸索著確切的零角。蓋瑞氣得像卡通人物，白煙從耳朵衝出來，腦子裡不斷想著假如不用爲了買六顆六吋螺栓而排隊耗掉半小時，他能拿這時間來做多少有意思的事。他可以去看看交通博物館紀念品店的收藏品區，可以去翻翻父親早年在密德蘭的橋樑與鐵道草圖，可以去門廊下的儲藏室尋找失散多年的O-gauge鐵路模型。自從他的「憂鬱症」警報解除，他培養出一種新興趣，熱度稱得上是一種嗜好——適合加框、適合收藏的鐵路紀念品。要是沒被卡在五金行，他可以恣意逍遙一整天，甚至一整個星期！

回家後，他踏上通往正門的走道，看見薄紗窗簾被撥開，母親又向外望。屋裡水蒸氣飽滿，有濃郁的煮食香味。丹妮絲正在烘焙、慢燉、焦烤。蓋瑞將螺栓收據塞給母親，母親把這舉動視爲敵意的象徵。

「你窮到四塊九毛六也沒有？」

「媽，」他說：「我做這件事，是照我先前的約定。但浴室不是我的，安全握桿也不是我要用的。」

「待會兒再給你錢。」

「妳會忘記。」

「蓋瑞，我待會再給你錢。」

丹妮絲穿著圍裙，駐足廚房門口旁觀，眼中有笑意。

蓋瑞再度進地下室，發現艾爾佛瑞坐在藍色大椅上呼呼大睡。蓋瑞走進工作室，被一個新發現愣住，一個包著獵槍的帆布袋，靠在實驗長椅邊。他不記得剛才下樓時有沒有看見，該不會是沒有注意到吧？這支獵槍平常放在門廊下的儲藏室。他發現槍換了位置，有些不忍。

要不要讓他一槍斃了自己？

這問題在他的思想裡澄澈得不得了，他差點脫口而出。他思考著，爲了依妮德的健康而沒收禁藥是一件事，畢竟母親能享福的日子長久，值得挽救。老爸呢？他沒救了。

然而，蓋瑞不願聽見槍聲，不顧下樓涉足血泊，也不想讓母親受這種罪。

但，無論場面再怎麼慘，事過境遷之後母親的生活品質一定會大幅提升。

一盒子彈放在長椅上，蓋瑞打開看，裡面一顆也不缺。他寧願是其他人注意到獵槍的位置被移動，而不是他。最後他想清楚了，腦海映照著他做出的決定，明確到他自言自語講出來。在佈滿灰塵、尿味薰天、興不起回響的寂靜實驗室裡，他說：「如果那是你的心願，請便，我不會攔你。」

浴室小櫃子的架子上有許多東西，不先清掉他無法鑽孔，而清除這些東西本身就是一大工程。每次買到一瓶阿斯匹靈或處方藥，藥瓶裡總有一團棉花球，依妮德必定拿起來，收進一個鞋盒裡；架子上的這盒收集了五百到一千團。架上還有幾管擠剩一半、變成化石的藥膏。另有一些塑膠水瓶和塑膠餐具（顏色居然比米黃色還醜），是她住院接受足部手術、膝蓋手術、治療靜脈炎時帶回家的。此外有幾小瓶紅藥水和Anbesol止痛藥水，早在一九六〇年代就乾涸了。蓋瑞摸到一個紙袋，趕緊丟到上方的架子後面，因爲他害怕裡面是古早的月事帶和月經墊。

架子清理乾淨後，日光已漸暗淡，他準備鑽六個小洞。就在這個時候他發現，老舊的石工鑽頭鈍到和鉚釘差不多。他以上半身的重量強壓電鑽，鑽頭摩擦出藍黑色，耍著牛脾氣，電鑽因而開始生煙，汗水流濕了他的臉和胸。

艾爾佛瑞選擇這一刻進浴室。「哇，看看這個。」他說。

「你的石工鑽頭很鈍，」蓋瑞氣喘吁吁說：「早知道，剛才去五金行應該順便買新鑽頭。」

「讓我看看。」艾爾佛瑞說。

蓋瑞無意引來這位老人，更不想吸引這一對五指怪獸前衛部隊。這兩隻欠缺視事能力的手，對著他張牙舞爪，他忍不住想拒絕，但艾爾佛瑞的兩眼這時固定在電鑽上，臉色好轉，似乎可望解決。蓋瑞交出電鑽。父親接過電鑽，手抖得這麼厲害，蓋瑞懷疑他怎麼看得清楚手上的東西。老人的手指在骯髒的電鑽表面匍匐、摸索，宛如無眼蠕蟲。

「你開反了。」他說。

艾爾佛瑞伸出拇指，指甲發黃，縱紋顯著，把極性轉換鈕推至「向前」，然後把電鑽交還給蓋瑞。蓋瑞回家至今，首度與父親四目相接。一陣寒意竄遍蓋瑞全身，次要原因是汗水冷卻中，主因是他心想，這老頭的頭腦還有點靈光。的確，艾爾佛瑞掩不住得意：他修好了一個東西。蓋瑞懷疑，艾爾佛瑞更得意的是，在這件事情上他證明了自己比兒子聰明。

「由此可見，我不是當工程師的料。」蓋瑞說。

「你在忙什麼工程？」

「我想安裝這支握桿。如果裝好了握桿，再在這裡放一張板凳，你肯不肯站著洗澡？」

「我不知道他們為我做了什麼規畫。」艾爾佛瑞離開時說。

那是你的聖誕禮物，蓋瑞靜靜告訴自己：按下開關，是我送你的聖誕禮物。

一小時後他安裝完成，讓浴室恢復原狀，情緒再度惡化。依妮德質疑握桿裝的位置不太對，當蓋瑞請父親過來試坐新板凳時，父親高聲說，他比較喜歡盆浴。

「我盡了本份，做完了該做的事。」蓋瑞在廚房一面說，一面倒酒。「明天，我有幾件我自己想做的事情。」

「浴室改善了，好棒。」依妮德說。

蓋瑞拚命倒酒，倒了再倒。

「對了，蓋瑞，」她說：「怎麼不開碧送的那瓶香檳，大家一起喝吧？」

「哎唷，不要啦！」丹妮絲說。她烘好一份德式聖誕乾果麵包、一個配著咖啡吃的蛋糕、兩條起司麵包。如果蓋瑞沒有搞錯的話，她正在準備的主菜是義式玉米餅和燉兔肉。他敢說，兔子出現在這間廚房，這是破天荒第一遭。

依妮德繼續去用餐室窗前流連。「他一直不打電話來，我很擔心。」她說。

蓋瑞走向窗前，站到她身邊。在第一口酒精的滋潤下，神經膠細胞滿足得像貓一樣呼嚕呼嚕叫。他問母親，懂不懂什麼是奧坎剃刀定律。

「奧坎剃刀定律就是，」他乘著酒興，語氣簡潔地說：「一個現象如果能用兩種方式解釋，比較簡單的那一種才是正解。」

「噢，你的重點是？」依妮德問。

「我的重點是，」他說：「齊普不打電話的可能性有兩種。一是發生了我們無從得知的複雜狀況，另一種很簡單，是我們大家都清楚的，簡而言之就是他不負責任到無可理喻的境界。」

「他明明說他會來，還說他會打電話，」依妮德斷然回應：「他說，我要回家了。」

「好吧，好，想在窗戶前罰站，是妳自己的決定。」

飯後的行程是《胡桃鉗》，大家拱蓋瑞開車，讓他晚餐前無法暢飲。所以欣賞完芭蕾舞劇，一回到家，他馬上補灌幾杯。艾爾佛瑞以幾乎是跑的步伐直奔上樓，依妮德進書房準備就寢，半夜若出任何狀況，她打定主意讓兒女去處理。蓋瑞喝著蘇格蘭威士忌，打電話向卡羅琳報平安。他喝著蘇格蘭威士忌，樓上樓下尋找丹妮絲，不見她的蹤影。他從自己的房間捧出聖誕禮物，排在樹下。他給大家的禮物相同，每人一本《藍博特家族曠世精選二〇〇〇》皮裝相簿。為了在聖誕節前印製完成，他拚命趕工。既然相簿完成，他打算拆掉暗房，用埃克桑股票的進帳在車庫二樓建造一套模型鐵軌。這是他爲自己挑選的嗜好，不是別人爲他挑選的嗜好。他的頭灌滿了蘇格蘭威士忌，在冷冷的枕頭上躺下來，熄滅他童年房間的燈，這時一股很久以前的亢奮感揪住他的心，熱切期盼起玩具火車鑽過混凝紙漿假山，橫越冰棒枝搭成的高架橋……

他夢到家裡的十次聖誕節。他夢見房廳和人群，房廳和人群。他夢到丹妮絲不是他妹妹，正想殺他，他唯一的生存希望是地下室那把獵槍。他檢查獵槍，確定裡面有子彈，這時隱隱覺得背後的工作室裡有一陣妖氣。他轉身，看見丹妮絲卻不認得她，他看見的女人是他非拚得你死我活的煞星。獵槍的扳機鬆動，懶懶吊在護弓裡，毫無作用。這把槍的轉換鈕指著「反向」，等他推到「向前」時，她已經撲過來殺他——

他尿急醒來。

房間裡一片漆黑，唯一的光線來自數字鬧鐘收音機的亮光。他不敢看時間，深怕發現時辰太早。他依稀看得見，齊普的童年床鋪靠在對面牆邊。房子裡的靜謐有一種亂極稍停的感覺，是最近才籠罩下來的安寧。

爲尊重這份靜謐，蓋瑞輕手輕腳下床，走向門口，此時恐懼攫住他。

他害怕開門。

他拉長耳朵聽門外的動靜，好像聽見微微的移動聲、潛行聲，遙遠的人聲。

他害怕上廁所，因爲他不知道會在廁所發現什麼。他害怕如果離開房間再回來，會發現有人睡錯床鋪，也許是母親，或是妹妹或父親。

他深信，有人正在走廊移動。在朦朧、不完美的意識中，他想起臨睡前丹妮絲失蹤，將這件事聯想到貌似丹妮絲、想殺害他的夢中幽靈。

同一個幽靈殺手會不會正埋伏在走廊上？這種可能性似乎只有九成是幻想出來的。

還是待在房間裡比較安全。抽屜櫃上有幾個裝飾用的奧地利啤酒杯，他可以拿其中一個當尿壺。

但是，尿進杯子的聲音如果引來門外人的注意，他該怎麼辦？

他踮著腳尖，拿著一個啤酒杯進他和弟弟共用的衣櫥。小房間分給丹妮絲住之後，兄弟倆從此擠在同一個房間裡。進衣櫥後，他把門拉緊，擠進乾洗過的衣物裡，地上有幾大袋諾茲崇百貨的袋子，依妮德存放的雜物塞得袋子接近破裂。他對著啤酒杯解決內急，把一根指頭勾在杯緣，作為水庫溢流的警報。當熱尿的水位碰觸到指尖時，他的膀胱終於枯竭。他把啤酒杯放在衣櫥地板上，從諾茲崇袋子裡取出一枚信封，蓋住杯口。

悄悄地，悄悄地，他離開衣櫥，坐回床上，兩腿正要從地板甩上來時，他聽見丹妮絲的聲音。她的咬字清晰，像尋常對話的口吻，讓蓋瑞產生妹妹就在房間裡的錯覺。她說：「蓋瑞？」

他盡量暫停動作，不料床墊下的彈簧嘎吱一下。

「蓋瑞？打擾你了，不好意思，你醒了沒？」

他不得不起床開門。丹妮絲站在門外，穿著白色法蘭絨睡衣，身上是從她房間透出來的一小道燈光。「對不起，」她說：「爸爸一直在叫你。」

「蓋瑞！」艾爾佛瑞的聲音從她隔壁的廁所傳來。

蓋瑞的心噗噗跳。他問，現在幾點。

「不知道，」她說：「他剛才喊著齊普，把我吵醒了，然後他改叫你的名字。他沒有喊我，我想他比較習慣讓你幫他。」

她吐的氣又有菸味。

「蓋瑞？蓋瑞！」廁所又傳來叫喊。

「該死。」蓋瑞說。

「可能是藥的副作用。」

「狗屁。」

廁所傳來：「蓋瑞！」

「好啦，爸，我來了。」

從樓梯最下層飄來依妮德的聲音，只有聲音，不見人影。「蓋瑞，去幫幫妳爸爸。」

「好啦，媽，交給我吧，妳回去睡覺。」

「他找你做什麼？」依妮德問。

「快回去睡吧！」

來到走廊，他嗅到聖誕樹和壁爐的氣味。他輕敲廁所的門，打開來，看見父親站在浴缸裡，腰部以下一絲不掛，整張臉寫滿精神病。蓋瑞以前見過這種臉，多半是在公車站和費城中區的漢堡王廁所見到。

「蓋瑞，」艾爾佛瑞說：「牠們爬得到處都是。」老人指著地板，手指晃動著。「你看見沒有？」

「爸，你出現幻覺了。」

「抓牠！抓牠！」

「你出現幻覺了。你現在應該出浴缸，回去睡覺。」

「你有沒有看見牠們？」

「你看到的是幻覺，回去睡覺吧！」

同樣的對話反覆進行十到十五分鐘，最後蓋瑞牽著艾爾佛瑞離開浴室。主臥房亮著一盞燈，地上有幾條未使用過的尿布。蓋瑞看來，父親就像醒時作夢，夢境和他剛才夢見丹妮絲的情境同樣逼眞。蓋瑞只花半秒就完全清醒，父親則需半小時之久。

「什麼是『幻覺』？」艾爾佛瑞最後問。

「好比清醒時作的夢。」

艾爾佛瑞蹙眉。「我很擔心這件事。」

「嗯，是該擔心，沒錯。」

「幫我穿尿布。」

「好。」蓋瑞說。

「我擔心我的思想出了問題。」

「喔，爸。」

「我的腦筋好像不太對。」

「我知道，我知道。」

但在夜半時分，蓋瑞被父親傳染了。父親把尿布視爲跟神經病有關的聊天話題，不太願意把它當成底褲來穿。兩人合作解決尿布問題時，蓋瑞也感覺到周遭的事物正在溶解，感覺到暗夜裡埋伏著鬼祟、移動、形變。他感覺到，臥房門外不只兩個人，有更多人在這屋子裡；他感覺到一大批他只能依稀瞥見的幽靈。

艾爾佛瑞躺下時，北極頭髮落在臉上。蓋瑞把棉被蓋到他的肩膀，不敢相信自己三個月前和這人爭吵，還認眞將他視為敵手。

回房後，他的鬧鐘收音機顯示二點五十五。房子又靜下來了，丹妮絲的房門緊閉，唯一的聲音來自一輛貨櫃車，在不到八百公尺外的快速道路上奔馳。蓋瑞納悶著房裡怎麼有一種淡淡的氣味——像菸槍的口臭。

繼而一想，或許不是菸味，也許是衣櫥地板上那個裝尿的奧地利啤酒杯！

他心想，明天是我的，明天是蓋瑞的休閒日。然後，禮拜四早上，我們等著把這棟房子轟得稀爛，我們準備終結這個虛偽的表象。

丹妮絲被布萊恩．卡拉漢開除之後，她把自己切成幾大片，放在餐桌上。她告訴自己一個關於女兒的故事：有一家人對女兒飢渴萬分，如果她不逃走，就會被家人生吞活剝。她告訴自己一個關於女兒的故事：這女兒絕命逃亡過程中，一見到臨時避風港，便靠過去尋求蔽護——餐飲業、與恩米爾．柏格的婚姻、在費城過著老人的生活、與羅蘋．帕薩法洛的地下情。但這些她倉促挑選的避風港無法長時間保護她。女兒一心想保護自己，不願受飢渴家人的侵害，不料卻適得其反，乃至於家人飢渴到極致時，她的人生跟著瓦解，致使她孤苦無配偶、無子女、無工作、無責任、毫無任何防衛機制，彷彿她從一開始就知道，她是有意陷害自己，讓自己有空照顧年邁的雙親。

反觀她的兩位兄長，他們努力推說沒辦法。齊普飛去東歐，蓋瑞任憑卡羅琳宰制。憑良心說，蓋瑞的確為雙親「負起責任」，可惜他的做法是欺負老人，對他們頤指氣使。聆聽雙親心聲、對他們有耐心、諒解他們，這些重擔垂直落在女兒的肩上。往遠一點看，丹妮絲已能預見來年的聖誕晚餐，回聖猶達老家團圓的小孩只有她一個，接下來幾個星期、幾個月、幾年，會持續照顧雙親的子女也只有她一個。爸媽還算有分寸，不至於要求她搬回老家住，但她明白父母說不出口的心願。她為父親報名參加克銳妥第二階段實驗後，母親片面終止對她的敵意。依妮德再也不提那位錯愛人夫的朋友諾瑪．葛林；再也不問丹妮絲，為什麼要「辭掉」發電機餐廳的工作。依妮德碰到麻煩，女兒主動營救，因此依妮德再也無法雞蛋裡挑骨頭。根據丹妮絲告訴自己的故事，時候到了，主廚應該切下自己身上的肉，餵給飢餓的父母吃。

因為她想不出更動聽的故事，她差點信了這一則。唯一的問題是，她認不出故事中的自己。當她穿上白上衣和古董灰色套裝，塗抹紅唇膏，戴上有一小片黑紗的黑圓筒帽，這時她才認得出自己。當她穿上無袖白T恤和男生牛仔褲，把頭髮緊緊紮在後腦勺，緊到頭痛，她才認得出自己。當她戴上銀首飾、抹上靛藍色眼影、塗上色調如死屍嘴唇的指甲油、穿上桃紅刺眼的連身裝、踩著橙色運動鞋，她才認同自己是個活人，過著美滿的生活，快樂得難以喘息。

她去紐約，準備去美食頻道錄節目，上給她這種正開始「開竅」、需要練習的人去的夜店。她去找茱麗雅．孚芮斯，借住在她那棟哈德遜街的高級公寓裡。茱麗雅描述離婚程序進入蒐證階段時，她發現吉塔納斯．米瑟維裘斯侵吞立陶宛政府的公款，挪用來買這間公寓。

「吉塔納斯的律師推說是『一時疏忽』，」茱麗雅告訴丹妮絲：「我卻覺得很難相信。」

「這樣一來，妳這間公寓保不住了嗎？」

「錯，」茱麗雅說：「事實上，這樣一來這間公寓歸我的機率更大，我一毛錢也不必花。但我的良心很不安吶！我的公寓確確實實是立陶宛人民的！」

茱麗雅有一間空臥房，裡面的氣溫大約攝氏三十二度。她給丹妮絲一床二．五公分厚的羽毛棉被，還問她要不要多加一張毯子。

「謝了，這樣應該夠了。」丹妮絲說。

茱麗雅給她法蘭絨床單，加上四個法蘭絨套的枕頭。她關心齊普在維爾紐斯的現狀。

「聽他的說法，他和吉塔納斯好像變成至交了。」

「他們兩個湊在一起，不曉得會講我什麼壞話，」茱麗雅挺開心地想。

丹妮絲說，如果齊普和吉塔納斯完全迴避這話題，她也不會訝異。

茱麗雅皺眉。「他們爲什麼不肯提到我？」

「噢，他們倆都被妳狠心甩掉過。」

「可是，他們可以一起罵他們有多恨我啊！」

「我想不出這世上有誰會恨妳。」

「其實，」茱麗雅說：「我本來擔心，妳會因爲我和齊普分手而恨我。」

「哪會呀，妳和他是分還是合，跟我無關。」

茱麗雅聽到這句話，明顯鬆了一口氣，進而對丹妮絲透露她正和一位律師交往，是老闆伊登．普羅秋洛牽線的，人很好，可惜禿頭。「跟他在一起，我有安全感，」她說：「他好懂餐廳喔，而且他的工作好忙，所以不會老是找我要那個，妳知道，那個。」

「說眞的，」丹妮絲說：「妳和齊普的事說得愈少，我愈高興。」

茱麗雅接著問她，最近有沒有交往對象。和羅蘋交往的事其實不難說出口，但丹妮絲卻難以啓齒。丹妮絲不希望好友不自在，不想聽見茱麗雅嗓子變得好細、好柔，充滿同情。和茱麗雅在一起時，她的純眞讓丹妮絲覺得熟悉而愜意，她希望多浸淫一些這樣的氣氛，於是她說：「我目前沒對象。」

話雖這麼說，隔天晚上在離茱麗雅公寓兩百步之外，在一家名叫「夏帕的窩」的女同志酒吧裡，她和一位十七歲女孩在一起。女孩是紐約州普拉茲堡人，剛下巴士不久，髮型勁爆，最近學測得到兩科八百分的佳績（還隨身攜帶成績單，彷彿想證明自己精神正常，或想證明精神異常）。隔天晚上，丹妮絲認識一位哥倫比亞大學生，她主修宗教學，父親（據說）經營一間精子銀行，是南加州最大的一間。

事後，丹妮絲去中城區的攝影棚，以特別來賓的身份錄製一集《夯族潮食》，示範羔羊肉義式水餃和其他黝洋餐廳的標準菜色。在發電機期間，有幾位紐約人和她接觸過，希望把她從布萊恩手裡挖角過去，她趁紐約之行跟其中幾人見面。有兩位是中央公園西路的兆級富翁，想遵循封建制度，請她當佃農。有一位是慕尼黑的銀行業者，一口咬定丹妮絲是白香腸的救世主，能在曼哈頓重振德國美食雄風。另外有一位年輕的餐飲業者名叫尼克．拉札，去黝洋和發電機品味過幾餐，列舉食材和分析廚藝時頭頭是道，令她折服。拉札出身紐澤西州的供應商世家，在上東城區已經開了一家高人氣的中價位海鮮燒烤店，現在有意進軍布魯克林區史密斯街的美食戰場，可能的話，希望請丹妮絲領軍前進。她請對方讓她考慮一星期。

在一個晴朗秋天的週日午後，她搭地鐵前往布魯克林區。她認爲這裡是因鄰近曼哈頓區而獲救的費城。半小時之內她見到的美女、值得一看的女人，比她在南費城半年見到的還多。她也看到她們的棕岩公寓和時尚靴。

搭國鐵回家路上，她後悔在費城躲了這麼久。市政府底下的小地鐵站空盪盪，回音四起，宛如一艘被閒置的戰艦；每一面地板、牆壁，每一根柱子、欄杆，全被漆上灰色。等了十五分鐘，小火車終於靠站，她的心也碎了。乘客秉持著耐心，互不往來，比較不像通勤者，比較近似急診室的傷患親屬。丹妮絲在聯邦街站下車，重回地表，走在布洛德街上，和她賽跑的是洋桐落葉與漢堡包裝紙。這些東西在卑微的門面和鐵窗前打轉，散落於停在路邊（以補土修飾過擋泥板的）車子之間。費城市區的空虛，風與天空的霸權，令她覺得如夢似幻，有納尼亞的風味。她愛費城的心一如她愛羅蘋·帕薩法洛。她的心滿溢，她的感官敏銳，但在孤寂的眞空之中，她的頭感覺隨時有爆炸的危險。

她打開磚造監獄的門鎖，收拾地上的郵件。答錄機裡有二十通留言，其中一是打破緘默的羅蘋。她問丹妮絲想不想「聊一下」。恩米爾·柏格也留言，以禮貌的口吻通知她，他已接受布萊恩·卡拉漢的聘書，即將擔任發電機的執行主廚，即將搬回費城。

聽到恩米爾的留言，丹妮絲猛踹廚房南面的瓷磚牆，踹到腳趾快要骨折了才停。她說：「我不離開這裡不行！」

奈何，離開不是說走就走。過去一個月，羅蘋冷靜下來，終於想通了：如果和布萊恩上床是一種罪過，那麼她自己也有罪。布萊恩在老城區租一間樓中樓自己住。羅蘋被丹妮絲猜中，誓死爭取兩個女兒的監護權。爲了提高勝算，羅蘋坐鎮巴拿馬街上的大房子，再度專心母職。然而，女兒白天去上學，週六整天由布萊恩照顧，她有不少空閒時間。經過一番成熟的思考後，她決定善用這些空閒時間，而最佳的方式是在丹妮絲的床上度過。

丹妮絲仍無法對羅蘋這顆毒品說不。她仍想要羅蘋的手放在她身體的上、下、周圍、裡面，介系詞如北歐自助餐一樣羅列。但不知爲何，或許是因爲羅蘋受委屈時有自責的傾向，容易引人背叛她、虐待她。現在丹妮絲會刻意在床上吸菸，因爲菸會刺激羅蘋的眼睛。和羅蘋共進午餐時，她會打扮得豔光四射，盡可能襯托出羅蘋的老氣。只要有人轉頭看她，無論對方是男是女，她會以凝視回望。羅蘋一開口，她就對羅蘋的音量蹙眉，故意讓羅蘋看見。她的行爲近似父母身邊的青春期少女，唯一的差別是，少女翻白眼是因爲忍不住，丹妮絲則是耍心機、故意的殘酷之舉。在床上，羅蘋開始羞赧嘻嘻笑時，丹妮絲會氣得說：「小聲一點，拜託，拜託。」殘忍到興致高昂時，她會盯著羅蘋的Gore-Tex雨衣，一直看到羅蘋忍不住問她在看什麼。丹妮絲說：「我只是在想，妳什麼時候才會稍微收斂你反時尚的態度。」羅蘋回答說，她永遠也時尚不起來，乾脆以穿得舒服爲原則。丹妮絲將自己的下唇向上噘。

羅蘋積極想帶女友去和希妮德與愛琳重逢，但丹妮絲基於自己一知半解的理由，拒絕去見她的女兒。她無法想像正視她們眼睛的畫面；一想到四女一家親，她就覺得噁心。

「她們好喜歡妳耶！」羅蘋說。

「我沒辦法。」

「爲什麼沒辦法？」

「因爲我不想，就這麼簡單。」

「好吧，隨便囉！」

「『隨便囉』妳想講多久？什麼時候才會讓它退休？還是妳想一輩子掛在嘴上？」

「丹妮絲，她們好喜歡妳耶，」羅蘋尖起嗓子：「她們好想念妳。何況，妳以前也喜歡見她們。」

「哼，我現在沒心情陪小孩，老實說，以後大概也沒辦法，所以拜託妳不要再要求我了。」

多數人到了這階段會識相，多數人會走掉，再也不回頭。但事實證明，羅蘋懂得品嘗殘酷無情的滋味。羅蘋說（丹妮絲相信）若非布萊恩出走，她絕不會離開布萊恩。羅蘋喜歡被舔被摸到只差高潮一小步，然後被人丟棄，被逼得苦苦哀求；而丹妮絲喜歡對她做這種事。丹妮絲喜歡下床、穿衣服、下樓去，羅蘋則靜候她回來抒解性慾，因爲羅蘋不願作弊，不願自慰。丹妮絲坐在廚房裡，看書、抽菸，直到羅蘋受盡屈辱，發著抖，下樓來乞求。這時，丹妮絲的鄙夷精純而灼烈，幾乎比性愛還過癮。

同樣的情況持續著。羅蘋愈同意受虐，丹妮絲愈喜歡精神虐待她。丹妮絲不理會尼克．拉札的電話留言，賴床到下午兩點，在社交場合吸菸的習慣惡化成菸癮。勤勞了十五年，她想揮霍她囤積下來的惰性；她靠存款過活。每一天，她思考著接父母過來住事先應該做什麼準備：在浴室安裝握桿、在樓梯安裝地毯、爲客廳添購傢具、物色一張比較合適的廚房餐桌、將自己的床鋪從三樓搬進客房。想了又想，最後認定她缺乏做這些事的精力。她的日子變成到時候走著瞧。爸媽即將搬來住半年，她沒必要現在展開一段新生活，她現在必須有空就偷懶。

父親對克銳妥療程有何看法，實難得知。有一次，她直接在電話上問，他不回答。

「艾爾？」依妮德催促：「丹妮絲想知道**你對克銳妥有什麼看法**？」

艾爾佛瑞語帶嘲諷：「他們想不出更好的名稱嗎？」

「拼法完全不一樣啦，」依妮德說：「丹妮絲想知道，**你是不是很期待接受治療**。」

無言。

「艾爾，告訴她你有多麼期待。」

「我認爲我的病一個禮拜比一個禮拜嚴重，換一種藥不見得有什麼差別。」

「艾爾，不是藥啦，是一種科技尖端的新療程，用的是你的專利喔！」

「我學會了忍受某種程度的樂觀，所以，我們還是照妳的計畫去做。」

「丹妮絲，」依妮德說：「我能幫的忙很多，每一餐都由我來做，所有衣服全丟給我洗。我覺得換換環境一定很新鮮！妳對我們這麼好，實在太棒了。」

在她已經住厭的這棟房子、這座城市裡，再和父母同住六個月，幻化爲隱形人，硬裝成一個百依百順、負責任的乖女兒，她無法想像那場景。奈何一言既出，她只好把怒氣出在羅蘋身上。

聖誕之前的星期六晚上，她坐在廚房裡，對著羅蘋吐菸，羅蘋則努力提振她的情緒，更令她火大。

「妳邀他們過來住，」羅蘋說：「相當於送他們一份大禮。」

「我狀況這麼糟，算什麼禮物？」丹妮絲說：「想送禮的人，應該先弄清楚自己送不送得起。」

「妳不會有問題的，」羅蘋說：「我可以幫妳呀！我早上可以過來陪妳爸爸，讓妳媽喘一口氣，妳自己可以出去休息一下，做妳想做的事。我一個禮拜可以來三、四個早上。」

對丹妮絲而言，羅蘋的好意只讓那幾個早上的前景更黯淡，更令她透不過氣。

「妳難道不明白嗎？」她說：「我恨這間房子，我恨這個城市，我恨我在這裡的生活，我恨家人，我恨家。我準備一走了之，我不是個好人，再裝下去只會更痛苦。」

「我認爲妳是好人！」羅蘋說。

「我把妳當垃圾對待！妳沒注意到嗎？」

「那是因爲妳心情不好。」

羅蘋從桌子對面繞過來，伸出手想安慰她，被她的手肘推開。羅蘋再試，這次丹妮絲張開手一揮，指關節正中羅蘋的臉頰。

羅蘋倒退兩步，臉色赭紅，彷彿內出血。「妳打我。」她說。

「我知道。」

「妳出手好重，妳爲什麼打人？」

「因爲我不想讓妳待在這裡，我不想融入妳的世界，我不想融入任何人的世界。天天看我自己對妳無情，我看得煩死了。」

尊嚴與愛是相接的兩面飛輪，在羅蘋的眼珠深處旋轉著，半晌之後她才開口。「好吧，」她說：「那我就不煩妳了。」

丹妮絲無意阻止她離去，但當她聽見前門關上的聲音後，她才明白，唯一能幫她照顧雙親的人走了。她喪失了羅蘋的陪伴，羅蘋的慰藉。一分鐘前她不屑一顧的東西，現在她全想要回來。

她飛去聖猶達。

回老家的第一天，如同她每次回老家的第一天一樣，以溫情回報父母的溫情，事事照母親的意思去做。她去超商買東西回來，母親塞錢給她，被她擋回去。廚房裡唯一的橄欖油，是一瓶四盎司裝的惡臭黃漿糊，她忍著不批評。母親最近送她的禮物——薰衣草色的人造纖維高領衫、中老年婦人型的鍍金項鏈——她穿戴在身上。去欣賞《胡桃鉗》時，她忍不住讚嘆少女芭蕾舞者。穿越區域劇院停車場時，她牽著父親戴著手套的手。她愛父母，勝過她對任何事物的愛。當父母雙雙就寢之後，她立刻更衣，奪門而出。

她在路邊歇腳，一支菸掛在唇上，抖著手，拿著火柴盒（迪恩與翠西，一九八七年六月十三日）。她散步到小學後面的草地，當年她和唐．阿莫曾坐在這裡嗅著香蒲和馬鞭草。她踱著腳，揉著手，觀望雲朵遮蔽繁星，頻頻深吸幾口氣，以強化自我。

那天深夜，她代母親出征，趁蓋瑞在幫父親時，潛入蓋瑞的臥房，拉開皮夾克的內袋拉鏈，拿走墨西哥A，改塞一把Advil止痛藥進去，然後把母親的藥帶到比較安全的地點。盡完乖女兒的責任後，她才睡去。

在聖猶達的第二天，如同她每次回聖猶達的第二天一樣，醒來時一肚子火。這種火氣是自律神經的化學作用，無法扼止。早餐時，母親的每一句話對她都是折磨。烤肋排、浸泡德式酸菜時，依據的是古法，而非她在發電機自創的現代風味，令她憤怒。（太油膩了，質感犧牲太多了。）依妮德的電熱爐火力消沉，昨天不令她心煩，今天卻讓她暴怒。冰箱門上有一百零一個磁鐵，小狗之類的可愛圖案，吸力微弱，每次開冰箱，忠納的相片或維也納明信片必定飄落地板，令她火冒三丈。她到地下室去拿祖傳的十一公升裝荷蘭鍋，洗衣間櫃子裡的雜物令她七竅生煙。她從車庫拉來一個垃圾桶，著手丟棄母親的廢物。這可算得上是幫母親的忙了，因此她盡情丟棄韓國噁心莓、五十個一眼即知不值錢的塑膠花盆、一堆沙海膽破片、一捆銀元早已掉光的銀扇草、被人拆散的噴漆松果花環。白蘭地南瓜「果醬」變成灰綠色，近似鼻涕，被她丟掉。新石器時代的棕櫚心罐頭、幼蝦罐頭、玉米筍罐頭，丟掉。羅馬尼亞葡萄酒變成渾濁的黑水，軟木塞已經爛了，丟掉。尼克森總統時代的一瓶邁泰調製液，瓶頸出水結成痂，丟掉。一組保羅·馬森的夏布利葡萄酒玻璃瓶，瓶底是蜘蛛碎屍和蛾翼，扔掉。鏽到骨子裡的風鈴掛鉤被她丟掉，風鈴老早不知去向。一一·一公升的維斯減肥可樂已變成血漿色，丟掉。白蘭地浸泡金桔的裝飾瓶，已成硬糖果和褐色變形蟲，丟掉。內膽碎了的熱水瓶，不但有臭味，拿起來搖一搖還有叮噹聲，扔掉。容量四·五公升的蔬果籃發霉，裡面裝了幾個紙盒裝的臭優格，丟掉。防風油燈氧化嚴重，外表變黏，裡面充滿殘破的蛾翅膀，丟掉。插花用的海棉和膠帶團結成一塊，帝國早已潰散卻不肯分手，一同風化、腐朽，通通丟掉……

在櫃子的最深處，在最底層的蜘蛛網深淵，她挖出一個厚厚的信封，年代看起來不久遠，沒有貼郵票，收件人是埃克桑企業，賓州軒克斯維爾鎮工曲東路二十四號，寄件人是艾爾佛瑞·藍博特，正面另外註明**寄掛號**。

父親實驗室旁的半套小浴室傳來嘩嘩水聲，馬桶水箱開始補充水量，空氣瀰漫微微的硫磺味。實驗室的門開著一道縫，丹妮絲過去敲門。

「進來。」艾爾佛瑞說。

他站在架子旁，架上堆滿稀有金屬錠、鈊等，他正在繫腰帶。丹妮絲把信封拿給他看，說明信封的出處。

艾爾佛瑞抖著手，把信封翻過來，彷彿合理的解釋能奇蹟似地出現。「這是一道謎。」他說。

「我可以拆開嗎？」

「妳想拆就拆。」

信封裡有一式三份授權協議書，日期是九月十三日，簽署人是艾爾佛瑞，由大衛·順普公證。

「這東西怎麼會出現在洗衣間櫃子的最下層？」丹妮絲問。

艾爾佛瑞搖搖頭：「只有妳母親知道。」

她走向樓梯底，抬頭高聲說：「媽？來地下室一下好嗎？」

依妮德出現在樓梯上方，以拭碟巾擦著手。「什麼事？找不到荷蘭鍋嗎？」

「鍋子找到了，可是，妳可不可以下來？」

艾爾佛瑞在實驗室裡，埃克桑的文件握不緊，眼睛沒有在讀文件。依妮德來到實驗室門口，做錯事的模樣寫在臉上。「什麼事？」

「爸想知道，這信封怎麼放在洗衣間的櫃子裡。」

「給我。」依妮德說。她從艾爾佛瑞手中搶走協議書，揉成一團。「這事已經處理完了，妳爸另外簽了一份，他們也馬上寄支票來了，已經不用操心了。」

丹妮絲瞇起眼睛。「我還以爲妳說妳已經寄出去了。十月初去紐約的時候，妳說妳已經寄了。」

「我以爲是寄丟了。」

「寄丟了？」

依妮德曖昧地擺擺手。「呃，我以爲寄丟了。但我猜，大概是放進櫃子忘掉了。一定是我去郵局之前，暫時把一疊郵件放在那裡，結果這一封掉出來了。妳也曉得，我哪能記得這麼多小事？東西搞丟了很正常嘛，丹妮絲，房子這麼大，全靠我一人照料，東西難免會搞丟嘛！」

丹妮絲從艾爾佛瑞的工作檯拿過信封來。「上面寫『寄掛號』，妳去郵局寄掛號信，不是要先塡一張掛號信的單子嗎？該寄掛號的信忘在家裡，怎麼可能沒有注意到？」

「丹妮絲，」艾爾佛瑞的語氣帶有些許怒意：「夠了。」

「我哪知道呀，」依妮德說：「那段時間我忙壞了，搞不清楚信怎麼沒寄，過去的事就不要再提了，反正已經不重要了。妳爸已經收到五千元，不重要了。」

她把協議書揉得更緊，離開實驗室。

我被傳染蓋瑞炎了，丹妮絲心想。

「妳不應該對你媽那麼兇。」艾爾佛瑞說。

「我知道，對不起。」

但依妮德已經去洗衣間驚呼，去乒乓球桌前驚呼，然後回到工作室。「丹妮絲，」她驚叫：「妳想拆掉整個櫃子嗎？妳到底想做什麼？」

「我在清理食品，食品和其他爛掉的垃圾。」

「好好好，但爲什麼要挑現在？妳想幫我清理櫃子，行，我們可以用整個週末來清，妳想幫忙太好了。但今天不行，我們今天不做這件事。」

「媽，東西都壞了，再擺下去會變成毒藥，厭氧細菌能毒死人的。」

「好了，趕快整理一下吧，剩下的東西週末再處理。我們今天沒空。我希望妳早點開始準備晚餐，提早弄好才能安心。然後，我真的希望妳教爸爸做運動，妳答應過的！」

「我會的。」

「艾爾，」依妮德在她身旁彎腰喊著：「吃完午餐後，丹妮絲想教你做運動！」

他搖頭，彷彿覺得厭煩。「隨你們吧！」

一套長年當罩布用的舊床具鋪在地上，上面疊著幾張籐椅和桌子，有初步刮皮、噴漆的跡象。報紙攤在地上，被一群有蓋子的咖啡罐壓著。靠在工作檯邊的是裝在帆布袋裡的獵槍。

「爸，你拿槍出來做什麼？」丹妮絲說。

「唉呀，他想賣掉，想了好幾年了，」依妮德說：「**艾爾，你打算什麼時候賣掉槍**？」

艾爾佛瑞似乎讓這句子在腦子裡重複幾次，以萃取其中的意義，然後以非常緩慢的動作點點頭。

「對，」他說：「我會把槍賣掉。」

「我好討厭擺支槍在家裡，」依妮德說著轉身離開：「妳知道嗎，那支槍他從來沒用過，一次也沒有。我猜，一顆子彈也沒有發射過。」

艾爾佛瑞走向丹妮絲，面帶微笑，逼她退出門。「我想完成這裡的事。」他說。

樓上是平安夜。包裝好的禮物開始在樹下聚集。前院葉子幾乎落盡的雙色櫟枝椏隨風搖擺，風已轉至白雪將至的方向；死草纏住死葉。

依妮德又撥開薄紗窗簾向外望。「我應不應該替齊普操心？」

「應該擔心他來不來，」丹妮絲說：「而不是擔心他會不會出事。」

「報紙說，幾個派系正在交戰，爭奪維爾紐斯中心的掌控權。」

「齊普能照顧自己。」

「喔，妳過來，」依妮德說，牽著丹妮絲到前門：「我要妳把降臨曆的最後一個飾品釘上去。」

「媽，妳自己釘吧！」

「不要，我想看妳釘。」

最後一件飾品是胡桃殼裡的小耶穌。把飾品釘在立體曆的聖誕樹上是小孩子的事，應該交給相信聖誕奇蹟、滿懷希望的人去做，丹妮絲這時已認清：她已經鐵起心腸，拒絕被這房子的情緒影響，拒絕沉浸在童年回憶和往事的意義裡。這是小孩的事，她無法勝任。

「降臨曆是妳的，」她對母親說：「應該由妳來釘。」

依妮德臉上的失望是不成比例地大。這份失望其來久遠，失望的是對她相應不理的天地，特別是兒女拒絕參與她偏愛的奇幻活動。「那我只好問問蓋瑞願不願意了。」她臭著臉說。

「對不起。」丹妮絲說。

「我記得妳以前好喜歡釘這些飾品，妳小時候。妳以前好喜歡。不過既然妳現在不想，那就算了。」

「媽。」丹妮絲的音調不穩：「拜託妳不要逼我。」

「我哪知道這對妳來說是件苦差事？」依妮德說：「要是知道，我絕不會要求妳。」

「讓我看妳釘吧！」丹妮絲央求。

依妮德搖頭走開。「等蓋瑞買完東西回來，我再叫他釘。」

「很抱歉。」

丹妮絲走出門，坐在前門階上抽菸。空氣裡有一種動盪的南方雪味。在同一條街上，科比・魯特正拿著松枝環纏繞在他家的煤氣燈柱上。他揮手，丹妮絲揮手回禮。

她進門時，依妮德問：「妳什麼時候開始抽菸的？」

「十五年前吧！」

「我不是要批評妳，」依妮德說：「但抽菸對身體不好，有害皮膚，而且老實說，別人聞了也難過。」

丹妮絲嘆一口氣，洗洗手，開始把麵粉烤成褐色，準備做德式酸菜汁。「你們搬過來跟我住之前，」她說：「我們得先把幾件事攤開來說清楚。」

「我說過，我不是在批評妳。」

「要先攤開來講的事情是，我最近過得不順。舉個例，我沒有向發電機遞辭呈，我是被開除的。」

「被開除？」

「對，很遺憾。妳想不想知道為什麼？」

「不想！」

「妳確定？」

「確定！」

丹妮絲微笑著，再多倒一些培根的油脂進荷蘭鍋。

「丹妮絲，我跟妳保證，」母親說：「我們不會妨礙妳的。妳只要告訴我超市怎麼去，怎麼用妳家的洗衣機，然後妳想什麼時候回家、出門都可以。我知道妳有妳的生活，我不想干擾妳。如果我想得出別的辦法讓妳爸參加實驗，相信我，我一定會做。可是蓋瑞從來沒邀請我們，即使他肯，卡羅琳大概也不歡迎。」

培根油脂、烤肋排、燒開的酸菜發出陣陣香味。她在這間廚房準備的菜色，和她為一千名陌生人做的精緻版比較起來，相似之處少之又少。發電機肋排和發電機安康魚的相似之處，比發電機肋排和家鄉版肋排的相似處更多。自以為懂得烹飪，認為烹飪的道理很簡單時，其實已經忘了餐廳菜有多餐廳，家常菜有多少家的味道。

她對母親說：「妳怎麼不跟我講諾瑪．葛林的事？」

「噢，上次提起惹得妳好生氣。」依妮德說。

「我主要是氣蓋瑞。」

「我是怕妳像諾瑪一樣受傷害，我想看妳過幸福的日子，安定下來。」

「媽，我永遠不會再結婚了。」

「妳哪知道。」

「我眞的知道。」

「人生充滿驚奇。妳還這麼年輕，這麼漂亮。」

丹妮絲再倒一些培根油脂進鍋子，現在沒有理由再隱瞞了。她說：「妳有在聽嗎？我很確定，我這輩子不會再結婚了。」

但這時外面傳來車門關上的聲音，依妮德衝進用餐室，撥開薄紗窗簾。

「喔，是蓋瑞，」她失望地說：「只有蓋瑞。」

蓋瑞踏著輕盈的步伐進廚房，帶著他在交通博物館買的鐵路紀念品。出去慰勞自己一上午後，他顯然變得神清氣爽，連母親叫他把小耶穌釘在降臨曆上他都樂於順從。就這樣，依妮德的認同感瞬間從女兒轉向大兒子。她對蓋瑞的樓下浴室工程讚不絕口，還說那張板凳代表向前邁進一大步。丹妮絲悶悶完成晚餐的前置作業，準備了一套簡便午餐，把堆積如山的餐具洗好，窗外的天空變成全灰。

午餐後，她回到自己的房間。依妮德終於重新裝潢過，改得幾乎不留小主人的本色。丹妮絲開始包禮物。（她送大家的禮物是衣服，她瞭解人們喜歡穿什麼。）她打開面紙包住的三十顆豔陽藥丸墨西哥A，想著要不要把藥包成禮物送給母親，但她不得不尊重她對蓋瑞的承諾。她再把藥丸包回面紙裡，溜出房間，下樓，把藥塞進降臨曆空掉的二十四日口袋。其他人全在地下室，因此她能安全溜回樓上，把自己關進房間，假裝沒有出過門一步。

丹妮絲小時候，外婆在廚房烤好了肋排，兩個哥哥帶著美若天仙的女朋友回到家，大家歡度佳節的方式是買好多禮物送丹妮絲，那個下午是全年最漫長的下午。不知哪來的習俗，規定全家不准在日落前聚在一起，因此大家分別待在自己的房間等天黑。齊普十幾歲時有時會同情么妹，在這個下午陪她下西洋棋或玩大富翁。等她大幾歲，齊普和當時的女友約會時會帶妹妹一起去逛街。十歲、十二歲大的她，最快樂的事莫過於能當小跟班；聽二哥指責後資本主義多邪惡，從二哥女友身上收集服飾新知，研究女友的瀏海長度和鞋跟高度，能單獨在書店逍遙一小時，然後在回家路上，從商場旁的小山頂欣賞夜景，看著車流在漸漸淡去的天光下默默緩緩行進。

即使是現在，這天下午依然是最漫長的下午。雪花的色調比雪色的天空暗一度，開始嘩嘩灑落，寒意穿透了防風窗，攪進暖氣爐通風口發出的熱氣團，直鑽進人的脖子。丹妮絲怕感冒，躺下來蓋上毛毯。

她睡得很沉，沒有作夢，醒來——我在哪裡？幾點了？今天是星期幾？——聽見吵架聲。雪花在窗角結網，在雙色櫟上結霜。天空仍有光，但不久將熄盡。

艾爾，蓋瑞費了那麼大的工夫——

我又沒有叫他幫忙！

對。可是，你至少試一次不行嗎？他昨天為你忙了那麼久。

我有權想泡澡就泡澡。

爸，你不聽話，遲早會在樓梯上摔跤，摔斷脖子！

我又沒有叫任何人幫忙。

廢話！因為我已經禁止媽了——禁止她再靠近浴缸一步——

艾爾，求求你，試試看淋浴嘛——

媽，算了，讓他摔斷脖子好了，對大家都比較省事——

蓋瑞——

戰局向樓上蔓延，人聲愈來愈近。丹妮絲聽見父親沉重的腳步聲，步步走過她的門口。她戴上眼鏡，開門，這時髖骨痛的依妮德緩步走完樓梯。「丹妮絲，妳在做什麼？」

「我剛在睡午覺。」

「去跟妳爸講講道理，告訴他蓋瑞在浴室忙了這麼久，他應該試試看；妳的話他聽得進去。」

由於午覺睡得太沉，醒得又太突然，丹妮絲的知覺一時無法跟上現實；走廊的情景與走廊窗內的情景有著微微的反物質陰影，聲響一下子太大，一下子又幾乎聽不見。「爲什麼——」她說：「爲什麼在今天爭這個？」

「因爲蓋瑞明天就要走了，我希望他看看浴室是不是改得適合妳爸用。」

「洗盆浴有什麼問題？再告訴我一遍，好嗎？」

「他一泡進去就站不起來，而且他常在樓梯上摔跤。」

丹妮絲閉上眼睛，但閉眼大幅加重了意識與現實脫鉤的情形。她睜開眼睛。

「喔，對了，丹妮絲，」依妮德說：「妳不是答應過要教他做運動？」

「對，我會找時間去教他。」

「現在就去，趁他洗澡前。來，我把黑吉培斯醫生給的說明書給妳。」

依妮德跛腳下樓，丹妮絲提嗓喊：「爸？」

沒有回應。

依妮德上樓梯一半，把一張淡紫色的紙（「**活動是金**」）從扶手欄杆中間遞給她，上面畫著七套簡單的人形圖，分解運動的姿勢。「好好教他，」依妮德說：「他對我很沒有耐性，不過他肯聽妳的話。醫生一直問妳爸有沒有做他交代的運動，他應該好好學做這些運動。我不曉得妳一直在睡午覺。」

丹妮絲帶著運動圖解，走進主臥房，發現艾爾佛瑞站在衣櫃門邊，裸著下半身。

「嘩，爸，抱歉。」她邊說邊後退。

「什麼事？」

「我們應該做一做醫生交待的運動。」

「我的衣服已經脫掉了。」

「穿睡衣就好了，反正鬆垮的服裝比較適合運動。」

她花了五分鐘安撫父親，請他在床上躺平，他穿著羊毛襯衫和睡褲。此時真相終於傾瀉而出。

第一種運動是，艾爾佛瑞雙手抱單膝，將膝蓋拉向胸部，然後換邊。丹妮絲將他不聽使喚的雙手導向右膝。他的關節僵硬得令丹妮絲驚愕，但在丹妮絲的協助下，他仍能將髖關節彎過九十度。

「好，現在換左邊膝蓋。」她說。

艾爾佛瑞又雙手抱右膝，拉向胸部。

「很好，」她說：「不過，這次換左邊試試看。」

他只是躺著，猛喘氣，沒有動作，表情像他忽然憶起橫禍。

「爸？試試看你的左膝。」

她摸摸他的左膝，他仍無反應。在父親眼中，她看見焦急的心意，亟待她闡述、指引。她將他的雙手導向左膝，但雙手一到定位便掉下去。該不會是他左邊僵化的情形比較嚴重吧？她把他的雙手拉到他的左膝，幫他抬腿。

如果要說差別的話，他的左邊其實更靈活。

「好，換你自己試試看。」她說。

他對著她咧嘴，氣喘如恐懼萬分。「試什麼？」

「雙手抱住左膝蓋，把腿抬起來。」

「丹妮絲，我做夠了。」

「稍微伸展一下，感覺會比較舒服，」她說：「就照你剛才做的，雙手抱左膝，然後提起腿來。」

她對他微笑，換來他一臉困惑。他無言盯著她的眼睛。

「我的左邊是哪邊？」他說。

她摸摸他的左膝。「這一邊。」

「要我怎麼做？」

「雙手抱住膝蓋，把膝蓋拉向你的胸部。」

他的眼珠焦躁地流轉，閱讀著寫在天花板上的壞消息。

「爸，專心一點。」

「沒用啦！」

「好吧，」她深吸一口氣：「沒關係，跳過這個，我們試試第二式好嗎？」

他望著她，宛如他唯一的希望是她變成張牙舞爪的怪獸。

「做法是，」她說著，盡量不理會父親的表情：「你把右腳抬向左腳，和左腳交叉，然後身體盡量向右轉。我喜歡這種伸展操，」她說：「能伸展髖屈肌，感覺眞的很棒。」

她再向他解說兩遍，然後請他抬右腿。

他在彈簧床上將雙腳抬起幾公分。

「右腿就好，」她輕聲說：「膝蓋要彎曲。」

「丹妮絲！」他的聲帶緊繃，音質高亢：「沒用啦！」

「這樣做，」她說：「這樣做。」她把他的腳丫向上推，以彎曲膝蓋。她抬起他的右腿，托著小腿腹和大腿，跨過左膝蓋，放下。起初沒有阻力，但他似乎瞬間開始劇烈抽筋。

「丹妮絲。」

「爸，放輕鬆。」

她已經知道，父親不可能來費城了。但現在，一陣熱帶的濕氣從他身上蒸發向上，一種刺鼻的氣味，近乎尿床的臭味。在他睡褲的大腿部位，她摸到濕熱。父親的全身顫抖著。

「噢，糟糕。」她說著放下他的腿。

雪在窗外打轉，左鄰右舍的燈光開始亮起來。丹妮絲以自己的牛仔褲擦手，視線向下移至自己的大腿，聆聽著，聽見自己心臟狂跳，聽見父親吃力的喘息，聽見他的四肢在床單上搓摩的韻律。在他的下體附近，床單泛出一灘水，毛細現象從睡褲的一腿向下擴散。稍早之前那種剛尿床的味道消散了，在沒有暖氣的房間裡冷卻，變成一種明確而宜人的氣味。

「對不起，爸，」她說：「我去幫你拿毛巾。」

艾爾佛瑞對著天花板微笑，以不太焦躁的語氣說，「我躺在這裡看得見，」他說：「妳看得見嗎？」

「看得見什麼？」

他伸出一指，朝天比著，對象模糊。「下面、在下面、在下面，在工作檯下面，」他說：「寫在那裡，妳有看見嗎？」

現在，輪到她困惑，他倒不困惑了。他挑挑眉毛，以機敏的表情看她。「是誰寫的妳知道吧？是那、那裡的那個人寫的。」

他勾住女兒的眼睛，若有所指地點頭。

「我不懂你在講什麼。」丹妮絲說。

「妳的朋友，」他說：「青臉頰的那個傢伙。」

百分之一的理解降生在她的頸後，開始往北往南增長。

「我去拿毛巾。」她說，卻哪裡也沒去。

父親的眼珠又翻向天花板。「他寫在工作檯的下面，工、工作檯的下面，我躺在那裡就看得見。」

「你在說什麼？」

「妳在信號部的那個朋友，青臉頰的那個傢伙。」

「你搞錯了，爸，你在作夢。我去拿毛巾。」

「其實，一句話也不必說。」

「我這就去拿毛巾。」她說。

她走向臥房另一邊的浴室。她的腦子仍在午睡，愈來愈惡化。在她的腦袋裡，毛巾的柔軟、天空的黑暗、地板的堅硬、空氣的新鮮全與現實的波長進一步脫鉤。爲什麼在這個時候提起唐·阿莫？爲什麼是現在？

父親把雙腿挪下床，脫掉了睡褲，伸出一手，接下她拿來的毛巾。「我自己處理，」他說：「妳去幫妳媽。」

「不行，我幫你，」她說：「你去泡個澡。」

「毛巾給我就好，這不是妳的事。」

「爸，去洗澡。」

「我本來就沒有把妳扯進來的意思。」

他的手仍未縮回去，在半空中無力擺動著。丹妮絲避看他尿床犯錯的陰莖。「站起來，」她說：「我幫你換床單。」

艾爾佛瑞以毛巾遮住下體。「留給妳媽處理，」他說：「我早告訴過她，搬去費城是癡人說夢。我從來沒打算把妳扯進來，妳有妳的生活。就開開心心地過妳的日子，小心一點就是了。」

他繼續坐在床沿，垂著頭，雙手放在大腿上，像兩支肉做的大湯匙。

「要不要我幫你放洗澡水？」丹妮絲說。

「我喔——喔喔喔喔喔——噢，」他說：「告訴那傢伙他胡說八道，不過又有什麼辦法呢？」艾爾佛瑞做出代表不言自明或無可避免的手勢。「他以為這下子小岩城他去定了。我說，想去，要，要照年資來排隊，哦，胡說八道那麼多，我叫他滾。」他對丹妮絲做出道歉的表情，聳聳肩。「不然我能怎麼辦？」

丹妮絲不是沒有被人視而不見過，卻從來不曾像這樣。「我不太清楚你在說什麼。」她說。

「呃，」艾爾佛瑞做出一個不太明確的手勢來解釋：「他叫我去工作檯下面找，就這麼簡單。不信的話，就去工作檯下面找。」

「什麼工作檯？」

「胡說八道嘛，」他說：「我乾脆辭職，對大家都省事。哼，他沒有料到那一招吧！」

「你講的是鐵道公司的事？」

艾爾佛瑞搖搖頭。「妳用不著操心，我本來就沒有把妳扯進來的意思。我希望妳去過妳開心的日子，記得要小心。叫妳媽拿毛巾上來。」

說完，他踏著地毯前進，進浴室後關門。丹妮絲想隨便做點事，於是拆下床單，連同睡褲捲成一團，捧下樓去。

「樓上情況怎樣？」依妮德在用餐室寫聖誕卡。

「他尿床了。」丹妮絲說。

「糟糕。」

「他分不清左腿右腿。」

依妮德的臉色沉下去。「我以爲他比較聽得懂妳的話。」

「媽，他連自己的左腿和右腿都分不清楚。」

「有時候，吃藥會——」

「對！對！」丹妮絲的語音近似哽咽：「是藥的副作用！」

讓母親噤若寒蟬後，她進洗衣間，依顏色分開待洗衣物，浸泡床單。這時蓋瑞笑臉盈盈，捧著O-gauge火車模型來找她。

「我找到了。」他說。

「找到什麼？」

心願和活動沒有獲得丹妮絲的重視，似乎令蓋瑞心痛。他解釋，他小時候有一組模型鐵軌，其中一半——「重要的那一半，有火車和變電器的那一半」——遺失了，幾十年都找不到，以爲被丟掉了。

「我剛翻遍了儲藏室，」他說：「結果妳猜，我在哪裡找到了？」

「哪裡？」

「猜。」他說。

「繩子箱的下面。」她說。

蓋瑞瞪圓了眼睛。「妳怎麼曉得？我找了幾十年耶！」

「誰叫你不來問我。那個大繩箱裡面有個小盒子，盒子裡裝著鐵道的東西。」

「哼，算了。」蓋瑞一陣戰慄，隨即成功地將焦點由妹妹拉回自己身上。「我很高興我自己找到了，很有成就感……雖然，要是妳有告訴我就好了。」

「誰叫你不問我！」

「妳知道，我玩這些鐵路模型玩得好高興。有些東西好棒，有錢就買得到。」

「很好！我爲你高興。」

蓋瑞看著手上的火車頭出神。「我以爲再也看不見這東西了。」

他走後，地下室剩丹妮絲一人。她進入艾爾佛瑞的實驗室，打開手電筒，在咖啡罐之間跪下，查看工作檯底下。她看見潦草的鉛筆字跡，畫著一顆大如眞人心臟的心形：

她癱了，坐在腳跟上，膝蓋接觸冷硬的地板。小岩城。年資。我辭職，對大家比較省事。

茫然之中，她掀開咖啡罐的蓋子，橘黃得可怕的發酵尿液滿至罐口。

「噢！」她對著獵槍說。

她跑回自己的臥房，穿上外套，戴上手套，她萬分心疼母親，因爲就算母親的苦水吐得再頻繁、再囉唆，她都沒想到聖猶達的日子是如此不堪；如果連想像他們的生活多辛苦都辦不到，怎麼能允許自己呼吸？怎麼能允許自己歡笑？怎麼能允許自己吃得下睡得好？

依妮德又在用餐室撥窗簾，向外找著齊普。

「我出去散個步！」丹妮絲邊說邊關上大門。

草坪上覆著五公分厚的雪。西天的雲層逐漸散開，最新一波冷鋒的前緣塗著狂暴的眼影，色調爲薰衣草和知更鳥蛋藍。暮色中的馬路上輪胎痕跡一條條，丹妮絲走在正中央，一口接一口抽著菸，抽到尼古丁麻痺了愁苦，她的思緒才清晰起來。

她推測，若斯兄弟併購密德蘭之後開始精簡人事，調派至小岩城的人事名單上不見唐·阿莫，他因此去找艾爾佛瑞談判。也許他揚言把征服艾爾佛瑞女兒的事炫耀出去，也許他自以爲算藍博特家的半子，想爲自己爭一點權益。無論哪一種，艾爾佛瑞當時都叫他滾。後來，艾爾佛瑞回到家，在工作檯底側找到了證據。

丹妮絲相信，阿莫和父親之間必定起過衝突，但她不願細想。懇求或脅迫上司的上司，以躋身調去小岩城的名單，會讓阿莫多抬不起頭來。女兒在公司工作勤奮，人人稱讚，艾爾佛瑞卻發現女兒背著他做見不得人的事，會多麼心如刀割。想到阿莫的陽具戳進她這個那個無亢奮、有罪惡感的孔穴，原本的難堪會變得何其沉痛。她痛恨去想父親跪在工作檯下尋找那顆鉛筆心的畫面，她痛恨阿莫把含沙射影的骯髒渾話灌進父親保守的耳朵裡，她痛恨去揣測嚴守紀律、注重隱私的父親發現阿莫在他家裡亂走亂摸，會多麼震怒。

我從來沒有要把妳扯進來的意思。

但，千眞萬確的是：父親向鐵道公司遞出了辭呈。他挽救了女兒的名節。他從未向丹妮絲洩露半個字，從未展現半點瞧不起女兒的神態。十五年來，她孜孜不倦扮演一個盡心盡責、謹愼細心的女兒，他卻完全知道不是這麼一回事。

她認爲，如果能把這想法鎖在腦子裡，應該會舒服一些。

她離開父母家那一帶之後，房子變得比較新、比較大，格局也比較方正。有些窗戶沒有舊式的豎框，有些則裝了塑膠的假豎框，她看見窗內亮著螢幕，有些巨大，有些微小。顯然，一年到頭的每一個小時，包括這個小時在內，都適合盯著螢幕看。丹妮絲解開外套的鈕釦，往回走，從小學母校後面的草地抄捷徑回家。

她從來沒有眞正認識過父親。也許沒有人眞正認識他。他生性害羞，舉止謹守禮節，發脾氣時像暴君，以這些特點來嚴守內心世界，因此像她一樣愛他的人都知道，對他最好的方式就是尊重他的隱私。同理，艾爾佛瑞懂得稱讚女兒的外在表現，以展現對女兒的信心，拒絕刺探女兒表象之下的樣子。每當父親公開展現他對女兒的肯可，例如讚揚她的成績全A、她的餐廳轟動、美食評論喜歡她的手藝時，她便開心不已。

就算沒明講她也瞭解，當著女兒的面尿床，對父親來說是多麼悲慘的事。躺在床上，下面濕了一大片，尿水迅速冷卻，他不想以這種醜態與女兒相處。父女之間相處的方式只有一種，而那種方式無法再維持多久了。

艾爾佛瑞堅守著老一派的眞理：愛的方式並非靠近，而是保持距離。這一點，她的理解比齊普和蓋瑞更透徹，因此她覺得對父親有一份特殊的責任。

遺憾的是，齊普認爲艾爾佛瑞對子女的關愛只與他們的成就成正比。齊普忙著覺得自己被誤解，從不曾察覺他對父親的誤解有多深。對齊普來說，艾爾佛瑞沒有能力表達父愛，就證明父親不瞭解或不關心兒子。旁人看得一清二楚的事實，唯有齊普看不見：在這世上，艾爾佛瑞無條件愛的人只有齊普一個。丹妮絲自知，她不可能像齊普那樣得父親歡心；父女間除了客套和成就外，僅有極少的交集。半夜喊人，他明知齊普不在家，喊的仍是齊普。

這件事，我盡全力跟你説清楚了，她踏雪而行，在腦子裡對白癡二哥說。不可能再講得更明白了。

她回到家，屋裡燈火通明。蓋瑞或依妮德掃過前門走道上的雪。丹妮絲在大麻纖維的踏墊上擦鞋底，這時門倏然打開。

「喔，是妳，」依妮德說：「我還以爲說不定是齊普。」

「對，只是我。」

她進門，脫掉皮靴。蓋瑞已在壁爐裡生了一盆火，坐在最靠近爐火的一張扶手椅上，腳邊有一疊舊相簿。

「聽我的勸吧，」他告訴依妮德：「忘掉齊普。」

「他一定碰到什麼麻煩了，」依妮德說：「不然他會打電話回來的。」

「媽，他有反社會人格傾向，別搞錯了。」

「你完全不瞭解齊普。」丹妮絲對蓋瑞說。

「沒有盡到本份的人是誰，我一眼就看得出來。」

「我只希望全家團圓！」依妮德說。

蓋瑞突然冒出很有感情的驚嘆。「噢，丹妮絲，」他說：「噢，噢，快來看看這個小女娃。」

「待會吧！」

但蓋瑞抱著相簿走過來，硬塞給她，指著印在闔家聖誕卡上的相片。相片中的丹妮絲大約一歲半，胖嘟嘟，頭髮像拖把，隱約有幾分神似猶太人，微笑裡沒有半點憂愁，齊普與蓋瑞的微笑亦然。她坐在兩個哥哥中間，三兄妹坐在客廳的沙發上，沙發還是更換布面之前的模樣。兩人各伸一隻手摟著妹妹，白皙的男童臉頰幾乎碰到她臉的上方。

「可愛的小女娃，不是嗎？」蓋瑞說。

「哇，好可愛喔！」依妮德湊進來說。

夾在相簿中間的信封掉出來，上面貼著「掛號信」的貼紙，被依妮德撿走，直接扔進壁爐燒掉。

「什麼東西？」蓋瑞說。

「不就是埃克桑那檔子事嘛，已經處理好了。」

「爸有沒有把錢分一半給歐爾費克密德蘭？」

「他叫我寄去，我最近忙著一大堆保險單，暫時沒空寄。」

蓋瑞邊上樓邊笑說：「那兩千五擺在口袋裡，小心燒出洞來。」

丹妮絲擤鼻涕，去廚房削馬鈴薯皮。

「多削幾個，」依妮德過來說：「以免齊普回來不夠吃，他說最晚今天下午到。」

「現在已經是晚上了。」丹妮絲說。

「呃，我想多弄一點馬鈴薯嘛！」

母親廚房裡的每一把刀都鈍如奶油刀，丹妮絲改拿削蘿蔔刀來削。「爸沒跟著歐爾費克密德蘭調到小岩城，那時候，他有沒有告訴妳原因？」

「沒有，」依妮德斬釘截鐵地說：「爲什麼問起？」

「我只是想知道。」

「他原本答應公司會去。如果他去了，丹妮絲，我們的財務狀況會完全不同。假如他多待那兩年，他的退休金會幾乎翻倍，現在家裡的環境也會好很多。他本來告訴我他願意調去小岩城，也同意這樣的決定是正確的。結果才過三天，有天晚上回家他說，他改變主意，辭職了。」

丹妮絲從洗碗槽上方的窗戶，凝視著折射在窗面上的雙眼。「而且他從來沒告訴妳原因。」

「呃，他受不了若斯兄弟吧，我猜個性不合。不過，他從來沒跟我明講。妳應該清楚——他從來不跟我講任何事，一向都是他自己做主。即使會造成財務上的災難，他的決定仍是最後的決定。」

洪氾來了。丹妮絲手裡的馬鈴薯和削皮刀掉進洗碗槽。她想起她藏在降臨曆裡的禁藥，認爲那些藥丸應該能暫時抑制住她的淚水，等離開聖猶達再哭個夠，但她離藏藥的地方太遠了。她在廚房裡一時無法招架。

「女兒，妳怎麼了？」依妮德說。

剎那之間，廚房裡沒有丹妮絲，只有感傷、淚水和悔恨。她不知不覺跪在洗碗槽前的碎布地毯上，小團小團的濕面紙圍繞身邊。母親在她身旁的椅子坐下，不斷遞面紙給她，她不願抬頭看母親。

「好多原本以爲很重要的事，」依妮德以剛才沒有的清醒語調說：「到後來，根本不重要。」

「有些事情還是很重要。」丹妮絲說。

依妮德看著洗碗槽邊未削皮的馬鈴薯，神態惆悵。「他不可能好了，對不對？」

讓母親誤認她在為父親的健康痛哭，她很慶幸。「我想是不可能了，」她說：

「大概不是副作用吧！」

「大概不是。」

「大概也沒必要搬去費城了吧，」依妮德說：「如果他連說明都聽不懂。」

「對，大概沒必要了。」

「丹妮絲，我們該怎麼辦？」

「我不知道。」

「今天早上我就發現不對勁了，」依妮德說：「假如妳在三個月前發現那個信封，他絕對會對我大發脾氣。可是，妳今天看到了，他一點火氣也沒有。」

「讓妳難堪，對不起。」

「反正沒關係了，他根本不知道。」

「我還是很抱歉。」

爐子上的白豆煮開了，鍋蓋嘎嘎跳動，依妮德站起來將火勢調小。丹妮絲仍跪在地上，說：「降臨曆裡面有東西，好像是妳的。」

「沒了，蓋瑞把最後一個釘上去了。」

「在『二十四』的那個口袋裡，可能有給妳的東西。」

「什麼東西？」

「不曉得，妳去看看就知道了。」

她聽見母親走向前門，然後回來。儘管碎布地毯花樣繁複，她卻以爲只要再多看一下就能記住。

「這些東西是哪裡來的？」依妮德問。

「不曉得。」

「是妳放進去的嗎？」

「是個謎。」

「一定是妳放的。」

「不是。」

依妮德把藥丸放在流理台上，後退兩步，對著它們豎目橫眉。「不管是誰放的，好意我心領了，」她說：「不過，我不希望家裡出現這種東西。」

「那就好。」

「我要的是踏踏實實的東西，不踏實的東西我一概不要。」

依妮德用右手將藥丸撥進左手，一把扔進廚餘處理機，打開水龍頭，把藥丸碾碎沖掉。

機器聲停下來後，丹妮絲問：「踏實的東西是什麼？」

「我希望全家團圓，慶祝最後一次聖誕節。」

蓋瑞洗完澡，刮好鬍子，一身貴氣走進廚房，正好聽見這句宣言。

「妳最好願意接受五缺一的團圓，」他說著打開酒櫥：「丹妮絲怎麼了？」

「她在爲爸爸難過。」

「是難過的時候了，」蓋瑞說：「該難過的事情多得是。」

丹妮絲把面紙團撿起來。「你喝什麼，順便幫我倒一杯，倒多一點。」她說。

「咦？碧不是送了香檳來嗎？我們今晚打開喝了吧！」依妮德說。

「不要。」丹妮絲說。

「不要。」蓋瑞說。

「不要的話，就留到齊普回家再說，」依妮德說：「奇怪，你爸怎麼在樓上待這麼久？」

「他不在樓上。」蓋瑞說。

「你確定？」

「對，我確定。」

「艾爾？」依妮德喊：「艾爾？」

客廳裡的壁爐疏於看管，略略氣爆了幾下，白豆以中火慢燉著，通風口呼出暖氣。屋外，有人的車輪在雪地空轉著。

「丹妮絲，」依妮德說：「去地下室找看看。」

丹妮絲按著沒問：「爲什麼是我？」她來到樓梯最上面喊爸爸。地下室的燈亮著，她聽得見工作室微微傳出詭異的窸窸窣窣聲。

她再喊：「爸？」

沒有回應。

她逐步下樓梯，心裡的恐懼類似有一年她最怕的事。小時候她想養寵物，貓或狗都可以，結果收到的禮物是一對關在籠子裡的小黃金鼠。媽媽怕貓狗會抓壞沙發，但這對崔博列家的黃金鼠新生寶寶不會有這個問題，母親覺得可行。每天早上，丹妮絲到地下室餵飼料、換水時都提心吊膽，害怕黃金鼠兄妹昨晚又搞出什麼壞把戲，等著她觀賞——也許生下亂倫的結晶，多了一堆盲目亂鑽的紅皮小老鼠；也許在情急之下，鼠爸媽把所有木屑堆成一座小山，在籠子的金屬地板上雙雙瑟縮著，肚子鼓得好大，眼神有異，想必是吃掉了所有小孩，即使是黃金鼠的味覺，應該也不會覺得餘味有多好。

艾爾佛瑞工作室的門關著，她敲一敲。「爸？」

艾爾佛瑞立即回應，嗓子緊繃，宛如窒息前的嘶吼：「別進來！」

門內有硬物磨擦水泥地的聲響。

「爸？你在忙什麼？」

「我說了別進來！」

呃，她見過那把獵槍，心想：難怪要我下來；她想：我根本不知道該怎麼辦。

「爸，我非進去不行。」

「丹妮絲——」

「我要進去囉！」她說。

她打開門，裡面的燈光奪目。地上鋪著沾滿油漆印的舊床單，她一眼看見父親躺在上面，臀部離地抬高，膝蓋顫抖著，眼睛瞪大，看著工作檯底下，同時拚命操作著插進直腸裡的塑膠浣腸器。

「哇，對不起！」她趕緊轉身，舉起雙手。

艾爾佛瑞吁吁喘息，不再說話。

她把門帶上，沒有完全關閉，出門後以新鮮空氣洗肺。樓上的門鈴響起來，隔著牆壁和天花板，她聽得到腳步聲接近門口。

「是他，是他！」依妮德驚叫。

一陣歌聲——《聖誕腳步近了》——刺破她的幻覺。

丹妮絲上樓，和母親與大哥一同站在前門。熟悉的人臉團聚在門階上的雪地裡：戴爾．崔博列、杭妮．崔博列、史蒂夫和艾雪莉．崔博列、科比．魯特和幾位女兒以及小平頭的女婿、以及皮爾森全家。依妮德把丹妮絲和蓋瑞摟過來，被此刻的氣氛感染得開心地踮起腳尖來。「快去叫妳爸過來，」她說：「他喜歡鄰居登門唱聖誕歌。」

「爸在忙。」丹妮絲說。

以一個重視女兒隱私的男人而言，以一個只要求對方也尊重他隱私的男人來說，讓他靜靜受苦，不要去看他，不要讓他苦上加羞，這樣對他不是最仁慈嗎？他該問女兒的問題那麼多，卻絕口不提，難道不能因而獲得一點權利，不必被女兒問尷尬問題，例如：爸，你怎麼在浣腸？

聖誕歌似乎針對她唱著。依妮德隨音符婆娑，蓋瑞淚水急湧眼眶，但丹妮絲覺得自己是大家歌唱的對象。她原本只想參與家庭中和樂的那一面，自己也不懂為什麼一碰到難題，她對家的向心力竟會激增。科比．魯特在丘茨維爾聖公會的唱詩班擔任指揮，他引導大家接著唱《天使之歌》時，丹妮絲卻開始疑惑，尊重父親的隱私，難道不會太簡單了嗎？他希望大家別去煩他？噢，她求之不得！她可以完全按照他的意思，回費城去過自己的生活。被人看見他拿塑膠管塞屁股很丟臉？真巧！她也覺得自己尷尬透頂了呢！

她從母親懷裡抽身，對鄰居揮揮手，回到地下室。

工作室門開著一道縫，如同她臨走時。「爸？」

「別進來！」

「對不起，」她說：「我非進去不可。」

「我從來就不想把妳牽扯進來，妳不必操心。」

「我知道，可是我還是非進去不可。」

她發現父親的姿勢沒變，雙腿之間有一團舊海灘毛巾。她跪在屎臭與尿臭中，一手放在父親顫抖的肩膀上。「對不起。」她說。

他汗流滿面，目光散發著瘋癲。「去找電話，」他說：「通知區域經理。」

＊　＊　＊

星期二凌晨六點左右，齊普徹悟了。當時他走在近乎伸手不見五指的路上，路面鋪著立陶宛的砂石，在內拉瓦伊村與米切克尼埃鄉之間，距離波蘭邊界幾公里。

十五個小時前，他踉蹌出機場，險些被衝上人行道的吉塔納斯的福特休旅車撞到。同車的人還有喬納斯和埃達里斯。這三位立陶宛人原本已經快駛離維爾紐斯，前往伊格納利納，聽見新聞報導機場關閉，便又調頭回機場救這位可悲的美國人。休旅車的後車廂裝滿行李、電腦、電話器材，為了讓齊普和他的行李擠上車，不得不把其中兩口行李箱用伸縮繩綁在車頂。

「送你去一個小檢查哨，」吉塔納斯說：「大馬路全設了關卡，他們看見休旅車會流口水。」

接著，喬納斯不顧速限，在維爾紐斯以西的險路上飆車，途經小鎮耶茲納斯和阿里特斯，摸黑趕路數小時，全程看不見路燈或執法機關的車輛。保鏢兄弟在前座聽金屬製品樂團的音樂，吉塔納斯則不停按著手機，抱著渺茫的希望，但願波際無線設法恢復了基地臺的供電。他仍是該公司名義上的最大股東。此時，立陶宛全國大停電，總統已對國軍下達動員令。

「這對維昆納斯總統是一場災難，」吉塔納斯說：「動員國軍只會讓他更像蘇聯。軍隊開上馬路，沒電可用——這種政府，立陶宛人民怎會擁戴。」

「軍隊有沒有眞的開槍射人？」齊普問。

「沒有，虛張聲勢而已；是以鬧劇筆調寫成的一齣悲劇。」

接近午夜時，車子在拉茲迪耶附近繞過一處急轉彎。這裡是到波蘭邊境前最後一個略具規模的小鎭。三輛吉普車從逆向車道迎面而來，經過休旅車。喬納斯在濕地用木條鋪排成的臨時道路上加速，用立陶宛話和吉塔納斯討論事情。這一帶冰磧地形起伏，沒有樹林。如果這時車上的人向後望，可以看見其中兩輛吉普車調過頭來追逐休旅車；從吉普車的角度看，則可見喬納斯緊急迴轉方向盤，駛上一條砂石路，風馳電掣在一片白色冰湖旁。

「我們可以跑贏他們。」吉塔納斯向齊普保證。大約兩秒後，車子行經一處急轉彎，喬納斯將車子駛出路面。

出車禍了，齊普心想。車子騰空而起。他不禁大大懷念起優良的抓地力、低重心、直線競速。他還有時間默默反省，緊咬牙關，之後只體驗到連續撞擊、轟轟巨響。車子幾番嘗試各種直立方式——九十度、二百七十度、三百六十度、一百八十度，最後總算以左側車身倒地，引擎拋錨，車燈未熄。

齊普覺得安全帶勒得腰和胸口瘀青，除此之外他好像無恙，保鏢兩兄弟似乎也是。

吉塔納斯被甩來甩去，沒固定好的行李揍了他幾下，下巴與額頭因而受傷流血。他急忙跟喬納斯說話，應該是叫他熄燈，可惜太遲了。後方路面傳來猛換檔的聲音，兩輛追兵在急轉彎的地方停下吉普車，魚貫而出的是頭戴滑雪面罩、身穿制服的男人。

「戴面罩的警察，」齊普說：「我盡量正向思考。」

休旅車躺在冰封的沼澤上。在兩輛吉普車的遠光燈交叉照射下，八到十名戴著滑雪面罩的「警官」包圍齊普一行人，命令所有人下車。齊普推開頭頂上方的車門出來，感覺自己像從盒子裡蹦出來的彈簧小丑。

保鏢兄弟被迫繳械。車上的物品被一件件卸下，扔在表面結冰的雪地與遍地斷蘆葦上。一名「警察」用槍口抵住齊普的臉頰，對他下令，只說了一個字。吉塔納斯爲他翻譯：「他請你把衣服脫掉。」

死神是個遠在海外的親戚，是個口臭令人掩鼻、靠老家匯錢過日子的飯桶，突然在咫尺之內現身。齊普很怕這把槍。他的手抖得厲害，失去知覺，使出渾身解數才勉強拉開拉鏈，解開鈕釦。受這種恥辱的人只有他，是因爲他一身高級皮件。吉塔納斯穿的是機車障礙賽紅夾克，喬納斯則穿牛仔衣褲。面罩「警察」聚集過來，撫摸齊普的長褲與外套的質地。他們以O形嘴洞吐著霜氣，嘴唇缺乏眞人的肌理。他們拿起齊普的左靴，測試鞋底的抗彎性。

一疊美鈔從靴子掉出來，引起一陣驚呼。槍口再次抵著齊普的臉頰。冰冷的手指摸進齊普T恤裡，找到厚厚一信封的鈔票。「警察」也檢查他的皮夾，完全不碰他的立陶宛幣或信用卡。他們只要美金。

吉塔納斯的頭上有多處傷口，血跡凝結中。他向「警察」隊長抗議，兩人開始爭論，連連指著齊普，用到「美金」和「美國人」這兩字。最後隊長舉起手槍，對準吉塔納斯流血的額頭，吉塔納斯舉雙手認輸，接受隊長的論點。

在此同時，齊普的括約肌幾乎擴張到無條件投降的程度，但他覺得非想辦法克制不可，因此全身只剩襪子和內褲的他站著，發抖的雙手用力擠壓雙臀，用力再用力，靠手抵擋括約肌的癱瘓。旁人看來再可笑，他也無所謂。

「警察」從行李裡找到許多值得搜刮的物品。齊普袋子裡的東西被倒在雪地上，隨身物品被一件件檢查。他和吉塔納斯看著「警察」割開休旅車的車內裝潢，扯開地板，挖出吉塔納斯藏的現金和香菸。

「他們用的藉口是什麼？」齊普問。他仍劇烈顫抖著，幸好眞正重要的一役勝券在握。

「我們涉嫌走私現鈔和香菸。」吉塔納斯說。

「指控我們的人是誰？」

「照他們的樣子看來，」吉塔納斯說：「他們恐怕是頭戴面罩的立陶宛國家警察。今天晚上全國有一種狂歡節的氣氛，類似鬧翻天也無所謂的調調。」

凌晨一點，「警察」終於坐上吉普車揚長而去，留下腳丫凍得受不了的齊普、吉塔納斯、保鏢兄弟、殘破的車、濕衣物、被搗毀的行李。

往好的一方面看，齊普心想，幸好我沒有大便失禁。

他把護照和兩千美元藏在T恤口袋裡，警察漏掉了。他也留住運動鞋、幾件鬆垮的牛仔褲、上等粗呢休閒西裝、他最愛的一件毛衣。他急忙把這些衣服穿上。

「黑軍閥這條路，我走不下去了，」吉塔納斯有感而發：「我沒有朝這方向努力的壯志雄心。」保鏢兄弟點燃打火機，就著微光檢查車子底盤。埃達里斯以英語宣讀判決，以利齊普瞭解：「車嗝屁了。」

這條路再走十五公里，可到塞吉尼的邊境哨，吉塔納斯自願走路送齊普過去，但齊普心痛地發覺，如果好友沒有折回機場接他，他們可能早已安抵伊格納利納的親戚家，車子與現金完好無缺。

「唉，」吉塔納斯聳聳肩說：「我們也可能在前往伊格納利納的路上被槍斃，說不定是你救了我們的命。」

「車嗝屁了。」埃達里斯再說一遍，怨懟的語氣中帶點歡樂。

「那麼，改天紐約見吧！」齊普說。

吉塔納斯坐下來，坐在凹陷的電腦螢幕上，小心地摸著淌血的額頭。「嗯，對，紐約。」

「你可以來我的公寓住幾天。」

「我考慮看看。」

「別猶豫了。」齊普的口氣有些焦急。

「我是立陶宛人。」吉塔納斯說。

齊普的傷心失望比這狀況應有的情緒更強烈。然而，他強自鎮定，接下一張地圖、一個打火機、一顆蘋果以及三人的誠摯祝福，摸黑上路。

隻身一人，他舒坦多了。走得愈久，他愈慶幸身穿牛仔褲和運動鞋，而非笨重的皮靴和皮褲。他的腳步比較輕盈，步伐比較自由，差點忍不住在路上跳著走。穿運動鞋散步多麼心曠神怡啊！

但他的徹悟並非這一點。來到波蘭邊境前幾公里，徹悟才出現在他腦子裡。四周的農場養了狗，有幾條吠聲殘暴，他豎起耳朵拚命聽，擔心會不會有哪一條沒上栓的狗摸黑跑出來咬他，他伸長雙臂以防突擊，心裡感受到荒謬絕不只一點點，這時想起吉塔納斯的一句話：以鬧劇筆調寫成的一齣悲劇。一瞬間，他懂了為什麼他寫的劇本人見人嫌，連他自己也不喜歡：他應該寫的是鬧劇，而非驚悚劇。

薄弱的晨曦慢慢照在他身上。在紐約時，他埋頭改寫《紫學院》，頭三十頁反覆推敲、潤飾，以至於他幾乎能倒背。如今，隨著波羅的海天色漸亮，他在腦海裡重建這幾頁，以心頭的紅筆在這一段稍作修飾、在那一段加重語氣或增添誇大詞，將這幾幕改寫成應有的調性：荒謬劇。悲劇英雄**比爾·奎騰斯**成了插科打諢的呆瓜。

齊普加快腳程，彷彿急著趕回書桌，想盡早開始改寫劇本。他登上一處高地，看見停電的立陶宛小鎮艾西斯克斯。在更前方的遠處，國境的另一邊是波蘭國土，戶外亮著一些燈火。兩匹運貨馬拉長頸子，馬頭越過鐵絲網，對著他嘶嘶叫，神態樂觀。

他大聲說：「再荒謬一點，再荒謬一點。」

邊境哨很小，只有兩位立陶宛海關人員和兩位「警察」看守。齊普在護照裡夾一大疊立陶宛幣，他們檢查之後只退還護照。不知何故，可能純屬惡意吧，海關人員叫他在暖氣太強的房間裡罰坐幾小時，他看著混凝土攪拌車、運送雞隻的貨車、腳踏車來來去去，近中午時才放他進入波蘭。

來到塞吉尼，齊普步行幾公里後換到波蘭幣，以波蘭幣買了午餐。正值聖誕時節，店裡商品齊全。鎮上的男人個個年邁，外表很像教宗。

他換乘了三輛卡車，轉搭一輛市區計程車，才在星期三正午抵達華沙機場。蘋果臉頰紅得不像話的波蘭航空票務人員很高興見到他。聖誕期間，旅居西方國家的波蘭外勞返鄉過年，波蘭航空增加許多班次來載運旅客，回程客機卻班班坐不滿。每一位紅臉頰的票務小姐都戴著儀隊鼓手似的小帽，她們接下齊普的現金，開一張機票給他，叫他快跑。

他奔向登機門，搭上七六七客機，接下來飛機卻在跑道上苦等四小時，因為機艙儀器疑似故障。工作人員幾番檢查之後，終於不情願地換掉器材。

航程以大圓的路徑，直飛波蘭裔匯集的大城芝加哥。齊普一路睡覺，以便忘掉他欠丹妮絲兩萬零五百元，所有信用卡的額度用罄，目前失業，下一份工作仍無著落。

到了芝加哥，他通關後得知一個好消息：有兩家租車公司仍在營業。他排隊等了半小時，又收到壞消息：刷爆信用卡的人不能租車。

他翻閱電話簿，尋找航空公司，找到一家從沒聽過的草原跳躍者航空，訂到隔天上午七點前往聖猶達的機位。

這時打電話回聖猶達太晚了，他走到機場偏僻的一隅，在地毯上席地而睡。他無法理解自己的遭遇。他覺得自己像一張原本寫著清楚字句的紙，可惜誤入洗衣機，現在變得質地粗糙、經過漂白、摺線處破損。他半夢到頭戴面罩的無頭之眼、無身之口。他搞不清楚自己在追求什麼，加上人的價值通常由其行為來判定，所以可說他迷失了自我。

因此，老人開門時他才覺得詭異。隔天上午九點半，他站在聖猶達老家的正門口，開門的老人竟然連他的名字也喊得出來。

門上掛著冬青花環。門前的走道邊緣有積雪，路面有分佈均勻的掃帚痕。在這位旅人的眼中，這幅中西部街景宛如富裕仙境，橡樹隔道而立，無用的空間很醒目。這位旅人認爲，在立陶宛和波蘭那樣的世界裡，不可能存在這種地方，足證政治疆界的隔絕效果一流，不會產生電弧現象，不會一舉跨越經濟電壓的鴻溝。老街散發著橡木煙香，平整的樹籬上覆著雪，屋簷垂著冰柱。它看起來像海市蜃樓，像已死的心愛事物殘留著異常鮮活的回憶。

「噢!!」艾爾佛瑞說著，喜悅之情在臉上發光，伸出雙手握住齊普的一隻手。「看看誰來了!」依妮德喊著齊普的名字想湊進去，但艾爾佛瑞不肯鬆手。他再重複兩遍：「看看誰來了!看看誰來了!」

「艾爾，讓他進來，把門關上。」依妮德說。

齊普在門前裹足。外面的世界黑、白、灰，流動著新鮮、清澈的空氣；仙境似的屋裡則塞滿物件、氣味、顏色、濕氣、鮮明的個性。他害怕進去。

「進來，進來，」依妮德尖著嗓子：「把門關好。」

爲防止魔咒纏身，他默唸著防身咒：我只待三天就回紐約，我會找工作，我會每個月至少存五百元，直到清償所有債務，而且我每天晚上都會寫劇本。

這道護身符是他僅有的家當，是他微薄的總值，他一邊默唸一邊跨進家門。

「哇，你又刺又臭，」依妮德親吻他說：「咦，行李箱呢?」

「在立陶宛西部的砂石路邊。」

「你能平安回家，我就高興了。」

立陶宛全國上下找不到藍博特家這樣的客廳。這間客廳的設計如此單調、如此平凡，羊毛地毯卻鋪陳得如此豪華，傢具卻如此巨大、高貴，布面如此絢麗，這種情形只在這半球找得到。木框窗內的燈火雖然黯淡，卻有大草原般的樂觀；方圓九百六十公里內不見海洋來侵擾大氣。較老幾株橡樹的枝椏朝天生長，角度曲折潦草，象徵狂野、唯我獨尊，宛如先人墾殖前的樣子，宛如沒有藩籬世界的印記。

齊普在心跳一次的瞬間豁然領悟了這一切。這座大陸，他的家園。散置客廳的是幾窩打開的禮物、殘破的緞帶、包裝紙屑、標籤。壁爐邊的椅子是艾爾佛瑞的地盤，丹妮絲跪在最大一堆禮物邊。

「丹妮絲，看看誰來了。」依妮德說。

丹妮絲的眼神下垂，彷彿基於義務才起身、穿越客廳走過來。然而，當她張開雙臂擁抱齊普，當齊普也用力抱著她（妹妹的身高總是令他驚訝）時，她不願放手。她黏著二哥——親他的頸子、對他目不轉睛、向他致謝。

蓋瑞走過來擁抱齊普，態度彆扭，不願正眼看弟弟。「以為你不來了。」他說。

「我也以為。」齊普說。

「噢!!」艾爾佛瑞又說，望著他出神。

「蓋瑞十一點要走，」依妮德說：「不過我們還有時間一起吃早餐。你去洗個澡，丹妮絲和我來做早餐。噢，這就是我的願望，終於實現了」她邊說邊忙著進廚房：「這是我這輩子最棒的聖誕禮物。」

蓋瑞轉向齊普，又是一臉「我是混帳」的表情。蓋瑞說：「看吧，她這輩子最棒的聖誕禮物。」

「我想她指的是全家五口大團圓。」丹妮絲說。

「哼，她最好趕快享受個夠，」蓋瑞說：「因為她還欠我一場討論，我等著她趕快還。」

齊普的靈魂出竅，跟隨在軀殼後面不知如何是好。他進樓下浴室的淋浴間，移開鋁板凳，水勢強而熱。他對事情的印象不是鮮明到一輩子牢記，就是很快遺忘。大腦只能吸收一定份量的印象，超過便會影響解讀力，形狀與順序會前後不連貫。例如他那一夜在機場地毯上幾難成眠的印象仍相當完整，懇求著被大腦處理；而此刻、聖誕節的上午，他卻已置身家中洗著熱水澡。淋浴間貼著熟悉的棕褐色瓷磚。瓷磚一如屋內其他的物理常數，充滿著依妮德與艾爾佛瑞共同擁有的事實，浸潤著屬於這個家的光環。這房子感覺比較像一副軀體——比較柔軟、壽命比較短、是個有機體——反而比較不像建築物。

丹妮絲的洗髮精有著近期西方資本主義的淡淡馨香。在齊普用洗髮精搓抹頭髮的幾秒之間，他忘了置身何處，忘了置身哪一座大陸，忘了今年是哪一年，忘了現在幾點，忘了周遭狀況。在淋浴間中，他的頭腦成了魚類或兩棲類生物，察覺著印象，適時反應。恐慌近在咫尺，但他覺得還好。他肚子餓，想吃早餐，尤其渴望喝咖啡。

他腰間纏著毛巾走到客廳，艾爾佛瑞立刻站起來。齊普見他忽然老化的臉，見到崩解中的過程，見到紅斑和不對稱的五官，感覺像挨了一記牛鞭。

「噢！」艾爾佛瑞說：「洗得眞快。」

「可以向借你衣服來穿嗎？」

「自己挑。」

上樓後，他打開父親的衣櫥，看見古老的刮鬍刀組、鞋扒、電動刮鬍刀、樹狀鞋架、領帶架全放在老地方。從齊普上次踏進家門算起，它們持續站崗了一千五百天。齊普一度生氣了（怎能不生氣呢？），氣他的父母一直住在這裡，經年累月地等在原地。

他取出內褲、襪子、羊毛西裝褲、白襯衫、灰色羊毛衫，帶進房間。丹妮絲出生到蓋瑞上大學前那段期間，這間是兄弟倆的臥室。蓋瑞的床上有一個簡便旅行袋開著，他正在打包。

「不曉得你有沒有發現，」他說：「爸的狀況不好。」

「有，我注意到了。」

蓋瑞在齊普的抽屜櫃上擺了一個小盒子，裡面是二十口徑的獵槍子彈。

「他把這盒子彈和獵槍放在工作室裡，」蓋瑞說：「我今早下樓去，想想還是收起來保險一點，以免後悔莫及。」

齊普看著子彈盒，直覺地說：「不是應該讓爸自己作主嗎？」

「我昨天也是這樣想的，」蓋瑞說：「不過，他要動手有其他方式。聽說今晚氣溫會降到攝氏零下十八度，他可以帶一瓶威士忌去外面晃蕩。我不希望媽發現他的腦袋開花。」

齊普不知道該說什麼，他靜靜穿上老爸的衣褲。襯衫和長褲乾淨無比，比他預期的還合身。他訝異的是，穿上羊毛衫之後他的雙手沒有開始發抖，照鏡子看見的臉孔也年輕得令他驚奇。

「你最近在忙什麼？」蓋瑞說。

「幫一個立陶宛朋友，詐欺西方國家投資人。」

「天啊，齊普，你怎麼能做那種事啊！」

就算全世界的其他事物都變了調，蓋瑞的高傲態度仍能如常激怒齊普。

「從道德的觀點嚴格來看，」齊普說：「我對立陶宛的同情心，大於我對美國投資人的同情。」

「你想走布爾什維克路線，當個俄國共產黨員嗎？」蓋瑞說著拉上袋子的拉鏈：「行，去當俄國共產黨員，被抓的時候不要打電話找我。」

「我從來不會想打電話向你求救。」齊普說。

「兩位準備吃早餐了嗎？」依妮德在樓梯階上唱著。

餐桌鋪著聖誕圖案的亞麻桌布，桌面中心是一組松毬、白冬青、綠冬青、紅蠟燭、銀鈴鐺。丹妮絲端出菜來：德州葡萄柚、炒蛋、培根，以及她烤的果乾麵包和普通麵包。

覆上一層雪，大草原的日光更顯明亮。

依照傳統，蓋瑞單獨坐一邊，丹妮絲和依妮德同坐，齊普與艾爾佛瑞同坐。

「聖誕快樂、快樂、快樂！」依妮德說，依序看著子女的眼睛。

艾爾佛瑞低頭著，已經開動。

蓋瑞也開始吃，動作很急，朝手錶瞄一眼。

齊普都忘了家裡的咖啡這麼順口。

丹妮絲問他是怎麼回家的。他說出全程，只跳過持槍搶劫的那段。

依妮德指責似地臭著臉，觀察著蓋瑞的一舉一動。「吃慢一點，」她說：「你十一點才出發。」

「其實，」蓋瑞說：「我說的是十點四十五，現在已經十點三十幾分了，而且我們還有事情要討論。」

「全家終於聚在一起了，」依妮德說：「大家放輕鬆，好好享受吧！」

蓋瑞放下叉子。「媽，我星期一就到了，等大家集合，丹妮絲星期二早上就來了。齊普忙著詐欺美國投資人來不及過來，又不是我的錯。」

「我剛剛解釋過我遲到的原因，」齊普說：「如果你有在聽的話。」

「那你應該提早出發。」

「他是什麼意思？詐欺？」依妮德說：「我還以爲你做的是電腦工作。」

「我待會再向妳解釋，媽。」

「不行，」蓋瑞說：「現在解釋給她聽。」

「蓋瑞。」丹妮絲說。

「不行，抱歉，」蓋瑞說著丟下餐巾，擺出挑戰的身段。「我受夠這個家了！我不想再等！現在就給我說清楚！」

「我做的是電腦工作，」齊普說：「不過蓋瑞說的對，嚴格說來，目標是向美國投資人斂財。」

「我完全不贊同。」依妮德說。

「我知道妳不贊同，」齊普說：「不過，這工作比妳認爲的稍微複雜一些——」

「奉公守法有什麼複雜？」

「蓋瑞，拜託你行不行？」丹妮絲嘆氣說：「聖誕節吔！」

「還有妳，妳是小偷。」蓋瑞說著，把矛頭轉向妹妹。

「什麼？」

「別裝傻。妳溜進別人的房間，拿走一個不屬於——」

「沒搞錯吧？」丹妮絲的口氣很衝：「我只是把贓物歸還給原——」

「狗屁，狗屁，狗屁！」

「噢，我坐不下去了，」依妮德哽咽：「別在聖誕節一早吵架！」

「不行，媽，抱歉，妳不能走，」蓋瑞說：「我們要坐在這裡，現在就把事情講清楚。」

艾爾佛瑞對齊普賊賊一笑，指著其他人說：「我活受什麼罪，你看到了吧？」

齊普將表情調整爲近似理解、同意。

「齊普，你會在這裡待多久？」蓋瑞說。

「三天。」

「丹妮絲，妳呢？」

「禮拜天，蓋瑞，我禮拜天走。」

「媽，禮拜一怎麼辦？禮拜一開始，妳要怎麼維持這個家？」

「等禮拜一到了，我再打算。」

艾爾佛瑞臉上依然掛著笑，問齊普蓋瑞在說什麼。

「我不知道，爸。」

「妳眞以爲你們去得了費城？」蓋瑞說：「妳以爲克鋭妥能解決所有問題？」

「不，蓋瑞，我沒有這樣想。」依妮德說。

蓋瑞似乎沒有聽見她的回答。「爸，爲我做一件事，」他說：「把你的右手放在左肩上。」

「蓋瑞，不要啦！」丹妮絲說。

艾爾佛瑞靠向齊普，偷偷問：「他要我做什麼？」

「他要你把右手放在左邊肩膀上。」

「眞是胡鬧。」

「爸？」蓋瑞說：「快呀，右手，左肩。」

「好了啦！」丹妮絲說。

「動動看呀，爸，右手，左肩，做得到嗎？你想要我們知道你能好好地照著簡單的指令做動作嗎？快呀！右手，左肩。」

艾爾佛瑞搖搖頭：「一間臥室、一個廚房就夠我們住了。」

「艾爾，我不要只有一間臥室和一個廚房的家。」依妮德說。

老人推桌向後挪椅子，再度轉向齊普。他說：「你看到了，事情哪會不難。」

他站起來時腿一軟，整個人倒向地板，順手把餐盤、餐墊、咖啡杯、咖啡碟一起扯了下去，嘩啦巨響簡直像交響樂章的最後一節。他側躺在廢墟中，宛如受傷的競技場鬥士、一匹戰敗的軍馬。

齊普跪下去，扶他坐起來，丹妮絲趕快跑進廚房。

「十點四十五分了，」蓋瑞說，彷彿什麼事都沒有發生：「我走之前先總結一下：爸得了失智症，大小便失禁。不請幫傭的話媽一個人照顧不了他，但是媽說就算請得起她也不要請。克鋭妥顯然也行不通了，所以我想知道妳打算怎麼辦。現在，媽，我現在就要知道。」

艾爾佛瑞把顫抖的雙手放在齊普的肩膀上，以疑惑的眼神望著用餐室裡的裝潢。儘管才剛經歷一場混亂，他仍帶著笑容。

「我的問題是，」他說：「這房子是誰的？誰在照料這一切？」

「是你的，爸。」

艾爾佛瑞搖搖頭，彷彿這話和他理解的事實不一致。

蓋瑞要求一個答案。

「我猜，我們可以試試藥物假期。」依妮德說。

「好，試呀，」蓋瑞說：「帶他去住院，看醫院肯不肯放他走。既然提到藥，妳自己也應該去做停藥觀察。」

「蓋瑞，她已經把東西丟掉了，」拿著海棉跪在地上的丹妮絲說：「她扔進碾碎機了，不要再提了。」

「我希望妳學到教訓了，媽。」

齊普穿著父親的衣服，聽得一頭霧水。父親的手在他肩膀上好沉重。一個小時之內，兩度有人黏著他，彷彿他是一個可靠的人，彷彿他有什麼能耐。事實上，他心虛到不敢承認父親與妹妹是否誤解了他。他覺得，他的意識被削去了所有的識別標記，轉世到一個穩重的兒子體內，一個值得信賴的哥哥……

蓋瑞蹲在艾爾佛瑞旁邊。「爸，」他說：「這樣收場我很抱歉，我愛你，希望很快再見到你。」

「嗯，你似喔，毫。」艾爾佛瑞回應。他低下頭四處張望，神情滿是妄想。

「而你，我這個不負責任的兄弟。」蓋瑞張開手指成爪狀，放在齊普頭上，顯然是想展現手足之情。「這裡的事就靠你了。」

「我盡力。」齊普說，眞心大於反諷。

蓋瑞站起來。「抱歉破壞了妳的早餐，媽，但我倒覺得說出來比較舒服。」

「爲什麼不能等到聖誕過後再講？」依妮德嘟噥。

蓋瑞親吻她的臉頰。「明天早上打電話給黑吉培斯醫生，再打給我，讓我知道你們打算怎麼做。我會盯著這件事。」

艾爾佛瑞倒在地上，依妮德的聖誕早餐成殘局，蓋瑞竟能一走了之，令齊普覺得不可思議。然而，蓋瑞拿出他最理性的樣子，打著標準的官腔，迴避著眾人的視線穿上外套，拎起旅行袋和依妮德送給費城家人的禮物，是因為他害怕。齊普現在看得清清楚楚，在蓋瑞無言離去的冷面具底下：哥哥在害怕。

大門一關上，艾爾佛瑞立刻去上廁所。

「大家開心點吧，」丹妮絲說：「蓋瑞把心裡的話講出來了，心情好多了。」

「其實，他說的對。」依妮德說。她的視線哀怨地停在桌子中間的冬青擺飾上。「不能再拖了。」

早餐結束後，時針走得遲緩，處於無力等待大節日的半病狀態。齊普的身體倦怠，總覺得暖不起來，但廚房的熱氣與烤火雞的香氣把他的臉蒸紅了。每次一進入父親的視野，父親的臉龐會泛起認得他的微笑，神色欣喜。若不是艾爾佛瑞同時喊著齊普的名字，齊普大概會認為他認錯兒子了。齊普似乎被這位老人深愛著。從小到大，他經常和父親吵架，反抗父親，忍受父親不認同的嘲諷，現在的他真要說有什麼區別的話，也是他的一敗塗地與極端政治觀更甚從前，然而今天，和老人吵架的竟是蓋瑞，勾起老人笑容的竟是齊普。

晚餐期間，他不厭其煩地細數他在立陶宛的所作所為，但大家似乎當他在以平板聲調朗誦稅法。平常會認真聽人說話的丹妮絲，這時專心餵父親吃東西，依妮德眼裡只有丈夫的缺陷。每次艾爾佛瑞的嘴巴漏出食物，每次艾爾佛瑞的答話牛頭不對馬嘴，她不是縮頸皺眉，就是嘆息搖頭。顯而易見，現在開始艾爾佛瑞會讓她過著地獄般的生活。

我是全桌最不鬱悶的一個，齊普心想。

飯後，他幫丹妮絲洗碗盤，依妮德和孫子講電話，艾爾佛瑞上床。

「爸這樣多久了？」他問丹妮絲。

「像這樣？昨天才開始的，不過他的狀況一直不怎麼好。」

齊普穿上艾爾佛瑞的一件厚重大衣，去外面抽菸。這地方的寒氣比他在維爾紐斯體驗過的還刺骨。橡樹是最保守的樹，幾片粗糙的褐色葉子還緊緊依附著枝椏，在冬風裡飄搖。他的鞋子踩得積雪吱嘎叫。今晚氣溫聽說會降到攝氏零下十八度，記得蓋瑞說過，他可以帶一瓶威士忌去外面晃蕩。齊普想深究自殺這個重大課題，想藉著香菸來強化思考能力，無奈支氣管與鼻腔飽受寒氣折磨，香菸的摧殘對他幾乎毫無作用，而且他的手指和耳朵——該死的鉚釘——很快就痛到無法忍受。抽幾口後他死心了，趕緊進屋，這時丹妮絲正好要走。

「妳去哪裡？」齊普問。

「馬上回來。」

依妮德站在客廳的爐火邊，咬著嘴唇，毫不掩飾憂傷。「你還沒打開禮物。」她說。

「明天早上再看好了。」齊普說。

「反正我送的東西，你沒有一樣喜歡。」

「只要是妳送的都好。」

依妮德搖著頭。「這個聖誕和我理想中的差太多了。你爸突然間成了廢人，什麼事也沒辦法做。」

「讓他去接受停藥觀察吧，看看有沒有效。」

依妮德凝望著爐火，宛如閱讀著不樂觀的預後報告。「你留下來一個禮拜，幫我帶他去醫院，好不好？」

齊普的手伸向耳垂，把鉚釘視爲護身符。他覺得自己像從格林童話裡跑出來的小孩，禁不住魔法屋的溫暖與食物誘惑走進屋裡，現在巫婆想把他鎖進籠子去，想養肥他，再吃掉他。

早上進門前，他唸過防身咒，這時他把咒語搬出來覆誦。「我只待三天，」他說：「我急著早一點開始工作，我欠丹妮絲一些錢，不還她不行。」

「只要一星期，」巫婆說：「只要一個禮拜，等醫院報告出來就好。」

「不行啦，媽，我非回去不可。」

依妮德更加落寞了，但卻似乎不意外兒子會拒絕。「既然這樣，我想，這是我的責任，」她說：「我想，我早就知道結果會是這樣。」

她退回書房，齊普再爲壁爐添柴。冷風從縫隙鑽進窗戶，輕撥敞開的窗簾。暖氣爐幾乎片刻不歇息地運轉著。這個世界比齊普認知的更冷、更空虛，成年人走光了。

接近深夜十一點，丹妮絲回家，渾身菸臭味，整個人看起來像被凍僵三分之二。她對齊普揮揮手，想直接上樓，卻拗不過齊普堅持她坐在壁爐邊。她跪在爐火前，垂著頭，間歇吸著鼻涕，雙手伸向炭火，兩眼注視著爐中的火焰，彷彿想藉此避免正眼看二哥。她以濕爛的面紙擤鼻涕。

「妳剛去哪裡？」他說。

「只是走走。」

「走了很久。」

「嗯。」

「妳寄給我的電子郵件，有幾封我還沒看就失手刪掉了。」

「喔。」

「妳遇上了什麼事？」他說。

她搖搖頭：「很多事。」

「禮拜一時我有將近三萬元現金，本來想抽出二萬四來還妳，後來碰到戴著滑雪面罩的警察，錢被搶走了。我知道這話聽起來很不可思議。」

「那筆錢，我想算了。」丹妮絲說。

齊普的手又伸向鉚釘。「我會開始還錢，每個月還四百，直到連本帶利還完。這是我的第一要務，最最優先的大事。」

妹妹轉過來，抬起頭看著他，眼球佈滿血絲，額頭紅如甫出娘胎的嬰兒。「我說算了，你一塊錢也不欠我。」

「謝謝妳，」他急忙說，岔開視線：「不過我還是想還錢。」

「不必了，」她說：「我不會拿你的錢，那筆債被免除了、被寬恕了，你瞭解『寬恕』的意思嗎？」

（註：forgive the debt，forgive兼有「免除」、「寬恕」之意。）

丹妮絲的情緒怪異，加上這句話來得始料未及，令齊普焦慮起來。他又扯著鉚釘，說：「丹妮絲，別這樣嘛，拜託。至少尊重我一下，讓我還妳錢。我知道這幾年來我是廢物一個，可是我不想一輩子當廢物。」

「我不想計較那筆錢了。」她說。

「眞的，別這樣！」齊普情急地笑笑：「妳一定要讓我還錢。」

「被寬恕，讓你受不了嗎？」

「對，」他說：「基本上，對，我受不了。還了錢，整件事會讓我舒服一點。」

依然跪坐著的丹妮絲彎身向前，縮起雙臂，縮成一粒橄欖、一顆蛋、一個洋蔥。一陣低沉的聲音從這個球形物體傳出來：「你明白讓我勾銷這筆債，等於是幫了我多大的忙嗎？你明白我有多難開口求你幫這個忙嗎？你明白除了聖誕節回家之外，我只有要求過你這件事嗎？你明白我沒有羞辱你的意思嗎？你明白我從沒懷疑過你會賴帳嗎？你明白我知道這個要求很過份嗎？如果眞的眞的眞的沒必要，我不會提出這麼過份的要求，你明白嗎？」

齊普看著在他腳邊顫抖的人球。「告訴我出了什麼事。」

「我在好多方面都好亂。」她說。

「既然這樣，現在談錢不是時候，暫時忘記錢的事吧，我想聽妳說妳的煩惱。」

丹妮絲依舊蜷成球形，鄭重地搖一次頭。「現在，在這裡，我求你成全我，回答我：『好，謝謝。』」

齊普完全不能理解。時間已近午夜，父親開始在樓上砰砰走動，妹妹蜷縮著像顆雞蛋，同時央求他接受解除他生活中財務大患的好意。

「明天再商量吧！」他說。

「如果我要你做另一件事當作抵債，會不會比較容易接受？」

「明天再說，好嗎？」

「媽希望下個禮拜家裡有人幫忙，」丹妮絲說：「如果你能多待一個禮拜幫她的話，我就能夠放心了。要我待到禮拜天以後，我一定會死，我眞的會死。」

齊普的呼吸變得急促，籠門正迅速關上。他在維爾紐斯機場男廁裡的感覺重回腦海，他覺得他欠丹妮絲的錢與其說是負擔，不如說是他的最後一道防線。這感覺化爲恐懼重新回來找他，恐懼債被勾銷、被寬恕。這筆債宛如病痛，他抱病不就醫，直到病情惡化成神經母細胞瘤，病灶與腦結構密不可分，他才懷疑切除之後能否存活。

他想著，最後一班東岸客機是否已經起飛，是否他仍有連夜逃離的機會。

「這樣吧，這筆債分兩半，」他說：「我只欠妳一萬，我們兩個一起待到禮拜三，如何？」

「不行。」

「如果我答應，」他說：「妳肯不肯不要再這麼奇怪，開心一點？」

「你先答應再說。」

艾爾佛瑞在樓上喊齊普的名字，他說：「齊普，可以來幫我嗎？」

「你不在家，他照樣喊你的名字。」丹妮絲說。

風颳得窗戶動搖。曾幾何時，父母變成了小孩，早早就寢，從樓梯上叫人來幫忙？這是什麼時候開始的事？

「齊普，」艾爾佛瑞喊著：「我搞不懂這毛毯，**你能上來幫我嗎**？」

房子動搖著，風雪呼呼吹，從最靠近齊普的一扇窗鑽進來的賊風加劇，此時一件往事如風襲來，他回想起那組窗簾，記起他離家讀大學的情景。他記得，父母送他一組手雕奧地利西洋棋當作高中畢業禮，他把禮物收進行李中，同樣被塞進行李箱的東西包括：十八歲生日父母送的全套六本桑柏格版林肯傳記；新的Brooks Brothers海軍藍西裝外套（「你穿起來好像英俊的年輕醫生！」依妮德提醒他）；大疊白T恤、白色運動內褲、白色衛生衣；一張裝在透明合成樹脂相框裡的丹妮絲五年級時的相片；一床父親四十年前赴堪薩斯大學就讀時所帶的哈德遜灣毛毯；一雙皮面羊毛露指手套，同樣是艾爾佛瑞在堪薩斯州的古物；以及一組重量級禦寒窗簾。齊普收到大學新生介紹書，艾爾佛瑞讀到一句：新英格蘭區的冬季有時會非常冷，趕緊去西爾斯百貨買窗簾給兒子。這種窗簾以褐色加粉紅色的塑化布料剪裁而成，背面是泡棉，整體厚重而僵硬。「到了寒夜，你就會感激這種窗簾，」他告訴齊普：「這窗簾能擋冷風，差別大到你不敢相信。」不料，齊普的大一室友是在預備學校打滾過的羅恩．麥科寇，不久便在丹妮絲的相框上留下沾著看似凡士林物質的指紋。室友嘲笑齊普的窗簾，齊普也跟著笑，把窗簾收回盒子，藏進宿舍的地下室，任其發霉四年。他個人對這組窗簾沒意見。它們只是窗簾，它們的願望和一般窗簾沒兩樣——好好掛著，盡其所能遮光，完全符合它們職責所在的那扇窗戶的大小，晚上讓主人闔起來，早上被拉開，在夏夜下雨前的微風中搖擺，不起眼，用途大。在無數醫院、養老院、平價汽車旅館裡，不只是中西部，東部亦然，這款襯有泡棉的褐色窗簾可以長久耐用，發揮價值。不適合掛在宿舍房間裡，不是它們的錯，它們沒有超越卑微出身的衝動，它們的質料與花色不帶一絲不得體的野心，它們的心一如它們的外表。畢業前夕，他終於把窗簾挖出來時，發現粉紅如陰戶的窗簾不如他印象中那麼塑化、難看、百貨公司味十足，沒有他印象中那麼丟人現眼。

「我不會弄這些毯子。」艾爾佛瑞說。

「好吧，」齊普上樓時告訴丹妮絲：「如果能讓妳心裡比較舒服的話，我不還錢就是了。」

問題是：如何逃出這座監獄？

他必須時時留意的是那個高壯的黑女人，那個兇婆娘，那個臭雜種。她打算讓他的日子過得水深火熱。她站在監獄操場的另一端，視線不時瞟過來，寓意深遠，提醒他她沒有忘記他，她仍急著報仇。她是個懶惰的黑雜種，他破口大罵著。他詛咒那些黑的白的雜種，那些置身他四周的雜種，滿口笨規矩的該死狡猾雜種，環保署的官僚、職安署的職員、傲慢的某某某。他們現在是保持著距離，當然囉，因為他們知道被他盯上了。但是，只要他打盹一分鐘，只要他放下戒心，馬上就可以看到他們會對他動什麼樣的手。他們等不及想罵他是廢物，等不及要藐視他。那個黑雜種肥婆，站在那邊的壞心眼黑賤貨抓住他的視線，隔著囚犯的白頭對他點點頭，意思是：你逃不出我的手掌心。她點頭就是這個意思，但旁人看不出她對他的威嚇。其他人全是膽小、沒用的陌生人，講著沒意義的話。他跟其中一個人打過招呼，問對方一個簡單的問題，對方根本聽不懂英文。那麼單純的一件事，簡簡單單的一個問句，簡簡單單的一句回答，竟然辦不到。這下他只能靠自己了，他縮進角落，那群臭雜種即將過來對付他了。

他不清楚齊普在哪裡。齊普是知識份子，有辦法跟這些人講道理。齊普昨天的表現不錯，比他自己還行。問一個簡單的問題，得到簡單的答覆，然後以別人能理解的方式解釋。但是齊普現在不見人影。囚犯們彼此打著信號，像交通警察揮舞著手臂。別想對這些人下達簡單的指令，他們假裝你根本不存在。那個雜種黑肥婆把他們嚇得失去理智，如果她發現囚犯和他同一國，如果她發現囚犯以任何方式協助他，她會讓他們付出代價。噢，看她的那副表情，那副我會打得你哎哎叫的表情。而他，到了人生的這個階段，他受不了這種傲慢黑婆娘了，但又能怎樣？這裡是監獄，是公營機構，他們把每個抓到的人都關在這裡：白髮婦人們互相打著信號，大光頭妖姬摸著腳趾。可是，天啊，爲什麼關他？爲什麼關他？被關進這種地方令他掉淚。就算沒有那個走路像鴨子的黑婆娘迫害他，人老了也簡直像被打入地獄。

她又來了。

「艾爾佛瑞？」冒失鬼，傲慢鬼。「你要讓我伸展你的腿了嗎？」

「妳是天殺的雜種！」他罵她。

「我就是我，艾爾佛瑞，不過我曉得自己的爸媽是誰。好了，你把雙手放下吧，慢慢來，讓我替你伸腿，讓你舒服一些。」

她伸手過來時，他對她俯衝，無奈皮帶被椅子卡住了，不知怎麼卡在椅子上，在椅子上。他被卡在椅子上，動彈不得。

「你再這樣鬧下去，艾爾佛瑞，」兇婆說：「我只好把你送回房間。」

「雜種！雜種！雜種！」

她擺出傲慢的臉孔，走人，但他知道她會再回來。這些人一定會再回來。他唯一的希望是解開被卡在椅子上的皮帶，脫身，衝撞，了結這一切。監獄操場放在高樓上，這種設計不理想。從這裡能一眼望到伊利諾州。好大一扇窗戶就在眼前。想把囚犯關在這裡，這種設計不理想。據他目測，窗戶裝的是雙層隔熱玻璃，如果他用頭捶破玻璃，縱身跳出去，一定能越獄成功。但他得先把天殺的皮帶解開。

他以同樣的方式，一遍又一遍試圖掙脫平滑的尼龍皮帶。的確有時候他遇到困難時會從哲理的角度去看問題，但那已成過去式。他摸索著皮帶上下兩端，想把手指插進去，可惜手指虛弱如草，軟如香蕉。想把指頭插進皮帶底下是多麼明顯又徹底的無望——皮帶具有堅韌、緊繃的絕對優勢——他努力一陣之後，只落得怨、怒、無能爲力。他用指甲勾住皮帶，雙臂向外揮，讓雙手擊中囚禁他的椅子扶手，痛苦地彈過來彈過去，因爲他好生氣——

「爸、爸、爸，哇，冷靜點。」有人說。

「去抓那個雜種！去抓那個雜種！」

「爸，哇，是我，我是齊普。」

的確，這人的嗓音有點耳熟。他抬頭，謹愼看著齊普，以確定說話者眞的是他的小兒子，因爲這裡的雜種會想極其所能拐騙你。的確，如果說話的人是這世界裡的其他人，而不是齊普，那就用不著信任他，太冒險了。但是，齊普兒有一種特質，雜種假冒不來。只要看著齊普兒，就知道他永遠不會說謊。齊普兒有一種溫柔的特質，沒有人能假冒。

認出齊普兒，確信度愈來愈高，他的呼吸隨之平緩下來，近似笑容的東西推開臉上的防禦表情，展現出來。

「嗯！」他終於說。

齊普拉一張椅子過來坐，給他一杯冰水，他這才發現自己口渴。他就著吸管長長喝一口，把杯子遞還給齊普。

「你媽去哪裡了？」

齊普把杯子放在地上。「早上起床後發現自己感冒了，我叫她待在床上休息。」

「她現在住哪裡？」

「她在家，和兩天前一樣。」

齊普已經向他解釋過爲什麼帶他來這裡。只要能看見齊普的臉，聽見齊普的聲音，怎麼解釋都有道理，然而一旦齊普不在，所有的解釋會立刻粉碎。

黑雜種胖子在父子周圍徘徊，目光邪惡。

「這裡是復健室，」齊普說：「我們在聖路加醫院八樓，媽的腳以前在這裡開過刀，你記得吧？」

「那女人是個雜種。」他指著說。

「不，她是復健師，」齊普說：「她想幫助你。」

「不對，你看她，看看她那個樣子，你有沒有看見？」

「她是位復健師，爸。」

「復什麼？她是什麼？」

一方面，他信任知識份子兒子的學識與自信，但另一方面，黑雜種正以邪惡的眼光瞪著他，示意只要一逮到機會就要傷害他；她的態度惡毒至極，再清楚不過了。他相信齊普所言絕對正確，但他也深信那雜種絕非物理學家，這兩種矛盾的想法僵持不下。

兩種矛盾之間有一道無底的鴻溝，他一直盯著鴻溝深處，看得嘴巴合不攏，一條暖暖的東西順著下巴爬下去。

這時，有個雜種對他伸出手。他想對雜種揮拳頭，幸好及時發現伸手的人是齊普。

「別緊張，爸，我只是在幫你擦下巴。」

「噢，天啊！」

「你想在這裡多坐一會兒，還是想回房間？」

「我尊重你的決定。」

這句好用的話早已包裝妥當，只等著被說出來。

「那我們回去吧！」齊普把手伸到椅子後面，做了一番調整。這張椅子想必有滾輪和拉桿，複雜得不得了。

「看看你能不能解開我的皮帶。」他說。

「我們先回房，然後你可以四處走一走。」

齊普推他離開操場，推向監禁區，回到他的牢房。這地方的陳設多麼豪華，令他百思不解。這裡有如五星級大飯店的房間，只是床鋪多了欄杆，多了腳鐐和無線電，多了控制囚犯的器材。

齊普把輪椅停在窗邊，拿起保麗龍水瓶出去，幾分鐘後回來，帶著一位身穿白夾克的小美女。

「藍博特先生？」她說。她長得和丹妮絲一樣美，黑捲髮，戴著鐵絲框眼鏡，比丹妮絲矮。「我是舒曼醫師，你可能記得我們昨天見過面。」

「噢！」他說，微笑燦爛。他記得從前像這樣的小美女多得是，大眼晶亮，眉宇聰穎，充滿希望。

她一隻手放在他的頭上，彎腰彷彿想親他，把他嚇壞了，他差點打人。

「我不是故意要嚇你的，」她說：「只是想檢查你的眼睛。可以讓我檢查眼睛嗎？」

他轉向齊普，徵詢他的認可，但齊普凝視著女孩。

「齊普！」他說。

齊普的目光從她那裡移過來。「爸，什麼事？」

既然他抓住了齊普的注意力，當然得說點什麼不可，所以他說：「告訴你媽，不要擔心樓下那堆亂七八糟的東西，交給我處理就好。」

「好，我會轉告她。」

女孩的手指靈巧，臉孔柔美，在他的頭四周移動著。她請他握拳，捏捏他又戳戳他，然後用別人房間的電視般的音量講著話。

「爸？」齊普說。

「我聽不見。」

「舒曼醫師想知道你比較喜歡人家怎麼稱呼你？是『艾爾佛瑞』好，還是『藍博特先生』？」

他痛苦咧著嘴：「我聽不懂。」

「我想他比較喜歡『藍博特先生』。」齊普說。

「藍博特先生，」小女孩說：「你能告訴我這裡是什麼地方嗎？」

他再度把頭轉向齊普，見到期待的神情，卻不見援手。他指向窗戶：「那個方向是伊利諾州，」他對兒子和女孩說。現在，這兩人聽出興趣了，他覺得應該多說幾句。「有個窗戶，」他說：「可……可以打開……我想開窗戶，我沒辦法解開皮帶，然後……」

他講不下去了，他知道。

小女孩低頭，以親切的神情看他。「你能告訴我現在的總統是誰嗎？」

他咧嘴而笑，這問題很簡單。

「噢，」他說：「她在樓下堆了好多東西，她自己大概沒注意到吧，我們應該把那堆東西全部扔掉。」

小女孩點著頭，彷彿這樣的答覆很合理，接著她伸出雙手。她和依妮德一樣漂亮，但依妮德戴著結婚戒指，依妮德不戴眼鏡，依妮德最近變老了，他大概認得出依妮德，但是他和依妮德比和齊普更熟，所以要看見她就更難了。

「我豎起來的手指有幾根？」女孩問他。

他思量著她的手指，就他所知，這手勢意味著「放輕鬆」、「鬆開」、「別緊張」。

面帶微笑，他解放自己的膀胱。

「藍博特先生？我豎起來的手指有幾根？」

「爸？」

手指在那裡，感覺多美好不負責任的解放。他懂得愈少，心情愈開朗，什麼都不懂簡直像在天堂。

「我應該知道，」他說：「這種小事，我怎麼會忘記？」

小女孩與齊普相視一下，然後走向房間外的走廊。

他剛剛享受到放鬆的滋味，但一兩分鐘過去，他覺得濕冷。他想趕快換衣服，卻無法動作，他泡在冷掉的災難裡。

「齊普？」他說。

幽靜降臨在囚禁區。他無法依靠齊普，齊普老是不見人影。他無法依靠任何人，只能靠自己。他的大腦想不出對策，雙手使不上力，企圖想解開皮帶，好脫掉褲子，擦乾身體。可是，這條皮帶氣死人了。二十分鐘以來，他順著整條皮帶摸下去，二十分鐘摸不到釦環。他像置身二次元卻想在第三次元尋求自由的人，任憑他摸索一生一世，也找不到該死的釦環。

「齊普！」他喊著，卻不敢喊太大聲，因爲黑雜種潛伏在那邊，她聽見了會嚴懲他。「齊普，過來幫我。」

他多想切除這兩條腿。這種腿虛弱又不安份，濕答答又動彈不得。他稍微踢一踢，想在搖不動的椅子上搖擺。他的雙手造反了，他對雙腿愈沒輒，雙臂就揮舞得愈劇烈。那群雜種得意了，他被拋棄了，他開始哭。早知如此！早知如此，當初他應該採取步驟，他有槍，他有那片無底的冷海。早知如此啊！

他把水瓶拍去撞牆，終於有人跑過來了。

「爸，爸，怎麼了？」

艾爾佛瑞抬頭看兒子，直視他的眼睛，張嘴卻只講得出：「我——」

我——

我錯了——

我好孤單——

我身體濕了——

我想死——

我很抱歉——

我盡了全力——

我愛我的兒女——

我需要你的幫助——

我想死——

「我不能待在這裡。」他說。

齊普在輪椅邊蹲下。「爸，」他說：「你得在這裡再待一個禮拜，方便他們觀察你，不找出毛病不行。」

他搖搖頭：「不要！你一定要救我出去！」

「爸，對不起，」齊普說：「我不能帶你回家，你至少得在這裡多住一個禮拜。」

唉，兒子多麼會折磨他的耐性啊！到了這時候，齊普早該理解他的心意，不需要一再交待。

「我說，做個了結吧！」他捶著囚禁椅的扶手：「你幫我做個了結！」

他望向窗戶。他終於做好心理準備了，打算衝破玻璃而出。不然，給他一把槍，給他一把斧頭也行，任何東西都好，只求解脫。他必須讓齊普明瞭這一點。

齊普的雙手握住他的抖手。

「我會待在這裡陪你的，爸，」他說：「不過，我不能幫你以那種方式了結，我辦不到，對不起。」

好比妻子過世或房屋焚燬那般強烈的清晰思路與行動力量，仍在記憶裡鮮活著。窗戶外面是下一個世界，他隔窗看得見清晰的思路與行動的力量，伸手幾乎摸得到，只隔著隔熱玻璃。他看得見預想的結果，溺海，獵槍巨響，高樓墜地，距離如此之近，他因而拒絕相信自己已經痛失解脫的良機。

他爲了不公不義的刑罰而啜泣。「看在老天的份上，齊普。」他大聲說，因爲他意識到，在他全然喪失清晰的思路與行動能力之前，這可能是他自我解放的最後機會，因此他更需要讓齊普徹底瞭解他的心願。「我在要求你幫忙！你一定要把我救出去！你一定要替我做個了結！」

即使紅著眼，即使淚流滿面，齊普的臉依然充滿行動力量與清晰思路。這兒子他信得過，信得過兒子對他的瞭解和他對自己的瞭解一樣深，所以齊普的回答就是他的回答。齊普的答覆告訴他，故事會是這樣的結局，最後一幕會是齊普搖著頭說：「我辦不到，爸，我辦不到。」

修正

修正，當它終於來臨時，並非像泡沫在一夕之間破滅，更適切的說法是溫和地退減，是各大金融市場長達一年的失血，漸進式的跌勢緩和到登不上頭版，卻也在預料之中，只能重創傻瓜與職場窮人。

依妮德覺得，當前的事件和她年輕時比起來，聲勢來得薄弱，來得單調。她記得一九三〇年代，她親眼見識到全球經濟坐以待斃時，國家會發生什麼事；她曾幫母親端著剩菜，在寄宿旅館的後巷接濟流浪漢。規模如此重大的災難似乎不會再降臨美國了，政府設有安全機制，如同現代所有兒童遊戲場鋪設的橡皮墊，用來緩衝跌勢。

儘管如此，市場確實是崩盤了。艾爾佛瑞以定期年金與政府公債鎖住資產，依妮德作夢也想不到會有慶幸的一天，股市下挫帶給她的焦慮遠不及她那些老愛炫耀財富的朋友。歐爾費克密德蘭確實依言終止了她的傳統健保，強迫她加入健保組織，幸好老鄰居迪恩．崔博列大筆一揮——願他長命百歲——為她和艾爾佛瑞升級至迪迪維護加保，讓她能繼續看她最喜歡的醫生。她仍需支付保險不給付的鉅額養老院月費，但她精打細算，靠著艾爾佛瑞的年金和鐵道公司退休金，仍能應付繳費通知書，同時，她的房子已經還完貸款，市值持續攀升。簡單地說，她雖非有錢人，卻也不至於喊窮。不知道為什麼，在她為艾爾佛瑞焦慮煩惱、無所適從的那幾年，她始終沒有想通這個事實。艾爾佛瑞搬走後，她夜夜好眠，事實自然呈現在她眼前。

現在，她看事情清晰多了，看兒女時尤其清楚。那場聖誕大災難後，隔幾個月，蓋瑞帶忠納回聖猶達，她與一兒一孫的相處只有「樂」字可言。蓋瑞依然叫她把房子賣掉，但他不能再拿艾爾佛瑞會摔下樓梯跌死當理由，何況幾個月來，齊普已完成不少修繕工作（油漆籐椅、防水工程、清掃屋簷雨溝、塡補裂縫），蓋瑞再也無法以老屋年久失修爲由催她盡早脫手。他與依妮德確實仍爲錢爭吵，但吵架純屬娛樂。依妮德仍「欠」他六根六吋螺栓的四元九毛六，蓋瑞纏著要她還錢，她則反過來問：「咦，你換新錶啦？」他承認，對，卡羅琳送他的聖誕禮物是勞力士新錶，但他最近股票慘賠，因爲他買的一支新上市生科股在六月十五日之前無法賣掉，話說回來，媽，人做事應該講究原則，講究原則啊！但依妮德原則上拒絕給他四元九毛六，她樂於在躺進墳墓前都不爲那六根螺栓買單。她問蓋瑞，究竟是哪支生科股慘跌？蓋瑞說，算了。

聖誕節之後，丹妮絲搬去布魯克林區，開始在一家新餐廳上班。四月，她寄了一張機票給依妮德，請她過來過生日。依妮德謝謝她，說她沒辦法去，她放不下艾爾佛瑞，總覺得丟下艾爾佛瑞是不對的。後來她還是去了紐約，享受棒透了的四天。和聖誕節比起來，丹妮絲快樂多了，因此依妮德決定不要叨唸她至今仍無男伴、看不出她對哪個男人有興趣。

回到聖猶達，有天下午依妮德去瑪莉貝絲‧順普家打橋牌，篤信基督教的碧‧麥茲納說起她對一位知名「同志」女演員的看法。

「她給年輕人一個糟透了的榜樣，」碧說：「我認爲一個人如果選擇走邪路，最低限度也不能拿出來炫耀。尤其是現在推出了好多新療法，能幫助她那種人。」

在這場決勝局中，依妮德是碧的搭檔，她在開場時打出的牌碧卻沒有跟，依妮德對她已有點惱火了，所以輕輕反駁說，她不認爲「同志們」能誘使更多人成爲「同志」。

「噢，錯了，那絕對是你可以選擇的事，」碧說：「同志是一種偏好，而且是從青春期開始的偏好，這一點毫無疑問，所有專家都同意。」

「她的女朋友不是演了一部驚悚劇嗎？滿精采的，和哈里遜．福特搭檔的那部電影，」瑪莉貝絲說：「片名是什麼來著？」

「我不相信是可以選擇的，」依妮德輕聲堅持：「齊普跟我說過一件很有意思的事。他說，這麼多人仇恨『同志』，和同志作對，假如性向眞能由自己作主，誰會笨到自願去當同志？我認爲他的觀點滿有意思的。」

「噢，不對，那是因爲他們想爭取特權，」碧說：「因爲他們想『以身爲同志爲榮』，所以才惹來這麼多非議，很多人甚至不是因爲他們會做那種邪惡的事才覺得反感。只走邪路他們還不滿意，非得拿出來炫耀不可。」

「上次看到眞正好看的電影，不曉得是多久前的事了。」瑪莉貝絲說。

依妮德不是鼓吹「另類」生活方式，而碧．麥茲納讓她看不順眼的缺點，她已經忍了四十年。這場橋牌對話令她決定沒必要再和碧．麥茲納交好，原因何在她說不上來。她也無法解釋的是，崇尚唯物主義的蓋瑞、一事無成的齊普、不生小孩的丹妮絲，多年來氣得她在深夜輾轉反側、無聲撻伐的事，在家中少了艾爾佛瑞之後，居然也沒那麼令她痛苦了。

當然，有三個子女幫忙處理這一切，差別太大了，特別是齊普，他幾乎是奇蹟似地脫胎換骨。聖誕過後，齊普留下來幫母親六個星期，每天去探望艾爾佛瑞。回紐約才一個月，他又回聖猶達，少了難看的耳環，還主動提出說自己可以多待一段時間，日數之多令依妮德喜出望外。後來依妮德才發現，他愛上聖路加醫院神經科的總住院醫師。

這位神經科醫師名叫艾莉森．舒曼，頭髮捲捲的，長相平平，是芝加哥來的猶太人。依妮德還算中意，但她不解爲何成功而年輕的女醫生會看上打零工的兒子。更令她迷惑的是，六月間，齊普宣佈他將搬去芝加哥近郊，開始不道德地和艾莉森同居，因爲艾莉森即將搬去芝加哥的衛星城市斯科奇，和人合夥開診所。齊普不證實也不否認自己仍無正職，沒有分擔同居支出的意思。他自稱忙著寫劇本。他說，「他的」製作人在紐約，讀了「新」版本之後很喜歡，要求他改寫。然而，據依妮德所知，代課是他唯一的收入來源。他每個月從芝加哥開車來聖猶達，陪父親好幾天，令她感激不盡；她喜歡子女回來中西部。但是，後來齊普告訴她，和他沒有婚姻關係的女人即將爲他生下雙胞胎；齊普請她參加婚禮，新娘居然懷胎七月；新郎目前的「工作」是第四、第五度改寫劇本；而賓客不僅猶太到極點，還似乎都爲這一對幸福新人高興；依妮德挑得出的毛病、值得她譴責的題材源源不絕！她這段將近五十年的婚姻一點都不驕傲，一點都不美好，以至於只要是艾爾佛瑞和她一同出席喜宴，她就一定會猛挑毛病，一定會譴責連連。要是她坐在艾爾佛瑞身邊，群集而來的賓客絕對會被她的臭臉趕走，絕對不會把她連人帶椅抬起來、隨著猶太音樂的節拍、扛著她繞行全場，絕對不會逗得她心花怒放。

令人遺憾的事實是，家中沒有了艾爾佛瑞，對所有人都好，除了艾爾佛瑞之外。

黑吉培斯醫師和其他醫師，包括艾莉森．舒曼在內，把艾爾佛瑞留在聖路加醫院。元月過了，二月繼續住院，大筆費用由歐爾費克密德蘭即將失效的健康保險來負擔，眾醫師探尋各種治療之道，從電痙攣治療至好度液（註：用以控制幻覺、攻擊等失常行爲的藥物）樣樣都試，最後診斷出帕金森氏症、失智症、憂鬱症、腿部與尿道神經病變，才讓艾爾佛瑞出院。基於道德義務，依妮德主動表示願意在家照護，幸好，謝天謝地，子女不從。他們把艾爾佛瑞安置在長期照護機構帝普麥爾安養院，鄰近帝普麥爾鄉村俱樂部。依妮德保證每天去探望，幫他換衣服，從家裡做點好吃的東西帶來給他。

最讓她高興的是，艾爾佛瑞的身體回到她身邊了。她總喜歡他的尺寸、他的體形、他的體味。而如今，他被束縛在躺坐兩用老人輪椅上，被人觸摸時就算想抗議也說不出通順的言語，依妮德想接觸他，隨時都行。他放任自己被親吻，她的嘴唇逗留久一些，他也不退卻。她摸他頭髮時，他不再縮頸。

他的身體是依妮德向來想要的，問題出在艾爾佛瑞的其他方面。她去探視前無法開心，坐在他床邊時無法開心，回家仍持續好幾個小時無法開心。艾爾佛瑞進入無法預測的階段。有時候依妮德來看他，發現他抑鬱消沉，下巴貼胸，長褲管上出現餅乾大小的唾液印；有時候他正跟人和和氣氣聊著天，對方竟是中風病人或盆栽一株。有時候，他會忙著把削過皮的水果包回原狀，連續幾小時不停；有時他會熟睡。無論他做什麼事，都毫無道理。

齊普和丹妮絲對他有耐心，能坐著陪他閒聊，順著他當時天馬行空的場景去聊，哪怕他的話題是火車失事現場、監禁、豪華遊輪也無所不談，但依妮德無法忍受他犯任何一點小錯。如果他把依妮德當成母親，依妮德會氣呼呼糾正他：「艾爾，是我，依妮德，是你結婚四十八年的妻子。」如果被他誤認是丹妮絲，她會以同一句話來糾正。她覺得自己**錯**了一輩子，現在總算有機會嫌他**錯**得多離譜。儘管她對生活其他方面不那麼計較了，批判漸漸減少，她在安養院依舊嚴格提高警覺。她必須來這裡告訴艾爾佛瑞：他錯了，長褲剛洗過熨過，不應該讓冰淇淋滴到褲子；他錯了，不該不認得好心前來探望的喬．皮爾森；他錯了，不該沒為雙胞胎高興，艾莉森生了一對略不足重但健健康康的女嬰；他錯了，不感激妻女大費周張帶他回家享用感恩節晚餐，他非但沒有顯得快樂，甚至神智毫不清醒，晚餐過後她們帶他回安養院，他錯在說出：「既然得回來，乾脆別離開。」他錯在如果神智清醒到說得出這種話，爲什麼其他時間如此混沌？他錯在半夜用床單上吊未遂，他錯在以身體衝撞窗戶，他錯在拿晚餐的叉子割腕。整體而言，他犯了數不清的錯，乃至於除了她在紐約那四天之外，除了她兩度去費城過聖誕，除了她髖關節手術住院那三星期之外，她晴雨不計天天去探望他。趁現在還來得及，她必須告訴他，他錯得多徹底，她多麼正確。他錯在沒有更愛她，錯在不珍惜她、沒有一有機會就和她行房，錯在不信任她的理財直覺，錯在上班時間太長、陪小孩的時間太短，錯在凡事往壞處想，錯在生性陰鬱，錯在逃避人生，錯在一而再再而三地說「不」，就是不願多講幾次「好」——這些話，依妮德必須對他天天說，縱使他不肯聽，她非說不可。

艾爾佛瑞在安養院住了兩年，有一天開始拒絕餵食。齊普拋下照顧小孩的親職，向私中的新教職請假，停下劇本的第八次改寫，從芝加哥過來向父親道別。艾爾佛瑞拒食之後沒有馬上走，停留的時間超出所有人預期。走到生命盡頭，他依然是雄獅一匹。丹妮絲與蓋瑞搭機趕到時，他的血壓幾乎測不出來，卻依然再挺一星期。他蜷縮在床上，氣若游絲，文風不動，百喚不應，唯獨在依妮德塞碎冰給他含時，他才鄭重搖頭一次。他永不忘記的就是拒絕。依妮德對他的所有糾正化爲零，他固執如兩人結識的那一天。然而，當他斷氣後，當依妮德親吻他的額頭、與丹妮絲和蓋瑞踏進帶著暖意的春夜時，她相信沒有任何事能毀掉她的希望，沒有任何事。她今年七十五歲了，她準備爲自己的生命做幾項改變。

文學森林 LF0027C

修正

The Corrections

作者
強納森．法蘭岑（Jonathan Franzen）

一九五九年出生，美國小說家、散文作家，《紐約客》撰稿人。一九九六年，法蘭岑在《哈潑》雜誌上發表的一篇題為〈自尋煩惱？〉的隨筆，表達了其對文學現狀的惋惜，從此聞名於世。第三部小說《修正》（二〇〇一）出版時好評如潮，法蘭岑以這齣紛亂的家庭諷刺劇獲得美國國家書卷獎及美國普利茲獎提名。第四本長篇小說《自由》出版時登上《時代》雜誌封面，被譽為「偉大美國小說家」（Great American Novelist）。之後的長篇小說作品包括《純真》及《十字路》。另著有散文作品《如何獨處》、《到遠方》與《地球盡頭的盡頭》。

譯者
宋瑛堂

台大外文學士，台大新聞碩士，波特蘭州立大學碩士，曾任《China Post》記者、副採訪主任、《Student Post》主編等職。譯作包括《斷背山》、《美國牧歌》、《單身》等書。

美術設計　楊啟巽
副總編輯　梁心愉
版權負責　陳柏昌
行銷企劃　楊若榆、黃蕾玲

初版一刷　二〇一二年十月二十九日
二版一刷　二〇二二年六月一日
定價　新臺幣五二〇元

ThinKingDom 新經典文化
發行人　葉美瑤
出版　新經典圖文傳播有限公司
地址　臺北市中正區重慶南路一段五七號一一樓之四
電話　02-2331-1830　傳真　02-2331-1831
讀者服務信箱　thinkingdomtw@gmail.com
部落格　http://blog.roodo.com/thinkingdom

總經銷　高寶書版集團
地址　臺北市內湖區洲子街八八號三樓
電話　02-2799-2788　傳真　02-2799-0909
海外總經銷　時報文化出版企業股份有限公司
地址　桃園市龜山區萬壽路二段三五一號
電話　02-2306-6842　傳真　02-2304-9301

修正 / 強納森．法蘭岑（Jonathan Franzen）著；
宋瑛堂譯. -- 二版. -- 臺北市：新經典圖文傳播有限公司, 2022.06
632面；14.8×21公分. --（文學森林；LF0027C)
譯自：The Corrections
ISBN 978-626-7061-25-1（平裝）
874.57　111007782

THE CORRECTIONS

Published in agreement with Writers House LLC, through The Grayhawk Agency.
1st edition of Complex Chinese Character © 2012 by Thinkingdom Media Group Ltd.
2nd edition of Complex Chinese Character © 2022 by Thinkingdom Media Group Ltd.

Printed in Taiwan